十三經清人注疏

詩三家義集疏

上

〔清〕王先謙 撰
吴 格 點校

圖書在版編目(CIP)數據

詩三家義集疏/(清)王先謙撰;吴格點校. —北京:中華書局,1987.2(2023.5 重印)
(十三經清人注疏)
ISBN 978-7-101-00066-5

Ⅰ.詩… Ⅱ.①王…②吴… Ⅲ.詩經-注釋
Ⅳ.I222.2

中國版本圖書館 CIP 數據核字(2009)第 196032 號

責任編輯:常振國
責任印製:管 斌

十三經清人注疏
詩三家義集疏
(全二册)
〔清〕王先謙 撰
吴 格 點校
*
中 華 書 局 出 版 發 行
(北京市豐臺區太平橋西里 38 號 100073)
http://www.zhbc.com.cn
E-mail:zhbc@zhbc.com.cn
三河市宏盛印務有限公司印刷
*
850×1168 毫米 1/32 · 36⅝印張 · 4 插頁 · 684 千字
1987 年 2 月第 1 版 2023 年 5 月第 10 次印刷
印數:19001-19800 册 定價:128.00 元

ISBN 978-7-101-00066-5

十三經清人注疏出版説明

自漢至清，經學在各門學術中占有統治的地位。經學的發展經歷了幾個不同的階段，而清代則是很重要的也是最後的一個階段。清代經學家在經書文字的解釋和名物制度等的考證上，超越了以前各代，取得了重要成果，這對我們利用經書所提供的材料研究古代的經濟、政治、文化、思想以至科技等，有重要的參考意義。

清代的經學著作，數量極多，體裁各異，研究的方面也不同。其中用疏體寫作的書，一般是吸收、總結了前人多方面研究的成果，又是現在文史哲研究者較普遍地需要參考的書，因此我們在十三經清人注疏這個名稱下，選擇這方面有代表性的著作，陸續整理出版。所選的并非全是疏體，這是因爲有的書未曾有人作疏，或雖然有人作疏，但不够完善，因此選用其它注本來代替或補充。禮書通故既非疏體又非注體，但它與禮記訓纂等配合，可起疏的作用，故也入選。大戴禮記不在十三經之内，但它與禮記（小戴禮記）是同類型的書，因此也收進去。對收入的書，均按統一的體例加以點校。

清代的經學著作還有不少有重要參考價值，這有待於今後條件許可時，按新的學科分類，選擇整理出版。

十三經清人注疏的擬目如下：

周易集解纂疏	李道平撰
尚書今古文注疏	孫星衍撰
今文尚書考證	皮錫瑞撰
尚書孔傳參證	王先謙撰
詩毛氏傳疏	陳　奐撰
毛詩傳箋通釋	馬瑞辰撰
詩三家義集疏	王先謙撰
周禮正義	孫詒讓撰
儀禮正義	胡培翬撰
禮記訓纂	朱　彬撰
禮記集解	孫希旦撰
禮書通故	黃以周撰
大戴禮記補注	孔廣森撰

（附王樹枏校正、孫詒讓斠補）

大戴禮記解詁　王聘珍撰
左傳舊注疏證　劉文淇等撰
春秋左傳詁　洪亮吉撰
公羊義疏　陳　立撰
穀梁古義疏　廖　平撰
穀梁補注　鍾文烝撰
論語正義　劉寶楠撰
孝經鄭注疏　皮錫瑞撰
孟子正義　焦　循撰
爾雅義疏　郝懿行撰
爾雅正義　邵晉涵撰

中華書局編輯部
一九八二年五月

點校説明

詩三家義集疏二十八卷，清末王先謙撰集。

詩經傳授在漢代，分爲齊魯韓毛四家，已爲歷來詩經學者所詳論。四家詩中，齊魯韓三家以今文傳播，並被立爲官學，與起初僅在民間傳授、並以古文書寫的毛詩，不但所受重視的程度不同，而且在解釋詩旨、編次章節、辨析字詞、訓詁名物等方面，都存在着歧異。三家詩與毛詩的歧異，源於最初流傳的地區與師法門户之不同，孰優孰劣，本非一言可決。然而由於涉及今文與古文經學之争，發展至於不能相容，争執的性質已不止于學術問題。三家詩自武帝時置立博士，終兩漢之世，地位尊顯，影响極大。毛詩在平帝元始中，雖曾置立博士，然不久卽廢。經過東漢前期的今、古文兩派鬬争，毛詩終於流傳漸廣，又因鄭玄總結諸古文經師的研究成果，兼採今文經説，爲毛氏詩詁訓傳作箋而大顯於世。自毛詩傳箋行世以後，三家詩的流傳日見衰微，三家詩説隨之逐漸亡佚，而毛詩後來居上，竟成爲後世誦習詩經的主要讀本。及至唐代，孔穎達等奉敕修定五經，恪守毛鄭師説，纂成毛詩正義。歷宋迄清，毛詩的尊崇地位牢固不變，而三家詩義僅殘闕不全地存於秦漢以後的大量古籍中。

三家詩的亡佚，據清代詩經學者的意見，齊詩最先，漢魏之間已亡；魯詩稍晚，流傳至於晉代；韓詩最後，但唐宋以還，亦唯有經後人整理的韓詩外傳十卷行世。按照漢書藝文志的著録，三家詩在漢代，卷帙甚爲繁富：魯詩有魯故二十五卷、魯説二十八卷；齊詩有齊后氏故二十卷、齊后氏傳三十九卷、齊孫氏故二十七卷、齊孫氏傳二十八卷；韓詩有韓詩内傳四卷、韓詩外傳六卷、韓故三十六卷、韓説四十一卷等等。時移代隔，文獻散落，三家詩的式微，令後人從此無由見其全貌。三家詩著作既經亡佚，其佚文遺説，只能從與其同時的各類典籍中尋討。此外，由於鄭玄是今、古文兼通的經學大師，三家詩説也部分地保留在鄭箋之中。

詩經的誦習與研究，自古至今，延續不斷，歷代名家輩出，著述如林，爲後人留下了一宗豐富遺産。詩經研究，經歷了漢學、宋學、清學等階段，而對三家詩與毛詩的依違信疑，亦貫穿其始終。毛詩雖自漢以下居於正統地位，然歷來疑毛、攻毛、護毛之辯不絶。三家詩雖已亡佚，歷來對其執信、搜輯並加以利用者亦代有人出。鑒於三家詩的失傳，自宋王應麟詩攷以下，歷代學者對三家詩分别作了採摭搜羅，成績斐然。延及清代，乾嘉學者更以輯佚補亡之長技，對三家詩佚文遺説開展全面搜討。至於清代後期，經范家相阮元丁晏馬國翰陳壽祺陳喬樅魏源等學者的努力，凡屬保留了三家詩義的古籍，已被搜尋殆遍。清末王先謙的詩三家義集疏，則是集諸家之大成，並加以融會貫通的總結性成果。

王先謙（一八四二——一九一七），字益吾，晚號葵園，湖南長沙人。同治四年進士，選庶吉士，授編修，歷國子祭酒、江蘇學政。四十七歲告歸以後，卽潛心撰述，以治學勤劬，涉獵廣博，撰著輯集宏富而著稱。當其任職史館，曾纂有東華録一百二十卷、續東華録四百三十卷；督學江蘇，則匯刊續皇清經解一千四百三十卷、南菁書院叢書一百四十四卷；釋經，有尚書孔傳參正傳世；治史，有漢書補注後漢書集解元史拾補等書流行；參訂子書，則有莊子集解荀子集解等作；刊刻目録，則有天禄琳琅前後編郡齋讀書志諸書；考究外國史地，則纂修日本源流攷五洲地理圖志外國通鑑等書；選編詩文，則有續古文辭類纂律賦類纂駢文類纂等刻；此外，王氏又刻有合校水經注世説新語、鄉賢詩文集多種及虚受堂文集十五卷、詩集十九卷。清史稿卷四百八十二有傳。

王氏詩三家義集疏一書，初名三家詩義通繹，屬稿始於中年，時在江蘇學政任上，然僅至衛風碩人而中輟，曾以成稿寄繆荃孫等商討。晚歲賡續成書，二度修訂，刻行已在民國四年（一九一五），時年七十有四（見藝風堂友朋書札）。王氏於纂輯集注類著作既富經驗，集疏成書又歷時長久，故此書體例博洽嚴謹，用心精密，使三家詩説之輯集達到完備程度。今人欲通三家詩説，卽可以集疏爲主要讀本，一編在手，庶免翻檢尋覓之勞。集疏遍採歷來研治三家詩學已有之成果，合邶風鄘風衛風爲一卷，以還三家詩二十八卷之舊觀。經文之下，先將採自秦漢以下各類典籍中有關三家詩之佚文遺説，條分縷析，以次臚陳。疏文首列毛傳鄭箋，又徵引自宋至清數十家詩經學者之論説，兼綜並蓄，精密排比，並參以己意，詳爲疏解，用力精深，創獲頗夥。集疏繼承前人成果，於三家詩佚文之採用，尤得力於陳壽祺陳喬樅三家詩遺説攷。陳氏所輯，大都爲集疏所利用。集疏於三家詩義説解，則廣泛吸收自宋至清代學者之心得。在文字聲韻、名物地理的考證方面，集疏對戴震惠棟錢大昕郝懿行段玉裁王念孫王引之等乾嘉以來學者之精見卓識，善爲融會，尤多徵引。王氏雖宗今文經學，以整理三家詩爲己任，但對專治毛詩或今、古文兼通的學者如陳啓源毛詩稽古編、陳奐詩毛氏傳疏、馬瑞辰毛詩傳箋通釋、胡承珙毛詩後箋等作，亦折衷異同，多所稱述，使内容更爲充實。集疏之問世，固然不能爲兩千年來今、古文詩之争端定案，但搜殘補闕，網羅遺佚，爲後人提供迄今最完備之三家詩讀本，其有益於詩經學之功績，自不待贅述。

集疏撰成以後，有一九一五年虚受堂家刻本行世。本書點校，即以家刻本爲底本。作爲一部網羅遺逸的輯佚大作，集疏的最大特點是引書浩博，舉凡唐宋以前之經、史、諸子、文集及字書、韻書、類書等，如有三家詩説見存者，王氏莫不搜討徵引，採摭無遺。唐宋以後，尤其是清代學者的研究著作，亦被大量鈎稽引証。由於引書繁多，引文又每見輾轉稱述，因而王氏疏語與引文之間，頗見轇轕，故本書點校，於翻檢核對引書，曾多所用力。在核對引文過程中，對集疏引書的明顯舛訛，已據原書作了改正。凡屬王氏節引或有意改寫的引文，如非内容牴牾，一般逕依其舊，不加修改。此外，對集疏刊印中所用避諱字、錯別字及部分假借字、異體字，均逕直作了訂正。

點校工作，難度極大，囿於學力識見，集疏點校必定存在不少錯誤。爲使讀者獲一儘可能準確之三家詩讀本，懇切請求海内學人賜予批評指正。

點校者

一九八四年五月

目録

卷三上

邶鄘衛

卷三中

卷三下

卷四

王風

卷五

鄭風

卷六

齊風

卷七

魏風

卷八

唐風

卷九

秦風

卷十

陳風

卷十五

卷十六

卷十七

卷十八

卷十九

卷二十

卷二十一　大雅

卷二十二

卷二十三

卷二十四 周頌

卷二十五

卷二十六

詩三家義集疏序例

經學昌於漢，亦晦於漢。自伏壁書殘，其後僞孔從而亂之。詩則魯齊韓三家立學官，獨毛以古文鳴，獻王以其爲河間博士也，頗左右之。劉子駿名好古文，嘗欲兼立毛詩，然其移太常書，僅左氏春秋古文尚書逸禮三事而已。東漢之季，古文大興，康成兼通今古，爲毛作箋，遂以翼毛而凌三家。蓋毛之詁訓，非無可取，而當大同之世，敢立異說，疑誤後來，自謂子夏所傳，以掩其不合之迹，而據爲獨得之奇，故終漢世少尊信者。魏晉以降，鄭學盛行，讀鄭箋者必通毛傳。其初，人以信三家者疑毛，繼則以宗鄭者暱毛，終且以從毛者屏三家，而三家亡矣。衆喣漂山，聚蟁成雷，乃至學問之途，亦與人事一轍。君子觀於古今盛衰興亡之故，可不爲長太息哉！有宋才諝之士以詩義之多未安也，咸出己見，以求通於傳箋之外，而好古者復就三家遺文異義爲之攷輯。近二百數十年來，儒碩踵事搜求，有斐然之觀，顧散而無紀，學者病焉。余研覈全經，參匯衆說，於三家舊義采而集之，竊附己意，爲之通貫；近世治傳箋之學者，亦加擇取，期於破除墨守，暢通經恉。毛鄭二注，仍列經下，俾讀者無所觖望焉。書成，名之曰集疏，自愧用力少而取人者多也。癸丑冬，平江旅次。

詩有美有刺，而刺詩各自爲體：有直言以刺者，有微詞以諷者，亦有全篇皆美而實刺者。美一也，時與事不倫，則知其爲刺矣。自毛出亂經，不復可辨，然卽以毛論，楚茨以下諸篇，毛以爲「刺幽王」者，篇中皆無刺義。雖與三家合否不可究知，然其體固存也。今並列以明之：如關雎，魯說：畢公刺康王也。齊韓說：刺也。騶虞，魯說：歎傷之詞也。羔裘，毛序：刺朝也。女曰雞鳴，毛序：刺不說德也。鳲鳩，毛序：刺不壹也。鹿鳴，魯說：刺也。魚麗，齊說：思初也。楚茨，毛序：刺幽王也。信南山，毛序：刺幽王也。甫田，毛序：刺幽王也。瞻彼洛矣，毛序：刺幽王也。裳裳者華，毛序：刺幽王也。桑扈，毛序：刺幽王也。鴛鴦，毛序：刺幽王也。魚藻，毛序：刺幽王也。采菽，毛序：刺幽王也。瓠葉，毛序：大夫刺幽王也。此皆同體。關雎之爲刺，三家詩說並同。琴操騶虞鹿鳴諸篇，亦與衆說相應，無一家獨自立異者，雖舊文散落，大致尚堪尋繹。而毛於關雎騶虞別創新說，又以騶虞配麟趾爲鵲巢之應，私意牽合，一任自爲，其居心實爲妄繆，宜劉子駿不敢以之責太常也。

南陔，孝子相戒以養也。白華，孝子之絜白也。華黍，時和歲豐，宜黍稷也。有其義而亡其辭。毛詩列魚麗之後。箋云：「此三篇者，鄉飲酒、燕禮用焉。曰『笙入，立于縣中，奏南陔、白華、華黍』是也。孔子論詩『雅頌各得其所』時俱在耳，篇第當在於此。遭戰國及秦之世而亡之，其義則與衆篇之義合編，故存。至毛公爲詁訓傳，乃分衆篇之義，各置於其篇端。又闕其亡者，以見在爲數，故推解什首遂通耳，而下非孔子之舊。」

由庚，萬物得由其道也。崇丘，萬物得極其高大也。由儀，萬物之生各得其宜也。有其義而亡其辭。毛詩列南山有臺之後。箋云：「此三篇者，鄉飲酒、燕禮亦用焉，曰：『乃間歌魚麗，笙由庚；歌南有嘉魚，笙崇丘；歌南山有臺，笙由儀。』亦遭世亂而亡之。」燕禮又有『升歌鹿鳴，下管新宮。』新宮亦詩篇名也，辭義皆亡，無以知其篇第之處。」

宋洪邁容齋續筆云：南陔白華華黍由庚崇丘由儀六詩，毛公爲詩詁訓傳，各置其名，述其義，而亡其辭。鄉飲酒燕禮云：「笙入堂下，磬南北面立。樂奏南陔白華華黍。」「乃間歌魚麗，笙由庚；歌南有嘉魚，笙崇丘；歌南山有臺，笙由儀。乃合樂，周南關雎葛覃卷耳，召南鵲巢采蘋采蘩。」竊詳文意，所謂歌者，有其辭所以可歌，如魚麗嘉魚關雎以下是也。亡其辭者不可歌，故以笙吹之，南陔至於由儀是也。有其義者，謂「孝子相戒以養」、「萬物得由其道」之義。亡其辭者，元未嘗有辭也。鄭康成始以爲及秦之世而亡之，又引燕禮「升歌鹿鳴，下管新宮」爲比，謂新宮之詩亦亡。案左傳宋公享叔孫昭子，賦新宮，杜注爲「逸詩」，則亦有辭，非諸篇比也。陸德明音義云：「此六篇蓋武王之詩，周公制禮，用爲樂章，吹笙以播其曲。孔子刪訂在三百一十一篇內，及秦而亡。」乃祖鄭説耳。且古詩逸不存者多矣，何獨列此六名於大序中乎？束皙補亡六篇，不作可也。左傳叔孫豹如晉，晉侯享之，金奏肆夏韶夏納夏，工歌文王大明緜鹿鳴四牡皇皇者華。三夏者，樂曲名，擊鐘而奏，亦以樂曲無辭，故以金奏之，若六詩則工歌之矣。尤可證也。

皮錫瑞詩經通論云：漢初馬遷王式諸人，皆云「詩三百五篇」，無有云「三百十一篇」者，是不數六笙詩甚明。毛傳不以六笙詩列什數，序云「有其義而亡其辭」，「亡」字當讀「有無」之「無」，鄭君以爲「亡逸」之「亡」。自鄭爲此說，陸德明孔穎達成伯璵諸人，皆以爲詩三百十一篇，與漢初人云「三百五篇」不合矣。杜子春周禮鍾師注引春秋傳「金奏肆夏之三」云：「肆夏與文王、鹿鳴俱稱三，謂其三章也。以此知肆夏詩也。」呂叔玉云：「肆夏繁遏渠，皆周頌也。肆夏，時邁也。繁遏，執傹也。渠，思文也。肆，遂也。夏，大也。謂遂於大位，謂王位也，故時邁曰：『肆于時夏，允王保之。』繁，多也。遏，止也。言福祿止於周之多也，故執傹曰：『降福穰穰，降福簡簡，福祿來反。』渠，大也。言以后稷配天，王道之大也，故思文曰：『思文后稷，克配彼天。』」鄭謂：「以文王鹿鳴言之，則九夏皆詩篇名，頌之族類也。此歌之大者，載在樂章，樂崩亦從而亡，是以頌不能具。」案呂說蓋以時邁思文皆有「時夏」之文，而執傹一篇在其間，故據以當三夏，其說近傅會。鄭說是也，特以爲「頌之族類」、「樂崩亦從而亡」，則猶未知金奏與工歌不同，本不在三百五篇中也。

愚案：洪皮二說皆是。詩之緣起，先有辭而後有聲，古詩無不入樂，故有歌以宣之，卽有聲以播之，未有有其聲而無其辭者也。惟聲既入譜，卽各自爲書，不復與本詩相涉。漢藝文志有河南周歌詩七篇，別有河南周歌詩聲曲折七篇；有周謠歌詩七十五篇，別有周謠歌詩聲曲折七十五篇。是詩自爲詩，聲自爲聲，不相參雜之證。宋書樂志云：「詩章詞異，興廢隨時，至其韻逗曲折，皆繫於舊。」又詩廢而聲不同廢之證。南陔以下六詩之亡逸，不知何時，要決不在三百五篇之內，僅有儀禮古學，尚存「笙詩」之名，此卽當時詩廢而聲未廢，故止能笙而不能歌也。毛欲藉此以標異於今文之學，序又成於其手，撰爲詩義，羼入三百五篇之中，然尚不敢大破籬藩，竟改什數，此其心迹之可窺見者也。自鄭君信之，遂併爲一談，牢不可破矣。

史記稱「韓生推詩人之意，爲內、外傳數萬言，頗與齊魯間殊，然其歸一也。」所謂「其歸一」者，謂三家詩言大恉不相悖耳。毛詩則詭名子夏，而傳授茫昧，姓名參錯，其大恉與三家歧異者凡數十，卽與古書不合者亦多，徒以古文之故，爲鄭偏好。諸家既廢，苟欲讀詩，舍毛無從。撫今者溯往事而不平，望古者覩遺文而長歎，是以窮經之士討論三家遺説者，不一其人，而侯官陳氏最爲詳洽。甄録弁言，藉明梗概，其文其義，散具篇章。

陳喬樅魯詩遺説攷序云：漢書藝文志：「詩經二十八卷，魯齊韓三家。魯故二十五卷。魯説二十八卷。」楚元王傳云：「元王少時，嘗與魯穆生白生申公俱受詩於浮邱伯。文帝時，聞申公爲詩最精，以爲博士。申公始爲詩傳，號魯詩。」然則志載魯故魯説，蓋卽申公所爲之詩傳矣。史記儒林傳言漢高祖過魯，申公以弟子從師入謁於魯南宮。又言申公以詩教授，弟子自遠方至受業者千餘人。是三家之學，魯最先出，其傳亦最廣。有張唐褚氏之學，又有韋氏學、許氏學，皆家世傳業，守其師法。終漢之世，三家並立學官，而魯學爲極盛焉。魏晉改代，屢經兵燹，學官失業，齊詩既亡，魯詩不過江東，其學遂以寖微。然而馬班范三史所載，漢百家著述所稱，亦未嘗無緒論之存，足資攷證佚文，采摭異義。失在學者因陋就簡，不能修學好古、實事求是耳。宋王厚甫詩攷，據儀禮士昏禮鄭注引魯詩說、公羊傳何注引魯詩傳及漢書文三王傳、杜欽谷永傳注、續漢書輿服志注、後漢書班固傳注所引魯訓魯傳，采爲魯詩，疏漏尚多。其石經魯詩殘碑，惟取與毛異者，餘皆棄而不録。顧魯詩今不傳，止此殘碑，雖文與毛同，亦當備載，俾得據以考證，不宜取此棄彼也。案魯詩授受源流，漢書章章可攷。申公受詩於浮邱伯，伯乃荀卿門人也。劉向校録孫卿書，亦云浮邱伯受業於孫卿，爲名儒。是申公之學出自荀子，荀子書中説詩者，大都爲魯説所本。今綴之列於魯詩，原其所自始也。孔安國從申公受詩，爲博士，至臨淮太守，見史記儒林傳。太史公從孔安國問業，所習當爲魯詩。觀其傳儒林首列申公、敍申公弟子首數孔安國，此太史公尊其師傳，故特先之。劉向父子世習魯詩，攷楚元王傳，言「元王好詩，諸子皆讀詩，王子郢客與申公俱卒學。申公爲詩傳，元王亦次之詩傳，號元王詩。」向爲元王子休侯富曾孫，漢人傳經，最重家學，知向世修其業。説苑新序列女傳諸書，其所稱述，出魯詩無疑矣。後漢建初四年，下太常，將、大夫、博士、議郎、郎中及諸生、諸儒會白虎觀，講議五經同異，使五官中郎將魏應承制問，侍中淳于恭奏，帝親制臨決，如孝宣石渠故事，作白虎議奏。今於白虎通引詩，皆定爲魯説，以當時會議諸儒如魯恭魏應，皆習魯詩，而承制專掌問難，又出於魏應也。爾雅亦魯詩之學。漢儒謂爾雅爲叔孫通所傳，叔孫通，魯人也。臧鏞堂拜經日記，以爾雅所釋詩字訓義皆爲魯詩，允而有徵。郭璞不見魯詩，其注爾雅，多襲漢人舊義。若犍爲舍人劉歆樊光李巡諸家注解徵引詩經，皆魯家今文，往往與毛殊。郭璞沿用其語，如釋故「陽，予也」，注引魯詩「陽如之何」，釋草「蓾，茥」，注引詩山有蓾文，與石經魯詩同，尤其確證。熹平石經以魯詩爲主，間有齊韓字，蓋敍二家異同之說，此蔡邕、楊賜奉詔同定者也。若夫張衡東京賦「改奢卽儉，制美斯干」之語，與劉向傳說詩義合；王逸楚詞注「繁鳥萃棘，負子肆情」之解，與列女傳歌詩事同；至如「佩玉晏鳴，關雎歎之」，臣瓚謂事見魯詩；而王充論衡、揚雄法言，亦並以關雎爲「康王之時，仁義陵遲，鹿鳴刺焉」。史遷蓋語本魯說，而王符潛夫論、高誘淮南注，亦均以鹿鳴爲刺上之作。互證而參觀之，夫固可以攷見家法矣。

又齊詩遺說攷序云：漢書藝文志載：「詩經齊家二十八卷，齊后氏故二十卷，孫氏故二十七卷，齊后氏傳三十九卷，孫氏傳二十卷，齊雜記十八卷。」隋書經籍志云「齊詩魏已亡」，是三家詩之失傳，齊爲最早，魏晉以來，學者尟有肄業及之者矣。宋王厚甫所撰詩攷，其於齊詩，僅據漢書地理志及匡衡蕭望之傳與後漢書伏湛傳中語錄入數事，寥寥寡證。間摭晁說之董彥遠說，往往持論不根，難以徵信。近世余蕭客范家相盧文弨王謨馮登府諸君，皆續有采輯。然擇焉不精，語焉不詳，於齊詩專家之學，究未能尋其端緒也。竊攷漢時經師，以齊魯爲兩大宗，文景之際，言詩者魯有申培公，齊有轅固生。春秋論語，亦皆有齊魯之學，其大較也。漢儒治經，最重家法，學官所立，經生遞傳，專門命氏，咸自名家。三百餘年，雖詩分爲四，春秋分爲五，文字或異，訓義固殊，要皆各守師法，持之弗失，寧固而不肯少變，斯亦古人之質厚，賢於季俗之逐波而靡也。喬樅比補緝齊詩佚文、佚義，於經徵之儀禮，大小戴禮記，於史徵之班固漢書、荀悦漢紀，於諸子百家徵之董仲舒春秋繁露、焦贛易林、桓寬鹽鐵論、荀悦申鑒諸書，皆確有證據，不逞私臆之見，不爲附會之語，蘄於實事求是而已。夫轅生以治詩爲博士，諸齊以詩貴顯者，皆固之弟子，而昌邑太傅夏侯始昌最明。始昌通五經，后蒼事始昌，亦通詩、禮，爲博士。訖孝宣世，禮學后蒼最明，戴德、戴聖慶普皆其弟子。三家立於學官，詩、禮師傳既同出自后氏，則儀禮及二戴禮記中所引佚詩，皆當爲齊詩之文矣。鄭君本治小戴禮，注禮在箋詩之前，未得毛傳；禮家師説均用齊詩，鄭君據以爲解，知其所述多本齊詩之義。故鄭志答炅模云：「坊記注以燕燕爲夫人定姜之詩，先師亦然。」「先師」者，謂禮家師説也。齊詩有翼匡師伏之學，班固之從祖伯，少受詩於師丹，誦説有法，故彪固世傳家學。漢書地理志引「子之營兮」及「自杜沮漆」，並據齊詩之文。又云「陳俗巫鬼」、「晉俗儉陋」，其語亦與匡衡説詩合，是其驗已。荀悦叔父爽師事陳實，實子紀傳齊詩，見陸德明經典釋文。後漢書言荀爽嘗著詩傳，爽之詩學，太邱所授，其爲齊學明矣。轅固生作詩内外傳，荀悦特著於漢紀，尤足證荀氏家學皆治齊詩，故言之獨詳耳。至如公羊氏本齊學，治公羊春秋者，其於詩皆稱齊，猶之穀梁氏爲魯學，治穀梁春秋者，其於詩亦稱魯也。董仲舒通五經，治公羊春秋，與齊人胡母生同業，則習齊可知。易有孟京「卦氣」之候，詩有翼奉「五際」之要，尚書有夏侯「洪範」之説，春秋有公羊「災異」之條，皆明於象數，善推禍福，以著天人之應，淵源所自，同一師承，确然無疑。孟喜從田王孫受易，得易家候陰陽災異書，喜卽東海孟卿子焦延壽所從問易者，是亦齊學也。故焦氏易林皆主齊詩説，豈僅「甲戌己庚，達性任情」之語與翼氏齊詩言「五性六情」合，「亥午相錯，敗亂緒業」之辭與詩氾厤樞言「午亥之際爲革命」合已哉？若夫桓寬鹽鐵論，以周南之「罝兔」爲刺義，與魯韓毛迥異；以邶風之「鳴雁」爲「鳱」，文與魯韓毛並殊，又其顯然易見者耳。夫以二千餘年湮没無傳之絶學，墜緒茫茫，苟能獲其單詞隻義，已不啻吉光片羽，良可寶貴，況乎沿流溯源，尚有涯涘之可尋，雖未足以盡梗概，而其佚時時見於他説者，猶存什一於千百，抑不可謂非幸也。

又韓詩遺説攷序云：自魏晉改代，毛、鄭詩行而三家之學始微。韓詩雖最後亡，持其業者蓋寡，惟杜瓊著韓詩章句十餘萬言，見於蜀志；張紘從濮陽闓受韓詩，見於吳書；崔季珪少讀韓詩，就鄭氏學，見於魏志；晉大康中何隨治韓詩，研精文緯，見於華陽國志。外此不數覯焉。夫去聖久遠，學不厭博，漢世褒顯儒術，建立五經，爲置博士，一經之學，數家競爽，凡別名家者，皆增置博士，各以家法教授，所以扶進微學，尊廣道藝也。後之人因陋就簡，安其所習，毁所不見，師法既失，家學就湮，豈非學士大夫之過與？稽之漢書藝文志：「韓詩經二十八卷，韓故三十六卷，内傳四卷，外傳六卷，韓説四十一卷。」而隋書經籍志止載：「韓詩二十二卷，薛氏章句。」唐書藝文志則載：「韓詩卜商序、韓嬰注二十二卷，又外傳十卷。」然觀唐人經義及類書所引韓詩，要皆薛氏章句爲多，至於内傳，僅散見一二焉。據後漢書儒林傳言薛漢「世習韓詩，父子以章句著名」。又言杜撫少「受業於薛漢，定韓詩章句。其所作詩題約義通，學者傳之，曰杜君法。」疑唐書藝文志所載當卽此種，故卷數與漢志不同，雖題爲「韓嬰注」，知非太傅之舊本。蓋韓故韓説二書，其亡佚固已久矣。他如趙長君詩細，世雖不傳，然韓詩譜二卷、詩曆神淵一卷、侯包韓詩翼要十卷，具列隋志，是其書猶未盡佚，惜當時定五經正義專主毛詩鄭箋，獨立國學，韓詩雖在，世所不用，課士不取，人無能明之者。陸元朗經典釋文閒采毛韓異同，而罣漏尚多，斯亦稽古者之大憾也。宋元以後，毛鄭詩亦復罕有專門，而韓詩之傳遂絶，其僅有存者，外傳十篇而已。説者因班志有「取春秋，采雜説，咸非其本義」之語，遂訾其不合詩意，不知董仲舒有言「詩無達詁」，劉向亦言「詩無通故」，讀詩之法，亦貴善以意逆志耳。太史公儒林傳稱「韓生推詩人之意，而爲内外傳數萬言，其語頗與齊魯閒殊，然其歸一也。」夫詩三百篇中，邇之事父，遠之事君，與觀羣怨之旨，於斯焉備。其主文而譎諫也，言者無罪，聞之者足以戒，善惡美刺，蓋不可不察焉。孟子曰：「王者之迹熄而詩亡，詩亡然後春秋作。」詩之與春秋，固相與維持世道也。子夏序詩，言：「國史明乎得失之迹，傷人倫之廢，哀刑政之苛，吟詠性情以諷其上，達於事變而懷其舊俗者也。」今觀外傳之文，記夫子之緒論與春秋雜説，或引詩以證事，或引事以明詩，使爲法者章顯，爲戒者著明，雖非專於解經之作，要其觸類引伸，斷章取義，皆有合於聖門商賜言詩之意也。況夫微言大義，往往而有，上推天人性理，明皆有仁義禮智順善之心；下究萬物情狀，多識於鳥獸草木之名；考風雅之正變，知王道之興衰，固天命性道之藴而古今得失之林邪！

鄭志答趙商云：「凡賦詩者，或造篇，或誦古。」孔疏：「誦古，指常棣也。」夫周公作常棣，召穆公於厲王時重歌之，而左傳富辰謂之「作詩」，是誦古亦爲賦詩之明證也。顧常棣今知爲周公作，伐木則無知之者。蓋伐木之詩，因文王少未居位時，藉端求賢，與友生伐木山阪，追身爲國君，山林之朋友，已爲朝廷之故舊，宴飲叙情，事非周公不能知，詩非周公不能作也。詳具本詩。年遠世衰，賢人隱於伐木，歌此詩以見志，聞之者以爲其所作，故云「周衰作刺」，又謂「伐木廢，朋友之道缺也」。若非古説尚有流傳，此義當塵霾千載。鄭箋常棣云：「周公弔二叔之不咸，而使兄弟之恩疏。召公爲作此詩，而歌之以親之。」儻無左傳爲證，則詩屬召公矣。伐木亦其比也。故常棣伐木二詩爲「誦古」一體，全經止此二篇，因論詩體，並爲揭出。

魏源詩古微云：漢興，詩始萌芽。齊魯韓三家盛行，毛最後出，未立博士。蓋自東京中葉以前，博士弟子所誦習，朝野羣儒所稱引，咸於是乎在。與施孟梁邱之易，歐陽夏侯之書，公羊穀梁之春秋，並旁薄世宙者幾四百年。末造而古文之學漸興，力剷博士今文之學。然肅宗令賈逵撰齊魯韓毛異同，六朝崔靈恩作毛詩集注，皆兼采三家。使其書並傳，切劘「六義」，羽翼「四始」，詎不羣燎之燭長夜，衆造之證疑獄也哉！鄭康成氏少習韓詩，晚歲舍韓箋毛，及鄭學大昌，毛遂專行於世。人情黨盛則抑衰，孤學易擯而難輔，於是齊詩魏代卽亡，魯詩亡於西晉。韓詩唐宋尚存，新書蓺文志崇文總目猶載其書，御覽集韻多引其文，而久亦亡於北宋。物極必反，情鬱思申，於是攻毛議序者亦起於北宋。不揣其本，兩敗俱傷，天之將喪斯文也，夫何怪歟！辯生於末學，言止於甌臾，要其矯誣三家者，不過三端：曰齊魯韓皆未見古序也；毛詩與經傳諸子合，而三家無證也；毛序出子夏孟荀，而三家無攷也。請一一破其疑、起其墜，以質百世：案程大昌曰：「三家不見古序，故無以總測篇意。毛惟有古序，以該括章旨，故詁訓所及，會全詩以歸一貫。」然攷新唐書蓺文志：「韓詩二卷，卜商序、韓嬰注。」而水經注引韓詩周南敍曰：「其地在南郡南陽之間。」至諸家所引韓詩，如：「關雎，刺時也。」「漢廣，説人也。」「汝墳，辭家也。」「芣苢，傷夫有惡疾也。」「黍離，伯封作也。」「蝃蝀，刺奔女也。」「溱與洧，説人也。」「雞鳴，讒人也。」「夫栘，燕兄弟也。」「伐木，文王敬故也。」「鼓鐘，刺昭王也。」「賓之初筵，衛武公飲酒悔過也。」「抑，衛武公刺王室以自戒也。」「假樂，美宣王之德也。」「雲漢，宣王遭亂仰天也。」「雨無極，正大夫刺幽王也。」「四月，歎征役也。」「閟宮有侐，公子奚斯作也。」「那，美襄公也。」皆與毛詩首語一例，則韓詩有序明矣。齊詩最殘缺，而張揖魏人，習齊詩，其上林賦注曰：「伐檀，刺賢者不遇明王也。」其爲齊詩之序明矣。劉向，楚元王孫，世傳魯詩，其列女傳，以芣苢爲蔡人妻作，汝墳爲周南大夫妻作，行露爲召南申女作，邶柏舟爲衞大夫作，碩人爲莊姜傅母作，燕燕爲定姜送婦作，式微爲黎莊夫人及傅母作，載馳爲許穆夫人作，視毛序之空衍者，尤鑿鑿不誣。且其息夫人傳曰：「君子故序之於詩。」黎莊夫人傳曰：「君子故序之以編詩。」而向所自著書亦曰新序，是魯詩有序明矣。且三家遺説，凡魯詩如此者，韓必同之；韓詩如此者，魯必同之；齊詩存什一於千百，而魯韓必同之。苟非同出一原，安能重規疊矩，三人占則從二人之言？謂毛不見三家古序則有之，三家烏用見毛序爲哉！程氏其何説之詞？王氏引之曰：「藝文志：『詩經二十八卷，魯齊韓三家。』蓋以十五國風爲十五卷，小雅七十四篇爲七卷，大雅三十一篇爲三卷，三頌爲三卷，與毛傳同。而志言『毛詩經故二十九卷』者，毛以詩序別爲一卷，與三家之序冠各篇者異也。今魯、齊二家序不可攷，韓詩序則楊震傳引蝃蝀篇、御覽引黍離篇，皆以序與經文連引，則知不別爲卷矣。而毛又分周頌三十一篇爲三卷，故今詁訓傳爲卷三十也。」案：王氏説於漢志似符，而於新唐書志又不合，且韓詩邶鄘衞分合不可知，則以序二卷與十三國數之，亦適符漢志之數也。鄭樵曰：「毛公時左傳孟子國語儀禮未盛行而先與之合，世人未知毛詩之密，故俱從三家。及諸書出而證之，諸儒得以攷其異同得失，長者出而短者自廢，故皆舍三家而宗毛。」應之曰：齊詩先采蘋而後草蟲，與儀禮合；小雅「四始」、「五際」，次第與樂章合。魯韓詩説碩人、二子乘舟載馳黃鳥，與左氏合；説抑及昊天有成命，與國語合；説騶虞「樂官備」，與射義合；説凱風、小弁，與孟子合；說出車與采薇非文王伐玁狁，與尚書大傳合；大武六章，次第與樂章合。其不合諸書者安在？而毛詩則動與牴牾，其合諸書者又安在？顧謂西漢諸儒未見諸書，故舍毛而從三家，則太史公本左氏國語以作史記，何以宗魯詩而不宗毛？賈誼劉向博極羣書，何以新書、說苑、列女傳宗魯而不宗毛？謂東漢諸儒得諸書證合，乃知宗毛而舍三家，則班固評論四家詩，何以獨許魯近？左傳由賈逵得立，服虔作解，而逵撰齊魯韓毛詩異同，服虔注左氏，鄭君注禮，皆顯用韓詩，卽鄭箋毛，亦多陰用韓義。許君說文敍，自言詩稱毛氏，皆古文家言，而說文引詩，什九皆三家。五經異義論罍制、論鄭風、論生民，亦並從三家說。豈非鄭許之用毛者，特欲專立古文門戶，而意實以魯韓爲勝乎？若云長者出而短者自廢，則鄭荀王韓之易賢於施孟梁邱，梅賾之書賢於伏生夏侯歐陽，韓詩外傳賢於韓詩內傳，左氏之杜預注賢於賈服，而逸書十六篇、逸禮七十篇亡所當亡耶？至錢氏大昕據孟子「勞於王事，不得養父母」爲孟子之用小序，緇衣篇「長民者衣服不貳，從容有常」爲公孫尼子之用小序，則不如據論語「關雎樂而不淫，哀而不傷」爲夫子用小序之爲愈也。梅賾之僞古文書，其亦三代經傳襲用梅氏耶？鄭氏其何說之詞！葉氏夢得謂：「漢文章無引毛序者，惟魏黃初四年詔曰：「曹風刺遠君子、近小人。」毛序至是始行於世。」陳氏啓源駁之，謂司馬相如難蜀父老文「王事未有不始於憂勤，終於逸樂」，爲用魚麗序；班孟堅東郡賦「大德廣之所及」，爲用漢廣序。不知衞宏續序，多剽取經傳陳言，卽如首篇「關雎憂在進賢，不淫其色，哀窈窕，思賢才，而無傷善之心。」卽穿鑿論語，齟齬詩義，何論其他。馬氏端臨曰：「譬之聽訟，毛詩，其左證到案之人也；齊魯韓，其逋亡無證不到案之人也。今所存魯韓遺說，如以關雎爲畢公作，以柏舟爲衞宣夫人作，後儒皆不從之。夫同一魯韓詩也，他序可從而關雎柏舟之序獨不可從乎？」應之曰：詩三百五篇，篇自爲案，各不相謀。三家詩有亡逸者，有到案者，馬氏但就其所到之案虛，公讞之可矣。且其未到之案，或可連類旁證、比例互知者，亦有之矣。今以其有他案未到，乃幷其見存左證之百十案一切置之，而惟毛詩一面之詞，遂不煩他證，不問是非虛實，一切直之，可乎？馬氏又曰：「詩之見録者，必其序說明白而旨意可攷；其刪佚不録者，必其序說無傳，旨意難攷。」如其言，是聖人折衷六蓺，衡鑒貿然，惟以序說爲去取。然貍首新宮之屬，當以序不明而置之矣；其所存二雅諸序，當必與禮樂相表裏。乃大雅正篇，莫一詳其樂章之所用，何耶？十三國之無「正風」，與燕蔡莒許杞薛之并無「變風」，既皆以序不明而置之矣；則所存諸國之序，當必可爲詩史。乃國風小序於史有世家者，皆傅之惡謚，至魏檜之史無世家者，則但以爲刺其君、其大夫，而無一謚號世次之可傅會，又何耶？其明白者安在？其出國史者安在？馬氏其何說之詞？姜氏炳璋曰：「漢四家詩，惟毛公出自子夏，淵源最古。且魯頌傳引孟仲子之言，絲衣序別高子之言，北山序同孟子之語，則又出於孟子。而大毛公親爲荀卿弟子，故毛傳多用荀子之言，非三家所及。」應之曰：漢書楚元王傳言「浮邱伯傳魯詩於荀卿」，則亦出荀子矣；唐書載「韓詩，卜商序」，則亦出子夏矣；韓詩外傳高子問載馳之詩於孟子，孟子曰：「有衞女之志則可，無衛女之志則怠。」又載荀卿非十二子篇，獨去子思、孟子，且外傳屢引七篇之文，則亦出孟子矣。故漢書曰：「又有毛公之學，自言子夏所傳。」「自言」云者，人不取信之詞也。至釋文引徐整云：三國吳人。「子夏授高行子，高行子授薛倉子，薛倉子授帛妙子，帛妙子授河間人大毛公，毛公爲詩故訓傳於家，以授趙人小毛公，小毛公爲河間獻王博士。」「一云子夏授曾申，申傳魏人李克，克傳魯人孟仲子，孟仲子傳根牟子，根牟子傳趙人孫卿子，孫卿子傳魯人大毛公。」夫同一毛詩傳授源流，而姓名無一同，且一以爲出荀卿，一以爲不出荀卿；一以爲河間人，一以爲魯人，展轉傳會，安所據依？豈非漢書「自言子夏所傳」一語，已發其覆乎？以視三家源流，孰傳信孰傳疑？姜氏其何説之詞？

愚案：魏説明快，足破近儒墨守陋見，故備録之。攷毛之不爲人信者，以序獨異故，脱有如蔡邕之録周頌序者，但使齊、魯、韓皆存其序，三家雖亡猶若未亡。而任其散失，不一顧念者，則今古相仇，意見横出之過也。毛詩之在西漢，自杜欽欽説小弁用毛詩，蓋亦言不純師者。賈捐之外，鮮肄業及之者。鄭箋一出，學者靡然。以當時衆所不信之書，特起孤行，又值魏晉不甚説學之朝，肅、謐之徒見而生心，競起作僞，致聖人雅言之教並蒙其殃，宜其流至朱明，尚有子貢詩説出也。

爾雅，魯詩之學，先儒已有定論。茲取其顯明者列注，餘詳疏中。毛「維」字，三家作「惟」，或作「唯」。「彼其」之「其」，三家作「己」，全詩大同。然非古書稱引，不輒出之。

毛傳巨謬，在僞造周召二南新説，羼入大序之中，及分邶鄘衛爲三國。二南疆域，三家具存其義，若如毛説，是十五國風不全也。孔子云：「人而不爲周南召南，其猶正牆面而立也與？」推詳聖意，蓋因周立國最久，至孔子時已六七百年，二南規制既遠，史册無徵，惟據詩篇，尚存崖略，故有「不爲牆面」之歎。秦漢之際，經亦幾亡，毛傳乘隙奮筆，無敢以爲非者，古文勃興，永爲宗主。幸三家遺説猶在，不可謂非聖經一綫之延也。

詩三家義集疏卷一

周南關雎第一

【注】魯説曰：古之周南，即今之洛陽。又曰：洛陽而謂周南者，自陝以東，皆周南之地也。【疏】史記太史公自序：「天子始建漢家之封，而太史公留滯周南。」「古之」至「洛陽」，裴駰注引摯虞文。「洛陽」至「地也」，漢書司馬遷傳顔注引張晏文。此魯家相承舊説也。楊雄方言：「窕，美也。陳楚周南之間曰窕。」以陳楚周南地望相接，特並舉之。遷雄皆魯詩家也。洛陽，漢志河南郡雒陽縣。（今河南洛陽縣。）陝，漢志弘農郡陝縣。（今河南陝州。）水經河水注云：「昔周召分陝，以此城爲東西之別，東城即虢邑之上陽也。」周南詩篇有汝墳，周南大夫之妻作。有芣苢，蔡人之妻作。有漢廣，江漢合流之地所作。漢志：「汝南郡，莽曰汝墳。」（今本誤「汾」。）汝陰縣，「莽曰汝墳，故胡國。」（今潁州府阜陽縣。）「上蔡，故蔡國。」（今汝寧府上蔡縣。）江夏郡沙羨，江漢合流之地屬焉，皆周南地也。云「自陝以東皆周南之地」者，就周陳楚衞之間推測。二南四至：（召南見後。）周南之西與周都接，以陝爲界。其東北與召南接，以汝南郡汝陰縣爲界。其東南與陳接。（前漢淮陽國，後漢陳國，今陳州府淮寧縣。）東與楚接。（漢楚國，今徐州府銅山縣。）蓋周業興於西岐，化被於江漢汝蔡，江漢所爲詩，並得登於周南之篇，其地在周之南，故以周南名其國。江漢蒙化，雖皆服屬於周，然諸侯衆盛，各君其國，如晉語之蔡原，考工記注之妢胡，猶可考案，周特羈縻撫輯之而已。迨文王受命稱王，召公代行方伯之職，南土日闢，故別爲召南國名。武王滅商之後，戡定南國，別建列侯。禮樂記：「武，始而北出，再成而滅商，三成而南，四成而南國是疆。」即詩「南國」究竟矣。詩人之作，或當時采自

風謠，或後世追述往事。周南是歸美文王，故云「王者之風」；召南則兼美召伯，故云「諸侯之風」。總覽詩恉，憭然易明。乃毛詩大序云：「然則關雎麟趾之化，王者之風，故繫之周公。南，言化自北而南也。鵲巢騶虞之德，諸侯之風也，先王之所以教，故繫之召公。」孔疏：「關雎麟趾之化，是王者之風，文王之所以教民。王者必聖，周公聖人，故繫之周公。不直名爲『周』，而必連言『南』者，言此文王之化，自北土而行於南方故也。鵲巢騶虞之德，是諸侯之風，先王太王王季所以教化民也。諸侯必賢，召公賢人，故繫之召公。」又魏書儒林傳，梁武帝問於李業興曰：「詩周南王者之風，繫之周公；召南仁賢之風，繫之召公，何名爲繫？」對曰：「鄭注儀禮曰：昔太王王季居於岐陽，躬行召南之教，以興王業。及文王，行今周南之教，以受命作邑於酆，分其故地，屬之二公。」武帝又問曰：「若是，故地應自統攝，何由分封二公？」業興曰：「文王爲諸侯時，所化之本國，今既登九五之尊，不可復守諸侯之地，故分封二公。」愚案：周南之詩，不及周公一語，曷爲繫之於公？若以公爲周聖人，然則文王非周乎？抑非聖乎？文王之先，起自諸侯，召公分土，亦任方伯之職，既云繫之召公，曷爲以諸侯之風歸之太王王季乎？且兩言之中，析周召言人，二南言化，杜撰不辭，聖門親授之恉，殆不若是。（「然則」八句，語意難通，且與上「詩之至也」不相貫注。）鄭譜說曲袒毛序，啟梁武分封之疑，業興臆測，助成其詞，亦非確論也。孔疏：「關雎者，詩篇之名。既以關雎爲首，遂以關雎爲一卷之目。金縢云：『公乃爲詩，以貽王，名之曰鴟鴞。』然則篇名皆作者所自名，既言『爲詩』，乃云『名之』，則先作詩，後爲名也。名篇之例，義無定準，多不過五，少纔取一。或偏舉兩字，或全取一句。偏舉則或上或下，全取則或盡或餘。亦有捨其篇首，撮章中之一言，或復都遺見文，假外理以定稱。黃鳥顯『緜蠻』之貌，草蟲棄『喓喓』之聲，瓜瓞取『緜緜』之形，瓠葉捨『番番』之狀。『夭夭』與桃名而俱舉，『蚩蚩』從氓狀而見遺。召旻韓奕則采合上下，騶虞權輿則並取篇末。其中踳駁，不可勝論，豈古人之無常，何立名之異與？以作非一人，故名無定目。」據孔説，是舊目如此，三家當然，今從之。關雎下毛加「詁訓傳」三字，今删。孔又云：「説文：第，次也。字從竹、弟。稱『第一』者，言其次第當一，所以分別先後也。」愚案：説文：「弟，韋束之次弟也。」不從「竹」。五經文字：「弟，從韋省，象圍帀次弟之形。」孔誤，今正。

詩國風【注】齊説曰：詩三百五篇。詩者，持也。在於敦厚之教，自持其心。諷刺之道，可以扶持邦家者也。【疏】孔疏：「詩國風，舊題也。」又云：「周南關雎第一，詩國風，元是大師所題。」今從之。鄭箋：「國者，總謂十五國；風者，諸侯之詩。從關雎至騶虞二十五篇，謂之正風。」孔疏：「詩者，一部之大名。國風者，十五國之總稱。不冠於周南之上而退在下者，案鄭注三禮周易中候尚書，皆大名在下。孔安國馬季長盧植王肅之徒，其所注者莫不盡然。然則本題自然，非注者移之，定本亦然，當以皆在第下，足得總攝故也。」「詩三百五篇」者，詩譜序正義引詩含神霧文，齊説也。孔云：「據今者及亡詩六篇，凡有三百十一篇。」「云『三百五篇』者，闕其亡者，以見在爲數也。樂緯動聲儀詩緯含神霧尚書璿璣鈐皆云『三百五篇』者，漢世毛學不行，三家不見詩序，不知六篇亡失，謂其唯有三百五篇。讖緯皆漢世所作，故言三百五耳。」愚案：史記孔子世家云：「古者詩本三千餘篇，去其重，取其可施於禮義者三百五篇。」「義」讀曰「儀」。「可施於禮儀」，謂可以入樂，凡賓客宴享皆用之也。漢書儒林傳王式云：「臣以三百五篇諫。」式皆學魯詩者。漢書藝文志：「孔子純取周詩，上采殷，下取魯，凡三百五篇。」班氏學齊詩者，是魯齊二家皆言「三百五篇」。韓詩無考，而孔云「三家謂唯三百五篇」，韓傳後亡，孔猶及見，知韓與魯齊同也。六篇亡失，應以見在爲數。孔謂毛學不行所致，然班志藝文兼收毛傳，並非不知毛學，亦云「三百五篇」，是「三百五」者，漢儒通論稱之如此。孔用以尊毛而抑三家，非也。「詩者，持也」者，亦譜序孔疏引含神霧文，取聲同字爲訓。孔云：「內則説負子之禮云『詩負之』，注云：『詩之言承也』。春秋説題辭云：『在事爲詩，未發爲謀，恬澹爲心，思慮爲志，詩之爲言志也。』然則詩有三訓：承也，志也，持也。作者承君政之善惡，述己志而作詩，爲詩所以持人之行，使不失隊，故一名而三訓也。」「在於」至「者也」，成伯璵毛詩指説引含神霧文。釋「持」兼二義，較孔尤備矣。詩大序：「風，風也，教也。」又云：「下以風刺上，故曰風。」釋「風」兼二義，與此兼「教」「刺」義合。周禮：「太師教六詩，曰風、曰賦、曰比、曰興、曰雅、曰頌。」鄭司農注：「古而自有風雅頌之名，故延陵季子觀樂於魯，時孔子尚幼，未定詩書。而曰：爲之歌邶鄘衞，曰是其衞風乎？又爲之歌小雅大雅，又爲之歌頌。」賈疏：「若然，此經有風雅頌，則在周公時，明不在孔子時矣。」「風是十五國風，從關雎至七月，是總號。」愚案：古有風雅頌之名，當如先鄭説，非孔子所定。漢書儒林傳序言「孔子論詩則首周南」，蓋孔子未定以前，或篇次倒亂，與今書不同，與史記言刪詩爲三百五篇，疑皆三家舊説。

關雎【注】魯説曰：周道缺，詩人本之衽席，關雎作。又曰：后妃之制，夭壽治亂存亡之端也。是以佩玉晏鳴，關雎歎之，知好色之伐性短年，離制度之生無厭，天下將蒙化，陵夷而成俗也。故詠淑女，幾以配上，忠孝之篤、仁厚之作也。又曰：周之康王夫人晏出朝，關雎豫見，思得淑女以配君子。又曰：周衰而詩作，蓋康王時也。康王德缺於房，大臣刺晏，故詩作。又曰：昔周康王承文王之盛，一朝晏起，夫人不鳴璜，宮門不擊柝，關雎之人見幾而作。又曰：周漸將衰，康王晏起，畢公喟然，深思古道，感彼關雎，性不雙侶，願得周公，配以窈窕，防微消漸，諷諭君父。孔氏大之，列冠篇首。齊説曰：孔子論詩，以關雎爲始。言太上者民之父母，后夫人之行不侔乎天地，則無以奉神靈之統而理萬物之宜，故詩曰：「窈窕淑女，君子好仇。」言能致其貞淑，不貳其操，情欲之感無介乎容儀，宴私之意不形乎動靜，夫然後可以配至尊而爲宗廟主。此綱紀之首、王教之端也。韓敘曰：關雎，刺時也。韓説曰：詩人言雎鳩貞潔愼匹，以聲相求，隱蔽於無人之處，故人君退朝入於私宮，后妃御見有度，應門擊柝，鼓人上堂，退反宴處，體安志明。今時大人內傾於色，賢人見其萌，故詠關雎，說淑女，正容儀以刺時。【疏】毛序：「后妃之德也。風之始也，所以風天下而正夫婦也。故用之鄉人焉，用之邦國焉。」○釋文：「舊說此是小序。自『風，風也』訖末，名爲大序。沈重云：『案鄭詩譜意，大序是子夏作，小序是子夏毛公合作，卜商意有不盡，毛更足成之。或云小序是東海衞敬仲所作。』」愚案：大序末云「然則關雎」至「召公」，（已見上。）又云：「是以關雎樂得淑女以配君子，憂在進賢，不淫其色，哀窈窕、思賢才，而無傷善之心。是關雎之義也。」箋：「『哀』，蓋字之誤也，當爲『衷』。『衷』，謂中心恕之，無傷善之心，謂好逑也。」愚謂此本子曰「樂而不淫，哀而不傷」二語。樂而不淫，謂「琴瑟友之」、「鼓鍾樂之」；哀而不傷，謂「寤寐思服」、「展轉反側」。「哀」之爲言「愛」，思之甚也。呂覽報更篇「人主胡可以不務哀士」，高注：「哀，愛也。」古「哀」、「愛」字通。釋名釋言語：「哀，愛也。愛乃思念之也。」與此「哀」意合。聖人言教，子夏豈有不知，而作如此解釋，其爲毛竄入之迹顯然。鄭破字爲「衷」，失之。○「周道」至「雎作」，史遷十二諸侯年表文。云「詩人本之衽席」者，玉府「衽席、牀笫，凡褻器」，鄭司農注：「衽席，單席也。」賈疏：「衽席者，燕寢中臥席，古人燕褻之地。」或言「衽席」，或言「牀笫」，其義一也。王后晏起，周道始缺，詩人推本至隱，而作關雎。儒林傳序「周室衰而關雎作」，義與此同。「后妃」至「作也」，漢書杜欽傳文。欽言：「作關雎之人，歎在上之好色無度，冀得淑女配君子也。」顏注引李奇曰：「后夫人鷄鳴佩玉去君所，周康王后不然，故詩人歎而傷之。」臣瓚曰：「此魯詩也。」「周之」至「君子」，劉向列女魏曲沃負傳文。云「晏出朝」者，據下引虞貞節注，明「朝」字衍文。云「關雎豫見」者，與杜欽傳贊「關雎見微」，楊賜傳言「關雎見幾」同義。今本「豫見」作「起興」，王氏念孫謂後人不曉魯詩之義而妄改之，王應麟詩攷引列女傳，尚作「豫見」。文選後漢皇后紀論李善注引虞貞節曰：「其夫人晏出，故作關雎之歌，以感誨之。」列女傳古有虞貞節注，此引即注文。據李奇劉虞說，知詩爲康王后夫人作。李稱康王后，劉虞言康王夫人者，古后、夫人得通稱，猶後世后、妃異號，而韓說以后、妃止是一人也。（見下。）匡衡傳以「后夫人」統言之，亦齊說之明證。列女傳云：「宣王嘗夜卧晏起，后夫人不出房，姜后請罪，宣王曰：非夫人之罪也。」（引詳庭燎篇。）稱姜后曰「夫人」，而姜后之外又別有「后夫人」，此魯說，可以推見周制矣。「周衰」至「詩作」，王充論衡謝短篇文。上引「詩家曰」，魯說也。云「周衰詩作」者，專以風刺之詩言。淮南氾論訓：「王道缺而詩作，周室廢、禮義壞而春秋作。詩春秋，學之美者也，皆衰世之造也。」與此義同。「昔周」至「而作」，袁宏後漢紀楊賜語。賜與蔡邕同定石經魯詩，亦用魯說。云「夫人不鳴璜」者，璜是夫人佩玉。佩玉上有葱珩，下有雙璜，珩璜相準，行步成聲。（詳鄭風女曰鷄鳴。）故曰「鳴璜」。今則鷄鳴時過，而珩璜無聲也。「不鳴」，與上「佩玉晏鳴」同義。云「宮門不擊柝」者，以下引薛君說互證之，蓋夫人已去君所，然後應門擊柝，鼓人上堂，否則宮門不擊柝也。後漢楊賜傳「康王一朝晏起，關雎見幾而作」，李注：「此事見魯，今亡失也。」又皇后紀論「故康王晚朝，關雎作諷」，注亦云：「見魯詩。」又楊雄法言孝至篇：「周康之時，頌聲作乎下，關雎作乎上，習治也。故習治則傷始亂也。」文選齊竟陵王行狀李注引應劭風俗通義云：「昔康王一朝晏起，詩人以爲深刺。天子當夜寢蚤作，身省萬機。」楊應二家與以上諸說同。蓋魯詩王、后並刺，李奇諸人以爲歎后，王充諸人以爲刺康王，非有異也。「周漸」至「篇首」，古文苑張超誚青衣賦文。後漢文苑傳：「超，河間人，與蔡邕同時者。」超以關雎爲畢公作，與論衡「大臣刺晏」合。是大臣乃畢公，魯詩所傳如此也。云「顧得周公」者，顧得如周公之聖德。羅泌路史高辛紀云：「康王一晏朝，而畢公作關雎之詩以諷。」乃本超賦而竊易之。世說：「謝征西稱關雎有不妒忌之德。夫人問：『詩是誰人所作？』曰：『周公作也。』」襲周南詩繫周公之說，亦無根據。「孔子」至「端也」，漢書匡衡傳文。其上云：「臣聞之師曰」，衡受齊詩於后蒼，此引后氏詩說也。其謂「后夫人之行不侔乎天地」，明主刺義。姚氏鼐謂：「衡本學齊詩，以關雎爲刺晏起，故云情欲之感，宴私之意。朱子善其語，取入集傳。然其說詩，實不同是也。」班固漢書杜欽傳贊曰：「庶幾乎關雎之見微。」後漢明帝紀「昔應門失守，關雎刺世」，李注引春秋說題辭曰：「人主不正，應門失守，故歌關雎以感之。」宋均注：「應門，聽政之處也。言不以政事爲務，則有宣淫之心。關雎樂而不淫，思得賢人與之共化，修應門之政者也。」班宋皆傳齊學，合觀諸說，知齊詩非主頌美也。「關雎，刺時也」者，王應麟詩攷六引韓詩叙文。「詩人」至「刺時」，後漢明帝紀李注引韓詩薛君章句文。云「退反晏處」者，指后夫人言。云「今時大人內傾於色」者，「大人」當爲「人君」。後漢馮衍傳衍顯志賦云：「美關雎之識微兮，愍王道之將崩。」注：「薛夫子韓詩章句曰：『詩人言雎鳩貞潔，以聲相求，必於河之洲，蔽隱無人之處。故人君動靜，退朝入於私宮，妃后御見，去留有度。今人君內傾於色，大人見其萌，故詠關雎，說淑女、正容儀也。』」互校明紀注「大人內傾于色」，「大人」是「人君」之誤。「大人見其萌」，「大人」又「賢人」之誤也。綜覽三家，義歸一致。蓋康王時當周極盛，一朝晏起，應門之政不修而鼓柝無聲，后夫人璜玉不鳴而去留無度，固人君傾色之咎，亦后夫人淫色專寵致然。畢公，王室藎臣，睹衰亂之將萌，思古道之極盛，由於賢女性不妒忌，能爲君子和好衆妾，其行侔天地，故可配至尊，爲宗廟主。今也不然，是無以奉神靈之統而理萬物之宜。陳往諷今，主文譎諫，言者無罪，聞者足戒，風人極軌，所以取冠全詩。毛傳匿刺揚美，蓋以爲陳賢聖之化，則不當有諷諫之詞，得粗而遺其精，斯巨失矣。韓詩外傳五引孔子曰：「關雎至矣乎！夫關雎之人，仰則天，俯則地。幽幽冥冥，德之所藏。紛紛沸沸，道之所行。如神龍變化，斐斐文章。大哉關雎之道也，萬物之所繫，羣生之所懸命也。」愚案：賢妃和好衆妾，取則天地，廓乎有容，以宮闈之幽深而德藏其內，嬪御之紛沸而道行其間，型家化國，以成天下，是以萬物羣生，於焉託命，爲孔子所深取。否則匹君子、稱好逑耳，於萬物羣生何與乎？又案，鄉飲酒鄭注云：「關雎，言后妃之德。」燕禮注同此。因後世樂歌推言其義，與當日詩恉無涉。關雎乃西都畿内之詩，附録於周南者，以召南野有死麕、何彼襛矣二詩例之，關雎篇次，葢在汝墳之後，麟趾之前，自孔子列冠篇首，合樂者因之。固知禮經合樂在後，不在周公之世。吾聞周公作樂，不聞周公合樂也。

關關雎鳩，【注】魯説曰：關關，音聲和也。又曰：鴡鳩，王鴡。又曰：夫雎鳩之鳥，猶未嘗見乘居而匹處也。齊説曰：貞鳥雎鳩，執一無尤。在河之洲。【注】三家「洲」作「州」。【疏】傳：「興也。關關，和聲也。雎鳩，王雎也，鳥摯而有別。水中可居者曰洲。后妃説樂君子之德，無不和諧，又不淫其色，慎固幽深，若關雎之有別焉，然後可以風化天下。夫婦有別則父子親，父子親則君臣敬，君臣敬則朝廷正，朝廷正則王化成。」箋：「摯之言至也，謂王雎之鳥，雌雄情意至，然而有別。」○「關關，音聲和也」者，釋訓文。史記佞幸傳索隱：「關，通也。」尚書大傳「雎禽獸之聲，猶悉關於律」，注：「關，猶入也。」案：「入」亦「通」也。太玄玄測都序注：「關，交也。」「關」訓「通」，亦訓「交」。鳥之情意通，則鳴聲往復相交，故曰「關」。重言之曰「關關」，謂鳥聲之兩相和悦也。玉篇：「關關，和鳴也，或爲喧。」廣韻：「喧，二鳥和鳴。」説文無「喧」字，此後起之義。「鴡鳩，王鴡」，釋鳥文。陸德明毛詩釋文：「雎，依字，且邊，隹旁，或作鳥。」説文「鴡」下云：「王鴡也。」从「鳥」不从「隹」，則「鴡」是正字。陸疏：「鴡類大小如鴟，深目，目上骨露，幽州人謂之鷲。而楊雄許愼皆曰：『白鷢，似鷹，尾上白。』」愚案：説文「鷢」下云：「白鷢，王鴡也。」段玉裁注謂轉寫之誤。案，「王鴡也」三字，緣下科「鴡」字注誤衍，段説是也。廣韻：「白鷢善捕鼠，與捕魚之鴡是二物。」禽經：「鴡鳩，魚鷹。」郝懿行爾雅義疏云：「能扇波令魚出，食之，故淮南説林訓謂之『沸波』。」邵晉涵爾雅正義云：「史記正義：『王鴡，金口鶚也。』今鶚鳥能翱翔水上，捕魚而食，後世謂之魚鷹。其鳴緩而和順，與白鷢相似而色蒼，非卽白鷢也。」參稽衆説，是「鴡鳩」卽魚鷹矣。左昭十七年傳「鴡鳩氏，司馬也」，杜

注：「鵙鳩，王鵙也。摯而有別，故爲司馬，主法制。」摯虞槐樹賦「嘉別鷙之王雎」，劉勰文心雕龍比興篇「關雎有別，后妃方德，德貴其別，不嫌於鷙鳥」，皆以「鵙鳩」爲鷙猛之鳥。毛傳「鳥鷙而有別」，釋文：「摯，本亦作鷙。」釋鳥郭注引毛傳，亦作「鷙」。「摯」、「鷙」古通用，非有異義。鄭箋：「摯之言至也，謂王鵙之鳥，雌雄情意至，然而有別。」夫詩詠關雎，情意已顯，與別鷙之義相成而不相妨，鄭讀「摯」爲「至」，增文成訓，轉失之矣。「有別」，兼遊不雙侶、死不再匹二義。「夫雎」至「處也」，列女傳魏曲沃負篇文。廣雅釋詁：「乘、匹，二也。」言雎鳩非不乘匹，而人弗之見，與張超賦「性不雙侶」義同。讀者勿以詞害意。文選張衡東京賦：「雎鳩麗黃，關關嚶嚶。」思玄賦：「雎鳩相和。」歸田賦：「王雎鼓翼，鶬鶊哀鳴。交頸頡頏，關關嚶嚶。」「交頸」、「關關」，承王雎言；「頡頏」、「嚶嚶」，承鶬鶊言。和鳴在無人之區，有別於衆見之地也。「貞鳥鵙鳩，執一無尤」者，易林晉之同人文。下云：「寢門治理，君子悦喜。」「執一」，言其貞專也。陸賈新語道基篇：「關雎以義鳴其雄。」淮南泰族訓：「關雎興於鳥而君子美之，謂其雌雄之不乖居也。」(「不乖居」，言不亂耦。羅願爾雅翼引與淮南今本同。或改「乖」爲「乘」，以合列女傳，非。)陰陽自然變化，論雎鳩不再匹，皆其義。此鳥德最純全，故詩人取以起興。○「三家洲作州」者，説文「州」下云：「水中可居曰州，周繞其旁，从重川。詩曰：『在河之州。』」「洲」俗字，知三家作「州」也。云「在河之洲」者，以洲上有林木，此鳥有別，其和鳴必在林木隱蔽之處，故君子取之。後漢張衡傳「咽河林之蓁蓁兮，偉關雎之戒女」，李注：「蓁蓁，茂貌。」引此詩，以爲衡睹河洲而思之也。薛君章句：「言雎鳩以聲相求，必於河洲隱蔽無人之處。」衡見河洲林木茂密，雎鳩和鳴，思詩人諷戒之情而偉之，與「河洲隱蔽」之説相成。衡學魯詩，據此知魯韓義同。毛傳但云「水中可居曰洲」。則詩指不憭。窈窕淑女，【注】魯説曰：窈窕，好貌。韓説曰：窈窕，貞專貌。君子好逑。【注】魯齊「逑」作「仇」。魯説曰：言賢女能爲君子和好衆妾也。齊説曰：關雎有原，冀得賢妃正八嬪。韓説曰：淑女

奉順坤德，成其紀綱。【疏】傳：「窈窕，幽閒也。淑，善。逑，匹也。」言后妃有關雎之德，是幽閒貞專之善女，宜爲君子好匹。」箋：「怨耦曰仇。言后妃之德和諧，則幽閒處深宮。貞專之善女，能爲君子和好衆妾之怨者，言皆化后妃之德，不嫉妒，謂三夫人以下。」○「窈窕，好貌」者，王逸楚詞九歌注文。下引詩曰：「窈窕淑女。」王學魯詩，此魯說也。廣雅釋詁：「窈窕，好也。」方言：「窕，美也。陳楚周南之閒曰窕。自關而西，秦晉之閒，凡美色或謂之好，或謂之窕。美狀爲窕，美心爲窈。」以「美」釋「窈窕」，並與王說合。釋文引王肅云：「善心曰窈，善容曰窕。」與方言義同。析言之則「窈」、「窕」義分，渾言之但曰「好」也。「窈窕，貞專貌」者，文選顏延年秋胡詩李注引薛君章句文。說文：「窕，深遠也。」釋言：「冥，幼。」孫炎本「幼」作「窈」，云：「冥，深暗之窈也。」說文又云：「窕，深，肆極也。」釋言：「窕，閒也。」又：「肆也。」郭注：「輕窕者，好放肆。」非也。「肆」與「肆極」同義。肆極者，狀其深遠之至。淮南兵略訓「谿肆無景」，高注：「肆，極也。」極谿之深，不見景也。」與說文「肆極」義合。惟貞專故幽閒，惟幽閒故穆然而深遠，意皆相承爲訓。薛釋「窈窕」爲「貞專貌」，主其根心之容而言，以應上文「雎鳩貞一」之指，於義最長。匡衡云：「致其貞淑，不貳其操。」曰「貞」、曰「不貳」，即「貞專」之義，明齊韓說同。說文：「淑，清湛也。」廣雅釋詁：「淑，清也。」言女之容德如水之湛然而清，亦深遠意也。○「魯逑作仇」者，釋詁：「仇，匹也。」衆經音義引李巡注：「仇，怨之匹也。怨耦曰仇。」郭注：「詩曰：『君子好仇。』」據此，魯作「仇」。「齊逑作仇」者，匡衡傳及禮緇衣引作「仇」，乃齊作「仇」之驗。後漢張衡傳、邊讓傳李注、文選景福殿賦李注、嵇康琴賦注、嵇康贈秀才入軍詩注、白居易六帖十七引作「仇」，並用魯齊詩。「言賢」至「妾也」者，列女湯妃有㜪傳云：「詩曰：『窈窕淑女，君子好仇。』言賢女能爲君子和好衆妾也。」（今本列女傳作「好逑」。案：既云「和好衆妾」，字當作「仇」，今本乃後人據毛詩妄改。）謂衆妾有怨者，淑女能和好之。此魯義也。女曰鷄鳴篇「知子之好之」，箋：「謂與己和好。」彼亦釋「好」爲「和」。常棣篇「妻子好合」，謂妻子和合也。孟子「凡我同盟，既盟之後，言歸於好」，謂言歸於和也。箋云「言后妃之德和諧，則幽閒處深宮。貞專之善女，能爲君子和好衆妾之怨者，言皆化后妃之德，不嫉妒」，係用魯説改毛。孔疏：「此衆妾所以得有怨者，以其職卑德小，不能無怨，故淑女和好之。見后妃和諧，能化羣下，雖有小怨，和好從化，亦所以明后妃之德也。」「關雎」至「八嬪」，御覽皇親部引詩推度災文。宋均注：「八嬪正於内，則可以化四方矣。」「關雎有原」者，夫婦爲王化之原，惟關雎詩義有之，故宋云「可以化四方」也。八嬪，陳喬樅云：「古者天子、諸侯一娶九女，一爲適妻，餘皆爲嬪。孟子引詩『刑於寡妻』，趙岐注：『言文王正己適妻，則八妾從。』八妾即此所謂八嬪也。」愚案：詩緯用齊説，趙注用魯説，義正相通。「冀得賢妃正八嬪」，與「求淑女和好衆妾」合。經言「好」，緯言「正」者，和好之俾各消釋怨妒，以禮制情，是即所以正之，其義相成也。「淑女」至「紀綱」，文選顔延年宋元皇后哀策李注引韓詩文。言此淑女能奉順后妃之坤德，紀綱衆妾，和好怨者。義與魯齊同。此云「成其紀綱」，匡衡傳言「綱紀之首」，語亦同也。易林履之頤：「雎鳩淑女，聖賢配耦。宜家受福，吉善長久。」姤之无妄：「關雎淑女，賢妃聖耦。宜家壽母，福禄長久。」小畜之小過：「關雎淑女，配我君子。少姜在門，君子嘉喜。」皆以淑女爲卽聖配，不分「后妃」「淑女」爲二人。「少姜在門」，未達其義。

參差荇菜，【注】三家「參」作「槮」，「荇」作「莕」。左右流之。【注】魯説曰：左右，勴也。流，擇也。窈窕淑女，寤寐求之。【注】韓説曰：寐，息也。【疏】傳：「荇，接余也。流，求也。后妃有關雎之德，乃能共荇菜、備庶物以事宗廟也。寤，覺。寐，寢也。」箋：「左右，助也。言后妃將共荇菜之葅，必有助而求之者，言三夫人九嬪以下，皆樂后妃之事。后妃覺寐，則常求此賢女，欲與之共己職也。」○孔疏：「言此參差然不齊之荇菜。」參，借字。「三家參作槮，荇作莕」者，説文：「槮，木長貌。詩曰：『槮差莕菜。』」文選長笛賦「森槮柞樸」，注：「森槮，木長貌。」西京賦「櫹爽櫹槮」，注：「皆草木盛貌也。」說文「差」下云：「貳也，差不相值也。从左、从𠂹。」廣雅釋詁：「差，次也。」槮差，謂如木有長者、有次者，槮差然不齊一也。荇，俗字。說文「莕」下云：「菨餘也。」「荇」下云：「莕或从洐，同。」（盧文弨云：「今本說文『荇』誤脱水旁，五經文字不誤，云：『莕、荇。二同。』爾雅釋文亦云『莕』，說文作『荇』，當據以訂正。」）毛作「參」「荇」，知許引三家文也。釋草：「莕，接余。」說文「菨餘」，同音借字。孔疏引陸璣云：「接余，白莖，葉紫赤色，正圓，徑寸餘，浮在水上，根在水底，與水深淺。莖大如釵股，上青下白，鬻其白莖，以苦酒浸之，爲葅脃美，可案酒。」李時珍云：「葉徑一二寸，有一缺而形圓如馬蹏者，蓴也。葉似蓴而稍鋭長者，荇也。」爾雅翼：「陂澤多有，今人猶止謂之荇菜，非難識也。葉亦卷，漸開，雖圓而稍羨，不若蓴之極圓也。花則出水，黄色，六出。今宛陵陂湖中瀰覆頃畝，日出照之如金，俗名『金蓮子』，狀亦似蓴，猪亦好食，民以小舟載取之以飼猪，又可糞田，或因是得『猪蓴』之名。」○「左右，勴也」者，釋詁文。邢疏引詩「左右流之」。說文：「勴，助也。」「勴」即「勴」字之省。箋：「左右，助也。」與雅訓合。釋文：「上音佐，下音佑。」讀與毛異，明用魯義。「流，擇也」者，釋詁文。郭注、邢疏引同。釋言：「流，求也。」郭亦引詩爲證。陳氏奐云：「三家詩或用釋詁文訓流爲擇。」愚案：爾雅本之周公，亦兼有衆家附益，毛取「流，求」釋經，「流，擇」固是魯義。於參差不齊中而擇其長成佳美者，是「擇」與「求」義亦相近。「左右擇之」，猶言黽勉求之。「雎鳩」「荇菜」，並卽所見起興。○「寐，息也」者，慧琳音義十四引韓詩文。說文「寤」下云：「寐覺而有信曰寤。」「寐」下云：「卧也。」顧震福云：「毛傳：『寐，寢也。』廣韻：『寐，寢也，息也。』蓋兼采毛韓二說。論語公冶長鄭注：『寢，卧息也。』文選永明九年策秀才文李注：『寢，猶息也。』足證毛韓義同。」愚案：「寤寐」猶言「不寐」，謂求此淑女，至於不寐也。柏舟「耿耿不寐」，易林作「耿耿寤寐」，可證。鄭箋釋爲「覺寐」，「覺寐」卽「不寐」矣。後漢應奉傳：「奉上書：『母后之重，興廢所因。宜思關雎之所求，遠五禁之所忌。』」據注，奉爲韓詩學，「五禁」用外傳文。

「關雎所求」，用韓詩「寤寐求之」文。

求之不得，寤寐思服。【注】魯說曰：服，事也。【疏】傳：「服，思之也。」箋：「服，事也。求賢女而不得，覺寐則思己職事，當誰與共之乎。」○「服，事也」者，釋詁文。郭注：「見詩。」邢疏：「服者，周南關雎云：『寤寐思服。』」此魯義也。「思服」者，思得此賢妃以和衆妾之事。箋用魯義易毛，仍說爲后妃求淑女，故云「思共己職事」，以曲成毛義也。桓寬鹽鐵論執務篇：「詩云：『求之不得，寤寐思服。』有求如關雎，好德如河廣，何不濟不得之有？言其求誠也。」桓學齊詩，此齊說。

悠哉悠哉，輾轉反側。【注】三家「輾」作「展」。韓說曰：展轉，反側也。魯說曰：展轉，不寐貌。【疏】傳：「悠，思也。」箋：「思之哉，思之哉，言己誠思之。臥而不周曰輾。」○說文：「悠，憂也。」不得淑女，以爲己憂。「悠哉悠哉」，猶悠悠也，二「哉」字增文以成句。楚詞初放「悠悠蒼天兮」，王注：「悠悠，憂貌。」與說文義合，重言之見其憂之長也。「三家輾作展」者，釋文：「輾，本亦作展。」呂忱：「從車、展。」是「輾」字始見字林，知三家作「展」。說文：「驏，馬轉卧土中。」人轉卧謂之「展」，故馬轉卧即於「展」旁加「馬」謂之「驏」，益證字之不當爲「輾」也。「展轉，反側也」者，廣雅釋詁文，即以本句互釋。廣雅兼有魯韓義，此韓義也。說文：「展，轉也。」是「展」、「轉」義同。禮曲禮鄭注：「側，反側也。」蓋分言之則「反」訓「覆」、「側」訓「旁」，連言之則「反」「側」義亦同，故「展轉」訓「反側」，「反側」亦訓「展轉」。何人斯箋：「反側，展轉也。」與廣雅互證而義益顯。詩重言以申意，總謂不安之狀耳。孔子言「關雎哀而不傷」，即謂此也。「展轉，不寐貌」，楚詞九歎王注文引本詩，蓋魯義。

參差荇菜，左右采之。窈窕淑女，琴瑟友之。【注】魯韓說曰：友，親也。【疏】傳：「宜以琴瑟友樂之。」箋：「言后妃既得荇菜，必有助而采之者。同志爲友，言賢女之助后妃共荇菜，其情意乃與琴瑟之志同。共荇菜之時樂必作。」○説文：「采，捋取也。」琴瑟，大祭祀及房中樂皆用之。箋云「共荇菜之時樂必作」，是以琴瑟爲祭樂。疏引孫毓云：「若在祭時，則樂爲祭設，何言德盛？設女德不盛，豈祭無樂乎？又琴瑟樂神，何言友樂也。豈得以祭時之樂友樂淑女乎？以此知毛意思淑女未得，假設之詞也。」愚案：傳上云「后妃有關雎之德，乃能共荇菜、備庶物以事宗廟」，下云「德盛者宜有鍾鼓之樂」，既明言事宗廟，又鍾鼓不能奏於房中，是毛意以爲祭樂，鄭申成之。孫駁箋袒傳，未爲公論。然樂爲淑女設，卽不得是祭樂，孫説實有裨經恉。如韓詩「鍾鼓」一作「鼓鍾」，知琴瑟與鍾皆房中所用，可無祭樂之疑。賴此孤證，袪毛傳數千年之惑，誠古經之幸矣。「友，親也」者，廣雅釋詁文，魯韓義也。釋名釋親屬：「友，壻，言相親友也。」孔疏：「思念此女，若來則琴瑟友而樂之。思設樂以待之，親之至也。」又云：「言友者，親之如友。」與廣雅合。

參差荇菜，左右芼之。【注】魯説曰：芼，搴也，取也。齊説曰：芼，草覆蔓。韓「芼」作「覒」。【疏】傳：「芼，擇也。」箋：「后妃既得荇菜，必有助而擇之者。」○「芼，搴也」者，釋言文。郭注：「謂拔取菜。」邢疏云：「孫炎曰『皆擇菜也』。某氏曰：『搴，猶拔也。』郭云：『謂拔取菜。』以搴是拔之義。關雎云『左右芼之』，毛云：『芼，擇。』亦謂拔菜而擇之也。」案，釋言是魯説，與毛異，孫溷爲一，邢遷就其説，非是。「拔」「擇」自二義，不相通假。「芼，取也」者，廣雅釋詁文。又云：「搴，取也。」是「搴」「取」義同，並魯訓。「芼，草覆蔓」者，説文文，引詩曰：「左右芼之。」陳壽祺云：「昏義言，婦人將嫁，教於宗室，『教成祭之，牲用魚，芼之以蘋藻』，卽『覆』之義也。」愚案：以荇菜覆蔓於牲上以爲祭品，許説正本昏義，齊説也。「韓芼作覒」者，玉篇見部引詩曰：「『左右覒之』，覒，擇也。覒亦本作芼。」顧野王時惟韓詩存，而引字作「覒」，與毛異，證以玉篇中它所引詩，知顧用韓詩也。説文：「覒，擇也。从見、毛聲。」毛訓「芼」爲「擇」，以「芼」爲「覒」借字。徐璈云：「廣雅：『覒，視也。』諦視而擇之。」其義相成。

窈窕淑女，鍾鼓樂之。【注】韓「鍾鼓」亦作「鼓鍾」。韓説曰：后妃房中樂有鍾磬。【疏】傳：「德盛者宜有鍾鼓之樂。」箋：「琴瑟在堂，鍾鼓在庭，言共荇菜之時，上下之樂皆作，盛其禮也。」○說文：「鍾，酒器也。从金，重聲。」「鐘，樂鐘也。秋分之音，物種成，从金，童聲。」今經典通作。「韓鍾鼓作鼓鍾」者，外傳五引詩曰「鼓鍾樂之。」徐璈云：「鼓鍾，謂擊鍾也。故靈臺曰『於論鼓鍾』，又曰『鼉鼓逢逢』，蓋編鍾，左傳所謂歌鍾也。」「后妃房中樂有鍾磬」者，隋書樂志引漢侯包韓詩翼要文。杜佑通典百四十七、陳暘樂書百十三引同。（隋書經籍志：包著韓詩翼要十卷。「包」一作「苞」。）云「房中樂有鍾磬」者，鍾磬，所以節樂，此證成韓詩「鼓鍾」之義。侯云然者，磬師「掌教擊磬，擊編鍾，教縵樂、燕樂之鍾磬」，鄭注：「磬亦編於鍾言之者，鍾有不編，不編者鍾師擊之。縵樂，謂雜聲之和樂者也。燕樂，房中之樂，所謂陰聲也。二樂皆教其鍾磬。」據此，房中樂有鍾磬。詩上詠淑女，下言作樂，明是奏樂於房，故云「鼓鍾樂之」，言鍾則有磬可知，此即禮文可明詩義也。鍾師云：「掌金奏。凡樂事，以鍾鼓奏九夏。」「凡祭祀饗食，奏燕樂。」鄭注：「以鍾鼓奏之。」賈疏：「饗食，謂與諸侯行饗食之禮。在廟，故與祭祀同樂。」據此，燕樂奏於房中，用鍾磬；奏於祭祀饗食，用鍾鼓。猶磬師「凡祭祀，奏縵樂」，既繫於磬師，知縵樂用鍾磬。鍾師「掌鼙鼓縵樂」，鄭注：「謂作縵樂，鼓鼙以和之。」既繫於鍾師，則縵樂用鼙，其義一也。燕禮云：「若與四方之賓燕，有房中之樂。」鄭注：「絃歌周南召南之詩，而不用鍾磬之節也。」鄭知不用鍾磬者，以用之賓燕，與諸侯饗食之禮同，必是以鍾鼓奏之，故言「不用鍾磬」，與鍾師注義相發。賈疏乃謂磬師教房中樂，待祭祀而用之，故有鍾磬，房中及燕則無鍾磬。殊未明晰，自來亦無達鄭恉者。陳祥道禮書因謂鄭氏注義岐出爲自惑，誣鄭甚矣。韓詩外傳一：「古者天子左五鍾，將出，則撞黃鍾，而右五鍾皆應之。馬鳴中律，駕者有文，御者有數。立則磬折，拱則抱鼓，行步中規，折旋中矩，然後太師奏升車之樂，告出也。入則撞蕤賓，以治容貌，容貌得則顏色齊，顏色齊則肌膚安。蕤賓有聲，鵠震馬鳴，及倮介之蟲，無不延頸以聽。在內者皆玉色，在外者皆金聲，然後少師奏升堂之樂，卽席告入也。此言音聲相和、物類相感、同聲相應之義也。詩曰：『鍾鼓樂之』，此之謂也。」韓此引又作「鍾鼓」，足證詩古本元不同，韓傳各據所見爲說。磬師疏云：「鍾師云『掌金奏』，又云『以鍾鼓奏九夏』，明是鍾不編十二辰，零鍾也。若書傳云『左五鍾，右五鍾也。』」所引書傳正與外傳合。大司樂「王出入，則令奏王夏」，疏云：「王出入，據大祭祀言。」案，王夏卽九夏之一，既奏王夏，明當用鍾鼓，足證外傳言天子出入，亦主祭祀言也。大抵外傳雜采諸家，不專一義，解者惟擇所宜。侯作翼要，專主鍾磬之說，以韓内傳作「鼓鍾」，本義宜然也。孔子曰「關雎樂而不淫」，云「樂」、云「不淫」，明指房中言，卽此語推之，知聖人所見詩經必作「鼓鍾」，而「鍾鼓」乃後出誤本。毛傳「共荇菜、備庶物以祭宗廟」，蓋所據本作「鍾鼓」，故以爲祭祀，不云房中之樂，此二説不可得兼。後人用毛詩「鍾鼓」之文，仍取韓説房中之義，斯爲謬矣。房中樂者，惟燕樂奏於房，故以「房中」名之，蓋今俗所云「細樂」。鄉飲酒禮：「乃合樂周南關雎葛覃卷耳，召南鵲巢采蘩采蘋。」鄭注：「周南召南，國風篇也，王后、國君夫人房中之樂歌也。」燕禮鄭注：「謂之房中者，后夫人之所諷誦以事其君子。」磬師賈疏：「房中之樂，卽關雎、二南也。謂之房中者，房中謂婦人后妃以風喻君子之詩，故謂之房中之樂。」蓋周之後世，樂歌廣及二南，此房中後起之義，與詩本義無涉。

關雎五章，章四句。故言三章，一章章四句，二章章八句。【疏】釋文：「五章是鄭所分，『故言』以下是毛本意，後放此。」

葛覃【注】魯説曰：「葛覃，恐其失時。」【疏】毛序：「后妃之本也。后妃在父母家，則志在於女功之事，躬儉節用，服澣濯之衣，尊敬師傅，則可以歸安父母，化天下以婦道也。」箋：「躬儉節用，由於師傅之教。而後言尊敬師傅者，欲見其性亦自然。可以歸安父母，言嫁而得意，猶不忘孝。」○「葛覃恐其失時」者，古文苑蔡邕協和婚賦云：「考遂初之原本，覽陰陽之綱紀。乾坤和其剛柔，艮兑感其脢腓。葛蕈恐其失時，摽梅求其庶士。唯休和之盛代，男女得乎年齒。婚姻協而莫違，播欣欣之繁祉。」徐璈云：「賦意蓋以葛之長大而可爲絺綌，如女之及時而當歸於夫家。刈濩汙澣，且以見婦功之教成也，故與摽梅並稱。是亦士大夫婚姻之詩，與何休謂『歸寧非諸侯夫人之禮』者義同，魯家之訓也。」愚案：徐説是也。蔡賦「恐失時」，用首章詩意。次章已嫁，三章歸寧，正美其不失時。玩賦末四語，歸美意可見。文王化行國中，婚不違期，非獨士大夫爲然，此就本詩説之。鄉飲酒燕禮鄭注：「葛覃，言后妃之職。」此推言房中樂歌義例，若用以説詩，則不可通，以「澣衣」、「歸寧」皆非后妃事也。

葛之覃兮，施于中谷，維葉萋萋。【注】韓「維」作「惟」。韓説曰：惟，辭也。萋萋，盛也。魯説曰：萋萋，茂也。【疏】傳：「興也。覃，延也。葛，所以爲絺綌，女功之事煩辱者。施，移也。中谷，谷中也。萋萋，茂盛貌。」箋：「葛者，婦人之所有事也。此因葛之性以興焉。興者，葛延蔓於谷中，喻女在父母之家，形體浸浸日長大也。葉萋萋然，喻其容色美盛也。」○説文：「葛，絺綌草也。」釋詁：「覃，延也。」郭注：「謂蔓延。」蔡賦作「葛蕈」，陳喬樅以爲三家文。案，釋文：「葛覃，本亦作蕈。徒南反。」是毛詩有作「蕈」者。淮南原道訓高誘注：「潭，讀葛覃之覃。」又：「潯，讀葛覃之覃。」高用魯詩，而「覃」字不皆從「艸」。禮緇衣釋文：「葛覃，本亦作蕈。」知齊詩亦不皆從「艸」，是「蕈」字乃衆家異文也。説文：「蕈，桑葜。」「覃，長味也。」引申之，凡延長者皆訓「覃」。「蕈」借字，「覃」正字。顔師古匡謬正俗云：「『施于中谷』，與『施于條枚』，義兼訓『移』，音亦爲『貤』。言葛生於此而蔓延漸移於彼也。」孔疏：「中谷，谷中。倒其言者，古人之語皆然，詩文多此類也。」又引王肅云：「葛生於此，蔓延於彼，猶女之當外成也。」孔駁之云：「案下句『黄鳥于飛』，喻女當嫁，若此句亦喻外成，於文爲重。毛意必不然。」愚案：傳云「興也」，未嘗指定某句興某事。如鄭説黄鳥飛集灌木，興女有嫁於君子之道，則王喻外成爲重，然與毛意無涉，孔疏非也。葛生延蔓，猶在谷中，鄭説較勝。但黄鳥翔集和鳴，見雌雄情意之至，陽春融和，草木暢茂，時鳥音變，淑女有懷，天機所流，有觸斯感。魯説以爲恐婚姻之失時，義優於毛鄭也。此從已嫁後追詠其情事。「惟，辭也」者，文選楊雄羽獵賦、阮籍詠懷詩李注引薛君韓詩章句文。據此，毛詩「維」字，韓皆作「惟」，它篇並同，疏不復出。「萋萋，盛也」者，文選潘岳藉田賦李注引章句文。「萋萋，茂也」者，廣雅釋訓文，魯説也。茂、盛義同，故毛云「萋萋，茂盛貌」。

黄鳥于飛，集于灌木，其鳴喈喈。【注】魯説曰：倉庚，幽冀謂之黄鳥。魯「灌」亦作「樌」。

【疏】傳：「黄鳥，摶黍也。灌木，藂木也。喈喈，和聲之遠聞也。」箋：「葛延蔓之時，則摶黍飛鳴，亦因以興焉。飛集藂木，興女有嫁于君子之道。和聲之遠聞，興女有才美之稱，達於遠方。」○「倉庚幽冀謂之黄鳥」者，吕覽仲春紀高注：「倉庚，爾雅曰商庚、黎黄，楚雀也。秦人謂之黄離，齊人謂之摶黍，幽冀謂之黄鳥。詩曰『黄鳥于飛，集于灌木』是也。」此魯説也。方言：「驪黄，自關而西謂之驪黄，或謂之黄鳥，或謂之楚雀。」楊亦用魯説。孔疏引陸璣云：「黄鳥，黄驪留也，或謂之黄栗留。幽州人謂之黄鸎，一名倉庚，一名商庚，一名鵹黄，一名楚雀。齊人謂之摶黍。當葚熟時，來在桑間，故里語曰：『黄栗留看我，麥黄葚熟。』亦是應節趨時之鳥也。」與楊高説合。今楚人亦謂之「黄鸎」，不獨幽州爲然。説文「離」下云：「離黄，倉庚也，鳴則蠶生。」「⿰黎隹」下云：「⿰黎隹黄也。从隹，黎聲。一曰楚雀，其色黎黑而黄。」據此，正今之黄鶯。七月詩：「春日載陽，有鳴倉庚。」鄭箋亦以倉庚鳴爲可蠶之候，與説文合。「驪」即「鸝」字，與「黎」、「離」、「鵹」、「鵹」同音通用。「離黄」之爲「黄離」，猶「螽斯」之爲「斯螽」。「離」、「栗」一聲之轉，「離」、「留」又雙聲，短呼爲「離」，長呼得「離留」二字也。釋鳥：「倉庚，商庚。」郭注：「即鵹黄也。」又云：「鵹黄，楚雀。」注：「即倉庚也。」又云：「皇，黄鳥。」注：「俗呼黄離留，亦名摶黍。」案，「皇，黄鳥」，郭注誤，馬驌黄白曰「皇」，此鳥名「皇」，知非「鵹黄」之鳥也。而段玉裁焦循遂謂毛傳以「摶黍」釋「黄鳥」，不云卽「倉庚」，是詩之「倉庚」爲「黃鶯」，而「黃鳥」爲今之「黃雀」。黃雀啄粟，故有「搏黍」之名，因改「搏」爲「摶」，以成其義。攷釋文：「摶黍，徒端反。」不音「搏」。禽蟲隨地異名，不煩强釋，必謂啄粟，故名「摶黍」，然則螽斯名「舂黍」，亦能啄粟乎？黃鳥名「楚雀」，惟楚地有乎？竊謂「啄粟」之黃鳥、「交交」之黃鳥，是黃雀，它詩皆黃鶯。郝懿行云：「其鳴聲和調而圓亮，故葛覃云『其鳴喈喈』。其毛色陸離而鮮明，故東山云『熠燿其羽』。其爲鳥柔易而近人，故凱風云『睍睆黃鳥』。其頸端有細毛雜色，故小雅云『綿蠻黃鳥』。文選注引薛君章句云：『綿蠻，文貌也。』」其説是矣。于，詞也。「于飛」猶「聿飛」，説詳桃夭。「魯灌亦作樌」者。釋木：「灌木，叢木。」郭注：「詩曰：『集于灌木。』」陳喬樅云：「爾雅釋文『樌木』字又作『灌』。下文『木叢生爲樌』，釋文同。據陸所見爾雅本作『樌』，則注引詩當亦作『集於樌木』，郭用舊注魯詩之文，故字同。作『樌』與毛異，或本爾雅及呂覽高注。作『灌木』者，是後人依毛詩改之。」愚案：詩釋文「灌木」下毛無「亦作」本，則作「樌」者，魯家異文也。説文：「喈，鳥鳴聲。」重言「喈喈」，鳴相和也。玉篇口部「喈」下引詩云：「『其鳴喈喈』，喈喈，和聲之遠聞也。」

葛之覃兮，施于中谷，維葉莫莫。【注】魯韓説曰：莫莫，茂也。【疏】傳：「莫莫，成就之貌。」箋：「成就者，其可采用之時。」〇「莫莫，茂也」者，廣雅釋訓文。説文：「莫，日且冥也。从日，在茻中。」詩重言「莫莫」，其義自衆草翳不見日引申而出，以狀葛葉延蔓廣遠。後人增水旁爲「漠漠」，詩家言「廣遠」義多承用之，自此詩始也。詩巧言章、禮內則注，釋文並云「莫」，又作「漠」，是其證矣。**是刈是濩。**【注】韓説曰：刈，取也。濩，瀹也。魯説曰：「是刈是鑊。」鑊，煮之也。韓説曰：結曰絺，辟曰綌。**爲絺爲綌，服之無斁。**【注】韓説曰：魯齊「斁」作「射」。齊説曰：射，厭也。言己願采葛以爲君子之衣，令君子服之無厭，言不虛也。【疏】傳：「濩，煮之也。精曰絺，粗曰綌。斁，厭也。古者王后織玄紞，公侯夫人紘綎，卿之内子大帶，大夫命婦成祭服，士妻朝服，庶士以下各衣其夫。」箋：「服，整也。女在父母之家，未知將來所適，故習之以絺綌煩辱之事，乃能整治之無厭倦，是其性貞專。」〇「刈，取也」者，詩釋文文：「是艾，本亦作刈，魚廢反。韓詩云：『刈，取也。』」據此，毛作「艾」，韓作「刈」，孔疏本毛作「刈」，是所見本異。爾雅釋文：「是乂，本亦作刈。」是陸據爾雅本作「乂」。説文：「乂，芟草也。或从刀，作刈。」今案：葛但言芟，其義不全，故韓申訓曰「取也」。「濩，瀹也」者，釋文「是濩」下云：「胡郭反，煑也。韓詩云：『濩，瀹也。』音羊灼反。」愚案：説文：「瀹，漬也。」服虔通俗文云：「以湯煮物曰瀹。」既夕禮「其實皆瀹」，注：「皆湛之湯。」李黼平云：「説文：『濩，雨流霤下貌。』則濩爲浸漬淋灕之狀，與『瀹』字意同，皆謂浸漬而煮之也。」「是刈是鑊。鑊，煮之也」者，釋訓文。陳喬樅云：「爾雅『是鑊』，釋文：『又作濩。』毛詩作『濩』，即『鑊』之假借。詩正義引爾雅云云，又申之曰：『以煮之於鑊，故曰鑊煮，非訓鑊爲煮。』（今本並改爲「濩」，誤。）據此，知孔見爾雅本作『是鑊』，『鑊』字亦是魯詩文也。」郝懿行云：「説文：『鑊，鑴也。』『鑴，瓽也。』淮南説山訓注：『無足曰鑊。』鼎、鑊皆煮器，惟有足、無足爲異。然則刈亦芟草之器，因名芟爲刈，且刈與鑊配，並是器名。故齊語『挾其鎗刈耨鎛』，韋昭注：『刈，鎌也。』方言云：『刈，鉤。』説文『鉤』作『⿰句刂』，云：『鎌也。』」愚案：「刈」、「鑊」器名，而以爲用器之稱，此魯義實字虛用例也。〇「爲」者，煮葛以爲衣。説文：「絺，細葛也。」「綌，粗葛也。」「結曰絺，辟曰綌」者，玉篇系部引韓詩文。顧震福云：「説文：『結，絺也。』『絺，結不解也。』釋名：『結，束也。』柏舟釋文：『辟，本又作擘。』孟子滕文公篇『妻辟纑』，高士傳作『擘纑』。喪大記『絞一幅爲三，不辟』，正義：『古字假借，讀辟爲擘。』詩言績葛爲布，結束使密則精，擘分使疏則粗也。」説文：「斁，厭也。詩曰：『服之無斁。』」此引毛詩。「魯齊斁作射」者，釋詁：「射，厭也。」郭注：「詩曰：『服之無射。』」楚詞招魂王注：「射，厭也。詩曰：『服之無射。』」是述魯文。禮緇衣：「葛覃曰：『服之無射。』」是齊作「射」。「斁」「射」字，經典假借通用。「射厭」

至「虛也」，緇衣鄭注文。云「爲衣令君子服之」者，是以爲女適人後事，較箋云「在父母家習絺綌煩辱之事」者其義爲長，此齊説也。易林兑之謙：「葛生衍蔓，絺綌爲願。」焦用齊詩。言「爲願」，與注言「已願」同。云「無厭」者，見君子安其所服，恆德永好之意。「言不虛也」者，孔疏云：「君子實得其服而不虛也。」案：詩言絺綌之事，始於爲而終於服，見婦功之實有成，故彼文引以爲證。此「君子」，謂大夫。以魯説推之，仲春昏時，女子睹物有懷，未夏適人，親治絺綌爲君子服。見文王聖化隆洽，國中士女婚期無愆，此歌詠所由起。如傳箋所云，當葛葉成就之時，女尚在父母家，過時不婚，非詩意也。

言告師氏，言告言歸。【注】魯説曰：婦人所以有師者何？學事人之道也。【疏】傳：「言，我也。師，女師也。古者女師教以婦德、婦言、婦容、婦功。祖廟未毀，教于公宮三月。祖廟既毀，教于宗室。婦人謂嫁曰歸。」箋：「我告師氏者，我見教告于女師也。教告我以適人之道。重言『我』者，尊重師教也。公宮、宗室，於族人皆爲貴。」○釋詁：「言，我也。」此女自我也，詩云我告師氏矣，我告者何？我歸耳。歸，即末章「歸寧」之「歸」。毛傳「婦人謂嫁曰歸」，今知非者，上章詠適人後事，此不當復言嫁也。「婦人」至「道也」，班固白虎通嫁娶篇文，下引此詩二句爲證，云：「婦人有師者。」説文：「㚸，女師也。从女，加聲。杜林説：加教於女也。讀若阿。」「娒，女師也。从女，每聲，讀若母。」案：「娒」與「姆」同，亦作「母」。史記倉公傳作「阿母」，蓋轉寫失真，音存字變，即此「師氏」矣。云「學事人之道也」者，昏義孔疏云：「昏禮，姆纚笄綃衣，在其右。鄭注：『姆，婦人五十無子，出而不復嫁，能以婦道教人者。』鄭知女師之姆必是無子而出者，以女已出嫁，母尚隨之。公羊襄三十年傳曰：宋災，伯姬存焉。傅至，母未至，逮火而死。若非出而不嫁，何以得隨女在夫家？母既如此，傅亦宜然。」孔疏又云：「南山鄭箋：文姜與姪娣及傅姆同處，襄公不宜往雙之。則傅亦婦人也。何休云：『選老大夫爲傳，大夫妻爲母。』禮重男女之别，大夫不宜教女子，大夫之妻當從夫氏，不當隨女而適人，事無所出，其言非也。」愚案：孔據昏禮公羊傳知姆當隨女往夫家，説文釋「姆」爲「女師」，是姆、女師非有二義。陳氏奐謂：「女師與傅姆異，女師在公宮宗室，不隨行，傅姆隨女同行。」臆爲區别，以證成毛傳「在父母家」之義，其説非是。內則：「大夫以上立師、慈、保三母。」亦證此爲大夫家婚姻之詩矣。

薄汙我私，薄澣我衣。害澣害否，【疏】傳：「汙，煩也。私，燕服也。婦人有副褘盛飾，以朝事舅姑，接見于宗廟，進見于君子，其餘則私也。害，何也。私服宜澣，公服宜否。」箋：「煩，煩撋之用功深。澣，謂濯之耳。衣，謂褘衣以下至褖衣。我之衣服，今者何所當見澣乎？何所當否乎？言常自潔清，以事君子。」○後漢李固傳「薄言震之」，李注引韓詩曰：「薄，辭也。」全詩義同。説文：「汙，薉也。」衆經音義引字林：「穢也。」釋名：「洿也。」私，近身衣。凡親褻者皆謂之私，近身衣爲「私衣」，猶言「褻服」矣。「私」與「衣」不分二事，「我私」「我衣」，對文以見義，省字以成句。下言「我衣」，則知上「我私」爲私衣。猶大田篇「雨我公田，遂及我私」，上言「公田」，則知下「我私」爲私田也。説文：「澣，濯衣垢也。」二句相屬爲文，言我之私衣既薄汙矣，則薄澣之。「害」「曷」雙聲，古借「害」爲「曷」，故「害」易訓「何」。此衣服中又有未汙而不必澣者，故云何者當澣乎？何者當否乎？心口相商之詞也。

歸寧父母。【注】魯説曰：自大夫妻，雖無事，歲一歸寧。【疏】傳：「寧，安也。父母在，則有時歸寧耳。」○釋詁：「寧，安也。」説文：「寧，願詞也。」「寍，安也。」今訓「安」之「寍」，詩通作「寧」。「自大夫妻雖無事歲一歸寧」者，公羊莊二十七年傳何休解詁云「諸侯夫人尊重，既嫁，非有大故不得反。惟自大夫妻，雖無事，歲一歸寧。」徐彥疏：「自，從也。言從大夫妻以下，即詩云『歸寧父母』是也。詩是后妃之事，而云『大夫妻』者，何不信毛敍故也。」案，古天子、諸侯夫人皆不歸寧，穀梁以婦人既嫁踰竟爲非禮，傳凡八見。春秋經莊二十七年冬：「杞伯姬來。」左傳凡諸侯之女歸寧曰「來」，出曰「來歸」。公羊傳直來曰「來」，大歸曰「來歸」，二傳解經意同，非謂有當於禮。蓋春秋以降，多違禮自恣，若魯文姜、杞伯姬皆是。泉水載馳皆以父母既没，義不得往，則知因父母存而歸寧者必多。然如國策趙左師觸讋對大后云：「媪之送燕后，祭祀必祝之曰：『必勿使反。』」時至戰國，猶知此義，在西周之初，自無后妃歸寧之事，毛説疑與禮不合。惟大夫妻有歸宗之道，見禮喪服傳。又鄭志答趙商曰：「婦人有歸宗，謂目其家之爲宗者。大夫稱家。」與解詁合。詳詩恉，以魯爲長。説文：「旻，安也。詩曰：『以旻父母。』」段玉裁云：「引三家詩。」愚案：此或齊韓文。

葛覃三章，章六句。

卷耳【注】魯説曰：思古君子官賢人，置之列位也。【疏】毛序：「后妃之志也。又當輔佐君子求賢審官，知臣下之勤勞，内有進賢之志，而無險詖私謁之心，朝夕思念，至於憂勤也。」箋：「謁，請也。」○「思古」至「位也」，淮南俶真訓云「詩云：『采采卷耳，不盈頃筐。嗟我懷人，寘彼周行。』以言慕遠世也。」高注：「詩周南卷耳篇也。言采易得之菜，不滿易盈之器，以言君子爲國執心不精，不能以成其道，猶采易得之菜，不能滿易盈之器也。『嗟我懷人，寘彼周行』，言我思古君子官賢人，置之列位也。誠古之賢人各得其行列，故曰慕遠也。」此魯説。左襄十五年傳：「君子謂楚於是能官人。官人，國之急也。能官人，則民無覦心。詩云：『嗟我懷人，寘彼周行。』能官人也。王及公、侯、伯、子、男，甸、采、衛大夫，各居其列，所謂周行也。」杜注：「周，偏也。詩人嗟歎，言我思得賢人，置之偏於列位。」左氏引詩固多斷章取義，此説「周行」與魯合，是詩本義如此。參證荀子解蔽篇，（引見下。）此詩爲慕古懷賢，欲得偏置列位，思念深長。諸家無異説。藝文類聚三十引束晳云：「詠卷耳則忠臣喜。」唐書劉墝傳同。蓋人君志在得人，是以賢才畢集，樂爲效用，而國勢昌隆也。鄉飲酒燕禮鄭注：「卷耳，言后妃之志。」亦後來樂歌義例，無關詩指。

采采卷耳，不盈頃筐。【注】魯「卷」亦作「菤」。韓說曰：頃筐，欹筐也。【疏】傳：「憂者之興也。采采，事采之也。卷耳，苓耳。頃筐，畚屬，易盈之器也。」箋：「器之易盈而不盈者。志在輔佐君子，憂思深也。」○芣苢薛君說云「采采而不已」，此「采采」詩義當同，采而又采，是不已也。釋草：「卷耳，苓耳。」釋文：「菤謝作卷，詩『卷耳』是也。」本草作「枲耳」，云：「一名胡枲，一名地葵，一名葹，一名常思。」陶注云：「一名羊負來，昔中國無此物，言從外國逐羊毛中來也。」廣雅云：「苓耳、蒼耳、葹、常枲、胡枲之類耳。」案，爾雅「菤」字，魯家異文。說文：「蓩，卷耳也。」「苓，卷耳也。」是卷耳有二。玉篇以「蓩」爲毒艸。楚詞九思「枲耳兮充耳」，王注：「枲耳，惡草也。」此「枲耳」當即是「蓩」。說文之「苓」，則詩所謂「卷耳」。蓋名狀俱同，毒不毒有別。孔疏引陸璣云：「葉青白色。似胡荽，白華，細莖蔓生，可煮爲茹，滑而少味。四月中生子，如婦人耳中璫，今或謂之耳璫，幽州人謂之爵耳是也。」案，列子釋文引蒼頡篇云：「蕈耳，一名蒼耳。」埤雅引荆楚記同。陳啟源桂馥皆以爲卽今藥中「蒼耳子」是也。箋「器之易盈而不盈者」、「憂思深也」，卽用荀子引詩意（見下。）御覽九百九十八引毛詩卷耳曰：「采采卷耳，不盈傾筐。」易林鼎之乾：「傾筐卷耳，憂不能傷。」易林用齊詩，是齊毛俱有異文作「傾」。說文：「頃，頭不正也。」「傾，仄也。」字當以「傾」爲正。「頃筐，欹筐也」者，詩釋文引韓詩文。說文：「攲，持去也。」無「傾側」義。玉篇「欹」下云：「今作不正之敧。」「敧」下云：「傾低不正，亦作欹。」是「欹」爲「敧」之借字。說文：「箸，飯敧也。」段玉裁云：「當作飯攲，箸必傾側用之，故曰飯攲。宗廟宥坐之敧器，古亦當爲攲器。」愚案：說文：「攲，攲䧢也。」「攲䧢」與「崎嶇」音義同，傾側不正之意也。宮正「奇衺之民」，注：「奇衺，譎觚非常。」是「奇衺」猶「敧邪」。言傾側不正者，當以「奇」爲正字，「攲」字尚屬後起，俗書緣「奇」誤「敧」，遂以「敧」代「攲」，「敧」行而「奇」義遂別，卽「攲」義亦隱矣。頃筐後高前低，其爲製傾低不正，故韓以「敧筐」釋之。傾則前淺，故易盈也。

嗟我懷人，寘彼周行。【注】魯韓說曰：周，徧也。【疏】傳：「懷，思。寘，置。行，列也。思君子官賢人，置周之列位。」箋：「周之列位，謂朝廷臣也。」○嗟，歎息之詞。我者，文王自我。懷，思也。人，謂古君子。說文：「寘，實也。」無「寘」字。新附有之，云「置也」。廣雅釋詁：「寘，塞也。」「寘」當爲「寘」之誤字。東山篇釋文「寘」作「窴」：「大千反。從穴，下真。」不誤。彼，彼賢人。「周，徧也」者，廣雅釋詁文，杜注本之。釋文：「行，列位也。」嗟我思古君子，欲得寘彼賢人徧於行列，故淮南云「慕遠世」，猶綠衣篇「我思古人」意。荀子解蔽篇：「詩云：『采采卷耳，不盈頃筐，嗟我懷人，寘彼周行。』頃筐易滿也，卷耳易得也，然而不可以貳周行。故曰：心枝則無知，傾則不精，貳則疑惑。」楊注：「采易得之物，實易滿之器，以懷人寘周行之心，貳之則不能滿，況乎難得之正道，而可以他術貳之乎？」案，楊以「懷人寘周行」五字連文說，與諸家同。荀此引與淮南高注意微異。荀云因懷人寘周行，故采卷耳不盈頃筐，賦也。高云采易得之卷耳，不滿易盈之頃筐，以見執心不精，不能成道，故君子爲國宜憂勞求賢，興也。說詩不同，大義則一。

陟彼崔嵬，我馬虺隤。【注】三家「虺」作「瘣」，「隤」作「頹」。【疏】傳：「陟，升也。崔嵬，土山之戴石者。虺隤，病也。」箋：「我，我使臣也。臣以兵役之事行出，離其列位，身勤勞於山險，而馬又病，君子宜知其然。」○此下三章言遠行求賢之事。說文：「陟，登也。」「崔，大高也。」「嵬，高而不平也。」釋山：「石戴土謂之崔嵬，土戴石爲砠。」案，如許訓，「崔嵬」是高而不平，明石在土上，則土戴石爲崔嵬，雅訓誤也。釋名：「崔嵬，土山之戴石者。石山戴土曰砠。」毛傳同，竝與爾雅相反。馬瑞辰云：「說文：『兀，高而上平也。』『屼，石山戴土也。』高而上平者爲石山戴土，則知高而不平者爲土山戴石矣。」此說是也。釋詁：「虺隤，病也。」釋文引孫炎云：「馬退不能升之，病也。」「三家虺作瘣，隤作頹」者，釋文引說文，「虺」作「瘣」，「隤」作「頹」。據此，說文引詩「我馬瘣頹」，今本無之，明轉寫遺奪。郝懿行云：「『瘣』字誤，說文作『瘣』，云病也。詩爾雅『虺』字，俱『瘣』之假借。」愚案：郝説是也。易林賁之小過正作「玄黄瘣隤」。釋詁釋文出「瘦」字，云「呼回反。」字林云：「病也」，今經注無此字。蓋「瘦」卽「瘣」之篆文誤字，陸氏忽不加察耳。説文：「虺以注鳴。」無「病」義。「瘣」正字，「虺」借字。説文：「隤，下隊也。」「穨，秃貌」。「頽」卽「穨」之隸變。「頽」「隤」通用字。蔡邕述行賦：「我馬虺頽以玄黄。」王逸楚詞九思逢尤篇：「車軏折兮馬虺頽。」蔡王竝述魯詩，明魯作「虺頽」。易林三作「虺隤」，一作「瘣隤」，是「瘣」爲齊詩異文，「隤」字又與説文不合。然則作「瘣頽」者，韓詩也。

我姑酌彼金罍，維以不永懷。

【注】三家「姑」作「夃」。韓説曰：金罍，大器也。天子以玉，諸侯、大夫皆以金，士以梓。

【疏】傳：「姑，且也。人君黄金罍。永，長也。」箋：「我，我君也。臣出使，功成而反，君且當設饗燕之禮，與之飲酒以勞之，我則以是不復長憂思也。言且者，君賞功臣，或多於此。」〇「三家姑作夃」者，説文：「秦人市買，多得爲夃。從乃、從夕，益至也。詩曰：『我夃酌彼金罍』。」玉篇「夃」下亦有此文，又引論語曰「求善價而沽諸」，是「夃」卽「沽」正字。説文：「沽水出漁陽塞外，東入海。」後人借爲市買之字，「沽」行而「夃」廢。此詩作「姑」，又「沽」之借字。凡從「古」得聲之字，音義多相通借。既夕禮注：「古文沽作古。」士虞禮注：「古文苦爲枯。」鄉射禮注釋文「枯」字又作「楛」。釋詁釋文：「詁，本作故。」荀子勸學篇注：「楛讀爲沽。」彊國篇注：「楛讀爲盬。」盬人典婦功注，皆「苦」讀爲「盬」，是其例也。詩字作「姑」，義仍爲「沽」。毛傳「姑，且也」，以「姑」爲語詞，望文生訓，失古義矣。文王遠行求賢，酒或不給，取之於夃，情事宜然。伐木篇「無酒酤我」，箋疏皆以爲「市買」，與此義同。説文：「酌，盛酒行觴也。」彼，亦彼賢人，求而得之，則設饗燕之禮，與之飲酒也。「金罍」至「以梓」，許慎五經異義六言罍制引韓詩文。云「大器也」者，孔疏引作「大夫器」。案，「夫」字衍。下既云「諸侯、大夫皆以金」，此不得云「大夫器」。司尊彝疏引無「夫」字，是也。毛詩説言「大一碩」，孔疏引阮諶禮圖亦云「大一斛」，故韓言「大器也」。云「天子以玉」者，詩釋文引作

「天子以玉飾」，孔疏云：「經無明文。」案明堂位：「爵夏后氏以琖，殷以斝，周以爵。」孔疏：「琖，夏爵名，以玉飾之，故前云爵用玉，琖仍雕也。」說文：「斝，玉爵也。」左昭七年傳「賂以斝耳」，杜注：「斝耳，玉爵。」明堂位疏又云：「太宰贊玉几玉爵，然則周爵或以玉爲之，或飾之以玉。」據此，夏殷周爵皆用玉，是天子以玉也，孔偶有不照耳。云『諸侯大夫皆以金』者，釋文作「諸侯大夫皆以黄金飾。」異義又云：「毛詩說，金罍，酒器也，諸臣之所酢，人君以黄金飾尊，大一碩，金飾龜目，蓋刻爲雲雷之象。」是毛詩以金飾罍，與韓同，惟毛言「人君」，統天子、諸侯言之，韓以諸侯、大夫言，唯是爲異。疏云：「人君黄金罍，謂天子也。周南，王者之風，故皆以天子之事言。」愚案：周南之詩，是文王未稱王時作，無嫌於金罍爲諸侯之制。毛傳統言「人君」，所以成其曲說，不若韓之得實也。云「士以梓」者，釋文同。孔疏：「司尊彝注：『罍亦刻而畫之，爲山雲之形。』言『刻畫』，則用木矣。故禮圖依制度云『刻木爲之』。韓說言『士以梓』，士無飾，言其木體，則以上同用梓而加飾耳。」疏又云：「謂之罍者，取象雲雷博施，如人君下及諸臣。」說文「櫑」下云：「龜目酒尊，刻木作雲雷象，象施不窮也。从木，畾聲。」「罍」下云：「櫑，或从缶。」「𥁮」下云：「櫑，或從皿。」「𦉪」下云：「籀文櫑。」文選班固東都賦「列金靁」，「靁」借字，固用齊詩，蓋齊作「靁」。漢書文三王傳「梁孝王有𦉪尊」，顏注引應劭曰：「詩云『酌彼金𦉪』，『𦉪』，畫雲雷之象，以金飾之也。」劭蓋用魯詩說。又引鄭氏曰：「上蓋刻爲雲雷之象。」顏疑刻畫不同，故兩引之。案，據毛詩說、司尊彝注皆刻畫並舉，非有異義。陳喬樅云：「食貨志注引鄭氏稱詩票有梅作『蔈』與魯韓毛文異，知此據齊詩也。」說文：「永，長也。」言如此則我不至以賢之不見，長久懷思，冀望之詞也。蓋文王當日以官人爲急慮，巖棲谷隱之賢伏而不出，不憚跋涉勞瘁，躬親訪求，故有「崔嵬」、「高岡」、「馬病」、「僕痡」之事。獵呂尚於磻溪，舉顛夭於山林，皆其明證。故知不通三家，未可言詩也。

陟彼高岡，我馬玄黃。【注】韓説曰：峛崺曰岡。峛崺者，即爾雅所説山脊也。魯説曰：玄黃，病也。我姑酌彼兕觥，維以不永傷。【注】韓説曰：一升曰爵。爵，盡也，足也。二升曰觚。觚，寡也，飲當寡少。三升曰觶。觶，適也，飲當自適也。四升曰角。角，觸也，不能自適，觸罪過也。五升曰散。散，訕也，飲不自節，爲人謗訕。總名曰爵，其實曰觴。觴者，餉也。觥亦五升，所以罰不敬。觥，廓也，所以著明之貌。君子有過，廓然著明，非所以餉，不得名觴。魯説曰：傷，思也。【疏】傳：「山脊曰岡。玄馬病則黃。兕觥，角爵也。傷，思也。」箋：「此章爲意不盡，申殷勤也。觥，罰爵也，饗燕所以有之者。禮，自立司正之後，旅醻必有醉而失禮者，罰之亦所以爲樂。」○「峛崺」至「脊也」，玉篇山部引韓詩文，説文同，俱本爾雅「山脊岡」爲訓。邢疏引孫炎曰：「長山之脊也，必言長者，脊脊骨長。」顧震福云：「孫説是也。孔叢子云：『登彼邱陵，峛崺其阪。』法言云：『升東嶽而知衆山之峛崺也。』是『峛崺』爲卑小之邱。玉篇引埤蒼云：『峛崺，沙邱也。』慧琳音義七十八引考聲云：『峛崺，沙邱貌也，卑且長也，委曲相接也。』廣韻：『峛崺，沙邱狀。峛音邐。』集韻：『峛崺，山卑長也。』或作「邐迆」，「邐迆」即「峛崺」之本字。釋地：『邐迆，沙邱。』鄭注：『旁行連延。』説文：『邐，行邐邐也。』『迆，衺行也。』蓋沙土所積，橫亘連延，卑於高大有石之山，謂之『邐迆』，或作『峛崺』，亦謂之『岡』，即邱陵也。詩人所陟之岡，乃卑中之高者，故特曰『高岡』，非岡本高山之名也。釋名：『山脊曰岡。岡，亢也，在上之名也。』殊誤。」陳奐云：「虺穨，疊韻。玄黃，雙聲。皆合二字成義。『玄黃』之不可分釋，猶『虺穨』之不能分釋也。黃本馬之正色，黃而玄爲馬之病色，若以玄爲馬色而黃爲馬病，則不通矣。」愚案：陳説是。「玄黃，病也」者，釋詁文，與毛異，此魯説。蔡邕述行賦：「我馬虺穨以玄黃。」易林乾之革：「玄黃虺隤，行者勞罷。役夫憔悴，踰時不歸。」師之臨、震之艮同。文選曹子建贈白馬王彪詩：「修坂造雲日，我馬玄以黃。玄黃猶能進，我思鬱以紆。」蔡學魯，焦學齊，曹學韓，皆「玄黃」連讀，知毛義誤。此章「姑」

字，以上章例之，三家亦當爲「兕」。○說文「𤉡」下云：「如野牛而青，象形，與禽离頭同。」「兕」下云：「古文从儿。」「觵」下云：「兕牛角可以飲者，其狀觵觵，故謂之觵。」「觥」下云：「俗觵，從光。」「一升」至「名觴」，孔疏引許慎異義引韓詩文。士昏禮疏引作韓詩外傳，梓人疏引作「今韓詩說」，云古周禮說亦與之同。特牲饋食禮：「篚在洗西，南順，實二爵二觚四觶一角一散。」鄭注引此又作「舊說云」。「一升曰爵」者，禮器、士昏注、論語雍也篇集解、燕禮疏、廣雅釋器同。梓人亦云「爵一升」。云「爵，盡也」者，禮器疏引異義同。曲禮「長者舉未釂」，注：「盡爵曰釂。」「釂」與「醮」音義同，「醮」亦訓「盡」。荀子禮論篇「利爵之不醮也」，注：「醮，盡也。」左隱元年傳：「未王命，故不書爵。」疏引服注云：「爵，醮也，所以醮盡其材也。」白虎通爵篇：「爵者，盡也。各量其職，盡其才也。」王制「王者之制祿爵」，疏：「爵者，盡也。」爵本酒器，一升至少而易盡，故訓爲「盡」，引申爲「爵秩」之字，亦並取「盡」意。「爵」、「盡」，雙聲字爲訓也。云「足也」者，禮器疏引同。飲不可多，盡一升爲已足，故又云「足也」。說文：「𩰫，禮器也。象爵之形，中有鬯酒。又持之也，所以飲器象爵者，取其鳴節節足足也。」「爵」、「節」、「足」三字雙聲，故又訓「爵」爲「足」。云「二升曰觚」者，禮器注、雍也篇集解、燕禮疏、廣雅釋器同。梓人「觚三升」，鄭注：「觚當爲觶。」賈疏：鄭駁異義云：「觶字，角旁『支』，汝潁之間師讀所作。今禮角旁『單』，古書或作角旁『氏』。角旁『氏』，則與『觚』字相近，學者多聞『觚』，寡聞『觝』，寫此書亂之而作『觚』耳。」禮器制度云：「觚大二升，觶大三升。是故鄭從二升觚、三升觶也。」案，說文：「觴受三升者謂之觚。」雍也篇馬注：「三升曰觚。」並緣周禮字誤。燕禮「坐取觚洗」，注：「古文皆爲觶。」又「公坐，取賓所媵觶」，作「觚」，足證古書二字多相亂。云「觚，寡也，飲當寡少」者，「觚」、「寡」雙聲字。禮器疏引異義同。云「三升曰觶」者，士冠禮、禮器注、行葦釋文、廣雅釋器同。說文：「觶，鄉飲酒角也，禮曰，一人洗，舉觶，觶受四升。」許以「觚」爲三升，故云「觶受四升」，涸「觶」於「角」也。云「觶，適也，飲當自適也」者，士冠禮釋文引字林云：「觶音至。」「至」、「適」雙聲字。云「四升曰角」者，禮器注、廣雅釋器同。云「角，觸也，不能自適，觸罪過也」者，角所以觸，此緣文生訓也。釋樂釋文引劉歆云：「角，觸也。物觸地而出，戴芒角也。」廣雅釋言亦云：「角，觸也。」禮戒多飲，故以「觸罪過」爲訓。云「五升曰散」者，禮器、大射儀注、廣雅釋器同。注並云：「散，方壺之酒也。」蓋此器如壺而方。云「散，訕也。飲不自節，爲人謗訕」者，「散」、「訕」同聲字爲訓。淮南精神訓注：「散，雜亂貌。」荀子修身篇注：「散，不拘檢者也。」多飲而散，則爲人所訕，此器受酒愈多，故以「散」爲名，韓又推其義釋之。云「總名曰爵」者，禮器疏引異義同。對文則異，散文卽通。云「其實曰觴」者，禮器疏引同。說文：「觶實曰觴，虛曰觶。」據韓說，凡爵實酒而進之皆曰觴，不獨觶也。大戴禮曾子事父母篇注亦云「實之曰觴」。云「觴者，餉也」者，以飲食進人皆謂之「餉」。說文：「餉，饟也。」亦謂之「饗」，呂覽長攻篇、達鬱篇注並云：「觴，饗也。」「餉」、「饗」同聲字。云「觥亦五升，所以罰不敬。觥，廓也，所以著明之貌。君子有過，廓然著明，非所以餉，不得名觴」者，左成十四年傳孔疏引同。異義此下又云：「毛詩說觥大七升。許慎謹案：觥罰有過，一飲而盡，七升爲過多。」明許主韓「五升」之說，不然毛義也。釋文引韓詩云「容五升」，與異義引同。又讀禮圖云「容七升」，彼蓋據毛爲說，非也。周禮小胥觵「其不敬者」注：「觵，罰爵也。」閭胥「掌其比觵撻罰之事」，注：「觵撻者，失禮之罰也。」韓據禮爲說，故云「以罰不敬」。宋綿初云：「觥，從光得聲。廓，從郭得聲。『光』、『郭』一聲之轉。說文：『光，明也。』『觥』從『光』聲，亦卽此義。方言：『張小使大謂之廓。』『張大』卽著明之義。」愚案：君子有過，人皆見之，廓然著明，所以爲大。說文：「其狀觵觵然，故謂之觵。」言此器觵觵然大也，故越語韋注云：「觥，大也。」後漢郭憲傳李注：「觥觥，剛直之貌。」移狀物之義以貌人，與韓說「君子有過，廓然著明」意正相發。此觥既是罰爵，非以餉人，乃受罰者自取飲而盡之。它爵實酒曰「觴」，觥雖實酒，不以進客，不得名「觴」也。此詩言酌賢人亦用兕觥者，饗燕之禮有兕觥，不必定是罰爵，特就國君所有爲言耳。七月篇：「朋酒斯饗，稱彼兕觥。」左昭元年傳：趙孟、叔孫豹、曹大夫入于鄭，鄭伯兼享之。趙孟爲客。穆叔、子皮及曹大夫興拜，舉兕爵，飲酒樂。是饗燕皆用兕觥，非以爲罰。韓說乃制觥之初義，其後爲禮，亦得通用也。○「傷，思也」者，釋詁文。鄭注：「感思也。」邢疏：「傷者，周南卷耳云：『維以不永傷。』」說文：「傷，創也。」「慯，𢝊也。」「傷」是「慯」假借字，此言君子思賢，且與上文「永懷」一例，故不訓「傷」爲「𢝊」，而訓爲「思」，它處無訓「傷」爲「思」者，足證此文諸家無異義。

陟彼砠矣，我馬瘏矣，我僕痡矣，云何吁矣。【注】齊韓「砠」作「岨」。韓說曰：云，辭也。魯「吁」作「盱」。魯說曰：盱，憂也。【疏】傳：「石山戴土曰砠。瘏，病也。痡，亦病也。吁，憂也。」箋：「此章言臣既勤勞於外，僕馬皆病，而今云何乎，其亦憂矣。深閔之辭。」○「齊韓砠作岨」者，說文：「岨，石戴土也。詩曰：『陟彼岨矣』。」案，爾雅作「砠」，是魯詩同毛，其作「岨」者，齊韓文。皮嘉祐云：「釋名釋山：『石戴土曰岨。岨，臚然也。』成國作『岨』，不作『砠』，本齊韓義。」說文：「瘏，病也。詩曰：『我馬瘏矣。』」「痡，病也。詩曰：『我僕痡矣。』」釋詁：「痡、瘏，病也。」邢孔疏並引孫炎曰：「痡，人疲不能行之病。瘏，馬疲不能進之病。」案，孫以「痡」爲「疲不能行」，此魯義也。蔡邕述行賦：「僕夫疲而劬勞兮，我馬虺頹以玄黃。」融會詩文，易「痡」爲「疲勞」，蔡用魯說，正與孫合。易林：「玄黃虺隤，行者勞罷。役夫憔悴，踰時不歸。」「勞罷」與「疲勞」義合，「役夫憔悴」，又申言之。賁之小過：「踰時不歸，處子畏哀。」正釋末句意。「處子」無義，乃「君子」之誤。「云，辭也」者，文選傅咸詩注引薛君章句文。言此行云何？我之憂矣。鄭箋「而今云何」，正「云何」二文連讀，猶言「云如之何」。「魯吁作盱」者，釋詁：「盱，憂也。」郭注：「詩曰：『云何盱矣。』」邢疏：「卷耳及都人士文也。」郭引與毛異，明據舊注魯詩文。釋文：「盱，本或作忏。」陳喬樅云：「訓憂當從心，『吁』、『盱』疑皆『忏』之假借。」愚案：說文：「盱，張目也。」列子釋文引作「仰目也」。「張目」、「仰目」，皆遠望意，不見賢人，憂思長望，故曰「盱，憂也」，意自貫注，非必借字。

卷耳四章，章四句。

樛木【疏】毛序：「后妃逮下也。言能逮下而無嫉妬之心焉。」箋：「后妃能諧衆妾，不嫉妬。其容貌恒以善，言逮下而安之。」○美文王得聖后，受多福也。文選潘安仁寡婦賦云：「伊女子之有行兮，爰奉嬪於高族。承慶雲之光覆兮，荷君子之惠渥。顧葛藟之蔓延兮，託微莖於樛木。」李注：「葛、藟，二草名也。言二草之託樛木，喻婦人之託夫家也。詩曰：『南有樛木，葛藟纍之。』」案，潘以女子之奉君子，如葛藟之託樛木。李引此詩爲釋，是古義相承如此，不以「樛木」喻「后妃」、「葛藟」喻「衆妾」也。且詩明以「樛木」、「君子」相對爲文，無「后妃逮下」、「不妒忌衆妾」意。文選班孟堅幽通賦「葛緜緜於樛木兮，詠南風以爲綏」，李注引曹大家曰：「詩周南國風曰『南有樛木，葛藟纍之。樂只君子，福履綏之。』此是安樂之象也。」潘李所用詩義，不能明爲何家。大家用齊義而說此詩亦不及「后妃逮下」，知三家與毛義異。

南有樛木，葛藟纍之。【注】韓「樛」作「朻」。魯說曰：藟，巨荒也。虆，緣也。【疏】傳：「興也。南，南土也。木下曲曰樛。南土之葛藟茂盛。」箋：「木枝以下垂之故，故葛也、藟也得纍而蔓之，而上下俱盛。興者，喻后妃能以意下逮衆妾，使得其次序，則衆妾上附事之，而禮義亦俱盛。南土，謂荆揚之域。」○南者，文王所治周南，箋謂「荆揚之域」。案，下「南有喬木」言化行江漢，則「南」是荆揚之域。此詩之「南」，其爲陜洛、荆揚不可得知。毛下言「荆揚之域」，故鄭說本之。詩言「南有」，益證毛以「化自北而南」釋「二南」字義爲非矣。韓「樛」作「朻」者，釋文：「木下曲曰樛。馬融、韓詩本並作『朻』。說文以『朻』爲『木高』。」胡承珙云：「馬習魯詩，疑魯本作『朻』，與韓同也。」說文「朻」下云：「高木也。」「樛」下云：「下句曰樛。」桂馥云：「此與『朻』字訓互誤。說文：『丩，相糾繚也。』與「下句」意合。『翏，高飛也。』與「木高」意合。釋木

「下句曰朻』，釋文：『本又作樛，同。』『樛』、『朻』二字，同聲相逭。」愚案：桂說是，蓋古書以二字音同，轉寫互誤，宜據以訂正。文選高唐賦李注引爾雅作「下句曰糾」。「朻」與「糾」音義同，糾繚相結，正枝曲下垂之狀，明釋文「又作」本爲誤。韓作「朻」，正字。毛作「樛」，借字。後人據各書改併說文二字之義，則遷就而失其真矣。「葛」，見葛覃。說文：「藟，艸也。詩曰：『莫莫葛藟』，一曰秬鬯也。」又云：「虆，木也。」繫傳本草謂：「嬰奥爲千歲虆，即今人言萬歲藤，大者如盌。」案，廣雅釋草：「藟，藤也。」即說文之「藟草」。釋木「諸慮山櫐」，郭注：「今江東呼櫐爲藤，似葛而麤大。」即說文之「虆木」，所謂「嬰奥」也，二者並是藤，而有草木、大小之不同。釋文：「藟，本亦作虆。」則其字後人誤溷爲一。「藟巨」至「緣也」者，劉向楚詞九歎「葛藟虆於桂樹兮」，王注：「藟，巨荒也。虆，緣也。詩曰：『葛藟虆之。』」陳喬樅云：「孔疏引陸璣云：藟，一名巨荒，似燕薁，亦延蔓生，葉似艾，白色，其子赤，亦可食，酢而不美。（「巨荒」，今文並誤作「巨苽」。易困卦釋文「苽」作「荒」，不誤。）又多「幽州謂之推藟」句。臧鏞堂云：「宋槧傳、箋本載釋文作『巨荒』，不誤。」）元恪草木疏末著魯齊韓毛四家詩授受四篇，雖以毛爲主，爲之作疏，實兼取三家說。故說葛藟與叔師所述魯訓合。」愚案：「藟」爲「秬鬯」，古訓無徵。說文「秬鬯」，蓋亦「巨荒」之譌。「嬰薁」即「燕薁」，音同字異耳。說文：「櫐，綴得理也。」無「虆」字，蓋後人以葛藟是草，加艸作「虆」。釋文：「櫐，力追反。纏繞也。本又作虆。」「上附，時掌反。」是毛詩亦有作「虆」者。「纏繞」、「上附」，陸分二義，王訓「虆」爲「緣」，與「上附」意合。藟既上緣，自然纏繞，與「櫐」無異義。高注呂覽季春紀「櫐牛」云：「『櫐』，讀如詩『葛櫐』之『櫐』。」高用魯詩，明魯本又作「櫐」。

樂只君子，福履綏之。【注】魯說曰：履，福也。【疏】傳：「履，祿。綏，安也。」箋：「妃妾以禮義相與和，又能以禮樂樂其君子，使爲福祿所安。」○說文：「只，語詞也。从口，象氣下引之形。」廣雅釋詁：「詞也。」語相屬而氣微下引以舒之，故爲語已詞，句中皆然，不獨句末。「樂只君子」，猶樂哉君子矣。「君子」，謂國君。

毛此章傳云：「履，禄也。」「履，福也」者，釋詁：「履，福也。」郭注：「詩曰：『福履綏之。』」釋言：「履，禄也。」郭注：「詩曰：『福履將之。』」引與傳異，明舊注魯詩義如此。說文：「福，祐也。」「履，足所依也。」與福相依，無所不順，故「履」訓「福」也。釋言：「履，禮也。」說文：「禮，履也，所以事神致福也。」「履」、「禮」互訓，說文釋「禮」亦言「致福」，與「履，福也」義合。說文：「綏，車中把也。从糸，从妥。」爲形聲兼會意字。釋詁：「妥，安也。」「綏，安也。」「妥」、「綏」古同字，「妥」爲「安」，故詩書中「妥」皆借訓爲「安」。上「之」之樛木，下「之」之國君。上言夫人託體於君子，猶葛藟延緣於樛木，爲夫人慶也；下言樂哉君子，已得夫人，有此百福以安之，又爲國君慶也。

南有樛木，葛藟荒之。樂只君子，福履將之。【注】魯説曰：履，禄也。【疏】傳：「荒，奄。將，大也。」箋：「此章申殷勤之意。將，猶扶助也。」○說文：「荒，蕪也。一曰草掩地也。」兩訓相成，草多則荒蕪而所掩覆者大。釋言：「荒，奄也。」郭注：「奄，奄覆也。見詩。」邢疏：「孫炎曰：荒大之奄。周南云：『葛藟荒之。』」郭云「奄覆」，即「掩覆」矣。「荒」、「蕪」一聲之轉，「蕪」與「幠」音同義近，「荒」又作「幠」。魯頌「遂荒大東」，釋詁郭注引作「遂幠大東」。說文：「幠，覆也。」則知「蕪」亦有「覆」義矣。參證兩文郭注，知魯詩「荒」、「幠」同字，並言掩覆之大。葛藟延緣樛木，蔓生既久，則掩覆者亦大也。魯訓「履」爲「禄」者，引見上文。「履」、「禄」聲轉義同，「禄」亦「福」也。釋詁：「禄，福也。」邢疏：「福、禄對文則小異，散則禄亦福也。」商頌玄鳥篇「百禄是何」，鄭箋：「謂擔負天之多福。」說文亦云：「禄，福也。」禮少牢饋食禮「使女受禄于天」，鄭注：「古文禄爲福。」是「福」、「禄」字訓並通。「履」之爲「禄」，猶「履」之爲「福」矣，魯變文立訓，故郭引不同。釋詁：「將，大也。」與上「荒之」文義相對，首言「安之」，此乃大矣，成則更進，次弟如此。

南有樛木，葛藟縈之。樂只君子，福履成之。【注】魯韓「縈」作「蘔」。【疏】傳：「縈，旋也。成，就也。」〇説文：「䕪，草旋貌也。詩曰：『葛藟䕪之。』」説文衣部「褮」，讀若「葛藟縈之」，與毛詩同。此作「䕪」者，三家文也。士喪禮鄭注：「幎，讀若詩曰『葛藟縈之』之『縈』。」鄭禮注用齊詩，作「縈」與毛同，則作「䕪」者，乃魯韓本。説文：「縈，收卷也。」葛藟緣木暢茂，言「收卷」則非其義。「䕪」訓「草旋貌」，謂草之盤旋而上達。詳詩義，「䕪」正字，「縈」借字。説文：「成，就也。从戊，丁聲。」「戚，古文成。从午。」萬物丁實而長大，此物之終也，故詩終言之。

樛木三章，章四句。

螽斯【疏】毛序：「后妃子孫衆多也。言若螽斯。不妬忌，則子孫衆多也。」箋：「忌有所諱惡於人。」〇周南詩人美后妃子孫多且賢也。韓詩外傳九舉「孟母教子」、「爲相還金」二事，終篇兩引詩「宜爾子孫，繩繩兮」，言賢母使子孫賢也。外傳多采雜事，而大義必與内傳相應證。以「振振」、「繩繩」、「蟄蟄」之義，知韓説此詩美后妃能使子賢也。御覽百三十七引續漢書順烈梁皇后曰：「陽以博施爲德，陰以不專爲義。螽斯之福，則百斯男之祚所由興也。」後漢皇后紀言「后治韓詩，能舉大義。」此引螽斯詩即韓説，而云「陰以不專爲義」，知韓言「后妃不妒忌」與毛同。後漢荀爽傳：爽對策略云：「衆禮之中，婚姻爲首。故天子娶十二，天之數也。諸侯以下皆有等差，事之降也。陽性純而能施，陰禮順而能化。以禮濟樂，節宣其氣，故能豐子孫之祥，致老壽之福。竊聞後宮采女五六千人，臣愚以爲諸非禮聘、未嘗幸御者，一皆遣出，使成妃合，配陽施，祈螽斯。」爽治齊詩，其論陽施螽斯之旨，與韓毛同。譙玄傳：「時趙飛燕爲皇后，專寵懷忌。玄上書諫曰：『臣聞王者承天，繼宗統極，保業延祚，莫急胤嗣，故易有「幹蠱」之義，詩詠衆多之福。』」襄楷傳：「楷上疏曰：『昔文王一妻，誕至十子，今宮女數千，未聞慶育，宜修德省刑，以廣螽斯之祚。』」文選張茂先女史箴「比心螽斯，則繁爾類」，説詩並同。是此詩美后妃不妒忌，以致子孫衆多，能使皆賢，自來説詩者無異詞。序説「言若螽斯不妬忌，則子孫衆多」，螽斯微蟲，妬忌與否，非人所知，箋説因之而益謬。陳氏奐祖傳，於「斯」字斷句，究屬牽强。

螽斯羽，詵詵兮。【注】三家「斯」作「蟴」，「詵詵」作「𨐨𨐨」。【疏】傳：「螽斯，蚣蝑也。詵詵，衆多也。」箋：「凡物有陰陽情慾者，無不妬忌，維蚣蝑不耳，各得受氣而生子，故能詵詵然衆多。后妃之德能如是，則宜然。」○「三家斯作蟴」者，衆經音義十引詩曰「螽蟴羽」，十三引同，與毛異。蓋三家文「螽蟴」，與「螽」截然二物。毛詩作「斯」，故後人以「斯」爲語詞，而溷「螽斯」與「螽」爲一物，此大謬也。説文「螽」下云：「蝗也。从蚰，夂聲。夂古文終字。」「𧑄」下云：「螽或从虫，衆聲。」「蝗」下云：「螽也。」廣雅釋蟲：「螽，蝗也。」衆經音義四：「蝗，螽也，謂蝗蟲也。小曰蝩，（「蝩」即「螽」之異文。）大曰蝗，魚子化作也。」今案，凡魚蝦子，遇天旱水涸乾，著岸旁即可化蝗，得雨水還復爲魚蝦。若化蝗生子，須掘地出之，毋俾遺種，此食苗爲災之螽也。説文「蜙」下云：「蜙蝑，以股鳴者。从虫，松聲。」「蚣」下云：「蜙或省。」「蝑」下云：「蜙蝑也。从虫，胥聲。」「蜙蝑」二字相連爲文，此即詩之「螽斯」也。毛傳：「螽斯，蚣蝑也。」方言：「舂黍謂之𧒂蝑。」廣雅釋蟲：「𧒂蝑，蝽蟍也。」孔疏引陸璣云：「幽州人謂之舂箕。舂箕即舂黍，蝗類也，長而青，長角、長股，股鳴者也。或謂似蝗而小，班黑，其股似瑇瑁文，五月中以兩股相切作聲，聞數十步是也。」愚案：「螽斯」、「蚣蝑」、「𧒂蝑」、「舂箕」、「舂黍」，一物數名，並字隨音變。螽、蚣、舂、𧒂，疊韻字。斯、黍、蝑、箕，一聲之轉。「螽斯」二字爲一蟲名，與單名「螽」者迥别。累呼之曰「蜙蟌」，方言「舂黍」又爲「蚣蟌」，釋蟲：「蜤螽，蚣蝑。」郭注「蚣，蟌也。俗呼蝽蟍」是也。「蜙蝑」之爲「蜙蟌」，猶今人呼「蟋蟀」爲「蟋蟋」，急口呼之則音變也，倒呼之曰「斯螽」。豳風「五月斯螽動股」、玉篇「蚣蝑，斯螽」是也。又曰「蜤螽」，釋蟲「蜤螽，蜙蝑」是也。斯、析雙聲字，故釋文云「蜤本又作蟴」，與衆經音義所引「螽蟴」文合。「螽蟴」隨地皆有，初不爲害，與食苗爲災之「螽」形略同而性絶異。自李巡釋爾雅「蜤螽」諸物，概以爲分别蝗子異方之語；陸璣以「螽斯」爲蝗類；范甯注穀梁桓五年傳「蟲災之螽」，云「蚣蝑之屬」，後人展轉相沿，「螽斯」與「螽」遂併爲一物而莫可究詰矣。郭璞方言注：「江東呼爲蚸蜢。」郝懿行爾雅義疏云：「驗此類有三種：一種碧綠色，腹下淺赤，體狹長，飛而以股作聲戛戛者，蚣蝑也，陸疏前說是也。一種似蝗而斑黑色，股似瑇瑁文，相切作聲咨咨者，陸疏後說是也。又一種亦似蝗而尤小，青黃色，好在沙草中，善跳，俗呼『跳八丈』，亦能以股作聲，甚清亮。此三者皆動股屬也。」郭廣異號，適符今名。郝據目驗，尤詳形質矣。螽蜇羣飛，故以「羽」言。○「詵詵作𡖶𡖶」者，釋文：「詵詵，衆多也。」說文作「𡖶」，音同。陳喬樅云：「說文無『𡖶』字，陸氏所據，蓋古本有之。玉篇多部：『𡖶，多也。或作莘、騂、辡、兟、甡。』玉篇『𡖶』字，即本於詩文。又說文：『詵，致言也。詩曰：「螽斯羽，詵詵兮。」』文與毛同，則『𡖶』字爲三家今文。」愚案：「𡖶」無「衆多」義，及「詵」之假借。段玉裁亦以陸所據說文有「𡖶」字爲三家詩。馬瑞辰云：「先、辛雙聲通用。小雅『駪駪征夫』，說文引作『莘莘』；『伊尹耕於有莘之野』，『有莘』或作『有侁』，是也。」廣雅釋詁：「𡖶，多也。」明所引三家義。兮，語助，說詳綠衣。宜爾子孫，振振兮。

【注】魯說曰：「文王十子，伯邑考武王發周公旦管叔鮮蔡叔度曹叔振鐸成叔處霍叔武康叔封南季載。」【疏】傳：「振振，仁厚也。」箋：「后妃之德寬容不嫉妒，則宜女之子孫，使其無不仁厚。」○禮內則注：「宜，猶善也。」韓云「能使子賢」，是能善其子也。爾，爾太姒。「文王」至「季載」，白虎通姓名篇引詩傳文，列女傳母儀篇同，所引魯詩傳也。皮錫瑞云：「太史公用魯詩。管蔡世家云：『武王同母兄弟十人，長子曰伯邑考，次曰武王發，次曰管叔鮮，次曰周公旦，次曰蔡叔度，次曰曹叔振鐸，次曰郕叔武，次曰霍叔處，次曰康叔封，次曰冉季載。』其次序人名略異。魯詩以周公爲兄，管叔爲弟，成叔名處，霍叔名武。史記以管叔爲兄，周公爲弟，郕叔名武，霍叔名處。或史公用古文說歟？古毛詩說無明文。古左氏說次序更異。思齊毛傳但云『太姒十子』，孔疏引史記云云，曰：『其次不必如此，其十子之名當然也。』皇甫謐云：『文王取太姒，生

伯邑考、武王發，次管叔鮮，次蔡叔度，次成叔武，次霍叔處，次周公旦，次曹叔振鐸，次康叔封，次聃季載。』不知譙何所據而別於馬遷也。左定四年傳注『蔡叔，周公兄』，孔疏亦引史記云云，曰：『如彼文，則蔡叔，周公弟也。今以蔡叔爲周公兄者，以僖二十四年傳富辰言文之昭十六國，蔡在魯上，明以長幼爲次。賈逵等皆言蔡叔周公兄，故杜從之。史遷之言多辟謬，故不用爲說。』案，孔疏以毛鄭無明說，依違其辭。左傳疏則以傳有明文，堅執爲是。竊疑富辰隨意舉之，不必皆以長幼爲次。若以爲次，不特管蔡周公兄，成霍亦周公兄，皇甫以周公列第七，正據左傳，孔謂『不知何據』，疏矣。周公若次第七，不應越四兄攝政，又不應其後魯爲宗國。賈杜皇甫雖據左傳，恐非左意。史記以管叔列周公上，猶相去不遠。而漢世今文通行，多同魯詩。白虎通誅伐篇：『尚書曰：「肆朕誕以爾東征。」誅弟也。』後漢樊儵傳『周公誅弟』，注：『周公之弟，管蔡二叔，流言於國。』張衡傳思玄賦『旦獲讟於羣弟兮』，注：『周公攝政，其弟管叔等謗言。』魏志毋丘儉傳討司馬師表云：『春秋之義，大義滅親，故周公誅弟。』傅子通志篇：『管叔蔡叔，弟也。爲惡，周公誅之。』舉賢篇：『周公誅弟而典型立。』皆今文說。趙岐注孟子云：『周公惟管蔡弟也，故愛之。管叔念周公兄也，故望之。』後人多疑其非，不知漢時今文說如是也。鄧析子無厚篇『周公誅管蔡，此於弟無厚也。』又在漢人前。武氏石刻畫象，武王同母兄弟十人，序次自後而前，首伯邑考，次武王發，次周公旦，次一人名泐，蓋管叔鮮，次蔡叔度，次二人名泐，蓋曹叔振鐸霍叔武，次『叔處』上一字泐，微見鉤挑，似是『成』字，次康叔封，次季載，上一字泐，當是『南』字。石刻所列，與白虎通列女傳合。白虎通云『成叔處霍叔武』，列女傳云『霍叔武成叔處』。石刻叔處在後，與列女傳合，與白虎通次序稍異，而周公列武王後、管叔前，則分明可據，足爲魯詩之證。」愚案：襄楷傳李注引史記，言伯邑考等同母兄弟十人，是衆妾所生者尚不在此數，故大雅言「百男」。詩上二句喻衆多，下二句美善教。孔疏：言「孫」者，協句，生子衆則孫亦多。愚謂作是詩時，后妃必已有孫，非協句也。

說文：「振，奮也。」釋言：「振，訊也。」郭注：「振者，奮迅。」太玄玄瑩玄文句並云：「振，動也。」重言之則曰「振振」。言后妃子孫受賢母之教，莫不奮迅振動，有爲之象也。有駜傳：「振振，羣飛貌。」左僖五年傳注：「振振，盛貌。」晉語注：「振振，威武也。」並與「振」字本義近，亦與此「振振」義合。麟趾「振振」同。

螽斯羽，薨薨兮。宜爾子孫，繩繩兮。【注】韓「薨」作「𧊔」。韓說曰：繩繩，敬貌也。【疏】傳：「薨薨，衆多也。繩繩，戒慎也。」〇「韓薨作𧊔」者，釋訓釋文引舍人本，「薨薨」作「雄雄」，「雄」當爲「𧊔」，「𧊔」亦作「翃」，因誤爲「雄」。廣雅釋訓：「𧊔𧊔，𦐊𦐊，飛也。」集韻十七登：「博雅：𦐊𦐊，飛也。或作𧊔，通作薨。」據此，「𧊔」、「𦐊」一字。舍人本之「雄雄」，有作「𧊔𧊔」、「𦐊𦐊」者，故廣雅引之而訓爲「飛」也。釋訓同。毛詩「薨薨」是借字，廣雅本所引迺韓文。玉篇：「𧊔，蟲飛也。」「𦐊，羣鳥弄翅也。」二字分屬，非是。「繩繩，敬貌也」者，玉篇系部引韓詩文。釋訓：「繩繩，戒也。」毛傳釋「繩繩」爲「戒慎」，本之。顧震福云：「韓說『敬貌』，『敬』當讀爲『警』。常武『既敬既戒』，夏官序官注作『既儆既戒』。隸僕注釋文『儆』字又作『警』，古『警』與『敬』通。箋云：『敬之言警也。』釋名：『敬，警也，恆自肅警也。』說文：『警之言戒也。从言，从敬，敬亦聲。』繫傳云：『禮曰：「先鼓以敬戒。」敬戒卽警戒。』下武篇『繩其祖武』，傳：『繩，慎也。』管子宙合篇：『故君子繩繩乎慎其所先。』漢書禮樂志『繩繩意變』，應劭注：『繩繩，敬謹更正意也。』韓訓『繩』爲『敬』，與毛訓『戒慎』義同。」

螽斯羽，揖揖兮。【注】魯韓「揖」作「集」。宜爾子孫，蟄蟄兮。【注】魯說曰：蟄，静也。【疏】傳：「揖揖，會聚也。蟄蟄，和集也。」〇「魯韓揖作集」者，「揖」無「聚」義。陳奐云：「廣雅釋訓：『集集，衆也。』說或本三家。『揖』通作『集』，如說文『鏶或作鍓』之例。」馬瑞辰云：「『揖』蓋『集』之假借。詩『辭之輯矣』，新序引作『集』。說文：『咠，詞之集也。』又曰：『雧，羣鳥在木上也。或省作集。』是『集』本鳥羣集，引申爲凡聚之稱，重言之則曰『集集』。廣雅本三家詩。」愚案：

「揖」「輯」「集」古字通用。書舜典「輯五瑞」，史記五帝紀、漢書郊祀志作「揖五瑞」。漢書兒寬傳「統楫羣元」，注：「輯、楫、集三字同。」是「揖」、「集」互通之證。它書「集集」無連文，明是此詩魯韓訓。○「蟄，靜也」者，釋詁文。郭注：「見詩傳。」案，毛傳無此訓。陳奐云：「此三家義。」何楷云：「說文：『蟄，藏也。』物伏藏則安靜，故又訓爲靜。蟄蟄，安靜而各得其所也。」愚案：此魯說。陳又云：「說文：『𠦜𠦜，盛也。』徐鍇繫傳云：『詩曰：「宜爾子孫，蟄蟄兮。」蟄蟄，衆也。此𠦜義近之也。』據此，或三家有作『𠦜𠦜』訓『盛』者。淮南原道注：『蟄，讀什伍之什。』呂覽孟春紀注、音律注：『蟄，讀如詩文王之什。』此『蟄』、『什』同音之證。」馬瑞辰云：「『𠦜𠦜』，音義與『蟄蟄』同。」愚案：二說近附會。「振振」、「繩繩」、「蟄蟄」，皆主性情言，釋詁義合。

螽斯三章，章四句。

桃夭【疏】毛序：「后妃之所致也。不妬忌，則男女以正，婚姻以時，國無鰥民也。」箋：「老而無妻曰鰥。」○易林否之隨：「春桃生花，季女宜家。受福多年，男爲邦君。」師之坤、謙之夬、噬嗑之既濟、大過之蹇、解之歸妹同。（師之坤「多年」作「且多」，下多「在師中吉」一句。大過之蹇「生花」作「始華」。師之坤，謙之夬、噬嗑之既濟「邦君」作「封君」，古「封」、「邦」字通用。）又復之解：「春桃萌生，萬物華榮。邦君所居，國樂無憂。」又困之觀：「桃夭少華，婚悅宜家。君子樂胥，長利止居。」陳喬樅云：「據易林說，則桃夭之詩蓋當時實指其事。」張冕云：「桃夭如爲民間嫁娶之詩，大學何由卽指爲實能宜家而可以教國？詳易林之語，似是武王娶邑姜事，然則大學引之非虛詞矣。」愚案：張說無徵，然易林云「男爲邦君」，是齊詩說不以爲民間嫁娶之詩甚明。參之大學「宜家」、「教國」之義，非國君不足以當之，不知爲周南何國之詩也。魯韓未聞。

桃之夭夭，灼灼其華。【注】魯韓「夭夭」作「枖枖」，又作「𡝩𡝩」。魯韓說曰：𡝩𡝩，茂也。灼灼，明也。【疏】傳：「興也。桃有華之盛者，夭夭其少壯也。灼灼，華之盛也。」箋：「興者，喻時婦人皆得以年盛時行也。」○說文：「枖，木少盛貌。從木，夭聲。詩曰：『桃之枖枖。』」「𡝩，巧也。一曰女子笑貌。詩曰：『桃之𡝩𡝩。』從女，芺聲。」並三家文。九經字樣木部出「枖」、「夭」二字。注云：「音妖，木盛貌。詩云：『桃之枖枖。』上說文，下經典，相承隸省。」據此，「枖」正字，「夭」渻字。玉篇木部「枖」下云：「木盛貌。」廣韻四宵「枖」下云：「說文云『木盛貌』，詩云『桃之枖枖』，本亦作『夭』。」案，三引並刪去說文「少」字，非是。毛傳：「桃有華之盛者，夭夭其少壯也。」「少壯」與說文「少盛」意同。徐鍇繫傳云：「桃之夭夭，喻女子在家形體日盈長也。」若無「少」字，喻意不明。易林云「少華」，明齊義同。大學引詩桃之夭夭，易林云「桃夭少華」，是齊毛同作「夭」，則作「枖」、「𡝩」者，魯韓本也。玉篇：「𡝩，媚也。」與說文訓「𡝩」爲「女子笑貌」合。「𡝩𡝩，茂也」者，廣雅釋訓文。許以「女子笑貌」釋字義，張以「茂」釋詩義，兩訓相成，正喻乃明。「灼灼，明也」者，亦廣雅釋訓文，與毛傳「灼灼，華之盛也」義異。說文：「灼，炙也。」「炙」是「灸」之誤。上文「灸，灼也」，互相爲訓。「灼」無「明」義，乃「焯」借字。說文：「焯，明也。」周書「焯見三有俊心」，今書作「灼」，此「灼」、「焯」字通之證。連言「灼灼」者，文心雕龍物色篇「灼灼狀桃花之鮮」是也。文選阮籍詩劉良注：「夭夭，美貌。灼灼，明貌。」並用三家義。「華」者，說文「𠌶」下云：「艸木華葉，𠌶象形。」「⿱𠌶亏」下云：「艸木華也。从𠌶，亏聲。」「䔢」下云：「榮也。从艸、从⿱𠌶亏。」釋草：「木謂之華，草謂之榮。」對言則異，散言則通。榮從木，木著華亦爲榮，故說文訓「華」爲「榮」。後世代以「花」字而「華」義別行。據易林「春桃生花」，則「華」之爲「花」，自漢已然。月令：「仲春之月，桃始華。」通典五十九、五經通論引束晳曰：「桃夭篇序美婚姻以時，蓋謂盛壯之時，而非日月之時。故『灼灼其華』以喻盛壯，非謂嫁娶當用桃夭之月。其次章曰『其葉蓁蓁』、『有蕡其實』、『之子于歸』，此豈仲春之月乎？詩人之興，取義繁廣，或舉譬類，或稱所見，不必皆可定候也。」案，東辨正毛序，足解箋疏之惑。之子于歸，宜其室家。【注】魯齊説曰：之子者，是子也。【疏】傳：「之子，嫁子也。于，往也。宜以有室家無踰時者。」箋：「宜者，謂男女年時俱當。」〇「之子者，是子也」者，釋訓文，此魯詩「之子」通訓，與毛「嫁子」義異。大學引「之子于歸」，鄭注：「之子者，是子也。」明齊義同魯。馬瑞辰云：「釋詁如、適、之、嫁並訓爲『往』，傳以『之』與『嫁』同義，故以『之子』爲『嫁子』，然詩言『之子』甚多，如『之子于征』之類，不得訓爲『嫁』，當從釋訓訓爲『是子』是也。」又云：「傳『于，往也』，以『于』爲『如』之假借，故訓爲『往』，然婦人謂嫁曰『歸』，詩既言『歸』，不必更以『于』爲『往』。爾雅：『于，曰也。』『曰』古讀若『聿』，『聿』、『于』一聲之轉。『之子于歸』，正與『黄鳥于飛』、『之子于征』爲一類。于飛，聿飛也。于征，聿征也。于歸，亦聿歸也。又與東山詩『我東曰歸』、采薇詩『曰歸曰歸』同義。『曰』亦『聿』也。『于』、『曰』、『聿』皆詞也，舊皆訓『于』爲『往』，或讀『曰』如『子曰』之『曰』，並失之。」愚案：此説足正自來注家之誤。説文：「宜，所安也。」「室，實也。从宀、从至。」「至，所止也。家，居也。」「宜其室家」，猶言「安其止居」。易林「長利止居」，正「宜其室家」之文，此齊説也。毛以爲「有室家無踰時」，似非詩義。

桃之夭夭，有蕡其實。之子于歸，宜其家室。【疏】傳：「蕡，實貌。非但有華色，又有婦德。家室，猶室家也。」〇「有蕡其實」者，舉蕡以狀桃實之大也，字當爲「黂」，借「蕡」字耳。説文：「蕡，雜香草。」無「實」義。釋草：「黂，枲實。」釋文：「黂本作蕡。」籩人「其實麷蕡」，注：「麻曰蕡。」喪服傳釋文：「蕡，麻實。」內則注釋文：「蕡，字又作黂，大麻子注同。」並「蕡」、「黂」通假之證。説文：「實，富也。从宀、从貫。」貫，貨貝也。引申之，凡物盈於內皆謂之實，故草木果亦曰實也。上「室家」，此「家室」，倒文合均。

桃之夭夭，其葉蓁蓁。之子于歸，宜其家人。【注】齊説曰：夭夭、蓁蓁，美盛貌。魯説曰：蓁蓁，茂也。韓説曰：蓁蓁，盛貌。【疏】傳：「蓁蓁，至盛貌。有色有德，形體至盛也。一家之人，盡以爲宜。」箋：「家人，猶室家也。」○「夭夭、蓁蓁，美盛貌」者，禮大學鄭注文。以「美」釋「夭夭」，「盛」釋「蓁蓁」。「蓁蓁，茂也」者，廣雅釋訓文。「茂」、「盛」同義。「蓁蓁，盛貌」者，菁菁者莪釋文引薛君説。此詩義當同也。大學引「之子于歸，宜其家人」，申之曰：「宜其家人，而後可以教國人。」與易林「男爲邦君」及「邦君所居，樂國無憂」義合，此齊詩推演之説也。上言「宜家室」，但謂安其居止，此言「宜家人」，則能安一家之人，故以「家人」、「國人」對待言之。惟自安其室家，然後其家之人皆安之也。

桃夭三章，章四句。

兔罝【注】韓説曰：「殷紂之賢人退處山林，網禽獸而食之。文王舉閎夭、泰顛於罝網之中。【疏】毛序：「后妃之化也。關雎之化行，則莫不好德，賢人衆多也。」○「殷紂」至「食之」，文選桓温薦譙元彦表「兔罝絶響於林中」，劉良注云：「罝，兔網也。殷紂之賢人退處山林，網禽獸而食之。」唐惟韓詩存，劉注本韓説也。「文王舉閎夭泰顛於罝網之中」者，墨子尚賢篇文。下云：「授之政，西土服。」據此，劉注所稱「殷紂之賢人」即閎夭泰顛。墨子所述，實兔罝詩篇古義。劉注係節引，故未言文王舉賢。以左傳説詩義推之，知韓説此詩本末如此也。夭顛先臣事紂，見其無道，逃遁山林，文王舉之。詩人閔商之危亂，惡夭顛之不終事王朝而爲公侯腹心，故作此詩，蓋祖伊微子之志也。時文王化被南方，三分有二，汝蔡江漢閒先爲殷地，皆已屬周，賢才樂爲文王用，而忠於商者有深疾焉，是以爲刺。左成十二年傳郤至曰：「共儉以行禮，慈惠以布政，政以禮成，民是以息。百官承事，朝而不夕，此公侯之所以扞城其民也，故詩曰：『赳赳武夫，公侯干城。』及其亂也，諸侯貪冒，侵欲不忌，爭尋常以盡其民，略其武夫，以爲己腹心股肱爪牙，故詩曰：『赳赳武夫，公侯腹心。』天下有道，則公侯能爲民扞城，而制其腹心，亂則反之。」其以文王爲諸侯，略武夫爲己腹心。他國之詞，不嫌已甚，仍繫之周南者，南人所作也。與下三章皆一地一時事。

肅肅兔罝，椓之丁丁。【注】魯說曰：兔罝，網也。又曰「肅肅兔罝，椓之丁丁」，言不怠於道也。齊說曰：兔罝之容，不失其恭。【疏】傳：「肅肅，敬也。兔罝，罝兔罟也。丁丁，椓杙聲也。」箋：「罝兔之人，鄙賤之事，猶能恭敬，則是賢者衆多也。」○說文：「肅，持事振敬也。从聿，在𣶏上。戰戰兢兢也。」重言之則曰「肅肅」。釋訓：「肅肅，敬也。」魯毛義同。「罝，兔網也」者，呂覽季春紀高注文，引詩首句爲釋。淮南時則訓注同。釋器：「兔罟謂之罝。」「網」、「罟」義同。「肅肅兔罝」，言設此兔罝之人，雖託業微賤，能持恭敬之道。「肅肅」至「道也」者，列女傳楚接輿傳云：「夫安貧賤而不怠於道者，惟至德能之。詩曰：『肅肅兔罝，椓之丁丁。』言不怠於道也。」「兔罝之容不失其恭」者，易林坤之困文。據此，魯齊韓釋「肅肅」義同。說文：「椓，擊也。」設罝於地，椓擊其橛，然後張之。陳奐云：「椓杙謂之朾橛，『丁』古『朾』字。」愚案：說文：「朾，橦也。」桂馥謂「橦」當爲「撞」。五音集韻：「朾，擊也。」義與「丁」合。「丁」上从「入」，「一」象所以入之物，丁丁椓之，使深入地。習勞苦之事，則易生慢易之容，今此賢人椓杙入地，勞云至矣，而終始持以肅肅，故劉云「不怠」，焦云「不失」，深美之也。夭顛隱居山林，网兔爲食。王充論衡宣漢篇云「猶守株待兔之蹊，藏身破罝之路也」，趙岐孟子章指云「兔罝窮處」，並用此事，與劉良說合。王趙皆學魯詩，明魯韓義同。**赳赳武夫，公侯干城。**【注】魯說曰：赳赳，武也。干，扞也。韓「赳」或作「糾」。魯說曰：言其賢可爲公侯扞難其城藩也。又曰：諸侯曰「干城」，言不敢自專，禦於天子也。【疏】傳：「赳赳，武貌。干，扞也。」箋：「干也、城也，皆以禦難也。此罝兔之人，賢者也，有武力可任，爲將帥之德，諸侯可任以國守，扞城其民，折衝禦難於未然。」○說文：「赳，輕勁有材力也。」「赳赳，武也」者，釋訓文。廣雅釋詁：「赳，材也。」材亦武也。

魯作「赳」，與毛同。「韓赳或作糾」者，後漢桓榮傳李注引謝承後漢書云：「糾糾武夫，公侯干城。」借「糾」爲「赳」，此韓異文。「言其賢可爲公侯扞難其城藩也」者，呂覽報更篇云：「宣孟德一士，猶活其身，而況德萬人乎？詩曰：『赳赳武夫，公侯干城。』『濟濟多士，文王以寧。』」高注：「言其賢可爲公侯扞難其城藩也。」「干，扞也」者，釋言文，與左傳義合。云「扞難其城藩」者，堯典「而難任人」，枚傳：「難，拒也。」「扞難」猶「扞拒」也。衆經音義二十引蒼頡篇：「藩，蔽也。」城所以爲蔽，故曰「城藩」。「諸侯」至「子也」，初學記二十四引白虎通逸文云：「天子曰崇城，言崇高也。諸侯曰干城，言不敢自專，禦於天子也。」訓「干」爲「禦」，與「扞難」義合。云「不敢自專禦於天子」者，城乃天子之城，非諸侯所得專，但爲天子扞禦而已。公羊定十二年傳「天子周城，諸侯扞城」，何注：「軒城者，闕南面以受過也。」或因「干」、「軒」同聲以謂，與白虎通合。案，傳自言「周城」、「闕城」之制，非此「干城」義也。諸侯爲天子扞禦其城，此赳赳然雄武之夫，又能爲公侯宣力以扞城，故郤至以爲天子有道之事。徵諸往籍，如齊之管仲，晉之狐趙諸人，皆能輔霸主以尊王室。漢世韓安國張羽以梁孝王將軍爲漢廷扞吳楚七國之難，皆其證矣。郤云「公侯所以扞城其民」，又云「公侯能爲民扞城而制其腹心」者，公侯代天子牧民，故但以民言。云「扞城其民」者，郤釋「扞城」並爲虛字，蓋古說如此，與高注、白虎通異。左傳孔疏：「蔽扞其民若城然，故云所以扞城其民也。」云「制其腹心」者，諸侯能奉公守法，不敢私略武夫爲己腹心，若天子制之然。毛用左傳義，迺於三章「公侯腹心」句下云「可以制斷公侯之腹心」，斯爲謬矣。劉向說苑復恩篇：「詩曰：『赳赳武夫，公侯干城。』『濟濟多士，文王以寧。』人君胡可不務愛士乎？」此亦魯說，言人君愛士則得武夫，與公侯共爲干城，與郤至言「天下有道」意合。

肅肅兔罝，施于中逵。【注】韓「逵」作「馗」。韓說曰：中馗，馗中，九交之道也。【疏】傳：「逵，九達之道。」○「施」，與葛覃「施于中谷」聲義同。釋宮：「九達謂之逵。」魯文與毛同。郭注：「四道交出，復有旁通者。」釋名：「九達曰逵。」齊魯謂道多爲「逵」，師此形然也。「中馗」至「逵也」，文選鮑照蕪城賦李注引韓詩曰：「『肅肅兔罝，施于中馗。』薛君曰：『中馗，馗中，九交之道也。』」顏延年皇太子釋奠詩、王粲從軍詩注引同。說文：「馗，九達道也。似龜背，故謂之馗。从九、从首。或作逵。」王念孫云：「馗，從九，首聲，故與『好仇』韻。毛詩作『逵』，『逵』在尤韻，字從『坴』得聲，讀如『逐』，今韻『馗』、『逵』並入脂，爲渠追切。作叶音者，以『好仇』之『仇』爲渠之切，以韻『逵』字。讀韓詩，自知其誤。」云「中馗，馗中」者，詩倒句爲文，如葛覃「中谷」之例。云「九交之道也」者，與郭注「四道交出，復有旁通」義同。左隱十一年傳「及大逵」，杜注：「道方九軌也。」劉炫，規之以爲「九道交出」。孔疏引李巡爾雅注，亦取「並軌」之義，因以劉爲非。案，考工記「國中經涂九軌」，此言其廣，不名曰「逵」。若九達之逵，以縱横交午爲言，其義各别。且兔罝之設，必在野外九達之區，而非國中並軌之地，言「逵」義者，當以此經爲斷。薛說「九交之道」，爲得其實。雅訓、左義皆可據以訂正。赳赳武夫，公侯好仇。【疏】箋：「怨耦曰仇。此罝兔之人，敵國有來侵伐者，可使和好之，亦言賢也。」○關雎「好仇」，用三家義改毛，知此訓「仇」爲「怨耦」，亦三家說。如此，上言「扞禦」，此言「和好」，其義相屬，亦主追思治世言，謂武夫與公侯爲天子和好敵國。

肅肅兔罝，施于中林。赳赳武夫，公侯腹心。【注】三家說曰：「肅肅兔罝，施于中林」，處獨之謂也。

【疏】傳：「中林，林中。可以制斷公侯之腹心。」箋：「此兔罝之人於行攻伐，可用爲策謀之臣，使之慮事。亦言賢也。」○「肅肅」至「謂也」，徐幹中論法象篇云：「人性之所簡也，存乎幽微。人情之所忽也，存乎孤獨。夫幽微者，顯之原也。孤獨者，見之端也。胡可簡也？胡可忽也？是故君子敬孤獨而慎幽微，雖在隱蔽，鬼神不得窺其隙也。詩曰：『肅肅兔罝，施于中林。』處獨之謂也。」案，此與列女傳易林云云，亦本三家爲說。「中林，林中」，劉良注：「所謂退處山林也。」徐以「中林」爲隱蔽，與關雎篇薛君言「河洲隱蔽無人之處」，張衡以爲「河林」，其義正合。蓋夭顛處山林幽獨之處，仍不改其肅敬之容，故文王以爲賢而舉之，與臼季識郤缺郭泰得茅容事相類。上二章「公侯」泛言治世之諸侯，此「公侯」謂文王。文王任牧伯，居商公侯之位。云「腹心」者，郤至所謂「略武夫爲己腹心」，詩人蓋歎商之失人將亡也。桓寬鹽鐵論備胡篇：「賢良曰：匈奴處沙漠之中，生不食之地，如中國之麋鹿耳。好事之臣，求其義，責之禮，使中國干戈至今未息，萬里設備。此兔罝之所刺，故小人非公侯腹心干城也。」胡承珙云：「此言當時之臣，異於周南之賢人，不能折衝禦難，爲國干城，將不免爲兔罝詩人之所刺也。」愚案：胡說是，此與詩本義無涉。

兔罝三章，章四句。

芣苢【注】魯說曰：蔡人之妻者，宋人之女也。既嫁於蔡而夫有惡疾，其母將改嫁之，女曰：「夫不幸，乃妾之不幸也，奈何去之？適人之道，壹與之醮，終身不改。不幸遇惡疾，不改其意。且夫采采芣苢之草，雖其臭惡、猶將始於捋采之，終於懷擷之，浸以益親，況於夫婦之道乎？彼無大故，又不遣妾，何以得去！」終不聽其母，乃作芣苢之詩。君子曰：宋女之意，甚貞而壹也。韓敍曰：芣苢，傷夫有惡疾也。韓說曰：芣苢，澤寫也。芣苢，臭惡之菜。詩人傷其君子有惡疾，人道不通，求已不得，發憤而作。以事興芣苢雖臭惡乎，我猶采采而不已者，以興君子雖有惡疾，我猶守而不離去也。【疏】毛序：「后妃之美也。和平則婦人樂有子矣。」箋：「天下和，政教平也。」〇「蔡人」至「壹也」，劉向列女傳貞順篇文。宋陳邈妻鄭氏女孝經云：「芣苢興歌，蔡人作誡。」本此。魏源云：「國語『文王即位，諏于蔡原』，韋昭以爲蔡君，則文王時已有其國矣。蔡宋無風，賴是詩存之。」徐璈云：「路史言：『蔡，黃帝後，姞姓國。』樂記『武王下車而投殷之後於宋』，蔡宋皆古國名也。」云「壹與之醮，終身不改」，與郊特牲「壹與之齊，終身不改」義同。說文：「醮，冠昏禮祭。」列女傳賢明篇宋鮑女宗曰「婦人一醮不改」，貞順篇息君夫人曰「終不以身更貳醮」，與此傳合。潛夫論云：「貞潔寡婦，守一醮之禮，成同穴之義。」「一醮」正用傳語。「無大故」者，夫未死。「又不遺妾，何以得去」者，白虎通嫁娶篇云：「夫有惡行，妻不得去者，地無去天之義也。」「芣苢」至「去也」，文選劉孝標辨命論李注引韓詩薛君章句文。韓詩此下又云：「詩曰：『采采芣苢，薄言采之。』」蓋韓序也。御覽七百四十二引作韓詩外傳，誤。云「求己不得」者，反求而不得其故，即小弁「何辜于天，我罪伊何」意。云「發憤而作」，與列女傳云「不聽其母」微異，而守而不去則同。女子貞壹，被文王之化而然也。

采采芣苢，薄言采之。采采芣苢，薄言有之。【注】韓「苢」作「苡」。韓説曰：直曰「車前」，瞿曰「芣苡」。魯韓説曰：有，取也。【疏】傳：「采采，非一辭也。芣苢，馬舃。馬舃，車前也，宜懷妊焉。薄，辭也。采，取也。有，藏之也。」箋：「薄言，我薄也。」○采采者，采而又采，薛君以爲「采采而不已」是也。「直曰車前，瞿曰芣苡」者，釋文：「苢，本亦作苡。芣苡，馬舃也，又名車前。韓詩曰：『直曰車前，瞿曰芣苡。』」是韓詩作「苡」，與毛「亦作」本同。又引陸璣云：「幽州人謂之『牛舌』，又名『當道』，其子治婦人生難。本草云一名『牛遺』，一名『勝舃』。山海經及周書王會皆云：『芣苢，木也。實似李，食之宜子，出於西戎。』衞氏傳及許慎並同此，王肅亦同，王基已有駮難也。」皮錫瑞云：「今醫家無用車前治難產者。陸疏云云，疑傳會毛序『婦人樂有子』而爲之說。世無夫有惡疾，人道不通，而婦猶樂有子者。魯韓二說與毛序正相反也。」陳喬樅云：「大觀本草六引陶隱居云，韓詩乃言芣苢是木，似李，食其實宜子孫，此爲謬矣。此陶引韓詩而駮之也，然與毛詩釋文、文選注所引不合，豈陶誤記耶？又王會解作『桴苡』，恐與詩之「芣苡」爲二物。衞氏傳當是衞宏所作，而釋文序録不言，後漢書謂宏作訓旨，殆即是也。衞許皆習古文詩，皆宗毛，不知何以解芣苢誤草爲木。」愚案：說文：「芣苢，一名馬舃。其實如李，令人宜子。从艸，目聲。周書所說。」許以「芣苢一名馬舃」爲一事，「其實如李，令人宜子，周書所説」爲一事，兩存其義，以廣異聞，非誤解也。徐鍇繫傳云：「本草：芣苢一名車前，服之令人有子。爾雅注亦同。韓詩云『芣苢，木名，實似李』，則非也。許慎但言李，則其子之苞亦似李，但微小耳。」案，小徐爲許曲解，非説文本義。其引韓詩，則緣隱居之誤也。韓云「直曰車前，瞿曰芣苢」者，釋草：「芣苢，馬舄。馬舄，車前。」郭注：「今車前草，大葉長穗，好生道邊，江東呼爲『蝦蟆衣』。」郝懿行云：「瞿，謂生於兩旁，然芣苢即車前，何有瞿、直之分？蘇頌圖經：『春初生苗，葉布地如匙面，累年者長及尺餘，抽莖作長穗，如鼠尾。花甚細，青色微赤，結實如葶藶，赤黑色。』今驗此有二種，大葉者俗名『馬耳』，小葉者名『驢耳』。圖經所説『葉長尺餘』，似是『馬耳』。今藥所收乃是『驢耳』，野人亦煮啖之。其『馬耳』水生，不堪啖也。」愚案：陸疏云：「芣苢一名當道。」廣雅釋草亦云：「當道，馬舄也。」韓所云「瞿」、「直」者，蓋以「當道」及「生道之兩旁」而言。「直」之爲言「當」也，直道中，故曰「車前」，一名「當道」。生道之兩旁，則曰芣苢。説文：「䀠，左右視也。」「瞿，鷹隼之視也。」「瞿」從「䀠」取義，鷹隼下擊，必左右視之以取物，故曰「瞿」。引申之，人左右視亦謂之「瞿」。（易林震之離「持心瞿目，善數搖動」，是其證。）「瞿」行而「䀠」遂廢。芣苢生道兩旁，故左右視而取之，韓釋異名，郝誤駁也。莊子至樂篇「得水土之際，則爲鼃蠙之衣。生於陵屯，則爲陵舄。」司馬彪注：「言物因水成而陸産，生於陵屯，化作車前，改名陵舄也。」「陵舄」即郝云「小葉」、俗名「驢耳」者，是道上所生，故爲「陵舄」。「鼃蠙之衣」，即郭所謂「蝦蟆衣」。郝云「大葉名馬耳，水生不堪啖」者，以水生故名「鼃蠙衣」也。「芣苢」、「牛遺」，音同字變。「牛舌」、「驢耳」，又音之轉。「馬舄」、「蕮衣」、「鼃衣」、「馬耳」，亦是音轉字變也。釋草云：「芣苢，馬舄。馬舄，車前。」以「芣苢」、「車前」與「馬舄」有生陵、生水之别，故互釋之，使人知名異物同，正與莊子義相發。韓又即「芣苢」、「車前」分釋之。薛云：「芣苢，澤舄也。」「寫」亦作「舄」。案，此「馬舄」轉寫誤「澤舄」也。韓訓「車前」，薛不應與之違異。釋草「蕍蕮」，郭注：「今澤蕮」。是「車前」、「澤蕮」二物，雅訓甚明，司馬莊子注云：「陵舄，一名澤舄。」詩「言采其藚」，傳：「藚，水舄。」陸疏：「今澤瀉也。其葉如車前草大，其味亦相似。」是二物形狀相近，司馬因而誤注耳。「有，取也」者，廣雅釋詁文，與毛傳「有，藏之也」義異。陳奐云：「訓『有』爲『取』，本三家詩義。」王念孫云：「詩之用詞，不嫌於複。『有』亦『取』也，首章泛言取之，次則言其取之之事，卒乃言既取而盛之以歸耳。若首章既言『藏之』，而次章復言『掇之』、『捋之』，則非其次矣。」

采采芣苢，薄言掇之。采采芣苢，薄言捋之。【疏】傳：「掇，拾也。捋，取也。」○「掇之」者，説文：「掇，拾也。」「拾，掇也。」互相訓。「叕」下云：「綴，聯也。象形，掇聲。」義並從「叕」，蓋以手聯綴取之，言其易也。「捋之」者，説文：「捋，取易也。」「寽，五指捋也。」是「捋」之爲言「掬」也，較「掇」更易，故云「取易」也。

采采芣苢，薄言袺之。采采芣苢，薄言襭之。【注】魯説曰：袺謂之褹。襭謂之褱。【疏】傳：「袺，執衽也。扱衽曰襭。」○「袺謂之褱」，廣雅釋器文。云「袺謂之褹」者，釋器文，云褱袖也。集韻「褹」或書作「䙝」。玉篇：「褹，衣袂也。」字或作「䙝」，通作「胡」。深衣「袂圓以應規」，注：「謂『胡下也。』」釋名：「褠，襌衣之無胡者也。」此「胡」爲「袖」也。管子輕重戊篇「丁壯者胡丸操彈」，「胡丸」謂「袖丸」也。采物既多，以袖受之，此「袺」之義也。釋器：「執衽謂之袺。」蓋衣裳皆有衽，以手執其兩旁交裂處，並合向前以受物。毛傳本雅訓，廣雅迺魯義也。云「襭謂之褱」者，説文：「褱，俠也。」「懷，念思也。」古字通用。漢書地理志、外戚傳並以「褱」爲「懷」。列女傳云：「始於捋采之，終於懷襭之。」訓「襭」爲「懷」，與廣雅合，此魯義同符之證。釋器：「扱衽謂之襭。」説文「襭」下云：「以衣衽扱物謂之襭。」「擷」下云：「襭或从手。」「扱」下云：「收也。」「跛」下云：「進足有所擷取也。」引爾雅「扱謂之擷」，作「跛謂之擷」，是「擷」爲進足向前，以衣收物滿貯之，與「褱」、「襭」義同。郭注爾雅云：「扱衣上衽於帶。」蓋盛物滿褱，則上衽於帶，情事宜然，郭以意推之。始「采」終「襭」，列女傳所謂「浸以益親」也。

芣苢三章，章四句。

漢廣【注】韓敍曰：漢廣，説人也。【疏】毛序：「德廣所及也。文王之道被于南國，美化行乎江漢之域，無思犯禮，求而不可得也。」箋：「紂時淫風徧於天下，維江漢之域先受文王之教化。」○「漢廣説人也」者，文選曹植七啟李注引韓詩敍文。陳啟源云：「韓敍『説人』，夫説之必求之，然惟可見而不可求，則慕説益至。」其説是也。江漢之間被文王之化，女有貞絜之德，詩人美之，以喬木、神女、江漢爲比。三家義同。

南有喬木，不可休息。【注】魯説曰：喬木上竦，少陰之木。韓「息」作「思」。**漢有游女，不可求思。**【注】魯説曰：江妃二女者，不知何所人也。出游於江漢之湄，逢鄭交甫。見而悦之，不知其神人也，謂其僕曰：「我欲下請其佩。」僕曰：「此間之人皆習於辭，不得，恐罹悔焉。」交甫不聽，遂下與之言曰：「二女勞矣。」二女曰：「客子有勞，妾何勞之有。」交甫曰：「橘是柚也，我盛之以笥，令附漢水將流而下，我遵其傍，采其芝而茹之，以知吾爲不遜也，願請子之佩。」二女曰：「橘是柚也，我盛之以筥，令附漢水順流而下，我遵其傍，采其芝而茹之。」遂手解佩與交甫。交甫悦，受而懷之中當心。趨去數十步，視佩，空懷無佩；顧二女，忽然不見。詩曰：「漢有游女，不可求思。」此之謂也。齊説曰：喬木無息，漢女難得。橘柚請佩，反手離汝。韓説曰：游女，漢神也。言漢神時見，不可得而求之。【疏】傳：「興也。南方之木美。喬，上竦也。思，辭也。漢上游女，無求思者。」箋：「不可者，本有可道也。木以高其枝葉之故，故人不得就而止息也。興者，喻賢女雖出游漢水之上，人無欲求犯禮者，亦由貞絜使之然。」○「南」者，楚地記：「漢江之北爲南陽，漢江之南爲南郡。」文王化行江漢，適當其地，明與召南疆域相接。「喬木」至「之木」，淮南原道訓高注文。説文：「喬，高而曲也。从夭、从高省。」引詩。釋木:「上句曰喬。」又云:「小枝上繚爲喬。」「上句」、「上繚」,與高注「上竦」同意,故説文以爲「高而曲也」。説文:「休,息止也。从人、依木。」喬木高而少陰,故不可休。孔疏:「傳解『喬木』之下,先言『思、辭』,然後始言『漢上』,疑經『休息』之字作『休思』也。詩之大體,韻在辭上,疑『休』、『求』字爲韻,二字俱作『思』。」「韓息作思」者,外傳一引作「不可休思」。藝文類聚八十八引同。案,列女傳一引作「不可休息」。易林云「喬木無息」,是魯齊作「息」,與毛同。○説文「漾」下云:「水出隴西氐道,東至武都爲漢。」「漢」下云:「漾也,東爲滄浪水。」「浪」下云:「滄浪水也,南入江。」敘漢水原流與禹貢合。詩江漢並舉,知非水初出之地也。游女,神女。詩舉昔漢水之所有,以興今貞女之不可求也。「江妃」至「謂也」,劉向列仙傳文。文選阮籍詠懷詩李注引略同。吴淑事類賦引列仙傳云:「鄭交甫至漢皋臺下,見二女佩兩珠,大如荆雞卵。二女解與之,既行反顧,二女不見,佩珠亦失。」此無佩「珠」語,傳寫闕逸。文選琴賦注引列女傳:「游女,漢水神。鄭大夫交甫於漢皋見之,聘之橘柚。」「列女」是「列仙」之誤。文選楊雄羽獵賦「漢女水潛」,李注引應劭云:「漢女,鄭交甫所逢二女也。」張衡南都賦云:「游女弄珠於漢皋之曲。」王逸楚辭九思云:「周徘徊兮漢渚,求水神兮靈女。」楊應張王皆學魯詩者也。「喬木」至「離汝」,易林萃之漸文。又頤之既濟:「漢有游女,人不可得。」噬嗑之困:「二女寶珠,誤鄭大夫。君父無禮,自爲作笑。」(「君」是「交」之誤,「父」、「甫」字同。)並齊説。「游女」至「求之」,文選嵇康琴賦注引薛君説,曹植七啟、謝朓齊敬皇后哀策文注引略同。郭璞江賦注引韓詩内傳曰:「鄭交甫遵彼漢皋臺下,遇二女,與言曰:『願請子之佩。』二女與交甫。交甫受而懷之,超然而去,十步循探之,即亡矣,回顧二女,亦即亡矣。」又南都賦注引韓詩外傳曰:(「外」字誤,當作「内」。)「鄭交甫將南適楚,遵彼漢皋臺下,乃遇二女。佩兩珠,大如荆雞之卵。」御覽八百二引韓詩内傳曰:「漢女所弄珠,如荆雞卵。」説文:「,魃鬼服也。韓詩傳云:『鄭交甫遇二女魃服。』」初學記地部下引韓詩,曰:「鄭交甫過漢皋,遇二女，妖服佩兩珠。交甫與之言，曰：『願請子之佩。』二女解佩與交甫，而懷之去十步，探之則亡矣，回顧二女亦不見。」此韓詩說可參考者。曹植七啟云：「諷漢廣之所求，覿游女於水濱。」洛神賦云：「感交甫之棄言兮，悵猶豫而狐疑。」曹學韓詩者也。陳琳神女賦云：「贊皇師以南假，濟漢水之清流。感詩人之攸嘆，想神女之所游。」琴賦云：「游女飄焉而來。」萃江賦云：「感交甫之喪佩。」敬皇后哀策文云：「清漢表靈。」阮籍詠懷詩云：「二妃游江濱，逍遙順風翔。交甫懷環佩，婉孌有芬芳。」皆用三家義。徐璈云：「游女之爲漢神，猶楚辭之有湘君湘夫人也。鄭交甫事未審係何時代，亦以證漢神之實有耳。詩以漢女之神不可犯，與『之子』，非謂『游女』即『之子』也。」斯言是矣。列女傳六、韓詩外傳一載孔子子貢見阿谷處女事，終引此詩，則說詩者推演之詞，不爲正訓。

漢之廣矣，不可泳思。江之永矣，不可方思。

【注】魯「永」作「羕」。韓「永」作「漾」，云：「漾，長也。」魯「方」作「舫」。【疏】傳：「潛行爲泳。永，長。方，泭也。」箋：「漢也，江也，其欲渡之者，必有潛行乘泭之道，今以廣長之故，故不可也。又喻女之貞絜，犯禮而往，將不至也。」○說文：「廣，殿之大屋也。」引申之，爲凡遠大之辭。說文：「泳，潛行水中也。」江者，禹貢岷山所導，至今湖北江夏縣合漢水入海。「魯永作羕」者，說文：「永，長也。象水巠理之長。詩曰：『江之永矣。』」引與毛同。又云：「羕，水長也。詩曰：『江之羕矣。』」兼采魯詩。釋詁：「羕，長也。」正釋此義。「韓云『漾，長也』」者，文選王粲登樓賦「川既漾而濟深」，李注引韓詩曰：「江之漾矣，不可方思。」薛君曰：「漾，長也。」漾，水名。韓借「漾」爲「羕」，故訓「長」。「魯方作舫」者，釋言：「舫，泭也。」邢疏：「孫炎曰：『舫，水中爲泭，筏也。』周南漢廣云『不可方思』，『舫』、『方』音義同。」案，爾雅作「舫」，與毛異字，此魯詩文。說文：「方，併船也。」「舫，舟師也。」「泭，編木以渡也。」「方」正字，「舫」借字。方言：「泭謂之篺，篺謂之筏。筏，秦晉之通語也。」楚辭惜往日篇注：「編竹木曰『泭』，楚人曰『泭』，秦人曰『樧』。」詩釋文：「泭，本亦作⿱竹游，又作桴，或作柎，並同。」又引郭云：「木曰

箄，竹曰筏，小筏曰泭。」説雖微異，大旨則同。此詩之「方」，言併木以渡，非謂併船。併船可入江，編木爲小筏則不可。詩以併木爲「方」，又自併船義引申之。此章「喬木」、「神女」、「江漢」三者，皆興而比也。

翹翹錯薪，言刈其楚。之子于歸，言秣其馬。漢之廣矣，不可泳思。江之永矣，不可方思。【注】魯韓説曰：翹翹，衆也。【疏】傳：「翹翹，薪貌。錯，雜也。秣，養也。六尺以上曰馬。」箋：「楚，雜薪之中尤翹翹者。我欲刈取之，以喻衆女皆貞絜，我又欲取其尤高絜者。之子，是子也。謙不敢斥其適己，於是子之嫁，我願秣其馬，致禮餼，示有意焉。」○説文：「翹，尾長毛也。」引申之，凡衆盛而高舉者皆謂之「翹」，重言之爲「翹翹」也。「翹翹，衆也」者，廣雅釋訓文。王念孫云：「詩『翹翹錯薪』，『翹翹』與『錯薪』連文，則『翹翹』爲衆貌，言於衆薪之中刈取其高者。傳箋以『翹翹』爲『高』，則與下句相複。廣雅以爲『衆』，蓋本於三家。」愚案：此魯韓説。文選陸機歎逝賦「翫春翹而有思」，李注：「翹，茂盛貌。詩曰：『翹翹錯薪。』」「茂盛」與「衆」義合，亦用魯韓説。木衆盛已有高義，又於其中刈取尤高者，以喻衆女之中，欲取其尤高絜者也。説文：「錯，金涂也。」謂以金塗物，其文錯雜。引申之，凡物雜亂皆爲「錯」。説文：「薪，蕘也。」急就篇顔注：「取木而然之曰薪。」詩以「薪」言木者，目中之木，即意中之薪，謂此翹翹然高而雜亂者，皆我之薪也，故先言「薪」，後言「刈」，若已是「薪」，則於「翹翹」義無當，何煩更刈取乎？陳氏奐以「錯薪」爲集草與木，失之。説文：「楚，叢木，一名荆也。」「荆，楚木也。」陳啟源云：「荆有二，牡荆、蔓荆。」楚乃叢木，非蔓生，蓋「牡荆」也。「蔓荆」子大，「牡荆」子小，故又名「小荆」，有青、赤二種，青赤爲荆，赤者爲楛，嫩條皆可爲筥箱，古貧女以此爲釵，即此二木也。説文：「秣，食馬穀也。」惠周惕云：「昏義，壻親迎之後，出御婦車，而壻授綏，御輪三周，故曰：『之子于歸，言秣其馬。』言得如是之女歸於我，則我將親迎而身御之。不言『御車』而言『秣馬』，欲速其行，且微其詞也。又左傳有『反馬』之文，鄭詩有『同車』之語，故漢廣以『秣馬』、『秣駒』爲言。若箋言『禮餼』，則納徵，無用馬者。」馬瑞辰云：「聘禮：『餼之以其禮，上賓太牢，積惟芻禾。』注：『禾以秣馬。』是秣馬亦禮餼之一。又士昏禮：『主人爵弁，纁裳緇衣，乘墨車，從車二乘，執燭前馬。婦車亦如之。』鄭箴膏肓據此，謂士妻始嫁，乘夫家之車，是親迎必載婦車以往，『秣馬』正載車以往之事。箋謂『致禮餼』，非也。」胡承珙云：「東山：『之子于歸，皇駁其馬。』則士庶人亦有送女之馬。」愚案：鄭說「禮餼」，非不可通，但「秣馬」承上「于歸」言，自以惠馬胡諸說爲是。箋意與韓敍「悅人」旨合，敬慕之至也。

翹翹錯薪，言刈其蔞。之子于歸，言秣其駒。漢之廣矣，不可泳思。江之永矣，不可方思。【注】魯「刈」作「采」。【疏】傳「蔞，草中之翹翹然。五尺以上曰駒。」○「魯刈作采」者，楚辭大招王注：「蔞，香草也。詩曰：『言采其蔞』。」廣韻十九侯引詩同。陳喬樅云：「據叔師所引，知魯詩『刈』字作『采』，不與毛同。木言『刈』、草言『采』。刈、采散文亦通，然以全詩例之，如采蘋、采藻、采葑、采菲、采芑、采薇，凡草之類皆言『采』，其義尤合。」陸疏釋「蔞」云：「其葉似艾，白色，長數寸，高丈餘，好生水邊及澤中。正月根芽生旁莖，正白，食之香而脆美，其葉又可蒸爲茹。」是「蔞」爲香草也。元恪多采三家詩說。說文：「蔞，草也。可以亨魚。」繫傳云：「今人所食蔞蒿。」釋草：「購，蔏蔞。」郭注：「蔏蔞，蔞蒿也。生下田，初出可啖，江東用羹魚。」郝疏：「京師人以二三月賣之，唯葉不中食。今驗其葉，似野麻而疏散，嫩亦可啖。陸以爲似艾白色，蓋其初生時耳。」愚案：蔞高丈餘，故亦言「翹翹」。蔞是草而言「薪」者，說文「薪」、「蕘」互訓。詩板釋文、文選長楊賦李注引許書「蕘」下「薪也」二字，並作「草薪也」。漢書賈山傳、楊雄傳顏注並云：「蕘，草薪。」是草可稱「薪」也。說文：「馬二歲曰駒。」二章、三章重舉江漢，以深致其贊美，長言之不足，又咏嘆之。

漢廣三章，章八句。

汝墳【注】魯說曰：周南之妻者，周南大夫之妻也。大夫受命平治水土，過時不來，妻恐其懈於王事，蓋與其鄰人陳素所與大夫言。國家多難，惟勉强之，無有譴怨，遺父母憂。昔舜耕於歷山，漁於雷澤，陶於河濱，非舜之事而舜爲之者，爲養父母也。家貧親老，不擇官而仕。親操井臼，不擇妻而娶。故父母在，當與時小同，無虧大義，不罹患害而已。夫鳳鳥不離於罻羅，麒麟不入於陷穽，蛟龍不及於枯澤。鳥獸之智，猶知避害，而況於人乎？生於亂世，不得道理，而迫於暴虐，不得行義然而仕者，爲父母在也。乃作詩曰：「魴魚赬尾，王室如燬。雖則如燬，父母孔邇。」蓋不得已也。君子是以知周南之妻而能匡夫也。韓敍曰：汝墳，辭家也。【疏】毛序：「道化行也。文王之化行乎汝墳之國，婦人能閔其君子，猶勉之以正也。」箋：「言此婦人被文王之化，厚事其君子。」○「周南」至「夫也」，劉向列女傳賢明篇文。云「周南大夫之妻」者，毛序：「文王之化行乎汝墳之國。」是此大夫本汝墳國之大夫，而曰周南大夫者，以其國在南國疆域之中，時服屬於周也。易林兌之噬嗑：「南循汝水，伐樹斬枝。過時不遇，惄如周飢。」「過時不遇」，與列女傳「過時不來」合。是齊與魯同。「汝墳，辭家也」者，後漢周磐傳李注引韓詩文。傳稱磐居貧養母，儉薄不充，嘗誦詩至汝墳之章，慨然而嘆。乃解韋帶，就孝廉之舉。注稱韓詩，實韓序也。云「辭家」者，此大夫以父母之故，不得已而出仕，義與列女傳同，故磐誦之而就舉也。詳薛君章句。（引見下。）鄭箋謂「王室之酷烈，是時紂存」，與列女傳「生於亂世，迫於暴虐」合。孔疏：「文王率諸侯以事殷，故汝墳之國大夫猶爲殷紂所役，若稱王以後，則不復事紂，六州文王所統，不爲紂役也。」案，論語泰伯篇：「三分天下有其二，以服事殷。」此詩之作，正當其時。婦人知商王暴虐，君子勤勞，猶勉其無怠王事，貽父母憂。非被文王之化，何以能此。

遵彼汝墳，伐其條枚。【注】魯韓說曰：遵，行也。條，枝也。【疏】傳：「遵，循也。汝，水名也。墳，大防也。

枝曰條，榦曰枚。」箋：「伐薪於汝水之側，非婦人之事，以言己之君子賢者而處勤勞之職，亦非其事。」○「遵，行也」者，廣雅釋詁文，明魯韓訓「遵」爲「行」。易林「南循汝水」，是齊訓「遵」爲「循」，與毛同。案，說文：「循，順行也。」諸家訓異義同。

「汝墳」者，漢志：「汝南郡定陵縣，高陵山，汝水出，東南至新蔡入淮。」說文：「汝水出弘農盧氏還歸山，東入淮。」水經汝水篇：「汝水出河南梁縣勉鄉西天息山。」酈注：「地理志曰出高陵山，即猛山也。亦言出南陽魯陽縣之大盂山，又言出弘農盧氏還歸山。博物志曰『汝出燕泉山』，並異名也。」又云：「汝水出東南，逕奇雒城西北，今南潁川郡治也，濆水出焉，世亦謂之大隱水。爾雅曰河有雍，汝有濆，然則『濆』者，汝別也，故其下夾水之邑，猶流汝陽之名，是或『濆』、『隱』之聲相近矣，亦或下合隱、潁，兼統厥稱耳。」案，釋水：「汝爲濆。」郭注：「詩曰：『遵彼汝濆』。」是郭所見詩本作「濆」。御覽七十一引詩曰：「汝濆，道化行也。文王之化行乎汝墳之國也。遵彼汝濆，伐其條枚。」陳喬樅以「濆」爲三家今文，非也。列女傳及周磐傳注引韓詩，並作「汝墳」。又王逸楚辭九章注：「水中高者爲墳。（「中」，疑「旁」字之誤。）詩云：『遵彼汝墳。』」是三家詩不作「濆」，「濆」自毛詩異文。御覽所引是毛詩序，尤其明證，特不見於陸氏釋文耳。陳喬樅云：「釋水又云：『江有沱』、『河有灉』、『汝有墳』，郭注以爲『上水重見』。孔疏引李巡曰：『江、河、汝旁有肥美之地名』。考史記高祖功臣年表，汝陰爲夏侯嬰國。漢志『汝陰』注：『莽曰汝墳』。續志『汝陰』注：『地道記有陶邱鄉，詩所謂「汝墳」也。』水旁之地多肥美者，大司徒：『辨五地之物生，四曰墳衍，其動物宜介物。』鄭注『墳』爲『水厓』，以『介物』爲龜鼈之屬，水居陸生者。是『墳』、『衍』皆指水旁之地言，高者曰墳，平者爲衍也。『墳』、『濆』古字通用，然詩『汝墳』字不作『濆』，郭於『汝爲濆』下引詩曰『遵彼汝濆』，非是。據釋文云，『濆』字林作『涓』，衆爾雅本皆作『涓』，則『濆』乃譌字。釋水上言『汝爲涓』，此大水溢出，別爲小水之名，故與『河爲灉』、『江爲沱』諸別出之水以類言之。下言『汝有墳』，此汝旁肥美之地名，故與『江有沱』、『河有瀰』諸水旁之地亦以類言之。下又云：『滸，水厓。水草交爲湄。』皆指水旁之地也。李巡於『江有沱』注云：『江溢出流爲沱』。則於『汝爲涓』下注云亦當然，是分辨二者極爲明晰。自郭本『涓』誤爲『濆』，遂誤仞詩之『汝墳』即爾雅之『汝爲濆』，而引詩以實之。又於下文『江有沱』諸句注云『上水別出，重見』，水經注本之，以誤沿誤。後人疑義紛起，或執其說，釋詩『汝墳』爲爾雅『別出之水』。或糾其失，謂爾雅『汝爲濆』爲郭私改之本。不知釋水之文前後別言，判然各異，李注彼此異解，昭然無疑也。」愚案：說文：「墳，墓也。」「濆，水厓也。」是訓「水厓」之字本作「濆」，其作「墳」者，乃假字。陳因分別雅訓，，必謂詩「汝墳」字不作「濆」，亦屬非是。爾雅此注，李義爲優，郭但不應於「汝爲濆」下引詩實之，至云「汝有濆」爲「水旁肥美之地」，則說文義訓自合，不在爭執文字也。酈氏爲「濆」「濦」作注，謂「濆」是「汝別」，即本雅訓，特所據非作「涓」之本。然「濆」、「濦」異稱，「濦」即今河南郾城縣之大溵水，酈氏考實此水，固是不妄。今以作「涓」者爲是，據說文，「涓」訓「水流」，未聞是水名也。陳攻郭而侵酈，殆失之矣。文選鮑明遠蕪城賦李注：「詩曰：『遵彼汝墳』。又曰：『鋪敦淮墳』。爾雅：『濆莫大於河墳。』此蓋三墳。」考工記注：「妢胡，胡子之國，在楚旁。」說文：「坋，大防也。」釋丘：「墳，大防。」「墳」、「坋」義通，「妢」蓋「坋」字之借。漢志：「汝陰，故胡國。莽曰汝墳。」證以續志引詩，所謂「汝墳之國」即其地矣。說文云：「伐，擊也。从人，持戈。」「條，枝也」者，廣雅釋言文。毛傳：「枝曰條，幹曰枚。」易林：「伐樹斬枝。」伐樹謂「枚」，斬枝謂「條」，是三家訓「條」爲「枝」，與毛同義。說文：「枝，幹也。可爲杖。」幹是築牆耑木，此許書借訓，謂木之堅直可豎立者，言己之君子伐薪汝側，爲平治水土之用，勤勞備至也。治水需用薪柴，漢武帝時命羣臣從官負薪寘河，是其證。箋謂「伐薪非婦人之事，以喻君子處勤勞之職，亦非其事」，失之。

未見君子，惄如調飢。

【注】韓「惄」作「愵」。魯說曰：「惄，思也，一曰飢也。」魯「調」作「輖」，齊作「周」。【疏】傳：「惄，飢意也。調，朝也。」箋：「惄，思也。未見君子之時，如朝飢之

思食。」○「未見君子」，列女傳所謂「過時不來」，易林所謂「過時不遇」也。韓「惄」作「愵」者，釋文：「『惄』，韓詩作『愵』，音同。」說文：「愵，憂貌。从心，弱聲。與『惄』同。」方言：「愵，憂也。自關而西，秦晉之間或曰『惄』。」衆經音義四：「愵，思也，傷也。」「愵」訓「憂傷」，則「如」爲比擬之詞，故說文：「惄，飢餓也。一曰憂也。从心，叔聲。詩曰：『惄如朝飢。』」後說謂「心憂如飢」，與韓義合。前說直謂「惄」爲『飢』，則「如」讀爲「然」，言「惄然而朝飢」，正狀其憂傷之切。「惄，思也」者，釋詁文。「惄，飢也」者，釋言文。皆魯說。雅訓兩釋與說文合。孔疏引李巡曰：「惄，宿不食之飢也。」宿不食，即「朝飢」矣。「魯調作朝」者，說文：「𠦝舟，旦也。从倝，舟聲。」蔡邕青衣賦：「思爾念爾，惄焉且飢。」「且」乃「旦」之譌。「旦飢」即「朝飢」。蔡用魯詩，知說文作「朝」爲魯文。晉郭遐周詩「言別在斯須，惄焉如朝飢」，正用詩語。「齊作周」者，易林作「周飢」，「朝」從「舟」聲，「舟」、「周」古通。

遵彼汝墳，伐其條肄。既見君子，不我遐棄。【注】魯韓說曰：「肄，枿也。」【疏】傳：「肄，餘也，斬而復生曰肄。既，已。遐，遠也。」箋：「已見君子，君子反也。君子已反得見之，知其不遠棄我而死亡，於思則愈，故下章而勉之。」○「肄，枿也」者，廣雅釋詁、釋木文。方言：「烈，枿，餘也。陳鄭之間曰枿，晉衛之間曰烈，秦晉之間曰肄，或曰烈。」「烈」即「蘖」也，音同字異。書盤庚「若顛木之有由蘖」，釋文：「蘖，本又作枿。」馬注：「顛木而肄生曰枿。」說文「㽕」下云：「木生條也。」引書「由蘖」作「㽕枿」。「㰁」下云：「伐木餘也。」引書作「㽕㰁」。「蘖」下云：「㰁，或从木，辥聲。」「枿」下云：「古文㰁。」「枿」即「枠」變體，與「㰁」、「蘖」一字。據說文「㽕」爲「木生條」，是書之「㽕枿」與此詩「條肄」同義。既顛之木，復有發生，長枝爲條，小栽爲肄也。說文：「棄，捐也。」「不我遐棄」，猶云「不遐棄我」。孔疏：「婦人以君子處勤勞之職，恐避役死亡，今思之，覬君子事訖得反，我既得見君子，即知不遠棄我而死亡，我於思則愈。」詳三家詩義「大夫踰時不歸，妻恐其懈於王事」，則是君子未反，孔疏得之。

魴魚赬尾，王室如燬。雖則如燬，父母孔邇。【注】齊「赬」作「䞓」。韓「燬」作「焜」。韓說曰：赬，赤也。焜，烈火也。孔，甚也。邇，近也。言魴魚勞則尾赤，君子勞苦則顏色變，以王室政教如烈火矣。猶觸冒而仕者，以父母甚迫近饑寒之憂，爲此祿仕。【疏】傳：「赬，赤也。魚勞則尾赤。燬，火也。孔，甚。邇，近也。」箋：「君子仕於亂世，其顏色瘦病，如魚勞則尾赤。所以然者，畏王室之酷烈，是時紂存，辟此勤勞之處，或時得罪。父母甚近，當念之以免於害，不能爲疏遠者計也。」○說文：「魴，赤尾魚。」馬瑞辰云：「爾雅『魴魾』，郭注：『江東呼魴魚爲鯿。』『鯿』、『魴』、『魾』三字，一聲之轉。本草綱目云：『有一種火燒鯿，頭尾俱似魴，而脊骨更隆，上有赤鬣連尾，黑質赤章。』今江南有鯿魚，其腹下及尾皆赤，俗稱與綱目說同，殆即古之魴魚。詩以魚尾之赤，興王室之如燬。」愚案：字林玉篇衆經音義十九並云：「魴，赤尾魚。」與說文合。馬說「鯿之別種」，殆即赤尾魴魚矣。「齊赬作䞓」者，說文：「䞓，赤色也。詩曰：『魴魚䞓尾。』」「赬」下云：「䞓，或從貞。」案，列女傳韓詩俱作「赬」，與毛同，則「魴魚䞓尾」爲齊詩文，其以魴爲赤尾魚，當本齊說也。「王室」，紂之朝廷。「如燬」，列女傳作「如毀」，王氏補注：「言王室多難，如將毀缺不堅完也。」此魯義。釋言：「燬，火也。」郭注：「詩曰：『王室如燬。』燬，齊人語也。」爾雅魯詩之學，據此亦兼有齊文。詩釋文：「齊人謂火曰燬。」是齊當作「燬」，與毛同。「韓燬作焜」者，說文「燬」下云：「火也。春秋傳曰：衞侯燬。」「焜」下云：「火也。詩曰：『王室如焜』。」魯作「毀」，齊作「燬」，明說文作「焜」者爲韓詩文。周磐傳注引韓詩曰：「魴魚赬尾，王室如焜。雖則如焜，父母孔邇。」兩引並作「焜」，足可證合。（王應麟詩攷載後漢書注引韓詩作「如焜」，今本李注作「燬」。韓詩外傳一引詩「雖則如燬」二句，亦當爲「如焜」。今本亦作「燬」，皆後人妄改。）段玉裁說文注謂字當爲「焜」，徑刪「燬」篆，由不知詩文各異耳。

「赬赤」至「祿仕」，周磐傳注引薛君章句文。云「魴魚勞則尾赤，君子勞苦則顏色變」者，以明詩取喻之義。其言「魚勞尾赤」，與毛傳同。孔疏：「魴魚之尾不赤，故知勞則尾赤。」左哀十七年傳：「如魚赬尾，衡流而彷徉。」鄭氏云：「魚肥則尾赤，以喻蒯聵淫縱。」不同者，此自魴魚尾本不赤，赤故爲勞也。説與薛合。鯿魚尾本不赤，據尋常目驗言之。義各有歸，不嫌互異。「燬」、「焜」皆謂火烈，王室政教如之，言暴虐也。「孔，甚」，釋言文。説文：「孔，通也。从乙，从子。乙，請子之候鳥也，乙至而得子。嘉美之也。古人名嘉字子孔。」案，「嘉」者美之至，故引申爲「甚」義，詩通詁也。「邇，近」，釋詁文。言君子所以觸冒危難而仕者，因父母甚迫近飢寒之憂，藉祿以養。釋「孔邇」爲與飢寒甚切近，此韓義也。列女傳「迫於暴虐，不得行義」，釋「王室如燬」句；「然而仕者，爲父母在」，釋「父母孔邇」句。言父母不能遠避，則當無懈王事以貽親憂，「孔邇」屬父母言。此魯義也。鄭箋「父母甚近，當念之以免於害」，與魯訓合。列女傳所云「素與大夫言」，即末章之恉。

汝墳三章，章四句。

麟之趾

麟之趾【注】韓説曰：麟趾，美公族之盛也。【疏】毛序：「關雎之應也。關雎之化行，則天下無犯非禮，雖衰世之公子，皆信厚如麟趾之時也。」箋：「關雎之時，以麟爲應。後世雖衰，猶存關雎之化者，君之宗族猶尚振振然，有似麟應之時，無以過也。」○「美公族之盛也」者，文選王融曲水詩序張銑注文，此韓説也。詩兼言子姓而專以爲美公族者，子孫之盛，已見螽斯篇義，可參考得之。時文王大業日隆，族姓既多且賢，故詩人歎之。螽斯之美乃后妃不妒善，「教所成」，至於公族多賢，則國運鼎盛，休徵日臻。歷覽興朝，莫不如此。自是文王丕建周基，擇賢佐理，召公分治，遂别爲風，此二南所由分矣。

麟之趾，振振公子，于嗟麟兮。【注】韓「于」作「吁」。韓説曰：吁嗟，歎辭也。【疏】傳：「興也。趾，足也。麟信而應禮，以足至者也。振振，信厚也。于嗟，歎辭。」箋：「興者，喻今公子亦信厚，與禮相應，有似於麟。」○麟，麐借字。說文：「麟，大牝鹿也。」「麒，仁獸也。」「麐，牝麒也。」史記司馬相如傳索隱引張揖曰：「雄曰麒，雌曰麟。」釋文出「麟之止」三字，云：「止，亦本作趾，兩通。」說文無「趾」字。廣雅釋獸：「麒麟步行中規，折還中榘，不履生蟲，不折生草。」此趾之德也，故首章以「趾」爲興。「振振」，解見螽斯，言此振奮有爲之公子應運而出，即是麟也。「公子」，諸侯之子。文王位爲牧伯，此「公」謂文王，「公子」即是武周諸人，文王而稱曰「公」，足證周南之詩在文未稱王時。「吁嗟，嘆辭也」者，文選謝朓八公山詩李注引薛君章句文。據此，韓詩「于」作「吁」。「于」、「吁」古今字。說文：「吁，驚也。」「䜃，咨也。一曰痛惜也。」「嗞，嗟也。」篆文無「咨」、「嗟」字，說解「咨」、「嗟」，當仍爲「嗞」、「䜃」。釋詁：「嗟、咨，䔿也。」「䰖」訓「髮好」，亦借字。「吁」、「嗟」二字合訓，是驚歎詞，見公子多賢，故異而美之。

麟之定，振振公姓，于嗟麟兮。【注】魯「定」作「顁」。【疏】傳：「定，題也。公姓，公同姓。」○「魯定作顁」者，釋言：「顁，題也。」郭注：「題，額也。」引此詩。案，毛作「定」，則作「顁」者魯家文也。說文：「題，額也。」莊子馬蹄篇「齊之以月題」，釋文引司馬崔云：「題，馬額上當顱如月形者也。」廣雅釋獸：「麒麟狼題。」京房易傳云：「麟狼額，即詩所謂『定』矣。」「姓」之爲言「生」也。禮特牲饋食「子姓兄弟，如主人之服」，鄭注：「子姓者，子之所生，亦謂孫也。」喪大記「卿大夫父兄子姓立於東方」，注：「子姓，謂衆子孫是也。」是「姓」訓爲「孫」，「公姓」即「公孫」。上章「公子」，此章「公孫」，下章「公族」，次弟如此。或釋「姓」爲「子」，謂「公姓」即「公子」，或據「公孫之子以王父字爲姓」，謂「公姓」是「公孫之子」，並失之。

麟之角，振振公族，于嗟麟兮。【注】魯說曰：麟似麕，一角而戴肉，設武備而不害，所以爲仁也。齊說曰：「麟，木之精。【疏】傳：「麟角，所以表其德也。公族，公同祖也。」箋：「麟角之末有肉，示有武而不用。」〇「麟似」至「仁也」，公羊哀十五年傳何休解詁文，下引詩云：「『麟之角，振振公族』是也。」「麟，木之精」者，路史後紀注引詩含神霧文。陳喬樅云：「木性仁，故麟爲仁獸，角端有肉。」藝文類聚引春秋感精符曰：「麟一角，明天下共一主也。王者不刳胎，不破卵，則出於郊，德及幽隱。不肖斥退，賢者在位，則至明於興衰。武而仁，仁而有慮，禽獸有塉弈，非時張獵則去。明王動則有義，靜則有容乃見。」蓋亦本之齊說。左隱八年傳：「諸侯以字爲謚，因以爲族。」杜注：「諸侯不賜姓，其臣因氏其王父字，或即先人之謚稱以爲族。」據此，孫以祖字爲姓，因以祖字爲族，族出於公，公孫之子爲公族也。

麟之趾三章，章三句。

周南之國十一篇，三十六章，百五十九句。

詩三家義集疏卷二

召南鵲巢第二

【注】齊説曰：周南召南，聖人所在。韓説曰：其地在南郡南陽之閒。【疏】「周南召南，聖人所在」者，焦延壽易林大過之頤文。下云：「德義流行，民悦以喜。」言皆文王轄治之地，得兆民和也。此齊説。蓋文王先有周南，後有召南，其名爲召南者，以召公所撫定也。大雅召旻篇：「昔先王受命，有如召公，日闢國百里。」是召公之闢召南，在文王受命後矣。文王稱王，明見尚書大傳，非獨詩人言之。召公之在召南，位在諸侯之上，所任者牧伯之職，文王或不仍西伯舊稱。方言又云：「衆信曰諒，周南召南衞之語也。」蓋召公自周南境内闢土而南，直抵衞境，與紂都相鄰，諸侯慕義來歸，如嬰孺之投慈母。文王無敵之師，終身抑而不用，宜孔子稱爲至德也。「其地在南郡南陽之閒」者，水經注江水篇引韓嬰敍詩文。言秦拔鄢郢，以漢南地置南郡。又引逸周書「南氏二臣，分爲二南國」，與周召二南無涉。以地理、經文參證之，韓敍指召南疆域也。漢南郡，今湖北荆州府荆門州，襄陽施南宜昌三府境。南陽，今河南南陽府汝州境。周南詩有汝墳，是其境至汝。周南東北，卽召南西南也。據水經注夏水、江水篇，江汜在江津豫章口，與楚詞合；江沱在枝江，與漢志合，皆在南郡境内。行露，召南申女作，申國在南陽郡宛縣，知此文爲召南敍無疑。羔羊篇、摽有梅篇，毛序皆云「召南之國」，殷其雷篇云「召南之大夫」，是毛非不知有召南國，而託名大序，公然作僞，不知是何居心也。

詩國風

【疏】召公分治南國後其地所爲詩，及非召南人詩而其詞歸美召公者，皆在焉。野有死麕何彼穠矣二篇，西都畿内之詩，因召公分主陝西，亦從附録。

鵲巢【疏】毛序：「夫人之德也。國君積行累功，以致爵位，夫人起家而居有之，德如鳲鳩，乃可以配焉。」箋：「起家而居有之，謂嫁於諸侯也。夫人有均壹之德如鳲鳩然，而後可配國君。」○鄉飲酒鄭注：「鵲巢，言國君夫人之德。」南齊書五行志云：「鵲巢，夫人之德也。」三家無異義。國君者，南國諸侯，時皆服屬於周而自治其國，不能知爲何國也。」文王受命稱王，召公分治南土，政教大行，歌詠斯起。後人就地采詩，别爲召南。蓋猶是南國既在召公分治後，即不能不以諸侯之風目之，所謂「諸侯之風」有異於周南「王者之風」者以此。毛序「國君」語意，亦非指文王。乃孔疏云：「文王之迎太姒，未爲諸侯而言國君者。召南，諸侯之風，故以夫人、國君言之。文王繼世爲諸侯，而云『積行累功，以致爵位』者，言爵位致之爲難。」夫未爲諸侯，即不當言國君，何爲因後日召南諸侯之風而言之？繼世爲諸侯，即不當言積累以致爵位，何爲因爵位致之爲難而言之？設詞大爲難通。陳奐疏又云：「關雎麟止，王者之風，故曰后妃。鵲巢騶虞，諸侯之風，故曰夫人。后妃、夫人，皆謂大姒。」是一文王而忽王者、忽諸侯；一大姒而忽后妃、忽夫人，事理亦殊不合。釋文云：「周南是先王之所以教，聖人之深迹。召南是先王之教化，文王所行之淺迹。」同一先王教化，何故迹有淺深？此皆牽就舊文，不求通貫，明知其非是而故亂之者矣。御覽五百七十八引蔡邕琴操云：「古琴曲有歌詩五曲，一曰鹿鳴，二曰伐檀，三曰騶虞，四曰鵲巢，五曰白駒。」今琴操鵲巢亡闕。

維鵲有巢，維鳩居之。【注】齊説曰：「鵲以復至之月始作室家，鳲鳩因成事，天性如此也。」【疏】傳：「興也。鳩，鳲鳩，秸鞠也。鳲鳩不自爲巢，居鵲之成巢。」箋：「鵲之作巢，冬至架之，至春乃成，猶國君積行累功，故以興焉。興者，鳲鳩因鵲成巢而居有之，而有均壹之德，猶國君夫人來嫁，居君子之室，德亦然。室，燕寢也。」○「鵲」者，説文「舃」下云：「䧿也，象形。」「䧿」下云：「篆文舃。」「雗」下云：「雗鷽也。」「鷽」下云：「雗鷽，山鵲，知來事鳥也。」廣雅釋鳥：「鳱鵠，鵲也。」淮南氾論「乾鵠知來而不知往」，大射儀鄭注引作「鳱鵠」，高注：「乾鵠，鵲也。人將有來事憂喜之徵則鳴，此知來也。知歲多風，卑巢於木枝，人皆探其卵，故曰不知往也。」是「山鵲」、「乾鵲」、「乾鵠」、「鳱鵠」、「鵻鷽」，一物數名，音轉字變，即今俗稱「喜鵲」。「鵲以」至「此也」，孔疏引詩推度災文。云「鵲以復至之月始作室家」者，月令疏引詩緯作「復之月，鵲始巢」。復於消息十一月卦。淮南子天文篇曰：「冬至，鵲始加巢。」是巢在復之月也。箋「冬至架之」，「架」、「加」文同。「至春乃成」，故此言「始」。月令：「十二月，鵲始巢。」周書時訓解：「小寒之日，又五日，鵲始巢。鵲不始巢，國不寧。」與此不同者，彼以架巢至遲之候言，過此不架，則爲災也。云「鳲鳩因成事，天性如此」者，毛傳：「鳩，鳲鳩。」釋鳥：「鳲鳩，鴶鵴。」郭注：「今之布穀也，江東呼爲穫穀。」西山經「南山鳥多尸鳩」，郭注：「尸鳩，布穀類也。」呂覽仲春紀「鷹化爲鳩」，高注：「鳩，蓋布穀鳥。」釋文埤蒼云「鴶鵴」，方言曰「戴勝」，謝氏曰「布穀類也」，諸說皆未詳，布穀者近得之。愚案：鳩爲「布穀」，諸家初無墝确。今布穀鳥南北多有，小兒聆聲能識，其不居鵲巢甚明。崔豹古今注：「鴝鵒，一名鳲鳩。」嚴粲詩緝、李時珍本草綱目、毛奇齡續詩傳鳥名、陳啟源毛詩稽古編，皆謂「鴝鵒」即今之「八哥」，喜居鵲之成巢，是也。鵲性好潔，鴝鵒伺鵲出，遺汙穢於巢，鵲歸見之，棄而去，鴝鵒入居之。又鵲避歲，每歲十月後遷移，則鴝鵒居其空巢。吾鄉諺云：「阿鵲蓋大屋，八哥住見窩。」謂此。衆經音義十八：「鴝鵒，似百舌。」荆楚歲時記：「五月，鴝鵒子毛羽新成，俗好登巢取養之，以教其語，今南方人猶喜弄之。」是「八哥」即「鴝鵒」，「鴝鵒」即「尸鳩」。古者鴝鵒不踰泲，北方罕見此鳥，故多以爲不祥，因悟古人呼「尸鳩」爲「布穀」，實即「八哥」。「布」與「八」、「穀」與「哥」，皆雙聲字，高郭北人，聞南方呼「八哥」，以爲即是「布穀」，又無解於催耕之「布穀」異物同名，云「類」、云「蓋」，皆存疑莫定之詞。或以爲化生，則吾無能知之矣。文心雕龍比興篇：「尸鳩貞一，夫人象義。義取其貞，無從於夷禽。」夫風人罕譬，但取一端，不關全體。鳩居鵲巢，以喻婦道無成有終之意。推度災謂「鳲鳩因成事」，最合詩旨，必謂象「夫人之貞一」，其失也拘矣。之子于歸，百兩御之。【注】魯說曰：車一兩爲兩，兩相與爲體也。又曰：車有兩輪，故稱爲兩，猶屨有兩隻，亦稱爲兩。三家說曰：此國君之禮，夫人自乘其家之車也。又曰：御，侍也。【疏】傳：「百兩，百乘也。諸侯之子嫁于諸侯，送御皆百乘。」箋：「之子，是子也。御，迎也。是如鳲鳩之子，其往嫁也，家人送之，良人迎之，車皆百乘，象有百官之盛。」○「車一」至「體也」，藝文類聚七十一引應劭風俗通義文。「車有」至「爲兩」，書牧誓序疏引風俗通文。「兩相與爲體也」者，凡物得耦而成體者謂之「兩」，一車必兩輪而後行，否則車體不具，故云「兩相與爲體也」。說文：「兩，從一、㒳，平分。」錢二銖爲「兩」，幣二端亦爲「兩」，並以耦爲名。媒氏「無過五兩」，注：「凡於娶禮，必用其類，五兩，十端也。必言兩者，欲得其配合之名。」車亦娶禮所用，故不言「百車」而言「百兩」，車有兩輪，故稱「兩」。又引見後漢吳祐傳注。「屨亦稱兩」者，齊風葛屨「五兩」是也。「百兩」總言其多。「此國」至「車也」，鄭康成箴膏肓引士昏禮曰：「主人爵弁，纁裳，從車二乘。婦車亦如之，有裧。」則士妻始嫁，乘夫家之車也。又引此詩云：「此國君之禮，夫人自乘其家之車也。」（據本詩孔疏引左宣五年傳疏，士昏禮疏引略同。）孔疏：「夫人之嫁，自乘家車。故箴膏肓又云：『禮雖散亡，以詩義論之，天子以至大夫，皆有留車反馬之禮。』」據此，鄭初解詩，以「百兩」爲夫人家車，三家義也。夫人乘家車，則侍從者亦乘夫人家車可知。「御，侍也」者，廣雅釋言文。釋文引王肅：「魚據反，云侍也。」與廣雅合。知王肅用三家義。華嚴經音義引蒼頡篇：「侍，從也。」論語先進皇侃疏：「卑者在尊者之側曰侍。」訓「御」爲「侍」，謂衆媵也。公羊傳：「諸侯一娶九女，二國往媵之，以姪娣從，凡有八人。」韓奕：「諸娣從之，祁祁如雲。」是其義也。傳：「諸侯之子嫁於諸侯，送御皆百乘。」箋：「御，迎也。家人送之，良人迎之，車皆百乘，象有百官之盛。」鄭依毛作訓，又以爲良人迎車，與箴膏肓異。案，國君夫人自乘其家之車，故首章爲從車，次章爲送車，正取與禮證合。且詩以

「鳩」喻「之子」，「百兩之「御」、「將」、「成」，與上「居」、「方」、「盈」相承爲義，自當併屬「之子」說。若以首章爲壻車，與喻意不貫，知三家義優矣。皮錫瑞云：「儀禮鄭注：『士妻之車，夫家共之。大夫以上嫁女，則自以車送之。』疏曰：『云大夫以上嫁女，則自以車送之者。案，宣公五年冬左傳云云。以此鄭箴膏肓言之，則知大夫已上嫁女，自以其車送之。若然，詩注以爲王姬嫁時自乘其車，箴膏肓以爲齊侯嫁女，乘其母王姬始嫁時車送之。不同者，彼取三家詩，故與毛詩異也。』據賈疏，以箴膏肓爲取三家。竊疑齊魯詩久亡，唐時惟韓詩存，賈氏不明，引韓詩而統言三家者，因其與毛詩不同，未必別有明證。何劭公作膏肓以難左氏，言禮無『反馬』之法，是今春秋公羊說無大夫以上嫁女自以車送之說矣。鄭云禮有『反馬』之法，是據古春秋左氏說。孔賈二疏皆申鄭義。孔廣森公羊通義、劉逢祿箴膏肓評皆略同，孔疏與何君義違。惟陳立公羊義疏曰：『按反馬之說，出於左氏。推士禮以言，大夫以上婦人出嫁，亦當乘其夫家之車，男帥女、女從男之義，所以重恥遠嫌也。詩之「百兩御」、「百兩將」，自美其送迎之盛爾，不得據爲婦人自乘其車之證，何知婦車不在「百兩御之」中乎？昏禮雖士禮，如三月廟見諸節皆同，何所見婦車一節獨異焉？』錫瑞謂，陳說申何，近是。『反馬』之說，不見於他經，蓋出於古文左氏說。據何鄭兩義，可以攷見今古文駮異之一端。三家詩皆今文，當與今春秋公羊說同，不當與古春秋左氏說同，賈疏以箴膏肓爲取三家，似與漢人今古文家法未合。若鄭君詩注以爲王姬嫁時自乘其車，箴膏肓以爲齊侯嫁女乘其母王姬始嫁時車，雖說稍不同，皆自以其車送之，非夫家之車，皆有『反馬』之禮，與何君云禮無『反馬』異也。」愚案：鄭注昏禮，在未見毛詩前，故賈定箴膏肓爲取三家，既無明證定爲何家，故統言之劭公，意在難左，不關詩旨。公羊與三家雖同一今文學，容有異說，卽三家已不能悉合也。釋禮之旨，女乘家車，明不敢自安，爲婦三月之後，返自壻家，以示永爲夫婦，（義本左傳孔疏。）與三月廟見之禮相成。陳以乘夫家車爲帥女從男，知其一不知其二，又謂「何知婦車不在百兩之中」，似又依違其說矣。

維鵲有巢，維鳩方之。之子于歸，百兩將之。【疏】傳：「方，有之也。將，送也。」○說文：「方，併船也。」引申之，物相併皆謂之「方」。鄉射禮注：「方，猶併也。」或訓「並」，或訓「比」，皆引申義。此「方之」，亦謂比並而居之。釋言：「將，送也。」孫炎注：「將者，行之送也。」淮南詮言訓高注：「將，送也。」此詩魯義亦當訓「送」。孔疏引左傳云：「凡公女嫁於敵國，姊妹則上卿送之，公子則下卿送之。凡大國，雖公子亦上卿送之。」是「將之」之義也。

維鵲有巢，維鳩盈之。之子于歸，百兩成之。【注】齊說曰：以成嘉福。【疏】傳：「盈，滿也。能成百兩之禮也。」箋：「滿者，言衆媵姪娣之多。是子有鳲鳩之德，宜配國君，故以百兩之禮送迎成之。」○說文：「盈，滿器也。」引申之，物滿至不能容皆謂之「盈」，視「方」之義進。「以成嘉福」者，易林節之賁云：「鵲巢百兩，以成嘉福。」謂夫人有此嘉福，用百兩之禮以成之也。孔疏：「箋以『御』爲迎夫人，『將之』謂送夫人，『成之』謂成夫人，故易以『百兩之禮送迎成之。』」案，「之」者夫人，則「成之」是成夫人，非謂能成百兩之禮。箋意與易林合，知鄭參用齊詩義也。左昭元年傳：「鄭伯享趙孟，穆叔賦鵲巢，趙孟曰：『武不堪也。』」杜注：「喻晉君有國，趙孟治之。」案，臣道與妻道一也，故取爲喻。

鵲巢三章，章四句。

采蘩【疏】毛序：「夫人不失職也。夫人可以奉祭祀，則不失職矣。」箋：「奉祭祀者，采蘩之事也。不失職者，夙夜在公也。」○鄉飲酒鄭注：「采蘩，言國君夫人不失職也。」案，「不失職」者，助祭祀是國君夫人之職，能供祭祀，是「不失」也。射義：「士以采蘩爲節。采蘩者，樂不失職也。」此言士當不失職事，故射以采蘩爲節，由此詩「不失職」之義推而用之。射禮鄭注：「『樂不失職』者，謂采蘩曰『被之僮僮，夙夜在公。』」仍舉詩義明之，與鄉飲酒注義同。三家無異義。王符潛夫論班祿篇「背宗族而采蘩怨」，疑「蘩」是「蘋」之譌，彼詩「宗室牖下」，言嫁女祭於宗室，故背宗族則因以致諷，說自可通。或是彼詩魯義，與關雎騶虞魯說同。若采蘩詩義，無一語及宗族，知其誤也。陳氏喬樅以爲此詩魯說，非是。

于以采蘩？于沼于沚。于以用之？公侯之事。【注】齊「蘩」作「繁」。【疏】傳：「蘩，皤蒿也。于，於。沼，池。沚，渚。公侯夫人執蘩菜以助祭，神饗德與信，不求備焉。沼沚谿澗之草，猶可以薦，王后則荇菜也。之事，祭事也。」箋：「于以，猶言往以也。執蘩菜者，以豆薦蘩菹，言夫人於君祭祀而薦此豆也。」○「于以」者，箋：「猶言往以也。」馬瑞辰云：「釋詁：『爰、粵，于也。』又曰：『爰、粵、于，於也。』凡詩言『于以』，猶言『爰以』、『粵以』，皆語詞。箋訓爲『往以』，失之。」案，馬說是也。釋文：「蘩，本亦作繁。」案射義作「繁」，是齊詩「蘩」當爲「繁」，與毛「亦作」本同。釋草：「蘩，皤蒿。」又云：「繁，由胡。」「蘩」、「繁」通用字。左隱三年傳疏引陸璣云：「凡艾白色爲皤蒿，今白蒿也。春始生，及秋，香美可生食，又可蒸。一名由胡，北海人謂之旁勃。」夏小正「二月榮堇采蘩」，戴德傳：「堇，菜也。蘩，遊胡。遊胡者，蘩母也。蘩母者，旁勃也。皆豆實也，故記之。」廣雅釋草：「蘩母，蒡葧也。」「蒡葧」即「旁勃」。說文「沼」下云：「池水。」「沚」下云：「小渚曰沚。詩曰：『于沼于沚。』」釋名：「沚，止也，小可以止息其上也。」孔疏：「白蒿非水菜，此言沼沚者，謂於其旁采之，下于澗之中，亦謂於曲內，非水中。」胡承珙云：「爾雅翼謂：『莪，蘿蒿，生澤田沮洳之處。』『莪』卽古之『蘩』。圖經又云：『白蒿，蓬也，生中山川澤。』然則皤蒿水陸皆有，通可名『蘩』，故爾雅又云：『蘩之醜，秋爲蒿也。』」愚案：白蒿有水陸二種，爾雅通謂之「蘩」。云「蘩，皤蒿」者，今陸生艾蒿，辛薰不美。云「繁，由胡」者，今水生蔞蒿，辛香而美。云「蘩之醜，秋爲蒿」者，通水陸二種言。詳李時珍本草綱目。此「蘩」是水生蔞蒿，故曰采於沼沚也。箋云「以豆薦蘩菹」，與戴傳「豆實」訓合。大戴禮學與齊詩同源，以知此「豆薦蘩菹」之說，齊義如此，而鄭用之。醢人：「掌四豆之實。凡祭祀，共薦羞之豆實。」祭之事，夫婦親之，祭統「夫人薦豆」，是其義矣。「公侯之事」者，謂祭公侯之事。蘩雖微物，亦供祭祀。左隱三年傳：「苟有明信，澗谿沼沚之毛，蘋蘩薀藻之菜，筐筥錡釜之器，潢汙行潦之水，可薦於鬼神，可羞於王公。」又云：「風有采蘩采蘋，雅有行葦泂酌，昭忠信也。」杜注：「采蘩采蘋，義取於不嫌薄物。」文三年傳：「詩曰：『于以采蘩？于沼于沚。于以用之？公侯之事。』秦穆有焉。」杜注：「言沼沚之蘩至薄，猶采以共公侯，喻秦穆不遺小善。」昭元年傳，鄭伯享趙孟，穆叔賦采蘩，曰：「小國爲蘩，大國省穡而用之，其何實非命。」杜注：「詩召南，義取蘩菜薄物，可以薦公侯，享其信，不求其厚。穆叔言小國微薄，猶蘩菜。」釋此詩義並同。「可羞於王公」，疏云：「上言鬼神，此言王公，是生王公也。或以爲王公亦謂鬼神，非生王公也。泂酌論天子之事，是羞於王。采蘩云公侯之事，是羞於公。」案，後説是也。「公侯」，謂已往之公侯享祭者，非生公侯。知者，下文「公侯之宮」，是公侯廟寢，則此「公侯」亦非生者也。杜云「薄物可薦公侯，享其信，不求其厚」，是謂薦公侯而享之，亦以此詩公侯非生公侯。

于以采蘩？于澗之中。于以用之？公侯之宮。【注】魯説曰：廟寢總謂之宮。【疏】傳：「山夾水曰澗。宮，廟也。」○「廟寢總謂之宮」者，蔡邕獨斷文，下引此詩「公侯之宮」爲證。公羊文十三年傳：「周公稱太廟，魯公稱世室，羣公稱宮。」推尊周魯二公，廟稱不同，其餘武宮煬宮之屬，並以宮稱。以此例之，是諸侯廟謂之宮。釋宮：「室有東西廂曰廟，無東西廂、有室曰寢。」月令鄭注：「前曰廟，後曰寢。」孔疏：「廟是接神之處，其處尊，故在前。寢，衣冠所藏之處，對廟爲卑，故在後。」隸僕賈疏：「寢、廟大況是同，有廂、無廂爲異耳。必須寢者，祭在廟，薦在寢，故立之。」後漢明紀李注：「宮者，存時所居，緣生事死，因以爲名。」

被之僮僮，夙夜在公。被之祁祁，薄言還歸。【注】三家「僮僮」作「童童」。魯韓説曰：童童，盛也。

齊説曰：夙夜在公，不離房中。【疏】傳：「被，首飾也。僮僮，竦敬也。夙，早也。祁祁，舒遲也，去事有儀也。」箋：「公，事也。早夜在事，謂視濯溉饎爨之事。禮記：『主婦髲髢。』言，我也。祭事畢，夫人釋祭服而去髲髢，其威儀祁祁然而安舒，無罷倦之失。我還歸者，自廟反其燕寢。」○釋文：「鬄，本亦作髢。」孔疏：「箋引少牢之文，云『主婦髲鬄』，與此『被』一也。」案，少牢作「被裼」，注云：「被裼，讀爲髲鬄。古者或剔賤者、刑者之髮，以被婦人之紒爲飾，因名髲鬄焉。此周禮所謂次也。」又追師「掌爲副編次」，注云「次，次第，髮長短爲之，所謂髲髢。」即與「次」一也。知者，特牲云「主婦纚笄」，少牢云「被錫」。「纚笄」，笄上有次而已，故知是周禮之「次」也。此言「被」與「髲鬄」之文同，故知「被」是少牢之「髲鬄」，同物而異名耳。陳奂云：「『副笄六珈』，傳：『副者，后夫人之首飾，編髮爲之。』彼傳以『副』爲首飾，則『副』與『被』同物。『副』用編髮，『被』亦用編髮，編髮即周禮追師之『編次』也。鄭改少牢『被』爲『髲』，又讀詩之『被』爲『髲髢』之『髲』。髲髢，婦人常服，后夫人副雖用編髮作成，與髲髢制相似，然亦不以髲髢爲從祭之服。鄭注追師及士昏、少牢，以『髲髢』爲周禮之『次』，而『次』又非后夫人從祭之服也。箋詩與注禮又不合。」愚案：鄭以此詩之「被」即少牢之「被錫」，讀爲「髲鬄」，士昏追師之「次」亦即「髲髢」，箋詩與注禮非不合。陳謂「被」即是「副」，副用「編髮爲之」，即追師之「編次」，誤編、次爲一物。案，追師：「掌王后之首服，爲副編次追衡笄，爲九嬪及内外命婦之首服，以待祭祀賓客。」賈疏：「此經云副編次以待祭祀賓客，明燕居不得著次。」則「次」未嘗非從祭之服。又鄭注云：「副之言覆，所以覆首爲之飾。其遺象若今步繇矣。服之以從王祭祀。」（「步繇」，即「步摇」。「繇」、「摇」一聲之轉。「副笄六珈」，箋：「副既笄而加飾，如今之步摇上飾。」釋名：「步摇上有垂珠，步則摇也。」晉書輿服志：「皇后首飾則假髻，步摇，俗謂之珠松是也。」詳「步摇」名義，今婦人首飾上有之。）編，編列髮爲之。其遺象若今假紒矣。服之以告桑也。」（假紒，即晉志之「假髻」，字又作「𩬆」。説文：「𩬆，簪結也。」「結」即「髻」字。廣雅釋詁：「髶，髻也。」）「次，次第。髮長短爲之。所謂髲髢，服之以見王。」（說文「髲」下云：「鬄也。」「鬄」下云：「髲也。」「髢」下云：「鬄，或从也聲。」「鬄」下云：「鬀，髮也。」案：「鬄」、「鬄」字義並通。髲鬄者，鬄人髮以被己髮，古有此飾。左哀十七年傳：「見已氏之妻髮美，使髡之，以爲呂姜髢。」吳志薛綜上事，言漢朱崖叛，以長吏覩其人好髮，「髡取爲髲」，故百姓怨叛。釋名：「髲，被也。髮少者得以被助其髮也。」）「王后之燕居，亦纚笄總而已。凡諸侯夫人於其國，衣服與王后同。」詳鄭此文，皆據目驗以明古制，「假紒」、「髲髢」，確爲二物。（士昏禮「女次」注：「次，首飾也，今時髲也。」彼注言「今時」，與追師注兩「若今」同，皆據時目驗。）蓋髲髢，所以益髮美觀。假紒則編成以冠首，從而施步摇於其上，爲首服極盛之飾，惟從祭用之。告桑則有編次，而不用副。見王則有次，而不用編。其服遞殺。燕居惟纚笄總而已，並次不用。文義甚明，非謂從祭止用「副」而無「編」、「次」也。鄭但引禮「髲髢」證此詩之「被」者，以彼文「被裼」義㬎，舉其一端，下言「僮僮」，則被上盛飾自見，「副」、「編」皆包舉在內，繹詩「被之」之字義固如是，鄭特引而未發。釋名：「王后首飾曰副。副，覆也，以覆首也。亦言副，貳也，兼用衆物成其飾也。編，編髮爲之也。次，次第髮也。」「副」、「編」、「次」分三物，與鄭說同。君子偕老傳云：「副者，后夫人之首飾，編髮爲之。」此毛誤也，「副」若止是編髮，不得即謂是盛飾，與褘之盛服相稱，理至易曉。若追師「副」、「編」、「次」是一物，但言「副」，不言「編」、「次」可矣。古書簡要，何用繁文？廣雅釋器：「假結，謂之䯰。」變「副」爲「䯰」。後漢東平王蒼傳李注：「副，婦人首飾，三輔謂之假紒。」「副」、「編」溷爲一事，其誤自毛傳啟之，非鄭君據時制一一剖析，詩禮古義並就湮廢矣。「童童，盛也」者，廣雅釋訓文。王念孫云：「僮與童通，童童爲盛，蓋本三家。釋名：『幢，童也，其貌童童然也。』蜀志先主傳云：『有桑樹高五丈餘，遙望見童童如小車蓋。』藝文類聚引作『幢幢』。張衡東京賦：『樹羽幢幢。』皆謂盛貌。『童』、『僮』、『幢』，古同聲而通用。」愚案：射義鄭注，亦引作「童童」。據此，「僮僮」三家並作「童童」。說文：「夙，早敬也。从丮。持事雖夕不休，早敬者也。」「夜，舍也，天下休舍也。從夕，亦省聲。」此「夙夜」本義。詩「夙夜」二字連讀，猶言「早夜」，史記齊悼惠王世家「魏勃常獨早夜埽齊相舍人門外」，「早夜」，未旦之詞，與此「夙夜」義合。馬瑞辰謂：「詩言『夙夜』不一，有兼指『朝暮』言者，陟岵行役『夙夜無已』之類是。有專指『夙興』言者，此詩『夙夜在公』，及它詩『豈不夙夜』、『夙夜敬止』、『庶幾夙夜』、『我其夙夜』、『莫肯夙夜』是。」其說是也。「在公」，猶言在廟。「不離房中」者，易林大過之小過文。特牲迭言「主婦盥于房中」、「洗爵于房」、「適房」、「反于房」，少牢亦言「主婦興，入于房」，與此「房中」同義，足證「在公」爲從祭於廟也。釋訓：「祁祁，徐也。」此魯說，與毛義同。說文：「徐，安行也。」韓奕傳亦云：「祁祁，徐靚也。」與此「祁祁」訓同。「薄言還歸」者，祭事畢，則夫人歸於燕寢。

采蘩三章，章四句。

草蟲【注】魯說曰：孔子對魯哀公曰：惡惡道不能甚，則其好善道亦不能甚；好善道不能甚，則百姓親之也亦不能甚。詩云：「未見君子，憂心惙惙。亦既見止，亦既覯止，我心則說。」詩人之好善道也如此。【疏】毛序：「夫人妻能以禮自防也。」○「孔子」至「如此」，劉向說苑君道篇文　與毛序異。左襄二十七年傳，鄭七子享趙孟，子展賦草蟲，趙孟曰：「善哉！民之主也，抑武也不足以當之。」（杜注：「子展以趙孟爲君子。」）又曰：「子展其後亡者也，在上不忘降。」（杜注：「降，詩『我心則降』也。」）與說苑「好善道」義合，是詩爲「好善」作，故趙孟聞子展之賦，卽美爲「民之主」，又自謙不足以當君子也。在民上之人好善，見君子而心降，故以「不忘降」爲美德。若妻見君子而心降，禮固當然，何足稱美？且與「在上」義亦不合，以此知魯說最古。文選劉孝標廣絕交論：「夫草蟲鳴則阜螽躍，雕虎嘯而清風起。」以蟲之同類相從，喻友之同道相合，正用魯說。徐幹中論法象篇：「良霄以鶉奔喪年，子展以草蟲昌族。君子感凶德之如彼，見吉德之如此。故立必磬折，坐必抱鼓。周旋中規，折旋中矩。」又就「好善」推演其義也。

喓喓草蟲，趯趯阜螽。【注】魯韓說曰：喓喓，鳴也。趯趯，跳也。魯說曰：草螽，負蠜。蛗螽，蠜。【疏】傳：「興也。喓喓，聲也。草蟲，常羊也。趯趯，躍也。阜螽，蠜也。卿大夫之妻待禮而行，隨從君子。」箋：「草蟲鳴，阜螽躍而從之，異種同類，猶男女嘉時以禮相求呼。」○「喓喓，鳴也。趯趯，跳也」者，廣雅釋訓文。「草螽，負蠜」者，釋蟲文。郭注：「詩曰『喓喓草蟲』，謂常羊也。」案，月令「蟲螟爲害」，蔡邕章句作「螽螟」，是「蟲」、「螽」古通用。詩作「草蟲」，爾雅作「草螽」，郝懿行謂詩「變文以韻句」是也。孔疏引陸璣云：「小大長短如蝗也，奇音，青色，好在茅草中。」郝云：「如陸說，蓋今之青頭郎，大小如蝗而色青，即蝗類，未聞能鳴。今驗一種青色善鳴者，登萊人謂之『聒子』，濟南人謂之『聒聒』，並音如『乖』。順天人亦謂之『聒聒』，音如『哥』，體青綠色，比蝗蟲短，狀類蟋蟀，振翼而鳴，其聲清滑，及至晚秋，鳴聲猶壯。詩出車箋『草蟲鳴晚秋之時』，及陸疏『奇音青色』，唯此足以當之。」愚案：郝說即今之蟈蟈也，以爲草蟲近之。「常羊」，未聞。「蛗螽，蠜也」者，亦釋蟲文。郭注：「詩曰：『趯趯蛗螽。』」集韻：「阜或作蛗。」是「阜」、「蛗」同字。據爾雅經注，魯詩作「蛗」，孔疏引李巡曰：「蝗子也。」陸璣云：「今人謂蝗子爲螽子，兗州人謂之螣。」是李陸皆以阜螽爲蝗。案，說文：「螽，蝗也。」「蝗，螽也。」「蠜，自蠜也。」未嘗以「蠜」爲「蝗」，明蠜、蝗是二物。且阜螽爲自蠜，草蟲爲負蠜，「負」、「阜」同音字，「負」之爲「阜」，猶「螽」之爲「蟲」。凡蟲鳥草木之名，或是變文，或緣音轉，初無定字。草蟲、阜螽同類，故草蟲鳴而阜螽跳從之，以喻聲應氣求之義。若阜螽是蝗，與草蟲非類，何得聞聲相從？經文不可通矣。未見君子，憂心忡忡。【注】魯「忡」作「𢥞」。魯說曰：𢥞𢥞，憂也。齊作「沖」。【疏】傳：「忡忡，猶衝衝也。婦人雖適人，有歸宗之義。」箋：「未見君子者，謂在塗時也。在塗而憂，憂不當君子，無以寧父母，故心衝衝然，是其不自絕於其族之情。」○君子，謂善人。「𢥞𢥞，憂也」者，廣雅釋訓文。臧庸云：「忡忡，三家詩必有作『𢥞𢥞』者。」愚案：楚辭雲中君王注：「𢥞𢥞，憂心貌。」張王訓義並合。據此，魯作「𢥞𢥞」。嚴忌哀時命「心煩寃之𢥞𢥞」，亦用魯義。鹽鐵論論誹篇引詩云：「未見君子，憂心沖沖。」桓寬所引乃齊異文，「沖」當爲「忡」俗渻。說文：「沖，水涌搖也。」心之憂勞似之也。　亦既見止，亦既覯止，我心則降。【注】魯「覯」作「遘」。【疏】傳：「止，辭也。覯，遇。降，下也。」箋：「既見，謂已同牢而食也。既覯，謂已昏也。始者憂於不當，今君子待己以禮，庶自此可以寧父母，故心下也。易曰：『男女覯精，萬物化生。』」○「魯覯作遘」者，釋詁：「遘，遇也。」邢疏引草蟲曰：「亦既遘止。」陳喬樅云：「邢疏所引，必據爾雅舊注之文，知是魯詩也。說苑引詩，亦當作『遘』爲正。」愚案：說文：「遘，遇也。」「覯，遇見也。」上言「見」，下不當複言「遇見」，魯詩作「遘」義長。止，詞也。釋言：「降，下也。」後漢東平王蒼傳引詩「我心則降」，李注：「降，下也。」說文：「夅，服也。從夊、㐄，相承不敢並也。」「降」、「夅」字同。

陟彼南山，言采其蕨。未見君子，憂心惙惙。亦既見止，亦既覯止，我心則說。【疏】傳：「南山，周南山也。蕨，鼈也。惙惙，憂也。說，服也。」箋：「言，我也。我，采者。在塗而見采鼈，采者得其所欲得，猶己今之行者欲得禮，以自喻也。」○南山，山之在南者，與采蘋「南澗」同，即目興懷，非有指實。毛謂是「周南山」，說者遂以終南太一山當之，非也。釋草：「蕨，虌。」說文：「蕨，鼈也。」釋文：「俗云其初生似鼈脚，故名焉。」是鼈不當從草。郝懿行云：「蕨菜全似貫衆而差小，初出如小兒拳，故名拳菜。其莖紫色，故名紫蕨。」愚案：今京師每用供客，以夷齊窮餓所食，更其名曰「吉祥菜」。詩言蕨菜至微，以其可食，尚不憚登山之勞以采之，況善人有益於我甚大，豈可不求見乎？故未見則憂，既見則說也。說文：「惙，憂也。詩曰：『憂心惙惙。』」衆經音義四引聲類：「惙，短氣貌也。」釋訓：「惙惙，憂也。」單言曰「惙」，重言曰「惙惙」，憂之至也。說文：「說，說釋也。」中心喜說而釋然。靜女篇「說懌女美」，鄭讀「懌」爲「釋」，「說釋」即「說懌」也。

陟彼南山，言采其薇。【疏】傳：「薇，菜也。」○說文：「薇，菜也，似藿。」孔疏引陸璣云：「山菜也。」戴侗六書故引項安世云：「今之野豌豆也。莖葉花實皆似豌豆而小，莢可菹，蜀人謂之小巢菜，豌豆謂之大巢。」釋草：「薇，垂水。」郭注：「生於水邊。」案，薇是山菜，故須陟山采之。夷齊作歌亦云：「登彼西山兮，采其薇矣。」或謂生山間水邊，不害爲山菜，然於登陟而采之之義未合。雅廣二名，不當泥視。未見君子，我心傷悲。亦既見止，亦既覯止，我心則夷。

【注】魯說曰：夷，悅也，喜也。【疏】傳：「嫁女之家，不息火三日，思相離也。夷，平也。」箋：「維父母思己，故己亦傷悲。」○「傷悲」較「憂」義進，極言其誠。「夷，悅也」者，釋言文。郭注：「詩曰：『我心則夷。』」較毛訓「平」義進，魯詩訓也。「夷，喜也」者，楚詞九懷「羨余術兮可夷」，王注：「詩曰：『我心則夷。』夷，喜也。」「喜」、「悅」義同。詩「降」、「說」、「夷」，對上「憂」、「傷」、「悲」言，「夷」訓「喜悅」，尤合。釋詁：「悅，服也。」郭注：「謂喜而服從。」「降」、「服」義同，是「降」亦「悅」也。

草蟲三章，章七句。

采蘋【疏】毛序：「大夫妻能循法度也。能循法度，則可以承先祖，共祭祀矣。」箋：「女子十年不出，姆教，婉娩聽從。執麻枲，治絲繭，織紝組紃，學女事以供衣服。觀於祭祀，納酒漿、籩豆、菹醢，禮相助奠。十有五而笄，二十而嫁。此言能循法度者。今既嫁爲大夫妻，能循其爲女之時所學、所觀之事，以爲法度。」○鄉飲酒鄭注：「采蘋，言卿大夫之妻能修其法度也。」案，射義：「采蘋，樂循法也。」鄭注：「樂循法者，謂采蘋曰：『于以采蘋？南澗之濱。』循澗以采蘋，喻循法度以成君事也。」彼言射禮樂章，卿大夫以采蘋爲節，是取以循法爲節之義，亦由此詩卿大夫妻「能循法度」之義推而用之。據射義毛序作「循」，鄉飲酒注「能修其法度」之「修」，當爲「循」字傳寫之譌，古書「循」、「修」字多相亂。困學紀聞引曹粹中詩說云：「齊詩先采蘋而後草蟲。」陳喬樅云：「據儀禮，合樂歌周南，則關雎葛覃卷耳三篇同奏；歌召南，則鵲巢采蘩采蘋三篇同奏。是知古詩篇次原以采蘋在草蟲之前，三家次第容與毛異，曹說非無據也。」愚案：曹氏卽本儀禮爲說，三家皆同，不獨齊也。

于以采蘋？南澗之濱。【注】韓說曰：沈者曰蘋，浮者曰薸。于以采藻？于彼行潦。【疏】傳：「蘋，大蓱也。濱，涯也。藻，聚藻也。行潦，流潦也。」箋：「古者婦人先嫁三月，祖廟未毀，教于公宮；祖廟既毀，教于宗室。教以婦德、婦言、婦容、婦功。教成之祭，牲用魚，芼用蘋、藻，所以成婦順也。此祭女所出祖也。法度莫大於四教，是又祭以成之，故舉以言焉。蘋之言賓也，藻之言澡也，婦人之行尚柔順，自絜清，故取名以爲戒。」〇「沈者曰蘋，浮者曰薸」者，釋文引韓詩文。「薸」誤「藻」。盧文弨云：「王應麟詩攷引韓詩，『藻』作『薸』，當據以改正。」今從之。說文無「蘋」字。「薲」下云：「大蓱也。」據此，「薲」正字，「蘋」俗字。鄭箋「蘋之言賓也，藻之言澡也」，皆舉字形以見義，是鄭所見本「蘋」作「薲」。古從「賓」、從「頻」之字多相亂。釋草：「苹，蓱。」郭注：「水中浮蓱，江東謂之薸，音瓢。」又曰：「其大者蘋。」郭注：「詩曰：『于以采蘋』。」爾雅以「蘋」爲「大蓱」，與說文合，卽韓所謂「沈者」。其浮蓱，卽韓所謂「浮者」，今之浮薸是也。爾雅翼云：「蘋根生水底，葉敷水上，不若小浮蓱之無根而漂浮，故韓詩云『沈者曰蘋，浮者曰薸』。」薸音瓢，卽小蓱也。蘋亦不沈，但比萍則有根，不浮游耳。藻、薸形似致誤，埤雅引韓詩，亦作「浮者曰藻」，遂謂藻出水上，非也。李時珍云：「蘋莖細於蓴莕，其葉大如指頂，面青背紫，有細文，頗似馬蹄、決明之葉，四葉合成，中拆十字，夏秋開小白花，故稱白蘋。」說文無「濱」字，「瀕」下云：「瀕，水厓，人所賓附。頻蹙不前而止。从頁、从涉。」據此，「瀕」正字，「濱」俗字。宋書何尚之傳：「袁淑書曰『舍南瀕之操』，尚之宅在南澗寺側，故書曰『南瀕』，毛詩所謂『于以采蘋？南澗之瀕』也。」足證詩古本「濱」作「瀕」。說文：「薻，水艸也。从艸、从水，巢聲。詩曰：『于以采薻』。」是許所據詩本作「薻」。「藻」下云：「薻或从澡。」箋「藻之爲言澡也」，是鄭所據詩本作「藻」。左隱三年傳「蘋蘩薀藻之菜」，杜注：「薀藻，聚藻也。」説文：「薀，積也。」「積」、「聚」義同，亦一聲之轉。「聚」，言其叢生之狀也。齊民要術引陸璣云：「藻生水底，有二種：其一種葉如鷄蘇，莖大如箸，可長四五尺；一種莖大如釵股，葉如蓬，謂之聚藻。此二藻皆可食，煮熟，挼去腥氣，米麵糝蒸，爲茹佳美，荆揚人飢荒以當穀食。」愚案：葉如鷄蘇者，舟行小河中常鉤得之，莖連綿長數尺，在水底有根，説文所謂「莙，牛藻也」，牛藻葉大，故別之曰「莙」。葉如蓬者，今人盆盎中貯水多蓄之，叢生可玩，無根易活，俗謂之「絲草」，蓬茸水中，不生水底，左傳所謂「薀藻」，陸所稱「聚藻」也。二種，人並不食，古今之異。説文：「潦，雨水大皃。」漢書司馬相如傳注引張揖曰：「潦，行潦也。」泂酌毛傳：「行潦，流潦也。」足證「行潦」二字相連爲義。行之爲言流也，雨水流行，渟蓄汙下之處，其水無原，故曰「行潦」。其渟蓄處，則謂之「潢汙」。左隱三年傳「潢汙行潦之水」，杜注：「潢汙，渟水。」周語韋注：「大曰潢，小曰汚。」夏小正「七月湟潦生苹」，傳：「湟，下處也。」「湟」訓水名。即「潢」之借字。詩無「潢汙」之文，左傳取與「行潦」相配爲義，蓋但有行潦而無潢汙，不能生物，夏正是其明證，傳文非虛設也。孔疏：「行者道也。潦，雨水也。行潦，道路之上流行之水。」案，「行」雖有「道」義，但雨水道路流行，豈遂有藻可采？孔疏非也。

于以盛之？維筐及筥。【注】魯説曰：方底曰筐，員底曰筥。于以湘之？維錡及釜。【注】韓「湘」作「鬺」。韓説曰：鬺，飪也。【疏】傳：「方曰筐，圓曰筥。湘，亨也。錡，釜屬，有足曰錡，無足曰釜。」箋：「亨蘋藻者，於魚湆之中，是鉶羹之芼。」○「盛之」者，盛黍稷也。言「盛」，即知是黍稷者。説文：「盛，黍稷在器中以祀者也。」是「盛」爲黍稷在器中以祀之專義，筐、筥又是飯器，與它處泛言者不同。鄭箋云「其粢盛蓋以黍稷」，專言蘋、藻，於詩義不備也。昏義鄭注亦云「其齊盛用黍」，疏云：「以其告祭不用正牲，則無稻粱。既以蘋、藻爲羹，則當有齊盛。士祭特牲黍稷，故知此亦用黍也。」據此，知盛不屬蘋、藻言。說文：「匡，飯器，筥也。或從竹。」「筥，𥳓也。」「𥳓，一曰飯器，容五升。」「⿱竹稍，飯筥也。受五升，秦謂筥曰⿱竹稍。」「⿱竹稍」即「𥳓」之異文。廣雅：「𥳓，⿱竹旅也。」「⿱竹旅」即「筥」之異文，今楚俗謂撈飯竹器爲「𥳓箕」，即是「筥」也。毛傳「方曰筐，圓曰筥」，許書不言，疑傳說非是。淮南時則訓高注：「方底曰筐，員底曰筥。」足證筐、筥之異止是底有方、員。今世筥名不㬎，筐隨地有之，底方上員，猶存古製矣。「韓湘作鬺」者，漢書郊祀志「鬺亨上帝鬼神」，師古注：「鬺、亨一也。鬺亨，煮而祀也。韓詩曰：『于以鬺之？惟錡及釜。』」陳喬樅云：「『鬺』爲古烹飪字，下『亨』乃古亨祀字也。音香兩反。服虔音義云：『以亨祀上帝也。』正釋『亨』字。師古以鬺、亨爲一，非是。」陳壽祺云：「說文無『鬺』字。鬲部：『䰞，煮也。从鬲，羊聲。』玉篇：『䰞，式羊切。亦作𩱛。』『鬺，同上。』廣韻：『𩱛，亦䰞字。』集韻十陽：『䰞，或作𩱛、鬺、䰣』。類篇：『䰞，或作鬺、䰣。』是說文『䰞』字即韓詩『于以鬺之』之異文。」「鬺飪也」者，廣雅釋詁文，正用韓說。說文：「飪，大熟也。」左桓十四年傳疏：「飪是熟肉。」鄭箋「亨蘋藻者，於魚湆之中」，本昏義爲說。魚爲俎實，故須飪熟，言「鬺之」則魚自在內，不須㬎文也。不用它物者，鄭以爲魚、蘋、藻皆水物，陰類，於婦人教成之祭爲宜，此告事，非正祭。說文：「錡，鉏鋙也。江淮之間謂釜曰錡。」「鋙」下云：「鉏或从吾。」廣韻：「鉏鋙，不相當也。」方言：「鍑，江淮陳楚之間謂之錡。」注云：「或曰三脚釜也。」案，釋文亦云：「錡，三足釜也。」釜是三脚，不相當對，故謂之「鉏鋙」，方言注是也。錡从「奇」聲，亦取不偶之義，爲形聲包會意字。說文：「⿰鬲支，三足鍑也。」「錡」、「⿰鬲支」疊韻，故又轉爲「⿰鬲支」。說文：「釜，鬴，鍑屬。」「釜」下云：「鬴或从父，金聲。」（當爲「从金、父聲」，傳寫誤倒。）經典「鬴」、「釜」通用。毛傳「無足曰釜」，今人家常用之器俗呼曰「鍋」。說文「⿰鬲斗」下云：「秦名土釜曰⿰鬲斗。从鬲，𠦒聲，讀若過。」因誤爲「鍋」矣。

于以奠之？宗室牖下。誰其尸之？有齊季女。【注】韓「齊」作「⿱齊女」。韓說曰：⿱齊女，好也。【疏】傳：

「奠，置也。宗室，大宗之廟也。大夫士祭於宗廟，奠於牖下。尸，主。齊，敬。季，少也。蘋藻，薄物也。澗潦，至質也。筐筥錡釜，陋器也。少女，微主也。古之將嫁女者，必先禮之於宗室，牲用魚，芼之以蘋藻。」箋：「牖下，户牖間之前。祭不於室中者，凡昏事，於女禮設几筵於户外，此其義也與？宗子主此祭，維君使有司爲之。主設羹者季女，則非禮也。女將行，父禮之而俟迎者，蓋母薦之，無祭事也。祭事，主婦設羹，教成之祭，更使季女者成其婦禮也。季女不主魚，魚俎實男子設之，其粢盛蓋以黍稷。」○説文：「奠，置祭也。从酋。酋，酒也。下其丌也。」釋名：「喪祭曰奠。奠，停也。言停久也。」引申其義，凡祭而設酒，久停置之，皆謂之「奠」。奠之必於宗室者，教於大宗之室，則奠祭於大宗之廟也。左襄二十八年傳「寘諸宗室」，「寘」與説文「置祭」之「置」同，即詩所謂「奠」矣。昏義：「古者婦人先嫁三月，祖廟未毁，教于公宫；祖廟既毁，教于宗室。教以婦德、婦言、婦容、婦功。教成之祭，牲用魚，芼之以蘋藻，所以成婦順也。」禮文與詩相表裏，知齊説同。士昏禮：「祖廟未毁，教于公宫三月；若祖廟已毁，則教于宗室。」與昏義文同。「宫」、「室」，皆廟也。獨斷：「廟寢總謂之宫。」是宫爲廟也。洛誥「王入大室裸」，馬注：「大室，廟中之夾室。」魯公廟稱「世室」，是室爲廟也。定之方中「作于楚宫」，箋：「楚宫，謂宗廟也。」「作于楚室」，傳：「室，猶宫也。」釋宫：「宫謂之室，室謂之宫。」知廟得通稱宫、室。蓋祖廟未毁，則於女所出之祖廟教之。女出於君之高祖，則教於高祖之廟；出於君之曾祖，則教於曾祖之廟。若與君四從以外，同高祖之父以上，其廟既毁，則此女與君絶屬，就繼别大宗之廟教之，此禮之不得不然，非意爲輕重厚薄也。教於女所出之祖廟，迨教成而祭，則亦於其廟也。士昏禮、昏義鄭注兩解「宗室」，一云「宗子之家」，一云「大宗之家」，訓「室」爲「家」，疑皆非是。若如其説，詩言「宗室牖下」，傳言寘諸宗室，義不可通。白虎通嫁娶篇云：「婦人學，一時足以成矣。與君有緦麻之親者，教於公宫三月；與君無親者，各教於宗廟、（疑「子」。）宗婦之室，國君取大夫之妾、士之妻老無子而明於婦道者祿之，使教宗室五屬之女。大夫、士皆有宗族，自於宗子之室學事人也。」案，內則：「大夫以上，立師、慈、保三母。女子十年不出，姆教，婉娩聽從。於嫁前三月，更就尊者之宮教之。三月爲一時，則天氣變物有成，故學足以成也。「緦麻」，皋五屬最疏者，是與君有屬皆就公宮教之可知。至其廟既遷，就大宗教之者，宗子收族，宗婦又主教女之事也。昏義注：「宗室，宗子之家也。」孔疏：「鄭不云大宗、小宗，則大宗、小宗之家悉得教之。與大宗近者於大宗教之，與大宗遠者於小宗教之。」案，士昏禮鄭注明言「宗室，大宗之家」，孔偶有不照。賈疏：「小宗不就之教者，小宗卑故也。」其說允矣。白虎通又言：『大夫、士皆有宗族，自於宗子之室學事人也。』此詩爲卿大夫妻作，而云奠於宗室，知亦是教於宗子之室，與彼說合。鄭云：「宗子之家，若其祖廟已毀，則爲壇而告焉。」詩云「牖下」，故孔疏云：「此言牖下，又非於壇，知是大宗之廟也。」說文：「牖，穿壁也。以木爲交窗也。」奠必於牖下者，胡培翬云：「大夫、士宗廟之制，室在中，有東、西房，房室皆向堂開户。房有户無牖，室則户、牖俱有。户在東，牖在西，故以户牖間爲尊位。」愚案：論語王孫賈章皇侃疏：「室向東南開户，西南安牖。」士昏禮：「納采用雁，主人筵于户西，西上右几。」鄭注：「主人，女父也。筵，爲神布席也。户西者，尊處。將以先祖之遺體許人，故受其禮於禰廟。席西上，右設几。」案，户西近牖，言西上，則就牖下布席，雖無「牖下」明文，其禮神於牖下甚明。司几筵賈疏：「生人則几在左，鬼神則几在右。」故此右几也。主人徹几，改筵東上，然後迎賓於廟門外，納吉納徵請期，如初禮。及初昏，壻至門外，女父復筵於户西，西上右几以告神。以此推之，神事不同，廟制則一，教成祭祖，亦當是西上右几，故云「牖下」也。司几筵云：「筵國賓於牖前，左彤几。」其諸侯祭祀，「右彫几」。不言「牖前」，以通禮，故略之。「牖前」、「牖下」，其義同也。說文：「誰，何也。」釋詁：「尸，主也。」言何人主此祭也，設爲問答之詞，詩例多有之。

「韓齊作齋」者，玉篇女部「齋」下云：「阻皆切，『有齋季女』。」引詩「齊」作「齋」，是據韓詩。「齋，好也」者，廣雅釋詁文，正用韓說。說文：「齋，材也。从女，齊聲。」亦謂女之材者，與「好」義近。馬瑞辰云：「左傳晉君謂齊女爲『少齊』，蓋取齋好之義，古文省借作齊。毛遂以敬釋之耳。」說文：「季，少稱也。」季女，少女，即大夫妻。猶稱「女」者，明是未嫁之詞。已嫁則爲主婦，助夫氏之祭，不得言「尸之」矣。必女尸之者，惟大夫以下則然。知者，昏義鄭注：「君使有司告之。」孔疏：「此約雜記釁廟使有司行之，故知此告成之祭，亦使有司也。若卿大夫以下，則女主之，宗子掌其禮也。」案，祭禮，主婦設羹，將嫁時，先使習之。推本言之，知其必能循法度以成婦禮也。召南大夫之妻，娶異國之女，推其在家教成而祭之時而言。左傳：「濟澤之阿，行潦之蘋藻，寘諸宗室，季蘭尸之，敬也。」正釋此詩。濟阿，蓋季女所居。蘭，或季女之姓。惜古義就湮，莫可尋究矣。

采蘋三章，章四句。

甘棠

【注】魯說曰：召公之治西方，甚得兆民和。召公巡行鄉邑，有棠樹，決獄政事其下。自侯伯庶人各得其所，無失職者。召公卒，而民人思召公之政，懷甘棠不敢伐，歌詠之，作甘棠之詩。又曰：詩曰：「蔽芾甘棠，勿翦勿伐！召伯所茇。」傳曰：自陝以東者，周公主之；自陝以西者，召公主之。召公述職，當桑蠶之時，不欲變民事，故不入邑中，舍於甘棠之下而聽斷焉。陝間之人皆得其所，是故後世思而歌詠之。善之故言之，言之不足故嗟歎之，嗟歎之不足故歌詠之。夫詩思然後積，積然後滿，滿然後發，發由其道而致其位焉。百姓歎其美而致其敬，甘棠之不伐，政教惡乎不行。孔子曰：「吾於甘棠，見宗廟之敬也。甚尊其人，必敬其位，順安萬物，古聖之道幾哉。又曰：詩曰：「蔽芾甘棠，勿翦勿伐！召伯所茇。」言召公述職，親稅舍於野樹之下也。又曰：燕召公奭與周同姓，武王滅紂，封召公於燕，成王時入據三公，出爲二伯，自陝以西，召公主之。當農桑之時，重爲所煩勞，不舍鄉亭，止於棠樹之下，聽訟決獄，百姓各得其所。壽百九十餘乃

卒。後人思其德美，愛其樹而不敢伐，詩甘棠之所爲作也。齊説曰：召公，賢者也，明不能與聖人分職，常戰慄恐懼，故舍於樹下而聽斷焉。勞身苦體，然後乃與聖人齊，是故周南無美而召南有之。又曰：古者春省耕以補不足，秋省斂以助不給，民勤於財則貢賦省，民勤於力則功業牢。（陳喬樅云：「業、牢，是築、罕之譌。穀梁莊二十九年傳：『民勤於力則功築罕。』可證。」）爲民愛力，不奪須臾，故召伯聽斷於甘棠之下，爲妨農業之務也。韓説曰：昔者周道之盛，召伯在朝，有司請營召以居。召伯曰：「嗟！以吾一身而勞百姓，此非吾先君文王之志也。」於是出而就烝庶於阡陌隴畝之間，而聽斷焉。召伯暴處遠野，廬於樹下，百姓大悦，耕桑者倍力以勸。於是歲大稔，家給人足。其後在位者驕奢，不恤元元，稅賦繁數，百姓困乏，耕桑失時。於是詩人見召伯之所休息樹下，美而歌之。詩曰：「蔽芾甘棠，勿翦勿伐！召伯所茇。」此之謂也。又曰：昔召公述職，當民事時，舍於棠下而聽斷焉，是時人皆得其所。後世思其仁恩，至乎不伐甘棠，甘棠之詩是也。【疏】毛序：「美召伯也。召伯之教，明於南國。」箋：「召伯，姬姓，名奭，食采於召，作上公，爲二伯，後封于燕。此美其爲伯之功，故言伯云。」〇「召公」至「之詩」，史記燕召公世家文。西方，謂陝以西鄉邑，召公舊封。淮南繆稱訓：「召伯以桑蠶耕種之時，弛獄出拘，使百姓皆得反業修職。」與此云「各得所，無失職」合。彼但言百姓，此更兼及侯伯，明方伯職尊，其統屬有侯伯也。「詩曰」至「幾哉」，劉向説苑貴德篇文。所稱「傳」，魯詩傳也。云周召分主二陝者，與公羊隱五年傳文合。何休彼注：陝在弘農陝縣。郡國志：「陝縣有陝陌，二伯所分。」括地志：「陝原在陝州陝縣西南二十里，分陝從原爲界。」集古録：「陝州石柱，相傳以爲周召分陝所立，以別地里。」白虎通封公侯篇：「所分陝者，是國中也。若言面，八百四十國矣。」謂周召分治，各得四州之地，有八百四十國也。云「召公述職」者，孟子：「諸侯朝于天子，曰述職。」明召公因入朝，得至其鄉邑也。「詩曰」至「下也」，楊雄法言巡狩篇文。又先知篇云：「昔在周公，征於東方，四國是王。召公述職，蔽芾甘棠，其思矣夫。」並以爲召公述職事，與劉説同。「燕召」至「作也」，應劭風俗通義一文。云「與周同姓」者，以召公非文王子。史記燕世家、漢書人表，並云召公周同姓。據應説，知聽訟棠下事在成王時。又淮南氾論訓高注：「召康公用理民物，有甘棠之歌。」王符潛夫論愛日篇：「邵伯訟不忍煩民，聽斷棠下，而致刑錯。」忠貴篇：「周公東征，後世追思。召公甘棠，人不忍伐。見愛如是，豈欲私害之者哉？」王充論衡須頌篇：「宣王惠周，詩頌其行。召伯述職，周歌棠樹。」高及二王皆用魯説者也。「召公」至「有之」，初學記人事部引樂動聲儀文。白虎通又云：「不分南北何？東方被聖人化日少，西方被聖人化日久，故分東西，使聖人主其難，賢者主其易，乃俱致太平也。」上言「被聖人化」，「聖人」謂文王；下言「聖人主其難」，「聖人」謂周公。勞身苦體，非但聽訟棠下，此其一端。後代論周室開國元輔，周召並稱，是「與聖人齊」也。周南不斥文王，此詩明頌召伯，是周南無美、召南有美也。毛傳：「甘棠，美召伯也。」孔疏：「諸風雅正經皆不言美，此言美召伯者，二南文王之風，唯不得言美文王耳，召伯臣子，故可言美也。」案，孔兼舉二南，其説未晰，言美召伯不美文王，義與動聲儀合。「古者」至「務也」，桓寬鹽鐵論授時篇文。云「爲妨農業」，與劉應二説合。「昔者」至「謂也」，韓詩外傳一文。宋人以爲就烝庶於隴畝，是墨子之道，不知召公因述職而在朝，非常常如是。胡承珙譏外傳爲附會，謬矣。「昔召」至「是也」，漢書王吉傳文。云「當民事時，舍於棠下」，正與魯齊説同。外傳但言「耕桑者倍力以勸」，故略其文耳。合觀三家，是召公分陝後，因述職入朝，至其舊封召邑，不忍勞民以妨農務，聽訟棠下，卒後人思其德而作是詩。論衡氣壽篇云：「邵公，周公之兄也，至康王時，尚爲太保。」傳稱邵公「年百八十」，與風俗通言「壽百九十餘」者略異。竹書紀年：「康王二十四年，召公薨。」竹書雖不可信，而其人康王朝尚存，則論衡言之，明此詩之作在康王末矣。藝文類聚五十引謝朓文云：「召公分陝，流甘棠之德。」以此詩爲分陝後事，用魯義。八十一引孫楚賦云：「昔在邵伯，聽訟述職。甘棠作誦，垂之罔極。」又張纘賦云：「伊宗周之令望，巡召南而述職。」以此詩爲述職時事，用魯韓義。樂記「五成而分周公左、召公右」，是分陝在「疆南國」後，武成以來，二陝授政，列國分封，無復文代二南之舊，此仍爲召南之風者，因詩歸美召公，義從附録，亦猶歌詠周公之詩，牽連入於豳風也。張纘以爲「巡召南而述職」，試思巡在召南，何以謂之「述職」？六代詞人之說，蓋無足深辨矣。左襄十四年傳士鞅稱欒武，昭二年傳季孫譽韓宣，並以甘棠、召公爲比，是此詩歸美召公，古無異義。

蔽芾甘棠，【注】韓「芾」作「茀」。勿翦勿伐！【注】韓「翦」作「剗」，魯亦作「剗」，又作「鬋」。召伯所茇。

【注】魯「召」亦作「邵」。魯說曰：王者所以有二伯者，分職而授政，欲其亟成也。齊「茇」作「废」。【疏】傳：「蔽芾，小貌。甘棠，杜也。翦，去。伐，擊也。」箋：「茇，草舍也。召伯聽男女之訟，不重煩勞百姓，止舍小棠之下而聽斷焉。國人被其德，說其化，思其人，敬其樹。」○說文：「蔽蔽，小草也。」桂馥義證引此詩毛傳，云「蔽蔽」宜作「蔽芾」，非也。釋詁：「蔽，微也。」廣雅釋詁：「蔽，障也，隱也。」「蔽蔽」者，草木初生，微有所掩蔽，重言之猶「夭夭」、「灼灼」之例。「蔽芾」卽「蔽蔽」也，其本字當爲「蔽茀」，借作「蔽芾」，「茀」之爲言「蔽」也。說文：「茀，道多草不可行。」周語韋注：「茀，草穢塞路也。」是「茀」有「蔽」義。碩人篇「翟茀以朝」，傳：「茀，蔽也。」采芑篇「簟茀魚服」，箋：「茀之言蔽也。」其義皆自「多草不可行」引申之。采芑釋文：「茀，本又作芾。」「芾」亦「蔽」也。說文：「市，韠也。上古衣蔽前而已，市以象之。」「韍，篆文市。」玉藻「一命緼韍幽衡」，注：「韍之言亦蔽也。」白虎通紼冕：「紼者，蔽也。」古書「芾」、「茀」、「紼」、「紱」、「黻」、「韍」字並通用。「韓芾作茀」者，韓詩外傳引作「蔽茀甘棠」，家語廟制篇引同。足證韓作「蔽茀」，正字；毛「蔽芾」，借字。巾車注引詩「翟茀以朝」，作「翟蔽」，明古書「茀」、「蔽」二字非特義訓相通，字亦互叚。說文「蔽蔽」，卽詩之「蔽茀」。它書無「蔽蔽」連文，此詩必有作「蔽蔽甘棠」者，不能考究爲何家異文矣。汲古閣本漢書王吉傳師古注：「邵南之詩曰『蔽芾甘棠』，蔽芾，小樹貌。」

案，「巿」即說文「朩」字，古書从「市」、从「朩」之字多相亂。洪适隸釋涼州刺史魏元丕碑「蔽芾其縱」，「蔽」，俗字。金薤琳瑯漢蕩陰令張遷碑「蔽沛甘棠」，「沛」、「芾」古通。〇釋木：「杜，甘棠。」又云：「杜，赤棠，白者棠。」是謂杜兼二名，棠、杜之分在色之赤、白也。有杕之杜疏引陸璣云：「赤棠與白棠同耳，但子有赤白美惡。子白色爲白棠，甘棠也，少酢滑美。赤棠子澀而酢無味，俗語云『澀如杜』是也。赤棠木理韌，亦可以作弓幹。」陳啟源云：「甘棠乃赤棠無疑，陸疏既以甘棠爲赤棠，又以爲白棠，前後自相反，必有誤也。」愚案：陸以赤、白棠同有子，無可區別，乃分子之赤、白，以子白而甘者爲甘棠，致與雅訓相背。然其所言，亦據目驗。郭注「杜，甘棠」云：「今之杜梨。」郝懿行云：「其樹如梨，葉似蒼朮而大。二月開華，白色。結實如小楝子，霜後可食。」邵晉涵說同，是結實之杜何嘗非白，似未可末殺陸疏。說文「棠」下云：「牡曰棠，牝曰杜。」「杜」下云：「甘棠也。」徐鍇繫傳云：「木之性有牝牡，牡者華而不實，林中伐去其牡，則牝者亦不實。」疑棠、杜之分，止當據牝牡爲定。蓋有子者通是杜，甘棠木實雖甘，恆多微酢，杜或亦然。陸專於子之赤白、甘酢致辨，未免拘泥。土宜隨地輒殊，木之性色容有改易，牝牡之別，古今大同，許書不用雅訓，爲得其實耳。〇「勿」者，勉而止之之詞。說文：「勿，州里所建旗。象其柄，有三游，雜帛。幅半異，所以趣民，故宂遽稱勿勿。」祭義「勿勿乎其欲饗之也」，注：「勿勿，猶勉勉也。」小雅「黽勉從事」，漢書引作「密勿」，「勿」之爲「勉」，其義自「趣民」引申之，故「禁止」之詞，亦借「勿」義。說文：「前，齊斷也。」「歬」下云：「不行而進謂之歬。」「翦」下云：「羽生也。一曰采羽。」後世隸變，以「前」爲「前後」之「前」而「歬」廢。又變「翦」爲「齊斷」之「翦」，而「翦」之本義亦亡。故釋言云：「翦，齊也。」閟宮箋云：「翦，斷也。」「韓翦作劗」者，引見釋文。集韻「劗」字注引同。據此，上引外傳「勿翦勿伐」之文，亦當爲「勿劗勿伐」，作「翦」者，後人亂之。秦詛楚文「欲劗伐我社稷」，「劗伐」連文，即同韓詩。「魯亦作劗」者，蔡邕劉鎮南碑頌：「蔽芾甘棠，召公聽訟。周人勿劗，我賴其楨。」蔡述魯詩，是魯本亦作「剗」。「又作鬋」者，漢書韋元成傳劉歆廟議云：「詩云：『蔽芾甘棠，勿鬋勿伐！邵伯所茇。』思其人猶愛其樹，況宗其道而毁其廟乎？」據此，魯異文作「鬋」。韋賢傳「鬋茅作堂」，顔注：「鬋與翦同。」「翦」、「鬋」通用字。説苑白虎通兩引詩「勿翦勿伐」，知魯又作「翦」也。「伐」義具汝墳。〇召者，水經注渭水篇：「雍水東逕召亭南，故召公之采地。京相璠曰：『亭在周城南五十里。』」「魯召亦作邵」者，韋元成傳引作「邵伯」，明「邵」亦魯異文。「王者」至「成也」，白虎通封公侯篇文。下引王制「八伯各以其屬，屬於天子之老二人，分天下以爲左右，曰二伯」，及此詩首章爲證。「二伯」是殷周之制，王制以明殷制，詩以明周制也。職方鄭注引公羊傳云：「自陝以東，周公主之。自陝以西，召公主之。」是東西二伯也。」案，召公稱「伯」者，大宗伯「八命作牧」，注：「謂侯伯有功德者，加命，得專征伐於諸侯。」「九命作伯」，注：「謂上公有功德者，加命爲二伯，得征五侯九伯者。」鄭司農云：「長諸侯爲方伯。」典命亦云：「上公九命爲伯，王之三公八命，及其出封，皆加一等。」據此，二伯是方伯，爲一方之長，與侯伯之伯不同。五經通義云：「何以爲二伯乎？曰以二公在外稱伯，東西分爲二，所以稱爲伯。何欲抑之也？三公，臣之最尊者也，又以王命行天下，爲其盛，故抑之也，明有所屈也。」此以公稱伯爲有所屈，與周禮白虎通不合，其説非也。「分職而授政，欲其亟成也」者，列國分封，政教不一，王者欲治化亟成，故分二伯之職而授其政，以王朝之三公爲之，上承流於朝廷，下宣化於列國，故治功之成可幾也。「齊茇作废」者，説文：「废，舍也。詩曰：『召伯所废。』」釋文引「舍」上有「草」字。玉篇亦云：「废，草舍也。」毛詩作茇。」説文「茇」下云：「草根也。」無「舍」義。箋訓「茇，草舍」，是讀「茇」爲「废」。據説苑法言白虎通韋玄成傳韓詩外傳所引，明魯韓用借字作「茇」，與毛同。許引作「废」者，齊詩文也。棠下可舍，自非小樹，言「蔽芾」者，謂今雖此樹旁生之小枝葉，亦不可翦伐，而箋遂以爲召公當日止舍小棠之下，失之拘矣。

蔽芾甘棠，勿翦勿敗！召伯所憩。【疏】傳：「憩，息也。」○集韻二十六産「剗」字注：「翦也。」引韓詩曰：「勿剗勿敗。」說文：「敗，毁也。从攴、貝。」擊扑其貝，是「敗」義也，與「伐」同意。釋詁：「憩，息也。」釋文：「憩，本又作揭。」集韻：「憩本作愒，或作憇。」說文：「愒，息也。」明「揭」是「愒」之譌。漢書楊雄傳「度三巒兮偈棠棃」，顏注：「偈讀作愒。」又借「偈」爲「愒」。

蔽芾甘棠，勿翦勿拜！召伯所說。【注】魯韓「拜」作「扒」。魯韓說曰：扒，擘也。【疏】傳：「說，舍也。」箋：「拜之言拔也。」○「魯韓拜作扒」者，廣韻十六怪：「扒，拔也。詩曰：『勿翦勿扒』。」陳喬樅云：「『扒』得與『拜』通者，司馬相如上林賦：『洶湧澎湃。』韓愈孟郊征蜀聯句云：『獠江息澎汃』。『澎汃』即『澎湃』也，此足爲『扒』、『拜』通叚之驗。」愚案：「扒」、「拜」以雙聲通轉。「扒，擘也」者，廣雅釋詁文，正釋此義，知作「扒」者爲魯韓詩矣。廣雅又云：「擘，分也。」以手批而分之，亦「拔取」之意，「擘」、「拔」聲轉而義通。毛詩作「拜」，箋：「拜之言拔也。」陳奐云：「本三家義。」愚案：箋不用「拜」之本義而訓爲「拔」者，見三家作「扒」是正字，毛作「拜」是借字，故讀「拜」爲「拔」也。釋詁：「說，舍也。」郭注：「詩曰：『召伯所說』。」釋文：「『說』或本作『税』。」文選曹植應詔詩注，引毛詩亦作「税」。或以爲作「税」是三家今文，非也。易林師之蠱：「精潔淵塞，爲讒所言。證訊結請，繫於枳溫。甘棠聽斷，怡然蒙恩。」又復之巽：「閉塞復通，與善相逢。甘棠之人，解我憂凶。」小過之坤：「謹慎重言，不幸遭患。周邵述職，（謂周之邵公也。）脫免牢關。」既濟之觀：「結衿流粥，遭讒桎梏。周召述職，身受大福。」是召公聽訟棠下，實政可稽，惜齊義就湮，無可取證矣。

甘棠三章，章三句。

行露【注】魯說曰：召南申女者，申人之女也，既許嫁於酆，夫家禮不備而欲迎之。女與其人言，以爲夫婦者人倫之始也，不可不正。傳曰：正其本則萬物理，失之毫釐，差之千里，是以本立而道生，源始而流清。故嫁娶者，所以傳重承業，繼續先祖，爲宗廟主也。夫家輕禮違制，不可以行。遂不肯往。夫家訟之於理，致之於獄。女終以一物不具、一禮不備，守節持義，必死不往，而作詩曰：「雖速我獄，室家不足。」言夫家之禮不備足也。君子以爲得婦道之宜，故舉而揚之，傳而法之，以絕無禮之求，防淫泆之行。又曰：「雖速我訟，亦不女從。」此之謂也。齊說曰：婚禮不明，男女失常。行露反言，出爭我訟。又曰：行露之訟，貞女不行。韓說曰：傳曰：夫行露之人許嫁矣，然而未往也。一物不具，一禮不備，守志貞理，守死不往。君子以爲得婦道之宜，故舉而傳之，揚而歌之，以絕無禮之求，防汙道之行。詩曰：「雖速我訟，亦不爾從。」【疏】毛序：「召伯聽訟也。衰亂之俗微，貞信之教興，彊暴之男，不能侵陵貞女也。」箋：「衰亂之俗微，貞信之教興者，此殷之末世，周之盛德，當文王與紂之時。」○「召南」至「謂也」，劉向列女傳貞順篇文。申者，南陽被化之邦。酆者，崇侯虎之故地，文王伐崇後所作邑也。「禮不備而欲迎之」者，夫不親迎也，女不肯往，以不親迎爲輕禮違制也。蓋既許嫁，則非至迎娶之時，無以明其不往，而夫家或其時實有不能親迎之故，遂相持以至於爭訟，女乃必死不往，此詩之所爲作也。古禮最重親迎，列女傳貞順篇云：「宋恭伯姬，魯宣公之女、成公之妹也。其母曰繆姜，嫁伯姬於宋恭公。恭公不親迎，伯姬迫於父母之命而行。既入宋，三月廟見，當行夫婦之道，伯姬以恭公不親迎故，不肯聽命。宋人告魯。使大夫季文子如宋，致命於伯姬。」春秋成九年公羊、穀梁二傳注疏言「致女」，義同。夫宋公不親迎，伯姬迫於父母之命而行，若非迫於奉命，伯姬必不往可知也。既廟見而猶不肯成昏，至於宋人告魯，遣使致命而後從夫，其視親迎之重如此。若在士庶家而遇此事，未必不致爭訟也。貞順篇又云：「齊孝孟姬，華氏之長女、齊孝公之夫人也，好禮貞壹，齊中求之，禮不備，終不往，齊國稱其貞。孝公聞之，乃修禮親迎於華氏之室。遂納於宮，三月廟見，而後行夫婦之道。」傳先言「禮不備不往」，後言「修禮親迎」，明親迎是備禮之大端也。孟姬初未許人，而云「禮不備不往」者，議昏之時，先言必備禮而後往，其守禮之嚴如此。若既許嫁而不親迎，則孟姬之不往又可決也。此二事可與申女事參證以明之。士昏禮記云：「若不親迎，則婦入三月，然後壻見於妻之父母。」可見周時原有不親迎者。張爾岐謂周公制禮，因其舊俗而但爲之節文。是也。風俗之同，人情之所可通，雖聖王不能强使齊壹。夫不親迎者事之權，鄫人、宋公是也；女不肯往者義之正，申女、伯姬是也；女守義，男備禮，相得益彰者，古禮之大明，齊侯、孟姬是也。或疑申女節太高而過中，據周禮，凶荒則殺禮而多昏，是禮不備，女非不可往。此誤解「一物不具、一禮不備」之義，申女嫁時，其爲年荒與否，書無明文。士昏禮記云「女子許嫁」，鄭注：「許嫁，已受納徵之禮也。」列女傳及韓詩傳皆言申女「許嫁」，時在納采、問名、納吉三禮之後，此後則惟請期親迎，所謂「玄纁束帛儷皮」者，當時業已備具，豈猶煩斷斷於聘幣之多寡。凡禮，皆藉物以行，親迎時冕服攝盛、執雁御輪諸事，禮也，亦物也，禮既不行，物即不具，是申女所謂「禮物不備具」者，即指親迎言之明矣。「婚禮」至「我訟」，易林大壯之姤文。「行露」至「不行」，无妄之剥文，所稱「婚禮不明」、「貞女不行」，與列女傳「輕禮違制」、「女不肯往」合。「傳曰」至「爾從」，韓詩外傳文。所稱「傳曰」，蓋内傳文。並以此詩爲申女守志，夫禮不備，雖訟不行而作。左宣元年傳正義引服虔曰：「古者一禮不備，貞女不從，詩曰：『雖速我訟，亦不女從。』」正用三家義。

厭浥行露。【注】魯韓「厭」作「湆」。魯韓說曰：湆浥，濕也。豈不夙夜，謂行多露。【疏】傳：「興也。厭浥，濕意也。行，道也。豈不，言有是也。」箋：「夙，早也。厭浥然濕道中始有露，謂二月中，嫁取時也。言我豈不知當早夜成昏禮與？謂道中之露太多，故不行耳。今彊暴之男以此多露之時，禮不足而彊來，不度時之可否，故云然。周禮，仲春之月，令會男女之無夫家者，行事必以昏昕。」○「厭浥」者，「厭」無「溼」義，當爲「湆」借字。說文：「湆，幽溼也。」「浥，溼也。」「湇浥，溼也」者，廣雅釋詁文。「湇浥」連文，與下「漸洳」連文同，是此詩魯韓義。據此，魯韓「厭」作「湇」。釋文：「厭，於立反。」「湇，去急反。」正與「於立反」同音。小戎「厭厭良人」，列女傳二作「愔愔良人」。湛露「厭厭夜飲」，釋文：「韓詩『厭厭』作『愔愔』。」足證魯韓二家「厭」與從「音」之字相通假，彼借「厭」爲「愔」，知此詩亦借「厭」爲「湇」也。「湇」、「浥」二字聲轉義同，故疊文爲訓。徐鍇說文繫傳：「今人多言浥湇也。」「浥湇」，猶「湇浥」矣。易林未濟之損：「厭浥晨夜，道多湛露。沾我襦袴，（一作「濺衣濡襦」。）重難以步。」革之豫：「迷行晨夜，道多湛露。濺我袴襦，重不可涉。」（「涉」字是「步」之誤。）是齊詩訓「行」爲「道」，與毛同。說文：「露，潤澤也。」玉篇：「露，天之津液，下所潤萬物也。」藝文類聚九十八引五經通義曰：「和氣津液凝爲露，從地生也。」二說不同。案，露騰爲霜，如雲升爲雨，特陰陽氣異，通義是也。○「夙」訓「早」，義具采蘩。言豈不欲早夜而往夫家，謂道中多露，不可往耳。露多難往，但取喻不可行意，因是夫家，於義當往，故云「豈不夙夜」。左僖二十年傳：「君子曰：隨之見伐，不量力也。量力而動，其過鮮矣。善敗由己，而由人乎哉？詩曰：『豈不夙夜，謂行多露』。」杜注：「言豈不欲早暮而行，懼多露之濡己，以喻違禮而行，必有汙辱，是亦量宜相時而動之義。」又襄七年傳：「晉韓獻子告老，公族穆子有廢疾，將立之。辭曰：詩曰：『豈不夙夜，謂行多露。』」杜注：「詩曰雖欲早夜而行，懼多露之濡己，義取非禮不可妄行。」於「豈不夙夜」句順文釋之，而義自明。

誰謂雀無角！何以穿我屋？誰謂女無家！何以速我獄？雖速我獄，室家不足！【注】魯說曰：「言夫家之禮不備足也。」【疏】傳：「不思物變而推其類，雀之穿屋，似有角者。速，召。獄，埆也。昏禮，純帛不過五兩。」箋：「女，女彊暴之男。變，異也。人皆謂雀之穿屋似有角，彊暴之男召我而獄，似有室家之道於我也。物有似而不同，雀之穿屋不以角，乃以咮。今彊暴之男召我而獄，不以室家之道於我，乃以侵陵。物與事有似而非者，士師所當審也。幣可備也。室家不足，謂媒妁之言不和六禮之來，彊委之。」○説文：「雀，依人小鳥也。」「穿，通也。」「屋，居也。」雀本無角，鼠本無牙，以其能爲害，反言之。言誰謂雀無抵觸之角而不爲害乎？苟雀無抵觸之角而不爲害，何以能穿我屋？誰謂女無成家之道而非我夫乎？苟無成家之道而非我夫，何以能速我獄？然雖速我獄，而禮物有未具，是室家之道尚不備足，無怪我之不往也。「言夫」至「足也」，劉向説，見上文。孟子：「丈夫生而願爲之有室，女子生而願爲之有家。」上指其夫，故專言「家」，下論夫婦之道，故兼言「室家」。對强暴不得如此立言，知三家義長。説文：「速，疾也。」「獄，确也。从犾、从言，二犬所以守也。」「速我獄」者，言疾致於我獄。

誰謂鼠無牙！何以穿我墉？誰謂女無家！何以速我訟？雖速我訟，亦不女從！【注】韓「女」作「爾」。【疏】傳：「墉，牆也。」視牆之穿，推其類，可謂鼠有牙。不從，終不棄禮而隨此彊暴之男。」○説文：「牙，牡齒也。」段注：「牡當作壯，石刻九經字樣不誤。壯，大也。壯齒，齒之大者也。統言之，皆稱齒、稱牙。析言之，則前當脣者稱齒，後在輔車者稱牙，牙較大於齒，非有牝牡也。鼠齒不大，故云『無牙』。東方朔説騶牙曰：『其齒前後若一，齊等無牙。』此爲齒小牙大之明證。」胡承珙云：「左隱五年傳疏：『頷上大齒謂之爲牙。』徐鍇説文繫傳：『比於齒爲牡也。』此『牡』字亦當爲『壯』，蓋徐所見説文作『壯齒』，故云『比於齒爲壯』。若本作『牡齒』，而云『比於齒爲牡』，則不成語矣。」愚案：段胡説是。説文：「墉，城垣也。」引申之，凡垣皆稱墉，故釋宫云：「牆謂之墉。」説文：「訟，争也。」「韓女作爾」者，外傳作「亦不爾從」。陳喬樅云：「女、爾古字通用。桑柔『告爾憂恤，誨爾序爵』，墨子尚賢篇引並作『女』，是其證。」愚案：據外傳，上文二「女」字皆當爲「爾」。「室家不足」、「亦不女從」，二章義互相備。易林井之益：「穿室鑿牆，不直生訟。褰裳涉露，雖勞无功。」「穿室鑿牆」，即詩「穿屋」、「穿墉」之喻。「不直生訟」，以夫家生訟爲無禮，聽訟者不直之。「褰裳涉露」，本首章詩意而反用之，守禮者云「謂行多露」，則無禮者是「褰裳涉露」矣。「雖勞无功」，乃此詩訟事究竟，非聖王化洽，賢臣秉公，不能完女節而明禮教。毛序以爲召伯聽訟，蓋信而有徵矣。

行露三章，一章三句，二章章六句。

羔羊【注】齊說曰：羔羊皮革，君子朝服。輔政扶德，以合萬國。韓說曰：詩人賢仕爲大夫者，言其德能稱，有絜白之性，屈柔之行，進退有度數也。【疏】毛序：「鵲巢之功致也。召南之國，化文王之政，在位皆節儉正直，德如羔羊也。」箋：「鵲巢之君積行累功，以致此羔羊之化。在位卿大夫競相切化，有如此羔羊之人。」○「羔羊」至「萬國」，易林離之復文，謙之離同。云「羔羊皮革，君子朝服」，足證退食非居私家。云「輔政扶德，以合萬國」，非任方伯之職者不足以當之，蓋齊詩以此爲美召公作也。晉之臨「皮革」作「皮弁」，「弁」卽「革」之譌。「萬國」作「萬福」。漢書儒林傳谷永疏曰：「王法納乎聖聽，功烈施乎政事。退食自公，私門不開。德配周召，忠合羔羊。」永學魯詩，疏舉羔羊大義，以周召、羔羊對言，是羔羊美召公，魯說亦如此。「詩人」至「數也」者，後漢王渙傳：「故洛陽令王渙，秉清修之節，蹈羔羊之義。盡心奉公，務在惠民。」李注引薛君章句云云，是韓詩以此爲美召南大夫，與魯齊不同，其以詩「素絲」爲喻絜白屈柔，（引見下。）與齊說但言「君子朝服」者亦異。漢書薛宣傳谷永疏曰：「竊見少府宣材茂行絜，達于從政。有『退食自公』之節。臣恐陛下忽於羔羊之詩，捨功實之臣，任虛華之譽，是以越職陳宣行能。」楚詞九思「士莫志兮羔羊」，王注：「言士貪鄙，無有素絲之志，皎潔之行也。」永云「行絜」，逸云「皎潔之行」，與薛云「素」喻「絜白」合，是魯韓義同。古文苑二載曹大家鍼縷賦云：「退逶迤以補過，似素絲之羔羊。」「退食」、「補過」，與永疏「私門不開，忠合羔羊」同意，大家學齊詩，是魯齊義同也。

羔羊之皮，素絲五紽。【注】韓詩曰：「羔羊之皮，素絲五紽。」韓說曰：小者曰羔，大者曰羊。素喻絜白，絲喻屈柔。紽，數名也。魯説曰：紽，數也。退食自公，委蛇委蛇。【注】魯説曰：退食自公，私門不開。齊韓「委蛇」作「逶迤」，韓又作「褘隋」。韓説曰：逶迤，公正貌。【疏】傳：「小曰羔，大曰羊。素，白也。紽，數也。古者素絲以英裘，不失其制，大夫羔羊以居。公，公門也。委蛇，行可從迹也。」箋：「退食，謂減膳也。自，從也。從於公，謂正直順於事也。委蛇，委曲自得之貌，節儉而順心志定，故可自得也。」○「羔羊」至「名也」者，王渙傳注引薛君章句文，引經明韓毛文同。「小者曰羔，大者曰羊」者，説文：「羔，羊子也。」故薛謂小者羔，大者羊。孔疏：「此説大夫之裘，宜直言羔而已，兼言羊者，以羔亦是羊，故連言以協句。」「素喻絜白」者，説文：「素，白緻繒也。」「紈，素也。」急就篇顏注：「素，謂絹之精白者。紈，即素之軟細者。」漢班婕妤詩：「新製齊紈素，鮮潔如霜雪。」故薛云「喻潔白」也。薛以性言，謂其心之精白。谷王以行言，美其行之潔清也。「絲喻屈柔」者，説文：「絲，蠶所吐也。」皇皇者華篇「六轡如絲」，傳：「如絲，言調忍也。」「調忍」即「屈柔」之義，故薛云「喻屈柔」也。屈柔以行言，立德尚剛而處事貴忍，故屈柔亦爲美德。「紽，數名也」者，與毛傳「紽，數也」義同。「紽，數也」者，廣雅釋詁文，是魯韓説並合。孔疏：「此章言羔羊之皮，卒章言羔羊之縫，互見其用皮爲裘，縫殺得制也。素絲爲飾，唯組紃耳，若爲綫，則所以縫裘，非飾也。故干旄篇曰『素絲組之』，傳曰：『總以素絲而成組也。』紃亦組之類，則素絲可爲組紃矣。既云素絲，即云五紽、五緎，是裘縫明矣。又明素絲爲組紃，而施於縫中。故下雜記注云：『紃施諸縫，若今之絛。』是有組紃而施於縫中之驗。」孔因毛傳言「古者素絲以英裘」，疏之如此。陳氏奐謂素絲爲裘緣邊之飾，如漢世「偏諸」。非也。王引之云：「案三章文義，不當如爾雅所訓。『紽』、『緎』、『總』，皆數也。五絲爲紽，四紽爲緎，四緎爲總，五紽二十五絲，五緎一百絲，五總四百絲，故詩先言五紽，次言五緎，次言五總也。西京雜記載鄒長倩遺公孫弘書曰：『五絲爲䌰，倍䌰爲升，倍升爲緎，倍緎爲紀，倍紀爲緵，倍緵爲襚。』豳風九罭釋文云：『緵，字又作總。』然則緎者二十絲，緫者八十絲也。孟康注漢書王莽傳云：『緵，八十縷也。』史記孝景紀『令徒隸衣七緵布』，正義與孟注同。晏子春秋雜篇云：『十緫之布，一豆之食。』說文作『稯』，云『布之八十縷爲稯』，正與『倍紀爲緵』之數相合。紽之數今失其傳，釋文云：『紽，本又作佗。』春秋時陳公子佗字五父，則知五絲爲紽，卽西京雜記之『繂』矣。」馬瑞辰云：「佗字五父，蓋取詩『五佗』爲義，非必佗卽五數也。佗卽古『他』字，管子輕重甲篇：『夫得居裝而賣其薪蕘，一束十他。』『他』一本作『倍』。墨子經篇：『倍爲二也。』『他』與『倍』通，則他亦二數矣。柏舟篇『之死矢靡他』，猶云『有死無二』也。小雅『人知其一，莫知其他』，猶云知其一、不知其二也。『紽』通『佗』，蓋二絲之數。」愚案：素絲施諸裘縫，雅訓元不誤。「紽」、「緎」、「緫」皆數名，當如王說。玉篇廣韻並云：「紽，絲數。」陳氏奐訓「數」爲「簇」，謂卽密縫之意，亦非也。紽爲二絲，當如馬說。五紽得十絲之數，以西京雜記證之，與「倍繂爲升」同義。薛以「紽」、「緎」、「緫」是數名，故探下文「退食」、「委蛇」之義，復總釋之曰：「言其德能稱，有絜白之性，屈柔之行，進退有度數也。」羔羊是大夫朝服，大夫之德又能稱此服，詩人以賦爲比，合章句與楚詞注觀之，知喻義古矣。羔羊朝服，齊說甚明。毛傳「大夫羔裘以居」，孔疏：「謂居於朝廷，非居於家也。論語『狐貉之厚以居』，注云：『在家所以接賓客。』則可知不服羔裘矣。論語注又云：『緇衣羔裘，諸侯視朝之服。卿大夫朝服亦羔裘，唯豹袪與君異耳。』明此爲朝服之裘，非居家也。」案，朝廷不可言「居」，孔曲釋之，不以傳說爲然，足與齊義證合。「退食」至「不開」，谷永說，見上文。「退食自公」者，自公朝退而就食，非謂退歸私家。永疏「私門不開」，正釋「自公」之義。卿大夫入朝治事，公膳於朝，不遑家食，故私門爲之不開也。漢衡方碑云「禕隋在公」，「自公」卽「在公」也。詩考：「禕隋，卽委蛇，出韓詩內傳。」婁機漢隸字源云：「禕隋，出韓詩。」足證魯韓釋「退食自公」義同。後漢楊秉傳「逶迤退食，足抑苟進之風」，李注：「退食，謂減膳也。從於公，謂正直順於事也。」宋弘傳「以全素絲羔羊之潔焉」，李注：「言卿大夫皆衣羔羊之裘素絲，自減膳食，從於公事，行步委蛇自得。」並用鄭箋，非三家義也。「齊韓委蛇作逶迤」者，釋文：「委蛇，韓詩作逶迤，云公正貌。」案，曹大家賦「逶迤補過」，是齊作「逶迤」，與韓同。楊秉傳「逶迤」二字，正用齊韓文。「韓又作禕隋」者，陳喬樅云：「據釋文，韓作逶迤，『禕隋』非韓詩經文，乃内傳釋經『逶迤』之訓。」愚案：衡方碑「禕隋」，洪适謂本韓詩，與王婁說合。衆家皆有異文，「禕隋」是韓異文，釋文失引耳。釋訓：「委委、蛇蛇，美也。」釋文作「禕禕」、「它它」，是「禕」、「委」通用。「逶迤」疑或作「委隨」，故隸省「隨」作「隋」，又變「隋」爲「隋」也。云「公正貌」者，陳啟源云：「毛『委蛇』傳以爲『行可從迹』，韓『逶迤』訓作『公正貌』，兩義意正相成，惟其公正無私，故舉動光明，始終如一，可蹤迹倣效，卽毛序所謂正直也。」愚案：說文「委」下云：「委，隨也。」「逶」下云：「逶迤，衺去之貌。」「迆」下云：「衺行也。」（迤，俗迆字。）箋「委曲自得之貌」，人臣敬爾在公，但云容體自得，於義未備，且「逶迤」之訓疑於衺曲，故韓以「公正貌」釋之，深爲有裨經恉。曹大家云「逶迤補過」，兼得賢臣退思之隱。三家說詩，以意逆志，較毛傳「行可從迹」尤深切著明。左襄七年傳，衞孫文子來聘，公登亦登。穆叔語之，孫子無辭，亦無悛容。穆子曰：「孫子必亡，爲臣而君，過而不悛，亡之本也。詩曰：『退食自公，委蛇委蛇。』謂從者也。衡而委蛇，必折。」此因孫子之不悛而言，順理乃可委蛇，若不順理而委蛇，必折矣。亦爲此詩「委蛇」補義，與三家說相發。

羔羊之革，素絲五緎。委蛇委蛇，自公退食。【注】魯說曰：緎，羔羊之縫也。齊「緎」作「黬」。韓說曰：緎，數也。【疏】傳：「革，猶皮也。緎，縫也。」箋：「自公退食，猶退食自公。」○說文：「革，獸皮治去其毛，革更之象。」此言羔裘，明非去毛，孔疏謂「對文言之則異，散文則皮、革通」是也。「緎，羔羊之縫也」者，釋訓文。郭注：「縫飾羔皮之名。」詩釋文引孫炎云：「緎，縫之界域。」孔疏：「縫合羔羊皮爲裘，縫卽皮之界域，因名裘縫爲緎。爾雅獨解緎者，舉中言之。

緎言縫，則紽、總亦縫可知。」「齊緎作䵝」者，說文：「䵝，羔羊之縫。从黑，或聲。」此三家異文，魯韓與毛同，則作「䵝」者爲齊詩。繫傳：「詩曰『羔羊之䵝』，以黑爲縫也。」許引詩文雖異，不云裘縫是黑。小徐引詩既有奪文，以黑爲縫，亦文不成義，「以黑」，疑「以䵝」字奪其半也。蓋羔裘色黑，以素絲爲縫裘之飾，則其縫之處黑白益明，故字從『黑』取義。玉篇：「䋿，羔裘縫。亦作緎、䵝。」是「䵝」、「䋿」皆「緎」或體矣。「緎，數也」者，玉篇系部引韓詩文。據此，知韓於「紽」、「緎」、「總」并訓「數」。倍升爲緎，得二十絲之數，五緎，一百絲也。「緎」爲數名，如縷一枚爲「紨」，緯十縷爲「綹」，十五升布爲「緦」之比。首章十絲，次章一百絲，三章四百絲，數取遞增，文因合均，非謂一裘之縫止用四百絲，不當泥視，猶無衣篇之「豈曰無衣七兮」、「豈曰無衣六兮」，干旄篇之「良馬四之」、「良馬五之」、「良馬六之」，分章協句，非有定數也。文選五臣注本潘安仁馬汧督誄「牧人逶迤，自公退食」，李善本作「逶迤」，與齊韓文合。「迱」又「池」之本文，李注引毛詩曰：「逶迤逶迤，自公退食。」「毛」是「韓」之誤。

羔羊之縫，素絲五總。委蛇委蛇，退食自公。【疏】傳：「縫，言縫殺之大小得其制。總，數也。」○說文：「縫，以鍼紩衣也。」「紩，縫也。」「總，聚束也。」又云：「絩，綺絲之數也。」漢律曰：「綺絲數謂之絩，布謂之總。」此詩絲數亦稱「總」，與漢律異，古今之別耳。絲縷既多，聚而束之，故又爲「總」也。掌客釋文：「總本作緵。」莊子則陽篇「是稯稯何爲者」，釋文：「字亦作總。」明「總」與「緵」、「稯」字同。據說文，布之八十縷爲「稯」，漢書王莽傳注「緵八十縷」，五總正得四百絲。鄭長倩書「倍紀爲緵」，知漢世絲數亦互稱「總」也。

羔羊三章，章四句。

殷其靁【疏】毛序：「勸以義也。召南之大夫遠行從政，不遑寧處，其室家能閔其勤勞，勸以義也。」箋：「召南大夫，召伯之屬。遠行，謂使出邦畿。」○孔疏：「文王未稱王，召伯爲諸侯之臣，其下不得有大夫。此言召南大夫。則是文王都鄷、召伯受采之後。」説與召南別爲風詩之義相發，但孔尚未悟召南建國不與召伯采地相涉也。三家無異義。

殷其靁，在南山之陽。【注】韓「殷」作「𩃬」。韓説曰：𩃬，隱也，雷也。【疏】傳：「殷，靁聲也。山南曰陽。靁出地奮，震驚百里。山出雲雨，以潤天下。」箋：「靁以喻號令。於南山之陽，又喻其在外也。召南大夫以王命施號令於四方，猶靁殷殷然發聲於山之陽。」○「韓殷作𩃬」者，臧鏞堂云：「廣韻六脂：『𩃬，雷也。』出韓詩。」「𩃬，隱也，雷也」者，玉篇文，即此詩注。廣雅釋天：「𩃬，雷也。」正用韓説。陳喬樅云：「集韻：『𩃬，隱也。』『殷』、『隱』古字通用。『𩃬』訓『隱』、『雷』，『隱』或作『𨏔』，亦作『磤』。『磤』訓爲雷聲，見通俗文及玉篇，則『𩃬』亦當爲雷聲矣。禮玉藻『端行頤霤如矢』，注：『頤或爲𩃬。』釋文云：『𩃬音夷。』中庸『壹戎衣』，注：『衣讀如殷，聲之誤也。齊人言殷，聲如衣。』案，『殷』聲如『衣』，『𩃬』音爲『夷』，故『殷』、『𩃬』古得通假。」愚案：臧云詩建本「殷」作「隱」。釋詁邢疏、召南隱其雷，與臧所見建本同。釋文：「殷音隱。」字又作「隱」。「殷」、「隱」、「衣」三字，以音轉通叚。中庸「衣」讀如「殷」。白虎通云「衣者，隱也」，即用雙聲字釋義。「衣」、「夷」、「頤」，亦一聲之轉，「𩃬」音同「夷」，故與「頤」通，亦與「殷」、「隱」字通用也。「其」者，廣雅釋詁：「詞也。」説文「靁」下云：「陰陽薄動，靁雨生物者也。」釋文：「靁亦作雷。」初學記一引詩作「雷」，與釋文合。「南山」，召南山，義同草蟲。穀梁僖二十八年傳：「山南爲陽。」南齊書五行志引洪範五行傳云：「雷者人君之象。」雷聲震驚，以喻上之命令臣下遠行，不遑安處，勉君子震恐致福，因取義焉。在「南山之陽」，賦而興也。何斯違斯，莫敢或遑？振振君子，歸哉歸哉！【疏】傳：「何此君子也。斯，此。違，去。遑，暇也。振振，信厚也。」箋：「何乎此君子適居此，復去此，轉行遠從事於王所命之方，無敢或閒暇時？閔其勤勞。大夫，信厚之君子，爲君使，功未成。歸哉歸哉，勸以爲臣之義，未得歸也。」

○釋詁：「斯，此也。」上「斯」，斯君子；下「斯」，斯地。説文：「違，離也。」廣雅釋詁同。毛傳訓「去」，「離」、「去」義近。廣雅釋詁：「或，有也。」「或」、「有」古通，書洪範「無有作好」，呂覽貴公篇作「無或作好」，高注：「或，有也。」是「或」爲「有」也。釋文：「遑，本或作徨。」釋詁：「遑，暇也。」説文無「遑」、「徨」、「偟」三字，當正作「皇」。言何斯人而離斯地乎？以奉君命，故莫敢有暇耳。因又曰，此振奮有爲之君子，庶幾畢王事而得歸哉。重言之，切望之也。箋云「歸哉歸哉，勸以爲臣之義，未得歸也」，本毛序爲説。案，詩恉明望君子之歸，非勸勉語。它詩如「悠哉悠哉」，悠也；「懷哉懷哉」，懷也，句例正同，皆順文爲説。推之「玼兮玼兮」、「瑳兮瑳兮」、「舍旃舍旃」、「左之左之」、「右之右之」、「有瞽有瞽」、「式微式微」、「采薇采薇」、「曰歸曰歸」之類，凡遇疊語，都無反言。「歸哉歸哉」，與「曰歸曰歸」同義。風人之旨，於征役勤勞，不諱言歸，全詩可按。閔其勞而望其歸，此正室家至情，不煩補義也。

殷其靁，在南山之側。何斯違斯，莫敢遑息？振振君子，歸哉歸哉！【疏】傳：「亦在其陰與左右也。息，止也。」○説文：「側，旁也。」「息，喘也。」「莫敢遑息」，猶言不暇喘息也。桑柔箋：「如仰疾風，不能息也。」疏：「息，謂喘息。」與此意同。毛傳訓「息」爲「止」，乃引申義。

殷其靁，在南山之下。何斯違斯，莫或遑處？振振君子，歸哉歸哉！【注】韓「遑」作「皇」。

【疏】傳：「或在其下。處，居也。」箋：「下，謂山足。」○「在南山之下」者，易頤卦：「山下有雷，聲已出地，不爲隱伏。」箋云「下謂山足」，是也。説文：「処，止也，得几而止。」「處」下云：「処，或从虍聲。」「韓遑作皇」者，衆經音義六引詩曰「莫或皇處」，「遑」作「皇」。陳喬樅云玄應用韓詩者，據韓詩推此上二章，「遑」亦當爲「皇」。

殷其靁三章，章六句。

摽有梅【疏】毛序：「男女及時也。召南之國，被文王之化，男女得以及時也。」○蔡邕協和婚賦：「葛蕈恐其失時，摽梅求其庶士。唯休和之盛代，男女得乎年齒。婚姻協而莫違，播欣欣之繁祉。」此魯義，與毛序「召南被文王之化，男女得以及時」恉合。媒氏疏引張融云：「摽有梅之詩，殷紂暴亂，娶失其盛時之年，習亂思治，故戒文王能使男女得及其時。」（經義雜記云：「戒」當作「嘉」。）張說蓋相傳古義。召南被文王之化，男女及時，故既幸之，而又唯恐失之也。左襄八年傳：「晉范宣子來聘，告將用師于鄭。公享之。宣子賦摽有梅。季武子曰：『誰敢哉？今譬於草木，寡君在君，君之臭味也。歡以承命，何時之有？』」杜注：「宣子欲魯及時共討鄭，取其汲汲相赴。」雖係斷章，亦見詩唯恐失時之恉。

摽有梅，其實七兮。【注】魯韓「摽」作「芆」，齊作「蔈」。韓「梅」作「楳」。【疏】傳：「興也。摽，落也。盛極則隋落者梅也，尚在樹者七。」箋：「興者，梅實尚餘七未落，喻始衰也。謂女二十春盛而不嫁，至夏則衰。」○釋文：「摽，婢小反。落也。」「魯韓作芆，齊作蔈」者，孫奭孟子音義「莩有梅」，丁云：「韓詩也。」陳喬樅云「趙岐孟子章句引詩曰芆有梅。芆，零落也。漢書食貨志贊引孟子，『莩』作『芆』，注引鄭德云：『芆音「蔈有梅」之蔈。芆，零落也。』說文：『𠬪，物落，上下相付也。讀若詩摽有梅。』段注以毛詩摽字爲𠬪之假借，孟子作莩者，芆之字誤。唐惟韓詩尚存，故丁公著音義云芆是韓詩，實則趙所引據魯詩文，蓋此詩魯韓同作芆，與毛異。蔡邕賦作摽梅，亦後人順毛改字也。鄭引作蔈，當據齊詩之文。」愚案：毛作「摽」，「摽」訓「擊」，非此詩義，故許但於「𠬪」字下句云「讀若摽有梅」，以寓正字之意。「物落，上下相付也」，段據韻會「落」下補「也」字，分二句讀。桂馥云：「增韻云：『詩摽有梅，本作𠬪，𠬪變爲孚，轉寫譌耳。』凡『餓殍』、『莩落』字從『孚』者，本皆作『芆』，非『孚信』之『孚』。程瑤田云：『韓詩所謂「芆」者，即「𠬪」字轉寫之異。孟子言人飢腹中空而死，如華秀不實者之芆落也』。」參觀諸說，「摽」字確當爲「𠬪」，魯韓之「芆」，齊之「蔈」，皆非正字。「韓梅作楳」者，釋文又云：

「梅，木名也。韓詩作楳。」陳壽祺云：「韓詩言楳不言莢，丁音言莢不言楳，皆疏。」愚案：說文：「某，酸果也。」「梅，枏也。可食。」「楳」下云：「或从某。」梅是枏木，非可食者。桂馥謂說文「可食」字後人誤加，是也。詩正作「某」，「梅」、「楳」皆借字。「其實七兮」者，毛傳：「盛極則隋落者梅也，尚在樹者七。」鄭箋：「梅實尚餘七未落，喻始衰也。」孔疏：「十分之中，其三始落，是梅始衰，興女年十六七，亦女年始衰，宜及此善時以爲昏。」左傳杜注：「梅盛極則落，詩人以興女色盛則有衰，衆士求之宜及其時。」亦與毛說同，箋復以仲春昏期爲言，非詩取喻之恉。求我庶士，迨其吉兮。【注】韓說曰：迨，願也。【疏】傳：「吉，善也。」箋：「我，我當嫁者。庶，衆。迨，及也。求女之當嫁者之衆士，宜及其善時。善時，謂年二十，雖夏未大衰。」〇說文：「庶，屋下衆也。」引申爲「衆」義。士，事也。能理事者謂之爲士，乃男子之美號。荀子非相篇「處女莫不願得以爲士」，楊注：「士者，未娶妻之稱。」與此「庶士」義合。釋言：「迨，及也。」「迨」即「逮」或字。「迨，願也」者，釋文引韓詩文。陳喬樅云：「韓訓即孟子所云『丈夫生而願爲之有室，女子生而願爲之有家』，疑韓以此詩爲父母之詞。」愚案：陳說是。詩「迨」字多屬「願望」意，匏有苦葉篇「迨冰未泮」、鴟鴞篇「迨天之未陰雨」、伐木篇「迨我暇矣」，皆是。說文：「吉，善也。」「迨其吉兮」者，女之父母願望衆士及此女善時也。訓「迨」爲「及」，疑於已及之詞，故韓探詩意而爲之說。鄭箋：「我，我當嫁者。」孔疏：「言此者，以女被文王之化，貞信之教，與必不自呼其夫，令及時之取己。鄭恐有女自我之嫌，故辨之，言我者，詩人我此女之當嫁者，亦非女自我。」孔申箋義，以爲「詩人我此女」，是詩人即女之父母。據韓「迨，願」之訓，亦必以此爲父母之詞。鄭訓「迨」爲「及」，不用韓義，然以詩人爲女父母，固與韓合矣。

摽有梅，其實三兮。求我庶士，迨其今兮。【疏】傳：「在者三也。今，急辭也。」箋：「此夏鄉晚，梅之隋落差多，在者餘三耳。」〇「其實三兮」，梅落益多，喻時將過也。今者，即時也。史記漢書「今」多以爲「即」，與此詩義合。

摽有梅，頃筐塈之。【注】韓「頃」作「傾」，「塈」作「摡」。韓說曰：摡，取也。【疏】傳：「塈，取也。」箋：「頃筐取之，謂夏已晚，頃筐取之於地。」○「韓頃作傾，塈作摡」者，玉篇手部「摡」下引詩云「頃筐摡之」。「頃」、「傾」字通。卷耳「頃筐」，齊毛本亦作「傾」。箋「頃筐取之於地。」說文：「塈，仰涂也。」無「取」義。「摡」下云：「滌也。詩曰：『摡之釜鬵』。」亦不訓「取」。「摡，取也」者，廣雅釋詁文，確爲此詩韓訓。「旣」有「盡」義，加手則爲「盡取」之意。時過而梅盡落，故以頃筐盡取之。求我庶士，迨其謂之。【疏】傳：「不待備禮也。三十之男、二十之女，禮未備，則不待禮會而行之者，所以蕃育民人也。」箋：「謂，勤也。女年二十而無嫁端，則有勤望之憂。不待禮會而行之者，謂明年仲春，不待以禮會之也。時禮雖不備，相奔不禁。」○「謂，勤」，釋詁文。郭注：「詩曰：『迨其謂之』。」此魯說也，故箋以易毛。鄭於北門「謂之何哉」、隰桑「遐不謂矣」，並云「謂，勤也」。釋名：「謂，猶謂也，猶得敕不自安，謂謂然也。」謂謂，憂危之意，故云「有勤望之憂」，「勤」之爲言望之深也。穀梁僖二年傳「不雨者，勤雨也」，范注：「言不雨，是欲得雨之心勤也。」江有汜序「勤而無怨」，孔疏：「勤者心企望之。」「迨其謂之」，言願望甚勤。「女年二十」，明婚期以此爲限。

摽有梅三章，章四句。

小星【注】韓說曰：懷其寶而迷其國者，不可以語仁。窘其身而約其親者，不可以語孝。任重道遠者，不擇地而息。家貧親老者，不擇官而仕。故君子橋褐趨時，當務爲急。傳曰：不逢時而仕，任事而敦其慮，爲之使而不入其謀，貧焉故也。詩曰：「夙夜在公，實命不同。」又曰：「嘒彼小星」，喻小人在朝也。齊說曰：旁多小星，三五在東。早夜晨行，勞苦無功。【疏】毛序：「惠及下也。夫人無妬忌之行，惠及賤妾，進御於君，知其命有貴賤，能盡其心矣。」箋：「以色曰妬，以行日忌。命，謂禮命貴賤。」○「懷其」至「不同」，韓詩外傳一文。言貧仕卑官，而引詩以明之。任重道遠，不擇地而息，任事而教其慮，是「夙夜在公」也。家貧親老，不擇官，不逢時而仕，爲之使不入其謀，是「實命不同」也。上文云：「曾子仕於莒，得粟三秉。方是之時，曾子重其祿而輕其身。親没之後，齊迎以相，楚迎以令尹，晉迎以上卿。方是之時，曾子重其身而輕其祿。」言曾子親在則祿仕爲重，親没雖卿相不往。外傳多推演之詞，而義必相比，明此詩是卑官奉使，故取與曾子仕莒事相儗。唐白居易六帖奉使類引此詩「肅肅宵征，夙夜在公」，正用韓義。宋洪邁容齋隨筆云：「小星『肅肅宵征，抱衾與裯』，是詠使者遠適，夙夜征行，不敢慢君命之意。」箋釋此兩句，謂諸妾肅肅然而行，或早或夜，在於君所，以次序進御。又云，裯者牀帳也。謂諸妾夜行，抱被與牀帳待進御。且諸侯有一國，其宮中嬪御，雖云至下，固非閭閻微賤之比，何至於抱衾而行。況於牀帳，勢非一己之力所能致者，其説可謂陋矣。宋章俊卿程大昌亦謂此爲使臣勤勞之詩，皆本韓爲説。「喻小人在朝也」者，文選五臣本魏文帝雜詩吕向注文。唐惟韓詩存，所引乃韓義。外傳雖無「小人在朝」之文，然云「不入其謀」，則小人間阻可知。以此推之，嘒星喻小人在朝，蓋韓内傳説如此。「旁多」至「無功」，易林大過之夬文。「旁多小星」，喻君側有小人，故使臣雖勞無功，與外傳所云「爲之使而不入其謀」合，是齊韓義同也。召南諸侯之臣，勤勞在使，義命自安，固其人之賢能，亦由漸被王化所致。「旁多小星」，指諸侯之朝言，或以爲殷紂，非也。召南，諸侯詩，在文王受命後，不得援汝墳「王室」爲詞矣。

嘒彼小星，三五在東。【注】韓「嘒」作「暳」。【疏】傳：「嘒，微貌。小星，衆無名者。三心五噣，四時更見。」箋：「衆無名之星，隨心、噣在天，猶諸妾隨夫人，以次序進御於君也。心在東方，三月時也。噣在東方，正月時也。如是終歲，列宿更見。」○「韓嘒作暳」者，玉篇日部「暳」下云：「衆星貌。」廣韻「暳」下云：「小星詩亦作暳。」俱不言出何詩，以篇韻引詩例推之，用韓義也。云「詩亦作嘒」者，兼采毛詩。説文：「嘒，小聲也。詩曰：『嘒彼小星』。」詩語疑後人妄加。玉篇「嘒」下引詩「鳴蜩嘒嘒」，云：「嘒嘒，小聲也。」「嘒」訓「小聲」，與許合。星本無聲，嘒從日，以光芒言，韓義爲優。「彼」，猶論語「彼哉彼哉」之「彼」，外之之詞也。「三五在東」，傳以爲「三心五噣」。王引之云：「此卽下章言『惟參與昴』也。文選任彥昇宣德皇后令注引論語比考讖曰：『堯觀河渚，乃五老游渚，流爲飛星，上入昴。』又引注曰：『入昴宿則復爲星。』據此，漢以前相傳昴宿五星，故有降精爲五老之説。其參之三星，史記天官書明著之。昴、參相距不遠，故得俱見東方。若心、噣，相距甚遠，心在東則噣在西，不得言『三五在東』矣。『三五』，舉其數也；『參昴』，著其名也，其實一而已矣。」愚案：王説是。據傳箋所云，詩蓋卽一日夜行所見之星以起興，必不舉終歲更見之列宿，知「三心五噣」之説不可通矣。

肅肅宵征，夙夜在公。寔命不同！【注】魯説曰：宵，夜也。韓「寔」作「實」，云有也。【疏】傳：「肅肅，疾貌。宵，夜。征，行。寔，是也。命不得同於列位也。」箋：「夙，早也。謂諸妾肅肅然夜行，或早或夜，在於君所，以次序進御者，是其禮命之數不同也。凡妾御於君，不當夕。」○肅肅，敬也，解具兔罝。「宵，夜也」者，楚詞九歎王注文。下引詩曰「肅肅宵征」。説文：「征，正行也。」「夙夜」，早夜，解具采蘩。夙夜則鄉晨矣，故易林云「早夜晨行」，是齊説亦釋「夙夜」爲「早夜」，連文讀之。「在公」，從於公也。詩言彼微小之星，方光明而在東，我乃敬戒夜行，不敢怠慢，而早夜以從公者，非君恩之不我逮，乃有命不同故耳，曷敢怨乎？「寔作實，云有也」者，釋文引韓詩文。陳喬樅云：「韓奕『實墉實壑』，箋云『實』當作『寔』，趙魏之間『實』、『寔』同聲。頍弁箋云：『實，猶是也。』釋詁：『寔，是也。』是音義並同。」愚案：説文：「寔，止也。」與「是」義不合，緣「寔」、「是」同聲，古書多借「寔」爲「是」，因亦訓爲「是」。説文：「實，富也。」易大有上九注：「大有，豐富之世也。」列子説符篇「羡施氏之有」，注：「有，猶富也。」是「富」、「有」義通。「實」訓「富」，亦可訓「有」，韓詩作「實」，故就本義引申之，訓爲「有」也。

嘒彼小星，維參與昴。肅肅宵征，抱衾與裯。寔命不猶！【注】三家「裯」作「幬」。魯說曰：「幬」謂之「帳」。韓說曰：幬，單帳也。【疏】傳：「參，伐也。昴，留也。衾，被也。裯，單被也。猶，若也。」箋：「此言衆無名之星，亦隨伐、留在天。裯，牀帳也。諸妾夜行，抱衾與牀帳，待進御之次序。不若，亦言尊卑異也。」〇「參、昴」者，並西方宿。開元占經西方七宿占，引石氏云「參十星」。天官書云「參爲白虎，三星直」，是也。「下有三星，兌曰罰。其外四星，左右肩股也。」「罰」亦作「伐」。說文：「昴，白虎宿星。」廣雅釋天：「參謂之實沈，昴謂之旄頭。」秦策韋注：「抱，持也。」說文：「衾，大被。」「裯」下云：「衣袂祗裯。」「祗」下云：「祗，裯短衣。」「襤」下云：「裯謂之襤褸。襤，無緣也。」案，「衾」既爲「被」，「裯」不應又爲「襌被」。若訓爲「祗裯」，則無緣之短衣，亦未宜與被同抱。「三家裯作幬」者，鄭志：「張逸問：『此箋不知何以易傳？』答曰：『今人名帳爲裯，雖古無名被爲裯。』」是「裯」、「帳」之訓，三家說同。「幬謂之帳」者，釋訓文。郭注：「今江東亦謂帳爲幬。」陳喬樅云：「爾雅『幬，帳』之訓，正釋此詩『幬』字。邢疏言『幬』與『裯』音義同，知三家作『抱衾與幬』。」「幬單帳也」者，慧琳音義六十三引韓詩外傳文。顧震福云：「說文：『幬，單帳也。』文選寡婦賦注引纂要曰：『單帳曰幬。』廣雅釋器：『幬，帳也。』後漢馬融傳注同，並與韓訓合。」愚案：爾雅釋文：「幬，本或作⿰巾周。」說文無「⿰巾周」字，蓋即「裯」之俗體，故鄭云「今人名帳爲裯」也。早夜啟行，僕夫以被帳之屬從，須抱持之，極言寢息不遑之狀。文選曹子建贈白馬王彪詩「何必同衾幬，然後展殷勤」，李注：「幬與裯古字同。」曹學韓詩者，言雖不與彪同行，而殷勤之意可以詞達，足證「衾幬」爲遠役攜持之物，非燕私進御之物。若如傳說，曹詩義不可通矣。鄭云「古無名被爲裯」，而毛云然，意以言帳則賤妾進御，何至併帳攜行，故釋爲「襌被」，欲以成其曲說。釋言：「猶，若也。」郭注：「詩曰：『寔命不猷。』」「猷」、「猶」字訓同。

小星二章，章五句。

江有汜【注】齊説曰：「江水沱汜，思附君子，伯仲爰歸。（「伯仲」，陳喬樅本作「仲氏」，非也。遯之巽「爰」誤「受」，明夷之噬嗑不誤。）不我肯顧，姪娣恨悔。【疏】毛序：「美媵也。勤而無怨，嫡能悔過也。文王之時，江沱之間，有嫡不以其媵備數，媵遇勞而無怨，嫡亦自悔也。」箋：「勤者以己宜媵而不得，心望之。」○「江水」至「恨悔」，易林明夷之噬嗑文，遯之巽同。陳喬樅云：「比之漸云：『南國少子，才略美好。求我長女，薄賤不與。反得醜惡，後乃大悔。』泰之震漸之困渙之巽同。（噬嗑之夬「薄賤」作「賤薄」，「南國」作「齊侯」，緣下「齊侯」而誤。）詳易林之語，南國本求婚長女，而女家不與，但以仲女往媵之，故云『仲氏爰歸』。追嫡不以其媵備數，因而恨悔，此江有汜之詩所爲作也。後其長女所嫁，反得醜惡之人，乃更大悔前事。比之漸云云，及明夷之觀所云『長女不嫁，後爲大悔』，皆指此事言。毛序以此詩爲美媵，是據其後言之。蓋至江漢之間被文王、后妃之化，嫡乃自悔其過，此詩之作，美媵之遇勞無怨，又以嘉嫡之能悔過自止也。宜合齊説、毛序參觀之，其義始備。」愚案：比之漸等所云求婚不與之事，與此詩無涉，彼但云「求我長女」，並無不與長女而與次女之説，陳强合爲一，易「伯仲」爲「仲氏」，以成其義，謬矣。古者諸侯一娶九女，二國媵之，其本國之媵，或以君之庶女，或以同姓大夫之女。媵八歲備數，十五從嫡，二十承事君子，未任承事，還待年父母之國，見公羊莊十九年傳何注。繹焦説「伯仲爰歸」，是伯爲嫡，仲爲媵，媵以君之庶女，則仲是庶女也。媵既從嫡，嫡不令承事君子，是「不我肯顧」。媵非一人，故有姪娣詩，蓋仲所作，兼言姪娣。釋親：「女子謂晜弟之子爲姪。同出謂先生爲姒，後生爲娣。」公羊傳「以姪娣從」，是也。「恨悔」，統詞也。「恨」、「悔」義同。廣雅釋詁：「悔，恨也。」荀子成相篇注：「恨，悔也。」説文：「恨，怨也。」廣雅釋詁：「怨，恨也。」是「恨」、「悔」總謂「怨」。媵作此詩，怨而不怒，故美而録之。「不我以」、「不我與」、「不我過」，就目前情事言，即易林所云「不我肯顧」。「其後也悔」、「其後也處」，料嫡他日必悔過而與處，勤望之心，立言最爲婉至。「其嘯也歌」，媵自明作詩之意，義訓本自分明，自詩序謂「嫡能悔過」，此詩遂無正解。推究序文，語意三截。「美媵也」三字，當日相傳古義。「勤而無怨，嫡能悔過也」二句，與「美媵」意不貫注，乃毛所推衍，誤以其後悔、處爲已然之事，非「美媵」二字所能賅，從而爲之詞。「文王之時，江沱之閒，有嫡不以其媵備數，媵遇勞而無怨，嫡亦自悔也」五句，與上二句語意重複，又後人暢發嫡能悔過之指，蓋衞敬仲輩所塗附也。夫嫡能悔過，序豈容獨言「美媵」？爲毛說者，因謂嫡之悔，由媵之勞而無怨，故爲推本之詞。尊卑倒傎，莫此爲甚。譬如君父放逐其臣子，臣子萬無怨懟之理，其後君父悔悟，遂歸美臣子，以爲君父悔悟，由於臣子之不怨懟，可乎？且如毛說，末章「嘯歌」義不可通，知序之不出一人。參以易林之文，而詩之本義出矣。

江有汜。之子歸，不我以。不我以，其後也悔。【注】魯韓「汜」作「洍」。【疏】傳：「興也。決復入爲汜。嫡能自悔也。」箋：「興者，喻江水大，汜水小，然而並流，似嫡、媵宜俱行。之子，是子也。是子，謂嫡也。婦人謂嫁曰歸。以，猶與也。」○「魯韓汜作洍」者，說文：「汜，水別復入水也。从水，巳聲。詩曰：『江有汜。』」「洍，水也。从水，洍聲。詩曰：『江有洍。』」一引毛詩，一引三家今文。「汜」、「洍」古今字，非別有水地。呂祖謙讀詩記引董氏曰：「石經作洍。」據易林「江水沱汜」，是齊詩作「汜」，與毛同，作「洍」者爲魯韓文矣。漢書敘傳「芈彊大於南汜」，顏注：「汜，江水之別也。」水經夏水篇：「夏水出江津于江陵縣東南，又東，過華容縣南。又東，至江夏雲杜縣，入于沔。」酈注：「江津豫章口東有中夏口，是夏水之首，江之汜也。屈原所云『經夏首而西浮，顧龍門而不見』也。」案，酈注所云，正此詩之江汜。又江水篇「東過魚復縣南」，注云：「江水又東，右逕汜溪口，蓋江汜決入也。」地望懸隔，非此汜矣。鄭箋：「江水大，汜水小，然而並流，以嫡、媵宜俱行。」案，易林「江水沱汜，思附君子」，是齊義江喻君子，汜以自喻，思得附江以行，與箋意不同。之子謂嫡，歸謂嫁。我，媵自我。說文：「目，用也。」「不我以」，謂嫡不以自侍，重言之以實見在情事。「其後也悔」，逆料而勸望之，風人忠厚之指也。傳「嫡能自悔也」，誤爲已然事。

江有渚。之子歸，不我與。不我與，其後也處。【注】韓說曰：水一溢一否爲渚。又曰：水一溢而爲渚。【疏】傳：「渚，小洲也。水枝成渚。處，止也。」箋：「江水流而渚留，是嫡與己異心，使己獨留不行。止，嫡悔過自止。」○「水一溢一否爲渚」者，釋文引韓詩文。「水一溢而爲渚」者，文選張衡西京賦李注引韓詩章句文。陳喬樅云：「釋水：『水中可居者曰洲。小洲曰渚。』李巡注：『四方皆有水，中央獨高可處，故云。但大小異其名耳。』釋名：『渚，遮也。體高能遮水，使從旁回也。』韓云『水一溢一否』者，謂一溢而一涸，卽今俗所云『水濱之洲，東坍而西漲』者也。水枝成渚，亦謂江水之枝分者溢而成渚耳。」愚案：水中小洲曰「渚」，洲旁之小水亦稱「渚」。鶴鳴：「魚在于渚，或潛在淵。」「渚」與「淵」對文，是水深者爲「淵」，淺者爲「渚」。楚辭湘君注：「渚，水涯也。」足證「渚」非無水之地。韓詩「水一溢一否」，謂水甫溢入，繼無來源，暫時渟聚，故謂之「渚」。說文：「洔，水暫益且止未減也。」「洔」與「渚」同義，「益」卽「溢」也。「暫益且止」，卽「一溢一否」之謂，許說與韓義正合。薛云「一溢爲渚」，亦謂水流溢於旁地，而渟聚者爲渚。蓋渚之爲言「瀦」也，水決入它水，而仍流入本水者曰「汜」。水決，卽入本水者曰「沱」。決出而不復有所入者曰「渚」。毛傳「水枝成渚」，亦不以「渚」爲無水之洲。以上下文「沱」、「汜」例之，此詩「渚」字不當用雅訓爲釋。陳氏「東坍西漲」之解，失之。後漢淮陽憲王欽傳注：「與，偕也。」說文：「処，止也。或作處。」廣雅釋詁：「處，凥也。」「居」、「止」義同，詩「與」、「處」二字又相足，言今日不偕我居，其後必悔而偕我居也。較首章義進。箋云「嫡悔過自止」，非。

江有沱。之子歸，不我過。不我過，其嘯也歌。【注】齊說曰：「江沱出枝江縣西，東入江。」魯齊「嘯」作「歗」，「歌」作「謌」。韓說曰：歌無章曲曰嘯。【疏】傳：「沱，江之別者。」箋：「岷山道江，東別爲沱。嘯，蹙口而出聲。嫡有所思而爲之，既覺，自悔而歌。歌者，言其悔過，以自解說也。」○「江沱出枝江縣西東入江」者，班固漢書地理志文。說文：「沱，江別流也。出嶓山東，別爲沱。」案，江沱更有數處，水經注江水篇云：「江水又東，別爲沱，開明之所鑿也。郭景純所謂玉壘，作東別之標者也。縣即汶山郡治，劉備之所置也。」此一沱也，又云：「犍爲郡有鄐江入焉，出江原縣，首受大江，東南流至武陽縣，注于江。」此無「沱」名，亦一沱也。又云：魚復縣有夷溪，即佷山清江也。經所謂「夷水出焉。」夷水篇云：「夷水出巴郡魚復縣江，逕宜都北，東入大江。」此又一沱也。諸水之源，並在三峽以上。又云：「江水之東，逕上明城北。其地夷敞，北據大江，江汜枝分，東入大江縣治洲上，故以枝江爲稱。地理志曰『江沱出西，東入江』是也。」案，酈引漢志班注，在南郡枝江下，準之韓敘所稱召南地望適合，明班爲此詩設證矣。漢書陸賈傳注：「過，至也。」「不我過」，謂不至我所。「魯齊嘯作歗，歌作謌」者，說文「嘯」下云：「吹聲也。籒文从欠，作歗。」「歌」下云：「詠也。」或作「謌」。又出「歗」字，云：「吟也。詩云：『其歗也謌。』」小徐本「吟」作「吹」，云：「歗者，吹氣出聲也。」是「歗」、「嘯」二字聲義相同，經典通用。許引詩「歗」、「謌」字與毛異，蓋出三家。韓作「嘯」、「歌」，則「歗」、「謌」爲魯齊文矣。「歌無章曲曰嘯」者，慧琳音義十五引韓詩文。顧震福云：「封演聞見記云：『激於舌端而清謂之嘯。』成公綏嘯賦：『動脣有曲，發口成音。觸類感物，因歌成吟。』蓋嘯者蹙口激舌，其聲清長，有似歌曲而不成章。」愚案：韓詩園有桃章句云：「有章曲曰歌，無章曲曰謡。」此「嘯」無章曲而亦得稱「歌」者，發聲清激，近似高歌耳。詠歎攄懷，自明作詩之恉，易林所謂「恨悔」也，與白華「嘯歌傷懷」同意。凡言「歗」者，感傷之詞。中谷有蓷之「條其歗矣」，亦一證也。若謂嫡悔過而蹙口作歌，於義難通。陳氏奂以爲媵備數而與君子歗歌，與感傷之詞不合，且與上句文義不屬也。

江有汜三章，章五句。

野有死麕【注】韓說曰：「平王東遷，諸侯侮法，男女失冠昏之節，野麕之刺興焉。」【疏】毛序：「惡無禮也。天下大亂，彊暴相陵，遂成淫風。被文王之化，雖當亂世，猶惡無禮也。」箋：「無禮者，爲不由媒妁，鴈幣不至，劫脅以成昏，謂紂之世。」○「平王」至「興焉」，劉昫舊唐書禮儀志文。劉，唐末人，所用韓詩義也。魏源云：「此東周時所采西都畿內之風也。周初，雒邑與宗周通，爲邦畿千里。平王東遷後，秦文公破戎，收地至岐，岐以東獻之周。及惠王，尚與虢公以酒泉。是西畿地東遷百餘年尚爲周有。虞芮西虢亦錯處西畿之內，未爲秦晉所併。故甘棠思召伯，何穠美王姬，皆陝以西畿內之風。野有死麕亦猶此例，其詩既不采於東都王城，使不附於召南，陝以西之風將何所屬？」愚案：魏氏采風之說，確不可易，參以下章「平王之孫」，時代吻合，此詩爲東遷後西都畿內之人所作無疑。雖時當衰亂，猶知見不善而惡之，斯周初禮教之遺、聖主賢臣之化，入人爲至深矣。

野有死麕，白茅包之。【疏】傳：「郊外曰野。包，裹也。凶荒則殺禮，猶有以將之。野有死麕，羣田之，獲而分其肉。白茅，取絜清也。」箋：「亂世之民貧，而彊暴之男多行無禮，故貞女之情，欲令人以白茅裹束野中田者所分麕肉，爲禮而來。」○說文：「野，郊外也。」「麇，麞也。」籀文作「麕」。釋文云「亦作麏」，引陸疏云：「麏，麞也。青州人謂之麏。」說文：「茅，菅也。」本草「茅根」，陶隱居云：「此卽白茅，其根如渣芹，甜美。」嘉祐圖經：「春生牙，布地如鍼，俗間謂茅鍼，亦可噉，夏生白花茸茸然，至秋而枯，其根至潔白，亦甚甘美。」釋文「包」作「苞」，云：「裹也。」木瓜疏引亦作「苞」。說文：「苞，艸也。南陽以爲麤履。」「包，象人裹妊，巳在中，象子未成形也。」「勹，裹也。」據此，「勹」，本字。「包」，借字。「苞」，誤字。有女懷春，【注】魯說曰：春女感陽則思。吉士誘之。【疏】傳：「懷，思也。春，不暇待秋也。誘，道也。」箋：「有貞女思仲春以禮與男會，吉士使媒人道成之。疾時無禮而言然。」○「春女感陽則思」者，淮南繆稱訓「春女思、秋士悲，而知物化矣」，高注：「春女感陽則思，秋士感陰則悲。」「感陽則思」與「懷春」義合，高用此詩魯訓。媒氏：「仲春之月，令會男女。」當春興懷，以婚姻不及時也。「吉士誘之」者，吉士，猶言善士，男子之美稱。說文：「羑，相詸呼也。」或作「誘」。吕覽決勝篇注：「誘，導也。」詩人覽物起興，言雖野外之死麕，欲取而歸，亦必用白茅裹之，稍示鄭重之意，況昏姻大事，豈可苟且？乃有女懷春，而爲吉士者，不待父母之命、媒妁之言，遂欲以非禮誘導此女，是愛人不如愛物矣。

林有樸樕，野有死鹿。白茅純束，有女如玉。【注】三家「純」作「屯」。【疏】傳：「樸樕，小木也。野有死鹿，廣物也。純束，猶包之也。如玉，德如玉也。」箋：「樸樕之中，及野有野鹿，皆可以白茅裹束以爲禮。廣可用之物，非獨麕也。純讀如屯。如玉者，取其堅而絜白。」○說文：「平土有叢木曰林。」「樸，木素也。」非此「樸」義。「樕」下云：「樸樕，木。」李燾本作「樸樕，小木」，是也。徐鍇繫傳云：「卽今小槲樹。」釋木：「樸樕，心。」郭注：「槲樕別名。」邢疏引某氏曰：「樸樕，斛樕也，有心能溼，江河間以作柱。」孫炎云：「樸樕，一名心。」陳啟源云：「爾雅注皆言樸樕卽槲樕。案，槲樕與櫟相類，華葉似櫟，亦有斗，如橡子而短小。有二種，小者叢生，大者高丈餘，名大葉櫟。然則毛傳言其小者，某氏注指其大者與。」愚案：陳說是。高丈餘者爲「櫟」，亦名「槲」。小而叢生者爲「小槲」亦名「樸樕」。「槲」、「樸」一聲之轉，本字當爲「槲」，「樕樸」是借字，故許書「樸」下無「小木」義也。櫟木理多拳曲，不中宮室大材，而堅固耐溼，江河間橋柱用之，亦可作小屋柱。樸樕但供作薪。釋木：「樸，枹者。」郭注：「樸屬叢生者爲枹。」考工記注：「樸屬，附著堅固貌。」「樸樕」、「樸屬」，亦是音轉字異，狀其叢生附著，故以爲名耳。漢書息夫躬傳「諸曹樸遫不足數」，顏注：「樸遫，凡短之貌。」關尹子八籌篇「草木俄茁茁，俄停停」，注：「停停，樸遬不長也。」與此「樸樕」字異義通。「三家純作屯」者，鄭箋：「純讀如屯。」孔疏云：「以純非束之義，故讀爲屯。」陳喬樅云：「史記蘇秦傳『錦繡千純』，索隱引國策高注：『音屯。屯，束也』。與鄭讀合。是古『屯束』字多假作『純』。左傳執『孫蒯于純留』，志作『屯留』。史記張儀傳『當屯留之道』，亦即『純留』也。史記漢書並作『屯』，左傳作『純』，是古文以『純』爲『屯』，然則三家今文當作『屯』。」愚案：陳說是也。「純」、「屯」古字通用，故「屯」亦爲「純」。「純束」者，總聚而束之，尋詩義，謂併樸樕、死鹿而總束之也。釋文：「屯，聚也。」說文：「總，聚束也。」漢書藝文志「孔子純取周詩」，即謂總取周詩，與此「純束」義正同。言林有樸樕，僅供樵薪之需，野有死鹿，亦非貴重之物，然我取以歸，亦須以白茅總聚而束之，防其隊失。今有女如無瑕之玉，顧不思自愛乎？上章刺男，此章刺女。曰「如玉」，惜之至也，語意蘊含不盡。傳云「德如玉」，或說以爲色如玉，皆非。

舒而脫脫兮，無感我帨兮！【注】三家「脫」作「娧」，「感」作「撼」。無使尨也吠！【疏】傳：「舒，徐也。脫脫，舒遲也。感，動也。帨，佩巾也。尨，狗也。非禮相陵則狗吠。」箋：「貞女欲吉士以禮來，脫脫然舒也。又疾時無禮，彊暴之男相劫脅，奔走失節，動其佩飾。」○說文：「舒，緩也。」「而」讀爲「如」，古「如」、「而」字通用。舒如，猶舒然。「三家脫作娧」者，陳奐云：「集韻十四泰：『娧娧，舒遲貌，一曰喜也』。此三家詩義。玉篇：『娧，好貌』。『娧娧』爲本字，『脫脫』爲假借字。」愚案：陳說是。說文：「娧，好也。」方言、廣雅釋詁同。舒遲則容儀安好，故「娧」訓爲「好」，重言之曰「娧娧」，集韻引與詩合。「脫」訓消肉臞，無「舒遲」義。淮南精神訓「則脫然而喜矣」，「脫」亦當爲「娧」，故集韻「娧」下云『一曰喜也。』」「三家感作撼」者，釋詁：「感，動也。」陳喬樅云：「毛作感，撼之省借。釋文：『感，如字。又胡坎切。動也』。胡坎切，即撼字之音。」愚案：御覽九百四引國風，曰「無撼我帨兮」，此三家異文。說文「感」下云：「感，動人心。」「撼」下云：「搖也。」

以手取物，作「摅」爲正。我，我女子。説文：「帥，佩巾也。」或從「兑」作「帨」。内則「女子生，設帨於門右」，注：「帨，事人之佩巾也。」又「左佩紛帨」，注：「所佩之物，皆是備尊者使令之用。紛以拭器，帨以拭手，皆巾也。」士昏禮「母施衿結帨」，是女事人所用之佩巾，始生設之，嫁時母爲結之，事舅姑用之。物雖微而禮至重，故以爲詞，謂禮不可犯，意不專重帨也。説文：「尨，犬之多毛者。」詩曰：『無使尨也吠。』」詩人代爲女拒男之言，云士姑緩來，我帨本不可動，且無使犬吠而驚他人。既儆以禮之難越，又喻以人之可畏，詞婉意嚴，可謂善於立言矣。左昭元年傳「子皮賦野有死麕之卒章，趙孟賦常棣，且曰：『吾兄弟比以安，尨也可使無吠。』」杜注：「義取君子徐以禮來，無使我失節而使狗驚吠。」杜云「徐以禮來」，深得詩恉，非欲其緩來，正拒其不來也。

野有死麕三章，二章四句，一章三句。【疏】陳奂本「二章」下增「章」字，是。

何彼襛矣【注】三家説曰：言齊侯嫁女，以其母王姬始嫁之車遠送之。【疏】毛序：「美王姬也。雖則王姬，亦下嫁於諸侯。車服不繫其夫，下王后一等，猶執婦道，以成肅雝之德也。」箋：「下王后一等，謂車乘厭翟，勒面繢總，服則褕翟。」○「言齊」至「送之」。士昏禮賈疏引鄭説云：「何彼襛矣篇曰『曷不肅雝？王姬之車』。言齊侯嫁女，以其母王姬始嫁之車遠送之。」下云「鄭箴膏肓言之」，明此爲箴膏肓文也。又云：「詩注以爲王姬嫁時自乘其車，箴膏肓以爲齊侯嫁女，乘其母王姬始嫁時車送之。不同者彼取三家詩，故與毛詩異也。」案，如三家説，是「齊侯之子」，爲齊侯所嫁之女，平王之孫，周平王之外孫女也。平王女王姬先嫁於齊，留車反馬。今所生之女，嫁西都畿内諸侯之國，榮其所自出，故以其母王姬始嫁之車送之。詩人見此車而貴之，知其必有肅雝之德，故深美之也。魏源云：「傳以平王爲文王，王姬爲武王女、文王孫，適齊侯之子。武王元妃邑姜，若女適齊侯之子，無論丁公乙公，皆違春秋傳譏取母黨之例。（見白虎通義。）且天子女適人，曷不云寧王之子，而必遠繫之祖？詩三百篇皆稱文王，不應此獨易稱平王，不見它經傳也。或謂平王崩於魯隱三年，春秋惟莊二年、十一年兩書王姬歸於齊。兩者之中，齊襄無道，魯主嘗昏，王姬爲齊繼室，違諸侯不再取之義。惟莊十年適齊桓者，卒謚共姬，意其有肅雝之德，事在莊公十四年，則王姬是平王之元孫。不知韓奕『汾王之甥，蹶父之子』，美韓姞一人也。碩人『齊侯之子，衞侯之妻，東宮之妹，邢侯之姨』，美莊姜一人也。（頌魯僖曰：「周公之孫，莊公之子。」亦同。）無一稱其妻、一稱其夫，分屬二人者。至齊襄取王姬，立已五年；齊桓取王姬，立已三年，尚稱『齊侯之子』，亦乖君薨稱世子、既葬稱子、逾年稱君之例，唯箴膏肓得之。平王四十九年以前，未入春秋，安知無王姬適齊、而所生之女別適它國者？齊女所嫁，當是西畿諸侯虞虢之類，其詩采於西都畿內，既不可入東都王城之風，又不可入齊風，故從召南，陝以西之地而録其風爾。」

何彼襛矣？唐棣之華。【注】韓「襛」作「茙」。【疏】傳：「興也。襛，猶戎戎也。唐棣，移也。」箋：「何乎彼戎戎者，乃移之華。興者，喻王姬顏色之美盛。」○何，初見而驚訝之詞。彼，彼華。説文：「襛，厚貌。詩曰：『何彼襛矣。』」此據毛詩，以衣厚擬華之盛多也。五經文字：「襛，見詩風，從禾者譌。」「襛作茙者，釋文引韓詩文，云：「茙音戎。」陳喬樅云：「毛傳『襛，猶戎戎也』，『戎』當即『茙』省文。『戎』又通作『茸』，旄丘『狐裘蒙戎』，左傳云『狐裘蒙茸』，是其驗也。説文：『茸，艸茸茸貌。』然則『戎戎』猶言『茸茸』耳。」愚案：釋草『葿，茙葵』，釋文云：「茙本作戎。」又「戎叔」，列子立命篇作「茙菽」，是「茙」、「戎」同字。傳云「襛猶戎戎」，正釋「襛」爲「茙」，因借字義不可通，以正字明之。釋詁：「戎，大也。」然則「茙」亦「大」也。唐棣之華盛大，故以「茙」狀之。胡承珙云：「傳：『唐棣，移也。』爾雅、常棣傳：『常棣，棣也。』與今本爾雅同。正義引舍人注：『唐棣，一名移。常棣，一名棣。』又皆與郭注同。後人據以爲唐棣、常棣之分，而所言華實形色又多溷淆。王氏引之云：『常棣，棣。』本或作『常棣，移。』秦晨風傳：『棣，唐棣也。』論語子罕篇注：『唐棣，棣也。』（今本作「唐棣，移也」，此後人依郭本爾雅改之。皇疏云：「唐棣，棣也。」釋文不出「移」字之音，則舊本作「唐棣，棣也」可知。）則與郭本殊，蓋所見爾雅舊本作『常棣，移。唐棣，棣也』。今案小雅『常棣之華』，藝文類聚木部引三家詩作『夫移之華』，則名『移』者乃『常棣』而非『唐棣』甚明。常棣傳『常棣，棣也』，當依或本作『常棣，移也』。何彼襛矣傳『唐棣，移也』及箋內之『移』，俱當作『棣』，後人據郭本爾雅改之也。以三家詩及毛傳陸疏本草考之，似作『常棣，移。唐棣，棣』者爲長。（玉篇「唐」作「棠」，云「棣也」，與晨風毛傳論語何注合。）蓋因常、唐聲近，遂致相亂耳。承珙案，王說是也。說文：『移，棠棣也。』『棣，白棣也。』棠棣卽常棣，棠、常形聲皆相近。漢書杜鄴傳引小雅常棣，作棠棣，顏注亦同。文選曹子建求通親親表『中詠棠棣匪他之誠』，李注引毛序云：『棠棣，燕兄弟也。』又謝宣遠於安城答靈運詩注，引毛詩曰：『棠棣之華，萼不韡韡』。蓋許氏以『移』爲『棠棣』，卽小雅之『常棣』。毛詩『常棣』，據選注有作『棠棣』者，殆卽許所本與？其又以棣爲白棣者，意當時惟白棣得專棣名，故以色別之，此卽召南及論語之『唐棣』，蓋『唐棣』可單稱『棣』，故秦風『山有苞棣』，止言『棣』，而毛傳曰：『棣，唐棣也。』『常棣』又可單稱『常』，故小雅但言『維常之華』，而毛傳曰：『常，常棣也。』然則召南之『唐棣，移』，當作『唐棣，棣』；小雅之『常棣，棣』，當作『常棣，移』。由於後人互易致誤，其故瞭然矣。」又云：「論語子罕篇疏引此詩陸疏云：『唐棣，奧李也，一名雀梅，（當作「李。」）亦曰車下李，所在山皆有之。其華或白或赤，六月中熟，大如李子，可食。』齊民要術引豳風陸疏：『鬱樹高五六尺，實大如李，正赤色，食之甜。』廣雅曰：『一名雀李，又名車下李，又名郁李，亦名棣，亦名奧李。』二疏正與神農本草『郁李，一名雀李』、御覽果部十『郁李，一名車下李，一名棣』者皆合。奧、郁字之通，鬱、奧聲之轉，總之皆唐棣也。陸氏此疏甚爲明晰，惟於常棣之華疏云：（見爾雅邢疏引。）『常棣，許愼曰白棣樹也，如李而小，如櫻桃正白，今官園種之。』此則微誤，説文以棣爲白棣，而訓移爲棠棣，未嘗以常棣爲白棣也。陸又云：『又有赤棣樹，亦似白棣，葉如刺榆葉而微圓，子正赤，如郁李而小，五月始熟，自關西天水隴西多有之。』此所言白棣、赤棣，以其子色别之。蓋唐棣子名郁李，其大如李，常棣子如郁李而小其實，皆棣樹而種微異耳。自郭注以唐棣爲白移，謂似白楊，陸佃羅願遂以唐棣爲白楊，而唐棣之别有郁李、車下李諸名，又以常棣當之。名實糾紛，不可董理。不知詩言唐棣、常棣，皆取華爲形容，姑無論其子之大小。陸於常棣雖不言其華，然齊民要術引詩義疏云：『承華者萼，其實似櫻桃，薁李』。蓋常棣不獨子如郁李，其華當亦如郁李之華，故二者皆以棣名，詩人並取其華之美。即常棣名移，亦與移楊無涉。古今注云：『移楊亦曰移柳，亦曰蒲移，圓葉弱蒂，微風善搖，故云與白楊同類。』古詩曰『白楊多悲風』，夫白楊安得有偏反之華、韡韡之萼耶？」

曷不肅雝？王姬之車。【疏】傳：「肅，敬。雝，和。」箋：「曷，何。之，往也。何不敬和乎，王姬往乘車也。言其嫁時始乘車，則已敬和。」○説文：「雝，雝䳁也。」「雝」之訓「和」，蓋自鳥聲和鳴引申之，凡「邕」、「廱」等字，故訓皆有「和」義，本義俱不爾，别作「雍」、「噰」，其訓並同。此以唐棣之襛華，興車服之盛美，因決其婦德之肅雝。言之子于歸，何有不肅雝者乎？不見所乘者，乃其母王姬初嫁之車乎？因母可以知女也。釋文：「姬，周姓也。」杜預云：「王姬，以王爲尊。」易林艮之困：「王姬歸齊，賴其所欲，以安邦國。」荀悦申鑒時事篇：「尚主之制，非古也。釐降二女，陶唐之典。歸妹元吉，帝乙之訓。王姬歸齊，宗周之禮。」蓋當日王姬歸齊，能順成婦道，安定邦國，宜詩人知其女之必賢。惜書缺有間，無可證明矣　宣五年：齊高固及子叔姬來，反馬。大夫禮也。泉水「還車言邁」，是諸侯夫人用嫁時乘來之車，王姬之車，是天子嫁女所留之車，知天子至大夫皆有留車反馬之禮。

何彼襛矣？華如桃李。平王之孫，齊侯之子。【疏】傳：「平，正也。武王女、文王孫，適齊侯之子。」

箋：「華如桃李者，興王姬與齊侯之子顏色俱盛，正王者德能正天下之王。」○「華如桃李」，猶桃李之華。唐棣、桃李華俱極盛，故取以爲比。「華」在上者，倒文以合韻。孔疏謂「唐棣之華如桃李之華」，是興之外又有興矣。又云「箋言華如桃李者，興王姬與齊侯之子顏色俱盛，是以華比華」，而顏色不得卽謂之華。二義皆非也。孫者，外孫。馬瑞辰云：「言平王之外孫，則於詩句不類，故省言之曰孫，猶閟宮『周公之孫』，不言曾孫而但言孫也。魏源云：「爾雅：『女子子之子爲外孫。』儀禮：『外孫緦麻三月。』春秋僖五年：『杞伯姬來朝其子。』何休曰：『禮，外孫初冠，有朝外祖之道。』漢書西域傳，龜茲國王上書，自言得尚漢外孫女，謂公主女細君也。」愚案：喪服傳「孫適人者」，注：「孫者，子之子。女孫在室，亦大功也。」是女孫稱孫，則外孫女亦可稱孫矣。爾雅「女子子之子爲外孫」，「子」兼男、女言之，知外孫統男、女也。「平王之孫」，與韓奕「汾王之甥」同一義例，推所自出，以見其尊貴。曲禮注言，子者通男女。「齊侯之子」，義與碩人同。

其釣維何？維絲伊緡。齊侯之子，平王之孫。【疏】傳：「伊，維。緡，綸也。」箋：「釣者，以此有求於彼，何以爲之乎？以絲爲之綸，則是善釣也，以言王姬與齊侯之子以善道相求。」○說文：「釣，鉤魚也。」「緡，釣魚繁也。」謂繫絲於竿以釣也。釋詁：「伊，維也。」「維」、「伊」皆語詞。漢書禮樂志顏注：「伊，是也。」言釣用何物？維絲是緡耳，與抑「言緡之絲」對文見義。釋言：「緡，綸也。」郭注：「詩曰：『維絲伊緡。』緡，繩也，江東謂之綸。」案，郭說嫌於緡、繩不分。「維絲伊緡」，當與采綠「言綸之繩」參看，蓋絲是單絲，綸紨兩股，繩則總數絲而合之。「維絲伊緡」，是絲以爲綸。「言綸之繩」，是綸以爲繩也。若如郭說，則「言綸之繩」爲「言繩之繩」，詩義不當如此。

何彼襛矣三章，章四句。

騶虞【注】魯說曰：騶虞者，邵國之女所作也。古者聖王在上，君子在位，役不踰時，不失嘉會，內無怨女，外無曠夫。及周道衰微，禮義廢弛，强陵弱，衆暴寡，萬民騷動，百姓愁苦，男怨於外，女傷於內，內外無主，內迫情性，外逼禮儀，歎傷所說，而不逢時，於是援琴而歌。魯、韓說曰：騶虞，天子掌鳥獸官。齊說曰：五範四軌，優得饒有。陳力就列，騶虞悅喜。又曰，騶虞，樂官備也。」【疏】毛序：「鵲巢之應也。鵲巢之化行，人倫既正，朝廷既治，天下純被文王之化，則庶類蕃殖，蒐田以時。仁如騶虞，則王道成也。」箋：「應者，應德，自遠而至。」○「騶虞」至「而歌」，蔡邕琴操文。文選李陵與蘇武詩李注引琴操云：「騶虞者，邵國之女所作也。古者役不踰時，不失嘉會。」曹子建贈丁儀王粲詩注引琴操曰：「古者君子在位，役不踰時。」琴操蔡邕所撰，所引並同。「聖王」，謂文王。「君子」，謂虞官。云「役不踰時不失嘉會」者，謂蒐苗是春田之候，始於此時狩獵也。云「歎傷所說而不逢時」者，追慕盛時，不可得見。「于嗟乎騶虞」者，歎傷之詞也。琴操五曲，唯鵲巢亡闕，騶虞伐檀鹿鳴白駒並存，其三詩皆合古義，則以騶虞爲邵女所作，亦古訓相傳如此。召南列於國風，故召南亦稱召國。三家說詩，雖推演之詞或有不同，而大義必無謬舛，大題非蔡能臆造也。「騶虞天子掌鳥獸官」者，鍾師疏引韓詩說，許君五經異義引「今詩韓魯說」同，明魯韓同義。「天子」，謂文王。孟子滕文公趙注：「虞人，守苑囿之吏也。囿中有鳥獸，皆其所掌。」易屯卦虞注：「虞，謂虞人，掌鳥獸者。」與此說同。新書云：「虞者，囿之司獸者也。」因詩詠「豝」、「豵」，故專以獸言，非此虞但司獸也。「五範」至「悅喜」，易林坤之小畜文。云「五範」者，範，法也，與「範我馳驅」義同。保氏：教國子以六藝，「四曰五馭」，司農注：「五馭，鳴和鸞、逐水曲、過君表、舞交衢、逐禽左。」是「五範」也。云「四軌」者，說文：「軌，車轍也。」保氏賈疏：「舞交衢者，衢，道也，謂御車在交道，車旋應於舞節。」釋宮：「四達謂之衢。」郭注：「交道四出。」則「舞交衢」是「四軌」也。云「優得饒有」者，說文：「優，饒也。」「優」、「饒」皆「多」意。壹發而「五豝」、「五豵」，是優得饒有也。云「陳力就列」者，用論語季氏篇文。云「騶虞悅喜」者，謂騶囿之虞官得其人，可悅喜也。「騶虞樂官備也」者，禮射義文。「樂」卽「悅喜」意，與易林合，並齊說。魯語「詢於八虞」，韋昭注引賈唐曰：「八虞，周八士，皆在虞官：伯達伯适仲突仲忽叔夜叔夏季隨季騧，蓋其時君子盈朝，官制大備，卽司獸之官，亦仁賢畢集也。」鄉射禮：樂正命大師曰：「奏騶虞間若一。」乃奏騶虞，以射。鄭注：「騶虞，國風召南之詩篇也，其詩有『一發五豝』、『五豵』、『于嗟乎騶虞』之言，樂得賢者衆多，嘆思至仁之人，以充其官。」其云「嘆思仁人」，與琴操合，良由文王樂與民同，雉兔芻蕘，聽其采取。遊斯囿者，覩王制之崇隆，美良臣之衆盛，而又蒐田以時，嘉會不失，怨曠胥無，世稱極樂。及周道衰微，王迹湮息，畿內之民，思昔時所慕說，傷聖澤之不逢，故召女作此詩以寄慨，與關雎陳古刺今，同一恉趣。而文王當時，仁賢在職，民康物阜，王業大成，於斯畢見，故以爲二南之殿云。

彼茁者葭，壹發五豝。于嗟乎，騶虞！【注】三家「壹」作「一」。齊說曰：「彼茁者葭，一發五豝。」孟春，獸肥草短之候也。魯說曰：古有梁騶，梁騶者，天子獵之田也。又曰：禮者，臣下所以承其上也，故詩云：「一發五豝。吁嗟乎，騶虞！」騶者，天子之囿也。虞者，囿之司獸者也。天子佐輿十乘，以明貴也。僟牲而食，以優飽也。虞人翼五豝以待一發，所以復中也。作此詩者，以其事深見良臣順上之志也。良臣順上之志者，可謂義矣，故其歎之長，曰吁嗟乎，雖古之善爲人臣者，亦若此而已。魯「于」作「吁」。【疏】傳：「茁，出也。葭，蘆也。豕牝曰豝。虞人翼五豝，以待公之發也。騶虞，義獸也，白虎黑文，不食生物，有至信之德則應之。」箋：「記蘆始出者，著春田之早晚。君射一發而翼五豬者，戰禽獸之命。必戰之者，仁心之至。于嗟者，美之也。」○說文：「茁，艸初生出地貌。从艸，出聲。詩曰：『彼茁者葭。』」是「茁」爲形聲兼會意字。趙岐孟子章句云：「茁，生長貌。詩云：『彼茁者葭。』」「生長」，亦「出地」意也。釋草：「葭，華。」樊光注：「詩云：『彼茁者葭。』」郭注：「卽今蘆也。」說文：「葭，葦之未秀者。」「葦，大葭也。」夏小正傳：「葦未秀爲蘆。」是「葭」、「蘆」同也。史記司馬相如傳：「其卑溼則生藏莨蒹葭。」此舉囿中澤地所有。「三家壹作一」者。爾雅、説文、詩汜曆樞、新書「壹」皆作「一」，明三家今文與毛異。「彼茁」至「候也」，説郛十引詩汜曆樞文。言葭茁者所以著春田之候，獸肥中殺，草短便射，故詩云然，與琴操「不失嘉會」合，足證魯、齊義同。發，發矢。釋獸：「豕牝，豝。」郭注：「詩曰：『一發五豝。』」説文：「豝，牝豕也。一日，二歲能相把拏也。詩曰：『一發五豝。』」廣雅釋獸：「獸二歲爲豝。」與説文「一日」義合。「古有」至「田也」。文選魏都賦「邁梁騶之所著」，張載注：「魯詩傳曰：古有梁騶，梁騶者，天子獵之田也。」（東都賦注「魯」誤作「毛」，毛無此説。）後漢班固傳注引同。一作「梁鄒」，文選東都賦：「制同乎梁鄒，誼合乎靈囿。」「梁鄒」，即「梁騶」也。漢書人表「鄒衍」，史記孟子傳作「騶衍」。韓勑碑陰「騶韋仲卿」，「鄒」作「騶」。是「騶」、「鄒」古通。陳喬樅以漢志濟南郡梁鄒當之。案，梁鄒在今鄒平縣四十里孫家嶺，去西都地望絶遠，不得取以爲證。「梁騶」亦單名「騶」，故賈誼云「騶者，天子之囿也。」蓋文王受命後，於西都畿内爲囿，以供田獵。大雅靈臺之篇，孟子七十里之對，昭然可證。「騶」者文王命名，「靈囿」民所稱美，書傳不言文王二囿，騶囿卽靈囿也。「禮者」至「而已」，賈誼新書禮篇文，引此詩以明臣下承上之義。賈時惟有魯詩，所引魯訓也。云騶是囿，虞是司獸之官，與張載引魯傳，賈、許引魯、韓説合。云「天子佐輿十乘，以明貴也」者。田僕「掌佐車之政」，賈疏引少儀注云：「朝祀之副曰貳，戎獵之副曰佐。」是「佐輿」爲田車。大戴禮：「天子貳車，十有二乘，率諸侯而朝日東郊，所以教尊尊也。」戎僕「掌王倅車之政」，賈疏亦云：「副車十二乘。」大行人：上公之禮，貳車九乘，侯伯七乘，子男五乘。此言佐車十乘，天子異等爲尊。視朝祀之貳車，又少殺其數，皆所以明貴也。云「僨牲而食，以優飽也」者。中庸釋文：「貳本作僨。」是「貳」、「僨」字同。曲禮「雖貳不辭」，注：「貳，謂重殽膳也。」牲者，成用之名。僨牲而食，明奉上之禮不同，所以優飽，故詩有「一發五豝」之文也。云「虞人翼五豝以待一發，所以復中也」者。書多士注：「翼，猶驅也。」毛傳亦云「翼五豝以待上之發」，以五豝備一發，非一發得五豕，一矢不能貫五也。獸雖多，不忍盡殺，一發中則殺一而已。一發失之，則待復中，此虞人驅禽之義，所以順上之志也。箋云「戰禽獸之命」，不若賈義爲長。良臣將事，雖古無加。曰「于嗟乎」，長歎而深美之。五豝殺一，仁也。驅禽備射，賢也。射義注：「樂官備者，謂騶虞曰『壹發五豝』，喻得賢衆多也。『于嗟乎，騶虞！』歎仁人也。」以「五豝」喻衆賢，鄭君推演之文，非古義。「于嗟」，解具麟趾。韓彼作「吁」，此當同。據新書魯作「吁」。皮錫瑞云：「自毛傳孤行，多信毛傳而疑三家，且以周書山海經書大傳爲毛傳之確證。錫瑞謂，諸書雖以騶虞爲獸，然未嘗明言卽詩之騶虞。大傳於陵氏取怪獸，雖文王時事，亦非釋詩。緯書如元命苞演孔圖援神契河圖括地象，並以騶虞爲獸，而皆他經之緯，非詩緯。爾雅同魯詩，故釋獸無騶虞。申公轅固生韓太傅賈太傅，必無不見周書山海經書大傳而不引以解詩，知諸書所謂騶虞，非詩之騶虞也。毛傳晚出，見諸書言騶虞，與詩騶虞二字偶合，遂據以易三家，其蹤跡可尋，毛已自發其覆。傳云『虞人翼五豝以待公之發』，虞人卽騶虞也。下忽綴以『騶虞義獸』云云，與上文不相承，良由牽合古書，欲剏新義，上『虞人』字不及追改，葛龔故奏，貽笑後人，此乃毛傳一大瑕。許、鄭諸公爲古文所壓，不復攷其本末，取毛傳所據者轉以證毛，舍三家古義而從之，其亦惑矣。後人所以不信三家而信毛者，一因『騶虞』二字與古書相合，不知官名、獸名，不妨相同。如太皞氏以龍紀官，不必龍官卽是龍，少皞氏以鳥紀官，不必鳳鳥氏以下至五鳩、五雉、九扈卽是鳥。周官有『虎賁』、『趣馬』，不必虎賁、趣馬卽是獸也。一因『于嗟』二字與麟趾相同，不知『于嗟』屢見於詩，如『于嗟闊兮』、『于嗟洵兮』、『于嗟鳩兮』、『于嗟女兮』，皆詩人常言，豈必兩兩相對，以麟趾爲關雎之應、騶虞爲鵲巢之應亦是毛義，三家無明文。卽論毛義，兩詩亦不相對，麟之趾序、箋云『有似麟應之時』，疏引張逸問，云『致信厚未致麟』，是文王時無致麟之事。若騶虞，據大傳云散宜生取以獻紂，是文王實致騶虞矣。一未實致，一是實致；一喻言，一本事，又安得相對乎？癸巳類藁詩古微皆駁毛，猶未知古書所云騶虞，非詩之騶虞，未能絶祖毛者之口實，更詳辨之，以扶三家之義。」

彼茁者蓬，壹發五豵。于嗟乎，騶虞！【疏】傳：「蓬，草名也。一歲曰豵。」箋：「豕生三曰豵。」○說文：「蓬，蒿也。」籒文作「莑」。蓬之爲言莑莑然，枝葉緐盛，故謂之蓬。史記老子傳正義：「蓬，其狀若皤蒿，細葉，蔓生於沙之中。」御覽九百三引詩曰「一發五豵」，「壹」作「一」，以上文例之，亦本三家詩。釋獸「豕生三豵」，魯訓也。箋意一歲不中殺，故以易毛。

騶虞二章，章三句。

召南之國十四篇，四十章，百七十七句。

詩三家義集疏卷三上

邶鄘衛柏舟第三【疏】毛詩邶柏舟詁訓傳第三、鄘柏舟詁訓傳第四、衛淇奥詁訓傳第五，三家詩當爲一卷。體式如此知者，漢書藝文志云：「詩經二十八卷，魯齊韓三家。」又云：「毛詩故訓傳三十卷。」案，古經、傳皆別行，毛詩作傳，取二十八卷之經，析邶鄘衛風爲三卷，故爲三十卷。三家故說、傳記別行，其全經皆二十八卷。十五國風爲十三卷，邶鄘衛共一卷，小雅七十四篇爲七卷，大雅三十一篇爲三卷，周頌三十一篇爲三卷，魯商頌各爲一卷，故二十八卷也。邶鄘衛詩本同風，不當分卷。左襄二十九年傳：吴公子札聘魯，觀周樂，爲之歌邶鄘衛，曰：「美哉淵乎！吾聞衛康叔武公之德如是，是其衛風乎！」以邶鄘衛皆爲衛風，即其明證。漢書地理志：「河内本殷之舊都，周既滅殷，分其畿内爲三國，詩風邶庸衛國是也。邶，以封紂子武庚；庸，管叔尹之；衛，蔡叔尹之：以監殷民，謂之三監。故書序曰『武王崩，三監畔』，周公誅之，盡以其地封弟康叔，號曰孟侯，以夾輔周室；遷邶庸之民於雒邑，故邶庸衛三國之詩相與同風。邶詩曰『在浚之下』，庸曰『在浚之郊』。邶又曰『亦流于淇』、『河水洋洋』，（「洋洋」乃「泮泮」之誤。）庸曰『送我淇上』、『在彼中河』，衛曰『瞻彼淇奥』、『河水洋洋』。」（詩既同卷，仍分邶庸衛者，蓋爲卷分上中下，或一二三。）班習齊詩，是齊説以爲三詩同風。魯韓爲卷既同，知其義亦同也。地理志又云：「至十六世，懿公亡道，爲狄所滅。齊桓公帥諸侯伐狄，更封衛於河南曹、楚丘，是爲文公。而河内殷虚，更屬於晉。」又云：「衛地，營室、東壁之分野也。今之東郡及魏郡黎陽，河内之野王朝歌，皆衛分也。衛本國既爲狄所滅，文公徙封楚丘，三十餘年，子成公徙於帝丘，故春秋經曰『衞遷於帝丘』，今之濮陽是也。本顓頊之虚，故謂之帝丘。凡四十世，九百年，最後絶，故獨爲分野。衞地有桑間、濮上之阻，男女亦亟聚會，聲色生焉，故俗稱鄭衞之音。」御覽百五十七州郡部引詩含神霧曰：「邶鄘衞王鄭，此五國者，千里之城，（此「域」之誤。）處州之中，名曰地軸。」（陳壽祺云：「州」上脱「九」字。）乙巳占引詩推度災曰：「邶，結蝓之宿；鄘，天漢之宿；衞，天宿斗衡。」宋均注：「結蝓之宿，謂營室星。天漢之宿，謂天津也。」（陳喬樅云：「丹鉛總録五引作『邶國，結蝓之宿』。趙在翰云：『結宜作蛞。』本草『蛞蝓』，蜀本圖經云：『即蝸牛也，頭有四角。』廣雅云『蝸牛，螔蝓也。』蛞蝓四角，蓋營室之精。」）此亦齊詩家説。案，邶鄘衞本紂畿内地，周分爲三以居武庚管蔡，因三人分治，各有疆界，故即其舊地之名稱之，若三國然。此周初權立之制，特以鎮撫頑民。管蔡自有所封本國，志但云「尹之」，知此邶鄘衞不爲封國。或以三監爲三國君，非也。周公誅三監，盡以其地封康叔，故邶鄘衞同風，所詠詩皆衞事，亦非至康叔子孫并兼邶、鄘也。鄭譜云：「置三監，使管叔蔡叔霍叔尹而教之。（魏源云：「班志三監有武庚無霍叔者，霍叔監邶，相禄父故也。周書作雒解：『武王克殷，乃立王子禄父，俾守商祀，建管叔於東，建蔡叔霍叔於殷，俾監殷臣。』孔晁注：『霍叔相禄父。』鄭據書大傳，言禄父及三監叛，非禄父自監。皇甫謐帝王世紀亦言霍叔監邶，周公誅三監，霍叔罪輕，以武庚管叔主謀也。」）自紂城而北謂之邶，南謂之鄘，東謂之衞。」玉篇：「紂城東曰衞，南曰鄘，北曰邶。」廣雅：「紂之畿内國名，東曰衞，南曰鄘，北曰邶。」皆本鄭説。説文「邶」下云：「故商邑，自河内朝歌以北是也。从邑，北聲。」「鄘」下云：「南夷國也。」謂春秋楚所滅之庸，不著此鄘爲何地。孔疏云：「鄭以詩人之作，自歌土風，驗其水土之名，知其國之所在。衞曰：『送子涉淇，至于頓丘。』頓丘今爲縣名，在朝歌，紂都之東也。紂都河北，而鄘曰『在彼中河』，鄘境在南明矣。都既近西，明不分國，故以爲邶在北。」愚案：三詩同爲衞風，則詩人所歌，不足分證國地。服虔王肅以爲鄘在紂都之西。孫毓云：「紂城之西，迫於西山，南附洛邑，檀伯之封，温原樊川，皆爲列國，鄘風所興，不出於此。」說與服王同。陳氏奐云：「周書云建管叔於東，漢志云庸管叔尹之，是鄘在朝歌東矣。」證合經史，陳說爲長。周書又言：「周臨衛攻殷，殷大震潰，俾康叔宇於殷，俾中旄父宇於東。」孔晁注：「中旄父代管叔。」此康叔居衛，而中旄父居鄘在其東，權時立制，俾相康叔，其三監之地，卒盡封之，皆如漢志所云也。桑中之詩云：「爰采葑矣，沬之東矣。云誰之思？美孟庸矣。」據漢志，「鄘」作「庸」，知鄘、庸一也。蓋居此之人，取舊邑之稱以爲族姓，故曰「孟庸」，是鄘在沬東之確證。「邶」聲義並從「北」，「沬之北」即邶也，「沬鄉」即衛也。「沬」借字，亦作「妹」，詩稱「沬鄉」，猶尚書言「妹邦」矣。水經注淇水篇云：「其水南流，東屈逕朝歌城南。」晉書地道記曰：「本沬邑也。詩云：『爰采唐矣，沬之鄉矣。』殷王武丁始遷居之，爲殷都也。紂都在禹貢冀州大陸之野，即此矣，有新聲靡樂，號邑朝歌。」又云：「武王以殷之遺民封紂子武庚於茲邑，分其地爲三，曰邶鄘衛，使管叔蔡叔霍叔輔之，爲三監。叛，周討平以封康叔，爲衛。」說與漢志合。釋文：「邶，本又作鄁。」魯語、漢書顔注、廣韻同。又作「背」，隸釋衛尉衡方碑「感背人之凱風」，通志氏族略二同，此隸渻。

詩國風

柏舟【注】魯說曰：衛宣夫人者，齊侯之女也。（陳喬樅云：「宣，御覽四百四十一引作寡。」郝懿行妻王氏列女傳補注云：「此與魯寡陶嬰、梁寡高行、陳寡孝婦同，作『宣』者形之誤耳。」說卦「寡髮」作「宣髮」，亦其例。）嫁於衛，至城門而衛君死，保母曰：「可以還矣。」女不聽，遂入。持三年之喪畢，弟立，請曰：「衛，小國也，不容二庖，願請同庖。」終不聽，衛君使人愬於齊兄弟，齊兄弟皆欲與君，使人告女。女終不聽，乃作詩曰：「我心匪石，不可轉也。我心匪席，不可卷也。」厄窮而不憫，勞辱而不苟，然後能自致也。言不失也，然後可以濟難矣。詩曰：「威儀棣棣，不可選也。」言其左右無賢臣，皆順其君之意也。君子美其貞壹，故舉而列之於詩也。又曰：貞女不二心以數變，故有匪石之詩。齊說曰：汎汎柏舟，流行不休。耿耿寤寐，心懷大憂。仁不逢時，復隱窮居。【疏】毛序：「言仁而不遇也。衞頃公之時，仁人不遇，小人在側。」箋：「不遇者，君不受己之志也。君近小人，則賢者見侵害。」○「衞宣」至「詩也」，列女傳貞順篇文。「願請同庖，終不聽」者，蘇輿云：「據此，知禮國君惟夫婦得同庖也。」禮玉藻「夫人與君同庖」，鄭注：「不特殺也。」膳人鄭注：「后與王同庖。」鄭云然者，以玉藻文推知之，繹禮微指，非惟重特殺，亦以明繫屬、辨嫌疑。弟請同庖，女終不聽，則知其時君與夫人同庖，已成通禮。女聞更制，恐漸取辱，守死不聽，防杜深矣。御覽人事部八十二引列女傳「願請同庖」，下作：「唯夫妻爲同庖，夫人不聽。」推尋文義，疑作「夫人曰：惟夫妻爲同庖。不聽。」御覽倒誤，又脫「曰」字。此「終」字則緣下「女終不聽」而衍也。范氏詩補傳「終不聽」上有「夫人曰惟夫婦同庖」八字，卽據御覽增。下文「皆欲與君」，「與」，許也，言欲許同庖之請也。「貞女」至「之詩」，王符潛夫論斷訟獄篇文，皆魯義也。「汎汎」至「窮居」，易林屯之乾文。咸之大過同。貞女確守節義而稱爲「仁」者，與孔子謂夷齊「求仁得仁」義同。復，疑「伏」之誤字。隱，是伏處之詞，義通男女。或謂此與毛序「仁而不遇」合，非也。藝文類聚十八引湛方生貞女解云：「志存匪石之固，守節窮居。」「伏隱窮居」，與「守節窮居」一也。魯齊義同。

汎彼柏舟，亦汎其流。【疏】傳：「興也。汎汎，流貌。柏木，所以宜爲舟也，亦汎汎其流，不以濟度也。」箋：「舟，載渡物者，今不用而與衆物汎汎然俱流水中。興者，喻仁人之不見用而與羣小人並列，亦猶是也。」○說文「汎」下云：「浮皃。从水，凡聲。」「泛」下云：「浮也。从水，乏聲。」二字義同。「氾」下云：「濫也。」蓋廣遠之意，後人承用，三字不分，故廣雅釋訓云：「汎汎、氾氾，浮也。」莊子德充符釋文：「氾，不係也。」貞女言今汎汎然而浮者，是彼陽剛至堅之柏木所爲舟也，乃亦汎濫流行於水中，無所係賴乎？喻己志節確然，而衞君臣及齊兄弟皆不足依據，致成此象。蘇輿云：「亦汎其流，與小弁『譬彼舟流，不知所屆』同義。」愚案：易林「流行不休」，（引見上。）正釋「流」爲舟流不休，與「不知所屆」意亦同也。柏，一名椈。釋木：「柏，椈。」其樹經冬不彫，蒙霜不變，故節義之婦，取以自況，此及後柏舟皆然。

耿耿不寐，如有隱憂。微我無酒，以敖以遊。【注】魯「耿」作「炯」，「隱」亦作「殷」，齊韓作「殷」。魯說曰：隱，幽也。齊說曰：殷，大也。韓說曰：殷，深也。【疏】傳：「耿耿，猶儆儆也。隱，痛也。非我無酒可以敖遊忘憂也。」箋：「仁人既不遇，憂在見侵害。」○「魯耿作炯」者，楚詞嚴忌哀時命云：「夜炯炯而不寐，懷隱憂而歷茲。」王注：「言己中心愁怛，目爲炯炯而不能眠，如逢大憂，常懷戚戚。」洪興祖補注：「隱，一作殷。隱，痛也。殷，大也。注言大憂，疑作殷者是。」楚詞遠遊云：「夜炯炯而不寐兮。」王注：「憂以愁戚，目不眠也。詩云：『炯炯不寐。』」王用魯詩，知魯作「炯炯」。陳喬樅云：「遠遊之『目不眠』，釋『炯炯』字義，即引詩證之，本亦作『耿耿』。舊校云耿一作炯，作炯者是也。今注作耿耿猶儆儆，引詩云『耿耿不寐』，此後人據毛詩所改，遂以毛傳語竄入，非王注本文。哀時命仍作『炯炯』可證。」愚案：陳說是也。淮南說山訓高注：「詩曰：『耿耿不寐，如有殷憂。』」高用魯詩，引「耿耿」當爲「炯炯」，亦後人傳寫改之。易林云「耿耿寤寐」，（引見上。）韓詩亦作「耿耿」，（見下。）明齊韓與毛同。「寤寐」、「不寐」同義。說文：「寐覺而有信曰寤。」「寐覺」即「不寐」矣。「魯詩隱亦作殷」者，據上引王高二注，知魯作「殷」。呂覽貴生篇高注：「隱，幽也。詩曰：『如有隱憂。』」此引又作「隱」。楚詞悲回風王注引詩，亦作「隱」，是魯「隱」、「殷」兩作。「齊韓作殷」者，易林云「心懷大憂」，（引見上。）知齊作「殷」。文選陸機歎逝賦、阮籍詠懷詩、劉琨勸進表、嵇康養生論李注並引韓詩曰：「耿耿不寐，如有殷憂。」知韓作「殷」矣。「隱，幽也」者，引見上文高注。「殷，大也」者，據易林「心懷大憂」文。「殷，深也」者，歎逝賦李注引韓詩下文。陳喬樅云：「李不言爲誰氏訓義，然上既引韓詩爲證，知用韓說也。」幽、深義合。如，讀爲而，古如、而字通，言炯炯然不得寐而心懷大憂。微，非也。言非我無酒遨遊以解憂，特此憂非飲酒遨遊所能解。陳氏奐謂此四句皆合二句爲一句，是也。說文：「敖，出遊也。从出、从放。」二「以」字，語助足句。泉水竹竿皆言出遊、寫憂，合證此詩，明飲酒遨遊，婦人所不諱，詩又設想之詞耳。

我心匪鑒，不可以茹。【注】韓說曰：茹，容也。【疏】傳：「鑒，所以察形也。茹，度也。」箋：「鑒之察形，但知方圓白黑，不能度其真僞。我心非如是鑒，我於衆人之善惡外內，心度知之。」〇匪，竹器，詩借爲「非違」之「非」。釋文：「監，本又作鑒，鏡也。」據此，陸所見作「監」。說文無「鑒」字，「監」下云：「臨下也。」「鑑」下云：「大盆也。一曰鑑諸，可以取明水於月。」（「諸」上脫「方」字。）司烜氏「掌以鑒，取明水於月」，鄭注：「鑒，鏡屬。」「鑒」是後起之字，釋文「監」則「鑑」之渻也。「茹，容也」者，韓詩外傳一云：「故新沐者必彈冠，新浴者必振衣，莫能以己之皭皭，容人之混污然。詩曰：『我心匪鑒，不可以茹。』」徐璈云：「外傳意以鑒之照物，無論妍媸美惡皆能容納，我則不能以身之察察，受物之汶汶矣。」愚案：小雅「柔則茹之」，釋文引廣雅：「茹，食也。」影人鑒中，若食之人口，無不容者，故詩人取譬於茹，而韓傳申義爲「容」。貞女守節不失，是其皭皭。請同庖而聽之，則容人混污，如鑒之茹物，故不可也。**亦有兄弟，不可以據。薄言往愬，逢彼之怒。**【疏】傳：「據，依也。彼，彼兄弟。」箋：「兄弟至親，當相據依。言亦有不相據依，以爲是者希耳。責之以兄弟之道，謂同姓臣也。」〇兄弟，列女傳所云「齊兄弟。」說文：「據，持杖也。从手，豦聲。」廣雅釋言：「據，杖也。」釋詁：「逢，遇也。」言亦有齊國之兄弟，而不可以據杖，今以不可同庖之義往愬於彼，反遇其怒，尚得謂可據乎？列女傳言衞君使人愬齊兄弟，不及女愬事；據詩，女不聽，亦使愬兄弟，而兄弟怒之。情事宜然，與傳義互相備。

我心匪石，不可轉也。【注】魯說曰：言守善篤也。**我心匪席，不可卷也。**【疏】傳：「石雖堅，尚可轉。席雖平，尚可卷。」箋：「言己心志堅平，過於石席。」〇說文：「轉，運也。」「言守善篤也」者，漢書劉向傳上封事引詩文。楚詞九辯王注：「我心匪石，不變轉也。執履忠信，不離善也。」守之篤則與善不離，並魯義也。說文：「席，藉也。」「卷，厀曲也。」引申之，凡曲皆爲卷。詩言石雖堅，可轉運；席雖平，可卷曲。我以善道自守，必不可奪。此心匪石、非席，豈能聽人之轉運卷曲乎？列女傳所謂「厄窮而不憫，勞辱而不苟」也。當時女既不聽，必有厄窮、勞辱之事，故以轉石、卷席爲喻，言能屈其身，不能挫其志，所以濟難者恃此，自致其心而不失也。說苑立節篇、新序節士篇、韓詩外傳一、外傳九屢引此四語，皆斷章推演之詞，非詩本義。

威儀棣棣，不可選也。【注】魯說曰：夫有威而可畏，謂之威。有儀而可象，謂之儀。富不可爲量，多不可爲數，故詩曰：「威儀棣棣，不可選也。」棣棣，富也。不可選，衆也。言接君臣、上下、父子、兄弟、內外、大小品事之各有容志也。又曰：言其左右無賢臣，皆順其君之意也。三家「選」作「算」。

【疏】傳：「君子望之儼然可畏，禮容俯仰，各有威儀耳。棣棣，富而閑習也。物有其容，不可數也。」箋：「稱己威儀如此者，言己德備而不遇，所以慍也。」○「夫有」至「志也」，賈子新書容經篇文。時惟魯詩，此魯說也。左襄三十一年傳北宮文子曰：「衞詩云：『威儀棣棣，不可選也。』言君臣、上下、父子、兄弟、內外、大小皆有威儀也。」「皆」者，言非一端，正釋「棣棣」之義。下文「故君子在位可畏」云云，文子引申之詞，賈說本之，並專言威儀之盛。「棣棣，富也」者，承上「富不可爲量」言。釋文：「棣，本或作逮，同。」棣借字，逮正字。禮孔子閒居：「威儀逮逮，不可選也。無體之禮也。」漢書韋玄成傳：「儀服此恭，棣棣其則。」顏注引詩作「逮逮」，並與左傳合，與釋文「或本」同。「無體之禮」，謂儀節衆多，因事爲制，故無方體。王念孫廣雅疏證云：「孔子閒居云『無體之禮』，『威儀翼翼』，皆盛之義也。『棣棣其則』，舊解爲安和貌及善威儀，總謂禮儀之美盛也。」愚案：禮中庸：「優優大哉！禮儀三百，威儀三千。」「棣棣」猶「優優」。說文：「優，饒也。」富、饒同義。說文：「逮，唐逮，及也。」「隶，及也。」「及，逮也。」「隸，及也。」

是「隶」、「逮」、「隸」、「及」並轉相訓。凡言「相及」者，非一之詞。說文：「駁，馬行相及也。」「馬相及」，知非一馬也。釋山：「小山岌，大山峘。」郭注：「謂高過。」亦自「相及」得義，故廣雅釋訓云：「岌岌，高也。」又云：「岌岌，盛也。」「逮逮」之爲富，猶「岌岌」之爲盛矣。「逮」又與「遝」通，釋言：「逮，遝也。」公羊哀十四年傳「祖之所逮聞也」，漢石經「逮」作「遝」。方言：「迨、遝，及也。東齊曰迨，關之東西曰遝，或曰及。」說文：「遝，迨也。」「迨，遝也。」玉篇：「迨遝，行相及也。」說文又云：「眔，目相及也。」「誻，語相及也。」義並與「遝」通。「遝」爲相及並進之義，引申之，即爲衆多之義。史記韓信傳「魚鱗雜遝」，文選洞簫賦「鶩合遝以詭譎」，「雜遝」、「合遝」皆衆多意。「逮」、「遝」字同義通，故「逮逮」訓爲「富」也。毛傳「棣棣，富而閑習也」，「富而閑習」四字文不成義，竊取連綴之迹顯然。「不可選，衆也」者，承上「多不可爲數」言。說文：「選，一曰擇也。」古「選」、「算」字通，「算」又與「擇」同義。大司徒注：「算車徒，謂數擇之也。」不可爲數者，衆多不可數擇也。「言接君臣上下父子兄弟內外大小品事之各有容志也」者，言其君臣上下諸人互相接也。發外爲容，在心爲志，因容見志，故並言之，總謂在外之威儀也。「言其」至「意也」，見上列女傳文，言衞君臣威儀美盛，而於禮之大者反若不知，其左右惟阿順君意，故知無賢臣也。「三家選作算」者，後漢朱穆傳注載穆絕交論，引詩云：「威儀棣棣，不可選也。」王應麟詩攷引作「不可算也」，知三家有作「算」者，今後漢書作「選」，乃後人據毛詩改之。漢書公孫賀等傳贊云：「斗筲之徒，何足選也。」顏注：「言其材器劣小，不足數也。」彼引論語「算」作「選」，與絕交論引詩「選」作「算」同。貞女雖處憂辱，不敢斥言衞君臣，但稱其威儀富盛可觀，而是儀非禮之意，言外自見。北宮文子以衞臣述衞詩，匿刺揚美，爲其先世諱惡，義固當然，而以「不可選」屬威儀言，此詩遂無正解。列女傳探貞女之隱而推言之，其釋「不可選也」，乃與漢書「何足選也」同意，其義尤深切著明矣。

憂心悄悄，慍于羣小。【疏】傳：「慍，怒也。悄悄，憂貌。」箋：「羣小，衆小人在君側者。」○說文：「悄，憂也。詩曰：『憂心悄悄。』」釋訓：「悄悄，慍也。」此魯說。郭注：「皆賢人愁恨。」車舝釋文引韓詩「以慍我心」，薛君章句：「慍，恚也。」此韓說亦當訓「恚」。說文：「恚，恨也。」「怒，恚也。」「慍，怒也。」（衆經音義十引作「怨也」，誤；五及十三引與今本同。）與薛說合。廣雅釋詁：「慍，怒也。」蓋魯韓義皆訓「慍」爲「怒」，「慍于羣小」，以不聽從羣小人之言，爲所慍怒。上「怒」謂齊兄弟，此羣小之慍謂衞諸臣，二句連三章爲義，與二章語句多寡不同，而意則相配。若以慍屬己言，是慍羣小非慍于羣小矣。孟子盡心篇引此二語以況孔子，最合詩恉。荀子宥坐篇、劉向傳上封事、說苑至公篇、韓詩外傳一、趙岐孟子章句十四引詩，皆推演之語，非本詩義。

覯閔既多，受侮不少。【注】魯齊「覯」作「遘」，「閔」作「愍」。魯說曰：遘，遇也。【疏】傳：「閔，病也。」○「遘，遇也」者，楚詞哀時命王注文，引詩曰「遘愍既多」，是魯作「遘愍」。陳喬樅云：「今本楚詞章句作『閔』，舊校云『閔』一作『愍』。作『愍』者是也。」愚案：班固幽通賦「考遘愍以行謠」，卽本詩語，班學齊詩，明齊作「遘愍」，與魯同。漢書敘傳：「遘閔既多，是用廢詘。」「閔」亦當爲「愍」。說文：「愍，痛也。」「閔，弔者在門也。」魯齊正字，毛借字，言遇傷痛之事既多，受人之輕侮亦不少。「不少」，總承上文齊兄弟、衞諸臣言之。

靜言思之，寤辟有摽！【注】魯齊「寤」作「晤」，云：晤，明也。魯說曰：辟，拊心也。韓「辟」作「擗」，云：擗，拊心也。【疏】傳：「靜，安也。辟，拊心也。摽，拊心貌。」箋：「言，我也。」○說文：「靜，審也。」「言，辭也。」「魯齊寤作晤」者，說文：「晤，明也。詩曰：『晤辟有摽。』」此魯齊文。寤，覺也。寤覺，亦明也，其義不異。「辟，拊心也」者，釋訓文。此魯說。郭注：「謂椎胸也。」釋文：「辟，宜作擗。詩曰：『寤擗有摽。』」「韓辟作擗」者，玉篇手部：「擗，拊心也。詩曰：『寤擗有摽。』」玉篇多引韓詩，此韓說。「擘」、「擗」字同，「辟」乃借字。說文：「擘，撝也。」「撝，裂也。」「摽，擊也。」「拊，揗也。」「揗，摩也。」是「拊」僅撫摩之意。貞女言審思此事，寐覺之時，以手拊心，至於擗擊之也。張協七命「煢嫠爲之擗摽」，馬融長笛賦「搯膺擗摽」，皆用韓詩，並可證詩爲寡婦作。

日居月諸，胡迭而微？【注】韓「迭」作「𢧵」，云：𢧵，常也。【疏】箋：「日，君象也。月，臣象也。微，謂虧傷也。君道當常明如日，而月有虧盈，今君失道而任小人，大臣專恣，則日如月然。」○孔疏：「居、諸，語助也。」禮檀弓：「何居？我未之前聞也。」注：「居，語助也。」左文五年傳「皋陶庭堅不祀忽諸」，服虔云：「諸，辭。」是「居」、「諸」皆不爲義也。「韓迭作𢧵」者，釋文：「迭，韓詩作𢧵，音同。云：𢧵，常也。」「𢧵」字字書所無，蓋是「臷」之誤字，「臷」又「𢧜」之誤字也。漢書地理志云「及車轔四臷小戎之篇」，顏注：「四臷，美襄公田狩也。其詩曰：『四臷孔阜。』臷音耋。」錢坫云：「臷，鐵古字。」愚案：說文「鐵」下云：「黑金也。从金，𢧜聲。」「𢧜」下云：「鐵或省。」今作「𢧜」者，蓋「鐵」俗省作「𢧜」，因譌爲「戜」。抑或「鐵」俗省作「臷」，因譌爲「臷」，故釋文引韓作「戜」也。「云戜，常也」者，陳喬樅云：「廣雅：『迭，代也。』毛詩『迭微』，當訓爲更迭而食。韓訓爲『常』者。范家相詩瀋云：『胡常而微，言日月至明，胡常有時而微，不照見我之憂思也。』『迭』得通『戜』者，『戜』蓋『臷』之或體。巧言『秩秩大猶』，說文作『臷臷』。又『䞣』字注云：『讀若詩威儀秩秩。』是也。戜訓常者，韓蓋以戜爲秩之假字。釋詁：『秩，常也。』又賓之初筵『不知其秩』，烈祖『有秩斯祜』，毛傳並云：『秩，常也。』是其義。」馮登府云：「儀禮少牢『勿替引之』，替，古文袂，或爲臷。錢大昕云，袂是秩之譌文。說文引『秩秩大猷』，作『臷』，是戜卽秩也，秩卽替之古文，秩、迭皆從失得聲，是迭、臷音近，故得假借。『胡常而微』，言日月有常明，胡有時而微也。」愚案：「迭」、「秩」古通借字，韓詩本作「秩」，故字或借「戜」而訓爲「常」也。「而」讀爲「如」，與上文「如」讀爲「而」同例。范云「胡常有時而微」，案，既曰常微，則不得云有時而微，范依字解之，故未達韓恉。說文：「微，隱行也。」日月更迭而隱，人所共覩，惟窮居苦節之婦人，終身晦闇，若天日所不照臨，故言日月胡常如微隱而不見，韓義較毛爲優矣。**心之憂矣，如匪澣衣。靜言思之，不能奮飛！**【疏】傳：「如衣之不澣矣，不能如鳥奮翼而飛去。」箋：「衣之不澣，則憒辱無照察。臣之不遇於君，猶不忍去，厚之至也。」○衣久著不澣，則體爲不適，婦人義主絜清，故取爲喻，葛覃「薄澣我衣」卽其證。此正女功之事，非男子之詞。說文：「奮，翬也。从奞，在田上。詩曰：『不能奮飛。』」又「奞」下云：「鳥張毛羽自奮也。从大、從隹。」「翬」下云：「大飛。从羽，軍聲。」言「不能」者，貞女志不還齊，故不必人國而竟人。今欲返國，衞君臣亦不止之，祇以既爲國君夫人，越竟卽爲非禮，雖欲奮飛，義不能也。張衡思玄賦「柏舟悄悄忝不飛」，用此經文。

柏舟五章，章六句。

綠衣【注】齊說曰：黃裏绿衣，君服不宜。淫湎毀常，失其寵光。【疏】毛序：「衞莊姜傷己也。妾上僭，夫人失位而作是詩也。」箋：「绿當爲褖，故作褖，轉作绿，字之誤也。莊姜，莊公夫人，齊女，姓姜氏。妾上僭者，謂公子州吁之母，母嬖而州吁驕。」○「黃裏」至「寵光」，易林觀之革文。陳氏奐云：「君，謂小君也。」愚案：「淫湎毀常」，謂衞君失其寵光，夫人自謂，序所云「失位」也。據此，齊與毛同。左隱三年傳：「衞莊公娶於齊東宮得臣之妹，曰莊姜，美而無子，衞人所爲賦碩人也。公子州吁，嬖人之子也。」鄭箋：「妾上僭者，謂公子州吁之母。」詩恉甚明，魯韓蓋無異義。

绿兮衣兮，绿衣黃裏。【疏】傳：「興也。绿，閒色。黃，正色。」箋：「褖兮衣兮者，言褖衣自有禮制也。諸侯夫人祭服之下，鞠衣爲上，展衣次之，褖衣次之，次之者衆妾亦以貴賤之等服之。鞠衣黃，展衣白，褖衣黑，皆以素紗爲裏，今褖衣反以黃爲裏，非其禮制也，故以喻妾上僭。」○說文「绿」下云：「帛青黃色也。从糸，彔聲。」「黃」下云：「地之色也。从田、从炗，炗亦聲。炗古文光。」又云：「黇，青黃色也。」黇卽绿也。又云：「莀，草，可以染留黃。」「留黃」或作「流黃」，亦緑别稱。釋名：「緑，瀏也。荆泉之水，於上視之，瀏然緑色，此似之也。」「留」、「劉」、「瀏」、「䵋」、「緑」，並一聲之轉。釋名：「黃，晃也，猶晃晃，象日光色也。」緑東方間色，以爲衣；黃中央正色，反以爲裏，喻妾上僭，夫人失位也。説文：「裏，衣内也。」此章對「裏」言，則「衣」是在表之衣；下章對「裳」言，知「衣」是在上之衣，因文以見義也。陳喬樅云：「法言吾子篇：『緑衣三百，色如之何矣。紵絮三千，寒如之何矣。』淮南精神訓注：『逯，讀詩緑衣之緑。』楊高皆用魯詩，於此篇並作『緑衣』，是魯與毛同。又列女傳班婕妤賦：『緑衣兮白華，自古兮有之。』亦作『緑』。鄭箋定『緑』爲『褖』，誤，其義獨異，疑本之齊詩，據禮家師説爲解。」愚案：鄭氏改毛，間下己意，不盡本三家義。且易林用齊詩，卽作「緑衣」，（見上。）班氏世習齊詩，婕妤賦亦作「緑」，陳謂齊作「褖」，非也。孔疏：「鄭知『緑』誤而『褖』是者，詩宜因其所有之服而言，不宜舉實無之緑衣以爲喻，故知當作褖。」愚案：詩喻毁常，則緑衣未爲害義，四章以絺綌當淒風，亦貴者實無之事也。皮錫瑞云：「攷之於古，婦人服緑，亦有明徵。夏小正『八月玄校』，傳曰：『玄也者，黑也。校也者，若緑色然，婦人未嫁者衣之。』任文田云：『絞，蒼黃色。』蔣春雨云：『周禮王后六服，首曰褘衣玄，末曰褖衣黑，其外内命婦之卑者皆褖衣，蓋玄最貴，其色似禄者，惟女子可衣之。命婦卽不容僭，玄校殆有夏時之等焉。』案，任氏以絞爲蒼黃色，蓋本玉藻：『麛裘青豻褎，絞衣以裼之。』鄭注：『絞，蒼黃之色也。』緑色在蒼黃之間，故任氏以『絞』爲『校』。然麛裘白，不當以緑色衣爲裼，故皇氏云素衣爲正，記者亂言絞耳。且玉藻是説君服，非婦人服，亦與傳不合。蔣引周禮，夏固與周不同。周禮王后六服末之褖衣，外内命婦亦得服之，若未嫁之婦人，不當與命婦同服，或與夏時之制同服緑，亦未可知。此詩言妾上僭，妾非未嫁，得與未嫁同服緑者，古夫人自稱曰小童，蓋不敢居尊，而自謙爲妾。楚語云司馬子期欲以其妾爲内子，訪之左史倚相，曰：『吾有妾而愿，欲笄之。』内則云『妾雖老，笄，總角，拂髦。』然則古禮惟内子笄，妾老雖笄，猶必總角。子期云『笄之』，則不復總角，是僭内子，故不可也。總角則猶童，故古曰童妾。據左氏傳，公子州吁，嬖人之子也。古諸侯一娶九女，夫人而外，惟姪娣左右媵與兩媵之姪娣有位號，其餘曰賤妾、曰嬖人，必皆總角，猶童女然，其首既爲未嫁之總角，其身或亦爲未嫁之緑衣矣。」案，據此，則孔云緑衣實無，亦非確詁。二「兮」字，語助足句。說文「丂」下云：「气欲舒出，勹上礙於一也。丂，古文以爲亏字，又以爲巧字」。「亏」下云：「於也，象氣之舒。亏从丂、从一。一者，其氣平之也。」「兮」下云：「語所稽也，从亏、八，象气越亏也。」「稽」之爲言留止也，句中加「兮」，所以留止其語。心之憂矣，曷維其已！【疏】傳：「憂雖欲自止，何時能止也。」○曷，何也。已，止也。言憂何可止。說文：「已，已也。四月陽气已出，陰气已藏，萬物見成文章，故以爲蛇象形。」釋名：「已，已也。陽气畢布已也。」陽氣終止於已，故引申爲「終止」之義。辰已之「已」，與已止之「已」，古音義不別，篇韻二音，非也。說文：「㠯，用也，从反已。」已爲止，故反已爲用也。維、其，並語助。

緑兮衣兮，緑衣黄裳。心之憂矣，曷維其亡！【疏】傳：「上曰衣，下曰裳。」箋：「婦人之服不殊，衣裳上下同色。今衣黑而裳黄，喻亂嫡妾之禮。亡之言忘也。」○說文：「衣，依也。」衣有尚之者，故爲裳聲，兼義字也。孔疏：「表裏與幽顯，上下喻尊卑。」毁常甚矣，較首章義進。「曷維其亡」者，何能無憂也。亡、無古通用。說文：「亾，逃也。从人、从𠃊。」「無，亡也。从亡，𣞤聲」。采葑「何有何亡」，傳：「亡，無也。」左襄九年傳「姜曰亡」，杜注：「亡猶無也。」

緑兮絲兮，女所治兮。【疏】傳：「緑，末也。絲，本也。」箋：「女，女妾上僭者。先染絲，後製衣，皆女之所治爲也，而女反亂之，亦喻亂嫡妾之禮，責以本末之行。禮，大夫以上衣織，故本於絲也。」○說文：「糸，細絲也。象束絲之形。」「絲，蠶所吐也。从二糸。」治，整理也。言此緑兮之衣，其爲絲時，亦是女工所整理兮。溯其未染言之。黄緑雖殊，絲無異質，興嫡妾雖別，人無異性也。我思古人，俾無訧兮。【疏】傳：「俾，使。訧，過也。」箋：「古人，謂制禮者。我思此人定尊卑、使人無過差之行，心善之也。」○釋詁：「俾，使人。」說文：「俾，益也。从人，卑聲。一曰：俾，門侍人。」「訧，皋也。从言，尤聲。周書曰：報以庶訧。」卑爲侍人，引申爲「使令」義。詩言上僭之妾非質性爾殊，特無人教之，致陷於皋過耳。我思持盈守分之古人，欲喻之使免於訧皋兮。忠厚之至也。釋文：「訧，本亦作尤。」魯語：「公父文伯之母欲室文伯，饗其宗老，而爲賦綠衣之三章。師亥曰：『詩以合室，歌以詠之，度於法矣。』」度於法，故能「無訧」，文伯母取此義也。

絺兮綌兮，淒其以風。【疏】傳：「淒，寒風也。」箋：「絺綌所以當暑，今以待寒，喻其失所也。」○絺綌，當暑之衣，解具葛覃。說文：「淒，雲雨起也。」雲雨起而加以風，則寒氣至，故淒有寒涼之義。素問「五常政大論，淒滄數至，」注：「淒滄，大涼也。」漢書外戚傳「秋氣潛以淒淚兮」，注：「淒淚，寒涼之意也。」是其證矣。其，辭也。唐人詩多用「淒其」字本此。以絺綌當淒風，喻君待己恩禮之薄。**我思古人，實獲我心！**【疏】傳：「古之君子，實得我之心也。」箋：「古之聖人制禮者，使夫婦有道，妻妾貴賤各有次序。」○說文：「獲，獵所獲也。从犬，蒦聲。」引申之，凡得皆曰獲。廣雅釋詁：「獲，得也。」詩言己處難堪之境，又言我思安命樂天之古人，實得我心。不敢怨君，亦忠厚之恉。此及上章「古人」雖同，合上下文觀之，意各有屬。左成九年傳：季文子如宋致女，復命，公享之。賦韓奕之五章。穆姜出，再拜，賦綠衣之卒章。取「實獲我心」之義，不關詩恉。

綠衣四章，章四句。

燕燕【注】魯說曰：衞姑定姜者，衞定公之夫人，公子之母也。公子既娶而死，其婦無子，畢三年之喪，定姜歸其婦，自送之至於野，恩愛哀思，悲以感慟，立而望之，揮泣垂涕，乃賦詩曰：「燕燕于飛，差池其羽。之子于歸，遠送于野。瞻望弗及，泣涕如雨。」送去，歸泣而望之，又作詩曰：「先君之思，以畜寡人。」君子謂定姜爲慈姑，過而之厚。齊說曰：泣涕長訣，我心不快。遠送衛野，歸寧無子。又曰：燕雀衰老，悲鳴入海。憂在不飾，差池其羽。頡頏上下，在位獨處。【疏】毛序：「衛莊姜送歸妾也。」箋：「莊姜無子，陳女戴嬀生子，名完，莊姜以爲己子。莊公薨，完立，而州吁殺之，戴嬀於是大歸，莊姜遠送之于野，作詩見己志。」○「衛姑」至「之厚」，列女傳母儀篇文。以爲定姜送婦作，魯義也。「泣涕」至「無子」，易林萃之賁文。「燕雀」至「獨處」，恆之坤文。所云「燕雀衰老」、「在位獨處」、「泣涕長訣」、「歸寧無子」，與列女傳合，是齊魯義同。禮坊記：「詩云：『先君之思，以畜寡人。』」鄭注：「此衛夫人定姜之詩也。定姜無子，立庶子衎，是爲獻公。畜，孝也。獻公無禮於定姜，定姜作詩，言獻公當思先君定公，以孝於寡人。」陳喬樅云：「鄭志答炅模云：『爲記注時就盧君，先師亦然，後乃得毛公傳，既古書義又宜，然記注已行，不復改之。』攷二戴之學，傳自后蒼，蒼治齊詩，故禮記引詩多從齊詩之文。至馬融盧植考諸家同異，附戴聖篇章，去其繁重及所敘略而行於世，即今之禮記是也。鄭君亦依盧馬之本而注焉。（見釋文敍録。）是禮記舊説多主齊詩傳義。鄭云注記時就盧君，又云先師亦然，則坊記注是述齊詩之説也。禮釋文云此是魯詩，『魯』蓋『齊』之誤。魯以爲送其婦歸而作。齊詩以爲送婦歸寧，並爲獻公無禮而作詩，義亦與魯互相備。魯齊詩久已佚，陸氏蓋據前儒遺説。王應麟詩攷以此記注收入魯詩，則王所見釋文本已誤作魯矣。」又云：「詩攷引李迂仲云：『燕燕，韓詩以爲定姜歸其娣，送之而作。』後漢和熹鄧皇后紀云：和帝葬後，宮人並歸園，太后賜周馮貴人策曰：『朕與貴人，託配後庭，共歡等列，十有餘年。不獲福祐，先帝早棄天下，孤心煢煢，靡所瞻仰，夙夜永懷，感愴發中。今當以舊典分歸外園，慘結增歎，燕燕之詩，曷能喻焉？』紀言后年十二通詩，時毛詩未立學官，后語本三家而與定姜送娣之説情事相合，是用韓詩也。迂仲之言，殆非無徵。」愚案：詩攷所引晁李諸人説，多出臆撰，不足傳信。柏舟詩爲衛寡夫人作，「寡」一作「宣」，李即以爲宣姜自誓而作此詩。定姜歸其婦，李以爲歸其娣，影附范書，私意竄改，並疑誤後人之甚者。魯齊既同作定姜，不應韓詩獨爲送娣也。鄧后賜貴人策，以尊臨卑，其引此詩，特借喻分飛慘歎之思，何得援爲定姜送娣之證，陳説非。

燕燕于飛，差池其羽。【疏】傳：「燕燕，鳦也。燕之于飛，必差池其羽。」箋：「差池其羽，謂張舒其尾翼，與戴嬀將歸，顧視其衣服。」○説文「燕」下云：「玄鳥也。籋口，布翄，枝尾。象形。」「乙」下云：「玄鳥也。」「巂」下云：「周燕也。」「巂周」爲燕，連篆文讀之。釋鳥：「巂周，燕。燕，鳦。」謂巂周名燕，而燕又名鳦。孫炎云：「別三名。」與説文合。陳奐謂「自郭景純不明詩義，致誤爾雅『燕燕』連讀，而孔穎達左傳疏以爲重名『燕燕』異方語，其誤實始於郭。」愚案：毛傳：「燕燕，鳦也。」是誤自毛始，後人承之，不爲毛惑者獨許君耳，陳正讀是祖毛，非也。連言「燕燕」者，非一燕。燕燕，定姜自喻及婦。于，辭也。「差池其羽」者，左襄二十一年傳「而何敢差池」，杜注：「差池，不齊一。」定姜及婦皆身丁憂厄，容飾不修，故以燕羽之差池爲比，齊説所謂「憂在不飾」也。

之子于歸，遠送于野。瞻望弗及，泣涕如雨。【疏】傳：「之子，去者也。歸，歸宗也。遠送，過禮。于，於也。郊外曰野。瞻，視也。」箋：「婦人之禮，送迎不出門，今我送是子乃至于野者，舒己憤，盡己情。」○之子，謂婦。于歸，往歸其國。郊外曰野，以三章「于南」例之，此「于野」亦當爲「往野」，言送之往外也。送于野，故云「遠」，魯説所謂「過而之厚」也。説文：「望，出亡在外，望其還也。从亡，朢省聲。」「無聲出涕曰泣。」「涕，泣也。」婦去既遠，瞻望之至不能逮及，思之涕泣如雨之多也。後漢十上注、文選曹植上責躬應詔詩表注引詩，「弗及」並作「不及」。

燕燕于飛，頡之頏之。【疏】傳：「飛而上曰頡，飛而下曰頏。」箋：「頡頏，與戴嬀將歸，出入前卻。」○説文「頡」下云：「直項也。从頁，吉聲。」「亢」下云：「人頸也。从大省，象頸脈形。」「頏」下云：「或从頁。」漢書張耳陳餘傳「乃仰絶亢而死」，注：「亢，頸大脈也。」劉敬傳注：「亢，喉嚨也。」「頡之頏之」者，鳥大飛向前，則項直而頸下脈見，此狀其于飛之皃。云飛而下上者，後起之義。之子于歸，遠于將之。瞻望弗及，佇立以泣。【注】魯說曰：將，送也。佇，立貌。【疏】傳：「將，行也。佇立，久立也。」箋：「將亦送也。」○「將，送也」者，釋言文。郭注：「詩曰：『遠于將之。』」孔疏引孫炎曰：「將，行之，送也。」是魯詩訓「將」爲「送」，鄭用魯改毛，遠往送之，於義爲順。「佇立貌」者，楚詞離騷王注文，引詩曰「佇立以泣」，亦魯說也。說文無「佇」字，本字蓋作「宁」，說文：「宁，辨積物也。」文選孫綽遊天台山賦注：「宁，猶積也。」亦通作「貯」。說文：「貯，積也。」引申之，爲「積久」義。經典作「佇」，後起之字。毛訓「久立」，魯云「立貌」，皆就文立義。

燕燕于飛，下上其音。【疏】傳：「飛而上曰上音，飛而下曰下音。」箋：「下上其音，興戴嬀將歸，言語感激，聲有大小。」○先下後上音，鳥飛由下而上，下上皆聞其鳴，故云「下上其音」，音隨身下上也。說文：「音，聲也。从言，含一。」凡物單出曰聲，雜比曰音，詩言音不言聲，知非一燕。之子于歸，遠送于南。瞻望弗及，實勞我心。【疏】傳：「陳在衞南。」○于南，婦所歸之國在南，故送往南行。魏源云：「此婦出薛國任姓，薛在衞東南。」愚案：史記衞世家，定公乃成公孫。漢書地理志「東郡濮陽」，班注：「衞成公自楚丘徙此，故帝丘，顓頊墟。」「魯國薛」，注：「湯相仲虺居之。」晉太康地記云：「仲虺後當周世，爵稱侯，後見侵削，爲霸者所絀爲伯，任姓也。」一統志：「濮陽，今開州西南。薛，今滕縣東南四十五里，在開州東少南。」魏說是也。釋文：「實，是也。本亦作寔。」說文：「勞，劇也。从力，熒省。熒火燒門，用力者勞。」引申其義，故用心甚亦曰勞。

仲氏任只，其心塞淵。【注】韓說曰：仲，中也，言位在中也。魯說曰：淵，深也。【疏】傳：「仲，戴嬀字也。任，大。塞，瘞。淵，深也。」箋：「任者，以恩相親信也。周禮六行：孝友睦婣任恤。」○「仲，中也，言位在中也」者，衆經音義九引韓詩文。玉篇人部引詩：「仲氏任只。仲，中也。」卽用韓義。禮大傳注：「位，謂齒列也。」女子以伯仲爲字，位在中者，言此婦之字齒列在仲。「仲氏任只」者，魏源云：「猶大明『摯仲氏任』，是薛國任姓之女。」愚案：定姜婦爲何國女，書無明文，春秋無摯國，故魏以任姓爲薛女，以大明之仲氏任例之，此婦爲任姓，義亦當然，較傳文順。陳奐云：「大明傳：『大任，仲任也。』彼詩言大任來嫁，故稱婦之姓而言任，此莊姜評戴嬀，不必繫姓，故但言仲而不言仲嬀。」是陳意亦據大明見及婦爲任姓，特以爲毛作疏，不能末殺序傳之戴嬀耳。「塞」，當爲「㥶」。說文：「塞，隔也。从土、从𡨄。」「㥶，實也。从心，𡨄聲。書曰：『剛而㥶。』」今書作「塞」。徐鍇繫傳引詩曰「秉心㥶泉。」（唐諱「淵」，改。）今皆作「塞」，借字。「淵，深也」者，廣雅釋詁文。淵訓深，自水深義引申之。莊子應帝王，郭注：「淵者，靜默之謂。」人靜默則心深莫測，而又誠實無僞，故美之曰塞淵。蔡邕崔夫人誄「塞淵其心」，漢書敘傳「塞淵其德」，並本此文。蔡學魯詩，班學齊詩，而皆作「塞」，是齊魯與毛同字。終温且惠，淑愼其身。先君之思，以勖寡人。【注】魯齊「勖」作「畜」。【疏】傳：「惠，順也。勖，勉也。」箋：「温，謂顏色和也。淑，善也。戴嬀思先君莊公之故，故將歸，猶勸勉寡人以禮義。寡人，莊姜自謂也。」○「終温且惠」者，王引之云：「終，猶既也。」詳引詩句例爲說。釋訓：「温，温柔也。」說文：「惠，仁也。」言既柔且仁也。釋詁：「淑，善也。」說文：「愼，謹也。」孔疏：「善自謹愼其身。」先君，謂定公。「魯齊勖作畜」者，見上引列女傳坊記文。鄭注：「畜，孝也。」禮祭統：「孝者，畜也。」孝經援神契：「庶人行孝曰畜。」案，詩以「孝」爲「畜」，義通貴賤，不獨庶人然矣。畜者，養也，孝貴能養，養體養志皆爲畜。「孝」、「畜」又雙聲字。寡人，定姜自謂。管子入國篇：「婦人無夫曰寡。」孟子梁惠王篇、禮王制同。釋名：「寡，踝也。踝踝，單獨之言也。」「寡人」對上「先君」言，非王侯謙言少德之謂。此章追述其婦之賢，意謂先君在時既能孝養，及先君已没，猶能追思先君愛敬寡人之思以孝養寡人。禮中庸：「敬其所尊，愛其所親，事死如事生，事亡如事存，孝之至也。」能畜寡人，知其不忘先君矣。齊詩謂獻公無禮，定姜作詩，言獻公當思先君以孝寡人者，此正定姜言外意。左成十四年傳：衞定公有疾，立子衎爲太子。及薨，定姜既哭而息，見太子之不哀也，歎曰：「是夫也，將不爲衞國之敗，其必始於未亡人，天禍衞國也夫！」獻公十八年孫甯作亂，獻公奔齊，及竟，使祝宗告亡，且告無罪。定姜曰：「舍大臣而與小臣謀，一罪也。先君有冢卿以爲師保，而蔑之，二罪也。余以巾櫛事先君，而暴妾使余，三罪也。」此定姜責獻公不能念先君以孝適母之證。蓋獻公無禮，初立已然，故定姜有「始於未亡人」之語。定姜之子年長而夭，婦既賢孝，宜可相依，乃必歸其國，至於遠送野外，恩愛悲感若此，蓋時事逼迫，有不得不然者。詩云「先君」，知在定没獻立之際。定姜慟子思婦，煢獨悲傷，專爲獻公不能孝養。末二句追美去婦，即以深責獻公，詩指甚明，齊義非與魯異。

燕燕四章，章六句。

日月【注】魯說曰：「宣姜者，齊侯之女，衞宣公之夫人也。初，宣公夫人夷姜生伋子，以爲太子。又娶於齊，曰宣姜，生壽及朔。夷姜既死，宣姜欲立壽，乃與壽及朔謀構伋子。公使伋子之齊，宣姜乃陰使力士待之界上而殺之，曰：『有四馬白旄至者，必要殺之。』壽聞之，以告太子，曰：『太子其避之。』伋子曰：『不可，夫棄父之命，則惡用子也。』壽度太子必行，乃與太子飲，奪之旄而行，盜殺之。伋子醒，求旄不得，遽往追之，壽已死矣，伋子痛壽爲己死，乃謂盜曰：『所欲殺者乃我也，此何罪？請殺我！』盜又殺之。二子既死，朔遂立爲太子。宣公薨，朔立，是爲惠公，竟終無後，亂及五世，至戴公而後寧。（王氏注：「『五』，當作『三』，字之誤也。三世，宣惠懿。」）詩曰：『乃如之人兮，德音無良。』此之謂也。」【疏】毛序：「衞莊姜傷己也。遭州吁之難，傷己不見答於先君，以至困窮之詩也。」○「宣姜」至「謂也」，列女傳孽嬖篇文。陳喬樅云：「此篇魯詩之說與毛迥異，而於史記敘衞事爲合。衞世家云：『初，宣公愛夫人夷姜，生子伋，以爲太子。爲取齊女，未入室，而宣公見所欲爲太子婦者好，説而自取之，更爲太子取他女。宣公得齊女，生子壽子朔。太子伋母死，宣公正夫人與朔共讒惡太子伋。宣公自以其奪太子妻也，心惡太子，欲廢之，及聞其惡，大怒，乃使太子伋如齊，而令盜遮界上殺之，與太子白旄，而告界盜見持白旄者殺之。且行，子朔之兄壽，太子異母弟也，知朔之惡太子而君欲殺之，乃謂太子曰：「界盜見太子白旄，卽殺太子，太子可毋行。」太子曰：「逆父命求生，不可。」遂行，壽見太子不止，乃盜其白旄而先馳至界。界盜見其驗，卽殺之。壽已死，而太子伋又至，謂盜曰：「所當殺乃我也。」盜並殺太子伋，以報宣公。宣公乃以子朔爲太子。』新序云：『壽之母與朔謀欲殺太子伋而立壽也，使伋之齊，將使盜見載旌要而殺之。壽止伋，伋不可。壽竊伋旌以先行，幾及齊矣，盜見而殺之。伋至，見壽之死，痛其代己死，涕泣悲哀，遂載其屍還，至境而自殺，兄弟俱死。故君子義此二人而傷宣公之聽讒也。』語與列女傳大略相同，蓋皆本於魯詩，惟以伋爲至境自殺，與史記列女傳微異，傳聞異詞耳。」愚案：列女傳不備詩義，合新序觀之，蓋君子義此二人，代作之詩不止一篇。二子乘舟，新序以爲憂伋、壽見害於水作，此詩當爲伋聞壽代己先往作也。「胡能有定」，義不可止也。「寧不我顧」、「寧不我報」，謂壽胡不告我而竊旌先往也。「父兮母兮，畜我不卒」，傷父母恩絶而己將見殺也。「報我不述」，謂棄父之命，我爲不法也。詩四章「日月」並興，末章「父母」並稱，則所謂「乃如之人」者，自指宣公、宣姜二人，如伋自作詩，不當稱父母爲「之人」，故知他人作也。緑衣毛序：「衛莊姜傷己也。妾上僭，夫人失位而作是詩也。」孔疏：「此言而作是詩及故作是詩者，皆序作詩之由，不必卽其人自作也。故清人序云『危國亡師之本，故作是詩』，非高克自作也。雲漢云『百姓見憂，故作是詩』，非百姓作之也。」卽其例。

日居月諸，照臨下土。乃如之人兮，逝不古處！【疏】傳：「日乎月乎，照臨之也。逝，逮。古，故也。」

箋：「日月，喻國君與夫人也。當同德齊意以治國者，常道也。之人，是人也，謂莊公也。其所以接及我者，不以故處，甚違其初時。」○「日居月諸」，箋云喻君與夫人，是也。説文：「照，明也。」「臨，監臨也。」釋詁：「臨，視也。」視，監義同。詩言君與夫人臨治在下之人，如日月照臨下土，赫然光明，無有障蔽，傷己之不見照察也。「乃」者，説文：「乃，曳詞之難也，象氣之出難。」詩不敢斥言，故爲難緩之詞出之。箋云「之人，是人也」，彼申毛，以「是人」謂莊公。尋魯詩之義，「是人」謂宣公宣姜也。説文：「逝，往也。从辵，折聲。」莊子山木篇釋文引司馬注：「曲折曰逝。」逝訓往，又訓曲折，當是曲折徐往之義。逝之爲往，猶漸之爲進也。廣雅釋詁：「逝，行也。」行亦往也。碩鼠「逝將去女」，訓爲行將去女，言徐徐然將去女也。此詩「逝不古處」，亦言徐徐然不古處，其義自曲折而往引申之，猶言漸不如前矣。不古處，箋云「不以故處，甚違其初時」是也。蓋宣姜於伋，始尚無不相容之事，及己生子已長，謀奪太子，搆害横生。宣公信讒，恩愛漸薄，違其初時，非一朝一夕之故，故云「逝不古處」也。

胡能有定，寧不我顧！【疏】傳：「胡，何。定，止也。」箋：「寧，猶曾也。君子之行如是，何能有所定乎？曾不顧念我之言，是其所以不能定完也。」○陳奐云：「寧，亦胡也。」詳引詩句例證之，於義亦通。「定」之言「止」，新序所謂「壽止伋」也，詩代伋言：「壽雖止我，我奉命而往，何能有止乎？胡不顧念我言而先往也。」説文：「顧，還視也。」引申爲「回念」之義，故箋云：「顧，念也。」韓詩外傳九引「胡能有定」一語推演之，不關詩恉。

日居月諸，下土是冒。乃如之人兮，逝不相好！胡能有定，寧不我報！【疏】傳：「冒，覆也。不相好，不及我以相好。盡婦道，猶不得報。」箋：「覆，猶照臨也。其所以接及我者，不以相好之恩情，甚於己薄也。」○説文：「冒，蒙而前也。从月、从目。」詩言下土皆爲日月所覆冒，傷己獨不見蒙覆於君、夫人。楚詞惜誦「父信讒而不好」，注：「好，愛也。」此「好」亦訓「愛」。「逝不相好」，漸失愛也。呂覽權勳篇高注：「報，白也。」詩謂壽胡不報白於我而竊旌以行也。

日居月諸，出自東方。【疏】傳曰：「始月盛皆出東方。」箋：「自，從也。言夫人當盛之時，與君同位。」○陳奐云：「禮器：『大明生於東，月生於西，此陰陽之分，夫婦之位也。』注：『大明，日也。』禮言日東月西，以喻夫婦之位，此言日月皆出東方者，箋所云是也。」愚案：此言宣姜干君之位，如日月並盛，箋意隱合。乃如之人兮，德音無良！胡能有定，俾也可忘！【疏】傳：「音，聲。良，善也。」箋：「無善恩意之聲語於我也。俾，使也。君之行如此，何能有所定，使是無良可忘也。」○德音，以使命言，卑奉尊命謂之「德音」，若後世稱「恩命」矣。左傳「大國不加德音」，漢書楚元王傳「發明詔，吐德音」，義與此同。駟鐵「秩秩德音」，則在下之詞，總謂善言耳。良，善也。忘，不識也。奉使如齊是德音，陰使盜殺則無良矣，然於義當往，胡能止之，使忘君命乎。末二語當連讀爲一句。也，語詞。韓詩外傳一引公甫文伯事，亦推演之詞。

日居月諸，東方自出。父兮母兮，畜我不卒。【疏】箋：「畜，養。卒，終也。父兮母兮者，言己尊之如父，又親之如母，乃反養遇我不終也。」○「父兮母兮」，謂宣公宣姜。畜，養也。卒，終也，言恩養不終而殺之，詩恉極明。毛序謂莊姜不見答於莊公而作，箋申之云「父兮母兮者，言己尊之如父，又親之如母」，此語施之夫婦，既覺不倫，而已不見答於公，又無追怨父母之理，義至難通，故疏家皆未及之。胡能有定，報我不述！【注】魯「述」作「遹」，云：「不遹，不蹟也。」韓「述」作「術」，云：「術，藝也。」又云：「術，法也。」【疏】傳：「述，循也。」箋：「不循，不循禮也。」○「魯述作遹」者，釋訓：「不遹，不蹟也。」郭注：「言不循軌迹也。」陳壽祺云：「爾雅釋文：『不遹，古述字。』又釋言：『遹，述也。』釋文引孫炎曰：『遹，古述字。』爾雅以『不蹟』訓『不遹』，即訓此詩之『報我不述』。陸氏於『不蹟』下誤引沔水之『念彼不蹟』，非是。」陳喬樅云：「毛傳：『述，循也。』說文『述』亦訓『循』。釋詁：『遹，循也。』訓義並同，故郭解『不蹟』爲『不循軌迹也』。」「韓述作術」者，文選劉峻廣絶交論注引韓詩曰：「報我不術。」詩釋文：「述，本亦作術。」韓與毛「亦作」本同。宋綿初云：「述、術音義同。士喪禮『筮人許諾不述命』，注云：『古文述皆作術。』祭義『術省』，注云：『術省當爲述省。』賈山至言『術追厥功』，孟郁堯廟碑『歌術功稱』，韓勑修孔廟後碑『共術德政』，靈臺碑陰『州里偁術』，樊敏碑『臣子褒術』，義皆作『述』。唐君頌『就樂道述』，義又作『術』，皆其證也。」「云術，藝也」者，慧琳音義九引韓詩文。鄉飲酒義「古之學術道者」，鄭注：「術，猶藝也。」左昭十六年傳「而共無藝」，杜注：「藝，法也。」昭二十年傳「布常無藝」，注「藝、法制也。」十三年傳「貢之無藝」，注同。「云術，法也」者，絶交論注引薛君說。「術，藝也」，蓋韓詩之元文；「術，法也」，章句申明韓訓，以「藝」即是「法」也。薛釋「不術」爲「不法」，亦謂「不循軌法」，與郭注「不循軌迹」義同。詩代伋言：壽之報白於我者，乃欲我不循軌法，我不能止而不往。列女傳伋云「棄父之命，則惡用子」，是伋以奉命必往爲循法，自以棄命逃罪爲不循法矣。

日月四章，章六句。

終風【疏】毛序：「衛莊姜傷己也。遭州吁之暴，見侮慢而不能正也。」箋：「正，猶止也。」○「惠然肯來」，傳云謂「時有順心。」「莫往莫來」，傳云：「人無子道以來事己，己亦不得以母道往加之。」魏源云：「莊姜初年，即子完而惡州吁，(見左傳。)豈惡之莊公尚在之時而望之篡弑大逆之後，且以畢生孤危扶植之嗣子，一旦取諸其懷而殺之，反仞賊作子，惓惓顧念，責其言笑之末，冀其子道以來？使州吁貌爲恭敬，莊姜即母子如初乎？是國人皆不君之，莊姜反欲子之，石碏尚知大義滅親，莊姜反不知母子義絶也。此當從韓說，爲夫婦之詞。」愚案：魏說是。序首句「莊姜傷己也」，蓋大師相傳古義；「遭州吁」云云，則毛所臆增。詳詩義，爲莊公作也。易林頤之升：「終風東西，散渙四分。終日至暮，不見子懽。」此齊義。「懽」與「歡」同，荀子大略篇「夫婦不得不驩」，「驩」亦「歡」借字，故夫婦相謂曰「歡」。古樂府「疑是所歡來」，懊儂歌「我與歡相儛」，並與「子懽」同意，是齊詩以此爲夫婦之詞，尤有明證。爾雅「謔浪笑敖」，郭注謂「調戲」，蓋是舊注魯詩義。「調戲」之詞，爲莊公言則可，若屬之州吁，而又云莊姜尚以子道望之，殆無是理，知魯亦謂此爲夫婦之詞矣。

終風且暴，顧我則笑。【注】韓說曰：終風，西風也。又曰：時風又且暴。魯說曰：日出而風爲暴。齊「暴」亦作「瀑」。【疏】傳：「興也。終日風爲終風。暴，疾也。笑，侮之也。」箋：「既竟日風矣，而又暴疾。興者，喻州吁之爲不善，如終風之無休止，而其間又有甚惡，其在莊姜之旁，視莊姜則反笑之，是無敬心之甚。」○「終風，西風也」者，釋文引韓詩文。「時風又且暴」者，文選陸機代顧彥先贈婦詩「隆思亂心曲」，李注引薛君章句文。下句云「使己思益隆。」韓詩以爲夫婦之詞，故陸贈婦詩用其義也。胡承珙云：「終與西不相涉。釋天：『西風謂之泰風。』疑本作『泰風』，故韓依爾雅釋爲『西風』。說文：『𠔄，古文終。』又『泰』，古文作『夳』，是終、泰古文形近易溷。終亦爲衆，（士相見禮注：「今文衆爲終。」）集韻：『衆，古作昬。』列子周穆王篇『昚角爲右，殷敬順』釋文：『昚，篆文泰。』昬與昚形亦相近，韓詩自作『泰風』，與毛師承各異。」其說亦通。薛云「時風」者，爾雅：「南風謂之凱風，東風謂之谷風，北風謂之涼風，西風謂之泰風，此四方之風應四時者也。」詩「泰風有隧」，疏引孫炎云：「西風成物，物豐泰也。泰風爲秋風，故薛以時風釋之。」愚案：毛傳：「終風，終日風也。」據易林「散渙四分，終日至暮」，（見上。）是齊詩亦訓爲「終日風」，與毛同。「日出而風爲暴」者，釋天文，魯說也。「齊暴亦作瀑」者，說文「瀑」下云：「疾雨也。一曰沫也。一曰：瀑，賨也。詩曰：『終風且瀑』。」案，「沫」、「賨」二義，與詩無涉，是說文引詩作「疾雨」解。玉篇：「瀑，疾風也。」「風」蓋「雨」之誤，據薛說作「暴」，知作「瀑」者齊文也，此以喻莊公狂縱之狀。「顧我則笑」者，其笑無時，不以禮義止情也。

謔浪笑敖，中心是悼。【注】魯說曰：謔，戲謔也。浪，意萌也。笑，心樂也。敖，意舒也。謔笑之貌也。（「萌」舊誤「明」，從阮校正，邢疏誤「朗」。）韓說曰：浪，起也。【疏】傳：「言戲謔不敬。」箋：「悼者，傷其如是然而已不能得而止之。」〇「謔戲」至「貌也」者，釋詁：「謔浪笑敖，戲謔也。」郭注：「謂調戲也，見詩。」孔疏引舍人曰：「謔，戲謔也。浪，意萌也。笑，心樂也。敖，意舒也。戲笑，邪戲也。謔笑之貌也。」此魯說。「謔，戲謔也」者，下「謔」爲「言」字之誤。說文：「謔，戲也。从言，虐聲。」是「謔」爲「戲言」也。「浪，意萌也」者，阮元云：「浪，讀爲『蒼筤竹』之『筤』。易正義云竹初生時色蒼筤，取其春生之美也。凡意蕊、心花初生時似此，故曰浪，意萌也。」「戲笑，邪戲也」者，臧鏞堂謂衍「邪」上「笑」字，是也，並爲舊注「調戲也」作解。「謔，笑之貌也」，總釋「謔浪笑敖」四字，謔浪，謔之貌；笑敖，笑之貌，合言之爲戲謔也。「浪，起也」者，釋文引韓詩文。阮元云：「韓說正是意萌之訓，謂如波之起。」愚案：浪之爲言謔無已也，萌、起二訓相成。敖從出、放，舍人訓「意舒」，謂笑之大放也。蓋謔非不可，謔而浪則狂；笑非不可，笑而敖則縱，分析言之，故與上「笑」不複。藝文類聚十九、御覽三百九十一、四百六十六引詩「敖」作「傲」，後人傳寫致誤。「敖」訓「倨」，非詩恉。中心，猶心中。說文：「悼，懼也。陳楚謂懼曰悼。」莊姜見公性情流蕩無節，即其當前之歡愛，已慮有他日之棄捐，故中心因是而懼，蓋終風即緑衣之兆矣。

終風且霾，【注】魯說曰：風而雨土爲霾。【疏】傳：「霾，雨土也。」〇「風而雨土爲霾」，釋天文，魯說也。孔疏引孫炎注：「大風揚塵，雨從上下也。」說文：「霾，風雨土也。从雨，貍聲。詩曰：『終風且霾。』」無異義。釋名：「霾，晦也，言如物塵晦之色也。」喻公心迷晦，情愛忽移。惠然肯來。【注】魯「肯」作「肎」。【疏】傳：「言時有順心也。」箋：「肯，可也。有順心，然後可以來至我旁。不欲見其戲謔也。」〇「魯肯作肎」者，釋言：「惠，順也。肎，可也。」郭注：「詩曰：『惠然肯來。』肯，今通言。」釋文：「肯，或作古肎字。」玉篇：「肎，可也。詩曰：『惠然肎來。』」作「肎」者蓋魯文。然，詞也。說文：「然，燒也。」「嘫，語聲也。」語詞當爲「嘫」，經典借「然」字。詩人言公或意順而肎來乎？冀望之詞。莫往莫來，悠悠我思。【疏】傳：「人無子道以來事己，己亦不得以母道往加之。」箋：「我思其如是，心悠悠然。」○「莫往莫來」，不往來也。無來故無往，易林所謂「終日至暮，不見子懽」也。下「莫」字增文足句，望其來而不來，故思之悠悠然長。

終風且曀，不日有曀。【注】魯說曰：「陰而風爲曀。」【疏】傳：「陰而風曰曀。」箋：「有，又也。既竟日風且復曀，不見日矣而又曀者，喻州吁闇亂甚也。」○「陰而風曰曀」，釋天文，魯說也。釋名：「曀，翳也，謂日光掩翳也。」箋訓「有」爲「又」，有、又古字通，義亦互訓。「不日又曀」，不竟日而又曀也。「不日」，與河廣「不崇朝」意同，言清明無多時，復陰曀也。箋謂不見日而又曀，案，不見日卽曀也。或謂「有」，語助，「不日有曀」，謂陰也，亦與「且曀」義複，疑非詩恉。楚詞九歎王注：「曀，闇昧也。詩曰：『不日有曀。』」此喻莊公爲嬖寵翳蔽。

寤言不寐，願言則疐。【注】韓「疐」作「嚏」。三家「則」作「卽」。【疏】傳：「疐，跲也。」箋：「言，我。願，思也。疐，讀當爲不敢嚏咳之嚏。我其憂悼而不能寐，汝思我心如是，我則嚏也。今俗人嚏，云人道我，此古之遺語也。」○兩「言」皆詞也。釋詁：「願，思也。」方言同。言我思君甚，寤覺而不能寐，有時嚏鼻，以爲君思願我，乃致我嚏也。非真謂公願，正以形我思。「韓疐作嚏」者，玉篇口部：「嚏，噴鼻也。詩云：『願言則嚏』。」案，今毛詩作「嚏」，當本是「疐」。段玉裁云：「毛作『疐，跲也』，鄭云疐讀爲『不敢嚏咳之嚏』，此鄭改讀。唐石經以下經傳皆從口，是用鄭廢毛。嚏不得訓跲，今正義本傳是『跲也』，則經當作『疐』。釋文：『疌，本又作嚏，又作疐，竹利反。』鄭作嚏，音『都利反』。疌卽疐變體。狼跋釋文『疐，本又作疌』可證，與說文止部之『疌』字迥不相涉，若經字作止部之疌，鄭不得讀爲嚏，釋文亦不當作『竹利反』矣。」愚案：段說是。據玉篇引詩直作「嚏」字，在唐石經前，顧用韓詩，所據卽韓文，鄭讀「疐」爲「嚏」，用韓改毛也，今仍正經字爲「疐」，以顯韓義。「三家則作卽」者，衆經音義十引蒼頡篇曰：「嚏，噴鼻也。詩曰：『願言卽嚏。』」十四、十五引並同。蓋三家文。「卽」、「則」雙聲字。

曀曀其陰，虺虺其靁。【注】韓「曀」作「㙪」，云：「天陰塵也。」【疏】傳：「如常陰曀曀然，暴若震靁之聲虺虺然。」〇韓「曀曀」作「㙪㙪」者，說文：「㙪，天陰塵也。詩曰：『㙪㙪其陰。』」呂祖謙讀詩記引韓詩章句曰：「㙪㙪其陰，天陰塵也。」詩攷引董逌詩跋云：「韓詩章句曰：『㙪㙪，天陰塵也。』」是說文「㙪」字注正用韓詩。玉篇土部亦云：「㙪，天陰塵起也。」後漢馮衍傳「日曀曀其將暮兮」，李注：「曀曀，陰晦貌也。詩曰：『曀曀其陰』。」陳喬樅云：「馮用韓詩，當作『㙪㙪』，此後人傳寫依毛改之。」愚案：蔡邕述行賦「陰曀曀而不陽」，蔡用魯詩，與毛同。虺虺，震雷聲。曀曀其陰，天常陰矣。虺虺其雷，漸施震怒。既無肯來之望，已有失位之憂，中心悼懼，斯先見之明與？寤言不寐，願言則懷。【疏】傳：「懷，傷也。」箋：「懷，安也。女思我心如是，我則安也。」〇箋「懷，安也」，雄雉揚之水同。詩言我常寤而不寐，冀君或思顧我，則我庶安其位也。蓋遇此狂蕩暴戾之君，始不以淫冶求容，終不以怨毒絕望，亦賢矣哉。

終風四章，章四句。

擊鼓【注】齊說曰：「擊鼓合戰，士怯叛亡。威令不行，敗我成功。」【疏】毛序：「怨州吁也。衞州吁用兵暴亂，使公孫文仲將而平陳與宋，國人怨其勇而無禮也。」箋：「將者，將兵以伐鄭也。平，成也。將伐鄭，先告陳與宋，以成其伐事。春秋傳曰：『宋殤公之卽位，公子馮出奔鄭，鄭人欲納之。及衞州吁立，將修先君之怨於鄭，而求寵於諸侯，以和其民。使告於宋曰：「君若伐鄭，以除君害，君爲主，敝邑以賦與陳蔡從，則衞國之願也。」宋人許之。於是陳蔡方睦於衞，故宋公陳侯蔡人衞人伐鄭』是也。伐鄭在魯隱四年。」〇史記衞世家：「莊公卒，桓公立。弟州吁驕奢，桓公絀之，州吁出奔。十三年，鄭伯弟段攻其兄，不勝，亡，而州吁求與之友。十六年，州吁收聚衞亡人以襲殺桓公，州吁自立爲衞君。爲鄭伯弟段欲伐鄭，請宋陳蔡與俱，三國皆許州吁。」陳喬樅云：「史記言州吁爲叔段伐鄭事，與左傳異，史公用魯詩，魯說當然也。」愚案：

州吁自立，在隱四年春，至秋九月卽被殺於陳，數月之中，伐鄭者再，據詩「平陳與宋」句，與左傳合，則此詩是與陳宋伐鄭之役軍士所作。「擊鼓」至「成功」，易林家人之同人文，此齊說。「擊鼓合戰」，擊鼓練士以爲合戰之用也。「士怯叛亡」，與詩「居處喪馬」、「不我活信」義合，一時怨憤離叛之狀可見。

擊鼓其鏜，踊躍用兵。【注】齊韓「鏜」作「鼞」。【疏】傳：「鏜然，擊鼓聲也，使衆皆踊躍用兵也。」箋：「此用兵，謂治兵時。」〇說文：「擊，攴也。从手、从毄。」「攴，小擊也。」「齊韓鏜作鼞」者，說文：「鏜，金鼓之聲。从金，堂聲。詩曰：『擊鼓其鏜。』」「鼞，鼓聲也。从鼓，堂聲。詩曰：『擊鼓其鼞。』」用兵時或專擊鼓，或金鼓兼，鼞、鏜字並通。風俗通義六：「鼓者，郭也，春分之音也，萬物郭皮甲而出，故謂之鼓。詩云：『擊鼓其鏜。』」應劭用魯詩，引亦作「鏜」，則作「鼞」者，齊韓文也。說文：「踊，跳也。」「躍，迅也。」「兵，械也。」軍中暇時練習兵械，擊鼓爲節。「踊躍」者，用兵時絶地奮迅之狀。

土國城漕，我獨南行。【注】韓說曰：二十從役，三十受兵，六十還兵。【疏】傳：「漕，衞邑也。」箋：「此言衆民皆勞苦也，或役土功於國，或修理漕城，而我獨見使從軍，南行伐鄭，是尤勞苦之甚。」〇土，度也。典瑞「玉人以土地」，注並云「土猶度」也。大司徒注云：「土其地，猶言度其地。」凡爲土功，必先量度之。尚書皋陶謨：「惟荒度土功。」是「役土功」卽「度土功」矣。詩省字以成句，與「城」對文，故但言「土」卽知是「土功」也。說文：「城，以盛民也。从土、从成，成亦聲。」管子輕重丁篇「請以今城陰里」，注：「城者，築城也。」左莊二十八年傳：「邑曰築，都曰城。」漕者，左閔二年傳管子小匡篇水經淇水注漢書地理志並作「曹」。列女傳許穆夫人篇易林噬嗑之訟作「漕」，是魯齊與毛同。傳：「漕，衞邑。」鄭志答張逸云：「漕邑在河南。」左傳杜注：「曹，衞下邑。」孔疏：「曹邑雖闕不知，其處當在河東，近楚丘也。」戴延之西征記始以漢東郡白馬縣爲衞漕邑，後人因之。元和郡國志：「今滑州郭下白馬縣，本衞之曹邑，漢以爲縣，因白馬津爲名」是也。今河南衞輝府滑縣東二十里。互詳定之方中。我者，軍士自我。獨者，對上力役之衆言。土功雖勞，從軍尤苦也。「南行」者，衞都朝歌在今淇縣東北，鄭在今新鄭縣北，是役伐鄭，由淇至新鄭，爲南行也。「二十」至「還兵」，孔疏引韓詩文。又云：「禮記：『五十不從力政，六十不與服戎。』注云：『力政，城郭道渠之役也。』力政之役，二十受之，五十免之，故韓詩說『二十從役』，王制云『五十不從力政』是也。戎事，則韓詩說曰『三十受兵，六十還兵』，王制云『六十不與服戎』是也。蓋力政用力，故取丁壯之時，五十年力始衰，故早役之，早捨之。戎事須當閑習，三十乃始從役，未六十年力雖衰，戎事稀簡，猶可以從軍，故受之既晚，捨之亦晚。」陳喬樅云：「漢書高紀注引孟康曰：『古者二十而傅，三年耕而又一年儲，故二十三而後役之。』景紀二年，『令天下男子年二十始傅』，顏注：『傅，著也，言著民籍給公家徭役也。』韓說『二十行役』，與周禮『國中七尺以及六十皆征』之說合。鄉大夫大胥疏禮王制正義後漢書四十七引異義韓詩說與孔疏引同。御覽三百六引白虎通曰：『王命法年三十受兵何？重絶人世也。師行不必反，戰不必勝，故須其有世嗣也。年六十歸兵者何？不忍鬬人父子也。』與韓詩說同。」愚案：後漢班超傳注引韓詩外傳曰：「二十行役，六十免役。」行役即從役，謂「力政」也。六十免役。「六十」乃「五十」之誤。互校之，孔疏引「年二十行役」下蓋脫「五十免役」四字。

從孫子仲，平陳與宋。【疏】傳：「孫子仲，謂公孫文仲也，平陳於宋。」箋：「子仲，字也。平陳於宋，謂使告宋曰：『君爲主，敝邑以賦與陳、蔡從。』」○唐書宰相世系表：「孫氏出自姬姓。衞康叔八世孫武公和生公子惠孫，惠孫生耳，爲衞上卿，食采於戚，生武仲乙，以王父字爲氏。乙生昭子炎，炎生莊子紇，紇生宣子鰌，鰌生桓子良夫，良夫生文子林父。」據此，孫之爲氏自乙始，「此孫」乃「公孫」，春秋「公孫」皆不爲氏，公孫稱孫，如魯子叔肸，春秋作叔肸，傳作子叔之例，省字稱之也。傳：「孫子仲，謂公孫文仲也。」箋：「子仲，字也。」文仲不見春秋經、傳，然鄭申傳義，無異說，是三家當與毛同。

公孫子仲與州吁俱武公孫，時代正合。乙是武仲，疑耳卽文仲，如魯臧氏父子以文、武爲謚。耳爲孫氏祖，食采於戚，至林父猶居之。平，和也。左隱六年經注：「和而不盟曰平。」蓋陳、宋有宿怨，是役乃平。春秋書宋公、陳侯、蔡人、衞人伐鄭，蔡、衞大夫將兵，陳、宋國君來會，情事顯然，此詩義與春秋相表裏。**不我以歸，憂心有忡。**【疏】傳：「憂心忡忡然。」箋：「以，猶與也。與我南行，不我與歸期。兵凶事，懼不得歸，豫憂之。」○「不我以歸」，猶言「不以我歸」，當從出之時，已知將無威令，軍必散亡，故豫憂之。說文：「仲，憂也。」有忡，猶忡忡。

爰居爰處，爰喪其馬。于以求之？于林之下。【疏】傳：「有不還者，有亡其馬者。山木曰林。」箋：「爰，於也。不還，謂死也、傷也、病也。今於何居乎？於何處乎？如何喪其馬乎？于，於也。求不還者及亡其馬者，當於山林之下。軍行必依山林，求其故處近得之。」○釋詁：「爰，曰也。」「爰居爰處」，軍士私相寬慰之詞。既困役不歸，則且於是居處，軍士散居，無復紀律。易林云：「士怯叛亡，迺終言之。」說文：「喪，亡也。从哭、从亡會意，亡亦聲。」人物亡失，通言之。于，往也。說文：「平土有叢木曰林，从二木。」言喪失戰馬，且往求之林木之下，玩泄之情如是。

死生契闊，與子成說。【注】韓說曰：契闊，約束也。【疏】傳：「契闊，勤苦也。說，數也。」箋：「從軍之士與其伍約：死也生也，相與處勤苦之中，我與子成相說愛之恩，志在相存救也。」○「契闊，約束也」者，釋文：「契，本亦作挈，同。苦結反。闊，苦活反。韓詩云：約束也。」陳喬樅云：「文選劉琨答盧諶詩李注又引韓詩章句曰：『括，約束也。』韓改『契闊』爲『約束』，是以『契闊』爲『絜括』之叚借。說文『絜』下云：『麻一耑也。』段注：『一耑，猶一束也。』『括』下云：『絜也。』『係』下云：『絜束也。』『約』下云：『纏束也。』玉篇：『絜，約束也。』『約，束也。』絜括之爲約束，此其義。胡承珙云：『死生絜括，言死生相與約結，不相離棄也。』後漢繁欽定情篇：『何以致契闊？繞腕雙跳脫。』魏武帝短歌行：『越陌度阡，枉用相存。契闊談讌，心念舊恩。』皆以契闊爲約結之義，與韓説同。」愚案：箋用韓義改毛。説文：「説，一曰談説。」淮南修務訓高注：「説，言也。」成説，猶成言，謂與之定約相存救。晉楚成言，見左襄二十七年傳。楚詞「初既與予有成言兮」，「與予成言」，即用此詩「與子成説」義。執子之手，與子偕老。【疏】傳：「偕，俱也。」箋：「執其手，與子約誓，示信也。言俱老者，庶幾俱免於難。」○孔疏：「於是執子之手，殷勤約誓，庶幾與子俱得保命以至於老，不在軍陳而死。」王肅以爲「國人室家之志」，泥「偕老」爲詞，非詩恉。

于嗟闊兮，不我活兮！【疏】傳：「不與我生活也。」箋：「州吁阻兵安忍，阻兵無衆，安忍無親，衆叛親離。軍士棄其約，離散相遠，故吁嗟歎之：闊兮，女不與我相救活。傷之。」○依周南文，韓「于」當作「吁」。説文：「闊，疏也。」釋詁：「遠也。」孔疏：「于嗟乎，此軍伍之人今日與我乖闊兮，不與我相存救而生活兮。言彼此不相顧也。」于嗟洵兮，不我信兮！【注】魯韓「洵」作「夐」，云：夐，遠也。【疏】傳：「洵，遠。信，極也。」箋：「歎其棄約，不與我相親信。亦傷之。」○「魯韓洵作夐」者，釋文：「韓詩作夐，夐亦遠也。」廣雅釋詁：「夐，遠也。」亦即此詩義。呂覽盡數篇高注：「夐，遠也。夐讀如詩云『于嗟夐兮』。」是魯韓同。錢大昕云：「古讀夐如絢，與洵音近。」胡承珙云：「文選思玄賦『儵眴眴兮反常閭』，注引蒼頡云：『眴，視不明也。』靈光殿賦『目矎矎而喪精』，張載注：『矎矎，目不正也。』是矎矎即眴眴，洵之爲夐，與此同例，毛訓洵爲遠，以洵爲夐之叚借也。」馮登府云：「穀梁文十四年傳『夐千乘之國』，范注：『夐猶遠。』文選幽通賦『夐冥默而不周』，：『夐，曹大家注，遠貌也。』典引『上哉夐乎』，上林賦『儵夐遠去』，注並訓『遠』，是夐本字，洵借字。」愚案：陳奐云：「管子宙合篇『讂充言心也』，劉績補注：『讂，遠也。讂與夐通。』」案，釋文「洵或作詢」，誤。陳喬樅謂鄭讀「信」如字，「洵」當作「詢」，與下「信」應，非誤字，蓋鄭所據本作「詢」。詢、讂並從「言」，因相通借，亦一證也。上文箋云執手約誓示信，今離散違約，是「不我信」。左傳衆仲言州吁阻兵安忍，衆叛親離；又云州吁未能和其民，與此詩情事相應。

擊鼓五章，章四句。

凱風【注】齊説曰：凱風無母，何恃何怙？幼孤弱子，爲人所苦。【疏】毛序：「美孝子也。衞之淫風流行，雖有七子之母，猶不能安其室，故美七子能盡其孝道，以慰其母心而成其志爾。」箋：「不安其室，欲去嫁也。成其志者，成言孝子自責之意。」○「凱風」至「所苦」，易林咸之家人文。後漢姜肱傳：「肱性篤孝，事繼母恪勤，感凱風之義，兄弟同被而寢，不入房室，以慰母心。」據此，則易林所稱無母而孤子「爲人所苦」者，人卽繼母，故肱讀此詩而感其義也。魯韓説當與齊同。魏源云：「如毛序所説，宜爲千古母儀所羞道，乃漢明帝賜東平王書曰：『今送光烈皇后衣巾一篋，可時奉瞻，以慰凱風「寒泉」之思。』衡方碑：『感鄁人之凱風，悼蓼儀之勤劬。』梁相孔耽神祠碑：『竭凱風以惆憀，惟蓼儀以愴悼。』古樂府長歌行云：『遠游使心思，游子戀所生。凱風吹長棘，夭夭枝葉傾。黄鳥鳴相追，咬咬弄好音。竚立望西河，泣下沾羅纓。』咸以頌母儀，比劬勞，毫無忌諱，何耶？孟子曰：『凱風，親之過小者也。親之過小而怨，是不可磯也。』趙岐注：『凱風言「莫慰母心」，母心不説也，知親之過小也。小弁言「行有死人，尚或墐之」，而曾不閔己，知親之過大也。』以『母心不説』釋『不可磯』，卽内則『父母怒撻不敢疾怨』之誼，若不安於室，固未嘗苦虐其子，何磯不磯之有？昔人言餓死事小，失節事大，士庶人守一身，與天子守天下無異。論者乃謂衞母辱止一身故小，幽王禍及天下故大，是庶人終古無大過也。或謂序言美七子能慰母心，成母守節之志，故孔疏有『母遂不嫁』之語，以申凱風『過小』之誼，如是則衞母過在未形，七子諭親於道，閨門泯然無迹，序詩者乃追訐其一念之陰私，坐以淫風流行之大惡，豈詩人忠厚之誼乎？且與孟子『不可磯』之説風牛馬不相及矣。據姜肱傳，明此爲事繼母之詩，或其母未能慈於前母之子，故孟子與小弁被後母讒將見殺者，分過之小大，復以舜事後母例伯奇之事。」愚案：序「美孝子」，自是大師相傳古誼，「淫風流行」云云，則毛所塗附。玩孟子「親之過小」一語，周秦以前舊說決無「母不安室」之辭。趙用魯詩，其爲孟子章句，「母心不說」云云，當本魯訓，亦與齊誼相通，而與毛序顯異。皮錫瑞云：「魏所引外，尚有漢郎中馬江碑：『感凱風，歎寒泉。』敦煌長史武斑碑：『孝深凱風。』後漢書章八王傳和帝詔曰：『諸王幼稚，早離顧復。弱冠相育，常有蓼莪凱風之哀。』三國蜀志二主妃子傳：『今皇思夫人宜有尊號，以慰寒泉之思。』此皆漢人之辭。以後如潘岳寡婦賦：『覽寒泉之遺歎兮，咏蓼莪之餘音。』陶潛孟嘉傳云：『淵明先親，君之第四女也，凱風寒泉之思，實鍾厥心。』謝莊宋孝武宣貴妃誄：『仰昊天之莫報，怨凱風之徒攀。』謝朓齊敬皇后哀册文：『思寒泉之罔極兮，託形管於遺詠。』晉書孝友列傳序：『灑風樹以隤心，頫寒泉而沬泣。』是六朝人猶知古義。」愚案：宋蘇軾爲胡完夫母周夫人挽詞，尚有「凱風吹盡棘成薪」之句，至南渡後，朱子集傳申明毛序之指，文人皆以此詩爲諱矣。

凱風自南，吹彼棘心。【注】魯說曰：南風謂之凱風。【疏】傳：「興也。南風謂之凱風，樂夏之長養者。」箋：「興者，以凱風喻寬仁之母。棘，猶七子也。」○「南風謂之凱風」者，釋天文，魯說也。郭注：「詩曰：『凱風自南。』」釋文：「颽，又作凱。」是爾雅經、注並當作「颽」。「凱」、「颽」古今字之異。玉篇風部：「颽，南風也，亦作凱。」又重文「颽」，云同上。廣韻十五海云：「颽，南風也，亦作凱。」皆其證。邢疏詩正義引李巡曰：「南風長養，萬物喜樂，故曰凱風。凱，樂也。」呂覽有始篇高注：「離氣所生曰凱風，詩曰：『凱風自南。』」楚詞遠遊王注：「南風曰凱風。」引詩同。是魯作「凱」，與毛不異。文選班固幽通賦「颽凱風而蟬蛻兮」，曹大家注：「南風曰颽風。」疑齊詩家或作「颽」。說文：「吹，噓也。从口、从欠。」「棘，小棗叢生者。从並朿。」易坎卦「寘于叢棘」，虞注：「坎多心，故叢棘，棘之心赤。」大東傳：「棘，赤心也。」朝士注：「樹棘以爲位者，取其赤心而外刺，象以赤心三刺也。」凱風喻母，棘子自喻，業生心赤，與衆子赤心奉母。棘心夭夭，母氏劬勞！【疏】傳：「夭夭，盛貌。劬勞，病苦也。」箋：「夭夭以喻七子少長，母養之病苦也。」○魯語韋注：「草木未成曰夭。」漢書貨殖傳注：「夭，謂草木之方長未成者。」重言之則曰「夭夭」，與「桃之夭夭」同義，木少盛貌也，字亦當作「枖枖」。徐鍇說文繫傳引此詩，云：「棘心所以速長者，以得愷風也。子所以速大者，以母劬勞而養之也。」鴻雁釋文引韓詩文：「劬，數也。」此詩「劬」義當同。廣雅釋詁：「劬，數也。」卽本韓詩。釋詁：「劬，勞病也。」人煩勞頻數則疲病，韓義與雅訓相成。

凱風自南，吹彼棘薪。【疏】傳：「棘薪，其成就者。」○棘薪，謂棘長大可爲薪，與「翹翹錯薪」同義。不指已刈者言，喻子已長成。母氏聖善，我無令人！【疏】傳：「聖，叡也。」箋：「叡作聖。令，善也。母乃有叡知之善德，我七子無善人能報之者，故母不安我室，欲去嫁也。」○說文：「聖，通也。」「善，吉也。」與「美」義同意。聖善，言通於事理，有美德也。列女孫叔敖母傳引詩曰「母氏聖善」，乃推演之詞。釋詁：「令，善也。」「我無令人」，反己自責也。

爰有寒泉，在浚之下。【疏】傳：「浚，衛邑也。在浚之下，言有益於浚。」箋：「爰，曰也。曰有寒泉者在浚之下，浸潤之，使浚之民逸樂，以興七子不能如也。」○水經瓠子水注：「濮水枝津，上承濮渠，後東逕沮丘城南，又東逕浚城南，西北去濮陽三十五里，城側有寒泉岡，卽詩所謂『爰有寒泉，在浚之下』，世謂之高平渠，非也。」御覽百九十三引郡國志云：「水冬夏常冷，故曰寒泉。」今續漢志無此語。有子七人，母氏勞苦！【疏】說文：「苦，大苦苓也。从草，古聲。」引申之爲五味之苦；又推言之，凡勤勞傷病厭惡，皆謂之苦，而苦字之本義廢。「勞苦」者，勞極則苦也，言雖七子無益於母，不如寒泉有益於人。大戴禮立孝篇：「詩云：『有子七人，母氏勞苦。』子之辭也。」盧辯注：「七子自責任過之辭。」陳喬樅云：「盧注徵引有康成譙周孫炎宋均范甯郭象諸人，則所稱述亦多魏晉以前舊說。」

睍睆黄鳥，載好其音。【注】韓「睍睆」作「簡簡」。【疏】傳：「睍睆，好貌。」箋：「睍睆，以興顔色説也。好其音者，與其辭令順也。以言七子不能如也。」○陳喬樅云：「玉篇目部：『睍，目出貌。詩云：「睍睆黄鳥」。』『睆，出目貌。』義與毛異，蓋三家説。」「韓睍睆作簡簡」者，御覽九百二十三羽族部引韓詩：「簡簡黄鳥，載好其音。」詩攷引同。段玉裁云：「毛詩睍、睆雙聲，此『簡簡』當本是雙聲字，御覽誤重簡字耳。」陳喬樅云：「宋槧本引韓詩作『簡斤黄鳥』，斤乃『反』之譌，疑作『簡販黄鳥』，轉寫脱去『目』旁，僅存其半爲『反』字。説文：『販，白眼也。』引春秋傳游販字子明爲證，是『販』有明義。『簡』亦明也，故以『簡販』與顔色之明好。一説戰國策田瞖，高注讀鄭游販之販。説文：『瞖，轉目視也。』集韻『瞖』同『販』。則販卽瞖之通假也。簡亦瞯之通假。説文：『瞯，戴目也。江淮之間謂眄曰瞯。』方言：『瞯，略眄也。』玉篇：『瞯，眄也。』廣韻『瞯』、『販』並訓爲『目多白貌』。目眄睞則睛多白，是瞯、販皆謂目之轉視流眄，故爲顔色之悦也，其義亦通。毛傳『睍睆』之義，亦宜爲『眄睞』，洛神賦所謂『明眸善睞』是也。若訓睍爲『目出』、睆爲『出目』，則不得云『好貌』。『睍睆』蓋卽『䁙睕』之假借，毛詩角弓『見睍聿消』，荀子作『宴然聿消』，此見、宴字通之證。集韻：『睆，或作睕。』此睆、睕字通之證。説文：『䁙，目相戲也。』玉篇：『睕，小嫵媚也。』新臺『燕婉之求』，説文作『䁙婉之求』，䁙睕卽䁙婉，皆好貌也。」愚案：陳奐引詩經小箋，云説文無「睆」字，疑此本作「睍睍」，故韓作「簡簡」。段氏據影宋本御覽「簡」下第二字空白不可攷，因而獻疑。馮登府據張氏影宋本御覽作「簡簡」，謂作「簡簡」無疑。傳本參差，立説互異。陳氏釋毛韓通假之義，固爲有見，然據宋槧本作「簡斤」，以「斤」爲「反」之譌，究屬臆斷。御覽今本雖有不同，詩攷引韓作「簡簡」可據也。考工記弓人「欲小簡而長」，鄭司農云：「簡，讀爲撊然登陴之撊。」釋天釋文：「僩，本作撊。」荀子榮辱篇注：「僩，與撊同。」是簡、僩、撊三字音訓互通。淇奥「瑟兮僩兮」，釋文引韓詩云：「僩，美貌。」「簡簡」與「撊然」、「僩兮」並爲狀物之詞，「簡簡」猶「僩僩」也。美、好同訓，簡簡之爲美貌，猶晛睆之爲好貌矣。别求通假，不若以韓詁韓較爲明了。載，詞也。好音可悦，不獨顔色之美。**有子七人，莫慰母心！**【疏】傳：「慰，安也。」○「莫慰母心」，言不如黄鳥尚能悦人。

凱風四章，章四句。

雄雉【疏】毛序：「刺衛宣公也。淫亂不恤國事，軍旅數起，大夫久役，男女怨曠，國人患之而作是詩。」箋：「淫亂者，荒放於妻妾，烝於夷姜之等。國人久處軍役之事，故男多曠、女多怨也。男曠而苦其事，女怨而望其君子。」○案，序「大夫多役，男曠女怨」，正此詩之恉。宣公云云，乃推本之詞，詩中未嘗及之。箋於首、次章牽附淫亂之事，殆失之泥。三家義未聞。

雄雉于飛，泄泄其羽。【注】韓説曰：雉，耿介之鳥也。【疏】傳：「興也。雄雉見雌雉，飛而鼓其翼泄泄然。」箋：「興者，喻宣公整其衣服而起，奮訊其形貌，志在婦人而已，不恤國之政事。」○「雉，耿介之鳥也」者，文選潘岳射雉賦注引韓詩薛君章句文。詩「雉」始見此篇。選注所引，當是此詩章句。士相見禮「冬用雉」，注云：「士贄用雉者，取其耿介，交有時，别有倫也。」章句以雉爲耿介之鳥，知大夫妻以雄雉喻君子，非以喻淫亂之宣公。韓與傳箋異也。于，往也。「泄泄」，唐石經避太宗諱作「洩洩」，「洩」、「泄」字同。板「無然泄泄」，釋訓作「無然洩洩」，是其證。文選思玄賦注引左傳杜注：「洩洩，舒散也。」「泄泄」亦當爲「舒散」意，傳以爲「飛而鼓翼狀」，箋云「奮迅其形貌」，盡「泄泄」情態。**我之懷矣，自貽伊阻。**【注】韓説曰：阻，憂也。【疏】傳：「詒，遺。伊，維。阻，難也。」箋：「懷，安也。伊當作緊，緊猶是也。言君之行如是，我安其朝而不去，今從軍旅，久役不得歸，此自遺以是患難。」○説文：「懷，念思也。」釋文：「貽，本亦作詒。」是陸所據本作「貽」。説文：「遺，亡也。」無「貽」、「詒」字，「詒」即「遺」也。釋言：「貽，詒也。」廣雅釋詁：「遺，餘也。」史記陳涉世家索隱：「遺，謂留餘也。」自「遺亡」義引申之，遺亡卽留餘也，故又爲餽贈之義。「自詒」猶言自留遺也。箋云：「伊當作緊，緊猶是。」陳奐云：「箋於此及蒹葭東山正月之『伊』，並云『伊』當作『緊』，或三家有作『緊』者。」「阻，憂也」者，玉篇阜部引韓詩文，慧琳音義六同。顧震福云：「廣韻：『阻，憂也。』卽用韓說。左宣二年傳引詩『我之懷矣，自詒伊戚』，王肅謂卽雄雉之詩。」馬瑞辰云：「阻從且聲，且之言藉也。國語『甯戚』，亢倉子作『甯藉』。戚，亦與『憂』義同。」愚案：說文：「阻，險也。」釋詁：「阻，難也。」韓訓「憂」，自「險難」義引申而出。詩以雄雉奮迅往飛，興君子勇於赴義，今久役不歸而君莫不恤，乃自詒是險難之憂也。國有軍旅，臣下義當自效，惟宣公不恤國政，罔念勤勞，故大夫家人有君子「自詒伊阻」之傷，所以爲刺，否則詩人不當爲是言矣。

雄雉于飛，下上其音。展矣君子，實勞我心。【疏】傳：「展，誠也。」箋：「下上其音，興宣公小大其聲，怡悅婦人。誠矣君子，愬於君子也，言君之行如是，實使我心勞矣，君若不然，則我無軍役之事。」○「下上其音」者，以雉之往復飛鳴，興君子勞役無已。釋詁：「展，誠也。」言誠以君子之故，使我心思之至於勞劇也。

瞻彼日月，悠悠我思。道之云遠，曷云能來。【注】魯「悠」作「遥」。魯說曰：「急時之辭也，甚焉故稱日月也。」韓說曰：「急時辭也，是故稱之日月也。」【疏】傳：「瞻，視也。」箋：「日月之行，迭往迭來，今君子獨久行役而不來，使我心悠悠然思之。女怨之辭。曷，何也。何時能來，望之也。」○「魯悠作遥」者，說苑辨物篇引詩曰：「『瞻彼日月，遥遥我思。道之云遠，曷云能來。』急時之辭也，甚焉故稱日月也。」據此，魯作「遥」。說文無「遥」字。方言：「遥，遠也。梁楚曰遥。」廣雅釋詁：「遥，遠也。」釋詁：「悠，遠也。」莊子秋水篇注：「遥，長也。」說文：「悠，長也。」「遥」「悠」雙聲字，義訓亦同。「急時」至「月也」，韓詩外傳一引詩文。玩魯韓義，言舉日月以喻君子。日月至高，可瞻而不可卽，今君子遠不能來，如之。非所宜喻而取爲喻，故以爲急且甚之辭爾，望君子之切也。荀子宥坐引此詩，云：「伊稽首不其有來乎？」斷章取之。

百爾君子，不知德行。不忮不求，何用不臧。【疏】傳：「忮，害。臧，善也。」箋：「爾，女也。女，衆君子。我不知人之德行何如者可謂爲德行，事君或有所留。女怨，故問此焉。我君子之行不疾害、不求備於一人，其行何用爲不善，而君獨遠使之，在外不得來歸。亦女怨之辭。」○案，謂在朝之大夫不知其君子之德行，舉朝憒憒，非獨君不恤下。說文：「忮，很也。」論語子罕篇馬注：「害也。不疾害，不貪求，何用不爲善也。」案，很忮則害人，「害」是引申義。「不求」，馬說是。韓詩外傳一凡三引詩，推演其義，所云「不求福者爲無禍」、「廉者不求非其有」、「德義暢乎中而無外求」，釋「不求」並與馬說合。說苑雜言篇引詩亦云「廉者不求非其有」，足證魯韓義同。說文：「用，可施行也。」「臧，善也。」「何用不臧」，猶言無往不利。詩言我君子無很忮、無貪求，何所施行而不吉善乎？雖君與百君子不知，亦自安吾素而已。

雄雉四章，章四句。

匏有苦葉【疏】毛序：「刺衛宣公也。公與夫人並爲淫亂。」箋：「夫人，謂夷姜。」○賢者不遇時而作也。論語憲問篇：「子擊磬于衛，荷蕢諷之曰：「莫己知也，斯己而已矣。深則厲，淺則揭。」」此衛人引衛詩，以明當隨時仕己之義，乃詩說之最古者。後漢張衡傳應閒云：「深厲淺揭，隨時爲義。」又云：「捷徑邪至，我不忍以揭步。干進苟容，我不忍以歛肩。雖有犀舟勁楫，猶人涉卬否，有須者也。」衡習魯詩，此本魯義，與荷蕢引詩意合，知古說無「刺淫」義也。徐璈云：「此是士之審於出處，而諷進不以道者。濟涉濟盈，大易涉川之象；求牡歸妻，孟子有家之喻。全詩以二者託興。呂祖謙云『此詩皆以物爲比，而不正言其事』是也。其曰『迨冰未泮』，『卬須我友』，則出處之閒，待時而動，信友獲上，有其道矣。」

匏有苦葉，濟有深涉。【注】齊説曰：枯瓠不朽，利以濟舟。渡踰江海，无有溺憂。韓説曰：涉，渡也。【疏】傳：「興也。匏謂之瓠，瓠葉苦，不可食也。濟，渡也。由膝以上爲涉。」箋：「瓠葉苦而渡處深，謂八月之時。陰陽交會，始可以爲昏禮，納采問名。」○説文：「匏，瓠也。从包，夸聲。包，取其可包藏物也。」「瓠，匏也。从瓜，夸聲。」壺涿氏注引詩，「匏」作「苞」，楚詞劉向九歎作「瓟」，並叚借字。孔疏引陸璣云：「匏葉少時可爲羹，又可淹煮，極美，故詩曰：『幡幡瓠葉，采之亨之。』今河南及揚州人恆食之。八月中堅强不可食，故云苦葉。」本草「苦瓠」，陶弘景注：「今瓠忽自有苦者如膽，不可食，非別生一種也。」唐本注云：「瓠味皆甜，時有苦者，而似越瓜，長者尺餘，頭尾相似。」愚案：三説皆未考實。匏即今之壺盧瓜，豳風「八月斷壺」，壺即瓠也。（今之「瓠瓜」又別一種，非詩之「瓠」。）晉以後謂之「壺盧」。世説載陸雲入洛詣劉道真，劉問「長柄壺盧」是也。南北皆有之，燕京鄉閒尤多種者，味甚甜，初熟時取其不能製物者食之，餘則留待秋盡葉枯，壺盧體質堅老，摘取煮熟，剖以爲瓢而食其瓤。不剖者人繫於身，入水不湛，故江湖閒用以防溺。楚北舟人小兒多繫之腰閒，此皆得之目驗者。論語孔子云：「吾豈匏瓜也哉，焉能繫而不食。」謂此物也。鶡冠子「中流失船，一壺千金」，劉子隨時篇作「瓠」，亦謂繫瓠可以免溺。苦，當讀爲枯。「枯瓠」至「溺憂」，易林震卦文。是齊讀「苦」爲「枯」，「枯」、「苦」字通。莊子人閒世篇「此以其能苦其生者也」，釋文：「苦，崔本作枯。」是其證。葉枯然後取匏，故匏有苦葉而後濟有深涉。左襄十四年傳：諸侯之大夫從晉伐秦，及涇不濟。「叔向見叔孫穆子，穆子賦匏有苦葉，叔向退而具舟。」魯語：「諸侯伐秦，及涇不濟。叔向見叔孫穆子曰：『諸侯謂秦不恭而討之，及涇而止，於秦何益？』穆子曰：『豹之業及匏有苦葉矣，不知其他。』叔向退，召舟虞與司馬，曰：『苦匏不材於人，共濟而已，魯叔孫賦匏有苦葉，必將涉矣。』」韋注：「材，若裁也，不裁於人，不可食也。共濟而已，佩匏可以渡水也。」案，穆子賦詩，叔向即知其將涉，自是古義相承如此。韋注「不可食」，與夫子言「不食」義合。匏待葉枯，喻士須時至；有匏而後可深涉，喻士有材能而後可用世也。釋言：「濟，渡也。」說文「𣻬」下云：「徒行厲水。从林、从步。」「涉」下云：「篆文从水。」廣韻：「涉，徒行渡水也。」「涉，渡也」者，慧琳音義二引韓詩文。廣雅釋詁：「涉，渡也。」即用韓義。楚詞離騷王注同，是魯韓不異。顧震福云：「呂覽知公篇高注、國語韋注並云：『涉，度也。』方言：『過度謂之涉濟。』『渡』、『度』古字通用。」深則厲，淺則揭。【注】魯說曰：揭者，揭衣也。以衣涉水爲厲。緜絜以下爲揭，緜絜以上爲涉，緜帶以上爲厲。韓說曰：至心曰厲。三家亦作「砅」，又作「濿」。【疏】傳：「以衣涉水爲厲，謂由帶以上也。揭，褰衣也。遭時制宜，如遇水深則厲，淺則揭矣。男女之際，安可以無禮義，將無以自濟也。」箋：「既以深淺記時，因以水深淺喻男女之才性賢與不肖及長幼也，各順其人之宜，爲之求妃耦。」○「以衣」至「爲厲」，釋訓文，釋此詩也。「至心曰厲」者，釋文：「厲，以衣涉水也。韓詩云：至心曰厲。」「三家亦作砅，又作濿」者。說文「砅」下云：「履石渡水也。从水、石。詩曰：『深則砅。』」「濿」下云：「砅或从厲。」釋文：「厲，本或作濿。」戴震云：「詩意以淺水可褰裳而過，若水深則必依橋梁乃可過。衞詩淇梁、淇厲並稱，厲固梁之屬也。」邵晉涵云：「橋無妨有厲名，至此詩當從爾雅。韓云『至心曰厲』，即所云『由帶以上』。說文：『涉，徒行厲水也。』是未嘗不以厲爲以衣涉水，不必因『履石渡水』之解傅合橋梁也。」陳喬樅云：「說文引詩『深則砅』，此齊詩之文。重文作『濿』者，魯詩也。劉向楚詞九歎離世云：『櫂舟航以横濿兮。』王逸注：『濿，渡也，由帶以上爲濿。』又遠逝云：『横汨羅而下濿。』向逸用魯詩，字同作『濿』，是本魯詩『深則濿』之語。毛韓同作『厲』，則『砅』爲齊詩無疑。易林泰之坤：『濟深難渡，濡我衣袴。』即以衣涉水也，由帶而上，則水深至心矣。玉篇水部：『水深至心曰砅。』是韓亦作『砅』也。至『履石渡水』之訓，說文別爲一義，與下文引詩無涉。」郝懿行云：

「爾雅以由厀、由帶言者，蓋爲空言深淺，恐無準限，故特舉此爲言，明過此以往則不可渡也。然亦略舉大槩而言，實則由帶以下亦通名厲，故論語鄭注、左傳服注並云『由厀以上爲厲』，由厀以上，卽由帶以下，故約略其文耳。厲有淩厲之義，因爲涉水之名，故說文『涉』字解云『徒行厲水也』，是厲、涉通名。『砅』字引詩別解，義與爾雅異。」愚案：陳郝說並是，惟以「砅」字解爲別義非也。韓許二家因雅訓由厀、由帶義未明塙，特易其文。「至心」，自上言之；「履石」，自下言之也。石卽水中之石，非謂橋梁。漢鐃歌「凉石水流爲沙」，是沙亦爲石。凡深水，沙石乃可徒行，泥淖陷没則否，故云「履石渡水」，此許意也。許於「涉」字已解爲「徒行厲水」，豈於此忽不知「厲」是「徒行」而易爲從橋之義乎？許君釋字、引經，義歸一貫，全書通例如此。陳謂「砅」字解與引詩無涉，疑誤後學，不可從。王引之云：「說文以砅爲履石渡水，仍取渡涉之義，非以砅爲石橋。」其說得之。揭者，說文：「高舉也。」淺則褰裳涉之，故曰揭。水深淺隨時，故厲、揭無定，喻涉世淺深，各有時宜也。韓詩外傳一載莊之善事，末引詩二語，乃推演之詞。

有瀰濟盈，有鷕雉鳴。【疏】傳：「瀰，深水也。盈，滿也。深水，人之所難也。鷕，雌雉聲也。衞夫人有淫佚之志，授人以色，假人以辭，不顧禮義之難至，使宣公有淫昏之行。」箋：「有瀰濟盈，謂過於厲，喻犯禮深也。」○有瀰，猶瀰瀰。有鷕，猶鷕鷕。全詩大同，下章「有洸有潰」，韓詩作「洸洸潰潰」，卽其例也。言瀰然者，濟之盈；鷕然者，雉之鳴。說文：「瀰，滿也。从水，爾聲。」不作「瀰」。新臺釋文引作「水滿也。」玉篇：「深也，盛也。」上「濟」以人言，此「濟」以車言。說文：「鷕，雌雉鳴也。从鳥，唯聲。詩曰：『有鷕雉鳴。』」

濟盈不濡軌，雉鳴求其牡。【疏】傳：「濡，漬也。由輈以上爲軌。違禮義不由其道，猶雉鳴求其牡矣。飛曰雌雄，走曰牝牡。」箋：「渡深水者必濡其軌，言不濡者，喻夫人犯禮而不自知。雉鳴反求其牡，喻夫人所求非所求。」○「由輈以上爲軌」，釋文：「軌，舊龜美反。謂車轊頭也。依傳意，直音犯。說文：『軌，車轍也。从車，九聲。龜美反。』『軓，車軾前也。从車，凡聲。音犯。』」王念孫云：「傳『由輈以上爲軓』，當作『由軸以上爲濡軌』。軌者，軸之兩端。水由軸以上，則其深滅軌。徐邈等所見不誤，知軌爲軸之轊頭，故有車轊頭之訓。陸孔所見本『軸』誤『輈』，『軌』上又脫『濡』字，故疑軌爲軾前之軓。唐石經因之誤改軌爲軓。」王引之云：「水由軸以上則濡軸，經不言濡軸者，軸在軫下，爲軫所蔽，不若轊頭爲人所易見，故以易見者言之，而云濡軌。晏子春秋諫篇景公爲西曲潢，其深滅軌。滅者没也，水由軸以上則轊頭没入水中，故曰滅軌。不言滅軸而言滅軌，亦以易見者言之也。」（詳經義述聞。）足正毛傳唐石經之誤。鳥曰雌雄，獸曰牝牡，散文則通，故南山「雄狐綏綏」，獸亦稱雌雄；周書「牝雞司晨」及此詩，鳥亦稱牝牡。雉必其牡然後求之，喻臣當擇主也。水深濡軌則不濟，「危邦不入」之義。雉非其牡則不求，「非君不事」之義。

雝雝鳴雁，旭日始旦。【注】魯「雝雝」作「噰噰」，齊作「雍雍鳴鳱」。韓「旭」作「煦」。韓説曰：煦，暖也。【疏】傳：「雝雝，鴈聲和也。納采用鴈。旭日始出，謂大昕之時。」箋：「鴈者隨陽而處，似婦人從夫，故昬禮用焉。自納采至請期用昕，親迎用昬。」○「魯雝雝作噰噰」者，釋詁：「噰噰，音聲和也。」郭注：「鳥鳴相和。」邢疏：「邶風匏有苦葉云：『噰噰鳴雁。』」「齊作雍雍鳴鳱」者，鹽鐵論結和篇引詩文。桓學齊詩也。御覽三、洪興祖楚詞補注八引作「嗈嗈」，事類賦十九作「邕邕」，並詩異文。陳喬樅云：「鳱同鳱，卽雁也。禽經：『鳱以水言，自北而南。鴈以山言，自南而北。』張華注：『鳱、鴈並音雁。鳱，隨陽鳥也，冬適南方，集於江干，故字從干。鴈，中春寒盡，雁始北向，燕代尚寒，猶集山陸岸谷閒，故字從厈。』開元五經文字『雁』又音『岸』，則鳱卽雁無疑矣。」愚案：孔疏：「雁生執之以行禮，故言雁聲。」王引之云：「『摯不用死』，鄭注：『摯，雁也。』鴻雁不可生服，雁蓋鵝也。」陳奂云：「秋行嫁娶，納采在前，當無雁之時，則雁爲家畜之鵝。王説是。」說文：「旭，日旦出皃。一曰明也。」說文：「旦，明也。从日，見一上。一，地也。」「韓旭作煦。云煦，暖也」者，文選陸機演連珠李注引薛君韓詩章句文。毛傳：「旭日始出，謂大昕之時。」箋云：「自納采至請期用昕。」說文：「昕，日將出也。」說文：「煦，日出昷也。」「昷」、「暖」義同。陳喬樅云：「周禮注引司馬法曰：『旦明鼓五通爲發昫。』是昫亦訓爲日始出。旭、昫一聲之轉，韓詩煦字蓋亦昫之通借。」胡承珙云：「易『盱豫』，釋文：『盱，姚信作旰，云日始出。』引詩『旰日始旦。』今案，盱當爲旰，从干，不从于。說文玉篇皆無『旰』字。說文『旰』雖訓『晚』，然日部又云：『皞，旰也。』玉篇：『皞，明也，旰也。』是『旰』有『明』義，故釋天注言『氣皓旰』，釋文云：『旰，日光出也。』文選上林賦『采色皓旰』，景福殿賦『皓皓旰旰』，皆取光明之義。詩釋文：『旭，許玉反。徐又許袁反。』案，『旰』從『干』，讀與『軒』同，『許袁反』正其音，是徐所見本亦必作『旰日始旦』，與姚同。」**士如歸妻，迨冰未泮。**【注】魯說曰：嫁娶必以春何？春者天地交通，萬物始生，陰陽交際之時也。齊說曰：冰泮將散，鳴雁雝雝。丁男長女，可以會同，生育賢人。韓說曰：迨，願也。古者霜降迎女，冰泮殺止。【疏】傳：「迨，及。泮，散也。」箋：「歸妻，使之來歸於己，謂請期也。冰未散，正月中以前也，二月可以昏矣。」○「士如歸妻」者，婦人謂嫁曰「歸」，自士言之，則娶妻是「來歸」其妻，故曰「歸妻」，謂親迎也。「嫁娶」至「時也」，白虎通嫁娶篇文，引本詩爲證。「冰泮」至「賢人」，易林豫卦文，是齊詩說此章大指。說文「泮」下云：「諸侯鄉射之宮。」「判」下云：「分也。」詩借「泮」爲「判」，謂冰乘春而分解，冰泮將散，猶言冰將泮散。詩言「未泮」，說文云「將泮」，正釋「迨」字之義。時至初春，冰未泮而有將泮之勢，唯恐中春冰泮，過正昏之月也。「迨，願也」者，摽有梅引韓說，此詩願及時，意亦同也。「古者」至「殺止」，周禮媒氏疏載王肅聖證論引韓詩傳文。胡承珙云：「二語本荀子。嫁娶時月，毛鄭異說，東門之楊傳云：『男女失時，不逮秋冬。』鄭據周禮『仲春之月，令會男女』，以仲春爲婚月。案，管子幼官篇：春三丣，『十二，始丣，合男女。』秋三丣，『十二，始丣，合男女。』管子所謂『秋始丣』，在白露後，卽霜降迎女；『春始丣』，在清明後，卽冰泮殺止也。通典引董仲舒書曰：『聖人以男女當天地之陰陽，天地之道，向秋冬而陰氣來，向春夏而陰氣去，故古之人霜降而迎女，冰泮而殺止，與陰俱近，與陽俱遠也。』太玄亦云『納婦始秋分。』管荀皆周秦古書，董楊又漢代大儒，其義不可易矣。王肅云，自馬氏以來，乃因周官而有二月，鄭說蓋本馬融。至馬昭申鄭，援證諸詩，則孔晁答云：『有女懷春，謂女惡無禮過時，故思春日遲遲，蠶桑始起，女心悲矣。嘒彼小星，喻妾侍夫人。蔽芾其樗，喻行遇惡人。熠燿其羽，喻嫁娶盛飾。皆非仲春嫁娶之候。』其說皆孔優於馬。若張融所據夏小正『二月綏多士女』，蓋亦期盡蕃育之法，其實鄭正據定在周官。今攷周官媒氏云：『掌萬氏之判，凡男女自成名以上，皆書年月日名焉。令男三十而娶，女二十而嫁，凡娶判妻入子者，皆書之。中春之月，令會男女，於是時也，奔者不禁。若無故而不用令者，罰之。』詳玩經文，所謂判妻入子皆書之，自是霜降之候，正以昏禮。其下云云，乃期盡蕃育之法，蓋自中春以後，農桑事起，婚姻過時，故於是月令會男女，其或先因札喪凶荒六禮未備者，雖奔不禁，所謂不待禮聘，因媒請嫁而已。若中春非爲期盡，則正昏之月何用汲汲而先下此不禁奔之令乎？此誤會經文之失也。惠氏禮說云：左襄二十二年傳：『十一月，鄭游眅將如晉，未出境，遭逆妻者，奪之。』則春秋時民間嫁娶亦在秋冬，尤塙證矣。」愚案：胡氏此條足解自來經生聚訟之紛，當爲定論，惟與白虎通義不合，蓋東漢昏期不遵古制，漸變西京舊說，遂不免遷就今禮以解古詩，此魯恭魏應等推衍魯義之失。詩人以昏不可過期，喻仕不可過時，與孟子男女室家之譬同意，明己未嘗不欲仕也。

招招舟子，人涉卬否。人涉卬否，卬須我友。【注】魯說曰：以手曰招，以言曰召。韓說曰：招招，聲也。魯「須」作「顉」。【疏】傳：「招招，號召之貌。舟子，舟人，主濟渡者。卬，我也。人皆涉，我友未至，我獨待之而不涉，以言室家之道，非得所適貞女不行，非得禮義昏姻不成。」箋：「舟人之子號召當渡者，猶媒人之會男女無夫家者，使之爲妃匹。人皆從之而渡，我獨否。」○說文：「招，手呼也。」「以手曰招，以言曰召」者，釋文引王逸說。案，見楚詞招魂章句敍，蓋本魯故。「招招，聲也」者，釋文引韓詩文。陳喬樅云：「號召必手招之，故毛以貌言；手招亦必口呼之，故韓以聲言也。」釋詁：「卬，我也。」說文：「否，不也。」「魯須作䇓」者，釋詁：「䇓，待也。」邢疏：「邶風匏有苦葉云：『卬䇓我友。』」「須」作「䇓」，蓋據舊注魯詩文。說文：「須，面毛也。从頁、从彡。」「䇓，待也。从立，須聲。」魯正字，毛借字。人皆涉，我獨不然，所以如此者，我待我友而後涉耳。詩人明己目前不仕之故，待同心之友而後謀共濟也。其抱道自重，不輕一試，可謂賢矣。

匏有苦葉四章，章四句。

谷風【疏】毛序：「刺夫婦失道也。衞人化其上，淫於新昏而棄其舊室，夫婦離絶，國俗傷敗焉。」箋：「新昏者，新所與爲昏禮。」○列女傳賢明篇：「晉趙衰妻狄叔隗，生盾。及返國，文公以其女趙姬妻衰。趙姬請迎盾與其母，衰辭而不敢。姬曰：『不可，夫得寵而忘舊，舍義；好新而嫚故，無恩；與人勤於隘厄，富貴而不顧，無禮。君棄此三者，何以使人？雖妾亦無以侍執巾櫛。詩不云乎：『采葑采菲，無以下體。德音莫違，及爾同死。』與人同寒苦，雖有小過，猶與之同死而不去，況於安新忘舊乎？』又曰：『讌爾新昏，不我屑以。』蓋傷之也。君其逆之，無以新廢舊！』趙姬引詩，以爲夫婦失道之辭，其義最古。魯詩家載之如此，是魯與毛同。貞順篇息君夫人爲楚所虜，與息君俱自殺；節義篇楚昭越姬先昭王之薨自殺，傳末並引詩云：「德音莫違，及爾同死。此之謂也。」亦以二事明此詩夫婦同死之義。禮坊記引詩「采葑采菲」四句，鄭注：「此詩故親今疏者，言人之交當如采葑采菲，取一善而已，君子不求備於一人。」案，交，謂相接也。「故親今疏」，與「棄舊」

義合;「不求備」,申「取一善」義,非有異説。乃疏言「鄭云此『故親今疏』者,此鄭別解詩義,以注記之時,未見毛傳,不知夫婦相怨,謂交友相於,(疑當作「瘉」。)所以云故親今疏」,夫詩爲夫婦之辭,其義甚明,何必見傳始知此;孔泥注文而誤會,非。三家説不同也。

習習谷風,以陰以雨。【注】魯説曰:東風謂之谷風。谷之言穀,穀,生也。谷風者,生長之風。【疏】傳:「興也。習習,和舒貌。東風謂之谷風。陰陽和,谷風至,夫婦和則室家成,室家成而繼嗣生。」〇「習習」者,説文:「習,數飛也。从羽、从白。」數飛則鳥羽和調,引申爲「申重」義,又爲「和舒」義,故以狀和風數至,重言之曰「習習」也。「習」與「襲」通。胥師注:「故書襲爲習。」書大禹謨疏:「習與襲同。」是習之言襲,亦謂和風徐來若襲人然也。「東風謂之谷風」者,釋天文,魯説也。「谷之」至「之風」,孔疏引孫炎注文,蓋舊注魯詩義也。「谷之言穀」者,取同聲字爲訓。書堯典「宅西曰昧谷」,縫人注作「度西曰柳穀」;莊子駢拇篇「臧與穀二人相與牧羊」,崔譔本「穀」作「谷」,是「谷」、「穀」字通。「穀,生也」者,釋言文。晉語注:「穀,所仰以生也。」廣雅釋詁:「穀,養也。」老子「谷神不死」,注:「谷,養也。」其義同。水注谿相屬謂之谷,其生不窮,故生長之風亦爲「谷風」矣。説文:「陰,闇也。」廣雅釋詁同。山川蒸雲,上掩宙合,天地氣應,時雨乃至,故雨先以陰。陰陽和調則風雨有節,與夫婦和順則戾氣不生,正與「不宜有怒」相應。

黽勉同心,不宜有怒。【注】韓「黽勉」作「密勿」,云密勿,僶俛也。魯「黽勉」亦作「密勿」。【疏】傳:「言黽勉者,思與君子同心也。」箋:「所以黽勉者,以爲見譴怒者非夫婦之宜。」〇「韓黽勉作密勿,云密勿,僶俛也」者,文選傅季友爲宋公求加贈劉將軍表李注引韓詩曰:「『密勿同心,不宜有怒。』密勿,僶俛也。」釋文:「黽,本亦作僶。」周禮「矢前後俛」,唐石經「俛」作「勉」,是「黽勉」、「僶俛」字同。白帖十七、御覽五百四十引詩,並作「僶俛」。「魯亦作密勿」者。陳喬樅云:「十月之交『黽勉從事』,漢書劉向傳引作『密勿從事』，然則此『黽勉同心』，魯詩亦當作『密勿同心』，與韓同也。釋詁：『蠠没，勉也。』郭注：『蠠没，猶黽勉。』釋文：『蠠，本或作䵻。』說文：『䵻，古密字。』是爾雅『蠠没』卽魯詩『密勿』之通假。『没』亦重文作『没没』，易繫辭鄭注：『亹亹，没没也。』又轉爲『勿勿』，禮器鄭注：『勿勿，猶勉勉也。』義皆相通。」皮錫瑞云：「後漢蔡邕傳：『宣王遭旱，密勿祇畏。』卽雲漢篇之『黽勉畏去』也。又蔡邕月令問答云：『晝夜密勿。』伯喈書石經用魯詩，則此兩引『密勿』亦魯詩作『密勿』之證。隸釋帝堯碑『密勿匪休』，冀州從事郭君碑『密勿其光』，無極山碑『僉（缺）密勿』，皆漢人引三家詩也。」馬瑞辰云：「黽勉、密勿、蠠没，皆雙聲通用。玉篇：『蠠，勉也。』蠠又蠠俗字。『黽勉』又作『閔免』。漢書五行志『閔免遯樂』，顏注：『閔免，猶黽勉也。』又轉爲『文莫』。說文：『忞，自勉强也。』『慔，勉也。』廣雅：『文，勉也。』楊慎丹鉛録引晉欒肇論語駁云：『燕齊謂勉强爲文莫。』是也。黽、勉皆爲勉，故釋文曰：黽勉，猶勉勉也。」愚案：說文：「勿，州里所建旗象，其柄有三游，所以趣民，故遽稱勿勿。」據此，勿爲戒勉之義，自「趣民」意引申而出，故「勿勿」猶「勉勉」也，「黽勉」、「密勿」，字通而訓同，猶「展轉」、「反側」同義，「展轉」訓「反側」、「反側」亦訓「展轉」之例。

采葑采菲，無以下體。德音莫違，及爾同死。【注】韓「體」作「禮」。【疏】傳：「葑，須也。菲，芴也。下體，根莖也。」箋：「此二菜者，蔓菁與葍之類也，皆上下可食，然而其根有美時、有惡時，采之者不可以根惡時并棄其葉，喻夫婦以禮義合顏色相親，亦不可以顏色衰棄其相與之禮。莫，無。及，與也。夫婦之言無相違者，則可與女長相與處至死，顏色斯須之有。」〇釋草：「須，葑蓯。」孔疏引孫炎曰：「須，一名葑蓯。」說文「葑」下云：「須，從也。」桂馥云：「當云『須，葑從』，脱葑字。」愚案：「從」與「蓯」同，「葑」名「須」，又名「蓯」，文倒義同，非脱字。坊記疏引陸璣云「葑又謂之蓯」，是其證也。釋文：「葑，徐音豐，須也。字書作蘴。」郭璞云：『今菘菜也。』案，江南有菘，江北有蔓菁，相似而異。」桑中箋：「葑，蔓菁。」孔疏引陸璣云：「葑，蕪菁。幽州人或謂之芥。」(「葑蕪菁」，坊記疏引作：「吳人謂葑蓯蔓菁。」)方言：「葑蕘，蕪菁也。陳楚之間謂之葍，齊魯之郊謂之蕘，關之東西謂之蕪菁，趙魏之郊謂之大芥。其小者謂之辛芥，或謂之幽芥。」愚案：「葑」卽「蕪菁」，一名「蔓菁」，非「菘」亦非「芥」，昔人誤溷爲一。本草別錄有「蔓菁」。陳藏器云：「蕪菁，北人名蔓菁，今并汾河朔燒食其根，呼爲蕪根，猶是蕪菁之號。蕪菁，南北之通稱也。」郝懿行云：「蔓菁、蘆菔、芥三者，相似而異，北方人能識之。楊陸以葑爲芥，非也。芥味辛，蔓菁味甜，燒食蒸啖甚美。齊民要術引廣志云：『蕪菁有紫花者、白花者。』今驗紫花卽是蘆菔。字林以葑爲蔓菁苗，亦非也。」陳喬樅云：「玉篇艸部：『葑，蕪菁也。詩曰：采葑采菲。』箋云葑：蔓菁之類，顧直以爲蕪菁，或據韓詩之說。」菲者。說文：「菲，芴也。」「芴，菲也。」釋草：「菲，芴。」郭注：「卽土瓜也。」又云：「菲，蒠菜。」孔疏引陸璣云：「菲似葍，莖麤，葉厚而長，有毛，三月中烝鬻爲茹，滑美可作羹，幽州人謂之芴。爾雅謂之蒠菜，今河內人謂之宿菜。」焦循云：「菲之爲芴，猶非之爲勿。蟲之名蜚，一名盧蜰，則菜之名菲，卽蘆葩也。蘆葩卽蘆菔，與蔓菁一類，故詩並舉之。爾雅：『葖，蘆菔。』葖從突，與忽音近，忽、芴字通。」馬瑞辰云：「菲、芴一聲之轉，菲、菔、葩，聲亦相近。蘆菔今作蘿蔔，菔轉作蔔，猶扶服通作匍匐耳。」愚案：廣雅釋草：「土瓜，芴也。」疑魯韓說如此，郭所本也。「無以下體」者，箋云：「二菜皆上下可食，然其根有美時、有惡時，采之者不可以根惡時並棄其葉。」「韓體作禮」者，韓詩外傳九載孟子不敢去婦事，引詩：「采葑采菲，無以下體。」詩攷引外傳，「體」作「禮」，明韓作「無以下禮」。「體」正字，「禮」借字也。陳喬樅云：「今本外傳作『體』，乃後人據毛所改。外傳五云：『禮者，則天地之體。』是禮本訓體，故禮、體通假。馮登府云：『釋名：「禮，體也，得其事體也。」廣雅釋言：「禮，體也。」義皆本韓詩。』」愚案：左僖三十三年傳引詩，云：「君取節焉可也。」謂取其一節也。坊記注：「言人之交當如采葑采菲，取一善而已。」春秋繁露竹林篇云：「取其一美，不盡其失。」引詩二語。制度篇亦引之。董用齊詩，其義並同。詩又言爾常有德音而不相乖違，則我願與爾相處至死。列女傳云「雖有小過，猶與之同死而不去」者，以「無以下體」爲不念小過，與董云「不盡其失」意同，明魯齊無異義。

行道遲遲，中心有違。【注】魯説曰：遲遲，行貌。韓説曰：違，很也。【疏】傳：「遲遲，舒行貌。違，離也。」箋：「違，徘徊也。行於道路之人，將至於別，尚舒行，其心徘徊然，喻君子於己不能如也。」○「行道」，謂己辭夫出門，行於道路，不指他人言。「遲遲，行貌」者，楚詞九歎惜賢篇王注文。下引詩云：「行道遲遲。」此魯訓。説文：「遲，徐行也。詩曰：『行道遲遲。』」二狀其容，一釋其義也。「違，很也」者，釋文引韓詩文。胡承珙云：「説文：『很，不聽從也。一曰行難也。』韓以『違』爲『很』，即『行難』之意。」馬瑞辰云：「廣雅釋詁：『怨，愇，很也。』韓蓋以違爲愇之假借，故訓爲很，很亦恨也。魯無逸『民否則厥心違怨』，違與怨同。『中心有違』，猶云『中心有怨』。曹大家東征賦：『遂去故而就新兮，志愴恨而懷悲。明發曙而不寐兮，心遲遲而有違。』其義亦本韓詩。傳訓違爲『離』，箋以違、回通用而訓爲『徘徊』，均非詩義。」愚案：胡馬二説並通。「愇」是「韙」之或體，説文訓是也。以「愇」爲「很」，後起之義。「很」訓「行難」，於韓尤合矣。

不遠伊邇，薄送我畿。【注】魯「邇」作「爾」。魯説曰：出婦之義，必送之，接以賓客之禮。君子絶，愈於小人之交。又曰：蹷機，門内之位也。詩云：「不遠伊邇，薄送我畿。」此不過蹷之謂。【疏】傳：「畿，門内也。」箋：「邇，近也。言君子與己訣別，不能遠維近耳，送我裁於門内，無恩之甚。」○「出婦」至「之交」，白虎通嫁娶篇文，引本詩下句爲證。「蹷機」至「之謂」，呂覽孟春紀高注文，皆魯説。「邇」、「爾」通用字，「不遠伊邇」，謂夫送之不遠，不出畿，故箋云「無恩之甚」也。惠棟云：「蹷通橜，即閫也。」段玉裁云：「機即畿，門限也。機、畿古今文之異。」馬瑞辰云：「畿者，機之消借。周禮鄭注：『畿，猶限也。』王畿之限曰畿，門内之限曰機。義正相近。廣雅釋宮：『蹷機，闑朱也。』『朱』或作『梱』，又作『閫』。説文：「『梱，門橜也。』蔡邕司徒夫人靈表曰『不出其機』，言不出於閫也。『薄送我畿』，即送不過梱之謂。」愚案：段氏謂門限可以蹷人，故呂覽云「招蹷之機」，是「橜」之名取於「蹷」，猶「梱」之名取於「困」，（廣雅：「朱，古困字。」）皆自「門限」得義。門限可以蹷人，與發以陷人之機相等，故通謂之機。機從幾聲，畿亦從幾省聲，經典幾、畿、機三字互通。（易屯卦「君子幾」，釋文：「鄭作機。」繫辭釋文：「幾，本作機。」左昭二十二年傳「宋仲幾」，公羊作「機」。禮郊特牲疏「幾」與「畿」字相涉。大學釋文：「畿本作幾。」）畿有「限」義，（後漢孔融傳注：「畿，限也。」禮郊特牲疏云：「幾是畿限之所本。」詩孔疏：「畿者，期限之名。」）故機又爲畿。韓愈詩「白石爲門畿」，本此。誰謂荼苦？其甘如薺。【疏】傳：「荼，苦菜也。」箋：「荼誠苦矣，而君子於己之苦毒又甚於荼，比方之荼則甘如薺。」〇釋草：「荼，苦菜。」郭注：「詩曰：『誰謂荼苦。』」孔疏引樊光注：「苦菜，可食也。」陳喬樅云：「禮月令『孟夏苦菜秀』謂此，即今苦藚菜。廣雅釋草：『藚，蘪也。』玉篇：『蘪，今之苦蘪，江東呼爲苦藚。』是也。」愚案：苦藚，今音轉譌爲「苦抹」，薺菜亦譌呼「地菜」，南北皆有之。詩言昔與夫同處，雖苦無怨，譬之於荼而我甘之如薺。列女傳所謂「同寒苦」也。魯說當如此。宴爾新昏，如兄如弟。【疏】傳：「宴，安也。」〇說文：「宴，安也。」孔疏：「言安愛汝之新昏，其恩如兄弟也。」釋文：「宴，本又作燕。」列女傳作「讌」，俗字。「昏」作「婚」。白虎通同。說文：「昏，日冥也。从日、氐省。氐者下也。一曰民聲。」「婚，婦家也。禮，娶婦以昏時，婦人陰也，故曰婚从女、从昏，昏亦聲。」白虎通嫁娶篇又云：「婚者，昏時行禮，故曰婚。姻者，婦人因夫而成，故曰姻。詩曰『不惟舊姻』，謂夫也。又曰『燕爾新婚』，謂婦也。所以昏時行禮何？示陽下陰也。昏亦陰陽交時也。」昏、婚古通用。

涇以渭濁，湜湜其沚。【注】三家「沚」作「止」。【疏】傳：「涇渭相入而清濁異。」箋：「小渚曰沚。涇水以有渭，故見謂濁。湜湜，持正貌，喻君子得新昏，故謂己惡也。己之持正守初，如沚然不動搖。此絶去所經見，因取以自喻焉。」○漢書地理志安定郡涇陽下云：「幵頭山在西，禹貢涇水所出，東南至陽陵入渭，過郡三，行千六十里，（據孔疏引鄭注及禹貢疏引當作「千六百里」。）雍州川。」隴西郡首陽下云：「禹貢鳥鼠同穴山在西南，渭水所出，東至船司空入河，過郡四，行千八百七十里。雍州寖。」案，涇陽在今平涼府平涼縣西四千里，幵頭山卽縣笄頭山，崆峒山之別名，涇水發源縣西北固原州界，至西安府高陵縣西南、咸陽縣東北入渭，漢陽陵地也。首陽在今蘭州府渭源縣東北，鳥鼠山在縣西，渭水至同州府華陰縣北倉頭村入河，古渭汭也。漢京兆尹船司空縣故城在縣東北。漢書溝洫志：「涇水一石，其泥數斗。」是涇濁也。潘岳西征賦：「清渭濁涇。」三秦記：「涇渭合流三百里，清濁不雜。」蓋水行愈遠則清濁不分，故云「涇以渭濁」，然水質本清，不爲濁掩，故湜湜其沚也。衞地非二水所經，而詩人以之託興，蓋此女居涇渭之側而嫁於衞，故據昔所經見言之也。箋：「小渚曰沚。」「三家沚作止」者，説文：「湜，水清底見。詩曰：『湜湜其止。』」玉篇水部：「湜，水清也。」引詩同。集韻類篇並作「止」。陳喬樅云：「白帖七引詩亦作『止』，唐惟韓詩尚存，足證説文、玉篇所引據韓詩文。」馬瑞辰云：「説文：『止，下基也。』湜湜狀水止貌，故以爲水清見底。水流則易濁，止則常清，沚作止爲是。」愚案：毛用「沚」，借字；三家作「止」，正字。蓋其夫誣以濁亂事而棄之，自明如此。宴爾新昏，不我屑以。【注】魯「以」亦作「已」。【疏】傳：「屑，絜也。」箋：「以，用也，言君子不復絜用我當室家。」○「不我屑以」，列女傳以爲「傷之也」。（見上。）「魯以亦作已」者，趙岐孟子章句十三云：「屑，潔也。詩云：『不我屑已。』」「以」、「已」古通，趙學魯詩，是魯「以」亦作「已」。鄉射禮鄭注：「今文『以』爲『與』。」江有汜擊鼓箋並云：「以，猶與也。」論語述而篇：「與其潔也。」「不我潔以」，猶言「不與我潔」，以清潔而受汙濁之名，可傷之甚也。毋逝我梁，毋發我笱。【注】韓説曰：發，亂也。【疏】傳：「逝，之也。梁，魚梁。笱，所以捕魚也。」箋：「毋者，諭禁新昏也。女毋之我家，取我爲室家之道。」○説文：「毋，止之也。」禮王制「然後漁人入澤梁」，注：「梁，絶水取魚者。」説文：「笱，曲竹，捕魚笱也。从竹、句，句亦聲。」「發，亂也」者，釋文引韓詩文。馬瑞辰云：「梁與笱相爲用，故詩言『逝梁』，卽言『發笱』。笱從竹、句會意，笱之言句，句，曲也，謂以曲竹爲之，使其口可入而不可出。唐書王君廓傳：『君廓無行，負竹笱如漁具，内置逆刺，見鬻繒者，以笱承其頭，不可脱，乃奪繒去。』今時取魚者亦多爲逆刺，有門可開，淮南兵略篇『發笱門』是其制也。『發』訓『開』，疑韓訓『亂』失之。」陳喬樅云：「𢿱人『掌以時𢿱爲梁』，鄭司農注：『梁，水堰。堰水而爲關空，以笱承其空。』韓訓『亂』，是以『發』爲『撥』之通借。釋名釋言語云：『撥，播也。播，使移散也。』移散卽『亂』義。梁以障水，笱承梁空，其曲竹非一，必理之使與空關相承，乃可捕魚，故云毋亂我笱，謂勿移散之使魚得脱也。馬以訓亂爲失，疏矣。」陳奐云：「韓讀發爲撥，長發傳：『撥，治也。』撥之爲亂，猶治之爲亂。逝梁發笱，喻新昏者入我家而亂我室，我欲禁其無然。」愚案：二陳説並通。**我躬不閱，遑恤我後！**【注】三家「躬」作「今」，「遑」作「皇」。

【疏】傳：「閱，容也。」箋：「躬，身。遑，暇。恤，憂也。我身尚不能自容，何暇憂我後所生子孫也。」○説文：「閱，具數於門中也。」義訓「數」，又訓「歷」，非此詩義。「閱」是「説」之借字，左襄二十五年傳云：「詩所謂『我今不説，皇恤我後』者，甯子可謂不恤其後矣。」引「不閱」正作「説」，杜注：「皇，暇也，言今我不能自容説，何暇念其後乎。」傳「閱，容也」，知毛所見本亦作「説」，故取「容説」義釋之。馬瑞辰云：「孟子以『容悦』並言，亦以容爲悦也。」「三家躬作今，遑作皇」者，據禮表記引詩文。馬云：「『今』對『後』言，三家當有作『今』者。『躬』、『今』雙聲通用。杜注『言今我不能自容説』，知所見左傳經文元作『我今不説』，故以『今我』釋詩『我今』，今本作『我躬』，後人據毛改之。箋：『我身尚不能自容，何暇憂我後所生之子孫。』案，『後』謂婦人既去以後，卽指上『逝梁』、『發笱』事，不必如箋以『後』爲『子孫』。」愚案：箋云：「恤，憂也。」表記引孔子云：「國風曰：『我今不閱，皇恤我後。』終身之仁也。」上文引詩「詒厥孫謀，以燕翼子」，以爲數世之人。（「仁」同。）「子孫」與「我後」對文見義，明以「後」爲「子孫」，夫子説詩已如此解。列女傳王陵母傳云：「君子謂王陵母能棄身立義，以成其子，詩云：『我躬不閲，遑恤我後。』終身之仁也。陵母之仁及五世矣。」（陵傳「爵五世」。）「仁及五世」反對「遑恤我後」言，是魯詩家亦以「後」爲「子孫」。箋用三家，遠承古訓，馬説非。魯作「躬」、作「遑」同毛，是作「今」、作「皇」者齊韓文。

就其深矣，方之舟之。就其淺矣，泳之游之。【注】魯説曰：言必濟也。【疏】傳：「舟，船也。」箋：「方，泭也。潛行爲泳。言深淺者，喻君子之家，事無難易，吾皆爲之。」○廣雅釋詁：「就，歸也。」是「就」有「歸往」義。説文：「滜，新也。从水，臯聲。」徐鍇繫傳曰：「按詩：『滜其深矣。』」「就」作「滜」。陳喬樅以爲摭三家異文。説文：「方，併船也。」「舟，船也。」「泳，潛行水中也。」「游」下云：「旌旗之流也。从㫃，汓聲。」「汓」下云：「浮，行水上也。从水、从子。古或以汓爲没。」「泅」下云：「汓或从囚聲。」是「游」正字當作「汓」，與「浮」同訓。廣雅釋詁：「游，浮也。」書君奭正義：「游者，入水浮渡之名。」古或以「汓」爲「没」，故方言云：「潛，沈也，游也。」郭注：「潛行水中亦曰游。」釋言：「泳，游也。」郭注：「潛行游水底。」是也。詩「舟」與「方」對，自指一船言之。「泳」與「游」對，則游義亦不與泳複，當訓浮行水上，不訓潛行水中。對文異、散文通也。「言必濟也」者。徐幹中論法象篇云：「詩曰：『就其深矣，方之舟之。就其淺矣，泳之游之。』言必濟也。」幹學魯詩，蓋魯説如此。孔疏：「隨水深淺，期於必渡，以興隨事難易，期於必成。」與徐義合。

何有何亡，黽勉求之。凡民有喪，匍匐救之。【注】魯齊「匍匐」亦作「扶服」。魯「救」亦作「捄」。【疏】傳：「有，謂富也。亡，謂貧也。」箋：「君子何所有乎？何所亡乎？吾其黽勉勤力爲求之，有求多，亡求有。匍匐，言盡力也。凡於民有凶禍之事，鄰里尚盡力往救之，況我於君子家之事難易乎？固當黽勉。以疏喻親也。」○詩言家中之物何者爲有，何者爲亡，無不在我心而盡力求之。雖有仍求，故知是「求多」也。「黽勉」，文選陸機文賦、殷仲文解尚書表李注引，並作「僶俛」，與上「黽勉同心」合。「匍匐救之」者，言鄰里有凶禍事，則助君子盡力救之，謂營護凶事、贈賵之屬，不特勤其家事，亦且惠及鄉人。箋謂「以疏喻親」，非也。「魯齊匍匐亦作扶服」者，漢書谷永傳永疏引詩曰：「凡民有喪，扶服捄之。」谷用魯詩，明魯作「扶服」。楊雄長楊賦：「扶服蛾伏。」雄習魯詩，與谷引合。漢書元紀初元五年詔，及說苑至公篇引詩，又作「匍匐」。(元帝受魯詩，見儒林傳及陸璣疏。劉向亦用魯詩。)禮檀弓引詩作「扶服」。孔子閒居篇又作「匍匐」，是魯齊兩作之證。陳喬樅云：「說文：『匍，手行也。』『匐，伏地也。』廣雅：『匍，伏也。』釋言：『匍，匐也。』釋名：『匍匐，小兒時也。匍猶捕也，匐猶伏也，人雖長大，及其求事用力之勤，猶亦稱之。』與箋『盡力』義合。左昭十三年傳『奉壺飲冰，以蒲伏焉』，釋文：『本又作匍匐』，『蒲，本亦作扶。』昭二十一年傳『扶服而擊之』，釋文：『本或作匍匐。』史記蘇秦傳『嫂委蛇蒲服』，索隱：『蒲服即匍匐，並音蒲伏。』范雎傳『膝行蒲服』，淮陰侯傳『俛出袴下』，蒲伏、蒲扶、服伏，皆以音同假借。」馬瑞辰云：「服、百音亦近，故又作蒲百，秦和鐘銘『蒲百四方』是也。匍匐之合聲爲鞠，東方朔七諫『塊兮鞠當道宿』，王逸注『匍匐爲鞠』是也。」「魯救亦作捄」者，谷永引詩，見上文。說文：「救，止也。」「捄，盛土於梩中也。」此作「捄」，借字。禮大學注、左昭十一年傳注釋文：「救，本亦作捄。」

不我能慉，反以我爲讎。【注】三家作「能不我慉」，云：慉，起也。又云：慉，興也。【疏】傳：「慉，養也。」箋：「慉，驕也。君子不能以恩驕樂我，反憎惡我。」○「三家作能不我慉」者，說文：「慉，起也。从心，畜聲。詩曰：『能不我慉。』」「云慉，興也」者，玉篇文。「興」亦「起」也，俱三家義，與傳訓「養」、箋訓「驕」異。晉語「世相起也」，韋注：「起，扶持也。」不我興起，猶言不我扶持。董氏讀詩記引王肅孫毓本，並「能」字在句首。陳奐云：「各本『能』字在『不我』下，轉寫誤耳。『能不我慉』，與『甯不我顧』、『既不我嘉』、『則不我遺』同。能、甯、既、則，皆語詞之轉。說文段注云『能不我慉』與『能不我知』、『能不我甲』同。」說文：「仇，讎也。」下「售」當作「讎」，則此應作「仇」。既阻我德，賈用不售。【注】齊說曰：賈庸不售，讎困爲害。韓說曰：一錢之物舉賣百，何時當售乎？【疏】傳：「阻，難。」箋：「既難卻我，隱蔽我之善，我修婦道而事之，覬其察已，猶見疏外，如賣物之不售。」○釋詁：「阻，難也。」書舜典鄭注：「戹也。」「賈庸」至「爲害」，易林小畜之蠱文。「庸」、「用」古字通。「讎困爲害」，正釋「阻德」義，言讎我者困害之。「困害」與「難」、「戹」義同。『一錢』至「售乎」，御覽八百三十五引韓詩文。上引此二語，言夫之於我不知其德，反多方阻戹。持物入市，故索高價，使不得售也。售當作讎。說文：「讎，猶譍也。」典瑞疏：「仇爲怨，讎爲報。」報、譍義合，抑「無言不讎」，猶云「無言不報」。買物以價相酬曰讎，亦取「報答」義。售，俗字。唐石經初刻作「讎」，誤從釋文改「售」也。昔育恐育鞫，及爾顛覆。既生既育，比予于毒！【疏】傳：「育，長。鞫，窮也。」箋：「昔育，育稚也。及，與也。昔幼稚之時，恐至長老窮匱，故與女顛覆盡力，於衆事難易無所辟。生，謂財業也；育，謂長老也。于，於也。既有財業矣，又既長老矣，其視我如毒螫，言惡已甚也。」○釋詁：「育，養也。」廣雅釋詁：「生也。」「生」、「養」義相成，言育則生在內，故下文『生』、「育」並言。單言「育」，渻文；兼言「生」，足句。釋文：「鞫，本又作鞠。」說文：「鞫，窮理辠人也。」引申之，故「鞫」訓「窮」。又云：「鞠，蹋鞠也。」古書或借「鞠」爲「鞫」，故釋言云：「鞠，窮也。」詩言昔謀生養時，恐生養道窮，與爾顛墜覆敗。呂覽達鬱篇注：「比，猶致也。」廣雅釋詁：「毒，苦也。」「比予於毒」，言致我於苦毒。

我有旨蓄，亦以御冬。宴爾新昏，以我御窮。【注】魯說曰：蓄菜，乾苴之屬也。【疏】傳：「旨，美。御，禦也。」箋：「蓄聚美菜者，以禦冬月乏無時也。君子亦但以我御窮苦之時，至於富貴，則棄我如旨蓄。」○說文：「旨，美也。」「蓄菜」至「屬也」者，呂覽仲秋紀「務蓄菜」，高注：「蓄菜，乾苴之屬也。詩曰：『我有旨蓄』。」此魯義，較箋「蓄聚美菜」文順。釋文：「御，禦也。一本下句卽作禦字。」據此，御，禦借字。白帖八十一、藝文類聚八十二、事類賦五引「御冬」，並作「禦冬」。「禦」之言「備」也，冬時百物斂藏，預儲菹菜，備窮乏也。亦者，孔疏：「亦以之禦窮，窮苦娶我，至富饒見棄，似冬月蓄菜，至春夏見遺。」有洸有潰，既詒我肄。【注】韓說曰：潰潰，不善之貌。【疏】傳：「洸洸，武也。潰潰，怒也。肄，勞也。」箋：「詒，遺也。君子洸洸然、潰潰然，無溫潤之色，而盡遺我以勞苦之事，欲窮困我。」○有者，狀物之詞。「有洸」猶「洸洸」，「有潰」猶「潰潰」。說文：「洸，水涌光也。詩曰：『有洸有潰。』」徐璈云：「洸者，水激涌而有光。潰者，水潰決而四出。皆以水勢擧似怒貌也。毛傳『洸洸，武也』，本江漢『武夫洸洸』。」「潰潰，不善之貌」者，釋文引韓詩文。陳喬樅云：「傳『潰潰，怒也』，怒亦不善貌，義與韓同。箋『君子洸洸然、潰潰然，無溫潤之色』，皆重文言之。禮樂記引詩『肅雍和鳴』，釋之曰：『肅，肅敬也。雍，雍和也。』是其例。」釋詁：「肄，勞也。」孔疏：「爾雅或作『勩』，孫炎曰：『習事之勞也。』」爾雅釋文：「勩，或作勣，亦作肄。」馬瑞辰云：「郭注引『莫知我勩』，左昭十六年傳引作『莫知我肄』，是肄、勩古通，肄、肆古亦通。釋言：『肆，力也。』力亦勤也、勞也。」愚案：「既詒我肄」，謂空遺我以勤苦之事。不念昔者，伊余來塈。【疏】傳：「塈，息也。」箋：「君子忘舊，不念往昔年稚，我始來之時安息我。」○伊，辭也。說文：「塈，白涂也。」此借字。馬瑞辰云：「㤅，惠也。㤅，古文是㤅，卽古文愛字，塈蓋㤅之假借。『伊余來塈』，猶言維予是愛也。仍承昔者言之。傳訓塈爲息，以塈爲呬字假借。王引之讀塈爲愾，訓怒，似不若讀㤅訓愛爲允。」愚案：馬讀是八字爲句，追念昔日之詞，咎夫之不念也。來，是也。全詩「來」字多與「是」同，義詳釋詞。

谷風六章，章八句。

式微【注】魯説曰：「黎莊夫人者，衛侯之女、黎莊公之夫人也。既往而不同，欲所務者異，未嘗得見，甚不得意。其傅母閔夫人賢，公反不納，憐其失意，又恐其已見遣而不以時去，謂夫人曰：『夫婦之道，有義則合，無義則去。今不得意，胡不去乎？』乃作詩曰：『式微式微，胡不歸？』夫人曰：『夫婦之道，一而已矣。彼雖不吾以，吾何可以離於婦道乎？』乃作詩曰：『微君之故，胡爲乎中路？』終執貞壹，不違婦道，以俟君命。君子故序之以編詩。」齊説曰：式微式微，憂禍相絆。隔以巖山，室家分散。【疏】毛序：「黎侯寓于衛，其臣勸以歸也。」箋：「寓，寄也。黎侯爲狄人所逐，棄其國而寄於衛，衛處之以二邑，因安之。可以歸而不歸，故其臣勸之。」○「黎莊」至「編詩」，列女傳貞順篇文。漢志「上黨郡壺關縣」下應劭注：「黎侯國也。今黎亭是。」「潞縣」下班自注：「故潞子國。」續志：「壺關有黎亭，故黎國。」劉注：「文王戡黎，即此。」又「潞」下注云：「東北八十里有黎城。」説文「𨞲」下云：「殷諸侯國，在上黨東北。」商書「西伯戡𨞲」，史記周本紀云：「敗耆國。」鄒誕生云：「本或作黎。」宋微子世家「滅阢國」，徐廣曰：「阢音耆。」索隱：「耆即黎也。」據此，「黎」、「阢」、「耆」一也。潞縣之黎城，則晉重立之黎國。左宣十五年傳「赤狄潞酆舒奪黎氏地。是年六月，晉滅潞。七月，立黎侯」是也。又漢志「東郡黎」下孟康注：「詩黎侯國，今黎陽也。」臣瓚駁之云：「黎陽在魏郡，非黎縣也。」案，此蓋春秋衛犁邑，太叔疾以置妻娣者。黎、犁通作字。至魏郡之黎陽，晉灼注以爲取縣之黎山爲名，無與黎國事。水經河水注：「河水又東北，過黎陽縣南，黎侯國也。詩式微黎侯寓於衛是也。」並爲泥中衛邑作證。此則因周旋毛詩而失之，前此地説家所無。魏源云：「諸侯失地名。此黎莊公有謚，非失國之黎侯也。載馳河廣泉水竹竿皆衛女思歸詩，而附於衛，黎國無風，又衛女所作，其附衛風宜矣。」「式微」至「分散」，易林小畜之謙文，歸妹之困同。「室家分散」，即謂夫婦分離，此齊義，與魯合。所云「隔以巖山」，當是黎侯不悦夫人，遷寘別所，故傅母恐其已見遣，而詩有「中路」、「泥中」之語也。

式微式微，胡不歸？【注】魯說曰：式微式微者，微乎微者也。【疏】傳：「式，用也。」箋：「式微式微者，微乎微者也。君何不歸乎？禁君留止於此之辭。式，發聲也。」〇「式微」至「者也」，釋訓文。郭注：「言至微也。」箋以「式」爲「發聲」，用魯說改毛。「微」之爲言輕賤也，孔疏亦以「至微」爲見卑賤。傅母謂夫人之貴而不得於君，屏斥分散，見卑賤極矣，故云至微也。疏引左傳「榮成伯賦式微」，服虔注：「君用中國之道微。」陳奐云：「道微，猶云無道。」案，如陳說，以「無道」指黎侯，於義亦通。歸，大歸。「胡不歸」者，君無義則當去。微君之故，胡爲乎中露？【注】魯「露」作「路」。【疏】傳：「微，無也。中露，衞邑也。」箋：「我若無君，何爲處此乎？臣又極諫之辭。」〇呂覽離俗篇高注：「微，亦非也。」君，謂黎侯。「魯露作路」者，列女傳作「路」，（見上）。路正字，露借字。釋名：「道，一達曰道路。道，蹈也。路，露也。言人所踐蹈而露見也。」孟子滕文公上音義：「路，與露同。」漢書人表曹靖公路，春秋定八年作露，是「路」、「露」古通之證。「中路」、「路中」，倒文以合均。夫人言非吾君之故，我何爲在中路？夫一而已去，將安之乎？蓋當時遷往他所，中道相謂之詞，易林所謂「隔以巖山」也。郝懿行云：「言所以微者，以君不見納之故。」「微」字逗，於義亦通。

式微式微，胡不歸？微君之躬，胡爲乎泥中？【疏】傳：「泥中，衞邑也。」〇泥中，猶中路也，亦寓賤辱義。左傳「辱在泥塗」；莊子「棄隸者若棄泥塗，知身貴於隸也」；論衡「蹂蹈文錦於泥塗之中，聞見之者莫不痛心」，皆以「泥中」喻賤辱。言非君之躬，何爲至此？安忍之也。魏源云：「序謂黎臣勸其君歸，黎地爲狄奪，復於何歸？今有可歸，昔不出奔矣。且主辱臣死，而出『微君胡爲至此』之怨詞，殉國之忠，恐不若是。」

式微二章，章四句。

旄丘【注】齊說曰：陰陽隔塞，許嫁不答。旄丘新臺，悔往歎息。【疏】毛序：「責衞伯也。狄人迫逐黎侯，黎侯寓于衛，衛不能修方伯連率之職，黎之臣子以責於衛也。」箋：「衛康叔之封爵稱侯，今曰伯者，時爲州伯也。周之制，使伯佐牧。春秋傳曰：『五侯九伯。』侯爲牧也。」○「陰陽」至「不答」，易林歸妹之蠱文，此齊說。以旄丘與新臺並稱，曰「隔塞」、曰「不答」，知與式微同恉，亦黎莊夫人不見答而作也。廣雅釋詁：「悔，恨也。」「悔往歎息」，謂念往事自歎。明夷之噬嗑釋江汜義，亦云「姪娣恨悔」，與此意同。江汜恨悔不害爲賢媵，旄丘悔歎不失爲貞妻，其志壹也。列女傳稱夫人云：「彼雖不吾以，吾何可以離於婦道乎？」「不吾以」與江汜「不我以」同詞，謂不以爲婦也。江汜次章又云「不我與」，言不我偕處也，證之此詩「必有與也」、「必有以也」，其爲婦不見答於夫之詞義尤明顯，是魯與齊同。

旄丘之葛兮，何誕之節兮？【注】三家「旄」作「堥」。【疏】傳：「興也。前高後下曰旄丘。諸侯以國相連屬，憂患相及，如葛之蔓延相連及也。誕，闊也。」箋：「土氣緩則葛生闊節。興者，喻此時衛伯不恤其職，故其臣於君事亦疏廢也。」○釋丘：「前高旄丘。」郭注：「詩云：『旄丘之葛兮』。」孔疏引李巡云：「謂前高後卑下。」「三家旄作堥」者，釋文：「前高後下曰旄丘。字林作『堥』，云：『堥，丘也。亡周反，又音毛。』山部又有『嵍』字，亦云：『嵍，丘。亡付反。又音旄。』」此三家文。釋名作「髦」，云：「前高曰髦丘，如馬舉頭垂髦也。」丘舉形似，所在多有。寰宇記：澶州臨河縣有旄丘。在今大名府開州者，名由後起，地或偶同，不得引以證經。釋詁：「誕，大也。」傳「闊也」，闊亦大也。馬瑞辰云：「誕者，『延』之借字；之，猶其也，猶云何延其節。延訓長，闊、長義近。」愚案：「誕」從「延」得聲、義，馬說亦通。葛本蔓延之物，日久則得地愈遠，是「延長」亦「大」義也。何者，驚訝之詞，覽物起興，以見爲日之多。

叔兮伯兮，何多日也？【疏】傳：「日月以逝而不我憂。」箋：「叔伯，字也。呼衛之諸臣，叔與伯與，女期迎我君而復之，可來而不來，女日數何其多也。先叔後伯，臣之命不以齒。」○魏源云：「言叔伯者，疑使人告衛兄弟，故望兄弟之來問。」愚案：魏說是也。廣雅釋詁：「叔，少也。」釋詁：

「伯，長也。」蘀兮篇「叔兮伯兮」，句例正同。彼箋云：「叔伯，兄弟之稱。」此「叔伯」亦當訓「兄弟」，蓋夫人因君不見答，屏置異地，必嘗使人愬於衞兄弟，情事宜然。柏舟：「亦有兄弟，不可以據。薄言往愬，逢彼之怒。」往嫁之女有事則愬親屬，亦其證矣。「何多日也」，勸望兄弟之詞。

何其處也？必有與也。何其久也？必有以也。【注】齊「以」作「似」。【疏】傳：「言與仁義也，必以有功德。」箋：「我君何以處於此乎？必以衞有仁義之道故也。責衞今不行仁義。我君何以久留於此乎？必以衞有功德故也，又責衞今不務功德也。」○此又自爲問答，以明久而不歸之義。處，居。與，偕。以，用也。言我所以不去而久處此者，尚冀君之悔悟，必我與、必我以耳。「齊以作似」者，特牲饋食禮「蕢有以也」，鄭注：「以，讀如『何其久也，必有似也』之『似』。」是齊文作「似」。（今本儀禮注疏「似」作「以」。盧文弨云：「經『蕢有以』，釋文云：『依注音似。』則注本作『似』明矣。」陳喬樅云：「下文注既知，似先祖之德尚作『似』字不誤。」）「似」、「以」字通。漢書高紀如淳注：「以，或作似。」古以、已字同，（見禮檀弓注。）「似」、「已」字亦同，（斯干疏。）故「以」爲「似」也。說苑政理篇修文篇、韓詩外傳一、外傳九並引此詩推衍之。

狐裘蒙戎，匪車不東。叔兮伯兮，靡所與同。【疏】傳：「大夫狐蒼裘。蒙戎，以言亂也。不東，言不來東也。無救患恤同也。」箋：「刺衞諸臣形貌蒙戎然，但爲昏亂之行。女非有戎車乎？何不來東迎我君而復之。黎國在衞西，今所寓在衞東。衞之諸臣行如是，不與諸伯之臣同。言其非之特甚。」○釋文：「蒙，如字。徐武邦反。戎，如字。徐而容反。蒙戎，亂貌。案，徐此音依左傳讀作『尨茸』字。」愚案：牧人杜注：「尨，謂雜色不純。」雜亦亂也。杜又云：「厖，當爲尨。」「厖」、「尨」古通。小戎傳：「蒙，厖也。」荀子榮辱篇楊注：「蒙，讀爲厖。」厖聲義並從尨，蒙、厖互通，故蒙、尨亦相假，義並訓「亂」。何彼襛矣傳：「襛，猶戎戎也。」「戎戎」卽「茸茸」借字。小戎疏引此詩，亦作「蒙茸」。左僖五年傳晉士蔿賦詩，云：「狐裘尨茸，一國三公，吾誰適從？」以衣之蒙戎喻國事紛亂，足證此狐裘亦喻意。箋云「刺衞諸臣形貌蒙戎然，但爲昏亂之行」，彼申毛義，故云「斥衞諸臣」。如三家説，乃刺衞兄弟也。蘇輿云：「此以形貌寓言儀表可觀，中實繆亂，與柏舟『威儀棣棣，不可選也』意同。風詩美刺多寄服飾。鄭、檜羔裘是其例矣。」東者，據一統志，漢壺關縣故城在今潞安府長治縣東南，潞縣在今潞城縣東北，是先後二黎皆在衞西，而衞出其東。車，謂使衞者所乘之車。釋言：「靡，無也。」言我愬衞兄弟，非不使人東往衞國，其如兄弟之無可與同何。論語衞靈公篇孔子曰：「道不同，不相爲謀。」傅母以爲於義可歸，夫人終執貞壹同之難也。傅母且然，況兄弟乎。

瑣兮尾兮，流離之子。【注】魯「流」作「留」。【疏】傳：「瑣尾，少好之貌。流離，鳥也。少好長醜，始而愉樂，終以微弱。」箋：「衞之諸臣初有小善，終無成功，似流離也。」○釋訓：「瑣瑣，小也。」韓詩防有鵲巢傳：「娓，美也。」「尾」是「娓」渻借字，故傳云「瑣尾，少好之貌」，而孔疏云「尾者，好貌也」。「尾」又作「微」，書堯典「鳥獸孳尾」，史記五帝紀作「鳥獸字微」。漢書人表尾生晦，卽微生畝。説文：「尾，微也。」是「尾」、「微」字訓互通。「瑣尾」卽「微瑣」，若今言「猥瑣」矣。「流離之子」者，釋文：「流，本又作鶹。草木疏云：『梟也。關西謂之流離，大則食其母。』」「魯流作留」者，釋鳥：「鳥少美長醜爲鶹鷅。」郭注：「鶹鷅猶留離，詩所謂『留離之子』。」釋文：「留離，詩字如此，或作鶹離，後人改耳。」是陸不以詩「又作」本爲然。郭引作「留離」，蓋舊注魯詩文也。詩意喻叔伯年少，無所聞知，故以鳥子言。叔兮伯兮，褎如充耳。【疏】傳：「褎，盛服也。充耳，盛飾也。大夫褎然有尊盛之服，而不能稱也。」箋：「充耳，塞耳也。言衞之諸臣顔色褎然，如見塞耳，無聞知也。人之耳聾，恆多笑而已。」○釋文：「褎，亦作裒，由救反。」阮引釋文校勘，「裒」當作「褎」。六經正誤云：「亦作褏，中从由。或作褎，从巳、从白。誤。」羣經音辨云：「褏，盛服也。」集韻四十九宥載「褎」、「褏」二形，云「或从由」，皆可證。愚案：裒者褎之省，裒者褏之譌。說文「褎」下云：「袂也。从衣，采聲。」「袖」下云：「俗褎，从由。」或謂當作从衣，采聲，以从采聲爲譌。案，說文「采」下云：「古文孚。从禾。禾，古文保字。」「保」下云：「从人，从采省。采，古文禾。」（當作「孚」。）「禾」下云：「古文保。」「保」下云：「古文保不省。」「褒」下云：「衣博裾。从衣，保省聲。」據此，「保」古文「保」，「褒」即「褎」也。「褎」正書不省而篆文省若「褎」，亦作从衣，采聲，是與篆文「褒」無異矣，而惑其說者多，故詳辨之。「褎」是衣袂，得引申爲「盛服」義者，蓋古人尊盛之服，其袖必大，故傳云然。漢書董仲舒傳制云：「今子大夫褎然爲舉首。」顏注：「褎然，盛服貌也。」詩邶風旄丘之篇曰：『褎如充耳。』褎，音弋授反。」案，「然」、「如」同訓，「褎如」猶「褎然」也。「褒」爲盛服貌，引申之亦爲盛服自尊大之貌，終言衞兄弟之塞耳無聞，蓋多日之望已絶矣。

旄丘四章，章四句。

簡兮【疏】毛序：「刺不用賢也。衞之賢者，仕於伶官，皆可以承事王者也。」箋：「伶官，樂官也。伶氏世掌樂官而善焉，故後世多號樂官爲伶官。」○三家無異義。

簡兮簡兮，方將萬舞。【注】魯說曰：「簡，擇也。」韓說曰：「萬，大舞也。」【疏】傳：「簡，大也。方，四方也。將，行也。以干羽爲萬舞，用之宗廟山川，故言於四方。」箋：「簡，擇。將，且也。擇兮擇兮者，爲且祭祀，當萬舞也。萬舞，干羽也。」○「簡，擇也」者，釋詁：「柬，擇也。」郭注：「見詩。」邢疏引此詩云：「簡、柬同。」據此，知鄭用魯說改毛。禮王制注：「簡，差擇也。」廣雅釋言：「簡，閱也。」「閱」亦「擇」也，因萬舞之期，先閱擇舞徒，較傳言「大」義長。廣雅釋詁：「方，始也。」釋詁：「將，大也。」「方將萬舞」，猶云「始大萬舞」矣。「萬，大舞也」者，初學記十五引韓詩文。陳喬樅云：「廣雅釋樂：『萬，大也。』正用韓義。萬者舞之總名，干戚與羽籥，皆是大舞，對小舞言，自當兼文、武二舞，故傳亦云「以干羽爲萬舞。」箋釋萬舞爲干舞，籥舞爲羽舞，説者以箋爲易傳。今案春秋宣八年經：『萬入，去籥。』公羊傳：『萬者何？干舞也，籥者何？籥舞也。』鄭蓋據以爲説。然公羊此傳於萬中別『籥舞』耳，非專以萬之名屬『干舞』也。五經異義引公羊説：『樂萬舞以鴻羽。』此可爲萬兼羽、籥之塙據。推鄭意，蓋以萬舞先干戚而後羽籥，此詩二章方言籥翟，故於首章但言干舞，非以萬舞爲獨有干戚而無羽籥也。左隱五年傳：『考仲子之宫，將萬焉。公問羽數於衆仲。』亦萬兼羽籥之明證。孔疏謂羽爲『籥』，不得爲『萬』，引孫毓評，以毛爲失，過矣。韓詩説云萬以夷狄大鳥羽，義與毛同。」**日之方中，在前上處。**【疏】傳：「教國子弟以日中爲期。」箋：「在前上處者，在前列上頭也。周禮：大胥掌學士之版，以待致諸子，春入學，舍采合舞。」○「日之方中」，謂祭畢時。文選東京賦薛注：「方，將也。」禮禮器：「季氏逮闇而祭，日不足，繼之以燭。他日祭，子路與，質明而始行事，晏朝而退。」疏：「晏，晚也。朝正嚮晚，禮畢而退。」案，朝已嚮晚，是日將中也。大夫祭且然，諸侯可知。聘義云：「聘射之禮，質明而始行事，日幾中而後禮成。」日方中，猶日幾中也。古人儀節煩重，事畢需時，不獨祭禮然矣。詩舉日中事畢言者，樂舞人衆，至祭畢乃見，此俁俁之碩人，亦在公庭萬舞也。箋「在前上處者，在前列上頭也」，蓋祭時樂舞在前，故云然。**碩人俁俁，公庭萬舞。**【注】韓「俁俁」作「扈扈」，云：美貌。【疏】傳：「碩人，大德也。俁俁，容貌大也。萬舞非但在四方，親在宗廟公庭。」○説文：「碩，頭大也。」引申爲「大」義。釋詁：「碩，大也。」碩人，猶言大賢。後漢周黄徐姜申屠傳注：「碩人，謂賢者。」是其義也。説文：「俁，大也。从人，吴聲。詩曰：『碩人俁俁。』」「韓作扈扈，云美貌」者，釋文引韓詩文。陳喬樅云：「禮檀弓『爾毋扈扈爾』，鄭注：『扈扈，謂大也。』是扈扈本訓爲大。釋文：『俁俁，容貌大也。』容貌大即美義也。」愚案：後漢馮衍傳注：「扈扈，光彩盛也。」美、盛同義。「公庭萬舞」者。傳云「親在宗廟公庭」，是「公庭」即「宗廟」，而碩人親舞也。

有力如虎，執轡如組。【疏】傳：「組，織組也。武力比於虎，可以御亂。御衆有文章，言能治衆。動於近，成於遠也。」箋：「碩人有御亂、御衆之德，可任爲王臣。」○左襄十年傳孟獻子曰：「詩所謂『有力如虎』者也。」嘉狄虒彌之勇，引與詩意合。說文：「轡，馬轡也。从糸、从車。與聯同意。」釋名：「轡，拂也，牽引拂戾以制馬也。」說文：「組，綬屬，其小者以爲冕纓。」禮內則疏云：「絛也。」呂覽先己篇：「詩曰：『執轡如組。』孔子曰：『審此言也，可以爲天下。』子貢曰：『何其躁也？』孔子曰：『非謂其躁也，謂其爲之於此而成文於彼也，聖人組修其身而成文于天下矣。』」高注：「組，讀組織之組。夫組織之匠成文於手，猶良御執轡於手而調馬足，以致萬里也。」楚詞九歎愍懷篇王注：「執御，猶織組也。織組者，動之於此而成文於彼，善御者亦動之於手而盡馬力也。詩云：『執轡如組。』」高王蓋用魯說。淮南繆稱訓：「詩曰：『執轡如組。』動於近，成文於遠。」毛傳「動於近，成於遠」，皆本呂覽爲說。韓詩外傳二：「御馬有法，御民有道。法得則馬和而歡，道得則民安而集。詩曰『執轡如組』，此之謂也。」毛傳「御衆有文章，言能治衆」，說亦與韓傳合，此言碩人文武道備。

左手執籥，右手秉翟。【注】魯說曰：左手執籥，以節衆也。韓「籥」作「龠」，云：龠，樂之所管，三孔，以和衆聲也。又曰：秉，執也。魯說曰：翟羽可持而舞。齊說曰：樂萬舞以鴻羽，取其勁輕，一舉千里。韓說曰：以夷狄大鳥羽。【疏】傳：「籥六孔。翟，翟羽也。」箋：「碩人多才多藝，又能籥舞，言文武道備。」○笙師鄭注：「籥如笛，三孔，舞者所吹也。」引詩爲證。「左手」至「衆也」者，趙岐孟子章句二云：「籥若笛，短而有三孔。」下引詩云云。趙用魯詩，此魯說。公羊宣八年傳注：「籥，所吹以節舞也。」與「節衆」義合。「韓籥作龠」者，「龠」正字，「籥」借字。說文：「籥，書僮竹笘也。」「龠，樂之所管，三孔，以和衆聲也。从品、侖。侖，理也。」「龠樂」至「聲也」，玉篇龠部文，下引詩作「龠」。顧用韓詩，此韓異文。釋文：

「籥以竹爲之，長三尺，執之以舞。鄭注禮云三孔，郭璞同，廣雅云七孔。」愚案：張用魯，韓當同。「三孔」之說，疑傳寫譌「三」爲「七」，陸所見廣雅本已然。箋：「碩人多才多藝，又能籥舞。」禮文王世子鄭注：「羽籥，籥舞。詩云：『左手執籥，右手秉翟。』」樂記注引同，與箋詩合。溱洧韓詩云：「秉，執也。」此亦當同。上言「執」，此言「秉」，文變義通。「翟羽可持而舞」者，釋鳥：「翟，山雉。」春秋疏引樊光曰：「其羽可持而舞，詩曰：『右手秉翟。』」此魯義與毛合。「樂萬」至「千里」，孔疏引異義公羊說文。公羊齊學，轅固詩亦齊學，治公羊者必稱齊詩，公羊說萬以「鴻羽」，知齊詩義同。皮錫瑞云：「孔廣森公羊通義云：『翟羽文，鴻羽質。』蓋鴻舞者殷制，翟舞者周制。周禮：『舞大濩，以享先妣。』魯有六代之樂，或意以仲子之宮比先妣廟而舞殷舞，與春秋有變文從質之義，亦因以示法。易曰：『鴻漸于陸，其羽可用爲儀。』儀猶獻也。錫瑞案：衞居殷墟，可用殷禮，如孔說正可爲此詩之證。公羊說『取其勁輕，一舉千里』，則鴻當爲鴻鵠之鴻，鴻鵠即黃鵠，黃鵠即黃鶴，故有一舉千里之象，若鴻雁之鴻，不得一舉千里也。」「以夷狄大鳥羽」者，亦孔疏引韓詩說。段玉裁云：「韓詩蓋作秉狄，廣雅釋器：『狄，羽也。』正釋韓『秉狄』之訓。」愚案：段說是也。禮祭統疏引此詩云：「翟卽狄也。古字通用。」喪大記注：「狄人，樂吏之賤者。」「狄人」卽秉狄之人，此「翟」爲「狄」之證。

赫如渥赭，公言錫爵。【注】三家「渥」亦作「屋」。

【疏】傳：「赫，赤貌。渥，厚漬也。祭有畀煇胞翟閽寺者，惠下之道。見惠不過一散。」箋：「碩人容色赫然如厚傅丹，君徒賜其一爵而已，不知其賢而進用之。散受五升。」○說文：「赫，火赤貌。」「渥，霑也。」「赭，赤土也。」「赫如渥赭」，謂其顏色赫然明盛，如霑漬赤土然也，與終南「顏如渥丹」義同。「三家渥亦作屋」者，隸釋修堯廟碑「赫如屋赭」，屋，「渥」之渻借。皮錫瑞云：「漢碑作屋，亦三家異文也。易萃初六『一握爲笑』，釋文：『握，傅氏作屋。鄭云當讀如「夫三爲屋」之屋。』鼎六四『其形渥』，釋文引鄭作『刑剭』，音『屋』。詩韓奕正義、醢人司烜氏疏引鄭說，以爲『屋中刑之』。鄭注司烜氏『邦若屋誅』

云：『屋，讀其刑剭之剭。』據此，則渥可通剭，剭可通屋，而渥亦可通屋，故漢碑以屋爲渥也。」公，謂衞君。碩人儀狀偉然，不見識察，待之如衆人，言賜爵而已。詩言「碩人俁俁」，又言「赫如渥赭」者，意謂文武道備，君雖未悉，然其容貌異常，可望而知，乃略無省録，是不以求賢爲務。此刺意也。禮祭統：「夫祭有畀煇胞翟閽者，惠下之道也。畀之爲言與也，能以其餘畀其下者也。煇者，甲吏之賤者也。胞者，肉吏之賤者也。翟者，樂吏之賤者也。閽者，守門之賤者也。尸又至尊，以至尊既祭之，末而不忘至賤，而以其餘畀之。」注：「翟，謂教羽舞者也。」此樂吏得與惠賜之證。又云：「尸飲五，君洗玉爵獻卿。尸飲七，以瑶爵獻大夫。尸飲九，以散爵獻士及羣有司。」此祭禮錫爵得逮及羣下之證。樂吏賤，當受散爵也。箋「散受五升」，卷耳疏引異義云：「韓詩説『五升曰散』。」周禮梓人疏引同，知箋用韓義。

山有榛，隰有苓。【疏】傳：「榛，木名。下濕曰隰。苓，大苦。」箋：「榛也、苓也，生各得其所，以言碩人處非其位。」〇釋文：「榛，本亦作蓁，同，子可食。」孔疏引陸璣云：「榛，栗屬，其子小似杼子，表皮黑，味如栗。」釋文蓋本陸爲説。説文：「榛，木也。」「亲，果實如小栗。」本二物。馬瑞辰云：「榛，蓁皆亲之借字。廣雅：『亲，栗也。』亲之言辛，辛，物小之稱也。云子可食，後人溷榛爲亲耳。」説文：「隰，阪下濕也。」孔疏：「釋草：『蘦，大苦。』孫炎曰：『本草云「蘦，今甘草」是也。蔓延生，葉似荷青黄，其莖赤有節，節有枝相當。或云蘦似地黄。』」陳喬樅云：「毛詩作苓，傳云『大苦』，字異訓同。蓋毛魯文異。」愚案：説文：「苓，卷耳也。」「蘦，大苦也。」是魯用正字，毛借字。桂馥云：「夢溪筆談云：本草注引爾雅『蘦大苦』注：『蔓生，葉似荷，莖青赤。』此黄藥也，其味極苦，故謂之大苦，非甘草也。案嘉祐圖經説甘草形狀，與爾雅注大異，爾雅注與黄藥合。然則以蘦爲甘草，始於孫而郭沿其誤也。説文甘草自作『苷』字。沈存中之説可定羣疑。」愚案：詩言榛有於山，蘦有於隰，土地所宜，喻碩人之賢，宜有於王朝，故末句云然。**云誰之思？西方美人。彼美人兮，西方**

之人兮！【疏】傳：「乃宜在王室。」箋：「我誰思乎？思周室之賢者，以其宜薦碩人與在王位。彼美人，謂碩人也。」〇「西方美人」，謂周室賢者也。晉語韋昭注引詩曰：「西方之人兮。西方謂周也。」下「美人」承上言之。箋上下「美人」兩解。蘇輿云：「同一美人，似非兩指。二句或是歎慕之詞，言思周家盛時之賢者，皆見用於王朝。然彼賢人者亦幸而爲西周之人耳，不若碩人否塞於衞也。言外見意，以美人喻賢者，遂爲屈平離騷所祖矣。」較鄭意深曲。

簡兮三章，章六句。

泉水【疏】毛序：「衞女思歸也。嫁於諸侯，父母終，思歸寧而不得，故作是詩以自見也。」箋：「以自見者，見己志也。國君夫人，父母在則歸寧，没則使大夫寧於兄弟。衞女之思歸，雖非禮，思之至也。」〇三家無異義。皮錫瑞云：「夫人歸寧，今古文說不同。左莊二十七年傳：『凡諸侯之女，歸寧曰來。』襄十二年傳：『楚司馬子庚聘於秦，爲夫人寧，禮也。』毛詩葛覃傳：『父母在，則有時歸寧耳。』此詩序：『嫁於諸侯，父母終，思歸寧而不得。』鄭箋於歸寧父母無明說，而葛覃序箋云：『可以歸安父母，言嫁而得意，猶不忘孝。』此詩箋云『國君夫人，父母在則歸寧』，又伏后議。若后適離宮，及歸寧父母，從子禮。據此，則毛鄭皆同。左傳以爲，夫人父母在，得歸寧父母；没，不得歸寧，當使大夫寧。此古文說也。若公穀二傳今文說，則與古文異。公羊莊二十七年傳『直來曰來』，何氏解詁曰：『直來，無事而來也。諸侯夫人尊重，既嫁，非有大故，不得反。唯自大夫妻，雖無事，歲一歸宗。』疏云：『其大故者，奔喪之謂。』文九年『夫人姜氏如齊』，彼注云『奔父母之喪』是也。言從大夫妻以下，即詩云『歸寧父母』是也。案，詩是后妃之事而云大夫妻者，何氏不信毛敍故也。穀梁莊二年傳：『婦人既嫁不踰竟，踰竟非正也。』據此，則今文說以爲國君夫人無論父母在不在，皆不得歸寧，唯有大故得奔喪耳。案泉水蝃蝀竹竿三詩皆云『女子有行，遠父母兄弟』，似當從今文說不得歸寧爲是。戰國策趙太后於其女燕后，飲食祝曰：『必勿使反。』蓋戰國時猶守母在不歸寧之禮。三家詩雖無明說，而說文引詩『以晏父母』，段玉裁謂卽『歸寧父母』之異文，其文與毛詩不同，必出於三家詩。三家作『以晏』，不作『歸寧』，此卽三家詩謂夫人不得歸寧之證。三家今文說當同，公穀二傳不當同左氏，此漢人家法之可據者。」愚案：「遠父母兄弟」，風詩屢有明文，合之公穀國策，足爲國君夫人不得歸寧之確證，若葛覃，本非后妃之詩，卽依文作「歸寧父母」，亦自如禮不悖，三家容有異文作「以晏」者，然不必執此爲后妃既嫁不歸之據也。

毖彼泉水，亦流于淇。【注】韓「毖」作「祕」。【疏】傳：「興也。泉水始出，毖然流也。淇，水名也。」箋：「泉水流而入淇，猶婦人出嫁於異國。」○「韓毖作祕」者，釋文：「毖，流貌。韓詩作『祕』。說文作『䀣』，云：『直視也。』」陳喬樅云：「篇海『柲』壁吉反，韓詩云：『祕，刺也。』案方言：『柲，刺也。』祕、柲音同義通，韓訓祕爲刺，蓋以祕爲泌之借字，泌與滭同字。采菽『觱沸檻泉』，說文引作『滭沸檻泉』。釋水：『濫泉正出。正出，涌出也。』公羊昭五年傳：『濆泉者何？直泉也。直泉者何？涌泉也。』是『正出』卽『直出』之義。說文：『刺，直傷也。』是刺有直義。廣雅釋丘云：『丘上有水曰泌。』丘水出丘上，卽正出之直泉，故稱『泌丘』也。」詩攷「䀣彼泉水」下引說文：「䀣，直視也。」案說文目部：「䀣，直視也。从目，必聲，讀若詩曰『泌彼泉水』。」是詩自作「泌」，非謂从目作「䀣」，而釋文詩攷並云說文作「䀣」，豈所據說文古本泌字作䀣，無讀若二字耶？愚案：韓作「祕」，說文所引蓋魯齊異文。水經注淇水篇：「淇水又東，右合泉源水。水有二源：一出朝歌城西北，東南流，又東與左水合，謂之馬溝水，又東南注淇水，爲肥泉也，故衞詩曰：『我思肥泉，茲之永歎。』又曰然斯水，卽詩所謂泉源之水也，故衞詩曰：『泉源在左，淇水在右。』」此詩泉水當卽泉源水，下云所謂肥泉也。泉淇皆衞地水，女適異國，無由得見，追憶之以起興。竹竿亦女適異國之詞，而稱淇水泉源與此同也。漢書地理志「河內郡共」下云：「北山淇水所出，東至黎陽入河。」說文：「或云出隆慮西山。」案，共今衛輝府輝縣，隆慮今彰德府林縣，輝縣西北接林縣西界，山水合流爲淇水也。黎陽屬魏郡，在今濬縣東北。泉亦流淇，與己不得歸衛，不如此水。有懷于衛，靡日不思。孌彼諸姬，聊與之謀。【疏】傳：「孌，好貌。諸姬，同姓之女。聊，願也。」箋：「懷，至。靡，無也。以言我有所至念於衛，我無日不思也。所至念者，謂諸姬諸姑伯姊。聊，且略之辭。諸姬者，未嫁之女。我且欲略與之謀。婦人之禮，觀其志意，親親之恩也。」○「靡日不思」者，思之長也。箋與傳異，蓋用三家義。如鄭意，「孌」當訓「思慕」。說文：「孌，慕也。」楚詞懷沙注：「慕，思也。」是「孌」與「戀」同義。諸姬未嫁之女，故思彼而欲與之見。箋訓「聊」爲「且略」者，以諸姬或兄弟之女及五服之親，降於姑姊，故於姑姊則言問尊之也，於諸姬但言聊卑之也。釋言：「謀，心也。」論衡超奇篇：「心思爲謀。」宜於口亦爲謀，故謀從言。「聊與之謀」，猶云相見略道思念而已。蘇輿云：「與諸姬相見，卽是與謀，若今言『謀面』矣。書立政『謀面用丕訓德』，傳云：『謀所面見之事。』後世以相見爲『謀面』，蓋本於此。柳宗元鈷鉧潭記『枕席而臥，則清泠之狀與目謀，潛潛之聲與耳謀，悠然而處者與神謀，淵然而靜者與心謀。』謀不必專以言也。」於義亦通。此豫言歸後見親屬之事，故箋又申之曰：「此婦人之禮，觀其志意，親親之恩也。」孔疏以「婦人之禮」連上爲句，謂衛女思見諸姬，與謀婦禮。案，箋意若云與謀婦禮，則是鄭重咨議，不得訓「聊」爲「且略」之詞。且爲國君夫人歸其母家，豈嫺習儀文反不如未嫁之女，而欲向彼咨議未聞之禮乎？必不然矣。疏又云：「傳言同姓之女，亦謂未嫁也。」混合爲一，非傳義。陳奐云：「衛，姬姓。衛女嫁諸侯，有姪娣從，故以諸姬爲同姓之女。」申毛是也，特以必不行之事而謀及姪娣，適以顯己之不知禮，或詩人不出此耳。

出宿于泲，飲餞于禰。【注】魯韓說曰：宿，舍也。魯「泲」作「濟」。韓說曰：送行飲酒曰餞。韓「禰」作「坭」。

【疏】傳：「泲，地名。祖而舍軷，飲酒於其側曰餞，重始有事於道也。禰，地名。」箋：「泲禰者，所嫁國，適衞之道所經，故思宿餞。」○「宿，舍也」者，廣雅釋詁文。說文：「宿，止也。」止亦舍也。「魯泲作濟」者，列女傳一引詩「出宿于濟」四句，「泲」作「濟」，「泲」、「濟」字同，禹貢「濟」字，漢志皆作「泲」。文選顔延之應詔讌曲水作詩注、陸機挽歌注、初學記十八、白帖三十四、御覽四百八十九引詩，並作「濟」，蓋用魯文。「送行飲酒曰餞」者，玉篇食部引韓詩、文選謝靈運送孔令詩、顔延之曲水詩序注並引薛君韓詩章句文。「韓禰作坭」者，釋文：「禰，地名。韓詩作坭。」玉篇食部引韓詩作「禰」，蓋後人順毛改之。士虞禮鄭注：「餞，送行者之酒。詩云：『出宿于濟，飲餞于泥。』」字又作「泥」。陳喬樅云：「廣韻：『坭，地名。』釋丘：『水潦所止泥丘。』式微篇魯説不以『中路』爲地名，則『泥中』亦不爲地名，與毛傳異。爾雅所釋『泥丘』，當指此詩飲餞之地，士虞禮注作『坭』可證也。釋文云『韓作坭。』『泥丘』，釋文云：『又作坭。』坭與泥通，三家皆今文，與毛異。列女傳用魯詩，所引當作『飲餞于泥』，今本作『禰』，乃後人順毛改之。士虞禮注『于泥』，釋文本作『于禰』，音『乃禮反』。又載劉昌宗本作『泥』，音同。今注疏本作『禰』，亦後人順毛改之。」皮嘉祐云：「書高宗肜日『典祀無豐于昵』，馬注：『昵，考也，謂禰廟也。』昵、坭音皆同禰，昵之通禰，猶坭之通禰矣。」愚案：孔疏：「衞女思歸，言我思欲出宿于泲，先飲餞于禰，而出宿，以嚮衞國。」先言「出宿」者，見飲餞爲出宿而設，故先言以致其意，疏説是也。知不爲來嫁時事者，以下章亦言出宿飲餞，嫁時道遠，出宿容有二地，飲餞必無緐文也。泲禰二地，今未詳所在，或衞女所適國在泲水旁，泲禰爲舟行適衞之道，干言爲陸行適衞之道，故設想歸程，兩言宿餞歟？

女子有行，遠父母兄弟。【疏】箋：「行，道也。婦人有出嫁之道，遠於親親，故禮緣人情，使得歸寧。」○左桓九年傳「凡諸侯之女行」，杜注：「行，嫁也。」「遠父母兄弟」，統今昔言之。昔嫁時已與父母兄弟相遠，今父母既沒，兄弟同等，宜遠嫌，歸與諸姬相見外，惟問姑及姊而已。禮曲禮：「已嫁而反，兄弟弗與同席而坐，弗與同器而食。」列女傳貞順篇：「禮，婦人既嫁，歸問女昆弟，不問男昆弟，所以遠別也。」合證二文，女子歸寧無致問兄弟之禮，兄弟相見而退，亦不同坐，詩所謂「遠」也。

問我諸姑，遂及伯姊。【注】韓說曰：女兄曰姊。魯說曰：父之昆弟不俱謂之世父，父之女昆弟俱謂之姑何也？以爲諸父內親也，故別稱之也；姑當外適人，疏，故總言之也。至姊妹亦當外適人，所以別諸姊妹何？以爲事諸姑禮等，可以外出又同，故稱略也。至姊妹雖欲有略之，（陳立云：「『可以』二字疑誤，『欲有』亦有誤字。」）姊尊妹卑，其禮異也。詩曰：「問我諸姑，遂及伯姊。」謂之姊妹何？姊者咨也，妹者末也。

【疏】傳：「父之姊妹稱姑，先生曰姊。」箋：「寧則又問姑及姊，親其類也。先姑後姊，尊姑也。」○左文二年傳：「詩曰：『問我諸姑，遂及伯姊。』君子曰：禮，謂其姊親而先姑也。」釋親：「父之姊妹曰姑，先生曰姊。」說文：「伯，長也。」禮曲禮「男女異長」，注：「各自爲伯季也。」疏：「冠禮，加字之時，伯某甫，仲叔季唯其所當。」此女自舉其親屬言，既有伯姊，知女居次也。「女兄曰姊」者，慧琳音義三引韓詩文。「姊」作「姉」，從「市」，「市」亦卽「𠂔」，或从「市井」之「市」，以形近而誤也。觀方言「娋，姊也」郭注：「今江南山越閒呼姊聲如市。」此因字誤遂俗也。「如市」，正謂如市井之市，知相承易誤，晉已如此。慧琳引「姊」从「市」，亦傳寫之譌。爾雅：「男子謂女子先生爲姊。」郝懿行云：「據詩，則女子亦謂女子先生曰姊，爾雅略舉一邊耳。」「父之」至「末也」，白虎通綱紀篇文，申詩及姊不及妹之故，此魯說。陳立云：「檀弓云：『姑姊妹之薄也，蓋有受我而厚之也。』是姑外適人疏，故喪服『姑出室降大功』，亦從略之義也。女兄可咨問，故謂之姊，女弟末小於己，故稱妹。易歸妹注：『妹，少女之稱。』是也。」孔疏：「姑姊尊長，則當已嫁，父母既沒，當不得歸，所以得問之者。諸侯之女有嫁於卿大夫者，去歸則問之。」

出宿于干，飲餞于言。【疏】傳：「干言，所適國郊也。」箋：「干言猶泲禰，未聞遠近同異。」○漢書地理志「東郡」下有發干縣。案，在今東昌府堂邑縣西南。續志「東郡衞國」下有竿城。劉昭注：「前書故發干城。」是「竿」即「干」之變文，地與泲爲近，或即詩之「干」也。言，未聞。御覽地部十引李公緒記曰：「柏人縣有干山言山，邢詩干言是也。」柏人，今順德縣唐山縣地望，遼遠未敢據信。下文言「還車」，明此二地爲陸行道。載脂載舝，還車言邁。遄臻于衞，不瑕有害。【疏】傳：「脂舝其車，以還我行也。遄，疾。臻，至。瑕，遠也。」箋：「言還車者，嫁時乘來，今思乘以歸。瑕，猶過也。害，何也。我還車疾至於衞，而反於行，無過差，有何不可而止我。」○越語注：「脂，膏也。」脂之言膏車也，今北道人語如此。史記田完世家：「豨膏棘軸，所以爲滑也，然而不能運方穿。」荀卿傳「炙轂過髡」，注引劉向別録曰：「過字作輠。輠者，車之盛膏器也。」案，炙轂猶膏車也。方言：「車釭，齊燕海岱之間謂之鍋，自關而西謂之釭。」據此，盛膏者乃謂之「鍋」，「釭」、「鍋」、「輠」一聲之轉，此以「釭」爲盛膏器，「釭」之一義也。說文：「釭，車轂中鐵也。」新序雜事篇引淳于髡曰：「方内而員釭，如何？」與田完世家語意同。膏軸不能運方穿，猶員釭不能運方内，以釭爲車轂中鐵，與說文合。說文又云：「鐧，車軸鐵也。」釋名：「鐧，閒也。閒釭軸之閒，使不相摩也。」急就篇「釭鐧鍵鉆冶錮鐈」，顔注：「釭，車轂中鐵也。鐧，軸上鐵也。施釭鐧者，所以護軸，使不相摩墾也。」此又「釭」之一義也。後人溷合爲一，謂盛膏於釭中，則鐵與鐵相摩，使之滑利，誤矣。今車行別以器盛膏，若不滑利，則下車取膏塗軸鐵乃行。吴起治兵篇所謂「膏鐧有餘則車輕」，非膏盛釭中，鐵自滑利也。至取膏之物，說文：「鉆，鐵銸也。一曰膏車鐵鉆。敕淹切。」急就篇顔注：「鉆，以鐵有所鑷取也。」是古人取膏用鐵，其名曰「鉆」，今束馬鬉毛爲之，蓋取其便，與昔異矣。「舝」者，說文：「車軸耑鍵也，兩穿相背。从舛，𢍰省聲。𢍰，古文偰字。」「轄」下云：「車聲也。从車，害聲。一曰：轄，鍵也。」「轄」一訓「鍵」，故「舝」通作「轄」。文選潘尼贈陸機出爲吴王郎中令詩注引詩作「轄」，是其證也。所謂「兩穿相背」者，「穿」所以受軸頭，古謂之「軹」，說文：「軹，車輪小穿也。」

今仍謂之穿，以木裹鐵爲之，兩穿夾輪，左右制之，使不移動，中爲輪隔，故曰相背。穿之外復有鐵牡關之，所謂「轄」也，今俗謂之「擋」。說文「鍵」下云：「一曰車轄」。急就篇顏注：「鍵，以鐵有所豎關，若門牡之屬也。」得其實矣，故釋文云：「舝，車軸頭金也。」車舝釋文云：「舝，車軸頭鐵也。」「金」、「鐵」無異義。「舝」無用木者，或云以木鍵之，誤也。淮南人間訓：「夫車之所以能轉千里者，以其要在三寸之轄。」尸子：「文軒六駃，題無四寸之舝，則車不行。」（舝一作「鍵」。）三寸、四寸，隨車大小爲之，無定制也。「還車言邁」者，箋云：「嫁時乘來，今思乘以歸。」案，乘嫁時車，義具何彼禯矣。釋言：「邁，行也。」釋詁：「遄，疾也。」「臻，至也。」言疾至于衞，則已歸矣。「不瑕有害」者，馬瑞辰云：「瑕、遐古通用。（隰桑「遐不謂矣」，禮表記引作「瑕不謂矣」。）遐之言胡，胡、無一聲之轉，故『胡寧』又爲『無寧』。凡詩言「遐不眉壽」、『遐不黃耇』、『遐不謂矣』、『遐不作人』，『遐不』猶云『胡不』，信之之詞也。易其詞則曰『不遐』，凡詩言『不遐有害』、『不遐有愆』，『不遐』猶云『不無』，疑之之詞也。」愚案：馬說是。此及上章，並設想歸衞之事，復轉一念曰：此不無有害，於義止而不往，故下章但言思衞，是以能義制情也。

我思肥泉，茲之永歎。【疏】傳：「所出同，所歸異，爲肥泉。」箋：「茲，此也。自衞而來所渡水，故思此而長歎。」○釋水：「歸異出同流肥。」水經注淇水篇引詩：「我思肥泉，茲之永歎。」又云：「毛注：『同出異歸爲肥泉。』爾雅曰：『歸異出同曰肥。』釋名曰：『本同出時所浸潤水少，所歸各枝散而多，似肥者也。』犍爲舍人曰：『水異出流行合同曰肥。』今是水異出同歸矣。」馬瑞辰云：「爾雅古有二讀，一作『歸異出同肥』，一作『異出同流肥』。毛傳、郭注、釋名皆不釋『流』字之義，是毛郭劉所見爾雅本作『歸異出同肥』，其『同』下並無『流』字，道元引爾雅『歸異出同曰肥』是其證，此一讀也。列子『殷敬順』，釋文云：『水所出異爲肥。』與舍人皆不釋『歸』字，則舍人爾雅本當作『異出同流肥』，以『歸』字屬上句，作『汧出不流歸』，與『異出同流肥』相對成文，又一讀也。今本爾雅兩從，致有歧誤。又爾雅：『瀵，大出尾下。』而水經河水注瀵水，引呂忱曰：『爾雅：異出同流爲瀵水。』是呂所見爾雅作『異出同流瀵』。釋文亦云：『瀵，水本同而出異』，與呂合，則知『肥』當從毛作『歸異出同』，以別於『異出同流』之『瀵』，其『大出尾下』之下別有一字脱去，不可考矣。詩義蓋以肥泉之異流，興女之各嫁一方。然泉雖異歸，終入于衞，女子有行，遂與衞訣，又泉水之不若，故思之滋歎耳。」愚案：馬説甚辨，而依傳釋詩，非也。肥有二水，一異出同流，一歸異出同，此肥泉是異出同流之肥也。酈注言淇水合馬溝水，馬溝水合美溝水，美溝「出朝歌西北大嶺下，流逕駱駝谷，於中逶迤九十曲，歷十二崿，崿流相承，泉響不斷，防閑積石千通，水穴萬變。」案此肥泉上源，今輝縣蘇門山百泉是也。泉源異出，故酈以舍人讀爲然。又案呂忱字林，肥水出良餘山，此入淮之肥。水經注肥水篇言肥水出九江成德縣廣陽鄉西北，流分爲二水，施水出焉，又北入于淮。施水篇云施水亦從廣陽鄉肥水別，東南入于湖，此歸異出同之肥也。雅訓與經相表裏，所稱肥水，當指詩之肥泉，非入淮之肥水，肥泉入淇，歸並不異，如依毛傳，義不可通，斯李酈之説不容易也。至爾雅古本互異，或後人因入淮之肥妄有竄改耳。首章泉水興，此當是賦，馬以爲興，亦非。説文：「茲，草木多益。从艸，絲省聲。」引申爲「增益」義，故漢書五行志楊雄匈奴傳注並云：「茲，益也。」永，長也。説文：「歎，吟也。」禮坊記注：「歎，謂有憂戚之聲也。」「茲之永歎」者，蓋女之父母既没，或葬肥泉之側，故思其地則益之長歎也。藝文類聚引晉劉愔母孫氏悼艱賦云：「覽蓼莪之遺詠，諷肥泉之餘音。」以肥泉與蓼莪並稱，則二語爲思既没之父母，古義如此。

思須與漕，我心悠悠。駕言出遊，以寫我憂。

【疏】傳：「須漕，衞邑也。寫，除也。」箋：「自衞而來所經邑，故又思之。既不得歸寧，且欲乘車出遊，以除我憂。」○水經注泲水篇：「濮渠又東，逕須城北，衞詩云『思須與漕』也。」毛云：「須，衞邑矣。」鄭云：「自衞而東所逕邑，故思。」（箋云「自衞而來所經邑」，「來」譌「東」，「經」同

「逕」。）案，須之爲邑，其名不顯。鹽城陳蔚林詩説云：「説文『湏』下云：『古文沬。从頁。』是湏卽沬也，桑中『沬之鄉矣』是也。此詩『思湏』之『湏』，字當爲『湏』，後人不知『湏』是古文『沬』字，傳寫譌改爲『須』。毛云衞邑，無能名其所在者，道元遂以後起之須城當之，未爲塙證。」愚案：陳説極精。漕義具擊鼓。「思須與漕」者，錢澄之田間詩學謂詩作於衞東渡河後是也。蓋湏是舊都，漕迺新徙，故國之變，聞而心傷，思之悠悠然長。欲歸不得，故結之曰「駕言出遊，以寫我憂。」罔極之哀，多難之急，皆在其內。竹竿適異國不見答，末章語同，憂在己身；此詩憂在家國，皆有所不得已也。否則思歸耳，何爲憂乎？説文：「駕，馬在軛中。」「寫，置物也。」言惟駕言出遊，置我之憂於度外耳。

泉水四章，章六句。

北門【疏】毛序：「刺士不得志也。言衞之忠臣不得其志爾。」箋：「不得其志者，君不知己志而遇困苦。」○三家無異義。潛夫論讚學篇：「君子憂道不憂貧，箕子陳六極，國風歌北門，故所謂不憂貧也。豈好貧而弗之憂邪？蓋志有所專，昭其重也。乃將以底其道而邁其德者也。」王用魯詩，此蓋魯説。「志有所專」者，以國爲憂也。「底道邁德」者，委於天命也。「終窶且貧」者，禄不足以代耕，而非以貧爲病也。王事敦迫，國事加遺，任勞而不辭，阨窮而不怨，可謂君子矣。讀者因「終窶」之詞以爲憂貧而作，不亦昧於詩義乎？

出自北門，憂心殷殷。【疏】傳：「興也。北門，背明鄉陰。」箋：「自，從也。興者，喻已仕於闇君，猶行而出北門，心爲之憂殷殷然。」○出北門者，適然之詞。或所居近之，與「出其東門」同。賦也。箋：「自，從也。」「憂心殷殷」者，以國亂君闇，故憂之深痛也。釋文：「殷，本又作慇，同。於巾反。」説文繫傳「慇」下云：「詩『憂心殷殷』，本作此『慇』字。」是徐鍇所見與「又作」本合，毛異文也。釋訓：「慇慇，憂也。」本又作「殷殷」。詩釋文云：「又音隱。爾雅云憂也。」是陸以爾雅「殷殷」下當音「隱隱」。柏舟「如有隱憂」，韓詩作「殷」，重言之則爲「殷殷」。殷、隱字同，故「殷殷」又爲「隱隱」。楚詞九歎怨思篇王注：「隱隱，憂也。詩云：『憂心殷殷』，亦作隱隱。」是也。蔡邕述行賦：「感憂心之殷殷。」九惟文：「憂心殷殷。」潛夫論交際篇：「處卑下之位，懷北門之殷憂。內見讁於妻子，外蒙譏於士夫。」蔡與二王並用魯詩，據此，魯正文爲「殷殷」，亦作「隱隱」。三家義訓並具柏舟。

終窶且貧，莫知我艱。【疏】傳：「窶者，無禮也。貧者，困於財。」箋：「艱，難也。君於己祿薄，終不足以爲禮，又近困於財，無知己以此爲難者。言君既然矣，諸臣亦如之。」○釋文：「窶，謂貧無可爲禮。」案，此言既窶不能爲禮，且至貧無以自給也。說文：「窶，無禮居也。」馬瑞辰云：「婁，空也。窶从婁聲，故爲無禮居。」愚案：所居窶陋，無以爲禮也。倉頡篇云：「無財曰貧，無財備禮曰窶。」釋詁：「艱，難也。」國勢瘠弱，薄祿不足贍，臣僚君子，絜清自守，爲貧所困，雖有艱難，無可告語也。

已焉哉，天實爲之，謂之何哉！【注】韓「已」上多「亦」字。【疏】箋：「謂勤也。詩人事君無二志，故自決歸之於天，我勤身以事君何哉。忠之至。」○「韓已上多亦字」者，外傳一兩引「已焉哉」並同，是韓異文。下二章當同。新序節士篇引，無「亦」字，明魯與毛同。陳奐云：「已哉，猶言既然，古訓既、已通用，然、焉通用。」「亦已焉哉」，猶言亦既然矣。天實爲之，惟聽命於天，安貧之志也。齊策高注：「謂，猶奈也。」「謂之何哉」，猶言奈之何哉。潛夫論論榮篇：「夫令譽我興，而大命自天降之。詩云：『天實爲之，謂之何哉。』故君子未必富貴，小人未必貧賤，或潛龍未用，或亢龍在天，從古以然。」引詩以明修身俟命之義，蓋魯說如此。韓詩外傳一引「天實爲之」二句三見，新序節士篇兩見，並推演之詞。曹植求通親親表引同。

王事適我，政事一埤益我。【疏】傳：「適，之。埤，厚也。」箋：「國有王命役使之事，則不以之彼，必來之我；有賦稅之事，則減彼一而以益我。言君政偏，已兼其苦。」○孔疏：「此『王事』不必天子事，直以戰伐行役皆王家之事。」案，衛是侯國，而云「王事」，知是王命役使之事。

疏以爲非天子事，失箋恉矣。「適我」者，謂有王事則必之我。「政事」對「王事」言，知是國之政事。荀子勸學篇注：「一，皆也。」後漢馮緄傳注：「一，猶專也。」説文：「埤，增也。」釋詁：「厚也。」厚、增義同。「一埤益我」，皆以增益於我也，此與「我獨賢勞」意同。

我入自外，室人交徧讁我。已焉哉，天實爲之，謂之何哉！【注】魯「讁」作「適」，韓作「謫」，云：謫，數也。【疏】傳：「讁，責也。」箋：「我從外而入，在室之人更迭徧來責我，使己去也。言室人亦不知己志。」○孔疏：「此士雖困，志不去君，而家人使之去，是不知己志。」書立政疏：「室，猶家也。」吕覽慎勢篇注：「家，室也。」室人猶家人。傳：「讁，責也。」「魯讁作適」者，趙岐孟子章句七云：「適，過也。」下引詩語，明魯作「適」。「謫，數也」者，玉篇言部引韓詩文。説文：「謫，罰也。从言，啻聲。」漢書食貨志注：「適，責罰也。」是「責」亦爲「罰」，「適」借字，「讁」俗字。顧震福云：「玉篇引毛詩作『謫我』，是毛亦作『謫』。集韻引詩作『適我』，云『適』與『謫』同。商頌『勿予禍適』，毛傳云：『適，過也。』玉篇亦引作『謫』。方言：『謫，過也。南楚以南，凡相非議謂之謫。』齊語韋注：『謫，譴責也。』」「韓云謫，數也」者，廣雅釋詁：「數，責也。」左昭二年傳「使吏數之」，杜注：「數，責其罪。」皮嘉祐云：「數，猶責讓之謂。商頌『勿予禍適』，韓詩亦云：『適，數也。』」愚案：過亦責也。衆經音義十四引字林：「謫，過責也。」淮南覽冥訓注，過讀「責過」之過，皆即以過爲責。陸氏列子釋文云：「謫，謂責其過也。」此見古人過責之文而昧其訓，故於文中加一「其」字而不知其非是也。顏注漢書「過責」之過，尤多誤釋，古義之不明，蓋自唐初已然矣。

王事敦我，政事一埤遺我。【注】韓説曰：敦，迫。【疏】傳：「敦，厚。遺，加也。」箋：「敦，猶投擲也。」○「敦，迫」者，釋文引韓詩文，與毛訓「厚」異。陳喬樅云：「後漢韋彪傳『以禮敦勸』，注：『敦，猶逼也。』班固傳『靡號師矢，敦奮撝之容』，注：『敦，猶迫逼也。』義皆同韓詩。」胡承珙云：「敦與督一聲之轉。廣雅：『督，促也。』」愚案：釋詁：「敦，勉也。」勉亦與迫義近。唐杜甫八哀贈司空王思禮詩「塞望勢敦迫」，正用韓詩文。遺，猶益也。**我入自外，室人交徧摧我。已焉哉，天實爲之，謂之何哉！**【注】韓「摧」作「讙」。【疏】傳：「摧，沮也。」箋：「摧者，刺譏之言。」○「韓摧作讙」者，釋文：「摧或作催，音同。韓詩作讙，音于佳、子佳二反，就也。」案，說文：「催，相擣也。詩曰：『室人交徧催我。』」此用「或作」本。「相擣」者，謂相歐怨若擣擊然。說文無「讙」字。廣雅釋詁：「讙，就也。」正用韓義。馬瑞辰云：「玉篇：『讙，讁也。』讙、就以雙聲爲義，就當爲蹵，蹵同蹙。廣雅：『蹙，罪也。』廣韻：『蹙，迫也。』與『讙，讁也』義正合。桂馥疑就爲『訧』字之誤，又疑爲『惊』字形近之誤，皆未確。」陳喬樅云：「箋『摧者，刺譏之言』，是鄭用韓讙字爲義。」

北門三章，章七句。

北風【注】齊說曰：北風寒涼，雨雪益冰。憂思不樂，哀悲傷心。又曰：北風牽手，相從笑語。伯歌季舞，燕樂以喜。【疏】毛序：「刺虐也。衞國並爲威虐，百姓不親，莫不相攜持而去焉。」○「北風」至「傷心」，易林晉之否文。「北風」至「以喜」，否之損文，噬嗑之乾同，此齊說。「雨雪益冰」者，與易「履霜堅冰至」同意，懼威虐之日甚，故憂思而傷心。「相從笑語」、「燕樂以喜」，與碩鼠「樂土樂土，爰得我所」同意。詩主刺虐，以北風喻時政也。此衞之賢者相約避地之詞，以爲百姓莫不然，或非也。張衡西京賦「樂北風之同車」，與易林「燕樂」意合，張用魯詩，是魯與齊同。

北風其涼，【注】魯說曰：北風謂之涼風。韓說曰：涼，寒貌也。**雨雪其雱。**【疏】傳：「興也。北風，寒涼之風。雱，盛貌。」箋：「寒涼之風，病害萬物。興者，喻君政教酷暴，使民散亂。」○「北風謂之涼風」者，釋天文，魯說也。郭注：「詩曰：『北風其涼。』」釋文：「涼，本或作古飆字，同。」說文：「北風謂之飆。从風，涼省聲。」與「又作」本合。北風又曰

「廣莫風」，見易通卦驗、乾元序制記、淮南天文訓、史記律書、白虎通八風、説文、廣雅；亦作「廣漠」，見易稽覽圖；又曰「寒風」，見呂覽有始篇、淮南地形訓。寒風在冬至後。別有西南方涼風，亦見諸書，在立秋之後，是北風非卽涼風，爾雅依詩立訓耳。「涼，寒貌也」者，玉篇水部引韓詩文。上文「北風」，故知是「寒貌」也。白虎通：「涼，寒也，陰氣行也，言涼則寒至矣。」皮嘉祐云：「列子湯問篇注引字林：『涼，微寒。』釋名釋州國：『涼州，西方所在寒州也。』是「涼」有「寒」義。説文：「雱，旁之籀文，溥也。」溥者，大也。御覽三十四引引詩作「滂」，穆天子傳郭注、廣韻十遇、藝文類聚二、韓鄂歲華紀麗四並引作「霧」。北風雨雪，以喻威虐。**惠而好我，攜手同行。其虛其邪，既亟只且！**【注】魯齊「邪」作「徐」。魯説曰：其虛其徐，威儀容止也。齊説曰：虛徐，狐疑也。韓説曰：亟，猶急也。【疏】傳：「惠，愛。行，道也。虛，虛也。亟，急也。」箋：「性仁愛而又好我者，與我相攜持同道而去，疾時政也。邪讀如徐，言今在位之人，其故威儀虛徐寬仁者，今皆以爲急刻之行矣。所以當去以此也。」○古然、而同字。「惠而好我」，猶言惠然好我，與終風「惠然肯來」句例同。説文：「攜，提也。」「其虛」至「止也」，釋訓文。郭注：「雍容都雅之貌。」孔疏引孫炎曰：「虛徐，威儀謙退也。」郭孫注詞異意同。班固幽通賦：「承靈訓其虛徐兮，竚盤桓而且俟。」曹大家注：「虛徐，狐疑也。詩曰：『其虛其徐』。」曹用齊詩，訓「虛徐」爲「狐疑」，本齊説。魯齊「邪」皆作「徐」，韓説當同。箋云「邪讀如徐」，用三家改毛也。馬瑞辰云：「虛者，舒之同音假借。野有死麕傳：『舒，徐也。』虛、徐二字疊韻。淮南原道訓注：『原泉始出，虛徐流不止。』正以虛徐爲徐，虛徐卽舒徐也。正義釋虛徐爲謙退閑徐之義，失之。」愚案：詩借「虛」爲「舒」，「舒徐」卽「徐徐」。釋天李注：「徐，舒也。」齊策「徐州」注：「徐州或作舒州。」是「舒」之與「徐」字訓並通，「其虛其徐」，卽「其徐其徐」也。易困卦釋文引馬注：「徐徐，安行貌。」詳繹雅訓、曹注，四字只是委蛇退讓、裴回不前之狀。孔疏析義未爲全失，但宜連讀，不宜分疏。以各家注義證之，可見詩人見其同行者從容安雅之狀如此，又速之曰「既亟只且」，猶言事已急矣，尚不速行而爲此徐徐之態乎？「亟，猶急也」者，慧琳音義八十引韓詩文。說文「急」作「忞」，云：「褊也。从心，及聲。」「亟，敏疾也。从人、从口、从又、从二。二，天地也。」蓋象人踢天蹐地，口手並用之狀。亟以事言，急以心言，故云亟猶急也。顧震福云：「釋詁：『亟，疾也。』釋文『亟』字又作『苟』。說文：『苟，自急敕也。』通作𩋜、㥛。說文：『𩋜，急也。』『㥛，急性也。』釋言：『悈，急也。』釋文：『悈，本或作㥛，又作亟。』毛傳：『亟，急也。』與韓訓同。」只且，語助。

北風其喈，雨雪其霏。惠而好我，攜手同歸。其虛其邪，既亟只且！【注】魯「其霏」作「霏霏」。【疏】傳：「喈，疾貌。霏，甚貌。歸有德也。」○喈，鳥鳴聲。陳奐云：「玉篇：『颽，疾風也。』或本三家詩。」愚案：「喈」即「湝」之假借。說文「湝」下云：「一曰寒也。」「颽」乃「湝」之後起字，猶「飆」爲「涼」之後起字也。「魯其霏作霏霏」者，列女傳楚處莊姪篇引詩北風四句，「其霏」作「霏霏」，此魯詩文。陳喬樅云：「廣雅釋訓：『霏霏，雪也。』正釋魯詩『雨雪霏霏』之訓。霏又與䨽通，漢書楊雄傳『雲䨽䨽而來迎』，顏注『䨽，古霏字』是也。」

莫赤匪狐，莫黑匪烏。惠而好我，攜手同車。其虛其邪，既亟只且！【疏】傳：「狐赤烏黑，莫能別也。」箋：「赤則狐也，黑則烏也，猶今君臣相承，爲惡如一。」○莫，無。匪，非也。莫、非二字，相連爲義。孟子盡心篇：「莫非命也。」詩意猶言莫非赤狐黑烏耳。說文：「狐，妖獸也。」烏鴉鳴聲，人多惡之。唐韓愈詩：「鵲噪未爲吉，鴉鳴豈是凶。」是烏嚥不祥，古有此語。目見耳聞，皆妖異不祥之物，亟思避之，詞危而情迫矣。在風人取喻，或指奸猾亂民，若云斥言其君，殆非詩恉。

北風三章，章六句。

靜女【注】齊説曰：季姬踟躕，結衿待時。終日至暮，百兩不來。又曰：季姬踟躕，望我城隅。終日至暮，不見齊侯。居室無憂。又曰：躑躅踟躕，撫心搔首。五晝四夜，睹我齊侯。【疏】毛序：「刺時也。衛君無道，夫人無德。」箋：「以君及夫人無道德，故陳静女遺我以彤管之法，德如是，可以易之，爲人君之配。」〇此媵俟迎而嫡作詩也。「季姬」至「不來」，易林師之同人文。「結衿」者，結帨於衿。儀禮：「母施衿結帨，曰：勉之敬之，夙夜無違宫事。」是其義也。「待時」，謂俟迎。「季姬」至「無憂」，同人之隨文，渙之遯同，無末一句。謙之巽作「季姜躊躕，待孟城隅。」姜是「姬」之譌，「孟」即孟姬也。「躑躅」至「齊侯」，大有之隨文。「百兩不來」，始望之；「居室無憂」，繼喜之；「五晝四夜，睹我齊侯」，終慶之。蓋焦氏多見古書，當日皆有事實足徵，而今無可攷，此詩爲望媵未至時作也。戴震云：「此媵俟迎之禮。諸侯娶一國，二國往媵之，以姪娣從，冕而親迎惟嫡夫人耳，媵則至乎城下，以俟迎者而後入。『愛而不見』，迎之未至也。」徐璈云：「戴説與易林相證發，尋詩意，是静女爲齊侯夫人所媵之同姓，故曰季姬。季，少也。我，夫人自稱。女謂媵。詩恉思賢惠下，情詞悱然，有關雎好逑之風，車舝德音之慕矣。」陳喬樅云：「左傳言齊桓公有長衛姬少衛姬，疑易林所云『季姬』，即指少衛姬。」愚案：諸説皆是。易林「望我城隅」，即詩之「俟我城隅」也。又作「待孟城隅」，明「我」爲孟姬自稱，則媵是少衛姬，而「孟」爲長衛姬矣。同是一國之女，又夙相見，故先有貽管歸荑之事。及孟已至國，季在城隅，孟思戀企望，顧其早見齊侯，共承恩遇。合詩與易林觀之，情誼顯見。列女傳賢明篇載齊桓衛姬事，稱其信而有行，齊桓使之治内，立爲夫人，此詩其賢明之見端矣。

静女其姝，【注】韓説曰：静，貞也。姝姝然美也。魯齊「姝」作「妭」，亦作「袾」。**俟我於城隅。**【注】魯「於」作「乎」。【疏】傳：「静，貞静也。女德貞静而有法度，乃可説也。姝，美色也。俟，待也。城隅，以言高而不可踰。」箋：「女德貞静，然後可畜美色，然後可安，又能服從，待禮而動，自防如城隅，故可愛之。」〇説文：「静，審也。」周書謚法解：「安也。」「静，貞也」者，文選張衡思玄賦、宋玉神女賦、曹植洛神賦注引韓詩文。蓋女貞則未有不静也，此依經立訓。「姝姝然美也」者，慧琳音義三十一引韓詩文。三十二引作「姝好然美也」，疑誤。詩作「其姝」而韓作「姝姝然」者，卽經文一字，傳箋疊字例，如碩人「其頎」，鄭箋玉篇並作「頎頎」之比。傳：「姝，美色也。」顧震福云：「説文廣雅並云：『姝，好也。』玄應音義六引字林：『姝，好貌也。』方言：『娥，㜲好也。趙魏燕代之間曰姝。』廣韻：『姝，美好。』後漢和熹鄧皇后紀注：『姝，美色。』韻會：『姝，美色。又好貌。』説文：『好，美也。』方言：『凡美色，或謂之好。』廣韻：『美，好色。美一作媄。』説文：『媄，色好也。』廣韻引字樣：『媄，顔色姝好也。』」「魯齊姝作㛯，亦作袾」者，説文「㛯」下云：「好也。从女，殳聲。詩曰：『静女其㛯。』」「袾」下云：「好，佳也。从衣，朱聲。詩曰：『静女其袾。』」「𧘝」下云：「一曰若『静女其袾』之袾。」「㛯」、「袾」皆三家異文，韓作「姝」，則作「㛯」、「袾」者爲魯齊文矣。廣雅釋詁：「袾，好也。」衆經音義六云：「袾，古文㛯，同。」案，「袾」謂衣服麗都，文殊義别，假借作「姝」耳。俟，「竢」借字。説文：「俟，大也。」「竢，待也。」「魯於作乎」者，説苑辨物篇引詩作「乎」。言「城隅」者，以表至城下將入門之所也。」戴震云：「城隅之制，見考工記、許叔重五經異義古周禮説文。天子城高七雉，隅高九雉；公之城高五雉，隅高七雉；侯伯之城高三雉，隅高五雉。據記考之，公侯伯之城皆當高五雉，城隅與天子宫隅等。門臺謂之宫隅，城臺謂之城隅，天子、諸侯臺門，以其四方而高，故有隅稱。」愛而不見，搔首踟蹰。【注】魯「愛」作「薆」，齊作「僾」。韓「而」作「如」。「踟蹰」作「躊躇」，云：躊躇，猶躑躅也。亦作「跱躇」。【疏】傳：「言志往而行正。」箋：「志往，謂踟蹰。行正，謂愛之而不往見。」〇「魯愛作薆」者，釋言：「薆，隱也。」郭注：「見詩。」方言：「掩翳，薆也。」郭注：「薆，謂蔽薆也。詩曰：『薆而不見。』」合證二注，明郭據爾雅舊注魯詩文，是魯作「薆」。毛作「愛」，省借字。「而」、

「如」字古通，「愛而」卽「愛如」也。戴震云：「愛而，猶隱然。」陳喬樅云：「離騷『衆薆然而蔽之』，薆而猶薆然也。說苑引詩作『愛』，後人從毛所改。」「齊愛作僾」者，說文：「僾，仿佛也。詩曰：『僾而不見。』」陳喬樅云：「禮祭義『僾然必有見乎其位』，孔疏引詩云『僾而不見』，與說文合。今注疏本仍作愛。段玉裁以爲愛當作薆，是也。蓋禮記舊說有據齊詩以證祭義者，故孔沿用其說。然則許引齊詩文也，『薆』、『僾』字通。」「韓而作如，踟躕作躊躇」者，慧琳音義七十三引韓詩云：「愛如不見，搔首躊躇。」「躊躇」猶「躑躅」也。易林云「躑躅，踟躕」，知齊訓與韓同。七十二引韓詩外傳，亦作「搔首躊躇」，今本外傳一引詩作「愛而不見，搔首踟躕」，乃後人順毛改之。文選思玄賦注引韓詩「愛而不見，搔首踟躕」，薛君曰：「躊躇，躑躅也。」據此，知是薛訓「躑」上奪「猶」字。琴賦注引二語，仍作「猶躑躅也」可證。兩引作「而」不作「如」，亦後人所改。「搔首躊躇」句又見思舊賦、洞簫賦、左思招隱詩、何劭贈張華詩注，惟鸚鵡賦注誤作「踟躕」。「亦作跱躕」者，說文繫傳「躕」下云：「跱躕，不前也。鍇曰：詩云：『愛而不見，搔首跱躕。』」（說文無「跱」字，大徐作「跱躕」，是。）小徐時惟韓詩存，蓋亦韓異文。顧震福云：「易姤『羸豕孚蹢躅』，釋文：『蹢，本亦作躑。躅，本亦作蠋，古文作𨁲。』禮三年問『蹢躅焉，踟躕焉』，釋文作『蹢躅』、『踶蹰』。荀子禮論作『躑躅』、『踟躕』。說文『篙』下云：『篙箸也。』『蹢』下云：『住足也，或曰蹢躅。』『躅』下云：『蹢躅也。』『彳』下云：『小步。』『亍』下云：『步止也。』玉篇：『躊躇，猶猶豫也。』『蹢躅，行不進，重文作躑躅。』廣雅：『蹢躅，蹢跦也。』集韻：『躊躇，行不進也。躊亦作峙。』易緯『是類謀物瑞騠躅』，鄭注：『騠躅，猶踟躕也。』成公綏嘯賦又作『踟跦』。篙箸、峙躇、踶蹰、踟跦、踟躕，並與躊躇同。蹢躅、蹢𨁲、騠躅、彳亍，並與躑躅同，皆猶豫不進之貌。」愚案：「搔首踟躕」者，說文：「搔，括也。」古者以象骨爲揥，以爲首飾，所以自旁摮括其髮，義具君子偕老及淇奧篇，故許訓「搔」爲「括」。鄘風正義云「以象骨搔首」是也。人每有所思而搔首，亦於髮上取其骨揥而復安之，與「括髮」意同，故亦謂之

「搔」。衆經音義引說文，誤「捪」爲「刮」，又訓「搔」爲「抓」，此後起之義，古無是說。後世以玉爲簪，用以束髮，故結髮曰「簪髮」，散髮曰「抽簪」，有所思而搔首亦用之。唐杜甫詩「天地空搔首，頻抽白玉簪」，是其證矣。「踟躕」謂媵，易林云「季姬踟躕」可證。蓋夫人初至成禮，禮畢而後迎媵，故詩以「俟我」爲詞。媵在城外，俟迎乃入，致有終日至暮，不見國君之事。「搔首踟躕」，夫人代媵設想如此。韓詩外傳一略言不肖者縱欲夭年，賢者精氣闐溢而後傷，時不可過。引「懷昏姻也」，及此詩爲證。說苑辨物篇引詩同，並推演之詞。

靜女其孌，貽我彤管。【注】魯說曰：古者后夫人必有女史彤管之法，后妃羣妾以禮御於君所，女史書其日，授其環，以示進退之法。生子月娠，則以金環退之。當御者以銀環進之，著於左手。既御，著於右手。左手陽也，以當就男，故著左手。右手陰也，既御而復故。又曰：女史掌彤管之訓。齊說曰：彤者，赤漆耳。史官載事，故以彤管赤心記事也。【疏】傳：「既有靜德，又有美色，又能遺我以古人之法，可以配人君也。古者后夫人必有女史彤管之法，史不記過，其罪殺之。后妃羣妾，以禮御於君所，女史書其日月，授之以環以進退之。生子月辰，則以金環退之。當御者以銀環進之，著于左手；既御，著于右手。事無大小，記以成法。」箋：「彤管，筆赤管也。」○「孌」義具泉水。詩言靜女從行，其情甚與我相孌慕，乃貽我以彤管。釋文：「貽，本又作詒。」彤，赤也。管，筆管。後漢皇后紀注引詩「詒我彤管」，與「又作」本合。「古者」至「復故」，御覽皇親部引劉向五經要義文，魯說也。藝文類聚十五引同。「女史掌彤管之訓」者，張衡天象賦文，衡用魯詩者也。周禮「女史八人」注：「女史，女奴曉書者。」其職「掌王后之禮職，掌內治之貳，以詔后治內政，逆內官，書內令。凡后之事，以禮從夫人，女史亦如之。御覽百四十五引劉芳詩音義疏云：「女史彤管，法如國史，主記后夫人之過。人君有柱下史，后有女史，內外各有官也。」後漢后妃紀序：「頒官分務，各有典司。女史彤管，記功書過。」劉知幾史通十一云：「詩彤管者，女史記事之所執也。古者人君，外朝則有國史，内朝則有女史。故晉獻惑亂，驪姬夜泣，牀笫之私，房中之事，不得掩焉。楚昭夜讌，蔡姬許之後死。夫宴私而有書事之册，蓋受命者即女史之流乎？」皆掌訓之義也。「彤者」至「事也」，崔豹古今注：牛亨問：「彤管何也？」董仲舒答曰云云。此記其製物之式，命名之由，齊詩説也。張華博物志同。合證諸書，是女史彤管，書事記過，使人君妃妾知所警戒，進退得秩敘之美，宮闈無瀆亂之愆，所繫至重。左定九年傳：「静女之三章，取彤管焉。」斷章之義，取諸此也。

彤管有煒，説懌女美。【注】三家「懌」作「釋」。【疏】傳：「煒，赤貌。彤管，以赤心正人也。」箋：「説懌當作説釋。赤管煒煒然，女史以之説釋妃妾之德，美之。」○説文：「煒，盛赤也。从火，韋聲。詩曰：『彤管有煒。』」衆經音義十八引作「盛明貌也」。釋文：「説，本又作悦。」白帖二十、御覽六百五引並作「悦」。「三家懌作釋」者，箋：「説懌當作説釋。」此用三家改毛。説文無「懌」字。「説」下云：「説釋也。」即本此詩「説釋」之義，與鄭合。人説則心釋然，故曰「説釋」。學記「相説以解」，與「説釋」意合。女，女彤管。以下章女荑例之，可見美善也。「説懌女美」者，夫人見媵贈此彤管，知其義在箴規，故説而善之。此及下章並舉從行相贈遺之事，以見情好之篤。

自牧歸荑，洵美且異。匪女之爲美，美人之貽。【注】韓「異」作「瘱」，云：「瘱，悦也。」【疏】傳：「牧，田官也。荑，茅之始生也。本之於荑，取其有始有終。非爲其徒説美色而已，美其人能遺我法則。」箋：「洵，信也。茅，絜白之物也。自牧田歸荑，其信美而異者，可以供祭祀，猶貞女在窈窕之處，媒氏達之，可以配人君。遺我者，遺我以賢妃也。」○釋地：「郊外謂之牧。」廣雅釋詁同。周語「國有郊牧」，韋注：「牧，放牧之地。」歸，讀如左閔二年傳「歸夫人魚軒」之「歸」。晉語注：「歸，饋也。」「歸」、「饋」古通。廣雅釋詁：「歸，遺也。」「遺」、「貽」同字，「歸」、「貽」同義，上「歸」下「貽」，變文言之耳。説文：「荑，草也。」衆經音義十九引通俗文：「草陸生曰荑。」「自牧歸荑」者，言在郊外曾取此荑以饋我也。「韓異作瘱，云瘱，悦也」者，文選神女賦李注引韓詩文。陳奂云：「它詩無瘱訓，當是此詩章句。異者，瘱之借字，異、瘱一聲之轉，承上文説懌女美而言。」愚案：陳説是。「洵美且異」者，言信美且可悦愛也。女，女荑。夫人言此荑非彤管比，而我得之以爲信美可悦者，非女荑之爲美也，所以如此者，美此人之貽我，重其人，因愛其物耳。此女足爲我重，如是安得不望其早見國君而承恩遇乎。

靜女三章，章四句。

新臺【疏】毛序：「刺衛宣公也。納伋之妻，作新臺于河上而要之，國人惡之而作是詩也。」箋：「伋，宣公之世子。」○三家無異義。孔疏：「此詩蓋伋妻自齊始來，未至於衛，公聞其美，恐不從己，故使人於河上爲新臺，待其至於河，而因臺所以要之耳。」案，疏説是也。易林歸妹之蠱：「陰陽隔塞，許嫁不答。旄丘新臺，悔往歎息。」此齊詩説。新臺旄丘事異，而其爲陰陽隔塞、人倫禍變則同。「悔往歎息」，以詩爲國人代姜氏之詞，與序意合，姜氏許嫁子伋，入其國不見其人，是「不答」也。遇衛宣之强暴，乃悔往而歎息，其初心未必不善，轉念誤之耳。左桓十六年傳：「衛宣公烝於夷姜，生急子，爲之娶於齊，而美，公取之。」事又見史記衛世家列女傳新序，詳具日月篇。水經注河水篇：「河水又東，逕鄄城縣北，故城在河南十八里，河之北岸有新臺，鴻基層廣，累高數丈，衛宣公所築新臺矣。」寰宇記：「新臺在濮州鄄城縣東北十七里，北去河四里。」一統志：「鄄城，今曹州府濮州。」

新臺有泚，河水瀰瀰。【注】三家「泚」作「玼」。齊「瀰」作「泮」。【疏】傳：「泚，鮮明貌。瀰瀰，盛貌。水所以絜汙穢，反于河上而爲淫昏之行。」○新臺者，釋文：「修舊曰新。」「三家泚作玼」者，釋文：「泚，鮮明貌。説文作『玼』」，云：『新色鮮也。』」案，説文：「玼，玉色鮮也。从玉，此聲。詩曰：『新臺有玼。』」與釋文引異。段玉裁云：「説文『玉』上當有

『新』字，玼本新玉色，引申爲凡新色，如『玼兮玼兮』，言衣之鮮盛；『新臺有玼』，言臺之鮮明。」其説是也。説文無「泚」字。孟子滕文公篇「其顙有泚」，當訓爲水出貌，無鮮明義。許引三家，正字，毛借字。「齊瀰作洋」者，漢書地理志：「邶詩曰『河水洋洋。』」顏注：「今邶詩無此句。」盧文弨云：「洋洋，疑字誤，或本作洋字，从水，芊聲，卽『河水瀰瀰』也。洋字見廣雅釋丘，今亦譌爲『洋』。班氏明引邶詩，必非逸句。」顧廣圻云：「影宋本廣雅作『洋』，集韻『洋』字載十九侯。盧讀作『洋』，非是。」陳喬樅云：「玉篇水部：『瀰，深也，盛也。』洋亦瀰字。集韻四紙瀰、瀰、洋同字，訓『水盛貌』。類篇十一中水部：『瀰，或作洋。』據此數證，盧説良是，但不當引廣雅以亂之耳。集韻類篇雖引廣雅『陴洋涯也』，然玉篇廣韻皆無此字。王念孫廣雅疏證以爲『涘』字之誤，是也。且使廣雅作『洋』，其訓爲『涯』，豈可以當詩之瀰瀰乎？顧説誤。」

燕婉之求，籧篨不鮮。【注】魯韓「燕」作「嬿」。韓説曰：嬿婉，好貌。齊作「暥」。魯説曰：籧篨，口柔也。【疏】傳：「燕，安。婉，順也。籧篨，不能俯者。」箋：「鮮，善也。伋之妻齊女，來嫁於衞，其心本求燕婉之人，謂伋也；反得籧篨不善，謂宣公也。籧篨口柔，常觀人顏色而爲之辭，故不能俯也。」○「魯韓燕作嬿，韓云嬿婉好貌」者。文選西京賦李注引韓詩曰：「『嬿婉之求』，嬿婉，好貌。」玉篇女部引詩，亦從韓作「嬿婉」。張衡西京賦從「嬿婉」，衡用魯詩作「嬿」，是魯韓文同。薛綜注：「嬿婉，美好之貌。」與韓訓合。燕、嬿皆借字，本字當作「宴」。説文「宴」下云：「宴，婉也。」「婉」下云：「順也。」干祿字書「冤」或作「惌」，故「娩」今作「婉」。據此，「婉」與「娩」通，「宴娩」卽「宴婉」矣。傳：「燕，安。婉，順也。」毛訓「燕」爲「安」，明以「燕」爲「宴」。後漢邊讓傳「展中情之嬿婉」，李注：「嬿，安也。婉，美也。」亦以「嬿」爲「宴」。釋訓：「宴宴，柔也。」郭注：「和柔。」是「宴」爲「安和」貌，故雅訓「柔」也。「宴」、「婉」二字，析言各字爲義，合言則「安和」之意，總謂美好耳。「齊作暥」者。説文：「暥，目相戲。从目，晏聲。詩曰：『暥婉之求。』」毛作「燕」，魯韓作「嬿」，則作「暥」者齊文也。「暥」亦「宴」

假借字，下二章當同。「燕婉之求」，言爲嘉耦是求也。「籧篨，口柔也」者，釋訓文。釋文引舍人曰：「籧篨，巧言也。」李巡曰：「籧篨，巧言好辭，以口悦人，是謂口柔。」孫炎曰：「籧篨之疾，不能俯；口柔之人，視人顏色，常亦不伏，因亦名云。」此蓋魯詩説。論衡累害篇「籧篨多佞」，王用魯詩，正合雅訓。晉語「籧篨不可使俯」，蓋疾不能俯者名籧篨，而口柔者似之，故以爲號，餘互詳末章。此一義也。説文：「籧篨，粗竹席也。」方言：「簟，自關而西，其粗者謂之籧篨。」此以物之粗惡者爲比，又一義也。齊韓家以戚施爲醜物，則籧篨之訓當從本義，以爲粗惡之物矣。竹席可卷，反之則折，是不可使俯也。疾有籧篨之名，卽取此義，以口柔爲籧篨，又因疾狀推言之。箋：「鮮，善也。」「不鮮」，言遇此不善之人。爾雅釋詁：「鮮，善也。」知三家同。

新臺有洒，河水浼浼。【注】韓「洒」作「漼」，云：「鮮貌。」「浼浼」作「浘浘」，云：「盛貌。」「漼」亦作「滜」。【疏】傳：「洒，高峻也。浼浼，平地也。」○「韓洒作漼，浼浼作浘浘」者，釋文：「洒，七罪反。韓作漼，音同，云鮮貌。」「浼，每罪反。韓作浘浘，音尾，云盛貌。」段玉裁云：「此必首章『新臺有泚，河水瀰瀰』之異文。漼、浘字與泚、瀰同部，與洒、浼不同部，陸誤屬之二章也。」馬瑞辰云：「洒、洗雙聲，古通用。白虎通：『洗者，鮮也。』呂覽高注：『洗，新也。』又與『銑』通。晉語韋注：『銑，猶洒也。』『有洒』猶『有泚』。毛訓高峻，不若韓訓鮮貌爲確。」「韓洒作漼」者，「玉篇『滜』與『漼』同。詩『有漼者淵』，本或爲『萃』。洒通作漼，猶洗通作淬，皆異部叚借也。儀禮釋文：『洗，悉禮反。劉本作淬，七對反。』是其類。段謂『漼』爲『泚』異文，非也。説文繫傳引詩『新臺有漼』，云字本作『滜』。説文：『滜，新也。』廣韻：『滜，新水狀也。』亦與韓訓『漼』爲『鮮』同義。説文『閔』字注：『水流浼浼貌。』『浼』字注引詩『河水浼浼』。『浼』，古者讀如『門』，與『潣』音近，『浼浼』卽『潣潣』也。玉篇：『浘浘，水流貌。』『浼浼』通作『浘浘』，猶『勉勉』通作『亹亹』，皆一聲之轉。（禮器鄭注：「亹亹，猶勉勉也。」）文選吳都賦『清流亹亹』，李注引韓詩：『亹亹，水流進貌。』當亦此詩『浼浼』之異文。古浼、亹音皆如『門』，故通用。傳韓詩者不一家，故浘、亹字各異耳。段以『浘浘』爲上章『瀰瀰』異文，但取字之同部，不知雙聲字古亦通用也。」愚案：「漼」、「滜」並三家文。說文：「崔，大高也。」「皐，山貌。」文選靈光殿賦「嵯峨嶵嵬」，「嶵」同「嵲」，『嵲嵬』猶「崔嵬」也。「嵲」之通「崔」，與「滜」之通「浘」一例。說文：「浘，深也。」亦此詩義，當以「滜」爲正字。防有鵲巢韓詩：「娓，美也。」此詩「浘浘，盛貌。」「美」、「盛」義同，「河水浘浘」，猶言美哉河水矣。

燕婉之求，籧篨不殄。【注】三家「殄」作「腆」。【疏】傳：「殄，絶也。」箋：「殄當作腆，腆，善也。」○「三家殄作腆」者，箋「殄當作腆」，疏：「腆、殄皆今字之異，故儀禮注云『腆』古文字作『殄』，是也。」據此，三家今文皆作「腆」，故箋依以改毛。不腆，猶不鮮也。

魚網之設，鴻則離之。燕婉之求，得此戚施。【注】魯說曰：戚施，面柔也。韓說曰：戚施，蟾蜍，蝛蝤，喻醜惡。亦作「鼀鼁」。【疏】傳：「言所得非所求也。」箋：「設魚網者宜得魚，鴻乃鳥也，反離焉，猶齊女以禮來求世子，而得宣公。戚施面柔，下人以色，故不能仰也。」○說文：「設，施陳也。」易序卦傳：「離者，麗也，附著之義。」「戚施面柔也」者，釋訓文。釋文引舍人曰：「戚施令色誘人。」李巡曰：「戚施和顏悅色以誘人，是謂面柔也。」孫炎曰：「戚施之疾不能仰，面柔之人常俯，似之，亦以名云。」論衡累害篇「戚施彌妬」，言戚施之人彌多妬忌，故以令色誘人，蓋皆魯說。晉語：「戚施不可使仰。」又云：「戚施直鎛，籧篨蒙璆。」韋注：「籧篨直者，戚施瘁者。直，直擊。鎛，鎛鍾也。蒙，戴也。璆，玉磬。不能俯，故使戴磬。」淮南修務訓：「啳睽哆噅，籧篨戚施。雖粉白黛黑，弗能爲美者，嫫母仳倠也。」高注：「籧篨偃，戚施僂，皆醜貌。」是戚施爲不能仰之疾，而面柔者似之，故名。此一義也。「戚施」至「醜惡」者。御覽九百四十九引韓詩曰：「魚網之設，鴻則離之。嬿婉之求，得此戚施。」薛君曰：「戚施，蟾蜍，蝛蝤，喻醜惡。」「亦作鼀鼁」者。說文

「鼀」下云：「先鼀，詹諸也。其鳴詹諸，其皮鼀鼀，其行先先。从黽、从先，先亦聲。」「䵷」下云：「鼀或从酋。」「䵶」下云：「䵷䵶，詹諸也。詩曰『得此䵷䵶』，言其行䵶䵶。」所引詩與魯韓毛文異，是據齊詩，而訓與韓合。詹諸，蟾蠩之浛，卽薛所云蟾蜍，郭璞云「似蝦蟆，居陸地」者也。說文「其皮鼀鼀」，猶言戚戚；「其行䵶䵶」，猶言「施施」，故鼀䵶與戚施同字。「其行先先」，桂馥云：「行不應重出，先似詹諸之形，行當作形。」是也。先，力竹切，音「六」。鼀，七宿切，音「蹴」。詹諸一名先鼀，又名䵷䵶，亦名鼀䵷，釋魚「鼀䵷，詹諸」是也。鼀或作竈，譌字，說文所無，後人據雅訓，因謂說文誤，併鼀、䵷爲一字。馬瑞辰云：「爾雅釋文䵷音秋。（「䵷」又作「𪓰」，山海經郭注：「𪓰黽，似蝦蟆。」玉篇䵷、𪓰同字。）秋、戚一聲之轉。」（莊子「諸大夫蹵然」，本或作「愀然」，「蹵」卽「蹙」也，是秋、戚通用。）據此，說文不誤。愚案：薛注「蟾蜍，蝛蛸」，廣異名也。蝛從「就」聲，秋、酋、就、戚，同聲通轉，尤爲顯證。又名「蝌鼀」，說文「蝌」下云「蝌鼀，詹諸，以脰鳴者」是也。蝌、蝛亦雙聲字。一物繁稱，字隨音變，猶螽斯有十數名，絫評、倒評皆可，不必謂爾雅是而說文非也。淮南原道訓「蟾蠩捕蚤」，高注：「蟾蠩，䗐也。」又以一字爲名，䗐，卽此詩「施」字之增變矣。說文「其皮鼀鼀，其行䵶䵶」，皆狀物之醜惡貌，故詩人以爲比，此又一義也。惟蟾蠩之爲物，亦不能使仰者，是齊韓與魯毛訓異而義未嘗不通也。

新臺三章，章四句。

二子乘舟

【注】魯韓說曰：衞宣公之子，伋也、壽也、朔也。伋，前母子也。壽與朔，後母子也。壽之母與朔謀，欲殺太子伋而立壽也，使人與伋乘舟於河中，將沈而殺之。壽知不能止也，固與之同舟，舟人不得殺伋。方乘舟時，伋傅母恐其死也，閔而作詩，二子乘舟之詩是也。其詩曰：「二子乘舟，汎汎其景。願言思子，中心養養。」【疏】毛序：「思伋壽也。衞宣公之二子爭相爲死，國人傷而思之，作是詩也。」○「衞宣」至「養養」，新序節士篇文，下「又使伋之齊」云云，具日月

篇，此魯韓詩義，與毛序異。范家相云：「姜與朔謀殺伋，其事祕，有傅母在內，故知而閔之。壽與伋共舟，所以阻其沈舟之謀。其後竊旌乃代死，情事宛然。此新序之勝於毛傳者。」陳奐云：「此與列女傳不同，劉子政習魯詩，兼習韓詩也。」

二子乘舟，汎汎其景。【疏】傳：「二子，伋壽也。宣公爲伋取於齊女，而美，公奪之，生壽及朔。朔與其母愬伋於公，公令伋之齊，使賊先待於隘而殺之。壽知之，以告伋，使去之。伋曰：『君命也，不可以逃。』壽竊其節而先往，賊殺之。伋至，曰：『君命殺我，壽有何罪？』賊又殺之。國人傷其涉危遂往，如乘舟而無所薄，汎汎然迅疾而不礙也。」○案三家義，傅母閔而作詩，「二子」亦當指伋壽乘舟實事，非喻言也。沈舟祕計，傅母知而不敢言，壽與同舟以阻其謀，其果沈與否，亦非壽與傅母所敢知，而壽有救伋之心，傅母必知之，故閔伋兼閔壽也。汎，浮貌，重言之曰「汎汎」。廣雅釋訓：「汎汎，浮也。」王引之云：「『景』，讀如憬。」泮水傳：「憬，遠行貌。」與下章「汎汎其逝」同義。士昏禮「姆加景」，今文「景」作「憬」，是「憬」、「景」古通。願言思子，中心養養。【注】魯「養養」作「洋洋」。【疏】傳：「願，每也。養養然憂不知所定。」箋：「願，念也。念我思此二子，心爲之憂養養然。」○「魯養養作洋洋」者，釋訓：「悠悠、洋洋，思也。」邢疏：「二子乘舟云：『中心養養。』此皆想念憂思也。『洋』、『養』音義同。」邢蓋據舊注魯詩文，是「養養」當爲「洋洋」，魯正字，毛借字。「悠悠」訓長，「洋洋」亦爲思之長也。馬瑞辰云：「首章『中心養養』，二章『不瑕有害』，皆二子未死以前恐其被害之詞。非既死後追悼之詞，且二子如未乘舟，不得直言乘舟也。新序說是。」

二子乘舟，汎汎其逝。願言思子，不瑕有害。【疏】傳：「逝，往也。言二子之不遠害。」箋：「瑕，猶過也。我思念此二子之事，於行無過差，有何不可而不去也。」○「不瑕」，義具泉水。「不瑕有害」，言此行恐不無有害，疑慮之詞。水經注河水篇：「莘道城西北有莘亭，衛宣公使伋於齊，令盜待於莘，伋壽繼隕於此亭。道阨限蹊要，自衛適齊之道也。望新臺於河上，感二子於夙齡。詩人乘舟，誠可悲也。」以河上乘舟爲實事，亦用三家義。

二子乘舟二章，章四句。

邶鄘衛國上十九篇，七十一章，三百六十三句。

詩三家義集疏卷三中

邶鄘衞柏舟第四

柏舟【疏】毛序：「共姜自誓也。衞世子共伯蚤死，其妻守義，父母欲奪而嫁之，誓而弗許，故作是詩以絕之。」箋：「共伯，僖侯之世子。」○史記衞世家：「釐侯卒，太子共伯餘立爲君。共伯弟和襲攻共伯於墓上，共伯入釐侯羨自殺。（羨，墓道也。）衞人因葬之釐侯旁，謚曰共伯，而立和爲衞侯，是爲武公。」司馬貞索隱據序「早死」之文，疑史公別采雜說。孔疏遷就其詞，謂序「言早死者，謂早死不得爲君，不必年幼」，曲爲序解。愚案：共伯事當以史爲正，毛序不合，無庸强爲牽附三家詩義與史同。列女傳漢孝平王后傳云：「君子謂平后體自然貞淑之行，不爲存亡改意，可謂節行不虧汙者矣。詩曰：『髧彼兩髦，實爲我儀，之死矢靡他。』此之謂也。」引詩義以證漢事，此魯說。共伯被弑，共姜不嫁；孝平被弑，王后不嫁，其事正同，故取爲喻。漢書地理志「庸曰『在彼中河』」；與「邶曰『河水洋洋』」；衞曰『河水洋洋』」，並引此河爲衞地之河，不容任指一水當之，是女已嫁在衞。班用齊詩，知齊說不以詩爲共伯早死、共姜守義之事。魏志陳思王植傳植疏云：「『有不蒙施之物，必有慘毒之懷，故柏舟有『天只』之怨，谷風有『棄予』之歎。」曰「不蒙施」、曰「慘毒」，且以與谷風「棄予」並稱，明詩爲禍亂慘變、中道分離之作，植用韓詩者也。魯齊韓詩義皆無異說。文選潘岳寡婦賦云：「蹈共姜兮明誓，詠柏舟兮清歌。」以此詩爲寡婦之詞，亦用三家義之明證矣。詩曰「中河」、「河側」，明見所嫁之地。曰「髧彼兩髦」，明見所嫁之人。曰「母」、曰「天」，明歸見其家之父母而自誓。蓋共伯弒死，武公繼立，姜勢難久處衞邦，既不如柏舟之寡卒守死君，祇得爲燕燕之婦往歸故國，不料父母欲奪而嫁之，故爲此詩以自誓也。

汎彼柏舟，在彼中河。【疏】傳：「興也。中河，河中。」箋：「舟在河中，猶婦人之在夫家，是其常處。」○首句義具上柏舟。白帖六引「汎」作「泛」。中河，河中，言此汎然彼柏木所爲之舟，曾在彼衞國之河中。箋：「舟在河中，猶婦人之在夫家，是其常處。」案，此是興意，亦兼賦也。髧彼兩髦，實維我儀。【注】齊韓「髧」作「紞」。「髦」作「𩬎」，亦作「髳」。【疏】傳：「髧，兩髦之貌。髦者，髮至眉，子事父母之飾。儀，匹也。」箋：「兩髦之人，謂共伯也，實是我之匹，故我不嫁也。禮，世子昧爽而朝，亦櫛縰笄，總拂髦，冠緌纓。」○釋文：「髧，本又作优。」「髦」，說文作「髳」。案，足利本作「优」，與「又作」本合。「齊韓髧作紞，髦作𩬎，亦作髳」者，說文「𩬎」下云：「髮至眉也。从髟，敄聲。詩曰：『紞彼兩𩬎』。」「髳」下云：「或省作髳。」與釋文合。案，列女傳作「髧」、「髦」，是魯與毛同，作「紞」、「𩬎」、「髳」者，齊韓文也。說文無「髧」字。「紞」下云：「冕冠塞耳者。」左桓二年傳「衡紞紘綖」，杜注：「紞，冠之垂者。」正義：「紞者，懸瑱之繩，垂於冠兩旁，故云冠之垂者。」魯語「王后親織玄紞」，韋注：「紞，所以懸瑱當耳者。」瑱以塞耳，故許云「冕冠塞耳者」，「塞」上疑脫「垂」字，義互見君子偕老。紞垂冠之兩旁，因謂兩髦垂貌爲紞，髦黑而紞玄。故取爲喻。以紞爲雜采如縚者，失之。优，是「紞」之譌字。衆經音義二云：「髦，古文髳同。」「髳」亦「𩬎」之渻。小雅「如蠻如髦」，箋：「髦，西夷別名。」正義：「牧誓作髳，髦、髳音義同。」傳：「髦者，髮至眉。」釋名：「髦，冒也。冒覆頭頸也。」內則：「兒生三月，翦髮爲鬌，男角女羈，否則男左女右。」注：「鬌，所遺髮也。夾囟曰角，午達曰羈。」吳廷華云：「夾囟曰角，兩角也。午達曰羈，在中也。左右，則一角而已。」愚案：「夾囟兩角」者，此詩所謂「兩髦」。新唐書禮樂志嘉禮之皇子雙童髻，猶存遺式。午達在中者，了分爲五，其一在中，交午四達，今俗所謂「了鬐」也。內則又云：「子事父母，總拂髦。」既夕禮鄭注：「長大猶爲飾存之，所以順父母幼小之心也。」此詩箋「世子昧爽而朝，亦總拂髦」，鄭以此兩髦之制，通於命士以上，共伯又是世子，故言之也。喪大記「小斂，主人說髦」，鄭注：「士既殯說髦，此云小斂，蓋諸侯禮也。士之既殯，諸侯之小斂，於死者俱三日也。」喪大記孔疏：「若父死，說左髦。母死，說右髦。二親並死，則並說之。」此詩疏云：「父母有先死者，於死三日說之，服闋又著之。若二親並沒，則去之。玉藻云『親沒不髦』，是也。」二疏不同，若如詩疏，共伯甫葬父而被弒，去髦未久。如禮疏，或共伯父死母存，兩髦說一，後須復著，故姜追稱彼兩髦之人，實我之匹，不斥言也。釋詁：「儀，匹也。」案，儀，法也，則也。夫爲妻法，大雅云「刑于寡妻」，刑亦法也。夫修於家，妻則而象之謂之儀，故「儀」訓「匹」也。

之死矢靡它！母也天只，不諒人只！【注】魯「它」作「他」。韓「諒」作「亮」。【疏】傳：「矢，誓。靡，無。之，至也。至己之死，信無它心。諒，信也。母也天也，尚不信我。天，謂父也。」○釋言：「矢，誓也。」「靡，無也。」婦人從一而已，無它，猶無二也。文選寡婦賦注引作「靡佗」。「魯它作他」者，列女傳作「他」，（見上。）魯詩文也。此如君子于役「雞棲于桀」，爾雅作「榤」之類，「它」本字，「佗」借字，「他」，俗字。天者，傳謂父也。喪服傳：「父者，子之天也。」左桓十五年傳杜注：「婦人在室則天父，出則天夫。」此共姜既嫁，以父爲天者。陳奐云：「喪服傳：『子嫁反在父之室，爲父三年。』故從天父之義，評父爲天是也。」先母後父，便文合均也。只，語詞。諒，與「亮」同。釋文：「諒，本亦作亮。」御覽四百三十九引作「涼」。「涼」、「諒」古通。「韓諒作亮」者，大明釋文：「涼，本作諒，韓詩作亮。」是此詩「諒」，韓亦當爲「亮」矣。父母不信，誓以明之。

汎彼柏舟，在彼河側。髧彼兩髦，實維我特。【注】韓「特」作「直」，云：相當值也。【疏】傳：「特，匹也。」○說文：「側，旁也。」傳「特」猶「匹」也。「韓作直，云相當值也」者，見釋文。陳喬樅云：「呂覽忠廉篇高注：『特，猶直也。』」荀子勸學篇楊注：『特，猶言直也。』小胥『士特縣』，新書作『大夫直縣』。特與犆通，禮少儀『不特弔』，釋文：『特，本作犆。』釋水『士特舟』，釋文同。直亦與犆同，禮郊特牲『首也者直也』，注：『直或爲犆。』是也。韓訓直爲『相當值也』者。漢書刑法志『不可以直秦之銳士』，注：『直亦當也。』當有敵義，相當猶言『相匹』耳。史記封禪書『遂因其直北』，集解引孟康曰：『直，值也。』又匈奴傳『直上谷』，索隱引姚氏曰：『古者例以直爲值。』是已。」之死矢靡慝！母也天只，不諒人只！【疏】傳：「慝，邪也。」○列女傳云：「鄁柏舟之詩，君子美其貞壹。」貞，正也。壹然後貞，有它則爲邪矣。之死靡它，故「靡慝」也。

柏舟二章，章七句。

牆有茨【注】齊說曰：牆茨之言，三世不安。【疏】毛序：「衛人刺其上也。公子頑通乎君母，國人疾之而不可道也。」箋：「宣公卒，惠公幼，其庶兄頑烝於惠公之母，生子五人：齊子、戴公、文公、宋桓夫人、許穆夫人。」○「牆茨」至「不安」。易林小過之小畜云：「大椎破轂，長舌亂國。牆茨之言，三世不安。」三世，謂宣、惠、懿，與列女傳所稱衛宣姜「亂及三世，至戴公而後寧」合。（引見日月篇。）史記衛世家：「太子伋同母弟二人，一曰黔牟，嘗代惠公爲君，八年復去；二曰昭伯。昭伯、黔牟皆前死，故立昭伯子申爲戴公。戴公卒，復立其弟燬爲文公。」至左傳所云昭伯通宣姜，生戴公諸人，並史記列女傳所不及。遷向用魯詩，知此詩魯義必不以爲公子頑通君母事。媒氏：「凡男女之陰訟，聽之於勝國之社。」鄭注：「陰訟，爭中冓之事以觸法者。亡國之社，奄其上而棧其下，使無所通，就之以聽陰訟之情，明不當宣露。詩云：『牆有茨，不可埽也。中冓之言，不可道也。所可道也，言之醜也。』」賈疏：「詩者，刺衛宣公之詩。引之者，證經所聽者是中冓之言也。」唐惟韓詩尚存，賈疏蓋引韓說，是三家皆以爲刺宣公。毛思立異說，故此及鶉之奔奔皆附會左傳爲詞。

牆有茨，不可埽也。【注】齊韓「茨」作「薺」。【疏】傳：「興也。牆，所以防非常。茨，蒺藜也。欲埽去之，反傷牆也。」箋：「國君以禮防制一國，今其宮內有淫昏之行者，猶牆之生蒺藜。」○説文：「茨，以茅蓋屋也。」釋草：「茨，蒺藜。」郭注：「布地蔓生，細葉，子有三角刺人。見詩。」據此，今所謂「刺蒺藜」也。郭引詩蓋據舊注魯詩文，與毛同。「齊韓茨作薺」者，説文：「薺，蒺藜也。从草，齊聲。詩曰：『牆有薺。』」蓋齊韓本如此。「茨」、「薺」古通，故禮玉藻鄭注引詩「楚楚者茨」作「楚薺」。毛傳、郭注不以茨爲蓋屋之茅，而訓爲蒺藜，與説文「薺」注合，明「薺」正字，「茨」借字。「不可埽」，謂不可埽去之。牆之有茨，以固其家，猶人之有禮，以固其國，今若埽去其茨，則不能防禦非常，喻宣恣爲淫亂，要娶子妻，隳禮制之大防，將無以爲國也。

中冓之言，不可道也。所可道也，言之醜也！【注】韓説曰：中冓，中夜，謂淫僻之言也。魯説曰：道，説也。【疏】傳：「中冓，內冓也。言之醜，於君醜也。」箋：「內冓之言，謂宮中所冓成頑與夫人淫昏之語。」○「中冓」至「言也」，釋文引韓詩文。漢書文三王傳谷永疏云：「帝王之意，不窺人閨門之私，聽聞中冓之言。」晉灼曰：「魯詩以爲夜也。」據此，魯韓義同，「冓」當爲「⿱宀冓」之借字。廣雅釋詁：「⿱宀冓、昔、闇、⋯暮，夜也。」玉篇宀部：「⿱宀冓，夜也。詩曰『中冓之言』，中夜之言也。」又云：「⿱宀冓，本亦作冓。」谷永學魯詩，所引「中冓」，當作「中冓」，今傳作「冓」，蓋後人順毛改之。廣雅訓「⿱宀冓」爲「夜」，以「⿱宀冓」與「闇」同義，是「中⿱宀冓之言」，猶言「中夜闇昧之言」，故韓説於「中夜」下申成之曰「淫僻之言」也。「中⿱宀冓」二字，相連爲訓。桑柔「征以中垢」，傳：「中垢，言闇冥也。」與「中⿱宀冓」義合，蓋「垢」、「⿱宀冓」古字通也。傳「中冓，內冓也」，箋「謂宮中所冓成淫昏之語」，疏云「冓合淫昏之事」，皆讀「冓」爲「媾」，析「中冓」爲二義，與釋文「本又作中遘」者合，不同三家而與韓説「淫僻之言」意不相遠。文三王傳注應劭曰：「中冓，材構在堂之中也。」師古曰：「冓，謂舍之交積材木也。」望文爲説，失之愈遠矣。「道，説也」者，廣雅釋詁文。「不可説」，即媒氏注所云「不當宣露」。説文：「醜，可惡也。」釋名：「醜，臭也，如物臭穢也。」

牆有茨，不可襄也。【疏】傳：「襄，除也。」○釋言：「襄，除也。」郭注：「詩曰：『不可襄也。』」魯毛同訓。說文「襄」下云：「漢令，解衣耕謂之襄。」耕必芸治其草，故凡除草皆謂之襄。「漢令」，本古義。中冓之言，不可詳也。所可詳也，言之長也。【注】韓「詳」作「揚」，云：揚，猶道也。【疏】傳：「詳，審也。長，惡長也。」○「詳作」至「道也」，釋文引韓詩文。「詳」、「揚」聲同義通，故得相假。揚者，講明宣播之意，較「道」義進。釋詁：「揚，續也。」郭注未詳，當卽此詩義，郭偶有不照耳。連屬稱舉，卽是宣明之義，故「揚」亦訓「續」也。廣雅釋詁：「揚，說也。」足證魯韓文同。

牆有茨，不可束也。【疏】傳：「束而去之。」○束，是總聚之義，總聚而去之，言其淨盡也，較「埽」、「襄」義又進。中冓之言，不可讀也。所可讀也，言之辱也！【注】魯韓說曰：讀，說也。【疏】傳：「讀，抽也。辱，辱君也。」箋：「抽，猶出也。」○說文：「讀，誦書也。」引申其義，凡有事而誦言之亦曰讀。「讀，說也」者，廣雅釋詁文。「不可讀」，正訓爲「不可說」，亦魯韓義也。辱者，爲國辱也，君則然矣，當爲國諱惡。

牆有茨三章，章六句。

君子偕老【疏】毛序：「刺衛夫人也。夫人淫亂，失事君子之道，故陳人君之德、服飾之盛，宜與君子偕老也。」箋：「夫人，宣公夫人，惠公之母也。人君，小君也，或者『小』字誤作『人』耳。」○內司服賈疏云：「刺宣姜淫亂，不稱其服之事。」三家無異義。

君子偕老，副笄六珈。【疏】傳：「能與君子俱老，乃宜居尊位、服盛服也。副者，后夫人之首飾，編髮爲之。

笄，衡笄也。珈，笄飾之最盛者，所以別尊卑。」箋：「珈之言加也。副既笄而加飾，如今步搖上飾，古之制所有，未聞。」○君子，謂宣公。詩言夫人者，乃當與君偕至於老之人。娶必以正，今公要奪姜氏以爲夫人，雖服此小君之盛服，而德不足以稱之，則如之何？刺姜以惡公也。首二句，明爲夫人則有此盛服也。追師「掌王后之首服，爲副編次追衡笄」，鄭注：「凡諸侯夫人於其國，衣服與王后同。」又云：「鄭司農云：『副者，婦人之首服。』玄謂，副之言覆，所以覆首爲之飾，其遺象若今步繇矣。」禮明堂位鄭注：「副，首飾也，今之步搖是也。詩云：『副笄六珈。』」釋與此同。釋名：「王后首飾曰副。副，覆也，以覆首也。亦言副，貳也，兼用衆物成其飾也。步搖上有垂珠，步則搖也。」鄭又云：「笄，卷髮者。」公羊僖九年傳注：「笄者，簪也，所以繫持髮。」釋名：「笄，係也，所以係冠，使不墜也。」又云：「冠，貫也，所以貫韜髮也。」「纚，以韜髮者也，以纚爲之，因以爲名也。」「總，以束髮者也，總而束之也。」「簪，兟也，以兟連冠於髮也。」案，「係冠」與「繫髮」義同，總束其髮，以纚韜之，加冠於上，用笄簪連冠髮繫持之。鄭云「卷髮者」，明髮得笄則卷而不墜也。鄭又云：「編，編列髮爲之，其遺象若今假紒矣。」「次，次第，髮長短爲之，所謂髲髢。」案，卽采蘩之「被」也。先鄭云追，冠名衡維持冠者，蓋婦人首飾，以髮爲先，得笄繫持，然後可從而施飾。燕居惟纚、笄、總，舉笄，可以包纚、總也。追是冠，衡以維持冠，明言笄而追衡在內。加服次以見君，加服編以告桑，至副爲極盛之服，以從君祭祀。六珈，又副上之飾耳。箋云：「珈之言加也，副既笄而加飾，如今步搖上飾，古之制所有，未聞。」案，「副既笄而加飾」者，以珈爲副飾也，鄭謂副若步搖，故云六珈如步搖上飾，持珈飾有六，非所知也。追師賈疏亦云：「詩有『副笄六珈』，謂以六物加於副上，未知用何物，故鄭云然。」釋名以爲「兼用衆物成飾」，衆物，其「六珈」之謂與？續漢輿服志：「步搖以黃金爲山題，貫白珠爲桂枝相繆。一爵九華，熊、虎、赤羆、天鹿、辟邪、南山豐大特六獸，詩所謂『副笄六珈』者。」陳喬樅云：「劉昭注補志敘，言『車服之本卽依董蔡所立』；後漢蔡邕傳注，言邕作漢記十意，車服意第六，續志所録，多本其文。邕用魯詩，此當爲魯說。」愚案：傳云「副者，后夫人之首飾，編髮爲之」，說與周禮乖戾，辨見采蘩。又云「珈，笄飾之最盛者」，謂以珈飾笄之誤。鄭注周禮時，以副爲若今步搖，與編、次爲三物，並於禮記注引「副笄六珈」以明之，是用三家義之明證。特「六珈」三家無說，故云「未聞」。續漢志雖有「六獸」之文，非必卽古「六珈」，鄭所不悉，不應蔡獨明之。

委委佗佗，如山如河，象服是宜。【注】韓說曰：委委佗佗，德之美貌。魯作「禕禕它它」，說曰：美也。【疏】傳：「委委者，行可委曲蹤迹也。佗佗者，德平易也。山無不容，河無不潤，象服尊者，所以爲飾。」箋：「象服者，謂揄翟、闕翟也。人君之象服，則舜所云予欲觀古人之象，日月星辰之屬。」○「韓云德之美貌」者，釋文：「委委，行可委曲蹤迹也。佗佗，德平易也。韓詩云：德之美貌。」案，陸引毛訓，故分析注之，而綴韓總義於末。韓爲「委委佗佗」四字作訓，非僅以「佗佗」爲「德美」。衆經音義三十九引韓詩曰：「逶佗，德之美貌也。」是其證矣。「委委佗佗」，猶羔羊「委蛇委蛇」也。御覽六百九十事類賦十三引詩，「佗佗」卽作「蛇蛇」，蓋詩字本作「它」，加「虫」旁則爲「蛇」，加「人」旁則爲「佗」，「佗」變文又爲「他」。呂氏讀詩記引釋文，作「委委他他」，餘詳羔羊。「委委佗佗」四字，不宜分釋。羔羊「委蛇」，韓作「逶迤」，云「公正貌」，彼詩韓作「逶」，與衆經音義引此詩韓作「逶」同，惟「迤」、「佗」有別，蓋或作異文，彼云「公正貌」，與此「德美」義合，詩殊男女，故語意微別。毛彼傳云「委蛇，行可從迹也」，此傳乃分釋「委委」爲「行可委曲蹤迹」，「佗佗」爲「德平易」，失其義矣。「魯作禕禕它它，說曰：美也」者，釋訓文。是魯文與毛異。「禕禕」，今本作「委委」。釋文云：「委委，諸儒本並作禕。舍人曰：『禕禕者，心之美。詩云：禕禕佗佗。』」又：「佗佗，本或作它它，顧舍人引詩釋云：『禕禕它它，如山如河』。」委作禕，佗作它，並魯詩文。舍人「心美」之訓，與韓「德美」義同。孔邢疏引李巡曰：「皆容之美也。」孫炎曰：「委委，行之美。佗佗，長之美。」並以容貌言。蓋德不可見，於容見之，內有美德，斯外有美容，行步有儀，舉止自得，故曰「委委佗佗」非謂美麗，四字德容兼釋，不宜偏舉。韓訓「德美貌」，於義最優矣。如山凝然而重，如河淵然而深，皆以狀德容之美，言夫人必有委委佗佗、如山如河之德容，乃於象服是宜也。反言以明宣姜之不宜，與末句相應。「象服是宜」者，箋引尚書「予欲觀古人之象」，以明人君有象服，則夫人象服亦當是。服之以畫繪爲飾者，蓋褘衣也。內司服「王后之六服有褘衣」，鄭司農注：「褘衣，畫衣。」說文「褘」下云：「周禮，王后之服褘衣，謂畫袍。」是褘衣卽「象服」矣。褘是王后之服，而諸侯夫人得服之者，蓋嫁攝盛之禮，明此詩爲宣姜初至時作矣。說文：「襐，飾也。」「飾，襐飾也。」急就篇「襐飾刻畫無等雙」，顏注：「襐飾，盛服飾也。刻畫，裁製奇巧也。」象、襐古字通作，證以內司服鄭注「三翟之刻繒采畫」，則褘衣爲襐服甚明。明堂位祭統祭義並言「夫人副褘」，是夫人有副卽有褘，上言副以該褘，此舉褘以包副，義互相備。宜者，稱也。

子之不淑，云如之何？【疏】傳：「有子若是，何謂不善乎？」箋：「子乃服飾如是，而爲不善之行，於禮當如之何？深疾之。」〇子，子宣姜。釋詁：「淑，善也。」言今子與公爲淫亂而有不善之行，雖有此小君之盛服，則奈之何哉。顯刺之也。郭茂倩樂府引琴操曰：「思歸引者，衞女作也。衞有賢女，昭王聞而聘之，未至而薨。太子曰：『吾聞齊桓公得衞姬而霸，今衞女賢，欲留之。』大夫曰：『不可，若賢必不我聽，若聽必不賢，不可取也。』太子遂留之。果不聽，拘於深宮，思歸不得，援琴作歌，曲終而死。」姜與伋雖未成昏，名分已定，與衞女之於昭王相等。新臺見要，宜以死拒，乃與公俱陷大惡，故詩人深疾之。

玼兮玼兮，其之翟也。【疏】傳：「玼，鮮盛貌。褕翟闕翟，羽飾衣也。」箋：「侯伯夫人之服，自褕翟而下，如王后焉。」〇「玼兮玼兮」者。釋文：「玼音此。」引沈云：「毛及呂忱並作『玼』解。王肅云：『顏色衣服鮮明貌，本或作瑳。』此是後文『瑳兮』，王肅注：『好美衣服潔白之貌。』若與此同，不容重出。今檢王肅本，後不釋，不如沈所言也。然舊本皆前作玼、後作瑳字。」段玉裁云：「陸意不以沈爲然，但舊本皆爾，故不定爲一字。」愚案：內司服鄭注引詩，此章作「玼」，下章作「瑳」。（引見下。）釋文云：「玼音此，劉倉我反，本亦作瑳。與下瑳字同倉我反。」阮校勘記云：「說文：『瑳，玉色鮮白。』『玼，玉色鮮也。』義亦同。然一書之中，不當瑳、玼錯出。毛詩『瑳兮』下傳、箋、王肅皆無說，明與前章同作『玼』也。此注玼亦作瑳，劉音倉我反，蓋毛詩前後皆作玼。禮注據魯韓詩，前後皆作瑳，今本合併爲一，以前後區別之，非也。」愚案：據阮說，三家詩二、三章俱作「瑳」，但禮注是據齊詩，非魯韓也。「之」之爲言「變」也，宋洪邁容齋隨筆云：「『之』字之義訓變。左傳『周史以周易見陳侯者，陳侯使筮之，遇觀之否』。謂觀六四變爲否也。漢高祖諱邦，荀悅云：『之字曰國，』惠帝諱盈，之字曰滿。』」「之」義亦訓變，惠棟云：「之，適也。適則變矣。」易繫辭曰：「惟變所適。」今案，「之翟」之「之」，亦當訓「變」，下「之展」同。之翟、之展，猶言變服，（變服，見戰國策。）卽更衣也。（更衣，見漢書衛皇后東方朔傳。）禮曾子問：「男不入，改服於外次；女入，改服於內次。」士冠禮「乃易服」，改、易與變同義。翟者，總揄翟、闕翟言之。內司服：「掌王后之六服：褘衣，揄狄，闕狄，鞠衣，展衣，緣衣，（緣當爲褖。）素沙。」注：「鄭司農云：『揄狄、闕狄，畫羽飾。』喪大記曰：『夫人以屈狄。』『屈』音與『闕』相似。玄謂狄當爲翟。翟，雉名。伊雒而南，素質五色皆備成章曰翬。江淮而南，青質五色皆備成章曰搖。王后之服，刻繒爲之形，而采畫之綴於衣，以爲文章。褘衣畫翬者，揄翟畫搖者，闕翟刻而不畫，此三者皆祭服。從王祭先王則服褘衣，祭先公則服揄翟，祭羣小祀則服闕翟。今世有圭衣者，蓋三翟之遺俗。詩國風曰：『玼兮玼兮，其之翟也。』下云：『胡然而天也，胡然而帝也。』言其德當神明。又曰：『瑳兮瑳兮，其之展也。』下云：『展如之人兮，邦之媛也。』言其行配君子。二者之義，於禮合矣。」案，禮玉藻「夫人揄狄」，注：「揄讀如搖。」說文：「褕，翟羽飾衣。」是「揄」又作「褕」。釋名：「王后之六服，有褘衣，畫翬雉之文於衣也，伊雒而南，雉青質五色皆備成章曰翬；鷂翟，畫鷂雉之文於衣，江淮而南，雉青質五采皆備成章曰鷂；闕翟，翦闕繪爲翟雉形以綴衣也。」「揺」又作「鷂」。闕翟，取翦闕之義。此一説也。賈疏云：「言翟而加『闕』字，明示刻繪爲雉形，但闕而不畫五色而已。」此又一説也。傳「褕翟闕翟，羽飾衣也」，刻畫皆爲飾，非有異義。

鬒髮如雲，不屑髢也。【注】三家「髢」作「鬄」。【疏】傳：「鬒，黑髮也。如雲，言美長也。屑，絜也。」箋：「髢，髲也。不絜者，不用髲爲善。」○鬒髮者，説文「㐱」下云：「稠髮也。从彡、从人。詩曰：『㐱髮如雲。』」「鬒」下云：「㐱或从髟，真聲。」郭忠恕汗簡云古毛詩作「㐱」。釋文：「鬒，黑髮也。服虔注左傳云：『髮美爲鬒。』」案，左昭二十八年傳、注並作「黰」，髮稠則長黑而美，故字又從「黑」作「黰」也。追師賈疏：「如雲，言美長也。」屑，用也。傳：「屑，絜也。」「不屑髢」者，己髮美，則以他人髮爲不潔而不用。説文「鬄」下云：「髲也。」「髢」下云：「鬄，或作髢。」釋文：「髲，被也。髮少者得以被助其髮也。」「三家髢作鬄」者，追師鄭注引詩，「髢」作「鬄」，用三家文，徐鍇繫傳引同。

玉之瑱也，【注】三家「瑱」作「𦖋」，「也」作「兮」。

象之揥也，【疏】傳：「瑱，塞耳也。揥，所以摘髮也。」○「三家瑱作𦖋，也作兮」者，説文「瑱」下云：「以玉充耳也。从玉，真聲。詩曰：『玉之瑱兮。』」「𦖋」下云：「瑱，或从耳。」案，玉篇耳部：「詩云：『玉之𦖋也。』𦖋，充耳也。」顧用韓詩，蓋韓本如此。説文引「也」作「兮」，亦三家異文也。著正義引孫毓引詩作「兮」，與説文同。釋名：「瑱，鎮也，懸當耳旁，不欲使人妄聽，自鎮重也。或曰充耳，充塞其耳，亦所以止聽也。」追師注：「王后之衡笄，皆以玉爲之。唯祭服有衡，垂於副之兩旁當耳，其下以紞縣瑱。詩云：『玼兮玼兮，其之翟也。鬒髮如雲，不屑鬄也。玉之瑱也。』是之謂也。」賈疏：「笄既横施，則横垂可知。若然，衡訓爲横。既垂而又得爲横者，此横在副旁當耳，據人身豎爲從，此衡則爲衡，其衡下乃以紞懸瑱也。引詩者，證服翟衣首有玉瑱之義。」揥者，孔疏：「以象骨搔首，因以爲飾，名之揥。葛屨云『佩其象揥』是也。」説文有「擿」字，無「揥」字，「擿」下云：「搔也。」桂馥謂「揥」卽「擿」字。愚案：「象揥」，卽弁師之「象邸」。

「邸」、「揥」聲轉，義詳淇奧。說文「䯤」下云：「骨擿之可會髮者。」骨擿卽象揥。又云：「搔，括也。」「括，絜也。」「髺，絜髮也。」「括」、「髺」聲義互通，訓「絜束」之「絜」，不訓「潔淨」之「潔」。士喪禮注，古文「髺」皆爲「括」。髺、會義同，是「會髮」卽「括髮」，蓋以揥自旁約括其髮，故云「會」也。「搔」訓爲「括」，則「搔首」卽「會髮」矣。釋名：「揥，摘也，所以摘髮也。」摘者，擿之異文。**揚且之皙也。**【疏】傳：「揚，眉上廣。皙，白皙。」○顙廣則容貌開朗而發越，故知揚是眉上廣也。釋文：「且，七也反。徐子餘反，下同。」陸主前讀也。孔疏：「其眉上揚廣，且其面之色又白皙，是以且音七也反。」與陸讀義同。馬瑞辰云：「揚且之皙也，與『玉之瑱也』、『象之揥也』句法相類。且，句中助詞。之，其也。揚且之顏也，亦謂揚其顏也，是以且音子餘反，與徐讀義同。」馬說是也。揚、皙分二義，本章可通，下章不可通，從徐讀爲是，猶言揚然而廣者，其皙白之貌也。說文：「皙，人色白也。从白，析聲。」蘇輿云：「皙，與下『顏』並列，借狀女貌，此虛字實用例也。左襄十九年傳『澤門之皙，實興我役』，彼之皙目子罕，與此之皙目宣姜同。」**胡然而天也？胡然而帝也？**【疏】傳：「尊之如天，審諦如帝。」箋：「胡，何也。帝，五帝也。何由然女見尊如天帝乎？非由衣服之盛，顏色之莊與？反爲淫昏之行。」○箋讀「而」爲「如」，與毛同義。「如」、「而」古通，足利本兩「而」字皆作「如」，是古有作「如」者。箋從毛讀，疑古毛本作「如」也。（古毛本不同，引見前。）內司服鄭注言禕揄、闕翟皆是祭服，引詩「其之翟也」，下云「胡然」云云，而申之曰「言其德當神明」，且謂詩義與禮合。（并引見上。）蓋「當」之爲言「對」也，「當神明」卽「對越」之義。鄭謂服此翟衣，則可以事神明，用三家詩，與毛異義。賈疏云：「言服翟衣，尊之如天帝，比之神明。」又云：「此翟與彼翟，俱事神之衣服。」依違於詩箋、禮注之間，失鄭恉矣。「德當神明」者，言服翟衣事神明，必其德足當之，非謂姜有其德也。「然」、「如」同訓，何如而可以事天，何如而可以事帝，此刺姜令自思。禮哀公問篇孔子云：「合二姓之好以繼先聖之後，以爲天地宗廟社稷之主。」內司服疏引白虎通云：「周官祭天，后夫人不與。哀公問云『夫人爲天地社稷主』者，見夫婦一體而言也。」案，唯是一體，故可言爲天地社稷主，此夫人可言事天之證也。月令：「天子薦鞠衣於先帝，后夫人亦服鞠衣以告桑。」此夫人可言事帝之證也。

瑳兮瑳兮，其之展也。蒙彼縐絺，是紲袢也。【注】三家「紲」作「褻」。【疏】傳：「禮有展衣者，以丹縠爲衣。蒙，覆也。絺之靡者爲縐，是當暑袢延之服也。」箋：「后妃六服之次，展衣宜白。縐絺，絺之蹙蹙者。展衣，夏則裏衣縐絺，此以禮見於君及賓客之盛服也。『展衣』字誤，禮記作『襢衣』。」○內司服注，鄭司農云：「展衣，白衣也。喪大記曰世婦以襢衣，襢音聲與展相似。」後鄭云：「展衣，以禮見王及賓客之服，字當爲襢。襢之言亶，亶，誠也。」下引此詩「瑳兮瑳兮，其之展也」文。賈疏：「禮記作襢，詩及此文作展，皆是。正文鄭必讀從襢者，襢字衣旁爲之，有衣義。爾雅展、亶雖同訓爲誠，展者言之誠，亶者行之誠，貴行賤言，襢字以亶爲聲，有行誠之義，故從亶也。」愚案：后妃六服，展衣、白鞠衣、黄褖衣、黑闕翟、赤揄翟、青褘衣，玄此以天地四方之色差次六服之文。展衣宜白，先、後鄭說同，知後鄭引三家詩義亦同。鄭箋毛詩時，知傳異義誤，故不從也，明字當作「襢」，不作「展」者。說文「㞡」下云：「轉也。从尸，襄省聲。」「襢」下云：「丹縠衣。从衣，㠭聲。」經典借「展」爲「㞡」，故傳釋展爲「丹縠衣」。但六服之色，褘衣象天，鞠衣象地，揄翟象東，闕翟象南，褖衣象北，襢衣白色象西。二鄭以衣宜白色，則非丹縠衣。字作襢、不作展，非拘拘貴行賤言之義也。六服之等，三翟祭服，鞠衣告桑，襢衣以禮見王及賓客，褖衣御於王，亦以燕居，差次如此，故二鄭知周禮字不爲丹縠衣之展。詩首二章言祭服，三章言見君及賓客之服，次第如此，故鄭箋知詩不爲丹縠衣之展也。釋名：「襢衣，襢，坦也，坦然正白，無文采也。」馬瑞辰云：「亶與單、旦聲義相近。玉藻『櫛用樿櫛』，孔疏：『樿，白理木也。』說文：『䵣，白而有黑也。』廣雅：『白馬黑脊驪』。古字從單、旦、亶聲者多有白義，禮之色白，故字從亶。」其説是也。亶有誠義，鄭又取爲訓意，謂服此衣者，宜顧名思義，與「蒙」字承上文言之，以展衣蒙於縐絺之上。「彼」字連下句讀，謂縐絺是紲袢，不謂展衣。淮南主術篇注：「蒙，冒也。」本字當爲「冡」。説文：「冡，覆也。」蒙是草名，縐絺以葛爲之，精者曰絺。説文：「縐，絺之細者也。詩曰：『蒙彼縐絺。』一曰蹴也。」蹴、蹙字同。前説與傳合，後説與箋合，後説爲長。縐，謂文之縮蹙也。類篇：「縐，聚文也。」史記司馬相如傳「雜纖羅，垂霧縠，襞積褰縐，鬱橈谿谷」，言縐中文理之狀，與鄭「蹙蹙」義相發，蓋若今縐紗矣。展衣不必皆蒙縐絺，孔疏舉時事言之是也。『三家紲作褻』者，説文「褻」下云：「私服。从衣，埶聲。詩曰：『是褻袢也。』」「袢」下云：「無色也。从衣，半聲。一曰，詩曰：『是紲袢也。』」作「紲」者用毛詩，則「褻」是三家文。「褻」正字，「紲」借字。褻，謂親身之衣也。玉篇「袢衣無色」，與説文合。衣受汗垢，故無色也。傳「袢延」，蓋當時語，「當暑袢延之服」，猶言「當暑褻近之服」。孔疏以袢延爲「熱氣」，疑非。

之子清揚，揚且之顏也。【疏】傳：「清，視清明也。揚，廣揚而顏角豐滿。」○揚亦以目言，猗嗟「美目清兮」、「美目揚兮」，清揚猶清明也。廣雅釋親：「顏，頟也。」方言：「顏，顙也。東齊謂之顙，汝潁淮泗之閒謂之顏。」傳「廣揚而顏角豐滿」，讀「且」爲「且」，又之、且分揚、顏爲二事，又因「顏」不成義，加「角豐滿」三字以足之。案，「顏」訓頟顙，自眉閒以上謂之顏，頟兩旁謂之角，「揚」訓眉上廣，「顏」卽眉上河，分二義，知傳誤也。馬説釋爲「揚其顏也」，義明而詞順矣。

展如之人兮，邦之媛也！【注】魯説曰：美女爲媛。韓「媛」作「援」，云：取也。齊「也」亦作「兮」。【疏】傳：「展，誠也。美女爲媛。」箋：「媛者，邦人所依倚以爲援助也。疾宣姜有此盛服而以淫昏亂國，故云然。」○説文：「展，轉也。」轉有虛、實二義，「轉側」爲「展」，語轉亦爲「展」。「展如之人兮」，與日月「乃如之人兮」同意，「展」是語之轉也。説文：「丂，曳詞之難也，象气之出難。」廣雅釋詁：「展，難也。」方言：「展，難也。山之東西，凡難貌曰展。荆吳之人」，相難謂之展。」是「乃」與「展」同有「難」義。日月斥姜言「乃」，此詩美姜言「展」，皆難詞也。之人，是人。「美女爲媛」，釋訓文，魯説也。郭注：「所以結好媛。」蘇輿云：「列女傳仁智篇載許穆夫人之言曰：『古者諸侯之有女子也，所以苞苴玩弄，繫援於大國也。』繫援，與郭注『結好媛』之恉正同。彼言衞女適齊，可爲繫援，此言衞娶齊女，藉結好媛，意實相類。郭用舊義作注，與列女傳脗合。」愚案：孔疏引孫炎曰「君子之援助然」，亦謂結好大國，是君子之援助。蔡邕胡夫人神誥曰：「家邦之援。」列女傳衞姬篇，載齊桓欲伐衞而衞姬請罪，桓公因止不伐，引此詩「展如之人兮，邦之媛也」，亦取結昏援助義，讀「媛」爲「援」。皆魯義也。齊姜大國，與爲昏姻，是衞邦之援助。姜無母儀之德，今取其一端，或亦衞國之福，於無可稱美之中强爲設詞。箋「媛者，邦人所依倚以爲援助者也」，正用魯説。「韓媛作援，云取也」者，釋文引韓詩文。皇矣「無然畔援」，正義：「援是引取。」是「援」有「取」義，言此人爲衞邦所引取。或謂「取」是「助」誤，非也。「齊也亦作兮」者。説文：「媛，美女也。人所援也。从女、从爰。爰，引也。詩曰：『邦之媛兮。』」許引詩義，亦謂此人爲我邦援引取之意，與韓同而與魯詩「援助」訓異，所引詩與魯韓毛及內司服注引俱別，是齊詩異文。此詩蓋宣公要娶歸國後，姜以副褘翟禮之服承祭見賓，國人所刺，而篇末仍祝其配君子爲邦援，不失忠厚之恉。它日之乘舟日月，又非所及料矣。

君子偕老三章，一章七句，一章九句，一章八句。

桑中【疏】毛序：「刺奔也。衞之公室淫亂，男女相奔，至于世族在位，相竊妻妾，期於幽遠，政散民流而不可止。」箋：「衞之公室淫亂，謂宣惠之世，男女相奔，不待媒氏以禮會之也。世族在位，取姜氏弋氏庸氏者也。竊，盗也。幽遠，謂桑中之野。」○左成二年傳：楚屈巫聘於齊，告師期，盡室以行。申叔跪適郢，遇之，曰：「異哉！夫子有三軍之懼，而又有桑中之喜，宜將竊妻以逃者也。」以桑中爲竊妻之詩，此最古義。易林師之噬嗑：「采唐沬鄉，要我桑中。失信不會，憂思約帶。」臨之大過无妄之恆巽之乾同。又蠱之謙：「采唐沬鄉，期於桑中。失期不會，憂思忡忡。」又艮之解：「三十无室，寄宿桑中。上宫長女，不得來同，使我失期。」此齊詩以爲淫奔義，與毛合。漢書地理志引庸詩曰「送我淇上」，又云：「衛地有桑間濮上之阻，男女亦亟聚會，聲色生焉，故俗稱鄭衛之音。」顏注：「阻者，言其隱阸，得肆淫僻之情也。」與序箋「遠幽」義合。男女聚會，正指此詩言，明「桑間」卽「桑中」矣。班用齊詩，此亦齊義也。禮樂記：「鄭衛之音，亂世之音也，比於慢矣。桑閒濮上之音，亡國之音也，其正散，其民流，誣上行私而不可止也。」數語毛序所本，亦證「桑閒」卽「桑中」。特記舉鄭衛與桑濮並論，不得謂桑中之詩卽「桑閒之音」。至政散民流而不可止，記意明指桑濮，無關鄭衛，而毛用其文，溷「桑閒之音」於衛詩，斯爲謬耳。班志「男女聚會」，用詩義，下文但云「俗稱鄭衛之音」，知齊詩未嘗以「桑閒之音」爲衛詩也。鄭注：「濮水之上地有桑閒者，亡國之音於此之水出也。昔殷紂使師延作靡靡之樂，已而自沈於濮水云云。桑閒，在濮陽南。」鄭注禮時用三家詩，而以桑濮爲紂樂，知魯韓詩亦不誤「桑閒之音」爲衛詩矣。

爰采唐矣，沬之鄉矣。【疏】傳：「爰，於也。唐，蒙，菜名。沬，衛邑。」箋：「如何采唐必沬之鄉，猶言欲爲淫亂者必之衛之都。惡衛爲淫亂之主。」○爰，詞也。釋草：「唐、蒙，女蘿。女蘿，兔絲。」郭注：「別四名。詩云：『爰采唐矣。』」又云：「蒙，王女。」郭注：「蒙卽唐也，女蘿別名。」案，唐、蒙爲二，故云四名。孔疏引「蒙，王女」下孫炎曰：「蒙，唐也，一名菟絲，一名王女。」與郭合。又引「唐，蒙，女蘿」下舍人曰：「唐、蒙名女蘿，女蘿又名菟絲。」孫炎曰，別三名。」孫不應自相違戾，「三」疑「四」之誤，舍人少分析耳。說文：「蒙，王女也。」徐鍇曰：「卽女蘿也。」是唐也、蒙也、女蘿也、兔絲也，四名一物，古無異說。傳以唐、蒙爲一名，誤同舍人。「菜」或「草」之誤，兔絲固不可食也。或遷就毛傳，謂今本爾雅「唐蒙」下衍「女蘿」二字，然則舍人孫郭注本皆非邪？釋文：「沬，音妹，衛邑也。」說文「沬」下云：「洒面也。从水，未聲。荒內切。」「湏」下云：「古文沬，从頁。」「妹」下云：「女弟也。从女，未聲。莫佩切。」「沬」、「妹」音同，故尚書「沬」爲「妹」，沬鄉即酒誥「沬邦」也。「洒面」之「沬」，字又作「頮」，即「湏」之變文。禮內則及檀弓注釋文作「靧」，俗字説文所無。玉篇：「頮，火內切。洒面也。」「沬，同上。又莫貝切。水名。」「沬，亡活、莫蓋二切。水名。」廣韻：「沬，無沸切。水名。」「沬，莫撥切。水名，在蜀。又武泰切。」案：「亡活」、「莫撥」二切之「沬水」，即説文沬水，出蜀西徼外，東南入江，从水，末聲。漢書溝洫志顏注：「沬，音『本末』之末者也。」洒面之「沬」，漢書律曆志禮樂志淮南厲王傳外戚傳顏注所云「沬即頮字，從『午未』之未」者也。沬、頮並訓洒面。沬鄉之「沬」非水名，故許書「沬」下不取其義。詩借「沬」爲地名，又轉借沬之古文「湏」字，泉水「思沬與漕」，沬作湏，是其證。後人以湏爲須，轉寫誤也。玉篇分「洒面」之沬爲「火內」切，水名之沬爲「莫貝」切，不知實即一字。廣韻以「沬」爲水名，又失載「洒面」之義，皆誤之甚者。水經注淇水篇略云：泉源水有二源，一水出朝歌城西北，其水南流東屈，逕朝歌城南。晉書地道記曰：「本沬邑也。詩云：『爰采唐矣，沬之鄉矣。』殷王武丁始遷居之，爲殷都也。」此沬邑即朝歌之證，酈元以爲邑名不謂水名者，朝歌城外止有淇泉二水，別無名沬之水也。沬邑之「沬」，即妹邦之「妹」，皆轉音借字，其本字當爲「牧」，即牧野也。酒誥馬融注：「妹邦，即牧養之地。」是謂妹邦即牧野也。釋地：「邑外謂之郊，郊外謂之牧，牧外謂之野。」牧野名義，當取諸此。鄭注：「妹邦，紂之都所處也。」牧是紂都之郊，故以紂都統之。説文：「坶，朝歌南七十里地。周書：武王與紂戰於坶野。从土，母聲。」水經注清水篇：「自朝歌以南暨清水，土地平衍，據臯跨澤，悉坶野矣。郡國志曰：朝歌縣南有牧野。」牧、坶雙聲，故牧又爲坶。據此，知朝歌牧野妹邦沬邑，並無異地。沬、未同聲，末、妹雙聲，（白虎通綱紀篇：「妹者，末也。」）故牧音轉爲妹，又爲沬也。吕覽求人篇注：「鄉，亦國也。」邦、國同訓，明沬鄉與妹邦義同。

云誰之思？美孟姜矣。【疏】傳：「姜，姓也。言世族在位，有是惡行。」箋：「淫亂之人誰思乎？乃思美孟姜。孟姜，列國之長女，而思與淫亂，疾世族在位有是惡行也。」○孔疏：「列國姜姓，齊許申呂之屬，不斥其國，未知誰國之女也。」案，衛無姜姓，故序以爲世族所取妻妾。期我乎桑中，要我乎上宮，送我乎淇之上矣。【疏】傳：「桑中上宮，所期之地。淇，水名也。」箋：「此思美孟姜之愛厚己也。與我期於桑中，而要見我於上宮，其送我則於淇水之上。」○後漢郡國志東郡濮陽下，劉昭注引博物記曰：「桑中在其中。」案一統志，濮陽在今大名府開州西南二十里。說文：「期，會也。」淮南原道訓注：「要，約也。」上宮未聞，既會而後約，則桑中上宮非一地。上宮蓋孟姜所居，故易林云「上宮長女」也。送我淇上，與氓「涉淇」意同。

爰采麥矣，沬之北矣。云誰之思？美孟弋矣。期我乎桑中，要我乎上宮，送我乎淇之上矣。【疏】傳：「弋，姓也。」○說文：「邶，故商邑，自河內朝歌以北是也。」沬鄉爲朝歌，則沬北即朝歌以北，詩所謂邶也。郡國志河內郡朝歌下云：「紂所都居，南有牧野，北有邶國。」孟弋者，春秋「定姒」，穀梁作「定弋」，孟弋即孟姒也。胡承珙云：「似，本作以。白虎通云夏祖昌意以薏以生，賜姓似氏。說文無『似』字，蓋本作『以』，弋與以一聲之轉。」

爰采葑矣，沬之東矣。云誰之思？美孟庸矣，期我乎桑中。要我乎上宮，送我乎淇之上矣。【疏】傳：「庸，姓也。」箋：「葑，蔓菁。」○地理志「鄘」作「庸」，「孟庸」即「孟鄘」。庸在沬東，居此之人，取舊邑之稱以爲族，若晉韓趙魏氏之比，故曰「孟庸」。據此，知舊說庸在紂城南西，皆非也。漢有庸光，膠東庸生是其後。

桑中三章，章七句。

鶉之奔奔【疏】毛序：「刺衛宣姜也。衛人以爲宣姜鶉鵲之不若也。」箋：「刺宣姜者，刺其與公子頑爲淫亂，行不如禽鳥。」○愚案：刺宣公也。左襄二十七年傳：鄭七卿享趙孟，伯有賦鶉之賁賁，趙孟曰：「牀笫之言不踰閾，況在野乎？非使人之所得聞也。」杜注：「衛人刺其君淫亂，鶉鵲之不若，義取『人之無良，我以爲兄』、『我以爲君』也。」又傳云：「文子告叔向曰：『伯有將爲戮矣。詩以言志，志誣其上而公怨之，以爲賓榮，其能久乎？』」杜注：「言誣則鄭伯未有其實。」正義：「伯有賦此詩，有嫌君之意。」是伯有之賦、趙孟之言，皆不以詩之「君」爲「小君」，此最古義。司馬遷劉向用魯詩，而史記、列女傳無公子頑通宣姜事，是魯義必與毛異，不以「兄」爲頑也。禮表記：子曰：「唯天子受命于天，士受命于君，故君命順則臣有順命，君命逆則臣有逆命。詩云：『鵲之姜姜，鶉之賁賁。人之無良，我以爲君。』」鄭注：「姜姜、賁賁，爭鬭惡貌也。良，善也。言我以惡人爲君，亦使我惡，如大鳥姜姜於上，小鳥賁賁於下。」記義與鄭注皆不以「君」爲「小君」，知齊義必與毛異，不以君爲宣姜也，然則詩刺宣公甚明。

鶉之奔奔，鵲之彊彊。【注】魯齊「奔奔」作「賁賁」，「彊彊」作「姜姜」。韓説曰：奔奔、彊彊，乘匹之貌。【疏】傳：「鶉則奔奔，鵲則彊彊然。」箋：「奔奔、彊彊，言其居有常匹，飛則相隨之貌，刺宣姜與頑非匹偶。」○説文「雜」下云：「雒屬。」「鴿」下云：「雜屬。」「鵪」下云：「籀文雒，从鳥。」案，鶉卽雜字，當从「隹」。鴿又作鵪。夏小正「八月鴽爲鼠」，傳：「鴽，鵪也。」今俗評「鵪鶉」，以爲一物。桂馥謂蝦蟇化者爲鶉，田鼠化者爲鵪。案，田鼠化鶉，見淮南萬畢術及本草。素問云：「鴽，雜也。」列子天瑞篇亦言田鼠爲鶉，是二物化生，亦非全別。釋鳥：「鵪鶉其雄鵲，牝庳。」又云：「鴽，鴾母。」（説文作「雒，牟母。」）郭云：「鵪也。」又云：「鶉子鳼，鴽子鶉。」郭注：「別鵪鶉雛之名。」公食大夫禮「以鶉鴽」，内則「鶉羹」、「鴽釀」並列，蓋對文異，散文通也。郝懿行云：「鶉黄黑雜文，大如秋雞，無尾。鵪較長大，黄色無文，又長頸長觜。鶉竄伏草間，無常居而有常匹，兩雄相值則鬭而不釋。」愚案：今人多畜令博鬭，燕地尤多。鵲值他鳥爭巢，列隊相拒，亦善鬭之鳥，故鄭以「姜姜」、「賁賁」爲爭鬭貌也。「魯齊奔奔作賁賁」者，毛作「奔奔」，韓同，則注作「賁賁」者爲魯齊文，與左傳合。馮登府云：「賁與奔通。禮記『賁軍之將』，後漢作『奔軍之將』。周禮『虎賁氏』，宋書百官志：『虎賁舊作虎奔。』孟子音義引丁音：『虎賁，先儒言如猛虎之奔。』漢書百官表『虎賁郎』，注云：『賁，讀與奔同。』」愚案：賁有「憤」義，禮樂記注：「賁讀爲憤。」憤，怒氣充實也，重言之曰「賁賁」，故訓争鬬惡貌，此齊説也。呂覽壹行篇高注：「賁，色不純也。詩曰：『鶉之賁賁。』」案，説文：「賁，飾也。」易賁釋文引王肅注：「賁，有文飾，黄白色。」高用賁本義作訓，故以「賁賁」爲「色不純」，與鶉鳥黄黑雜文合，此魯説也，魯齊經字同訓義別。「魯齊彊彊作姜姜」者，説文：「彊，弓有力也。」引申爲凡有力之稱。楚語注：「彊，彊力也。」重言之曰「彊彊」。表記「姜姜」，同聲借字，齊詩文也。廣雅釋詁：「姜，强也。」「彊」、「强」古通，正與記引詩作「姜」合，張用魯詩，是齊魯文同矣。推高注之意，鶉色不純，鵲强有力，喻宣公無純一之行，而有强奪之事，此魯義也。推鄭注之意，以鵲爲大鳥，鶉爲小鳥，鵲非必大，以鶉較之鵲爲大也。小大既別，取興宜殊，故知大鳥喻公，小鳥喻臣民。公奪子妻，淫亂成風，下必有甚。小鳥之賁賁，一如大鳥之姜姜，皆争鬬爲惡。此齊義也。「奔奔彊彊，乘匹之貌」者，釋文引韓詩文。乘匹，猶「匹耦」也。列女傳：「夫關雎之鳥，猶未嘗見其乘居而匹處也。」韓用其文。鶉、鵲雖乘居匹處，然尚不亂其偶，刺公奪子妻，乃鶉鵲之不若。箋「奔奔、彊彊，言其居有常匹、飛則相隨之貌」，用韓義申毛也。説文：「奔，走也。」雌雄同走，是居有常匹。衆經音義引蒼頡篇曰：「彊，健也。」齊飛而羽翮健勁，是飛則相隨。

人之無良，我以爲兄！【注】韓「之」作「而」。【疏】傳：「良，善也。兄，謂君之兄。」箋：「人之行無一善者，我君反以爲兄。君，謂宣公。」○「韓之作而」者，外傳九引「人之無良」二句推演之，詩攷引外傳作「人而無良」，今本作「之」，後人據毛詩妄改。表記注：「良，善也。」無良，謂無善行。「以爲兄」，謂左公子洩右公子職等。魏源云：「洩職皆宣公庶弟，公所屬伋壽者，故曰『人之無良，我以爲兄』也。」

鶉之彊彊，鵲之奔奔。人之無良，我以爲君！【疏】傳：「君，國小君。」箋：「小君，謂宣姜。」○此章用外傳推之，「人之無良」，「之」字韓詩亦當作「而」。「以爲君」者，臣下統同之詞。

鶉之奔奔二章，章四句。

定之方中【疏】毛序：「美衛文公也。衛爲狄所滅，東徙渡河，野處漕邑。齊桓公攘戎狄而封之，文公徙居楚丘，始建城市而營宮室，得其時制，百姓説之，國家殷富焉。」箋：「春秋閔公二年冬，狄人入衛，衛懿公及狄人戰于熒澤而敗，宋桓公迎衛之遺民渡河，立戴公，以廬於漕。戴公立一年而卒，魯僖公二年，齊桓公城楚丘而封衛，於是文公立而建國焉。」○左閔二年傳：「衛文公大布之衣，大帛之冠，務材訓農，通商惠工，敬教勸學，授方任能。元年，革車三十乘。季年，乃三百乘。」杜注：「季年，在僖二十五年。」此徙居楚丘，始建城市營宮室，國人説而作詩。「作于楚宮」，毛傳引仲梁子曰：「初立楚宮也。」鄭志：「仲梁子先師魯人，當六國時。」案，禮檀弓有仲梁子，鄭注「魯人」，疑即其人。又見韓非子，稱仲梁氏，足證詩古義相承如此。晉書劉曜載記和苞云：「衛文公承亂亡之後，宗廟社稷漂流無所，而猶仰準乾象，俯順民時，以搆楚宮，故興康叔武公之迹，以延九百之慶也。」三家無異義。

定之方中，作于楚宮。【注】魯説曰：「營室謂之定。娵觜之口，營室東壁也。」三家「于」作「爲」。【疏】傳：「定，營室也。方中，昏正四方。楚宮，楚丘之宮也。仲梁子曰：初立楚宮也。」箋：「楚宮，謂宗廟也。定星昏中而正，於是可以營制宮室，故謂之營室。定昏中而正，謂小雪時，其體與東壁連正四方。」○「營室」至「壁也」，釋天文。郭注：「定，正也。作宮室皆以營室中爲正。」詩春秋正義引孫炎同。蔡邕月令問答：「詩曰：『定之方中，作于楚宮。』營室也，九月十月之交，西南方中。」皆魯説。史記天官書索隱引春秋元命包曰：「營室十星，埏陶精類。始立紀綱，包物爲室。」蓋齊説。陳喬樅云：「據開元占經六十一引郗萌云：『營室二星爲西壁，與東壁二星合而爲四，其形開方似口，故名娵觜之口。』營室二星，春秋緯言『十星』者，中二星爲室，繞室三向，兩兩而居，曰離宮；離宮之下，二星曰東壁。統而言之，皆得謂之營室，故曰十星也。」史記律書云：「營室者，主營胎，（徐廣曰：「一作含。」）陽氣而產之。」蔡邕謂九月十月之交，營室在西南。輈人賈疏云「十月在南方娵觜」，毛傳亦云南，視定緣二宿皆值北方水位，故又謂之水，左莊二十九年傳「水昏正而栽」是也。左襄三十年傳「歲在娵訾之口」，娵一作諏。禮月令注「日月會于諏訾」，釋文：「本又作娵。」是娵、諏可通作，惟「訾」借「觜」字也。分野略例云：「自危十六度至奎，四度於辰，在亥爲諏訾。」諏訾，歎息也。十月之時，陰氣始盛，陽氣伏藏，萬物失養育之氣，故哀愁而歎悲，嫌於無陽，故曰「諏訾」。詩云「中」者，昏正於午之謂。禮月令：「孟春之月，日在營室。」「仲冬之月，昏東壁中。」周語「日月底於天廟」，韋注：「天廟，營室也。孟春之月，日月皆在營室。」又云：「營室之中，土功其始。」韋注：「建亥小雪之中，定星昏正於午，土功可以始也。」與月令合。邵晉涵云：「月令孟冬，言昏危中；仲冬，言昏東壁中。不言昏營室中者，營室在危東壁之間。孔穎達謂營室十六度，日行一度，是十月半而室中，十一月初而壁中也。」馬瑞辰云：「僖二年正月城楚丘，則作室亦正月，周正月爲夏正十一月，是作室不在十月小雪之中。漢書天文志，危十七度，營室十六度。十月危星昏中，日行一度，營室繼危之後，其中在十月望後，至十一月初猶爲昏中，故楚宮作於十一月，猶得言定中也。」愚案：輈人鄭注：「營室，元武宿，與東壁連體而四星。」詩言「方中」，明兼營室、東壁，故室、壁之中可以定中統之，春秋書「城楚丘」，或舉成事言，而經營宮廟之始，當在十月，不得泥春秋以疑詩也。又新唐書曆志：「傳曰：『凡土功，龍見而畢務，戒事。火見而致用，水昏正而栽，日至而畢。』十六年，城向。十有一月，衛侯朔出奔齊。『冬，城向，書時也。』以歲差推之，周初霜降，日在心五度，角、亢晨見。立冬，火見營室中。後七日，水昏正，可以興板幹。故祖沖之以爲定之方中，直營室八度。是歲九月六日霜降，二十一日立冬。十月之前，水星昏正，故傳以爲得時。杜氏據晉曆，小雪後定星乃中，季秋城向，以爲太早。因曰功役之事，皆總指天象，不與言曆數同。引詩云『定之方中』，乃未正中之詞，非是。」「三家于作爲」者，文選魏都賦魯靈光殿賦、謝朓和伏武昌登孫權故城詩、江淹雜體詩、王簡栖頭陀寺碑文注，引此及下兩「于」字，皆作「爲」。白帖三十八、御覽百七十三引同。蔡邕月令作「于」，（引見上。）是魯與毛同，作「爲」者蓋齊韓文。士冠禮鄭注：「于，猶爲也。」「爲」、「于」古通。**揆之以日，作于楚室。**【疏】傳：「揆，度也。度日出日入，以知東西。南視定，北準極，以正南北。室，猶宮也。」箋：「楚室，居室也。君子將營宮室，宗廟爲先，廐庫爲次，居室爲後。」○孔疏：「度日，謂度其影。公劉傳云『考於日影』是也。」考工記：「匠人建國，水地以縣，置槷以縣，眂以景，爲規識日出之景與日入之景，晝參諸日中之景，夜考之極星，以正朝夕。」鄭注：「於四角立植而縣以水，望其高下。高下既定，乃爲位而平地。槷，古文臬，假借字。於所平之地中央樹八尺之臬，以縣正之，視之以其景，將以正四方也。日出日入之景，其端則東西正也。又爲規以識之者，爲其難審也。自日出而畫其景端，以至日入，既則爲規，測景兩端之内規之，規之交乃審也。度兩交之間，中屈之以指臬，則南北正也。日中之景，最短者也。極星，謂北辰。」案，天文志：「夏日至，立八尺之表。」臬即表也。於平地之中央立表訖，乃於日出入之時畫記景端，以繩測景之兩端，則東西正。屈之以指，表於東西景端相當，則南北亦正。此揆日之術也。記言建立國城之事，據詩之「宮室」同。古文苑張衡冢賦「正之以日」，衡用魯詩，疑魯詩「揆」或作「正」。箋：「楚室，居室也。君子將營宮室，宗廟爲先，廐庫爲次，居室爲後。」詩先宮後室，與禮合矣。疏：「宮室俱於定星中爲之，同度日景正之，各於其文互舉一事耳。」**樹之榛栗，椅桐梓漆，爰伐琴瑟。**【疏】傳：「椅，梓屬。」箋：「爰，曰也。樹此六木於宮者，曰其長大可伐以爲琴瑟，言豫備也。」○說文：「樹，生植之總名。从木，封聲。」木爲樹，植木亦爲樹，呂覽任地篇、淮南本經篇高注並云：「樹，種也。」説文：「榛，木也。从木，秦聲。」「亲，果實如小栗。从木，辛聲。春秋傳曰：女摯，不過亲栗。」詩與「栗」並舉，知文當爲「亲」。栗者，説文作「㮚」，云：「木也。从木，其實下垂，故從鹵。」二木不中琴瑟，連文言之。「椅桐」者，説文「椅」下云：「梓也。」「檹」下云：「賈侍中説，即椅木，可作琴。」孔疏引陸璣云：「梓實桐皮曰椅。」續漢志注引王隆小學漢官篇「樹栗査桐梓」，胡廣注：「椅，今梧桐也。」説文「梧」下云：「梧桐木，一名櫬。」釋木「櫬，梧。」是椅、檹、梧、櫬一物也。説文：「桐，榮也。」「榮，桐也。」釋木：「榮，桐木。」急就篇顔注：「桐，即今之白桐木也，一名榮。」賈思勰云：「桐華而不實者曰白桐，實而皮青者曰梧桐。」據此，椅、桐之分，華實之異也。説文：「梓，楸也。」梓，楸也。以楸、梓爲一物。急就篇顔注：「梓，楸類也。」廣韻：「梓，木名，楸屬。」陸璣云：「楸之疏理白色而生子者爲梓。」齊民要術：「楸、梓二木相類，白色有角、生子者爲梓，或名子楸，或名角楸；黄色無子者爲柳楸，亦呼荆黄楸也。」此楸、梓爲二物。徐鍇繫傳云：「今人名膩理曰梓，質白曰楸。」與上二説相反，蓋傳寫互譌也。玉篇：「椅，楸也。」釋木：「椅，梓。」與説文合。郭注：「即楸。」釋文：「椅與楸惟子爲異。」今參攷諸説，椅色青，梓色白，皆有子；楸色黄，無子。釋文説未析，蓋同類之木，名稱久溷，不復致詳耳。説文「桼」下云：「木汁可以髹物。象形，桼如水滴而下。」「漆」下云水名，借字。箋云「樹此六木於宮」。爰，詞也。椅、桐、梓，可備他日伐爲琴瑟之材，漆則所以髹也。藝文類聚引蔡邕琴賦：「觀彼椅桐。」又曰：「考之詩人，琴瑟是宜。」用魯經文。

升彼虛矣，以望楚矣。望楚與堂，景山與京。【疏】傳：「虛，漕虛也。楚丘有堂邑者。景山，大山。京，高丘也。」箋：「自河以東，夾於濟水。文公將徙，登漕之虛，以望楚丘，觀其旁邑及其丘山，審其高下所依倚，乃後建國焉。愼之至也。」○釋文：「虛，或本作墟。」水經注濟水篇引詩作「墟」，與「或作」本合。傳「虛，漕虛也」，疏：「此追本欲遷之由言。文公將徙，先升彼漕邑之墟矣，以望楚丘之地矣。蓋地有故墟，高可登之以望。」陳奐云：「管子大匡篇：『狄人伐衞，衞君出致于虛。』小匡篇：『衞人出旅于曹。』是虛與曹同也。」愚案：陳說較疏義爲長，蓋州吁城漕之後，郭邑稍完，可藉爲固，故暫託棲止也。楚，楚丘也。孔疏引鄭志：「張逸問：『楚宮今何地？』答曰：『楚丘在濟河閒，疑在今東郡界中。』衞本河北，至懿公滅，乃東徙渡河，野處漕邑，則在河南矣。又此二章升漕墟望楚丘，楚丘與漕不甚相遠，亦河南明矣，故疑在東郡界中。」愚案：鄭志猷疑，明三家楚丘無文。春秋隱七年經「戎伐凡伯於楚丘以歸」，穀梁傳：「戎者，衞也。戎衞者，爲其伐天子之使，貶而戎之也。楚丘，衞之邑也。」疏引糜信云：「不言夷狄獨言戎者，因衞有戎邑故也。」公羊傳「其地何大之也」，何休注：「使若楚丘爲國者，不地以衞者，天子大夫銜王命至尊，顧在所諸侯有出入，所在赴其難，當與國君等也。」左傳杜預注：「楚丘，衞地，在濟陰成武縣西南。」又僖二年經「城楚丘」，穀梁傳：「楚丘者何？衞邑也。」左傳杜注：「衞邑。」又左哀十七年傳：「戎州人攻衞莊公」，「公入于戎州己氏」，杜注：「戎州，戎邑。己氏，戎人姓。」是穀梁傳注及左公羊注說並同。漢書地理志：「齊桓公帥諸侯伐狄，而更封衞于河南曹楚丘。」山陽郡成武下云：「有楚丘亭，齊桓公所城，遷衞文公於此。」山陽郡卽濟陰也。又梁國下有己氏縣。通典云：「今宋州楚丘縣，古之戎州己氏之邑，漢曰己氏縣也。」水經注濟水篇：「荷水分濟於定陶東北，東南右合黃溝支流，俗謂之界溝也。北逕己氏縣故城西，又北逕景山東，衞詩所謂『景山與京』者也。毛公曰：『景山，大山也。』又北逕楚丘城西。郡國志曰：『成武縣有楚丘亭。』杜預云：『楚丘在成武縣西南。』衞懿公爲狄所滅，衞文公東徙渡河，野處漕邑，齊桓公城楚丘以遷之，故春秋稱『邢遷如歸，衞國忘亡』，卽詩所謂『升彼墟矣，以望楚矣。望楚與堂，景山與京』。故鄭玄言觀其旁邑及山川也。又東逕城武城西。」據此，楚丘正在成武、己氏之閒，所引「郡國志」，係「地理志」之誤。又瓠子水篇：「瓠河故瀆又東，右會濮水枝津水，上承濮渠，東逕沮丘城南。京相璠曰：

『今濮陽城西南十五里有沮丘城，六國時沮、楚同音，以爲楚丘，非也。』」以上諸說，皆以戎伐凡伯之楚丘卽衞文徙都之楚丘，班、何、杜、酈諸儒，皆本穀梁古訓也。自鄭志獻疑，京相璠遂有以沮丘當楚丘之說。後漢郡國志濟陰郡成武下云：「故屬山陽。」劉昭注：「左傳隱七年，戎執凡伯於楚丘。杜預曰：『在縣西南。』」劉不言是衞文所徙，蓋不以班志爲然。水經注河水篇：「鹿鳴津又曰白馬濟，津之東南有白馬城，衞文公東徙渡河都之，故濟取名焉。」酈既從班氏，以城武楚丘爲齊桓所城，而於此白馬復以爲衞文東徙渡河所都之漕邑，則漕與楚丘相距遠，是酈亦不能自堅其說。蓋自魯僖三十一年成公避狄徙濮陽，中閒居楚丘僅三十年，紀載有闕，故地遂不可考。漢東郡白馬縣，在今滑縣東。成武，今曹州府城武縣。春秋二地皆在大河東南，惟成武楚丘距衞故都朝歌較遠，故鄭疑楚丘在東郡界中，若已東至城武，尚被狄圍，無反西北遷至濮陽之理。但如京氏以沮丘當楚丘，則濮陽相距僅十五里，又疑太近。其以白馬爲衞漕邑，始自戴延之西征記，亦後起之說也。自隋開皇十六年，同時置兩楚丘縣，一在漢已氏縣，卽杜注所云城武縣西南；一在漢白馬、濮陽之閒，正用京說，旋改衞南，於是言輿地者本之，遂一成而不可易。或乃以楚丘之誤妄訾班氏，亦可謂不揣其本矣。堂，地名，未聞。陳蔚林云：「據士昏禮注，今文『景』作『憬』。知景、憬古通。此詩『景』當讀爲『憬』。泮水傳：『憬，遠行貌。』與上升望、下降觀相屬爲義。毛訓大，於文不順。」愚案：陳說是也。京者，說文：「人所爲絶高丘也。」釋丘：「絶高爲之京，非人爲之丘。」春秋正義引李巡曰：「丘之高大者爲京。」孫炎曰：「爲之，人力所作也。」

降觀于桑。卜云其吉，終焉允臧。【注】魯「焉」作「然」。【疏】傳：「地勢宜蠶，可以居民。龜曰卜。允，信。臧，善也。建國必卜之，故建邦能命龜，田能施命，作器能銘，使能造命，升高能賦，師旅能誓，山川能說，喪紀能誄，祭祀能語，君子能此九者，可謂有德音，可以爲大夫。」○釋言：「降，下也。」孔疏：「言又下漕墟而往觀於其處之桑，既形勢得宜，蠶桑又美，可居民矣。卜者，大卜。國大遷，大師則貞龜，是建國必卜之。」釋詁：「允，信也。」「臧，善也。」卜言其吉，終然信善，匪直當今也。三十年後遷帝丘，小曰三百年。蓋成公相時度地，正其繼述之善，不必拘中興之故迹，愈以顯吉卜之先徵矣。「魯焉作然」者，「焉」是「然」之誤，唐石經作「然」。蔡邕崔夫人誄「終然允臧」，邕用魯詩，證魯不誤。宋本釋詁疏、晉書樂志、文選魏都賦劉注、東京賦、謝朓和伏武昌詩李注、御覽七百二十五引，並作「然」。

靈雨既零，【注】魯韓説曰：靈，善也。命彼倌人，星言夙駕，説于桑田。【注】韓説曰：「星，精也。【疏】傳：「零，落也。倌人，主駕者。」箋：「靈，善也。星，雨止星見。夙，早也。文公於雨下，命主駕者：雨止，爲我晨早駕。欲往爲辭。説于桑田，教民稼穡，務農急也。」○「靈，善也」者，廣雅釋詁文，是此詩魯韓義。箋釋「靈」爲「善」，本之「善雨」，猶唐人言「好雨」矣。説文「𩆜」下云：「𩆜巫以玉事神。」「靈」下云：「靈，或作巫。」引申之爲「神靈」義。風俗通典祀篇：「靈者，神也。」靈雨者，以其應時，故神之也。神之卽善之，不分兩義。説文：「零，餘雨也。」「霝，雨零也。」或謂詩「零」當爲「霝」，非也。大雨降後，間有點滴，故零訓「餘雨」，「既零」猶言「既霑既足。」傳「零，落也」，「零落」當爲「零䨎」。説文：「䨎，雨零也。」是其義。張揖上廣雅表「墳典散䨎」，「落」、「䨎」並「各」聲，故互借矣。釋詁：「蘦，落也。」郭注：「見詩。」是東山「霝雨其濛」之借字，與此詩無涉。説文：「倌，小臣也。詩曰：『命彼倌人。』」周禮：「小臣爲大僕之佐，「掌王之小命，詔相王之小法儀。王之燕出入，則前驅。」注：「燕出入，若今游於諸觀苑。」「星，精也」者，釋文引韓詩文。「精」與「晴」同。姚鼐云：「古晴字本作暒，暒亦作星，若星辰字自作曐。詩星，精也。精，晴明之謂也。世久以星字當曐辰之曐，此詩偶存古字耳。甫晴而駕，足以爲勤矣，若見星而行，乃罪人與奔喪者之事。」胡承珙云：「箋云：『星，雨止星見。』説文：『姓，雨而夜除曐見也。』與箋説同。日部又云：『啟，雨而晝姓也。』啟字从『日』，故屬之晝，姓字从『夕』，故云夜除曐見，鄭意亦以詩之星卽姓字，雨止星見之星字當作曐。四字總言夜晴以明，豫戒倌人，令其早駕耳。史記『天精而見景星』，精謂精明，與韓詩釋星爲精義同。漢書直作姓，亦作暒，（見索隱衆經音義，云古文姓、暒二形同。）或據宋本釋文引韓詩，作『星，晴也』。若經文之星爲姓，則與晴字同，不當以晴釋星，不知漢初已多用晴少用星，故韓以今字明古字，謂星卽晴字，非訓星爲晴。韓非子説林下曰：『荆伐陳，吴救之，軍閒三十里，雨十日夜，星。』此亦古『晴』字之僅存者。」愚案：玉篇：「暒，雨止也。」「精，明也，無雲也。」三蒼解詁：「暒，雨止無雲也。」説文：「姓，从夕，生聲。」「曐，从晶，生聲。星，曐或省。」後人以姓、星易溷，遂於星旁加「日」以別之，實説文所無。詩借星爲姓，故韓云「星，精也。」「精」、「暒」同義，故史記天官書「天精」，漢書天文志作「天暒」，孟康注：「暒，晴明也。」韓非説林「夜星」，説苑指武篇載其事，作「夜晴」，蓋書字轉寫失真，而古義彌晦矣。言，詞也。箋：「夙，早也。」説者，釋文：「毛始鋭反。舍也。」御覽九百五十五、藝文類聚八十八引此詩二句，「説」作「税」，與毛合。箋云：「文公於雨下，命主駕者：雨止，爲我晨早駕。欲往爲辭。説于桑田，教民稼穡，務農急也。」陳奐云：「鄭讀『説』如字，或本三家義。」匪直也人。秉心塞淵，騋牝三千。韓説曰：秉，執也。【疏】傳「非徒庸君。秉，操也。馬七尺以上曰騋，騋馬與牝馬也。」箋：「塞，充實也。淵，深也。國馬之制，天子十有二閑，馬六種，三千四百五十六匹；邦國六閑，馬四種，千二百九十六匹。衞之先君兼邶鄘而有之，而馬數過禮制。今文公滅而復興，徙而能富，馬有三千，雖非禮制，國人美之。」○匪，非。直，特也。與孟子「非直爲觀美也」義同。也，詞也。人，謂民，承上文而言。文公夙駕勸農，於民事可謂盡美矣，抑非特於人然也。傳訓爲「非徒庸君」，於文不順。「秉，執也」者，溱洧韓詩文，此詩「秉」字，韓亦當訓「執」，與小弁「君子秉心」箋義同。塞淵，義具燕燕，言文公執心誠實深遠，政行化速，兼能致物産蕃庶。左傳記衞文初政，富强有基，是其實心遠謀，成效丕著，非虚美也。説文：「騋，馬七尺爲騋，八尺爲龍。从馬，來聲。詩曰：

『騋牝驪牝。』」蓋誤文。釋畜：「騋牝，驪牝。元駒，褭驂。」郭注：「詩云：『騋牝三千。』馬七尺以上爲騋，見周禮。玄駒，小馬別名，褭驂耳。」禮檀弓鄭注引爾雅云「騋牝驪牝玄」，以「玄」字上屬。庾人賈疏：「騋中所有，牝則驪色，牡則玄色，兼有駒褭驂。」讀與郭異。據釋文，爾雅之「驪牡」，亦作「驪牝」。庾人注引之「騋牝」亦作「騋牡」，轉寫互異，二說並通，本詩則以「騋牝」爲義，不與爾雅相蒙。騋是馬種之良，牝則用以蕃育，舉良馬以概其餘，言牝而牡可弗計也。三千者，箋：「國馬之制，天子十有二閑，馬六種，三千四百五十六匹；邦國六閑，馬四種，千二百九十六匹。衛之先君兼邶鄘而有之，而馬數過禮制。今文公滅而復興，徙而能富，馬有三千，雖非禮制，國人美之。」疏：「國馬，謂君之家馬，其兵賦則左傳曰『元年革車三十乘，季年乃三百乘』是也。」愚案：詩爲初徙楚丘而作，則「三千」非實有其事。齊語：「齊桓公城楚丘以封之。其畜散而無有，與之繫馬三百。」衛文畜牧雖勤，孳生烏能如是之速？古人立國，馬乘爲重，「三千」，是國人十倍之數，期望頌美之詞耳。詩「三千」之數，專以牝言，卽是國馬不應有牝無牡，鄭據此譏其過禮制，或未然。

定之方中三章，章七句。

蝃蝀【注】韓序曰：刺奔女也。【疏】毛序：「止奔也。衛文公能以道化其民，淫奔之恥，國人不齒也。」箋：「不齒者，不與相長稚。」○「韓云刺奔女也」者。後漢楊賜傳：「有虹蜺晝降於嘉德殿前，賜書對曰：『今殿前之氣，應爲虹蜺，皆妖邪所生，不正之象，詩人所謂蝃蝀者也。於中孚經曰：「蜺之比，無德以色親。」方今內多嬖倖，外任小臣，是以災異屢見。今復投蜺，可謂孰矣。昔虹貫牛山，管仲諫桓公無近妃宮。今妾媵嬖人閹尹之徒，共專國朝，欺罔日月，惟陛下愼經典之戒，圖變復之道。』」李注引韓詩序曰：「蝃蝀，刺奔女也。蝃蝀在東，莫之敢指，詩人言蝃蝀在東者，邪色乘陽，人君淫佚之徵。臣子爲君父隱藏，故言莫之敢指。」賜用魯詩，以爲「妖邪所生，不正之象」，足證魯韓同義。易林蠱之復：「螮蝀充側，佞人傾惑。女謁横行，正道壅塞。」无妄之臨震之井同，此齊詩說。春秋演孔圖云：「虹蜺者，斗之亂精也，失度投蜺見態，主惑於毁譽。」感精符云：「九女並譌，則九虹並見。」文燿鉤云：「白虹貫牛山，管仲諫曰：『無近姬宫，君恐失權。』齊侯大懼，退去色黨，更立賢輔。」宋均注：「山，君象也。虹蜺，陰氣也。陰氣貫之，君惑於妻黨之象也。」緯書並用齊說，是三家皆與毛序「止奔」義異。所云「奔女傾惑」，「人君淫佚」，必衛君當時有如密康魯莊之事，惜書缺有閒，不能求其人以實之矣。

蝃蝀在東，【注】魯「蝃」作「螮」，曰：螮蝀，虹也。**莫之敢指。**【疏】傳：「蝃蝀，虹也。夫婦過禮則虹氣盛，君子見戒而懼，諱之，莫之敢指。」箋：「虹，天氣之戒，尚無敢指者，況淫奔之女，誰敢視之。」○「螮蝀，虹也」者，釋天文，魯說也。又云：「螮蝀謂之雩。蜺爲挈貳。」郭注：「俗名爲美人虹，江東呼爲雩。蜺，雌虹也。」邢疏引郭音義云：「虹雙出，色鮮盛者爲雄，闇者爲雌。」按，蜺是寒蜩本字，當爲「霓」。吕覽季春紀高注：「虹，螮蝀也。兖州謂之虹。詩曰『螮蝀在東，莫之敢指』是也。」淮南時則訓注引詩同。藝文類聚二引蔡邕月令章句云：「虹，螮蝀也，陰陽交接之氣著於形色者也，常依陰雲而晝見於日衝，無雲不見，大陰亦不見，率以日西見於東方，故詩云『螮蝀在東』。」高蔡用魯詩，以上並魯說，與齊詩皆作「螮」，（見上易林。）正字。韓作「蝃」，（見上。）與毛同。說文無「蝃」字，楊賜用魯詩，本傳「蝃蝀」之文，疑後人順毛改之。釋名：「虹，攻也，純陽攻陰氣也。又曰蝃蝀其見，每於日在西而見於東，啜飲東方之水氣也。」釋「在東」，與蔡同，兼爲「蝃」字作詁，近於鑿矣。白虎通五行篇：「東方者，陽氣始動，萬物始生。」蝃蝀，陰邪之氣，故章懷釋詩，以爲「邪色乘陽」。釋名云「陽攻陰氣」，失之，蓋是「純陰攻陽氣」，傳寫致誤也。說文：「指，手指也。」廣雅釋詁：「語也。」又釋言：「斥也。」漢書河閒獻王德傳注云：「指，謂義之所趨，若人以手指物然。」此詩「指」有二義：自本義言，則爲手指之指；自喻意言，則爲指斥之指。「莫之敢指」，所謂臣子爲君父隱藏。**女子有行，遠父母兄弟。**【疏】箋：「行，道也。婦人生而有適人之道，何憂於不嫁而爲淫奔之過乎？惡之甚。」○女子，謂奔者。行，嫁也。奔而曰「有行」者，先奔而後嫁。「遠父母兄弟」，亦奔女意耳，非義之遠，與泉水詞同而恉異。列女傳齊宿瘤女篇，言齊王命後車載之，女曰：「賴大王之力，父母在內，使妾不受父母之教而隨大王，是奔女也，大王又安用之？」此奔女所謂不受教而隨君者，與宿瘤女正相反。男女交悅而專刺奔女，即韓詩爲君父隱之誼也。

朝隮于西，崇朝其雨。女子有行，遠兄弟父母。【注】齊「隮」作「躋」，云：「雲上升極，則降而爲雨。」

【疏】傳：「隮，升。崇，終也。從旦至食時爲終朝。」箋：「朝有升氣於西方，終其朝則雨，氣應自然，以言婦人生而有適人之道，亦性自然。」○說文無「隮」字。「躋」下云：「升也。」是「躋」即「隮」。眡祲「掌十煇之法，九曰隮」，先鄭注：「隮，升氣也。」後鄭注：「隮，虹也。詩云：『朝隮于西。』」蓋因詩「朝隮」承上文「蝃蝀」言之，故即以「隮」爲「虹」，則此箋所云「升氣」，意以升氣即虹也。釋名又云：「虹見於西方曰升，朝日始升而出見也。」與箋義合。「齊隮作躋，云雲上升極，則降而爲雨」者。李氏易傳二引需卦荀爽注云：「雲上升極，則降而爲雨，故詩云：『朝隮于西，崇朝其雨。』」爽述齊詩，引「隮」作「躋」，且釋爲「雲上升」，是齊與諸家異義。玉曆通政經云：「虹霓旦見於西則爲雨，暮見於東則雨止。」孟子「若大旱之望雲霓也」，趙岐注：「雨則虹見，故大旱而思見之。」與詩「其雨」義合。淮南汜論篇「不崇朝而雨天下」，高注：「崇，終也。」「崇」、「終」同聲通用字。書君奭「其終出于不祥」，釋文：「終，本作崇。」是其證。傳「從旦至食時爲終期」，箋「終其朝則雨」，謂終朝然後雨也，故楚詞哀時命云：「虹蜺分其朝覆兮，夕淫淫而霖雨。」

乃如之人也，【注】魯韓「也」作「兮」。**懷昏姻也，大無信也，不知命也！**【疏】傳：「乃如是淫奔之人也，不待命也。」箋：「懷，思也。乃如是之人，思昏姻之事乎？言其淫奔之過惡之大。淫奔之女，大無貞絜之信，又不知昏姻當待父母之命。惡之也。」○上二章刺女，此章刺男，不敢斥言，故云「之人」。日月「乃如之人兮」，刺公及夫人；君子偕老「展如之人兮」，刺夫人，並不敢指斥之詞，知此「之人」謂衞君，不謂女子也。「魯韓也作兮」者，列女傳陳女夏姬篇：「詩云：『乃如之人兮，懷昏姻也，大無信也，不知命也。』」言嬖色殞命也。」韓詩外傳一略云：「不肖者精化始具，觸情縱欲，是以年壽極夭而性不長。詩曰：『乃如之人兮，懷昏姻也，大無信也，不知命也。』」說苑辨物篇引詩語並同。據此，魯、韓作「兮」。「懷昏姻」者，蘇輿云：「昏姻，兼男女言。箋訓懷爲『思』，於恉似閡。懷蓋壞之借字，懷、壞並從褱聲，故字得相通。左襄十四年傳『王室之不壞』，釋文：『壞，本作懷。』荀子禮論篇『諸侯不敢壞』，史記禮書作『懷』，是其證。說文：『壞，敗也。』懷昏姻，言敗壞昏姻之正道也。月令章句釋虹云：『夫陰陽不和，昏姻失序，卽生此氣。』釋名『虹』下亦云：『陰陽不和，昏姻錯亂。淫風流行，男美於女，女美於男，互相奔隨之時則此氣盛。』曰『昏姻錯亂』，曰『昏姻失序』，所謂壞昏姻也，而蝃蝀由此而生，故詩人以之託興，較箋意尤深至。」「大無信」者，白虎通情性篇：「信者，誠也，專一不移也。」禮禮器疏：「信者，外不欺於物也。」君淫奔女，是無不移不欺之信也。「不知命」者，傳「不待命也」，箋申之云「又不知昏姻當待父母之命」，據列女傳、外傳皆以命爲「壽命」之命，是魯韓義並與傳異。書無逸云「惟耽樂之從，亦罔或克壽」，其斯之謂與？

蝃蝀三章，章四句。

相鼠【注】魯說曰：妻諫夫也。【疏】毛序：「刺無禮也。衞文公能正其羣臣，而刺在位，承先君之化，無禮儀也。」○「妻諫夫也」者，白虎通諫諍篇：「妻得諫夫者，夫婦一體，榮恥共之。詩曰：『相鼠有體，人而無禮！人而無禮，胡不遄死！』此妻諫夫之詩也。」困學紀聞引與今本同。御覽四百五十七引白虎通，作「夫妻一體，榮辱共之。詩云『相鼠有皮，人而無儀！人而無儀，不死胡爲』」云云，是魯詩以此爲「妻諫夫」，與毛序義異。所稱「夫婦」，當時必實有其人，古義相承如是，特久而名不可攷耳。左襄二十七年傳：「齊慶封來聘。叔孫與慶封食，不敬，爲賦相鼠。」此則但取其義，與此詩大恉無涉，後來皆以爲刺無禮之詩，固人人能言之矣。

相鼠有皮，人而無儀！人而無儀，不死何爲！【注】魯「無」一作「亡」，「何」一作「胡」。【疏】傳：「相，視也。無禮儀者雖居尊位，猶爲闇昧之行。」箋：「儀，威儀也。視鼠有皮，雖處高顯之處，偷食苟得，不知廉耻，亦與人無威儀者同。人以有威儀爲貴，今反無之，傷化敗俗，不如其死，無所害也。」○說文：「相，省視也。从木、从目。地可觀者，莫可觀於木。詩曰：『相鼠有皮。』」以「相」爲「省視」，與禮記鄭注同，此舊義。釋詁亦云：「相，視也。」後人以相州之鼠能拱立，謂之「禮鼠」，釋詩「相」爲相州，鑿矣。箋「儀，威儀也」，詩言人之所以異於鼠者，以有威儀，視鼠則僅有皮耳，豈人而竟無儀乎？甚言其不可也。「魯無一作亡，何一作胡」者，漢書五行志劉向引詩曰：「人而亡儀，不死何爲！」「無」、「亡」古通，下二章當同。御覽引白虎通，「何爲」作「胡爲」，（見上。）皆魯異文。居上位之人非禮不能行法，已亂無儀，則不足以有爲，而必至於死，故曰不死更何爲乎？憂深而詞切也。列女傳陶荅子妻篇略云：「荅子治陶三年，名譽不興，家富三倍，妻數諫不聽，抱兒而泣。姑怒，以爲不祥。妻謂：『荅子貪富務大，不顧後害，犬彘不擇食以肥其身，坐而須死耳。君不敬，民不戴，敗亡之徵見矣。』後荅子果誅。」魏風碩鼠毛序云：「刺重斂也。蠶食於民，不修其政，貪而畏人，若大鼠也。」此詩傳云「雖居尊位，猶爲闇昧之行」，箋云「偷食苟得，不知廉耻」，是其人在位苟得，與陶荅子事類，其妻以鼠爲喻，則與魏風義同。以榮辱一體之情，值屢諫不悛之後，語雖激切，意可矜原。後人謂其不當以死斥夫，遂疑白虎通爲臆說，斯爲謬矣。魏源云：「此以必死自誓，非以速死斥夫。」意亦可通，但古訓不如是也。列女傳衞二亂女篇引此章四句，韓詩外傳一兩引末二句，外傳五、説苑雜言篇文子子符言篇一引，並推演之詞。

相鼠有齒，人而無止！人而無止，不死何俟！【注】韓説曰：「止，節；無禮節也。」魯「何」作「胡」。

【疏】傳：「止，所止息也。俟，待也。」箋：「止，容止。孝經曰：容止可觀。無止，則雖居尊，無禮節也。」〇鼠齒，義見行露。「止，節；無禮節也」者，釋文引韓詩文。説文：「止，下基也。象草木出有址，故以止爲足。」引申之，凡有所自處自禁，皆謂之「止」。禮大學「在止於至善」，注：「止，猶自處也。」淮南時則訓「止獄訟」，注：「止，猶禁也。」是其證。故「止」訓「節」，而「無止」爲「無禮節」也。「止」訓「節」，「節」亦訓「止」，易雜卦傳「亦不知節也」虞注、呂覽大樂篇「必節嗜欲」高注，並云：「節，止也。」禮樂記疏：「節奏，謂或作或止，作則奏之，止則節之。」明「止」「節」義通。惟禮有節，有節然後有止，故禮文王世子「興秩節」注：「節，猶禮也。」喪服四制注：「節者，禮也。」廣雅釋言、小旻箋並云：「止，禮也。」韓訓「無止」爲「無禮節」，兼內外言。箋「止，容止」，義偏而不舉，不如韓訓爲優。「魯何作胡」者。列女傳趙悼倡后篇引詩曰：「人而無禮，不死胡俟！」「禮」是「止」之譌。「何」作「胡」，魯異文。「俟」當爲「竢」，待也。左傳晉伯宗妻謂伯宗必及於難，夫之賢否雖異，妻之憂危則同。

相鼠有體，人而無禮！人而無禮，胡不遄死！【注】三家「胡」作「何」。【疏】傳：「體，支體也。遄，速也。」〇廣雅釋詁：「體，身也。」首二章皮、齒指一端，此舉全體言之。威儀以臨民，正節以容民，亦禮之見端，此章復總舉禮以明之，正喻取相當也。釋詁：「遄，速也。」禮禮運云：「夫禮，先王以承天之道，以治人之情，故失之者死，得之者存。詩云：『相鼠有體，人而無禮；人而無禮，胡不遄死！』」鄭注：「相，視也。遄，疾也。言鼠之有身體，如人而無禮者矣。人之無禮，可憎賤如鼠，不如疾死之愈。」蘇輿云：「言鼠尚有身體之質，豈人而無禮敬之誠。禮者，體也，故借以相形，下乃反復申言，諷戒兼至。鄭注「言鼠」二語，似失詩意。詩中凡連言者，約有二例：如此詩及江有汜「不我以」、中谷有蓷「條其歗矣」、葛藟「謂他人父」、丘中「彼留子嗟」、東方之日「在我室兮」、汾沮洳「美無度」，此反復以致其歎望也；鳲鳩「其帶伊絲」、鹿鳴「鼓瑟鼓琴」、既醉「釐爾女士」、泮水「其馬蹻蹻」，此申重以極其贊美也。」愚案：毛傳「體，支體」，鄭以體爲身體，謂全體也，蓋本三家，與毛訓異。記曰「失之者死」，是其引詩意謂無禮之人胡有不遄死者。言其必死，正憂其速死也，詩古義蓋如此。鄭云「不如疾死之愈」，後儒設詞，已非其本恉矣。左定十年傳晉人討衞之叛，故遂殺涉佗。君子曰：「此之謂弃禮，弃禮必不鈞。詩曰：『人而無禮，胡不遄死！』涉佗亦遄矣哉。」即引此詩爲說。「三家胡作何」者，史記商君傳引此章四句，「胡」作「何」，蓋三家異文。韓詩外傳一兩引末二句，外傳三、外傳九、新序刺奢篇、晏子春秋內諫篇一引，並推演之詞。

相鼠三章，章四句。

干旄【注】齊說曰：干旄旌旗，執幟在郊。雖有寶珠，無路致之。【疏】毛序：「美好善也。衞文公臣子多好善，賢者樂告以善道也。」箋：「賢者，時處士也。」○左定九年傳：「竿旄『何以告之』，忠也。」是此詩古義。杜注：「取其中心願告以善道也。」家語好生篇亦云：「竿旄之忠告，至矣哉。」諸說並合。韓詩外傳二載楚莊圍宋事，末引詩云：「『彼姝者子，何以告之？』君子善其以誠相告也。」雖係推演之詞，其言「以誠相告」，與「忠告」義合，知韓說本詩與毛同義。列女傳鄒孟母篇略言孟母斷織，孟子勤學不息，遂成名儒。君子謂：「孟母知爲人母之道矣。詩曰：『彼姝者子，何以告之？』此之謂也。」亦推演之詞，其意取孟母能告子以善道，亦與「賢者樂告善道」合，知魯說亦同。案，序云衞臣好善，賢者樂告，箋云賢者說此卿大夫有忠順之德，似賢者已與衞臣相見而厚愛之。「干旄」至「致之」，易林師之隨文，豫之中孚履之解解之未濟同，此齊說。「寶珠」以喻善道，言可珍貴也。致之，猶詩言「畀之」、「予之」、「告之」也。以「無路」釋「何以」之義，明是良輔求材，賢人抱道，未適邂逅之願，但懷忠告之誠者，與序箋義異。夫好善則人樂告，其理相因，若如序箋所云，既見而猶曰「何以」，則挾持無具，烏得爲賢？知齊說優矣。箋又云：「時有建此旄來至浚邦，卿大夫好善也。」馬瑞辰云：「左傳引逸詩『翹翹車乘，招我以弓』，又曰：『旃以招大夫，弓以招士，皮冠以招虞人。』孟子：『庶人以旃，士以旂，大夫以旌。』是古者聘賢招士，多以弓旌車乘。此詩干旄、干旟、干旌，皆歷舉招賢者之所建。箋謂卿大夫建此旌旄，失之。」愚案：傳言「大夫之旃」，又云「臣有大功，世其官邑」，明謂旌旄是大夫所建，不得以此爲箋失。且序言衛臣好善，卽使招聘出於君意，干旄本以求賢，而將命往招，亦是臣子之職，無妨是大夫建此旌旄、備此車馬也。蓋衛文草刱於喪敗之餘，授方任能，勵精爲國，其臣如寧莊子輩，皆能宣揚德化，留意人才，故巖穴之儒，聞風興起，思以善道告之，中興氣象，固不侔矣。

孑孑干旄，在浚之郊。【注】三家「干」作「竿」。【疏】傳：「孑孑，干旄之貌。注旄於干首，大夫之旃也。浚，衛邑。古者臣有大功，世其官邑。郊外曰野。」箋：「周禮：孤卿建旃，大夫建物。首皆注旄焉。時有建此旄來至浚之郊，卿大夫好善也。」○釋名：「孑，小稱也。」漢書高惠高后文功臣表顏注：「孑然，獨立貌。」孑孑，猶孑然。旄之爲物至小，而表立干首，望之孑然，故云『孑孑』也。「三家干作竿」者，釋天「注旄首曰旌」，郭注：「載旄於竿頭，如今之幢，亦有旒。」釋天「素錦綢杠」，郭注：「以白地錦韜旗之竿。」是郭以「竿」卽「杠」，「載旄竿頭」，與毛「注旄干首」義同而字異，則知郭用魯詩舊注文矣。又左傳引詩本作「竿旄」，（引見上。）郭說因「竿旌」、「竿旟」推見「竿旄」，知古文有與三家今文合者。陳喬樅云：「毛詩作干，古文之省借，然則『竿』正字，『干』借字也。」釋天邢疏云：「李巡曰：『旄，牛尾著竿首。』孫炎曰：『析五采羽注旄上。』」如是則竿之首有毛、有羽也。旌有羽，則無羽者旄矣。明堂位「夏后氏之綏」，鄭注：「綏當爲緌，謂注牛尾於杠首，所謂大麾。書云：武王『右秉白旄以麾』。周禮：『建大麾以田也。』」釋名：「緌，注旄竿首，其形桑桑然。」與鄭注合，而「竿」之卽「杠」，又與郭注合。廣雅釋天：「天子杠高九仞，諸侯七仞，大夫五仞。」張用魯、韓詩，此干旄爲大夫之干，是五仞。魯、韓説宜然。牛尾謂之氂，注於干者乃謂之旄，後人溷氂、旄爲一，非也。説文「旄」下云：「幢也。从㫃、从毛，毛亦聲。」「氂」下云：「犛牛尾也。」「犛」下云：「西南夷長髦牛也。」釋畜「犣牛」，郭注：「旄牛也，髀膝尾皆有長毛。」徐松云：「今蘭州青海多此牛，大與常牛等，色多青，染其毛爲雨纓。」案，犛、犣雙聲，犣牛卽犛牛。旄人注：「旄，旄牛尾，舞者所持以指麾。」又不獨爲旌飾矣。傳云：「注旄於干首，大夫之旃也。」箋云：「周禮：孤卿建旃，大夫建物。首皆注旄焉。」鄭引司常文也。司常又云：「通帛爲旃，雜帛爲物。」注云：「凡九旗之帛，皆用絳。」則通帛大赤也，雜帛以白爲飾，絳之側也。説文：「旃，旗曲柄也，所以旃表士衆。从㫃，丹聲。或作旜。」「勿，州里所建旗，象其柄，有三游，雜帛，幅半異，所以趣民。」或作「㫚」，隸變作「物」。箋云旃、物皆注旄，以明建旄而來浚郊者，非特建旃之卿，與傳異義，蓋用三家改之。漢書地理志「鄘曰『在浚之郊』」，引此詩文。衛文東徙，渡河建都之地，若如京相璠説，以沮丘當楚丘，證以水經注瓠子水篇所述地理，浚城距楚丘止二十里，國郊之外，冠蓋往來，啟宇求材，諒多賢輔，迺傳云「古者臣有大功，世其官邑」，意以此好善之卿大夫，必衛臣食邑於浚者，殆不然與？素絲紕之，【注】韓説曰：紕，織組器也。良馬四之。【疏】傳：「紕，所以組織也。總紕於此，成文於彼，願以素絲紕組之法御四馬也。」箋：「素絲者以爲縷，以縫紕旌旗之旒縿，或以維持之。浚郊之賢者既識卿大夫建旄而來，又識其乘善馬。四之者，見之數也。」○毛取簡兮「執轡如組」義以釋詩「素絲」二句，説近迂曲，故鄭不從之，蓋用三家改傳也。「紕，織組器也」者，玉篇系部引韓詩文。顧震福云：「傳云『所以組織』，亦似以紕爲織組之器，蓋紕本織組之器名，其後織組亦謂之紕耳。」蘇輿云：「方言：『紕、繹、督，理也，秦晉之間曰紕，凡物曰督，絲曰繹之。』據此詩，知衛亦有『紕』稱。說文：『繹，抽絲也。』組，織器，正所以理絲，紕與繹同，故韓訓云然。」愚案：韓以紕爲織組器，今究無可攷實。說文：「紕，氐人𦆎也。」「𦆎，西胡毳布也。」「𦆎」同「罽」，織毛爲之，此「紕」之本義，詩「紕之」亦謂以絲縫織，引申義也。爾雅釋言：「紕，飾也。」郭注：「謂緣飾，見詩。」即謂此篇。廣雅釋詁：「紕，緣也。」集韻：「紕，或作䊾。」廣雅釋言：「䊾，並也。」玉篇引埤蒼曰：「䊾，縷并也。」蓋比并素絲之縷以爲緣飾，故其字聲義从「比」。釋天「纁帛縿，練旒九，飾以組，維以縷」，郭注：「纁帛，絳也。縿，衆旒所著。練，絳練也。用綦組飾旒之邊，用朱縷連維持之，不欲令曳地。周禮曰『六人維王之太常』是也。」郭謂縿、旒皆赤，與鄭異義。案，說文：「縿，旌旗之游也。」「游，旌旗之旒也。」孔疏引孫炎曰「爲旒於縿」，是旒乃縿末之下垂者，統言一物，析言二事。「纁帛縿」，明堂位注引作「纁白縿」，言以絳色及白繒爲縿，是縿亦用素也。說文：「練，湅繒也。」染人注：「暴練，練其素而暴之。」淮南說林訓：「墨子見練絲而泣之，爲其可以黃、可以黑。」練皆純素，無用絳者，是旒用素也。爾雅釋文：「郭注：『綦，本作纂。』」說文：「纂，似組而赤。」「綦，帛蒼艾色。」據此詩及箋，郭但言綦纂組及朱縷亦非也。蓋雅訓所釋旌旂，或謂殷制，亦兼諸侯以下所用言之，其等遞殺，不得概以時王尚赤之禮。此詩大夫所建既用雜帛之物，非通帛之旃，故得以素爲飾。毛云「干旄大夫之旃」，則通帛因章，無以通「素絲紕組」之說，遂曲附簡兮「執轡」之義，故鄭易之也。鄭謂「以縫紕旒縿，或以維持之」者，用釋天「飾以組，維以縷」文。下章「組之」是飾以組，則此「紕之」是維以縷也。「縫紕之」者，孔疏謂「以縷縫之使相連」。「或以維持之」者，疏謂：「『太常』注云：『維之以縷，王旌十二旒，兩兩以縷綴連之，傍三人持之。』諸侯以下旒數少而且短，維之與否未可知也。經直言『紕之』，不言其所用，故言『或』爲疑詞。」是也。說文：「縷，綫也。」以縷綫相綴連，亦「維持」之義。飾組爲飾，維縷亦是飾，故釋言訓紕爲「飾」，廣雅訓紕爲「緣」，緣、飾不分，二義皆比并絲縷意也。周官公羊左傳正義引禮含文嘉云：「天子之旗九仞，十二旒，曳地；諸侯七仞，九旒，齊軫；大夫五仞，七旒，齊較；士三仞，五旒，齊首。」廣雅釋天：「天子十二斿，至地；諸侯九斿，至軫；卿大夫七斿，至軹；士三斿，至肩。」與禮緯異。王念孫謂自諸侯以下降殺以兩，「三斿」是「五斿」之誤。愚案：周禮王建太常，十有二斿；上公建旗，九斿；侯伯七斿；子男五斿。孤卿建旜，大夫士建物，其斿各視其命之數。是卿、大夫、士斿無定數，當以周禮爲定據。説文「物」是「三斿」而大夫士建之，亦足以知旜、物之異在帛之通雜，不係斿之多少矣。參證各説，旗三斿爲至少，故州里皆建之，服官者視命數遞加，士始於三而限於五，卿大夫始於五而限於九，與諸侯之限於九斿者同。禮緯廣雅説士斿，各舉一端，非有誤文。或疑物三斿則旜五斿，非也。其軹、較、肩、首之説不同，辨見王念孫廣雅疏證。四馬，大夫以備贈遺者，下文或五或六，隨所見言之，不專是自乘。左昭十六年傳鄭六卿餞韓宣子於郊，宣子皆獻馬焉，是以馬贈遺，古有是禮也。**彼姝者子，何以畀之？**【疏】傳：「姝，順貌。畀，予也。」箋：「時賢者既説此卿大夫有忠順之德，又欲以善道與之，心誠愛厚之至。」○彼，彼大夫。説文：「姝，好也。」好與美同義。「彼姝者子」，猶簡兮「彼美人兮」。説文：「畀，相付與之約在閣上也。」引申之爲凡。

孑孑干旟，在浚之都。【疏】傳：「鳥隼曰旟。下邑曰都。」箋：「周禮：州里建旟。謂州長之屬。」○干旟，三家亦當作「竿旟」。釋天：「錯革鳥曰旟。」郭注：「此謂合剥鳥皮毛，置之竿頭，即禮記所載鴻及鳴鳶。」其曰「置之竿頭」，即竿旟之竿也。六月孔疏引孫炎曰：「錯，置也。革，疾也。畫疾急之鳥於縿也。」公羊宣十二年疏：「李巡曰：『以革爲之，置於旐端。』」三説不同，郭注非也。隋書禮儀志引爾雅舊説曰：「刻爲革鳥，置竿首也。」與李説同。鄭志答張逸云：「畫急疾之鳥隼。」與孫説同，是自來雅訓有此二義，故説文云「旟，錯革畫鳥其上。」亦二説並采。案，司常「鳥隼爲旟」，六月「織文鳥章」，孫鄭義優矣。箋云：「州里建旟，謂州長之屬。」案，司常云：「師都建旗，州里建旟，縣鄙建旐。」注云：「師都，六鄉六遂大夫也。謂之師都，都民所聚也。（「師」誤，當作「帥」。）州里縣鄙鄉遂之官，互約言之。」賈疏：「主鄉遂民衆所聚，故謂之師都。六鄉大夫皆卿，六遂大夫皆大夫也。卿合建旃，大夫合建物。以領衆在軍爲將，故同建旗。遂之里是下士，得與鄉之州中大夫同建旟，則知鄉之閭亦得與遂之縣同建旐；遂之鄙得與縣同建旐，鄉之黨亦得與州同建旟可知，是『互』也。言『約』者，鄉之族上從黨同建旟，比上從閭同建旐，遂之酇上從鄙同建旐，鄰上從里同建旟，是『約』也。」愚案：鄉之下州黨族閭比，遂之下縣鄙酇里鄰，據孔疏，州里外黨酇鄰建旟，縣鄙外族閭比建旐，與賈微異。諸侯降於天子，鄉遂亦大夫，州長、黨正、縣正、鄙師皆士，族師、閭師、比長、酇長、里宰、鄰長非士。析言之，則州是鄉官，里縣鄙是遂官；總言之，則鄉遂大夫下州長爲先，故禮注云「鄉遂之官」，此云「州長之屬」，皆舉大以賅小也。司常又云：「凡祭祀，各建其旗。會同賓客，亦如之。」賈疏：「散文通。孤鄉則旜，大夫則物，故言各建其旗。」以此推之，則州里建旟，亦不獨出軍大閱爲然，疏以爲平常建斿，出軍則建旟，非也。旟之用，下達於鄰長而上極於天子，輈人「鳥旟七斿」，與「熊旗六斿」、「龜蛇四斿」，賈疏皆以爲「天子所建」，蓋鳥旟之斿以七爲數，雖天子所用亦然，禮言七斿所以象鶉火，非鳥旟皆七斿也，故鄭注云：「鳥隼爲旟，州里之所建。熊虎爲旗，師都之所建。龜蛇爲旐，縣鄙之所建。」賈釋云：「州長中大夫四命，里宰下士一命，皆不得建七斿之旟。言州里建旟者，亦取彼成文以釋旟，非謂州里得建七斿也。」又云：「師都鄉遂大夫，鄉大夫六命，得建六斿；遂大夫是中大夫四命，不得建。縣正下大夫四命，得建四斿；鄙師上士三命，不得建。」足證旗旟旐之等差，惟視命爲斿數。大司馬言「百官載旟」，統卿大夫言之，據禮緯廣雅「卿大夫旟七斿」，明七斿之旟，卿大夫七命者亦得用之，或以爲合侯伯七斿之制，非也。廣雅釋詁：「都，聚也。」故聚居之處曰都。「彼都人士」，箋：「城郭之邑曰都。」不必如左傳

「邑有先君之主」、周禮「距國五百里」之義矣。素絲組之，良馬五之。【疏】傳：「總以素絲而成組也。驂馬五轡。」箋：「以素絲縷縫組於旌旗，以爲之飾。五之者，亦爲五見之也。」〇組之，釋天所謂「飾以組」，箋云「以素絲縷縫組於旌旗，以爲之飾」是也。說文：「組，綬屬。」「綬，韍維也。」所以承受印韍者，此組之本義。後漢班固傳「綺組繽紛」，蓋織文如組，因以稱之，文選長門賦所謂「垂楚組之連綱」也。郭注「用組飾旒之邊」，而鄭云「縫組於旌旗」者，尋釋天此節文義，上言縿旒，下言維縷，明組以飾旒，非縫於旗上，箋渾言之耳。「五之」，傳：「驂馬五轡。」孔廣森云：「四之、五之、六之，不當以轡爲解，乃謂聘賢者用馬爲禮，轉益其庶且多也。左傳王賜虢公晉侯馬五匹、楚棄疾遺鄭子皮馬六匹，皆不必成乘，故或五或六也。」彼姝者子，何以予之？【注】魯「予」亦作「與」。魯說曰：譬猶練絲，染之藍則青，染之丹則赤。

【疏】「魯予作與」者，論衡率性篇引召公戒成王曰：「『今王初服厥命，於戲！若生子罔不在厥初生。』生子謂十五子，初生意於善，終以善；意於惡，終以惡。詩曰：『彼姝者子，何以與之？』傳言：譬猶練絲，染之藍則青，染之丹則赤。十五之子其猶絲也，其有所漸化爲善惡，猶藍丹之染練絲，使之爲青赤也。」本性篇說同，惟「彼姝者子」作「彼姝之子」。王充用魯詩，所引詩傳，蓋魯詩傳，兩引「予」作「與」，是魯異文，它處魯說皆作「彼姝者子」，明此引作「之」誤。傳意謂彼姝者子如未染之練絲，視所予之善道爲變化。說文：「藍，染青草也。」荀子勸學篇：「青，出之於藍，而青於藍。」說文又云：「丹，巴越之赤石也。」「雘，善丹也。」「彤，丹飾也。」書梓材：「惟其塗丹雘。」左哀元年傳「器不彤鏤」，皆謂赤色。譙子：「素之白也，染之以朱則赤，染之以藍則青。」與傳義合。列女傳鄒孟母篇略言：孟子遷居，及孟子長，學六藝，卒成大儒。「君子謂孟母善以漸化，詩曰：『彼姝者子，何以予之？』此之謂也。」亦因以善道予人之義而推衍之。

孑孑干旌，在浚之城。【疏】傳：「析羽爲旌。城，都城也。」〇干旌，三家作「竿旌」，說具「干旄」章。司常「全羽爲旞，析羽爲旌，注：「全羽、析羽，皆五采，繫之於旞旌之上。」詩言「干旌」，孫炎所謂「析五采羽注旄上」也。（引見上。）左襄十四年疏言「全羽」、「析羽」者，蓋有全取其翅，或析取其翮，故有全、析二名也。周書王會篇「青陰羽鳧旌」，注：「鶴鳧羽爲旌旄也。」司常賈疏：「周禮鍾氏：『染鳥羽。』是周制染鳥羽爲五色。」説文「旌」下云：「游車載旌，析羽注旄首，所以精進士卒。」孔疏：「既設旒縿，有旃旟之稱。未設旒縿，空有析羽，謂之旌。卿建旌者，設旒縿而載之；遊車則空載析羽，無旒縿也。」今案，杠上有旄羽，下無旒縿，不成旗物之制，孔疏似誤。「遊車」者，賈疏所謂「小小田獵及巡行縣鄙則建旌爲異耳」，且有旌先有旄，亦非僅載析羽也。釋天「注旄首曰旌」，孫謂「析羽注旄上」，無析羽者但謂之干旄，故詩先旄後旌，次第言之，言旌則先有旄，故雅訓直云「注旄首曰旌」，不云「析羽注旄首」者，以言「注」便知是鳥羽，不別白也。旌是注羽於旄首，非注旄於干首，鄭注司常、郭注釋天皆爲失詞。御覽州郡部引郡國志云：「泲有浚城。詩曰『在浚之城』矣。」素絲祝之，良馬六之。彼姝者子，何以告之？【疏】傳：「祝，織也。四馬六轡。」箋：「祝當作屬。屬，著也。六之者，亦謂六見之也。」○「祝之」無義，故毛取雙聲字，鄭取疊均字釋之。巾車注「正幅爲縿，旒則屬焉」，與此「屬」義同。釋天郭注：「縿，衆旒所著。」邵晉涵云：「言相繫屬也。」即引此箋爲説。徐幹中論虛道篇：「君子常虛其心志，恭其容貌，不以逸羣之才加乎衆人之上，視彼猶賢，自視猶不足也，故人願告之而不倦。詩曰：『彼姝者子，何以告之？』」幹用魯詩，其説亦與本義相發。

干旌三章，章六句。

載馳【注】魯説曰：許穆夫人者，衛懿公之女、許穆公之夫人也。初，許求之，齊亦求之，懿公將與許，女因其傅母而言曰：「古者諸侯之有女子也，所以苞苴玩弄，繫援於大國也。今者許小而遠，齊大而近，若今之世，强者爲雄，如使邊境有寇戎之事，惟是四方之故，赴告大國，妾在不猶愈乎？今舍近而就遠，離大而附小，一旦有車馳之難，孰可與慮社稷？」衞侯不聽，而嫁之於許。其後翟人攻衞，大破之，而許不能救，衞侯遂奔走涉河，而南至楚丘。齊桓往而存之，遂城楚丘以居，衞侯於是悔不用其言。當敗之時，許夫人馳驅而弔唁衞侯，因疾之而作詩云：「載馳載驅，歸唁衞侯。驅馬悠悠，言至于漕。大夫跋涉，我心則憂。既不我嘉，不能旋反。視爾不臧，我思不遠。」君子善其慈惠而遠識也。韓說曰：高子問於孟子曰：「夫嫁娶者，非己所自親也，衞女何以得編於詩也？」孟子曰：「有衞女之志則可，無衞女之志則怠。（疑「殆」誤。）若伊尹於太甲，有伊尹之志則可，無伊尹之志則簒。夫道二，常謂之經，變謂之權，懷其常道而挾其變權，乃得爲賢。夫衞女行中孝，慮中聖，權如之何？」詩曰：「既不我嘉，不能旋反。視我不臧，我思不遠。」齊說曰：懿公淺愚，不受深諫。無援失國，爲狄所滅。【疏】毛序：「許穆夫人作也。閔其宗國顛覆，自傷不能救也。衞懿公爲狄人所滅，國人分散，露於漕邑。許穆夫人閔衞之亡，傷許之小力不能救，思歸唁其兄，又義不得，故賦是詩也。」箋：「滅者，懿公死也，君死於位曰滅。露於漕邑者，謂戴公也。懿公死，國人分散，宋桓公迎衞之遺民，渡河處之於漕邑而立戴公焉。戴公與許穆夫人，俱公子頑烝於宣姜所生也。男子先生曰兄。」○「許穆」至「識也」，列女傳仁智篇文。「衞侯不聽」，謂懿公。「衞侯奔走」及「弔唁衞侯」，則戴文之世也。左閔二年傳：「衞立戴公，以廬于曹。許穆夫人賦載馳。齊侯使公子無虧帥車三百乘、甲士三千人以戍曹。」與列女傳合。惟此以許夫人爲懿公女爲異耳。「高子」至「不遠」，韓詩外傳二文。所云「嫁娶自親」，卽謂因傅母請嫁齊事。「懷道挾權」，謂馳驅歸唁事。是魯韓說同。「懿公」至「所滅」，易林比之家人文，睽之師革之益同。又噬嗑之訟：「大蛇巨魚，戰於國郊。上下隔塞，衞侯廬漕。」歸妹之坎作「君臣隔塞，戴公出廬。」所云「愚不受諫，無援失國」，卽謂懿公不聽女嫁齊事，是齊說亦同。詩正義引樂稽耀嘉曰：「狄人與衞戰，桓公不救，於其敗也，然後救之。」宋均注：「救，謂使公子無虧成之。」緯書蓋用齊說，亦與左傳合。蓋齊桓不救者，懷失婦之私嫌；敗然後救者，存霸主之公義。向使女果適齊侯，衛可不至破滅，則許夫人之事關繫至重，而經傳不載，幸軼說猶見於三家耳。

載馳載驅，歸唁衛侯。驅馬悠悠，言至于漕。【注】韓說曰：弔生曰唁，弔失國亦曰唁也。【疏】傳：「載，辭也。弔失國曰唁。悠悠，遠貌。漕，衛東邑。」箋：「載之言則也。衛侯，戴公也。夫人願御者驅馬悠悠乎，我欲至于漕。」○說文：「馳，大驅也。」「驅，馬馳也。」桂馥謂「馬馳」當爲「馳馬」，是也。「弔生」至「唁也」，衆經音義十三引韓詩文。「弔生曰唁」者，何人斯云：「不入唁我。」左傳：「齊人獲臧堅，齊侯使夙沙衛唁之。」孔疏引服虔云：「弔生曰唁。」是也。「弔失國亦曰唁」者，春秋昭二十五年「齊侯唁公于野井」，穀梁傳曰：「弔失國曰唁。」及此詩「歸唁衛侯」是也。泉水箋：「國君夫人父母在則歸寧，沒則使大夫寧於兄弟。」又禮雜記云：「婦人非三年之喪不踰封，如三年之喪，則君夫人歸。」繁露玉英篇：「婦人無出竟之事，經禮也；奔喪父母，變禮也。」是國君夫人父母既沒，惟奔喪得歸，後遂不復歸也。懿公死於兵亂，觀呂覽弘演納肝事，知戴公倉卒廬漕，亦未能成葬禮，夫人之歸，不能以奔喪爲詞，則疑於歸寧兄弟，此許人所爲執禮相責也，故夫人作詩曰，我之馳驅而歸，乃弔衛侯之失國，非寧兄弟比，宗國破滅，此不恒有之變，既不能救，義當往唁。當時未有此禮而夫人毅然行之，雖不合於常經，亦天理人情之正，故孟子以爲權而賢者。悠悠，道長。漕，義具擊鼓。

大夫跋涉，我心則憂。【注】韓說曰：不由蹊遂而涉曰跋涉。齊「跋」作「軷」。齊說曰：軷，道祭也。【疏】傳：「草行曰跋，水行曰涉。」箋：「跋涉者，衛大夫來告難於許時。」○首章承衛侯言，此「大夫」是衛大夫。末章承許人尤之言，而云「無我有尤」，則「大夫」是許大夫，文義顯然，不得以先後異解爲疑。傳：「草行曰跋，水行曰涉。」「不由蹊遂而涉曰跋涉」者，釋文引韓詩文。莊子馬蹄篇「出無蹊隧」，釋文引李注：「蹊，徑也。」遂與隧同。荀子大略篇「溺者不問遂」，楊注：「遂，謂徑隧，水中可涉之徑也。」是「蹊遂」猶「徑隧」，「不由蹊遂而涉」，謂事急時不問水之淺深，直前濟渡，視水行如陸行。「跋涉」二字連貫讀之，用之此詩，韓義優矣。淮南修務訓「跋涉山川」，高注：「不從蹊遂曰跋涉。」又云：「申包胥跋涉谷行。」「跋涉」與「谷行」對文，尤與韓義合。高注亦云「不蹊遂曰跋涉」，高用魯詩，知魯說此詩「跋涉」與韓同也。「齊跋作軷，云軷道祭也」者。聘禮鄭注：「詩傳曰：『軷，道祭也，謂祭山川之神。』春秋傳曰：『軷涉山川。』然則軷，山行之名也。道路以險阻爲難，是以委土爲山，伏牲其上，使者爲軷祭酒脯祈告也。卿大夫處者於是餞之，飲酒於其側，禮畢，乘車轢之而行，遂舍於近郊矣，其牲犬羊可也。」案，鄭所引詩傳是齊詩內傳，知爲此詩「軷涉」文義別一說。衛許昏姻，當狄亂時，必有使臣來告，「我心則憂」者，聞其軷涉而來，卽知必有國難不待問也。蓋衛宣惠懿以來，亂機已兆，故左傳言文公爲衛之多患先適齊，而夫人亦豫憂寇戎，欲以身繫援大國，志不獲濟，聞跋涉而卽憂。慈惠遠識，非人可及。韓詩外傳一載魯監門女嬰事，末引此二句推演之。

既不我嘉，不能旋反。視爾不臧，我思不遠。既不我嘉，不能旋濟。視爾不臧，我思不閟。

【注】韓「爾」作「我」。【疏】傳：「不能旋反我思也，不能遠衛也。濟，止也。閟，閉也。」箋：「既盡嘉善也，言許人盡不善我欲歸唁兄。爾，女，女許人也。臧，善也。視女不施善道救衛。」○釋詁：「嘉，美也。」爾，爾衛國。臧，善也。夫人既言跋涉心憂，追念前請於衛君事，云我所以請嫁於齊者，爲欲繫援大國，我之謀至嘉美也，既不我嘉，衛果遁逃而不能旋反其舊都，當日已視爾衛國不臧善也，我之思慮豈不深遠乎？列女傳引上章及此四句，以證夫人之遠識，思遠卽識遠也。濟，渡也。閟與祕同，密也。文選魯靈光殿賦張注，引「閟宮」作「祕宮」，並引字書云：「祕，密也。」是其證。夫人又言，既不我嘉，果奔走渡河而不能旋濟，當日視爾不臧，我之思慮豈不周密乎？「韓爾作我」者，外傳引前「視爾不臧」，「爾」作

「我」,(見上。)次「視爾」亦當作「視我」。「視我不臧」,卽「不我嘉」意,詩言雖視我不臧,我之思慮豈不遠且閟乎?語意正同。

陟彼阿丘,言采其蝱。【注】魯「蝱」作「莔」。【疏】傳:「偏高曰阿丘。蝱,貝母也。升至偏高之丘,采其蝱者,將以療疾。」箋:「升丘采貝母,猶婦人之適異國,欲得力助安宗國也。」○釋丘:「偏高阿丘。」郭注:「詩云:『陟彼阿丘。』」孔疏引李巡曰:「謂丘邊高。」蓋舊注魯詩義。釋名:「偏高曰阿丘。阿,何也,如人擔何物,一邊偏高也。」「魯蝱作莔」者。淮南氾論訓高注:「𧉅,讀如詩云『言采其莔』之莔也。」高述魯詩,據此,知魯作「莔」。說文「蝱」下云:「齧人飛蟲。从䖵,亡聲。」「莔」下云:「貝母也。从艸,明省聲。」徐鍇繫傳云:「本草:貝母一名莔,根形如聚貝子,安五藏,治目眩、項直不得返顧。故許穆公夫人思歸衛不得而作詩曰『言采其莔』也。」「蝱」作「莔」,與高引同,明魯正字,毛借字。釋草:「莔,貝母。」與魯詩合,郭注:「根如小貝,員而白,華葉似韭。」孔疏引陸璣云:「蝱,今藥草貝母也,其葉如括樓而細小,其子在根下如芋子,正白,四方連累有分解。是也。」廣雅謂之「貝父」。爾雅釋文引本草云:「貝母一名空草,一名藥實,一名苦華,一名苦菜,一名莔草,(「莔」或作「商」,誤。)一名勤母。」蘇頌圖經:「二月生苗,莖細,青色,葉亦青,似蕎麥,葉隨苗出,七月開花,碧綠色,八月采根。此有數種,郭言『白華葉似韭』,此種罕復見之。」案,郭謂根「員而白」,蘇似誤會。易林解之大畜:「採𧉅山頭,終安不傾。」「蝱」省作「𧉅」,與淮南子同。御覽九百九十二引毛詩作「𧉅」,是毛異文有作「𧉅」者,明齊毛同字。偏丘似傾而終安不傾,猶衛國似滅而終安不滅,此易林取詩義意也。箋云「升丘采貝母,猶婦人之適異國,欲得力助安宗國也」,鄭意采蝱所以療疾,喻求人力以助安衛亂,與易林「終安不傾」義近,箋或用齊說與?女子善懷,亦各有行。許人尤之,衆穉且狂。【注】韓說曰:尤,非也。【疏】傳:「行,道也。尤,過也。是乃衆幼穉且狂進,取一槩之義。」箋:「善,猶多也。懷，思也。女子之多思者有道，猶升丘采其蝱也。許人，許大夫也。『過之』者，過夫人之欲歸唁其兄。」○女子多思念其父母之國，如泉水竹竿皆然。夫人自明我之思歸，與它女子異，亦各有道耳，而許人例以恒情，責以常禮，是稺且狂矣。漢書地理志潁川郡許縣下云：「故國，姜姓，四岳後，太（當作「文」，春秋傳孔疏杜譜並云「文叔」。）叔所封，二十四世爲楚所滅。」案，説文「鄦」下云：「炎帝太岳之胤，甫侯所封，在潁川。从邑，無聲。俗作許。」説文自敘云：「呂叔作藩，俾侯于許。」甫侯呂姓，故呂刑一云甫刑，然則「文叔」即呂叔之字矣。一統志：「故城今許州西南。」「尤，非也」者，文選盧諶贈劉琨詩注引薛君韓詩章句文。陳喬樅云：「陸士衡文賦『練世情之常尤』，注亦云：『尤，非也。』論語憲問篇『不尤人』，鄭注：『尤，非也。』皆用韓訓。」愚案：釋文：「尤，亦本作訧。」尤即訧之省借。許人，是衆詞，故復以「衆」言之。「衆稺且狂」者，説文：「稺，幼禾也。」引申爲凡幼小義。「狂，猘犬也。」引申爲愚妄義。不能見事理之大，是稺也。韓非子解老篇：「心不能審得失之也，則謂之狂。」

我行其野，芃芃其麥。【疏】傳：「願行衛之野，麥芃芃然方盛長。」箋：「麥芃芃者，言未收刈，民將困也。」○「其野」者，衛之野也。説文：「芃，草盛也。」重言之曰「芃芃」。言我行衛野，則已芃芃其麥矣，意謂喪亂已久，援救無人也。胡承珙云：「狄滅衛在閔二年冬，非麥蝱之候，不宜取非時之物而漫爲託興。衛侯，似指文公爲近。」愚案：胡説是也。春秋閔二年冬十二月，狄入衛。左傳「立戴公以廬于曹」，杜注：「其年卒，而立文公。」是戴公立後旋卒，爲日甚淺，縱許夫人聞變即行，已不及閔二年戴公在位之日。箋以詩衛侯爲戴公，蓋偶有不照，且丘蝱、野麥，皆春深時物也。夫人行野賦詩，其夏正之二三月，而魯僖元年四五月聞事，與左傳言齊侯使無虧戍曹，亦必在僖元年。其與許穆夫人賦載馳同載於閔二年者，以終經「狄入衛」後事也。當夫人歸唁時，齊國尚未遣戍，傳敘「戍曹」於「賦詩」後，是其明證，故下言「控于大邦」

云云，若齊已遣戍，夫人不爲是言矣。**控于大邦，誰因誰極？**【注】韓說曰：控于大邦，控，赴也。【疏】傳：「控，引。極，至也。」箋：「今衞侯之欲求援引之力助，於大國之諸侯亦誰因乎？由誰至乎？閔之，故欲歸問之。」○說文：「控，引也。詩曰：『控于大邦。』」傳訓與說文合。「控，赴也」者，衆經音義九引韓詩文。陳奐云：「爾雅：『引，陳也。』陳告與赴告同義。」胡承珙云：「赴，謂赴告。左襄八年傳『無所控告』是也。莊子消搖游篇『時則不至而控於地』，釋文引司馬注：『控，投也。』控告猶言投告也。投與赴義近，韓訓赴，較引義勝。」愚案：既夕禮鄭注：「赴，走告也。」與韓訓「控」爲「赴」義最合。列女傳載夫人言：「邊境有寇戎之事，赴告大國。」正與此「控于大邦」同意，因釋如孟子「時子因陳子以告孟子」之「因」。釋詁：「極，至也。」求救它國，必有所因，以致其情，夫人始云妾在猶愈，即此意也。今於諸大國無所繫援，果誰因乎？又誰至乎？閔宗國之無援，亦追咎己言之不用也。王先博云：「皇矣毛傳：『因，親也。』廣雅釋詁同，詩言赴告大邦，誰親而誰至乎？」於義亦通。

大夫君子，無我有尤！百爾所思，不如我所之！【疏】傳：「不如我所思之篤厚也。」箋：『君子，國中賢者。無我有尤，無過我也。爾，女，女衆大夫君子也。」○「大夫君子」，承上「許人」言。箋云「君子，國中賢者」，是君子乃許國不在位之人。「尤」，亦承上「尤之」言。爾，爾大夫及君子。之，往也。言爾無以禮非責我，今日之事，義在必歸，雖百爾之所思，不如我所往之爲是也。故服虔注左傳云：「言我遂往，無我有尤也。」是夫人竟往衞矣。或疑夫人以義不果往而作詩，今案「驅馬悠悠」、「我行其野」，非設想之詞，服說是也。如夫人未往，涉念即止，烏有舉國非尤之事。若既已前往，則必告之許君而決計成行，亦無忽畏謗議，中道輒反之理。惟其違禮而歸，許人皆不謂然，故夫人作詩自明其行權而合道，且其憂傷宗國，感念前言，信外傳所謂「行中孝、慮中聖」者矣。列女傳二陶荅子妻篇、三魯公乘姒篇、韓詩外傳二載楚樊姬事，並引末二句推演之。

載馳五章，一章六句，一章八句，一章六句，二章章四句。【疏】古分章與今毛詩本有異。毛載馳五章，一章六句，二章章四句，一章六句，一章八句。案，左襄十九年傳：「穆叔見叔向，賦載馳之四章。」杜注：「四章曰：『控于大邦，誰因誰極？』控，引也，取其欲引大國以自救助。」若如毛詩分章，則「控于大邦」爲五章；據傳注則「我行其野」爲四章，「大夫君子」爲五章，蓋三家本如此。文十三年傳「子家賦載馳之四章」，杜注：「四章以下，義取小國有急，欲引大國以救助。」杜蓋見毛詩分章「控于大邦」在卒章，故渾言「四章以下」，此兩本分章不同之明證。孔疏引服虔注，蓋語有譌誤，其説云：「載馳五章，屬鄘風，許夫人閔衛滅，戴公失國，欲馳驅而唁之，故作。以自痛國小，力不能救。」服用毛詩，此謂首章也。又云：「在禮，婦人父母既没，不得寧兄弟，於是許人不嘉，故賦二章以喻思不遠也。」此似併「我思不閟」爲二章，省約言之。又云：「許人尤之，遂賦三章，以卒章非許人不聽，遂賦四章。言我遂往，無我有尤也。」疏謂服「置首章於外，以下別數爲四章」，理固未安。陳奐謂：「『我遂往』，即是『我行其野』之義爲四章。非許人不聽，即是『不如我思』之義爲五章。」服意實不如此，它無可證，不敢妄説，惟據服言，載馳五章與今本合，是此詩實有五章，據穆叔、子家賦詩取義及襄十九年傳注，是「控于大邦」確爲四章，「大夫君子」當分爲五章，三家詩應依古本爲正。或謂此詩本四章，「我行其野」以下通爲一章，則左傳引詩當稱「卒章」，不稱「四章」矣，此於經例不合，不可從。

邶鄘衛國中十篇，三十章，百七十六句。

詩三家義集疏卷三下

淇奥【疏】毛序：「美武公之德也。有文章，又能聽其規諫，以禮自防，故能入相于周，美而作是詩也。」○左昭二年傳「北宫文子賦淇奥」，杜注：「淇澳，詩衛風，美武公也。」據詩「終不可諼兮」及「猗重較兮」，是公入爲卿士時國人思慕而作。徐幹中論修本篇：「衛武公年過九十，猶夙夜不怠，思聞訓道。衛人誦其德，爲賦淇澳。」徐用魯詩，明魯與毛同。齊齊無異義。

瞻彼淇奥，【注】齊「奥」亦作「澳」，又作「隩」。魯作「隩」。緑竹猗猗。【注】魯「緑」作「菉」。韓「竹」作「薄」。

【疏】傳：「興也。奥，隈也。緑，王芻也。竹，萹竹也。猗猗，美盛貌。武公質美德盛，有康叔之餘烈。」○釋文引草木疏云：「奥，亦水名。」「齊奥亦作澳，又作隩」者，漢書地理志：「衛詩曰：『瞻彼淇奥。』」班述齊詩，明齊作「奥」，與毛同。禮大學引此章，「奥」作「澳」，鄭注：「澳，隈崖也。」釋文：「澳，又作隩。」是澳、隩皆齊異文。文選魏都賦劉注引詩作「澳」，用齊文也。「魯作隩」者，釋丘：「隩，隈也。」孔疏引孫炎曰：「隈，水曲中也。」又云：「厓内爲隩。」李巡曰：「厓内近水爲隩。」蓋皆魯義。中論引「淇澳」，亦魯文也。「奥」借字，「隩」、「澳」正字。説文「隩」下云：「隈崖也。」「隈」下云：「水曲隩也。」「澳」下云：「隈厓也，其内曰澳，其外曰隈。」與雅訓合。然則隩、澳皆謂崖岸深曲之處耳。水經注淇水篇：「肥泉，博物志謂之澳水，詩云：『瞻彼淇澳，菉竹猗猗。』毛云：『菉，王芻也。竹，編竹也。』漢武帝塞決河，斬淇園之竹木以爲用。寇恂爲河内，伐竹淇川，治矢百餘萬以輸軍資。今通望淇川，無復此物，惟王芻、編草，不異毛與。又言『澳，隈也』，鄭亦不以爲津源，而張司空專以爲水流入於淇，非所究也。」案，後漢郡國志劉昭注亦引博物志，作「奧水」，與陸疏「奧水」名合，蓋魏晉以來別解。馬瑞辰云：「水之内爲奧，與『水相入爲汭』同義。古人或名泉水入淇處爲淇奧，因有奧水之稱，猶夏汭涇汭亦稱汭水也。」其説允已。緑，當爲菉。「魯作菉」者，釋草：「菉，王芻。」郭注：「菉，蓐也，今呼鴟腳莎。」孔疏引舍人曰：「菉，一爲王芻。某氏曰：菉，鹿蓐也。」爾雅魯詩之學，明魯正字，毛借字。説文「菉」下云：「王芻也。从艸，彔聲。詩曰：『菉竹猗猗。』」又云：「藎，草也。」許引作「菉」，亦魯詩文。據本草，藎草即王芻，葉似竹而細薄，莖亦圓小，郝懿行以爲今之淡竹、葉竹者。釋草又云：「竹，萹蓄。」釋文：「竹，本或作茿。」郭注：「似小藜，赤莖節，好生道旁，可食，又殺蟲。」邢疏引李巡曰：「一物二名也。」孫炎曰：「某氏引詩衛風云：『緑竹猗猗。』」此亦魯説。「緑」當爲「菉」，後人順毛改之。邢又云：「陶隱居本草注云：『處處有，布地而生，節間白葉，華細緑，人謂之萹竹，煮汁與小兒飲，療疣蟲。』是也。」案，邢説與毛傳合。水經注引毛作「緑竹」，（見上。）蓋所據本異。「韓竹作薄」者，釋文：「韓詩竹作薄，音徒沃反，云：薄，萹茿也。石經同。」案，臧琳謂石經爲魯詩。陳喬樅云：「洪适隸釋載石經魯詩殘碑文，言其閒有齊、韓字，蓋取三家異同之説，猶公羊傳所云顔氏，論語碑所云盍毛包周之比也。陸云『石經同』者，謂石經所載韓異文『薄』字，與世所行韓詩字同，非謂魯詩同韓作『薄』也。臧説失之。」李匡乂資暇録云：「薄音篤，萹竹。攷説文：『薄，水萹茿。从竹、从水，毒聲。讀若督。』萹竹乃『萹茿』之假借耳。」愚案：臧又云：「説文：『茿，萹茿。』『薄，水萹茿。』毛借竹作茿，以爲岸萹茿；韓作薄，以爲水萹茿。經言『淇奧』，韓較毛爲勝。」愚謂爾雅釋文竹或作茿，一名萹蓄；韓詩竹作薄，一名萹茿，皆語音變轉。據酈元一名「編草」，亦即離騷之「萹薄」也，今藥中有萹蓄，即是物矣。菉、竹二物，孔疏引陸璣，以爲一草名，非也。又任昉述異記云：「衛有淇園，出竹，在淇水之上。」戴凱之竹譜云：「篠竹根深耐寒，茂被淇苑，淇園衛地，殷紂竹箭園也。」案，任戴二説與酈注合。藝文類聚二十八引班彪游居賦「瞻淇奧之園林，美綠竹之猗猗」，是以詩「綠竹」爲竹，漢世已有此說。陳喬樅云：「班固竹扇賦『青青之竹形兆直』，卽用詩『綠竹青青』語，班習齊詩，此蓋齊義。」案，據陳說，齊當作「綠」，與毛同，大學作「菉」，是齊又借「菉」爲「綠」耳。鄭注：「猗猗，喻美盛。」有匪君子，【注】魯齊「匪」作「斐」，韓作「邲」，云：美貌也。如切如磋，如琢如磨。【注】魯齊說曰：如切如磋，道學也。如琢如磨，自修也。魯「切」亦作「𪘾」。三家「磋」作「瑳」。韓「琢」作「錯」。齊「磨」亦作「摩」。【疏】傳：「匪，文章貌。治骨曰切，象曰磋，玉曰琢，石曰磨。道其學而成也，聽其規諫以自修，如玉石之見琢磨也。」○釋文：「匪，本又作斐。」「魯齊作斐」者，列女傳八、大學引並作「斐」，下同。衆經音義九引同。禮鄭注：「斐，有文章貌也。」「韓作邲，云美貌也」者，釋文引韓詩文，下亦當同。陳喬樅云：「廣韻：『邲，好貌。』好亦卽美義也。」此謂君子有美而文。釋訓：「美士爲彥。」說文：「彥，美士有文，人所言也。」三家字異義同。釋器：「骨謂之切，象謂之磋，玉謂之琢，石謂之磨。」「如切」至「修也」者，釋訓文，大學引同，是魯齊說合。道，言也。「魯切亦作𪘾」者，爾雅釋文：「切，本或作𪘾，同。千結反。」說文：「切，刌也。」骨非可切之物，切借字，作𪘾是。說文：「𪘾，齒差也。从齒，屑聲，讀若切。」段注：「齒差，謂齒相磨切也。差卽今磋磨字。引申之，磨物亦曰𪘾也。」臧琳云：「𪘾是齒之參差，治骨者因其參差而治之俾齊一，故切磋字以𪘾爲正。」黃山云：「𪘾，卽禮內則『屑桂與薑』之屑，本義謂碎之。說文：『碎，䃺也。』『屑，動作切切也。』蓋古屑物以鋸，動作切切而碎末出，因名屑出者爲屑，猶名䃺碎者爲碎。說文訓鋸爲『槍唐』，不言其形，而『業』下云：『捷業如鋸齒，以白畫之象，其鉏鋙相承。』鋸屑以齒，故屑亦从齒，齒差卽齒鉏鋙，治骨者先鋸之而後磋之，今猶然。是段謂齒相磨切，臧謂齒之參差，一著其用，一狀其形，均通。而謂差卽磋，則段掍切、磋爲一，謂因其參差而治之。差乃屬骨，不屬齒。說文：『肤，骨差也。』則臧又掍𪘾、肤爲一，均誤。」「三家磋作瑳」者，說苑建本篇一引作「瑳」，是魯亦作「瑳」，大學及韓詩外傳二兩引作「瑳」，明齊、韓文同。外傳九作「磋」，字誤。荀子大略篇引亦作「瑳」，衆經音義十同。說文無「磋」字，「瑳」下云：「玉色鮮白。」治象齒令鮮白如玉，故謂之「瑳」，明三家正字。後漢馬援傳載援與楊廣書：「語朋友邪，應有切磋。」本傳與東觀漢記稱援受齊詩，引詩當爲「切瑳」，今作「磋」者，後人改之也。說文：「琢，治玉也。」學記：「玉不琢，不成器。」「韓琢作錯」者，御覽七百六十四引韓詩「如磨如錯」。宋綿初云：「磨、錯當上下互易，以諧韻。韓本作『如錯如磨』，外傳今本引並作『琢』，後人順毛所改。東晳補亡白華篇『粲粲門子，如磨如錯』，卽用韓詩。」愚案：宋說是。錯、琢字異義同，鶴鳴「他山之石，可以爲錯」，傳：「錯，石也，可以琢玉。」孔疏：「寶玉得石錯，琢以成器。」是琢必用錯，故琢又爲錯矣。「齊磨亦作摩」者，大學亦作「摩」，與大略篇及毛「又作」本合。說文無「磨」字，「䃺」下云：「石磑也。」「研」下云：「䃺也。」「摩」下云：「研也。」「䃺」下云：「摩也。」論語「磨而不磷」，州輔碑引作「摩而不磷」。樂記「陰陽相摩」，釋文：「摩，本又作磨。」磨、摩字同義通，故易繫辭釋文引京注：「摩，相磑切也。」學記注：「摩，相切磋也。石堅難治，當以礪石摩切之。」釋訓郭注：「骨、象須切磋而爲器，人須學問以成德。玉石之被琢磨，猶人自修飾。」此依雅訓分釋喻意。大略篇云：「人之於文學也，猶玉之於琢磨也。詩曰：『如切如瑳，如琢如磨。』謂學問也。」毛傳：「道其學而成也，聽其規諫以自修，如玉石之見琢磨也。」論衡量知篇「骨曰切，象曰瑳，玉曰琢，石曰磨，切瑳琢磨，乃成寶器。人之學問知能成就，猶骨象玉石切瑳琢磨也。」荀毛王用雅記語而綜說之，以自修卽學中事耳。韓說當同。諸家外傳並推演之詞。瑟兮僩兮，赫兮咺兮；

【注】韓說曰：僩，美貌。魯「咺」作「烜」，齊作「喧」，韓作「宣」，云：顯也，亦作「愃」。【疏】傳：「瑟，矜莊貌。僩，寬大也。赫，有明德赫赫然。咺，威儀容止宣著也。」○釋訓：「瑟兮僩兮，恂慄也。赫兮烜兮，威儀也。」大學引同，是魯齊說又合。禮鄭注：「恂字或作峻，讀如『嚴峻』之峻，言其容貌嚴栗也。」瑟、栗疊韻字。白虎通禮樂篇：「瑟者，嗇也，閑也，所以懲忿窒

欲，正人之德也。」是「瑟」有「嚴正」義。說文「璱」下云：「玉英華相帶如瑟弦。詩曰：『璱彼玉瓚。』」今詩作「瑟」，瑟、璱字同。又「璠」下云：「近而視之，瑟若也。」瑟即璱也。「璪」下云：「玉英華羅列秩秩。」逸論語曰：「玉粲之璱兮，其璪猛也。」合此數義證之，是「瑟兮」謂德容之縝密莊嚴，秩然不亂。璪與栗同，栗則有威，不猛而猛矣。說文：「僩，武貌。从人，閒聲。詩曰：『瑟兮僩兮。』」爾雅釋文：「僩，或作撊。」方言：「撊，猛也。」廣雅釋訓同。武、猛義合，皆嚴栗意也。「僩，美貌」者，釋文引韓詩文。馬瑞辰云：「荀子云『陋者俄且僩也』，以僩與陋對，是以僩爲美，與韓義合。段玉裁訓陋爲『陋陿』，謂與寬大反對，爲毛傳所本，非也。」陳喬樅云：「韓蓋以僩爲『嫺』之假借。新書博職篇云：『明僩雅以道之文。』又道術篇云：『容志審道謂之僩，反僩爲野。』僩與野對，則義當爲嫺雅，故韓仍錯貌。」愚案：毛韓皆別義，與魯齊正訓異。漢書韋賢傳注：「赫，明貌。」「魯咺作烜」者，釋訓作「烜」。釋文：「烜者，光明宣著。」廣雅釋詁：「烜，明也。」張用魯詩，此魯詩文同之證。「齊作喧」者，大學作「喧」。易林坤之巽：「赫喧君子，樂以忘憂。」亦作「喧」，此齊詩文同之證。「韓作宣亦作愃」者。釋文：「咺，韓詩作宣。宣，顯也。」說文：「愃，寬閒心腹貌。从心，宣聲。詩曰：『赫兮愃兮。』」蓋作「宣」者，「愃」之省字，許引亦韓異文。心體寬廣，發見於儀容，故「宣」訓爲「顯」，許韓義不異也。咺、愃、烜，皆借字。有匪君子，終不可諼兮。【注】齊「諼」作「諠」。【疏】傳：「諼，忘也。」○釋訓：「有匪君子，終不可諼兮。道盛德至善，民之不能忘也。」大學引同，亦證魯齊說合。「齊諼作諠」者，大學作「諠」。鄭注：「諠，忘也，民不能忘，以其意誠而德著也。」說文無「諠」字，「諼」下云：「詐也。」無「忘」義。伯兮「焉得諼草」，以草能令人忘憂。釋訓：「萲、諼，忘也。」諼之爲忘，義由假借。

瞻彼淇奧，綠竹青青。有匪君子，充耳琇瑩，【注】三家「琇」作「璓」。【疏】傳：「青青，茂盛貌。充耳謂之瑱。琇瑩，美石也。天子玉瑱，諸侯以石。」○釋文：「青，本或作菁。」青卽菁之省。杕杜「其葉菁菁」，傳：「菁菁，葉盛也。」釋文：「菁，本又作青。」是其證。充耳，瑱也，義具君子偕老。「三家琇作璓」者，說文無「琇」字。「璓」下云：「石之次玉者。詩曰：『充耳璓瑩。』」三家文也。「瑩」下云：「玉色。从玉，熒省聲。一曰，石之次玉者。逸論語曰：如玉之瑩。」愚案：璓謂石，瑩謂玉，言充耳有石、有玉也。知者，考工記：「玉人之事，天子用全，上公用龍，侯用瓚，伯用將。」先鄭云：「全，純色也。龍當爲尨，尨，雜色。」後鄭云：「全，純玉也。瓚，讀爲餍饜之饜。龍、瓚、將，皆雜名也。卑者下尊，以輕重爲差，玉多則重，石多則輕。公侯四玉一石，伯子男三玉二石。」白虎通瑞贄篇：「天子之純玉，尺有二寸；公侯九尺四寸，一石也；伯子男俱三玉二石也。」說文：「瓚，三玉二石也。从玉，贊聲。禮，天子用全，純玉也。上公用駹，四玉一石。侯用瓚，伯用埒，玉石半相埒也。」案，此言圭玉之制，記與說文合，惟將、埒歧出，先鄭全、尨以色言，許全、駹以玉石雜言。後鄭白虎通說五等不同，據賈疏出於禮緯，而言玉石雜則同，推之國君玉瑱，亦當是玉石雜也。弁師：「諸侯之繅斿九就，瑉玉三采，其餘如王之事，繅斿皆就，玉瑱玉笄。」鄭注：「侯當爲公。」此公玉瑱之證，參以本詩「琇瑩」之義，又非全玉，其爲玉石雜甚明。武公入相於周，據世家，王命爲公，準之禮制，殆亦如圭玉用駹與？傳云用石，非所安矣。廣韻十二庚：「瑩，玉色。詩曰：『充耳秀瑩。』」「琇」作「秀」，亦異文。

會弁如星。瑟兮僩兮，赫兮咺兮；有匪君子，終不可諼兮。

【注】魯「會」作「冠」，韓作「膾」。【疏】傳：「弁，皮弁。所以會髮。」箋：「會，謂弁之縫中，飾之以玉，皪皪而處，狀似星也。天子之朝服皮弁，以日視朝。」○傳「所」上脫「會」字。毛讀「會」爲「膾」也。箋「會」如字讀，說與傳異。說文：「膾，骨擿之可會髮者。从骨，會聲。詩曰：『膾弁如星。』」玉篇骨部：「膾，五采束髮。」載說文引詩同。顧與許微異，參用周禮先鄭說。弁師：「王之皮弁，會五采玉璂，象邸玉笄。」鄭注：「故書『會』作『膾』，鄭司農云讀如『馬會』之會，謂以五采束

髮也。士喪禮曰：檜用組乃笄。檜讀與䯤同，書之異耳。說曰以組束髮，乃著笄謂之檜，沛國人謂反紒爲䯤。璂，讀如『綦車轂』之綦。玄謂會讀如『大會』之會，會，縫中也。璂，讀如『薄借綦』之綦，綦，結也。皮弁之縫中，每貫結五采玉十二以爲飾，謂之綦。詩云『會弁如星』，又曰『其弁伊綦』，是也。邸，下柢也，以象骨爲之。」賈疏：「邸，下柢也者，謂如弁內頂上以象骨爲柢。」愚案：此卽象揥。揥、柢一聲之轉，許所云「會髮」之骨擿也。許所據詩从骨作「䯤」，知是骨擿，故不訓爲五采束髮。禮既言「象邸」，則上「會」字亦不當從故書作「䯤」，義各有當也。五采束髮，括以象邸，從而加弁，以玉笄貫之，其弁飾是玉璂，所謂「如星」者也。禮先弁後象邸，詩先䯤後弁，義可互證。箋又云「天子之朝服皮弁，以日視朝」，此言武公入爲卿士，在天子之朝，君臣同服也。釋名：「弁，如兩手相合抃時也。以爵韋爲之謂之爵弁，以鹿皮爲之謂之皮弁，以韎韋爲之謂之韋弁也。」司服：「眡朝，則皮弁服。」玉藻亦有「皮弁視朝」之文，故知弁是皮弁矣。「如星」，言玉之羅列而光明。說文「璂」下云：「弁飾，往往冒玉也。」「璂」下云：「璂或從基。」與弁師文合。往往，言非一處。冒者，加飾之也。鄭注又云「皮弁則侯伯璂飾七，子男璂飾五，玉亦三采。」據上文，諸公之繅斿九就，上公以九爲節，武公璂當飾九也。「魯會作冠，韓作䯤」者，呂覽上農篇高注：「弁，鹿皮冠。詩云：『冠弁如星。』」高用魯詩，明魯作「冠」。鄭注禮時未見毛詩，所引詩作「會」，是齊與毛同。其注禮箋詩義合，蓋用齊說。然則許引作「䯤」者韓詩，顧用韓詩，故亦與許同也。隋書禮儀志：「弁之制，案五經通義：『高五寸，前後玉飾。』詩曰：『璯弁如星。』」左僖二十八年傳「會弁」，釋文云：「本又作璯。」此隋志異文所本。五經文字云，春秋傳注引詩以爲「繪弁」，「弁」無「繪」義，字之誤也。

瞻彼淇奧，綠竹如簀。【注】韓說曰：簀，積也。綠蓐盛如積也。【疏】傳：「簀，積也。」○說文：「簀，牀棧也。」史記范睢傳索隱：「謂葦荻之薄也。」不合詩義。「簀，積也」者，文選張衡西京賦李注引韓詩曰：「綠蓐如簀。簀，積也。」薛君曰：簀，綠薵盛如積也。」陳奐云：「玉篇：薵同薄。」陳喬樅云：「毛韓並訓簀爲積，是以簀爲積之假借。西京賦『芳草如積』，正用斯語，衡用魯詩，然則魯作『菉竹如積』與？」有匪君子，如金如錫，如圭如璧。寬兮綽兮，猗重較兮。【注】韓「綽」亦作「婥」，云：「柔貌也。」三家「猗」作「倚」，「較」作「較」。【疏】傳：「金錫練而精，圭璧性有質。寬能容衆。綽，緩也。重較，卿士之車。」箋：「圭璧亦琢磨四者，亦道其學而成也。綽兮，謂仁於施舍。」○「如金如錫」者，説文「金」下云：「五色金也，黃爲之長，久薶不生衣，百練不輕，從革不違。」「錫」下云：「銀鉛之間也。」孔疏：「武公器德已百練成精，如金錫，如圭如璧」者，説文「圭」下云：「瑞玉也，上圓下方。」「璧」下云：「瑞玉圜也。」孔疏：「道業既就琢磨，如圭璧。」説文「寬」下云：「屋寬大也。」引申之爲凡「寬裕」義。「繛」下云：「緩也。」「綽」下云：「繛或省。」孔疏：「又性寬容兮，而情綽緩兮。」案，此連下「猗重較兮」爲文，則「寬綽」止是寬緩自得之貌，不屬性情言。「韓綽亦作婥，云柔貌也」者，玉篇系部引韓詩作「綽」，慧琳音義七十九引韓詩作「婥」，並云：「柔貌也。」顧震福云：「文選神女賦『柔情綽態』，綽與柔對文，則綽、柔義本相近。莊子在宥篇：『淖約柔乎剛強。』又逍遙遊：『淖約若處子。』釋文引李云：『淖約，柔弱貌。』荀子宥坐篇：『淖約微達，似察。』楊注：『淖約，柔弱也。』綽、淖字通，亦通作婥。説文：『婥，女病也。』女病則柔弱。慧琳音義七十九引考聲云：『婥約，婦人耎弱貌。』史記司馬相如傳上林賦『便嬛婥約』，卽用婥爲綽也。」愚案：韓訓綽爲「柔」，寬綽，猶禮中庸云「寬柔」矣。韓訓貌不訓性情，得之。釋文：「猗，於綺反。依也。」讀猗爲倚。孔疏：「入相爲卿士，倚此重較之車。」其下又云「猗重較兮」，字作「猗」而義爲「倚」，與陸讀同。「三家猗作倚」者，荀子非相篇楊注、文選西京賦李注、曲禮孔疏、論語鄉黨皇疏、説文車部繫傳並引作「倚」，蓋皆用三家文。三家正字，毛借字也。「重較」者，皇疏云：「古人乘路車，皆於車中倚立，倚立難久，故於車箱上安一橫木，以手隱憑之，謂之爲較。詩云『倚重較兮』是也。」「三家較作較」者，説文：「較，車輢上曲鉤也。（各本「輢」誤「騎」，「鉤」誤「銅」。段注據西京賦七啟注訂正。）从車，爻聲。」徐鍇繫傳：「按古今注：車較，車耳也，在車轝上，重起如牛角也。（「車較」之「車」當作「重」，「轝」當作「蕃」，據文選西京賦注訂正。）詩曰：『倚重較兮。』」據玉篇，「較」與「較」同。說文有「較」無「較」，徐引亦三家文。說文：「輢，車旁也。」考工記輿人：「以其廣之半，爲之式崇；以其隧之半，爲之較崇。」鄭注：「較，兩輢上出式者。」阮元云：「言車制者皆以爲直輢，由不解車之有耳也。說文：『較，車輢上曲鉤也。』『輒，車兩輢也。從車，耴聲。』『耴，耳下垂也。』『軓，車耳反出也。』合此四者，可知車耳之制。蓋車輢板通五尺五寸，其下三尺三寸，直立軫上。軫上之輪崇三尺三寸，與直輢前式同高，若過此三尺三寸之上，象耳之耴，故謂之輒，以其反出，又謂之軓。至其直立軫上，上曲如兩角之木，則謂之較，重出式上，故名重較。重耳，卽垂輒之義。秦公子名耴，衞公子名輒，晉公子名重耳，鄭公孫輒字子耳，皆此義也。詩『重較』卽『重耳』之義。」黃山云：「阮說甚明，惟云重出式上名重較、重耳卽垂耴之義則非。蓋既以輢上反出者爲耳，取合說文輒、輢之訓，則耳屬輢、不屬較；若又以較之上曲者同爲耳，則耳與輢重，非與式重。孔疏雖云周禮無單較、重較之文，然大東疏說大車之箱，謂在兩較之間，是平地任載之車亦有兩較，卽阮所論凡車之較，非詩『重較』也。釋名：『較在箱上，爲辜較也。重較其較重，卿所乘也。』文選西京賦『倚金較』，李注引古今注曰：『車耳重較，文官青，武官赤。或曰，車蕃上重起如牛角也。』漢官儀引里語云：『仕宦不止車生耳。』漢鏡銘：『作吏高遷車生耳。』隋書禮儀志：『令三公開府，尚書令給鹿幡軺施耳。』皆是爲卿士之車另有重較之證。爾雅：『較，直也。』又云：『較謂之幹。』胡承珙云：『凡物在兩旁者皆曰幹，故兩脅謂之幹，築牆兩邊障土亦謂之幹。』皆與『較謂之幹』義相發。考工記又云：『三分其隧，一在前，二在後，以揉其式。』就車深四尺四寸計之，是前三之一爲式，人坐車中所憑也；後三之二爲輢。輢必倚幹以立，其幹木上出爲曲鉤形，居輢之內、箱之外，而見於箱上，故後漢輿服志李注引徐廣説，亦云較在箱上，此幹木兩旁直出通謂之『較』，亦卽阮所謂『直立於軫上』者。惟此較上單曲鉤，卽傅於輢，人不能憑，是謂『單較』之制，『重較』則另有重起如牛角者，或塗以金，或飾以青、赤，惟人所施，乃人立車中所憑也。説文『輒』訓『車輢』，此自車輢形如耳垂，與較無涉。若『輙』訓車耳反出，與較字連文，自卽指重較之耳傅於輢者，既爲正出，此則爲反出矣。皇疏謂較爲車中倚立所憑，最合三家猗作倚之義，惟以較爲箱上横木，與式爲車前横木相掍，非立所可倚，既違雅訓直幹之訓，且與諸家車耳之説皆不能合。車耳亦謂之䡥，説文：『䡥，乘輿金耳也。』字通作『彌』。荀子及史記禮書並云：『彌龍，所以養威也。』徐廣注：『乘輿車以金薄繆龍，爲輿倚較。』三國志吴童謡：『黄金車，斑蘭耳，闓閶門，見天子。』（謂孫晧降晉之兆。）蓋惟天子金較龍飾，其色斑蘭，故云金耳斑蘭耳。至百官之車較，當如崔豹所云文青武赤。武公入相於周，其重較亮爲青飾矣。」善戲謔兮，不爲虐兮。【疏】傳：「寬緩弘大，雖則戲謔，不爲虐矣。」箋：「君子之德，有張有弛，故不常矜莊而時戲謔。」○説文：「謔，戲也。从言，虐聲。」是謔爲戲，言虐殘也。从虍，虎足反爪人也。此虐本義。虐承「戲謔」言，則言不傷人亦是「不爲虐」，此引申義。左襄十四年傳：「臧紇如齊唁衛侯，衛侯與之言，虐。」與此「虐」義正同，故紇云「其言糞土也」。不爲虐，則謔而不浪，與終風所刺異矣。

淇奧三章，章九句。

考槃【疏】毛序：「刺莊公也。不能繼先公之業，使賢者退而窮處。」箋：「窮，猶終也。」○案，君不用賢，是詩外意。孔叢子曰：「於考槃見士之遁世而不悶也。」三家無異義。

考槃在澗，【注】三家「槃」作「盤」。韓「澗」作「干」，云：墝埆之處也。一云：考盤在干，地下而黄曰干。碩人之寬。【疏】傳：「考，成。槃，樂也。山夾水曰澗。」箋：「碩，大也。有窮處成樂在於此澗者，形貌大人而寬然有虛乏之色。」

○釋詁：「考，成也。」「般，樂也。」毛傳本之，訓「槃」爲「樂」。案，文選東都賦鶺鴒賦李注引爾雅，並云：「盤，樂也。」無作「槃」者。「三家槃作盤」者，郭注爾雅云：「見詩。」是郭所見此詩及爾雅本必作「盤」，與李注同。爾雅魯詩之學，知魯作「盤」也。釋訓：「諼，忘也。」郭注：「義見考槃。」釋文：「槃，本又作盤。」案，此郭注當爲「盤」，其作「槃」者，傳寫之誤。漢書叙傳：「竇后違意，考盤於代。」顏注：「詩衞風『考盤在澗』，考，成也；盤，樂也。言竇姬初欲適趙而向代，違其本意，卒以成樂也。」班用齊詩，亦作「考盤」而訓爲「成樂」，據下文引文選注，韓詩亦作「盤」，毛字異義同，或因毛作「盤」而挪爲別解，非也。御覽六十九引作「盤」，用三家文。文選四十六李注兩引毛詩一、三章，皆作「盤」，疑毛亦有作「盤」者，而釋文未之及。説文：「昪，喜樂皃。」省作「弁」。小弁傳：「弁，樂也。」詩本字當爲「昪」，般、盤、槃皆同音假借。釋山：「山夾水澗。」「韓澗作干，云墝埆之處也」者，釋文引韓詩文。胡承珙云：「小雅『秩秩斯干』，傳：『干，澗也。』二字通。易『鴻漸于干』，釋文引荀、王注並云：『干，山間澗水也。』虞注：『小水從山流下稱干。』翟注云：『山厓也。』此皆謂干即澗也。」陳喬樅云：「韓云『墝埆之處』者，干爲山澗厓岸之地，故以墝埆言之，謂土地瘠薄者也。丘中有麻傳謂丘中爲『墝埆之處』，與此同義。」「一云考盤在干，地下而黃曰干」者，文選吳都賦劉注引韓詩文，讀詩記六引同。胡承珙云：「黃，疑『潢』字之誤。潢汙者，停水之處。小雅正義引鄭注漸卦云：『干者，大水之傍。』故停水處卽其義也。韓『干』有兩訓，或由韓故韓説與薛君章句之不同。」碩人，謂賢者，雖處陋隘，心自寬綽也。

獨寐寤言，永矢弗諼！【疏】箋：「寤，覺。永，長。矢，誓。諼，忘也。在澗獨寐，覺而獨言，長自誓以不忘君之惡，志在窮處，故云然。」○案，惡，疑「意」之誤，若作「惡」，鄭説必不如此。王肅謂「先王之道，長自誓不敢忘。」愚謂承「考槃」言，則謂「不忘其樂」近得之。隸續平輿令薛君碑「永矢不愃」，「弗」、「不」義同，疑三家有作「不」者。凡从「爰」、从「宣」之字，多相通假。淇奧「諼」，大學作「諠」。伯兮「諼」，釋文又作

「萱」。此「諼」爲「愃」，亦其例。

考槃在阿，【注】韓說曰：曲京曰阿。碩人之薖。獨寐寤歌，永矢弗過！【注】韓「薖」作「傓」，云：美貌。【疏】傳：「曲陵曰阿。薖，寬大貌。」箋：「薖，飢意。弗過者，不復入君之朝也。」○「曲京曰阿」者，一切經音義一引韓詩文。案，謂山曲隈處也。說文「阿」下云：「曲阜也。」「阜」下云：「大陸山無石者。」「韓云曲京」者，釋丘：「絶高謂之京。」釋地：「高平曰陸，大陸曰阜，大阜曰陵。」是陵、阜與京相似，故傳亦云「曲陵曰阿」。皇矣傳又云：「京，大阜也。」文選西都賦注引韓詩曰：「曲景曰阿。」「景」乃「京」之誤。「韓作傓，云傓，美貌」者，釋文引韓詩文，與傳「寬大」義近。廣韻：「傓，美也。」即用韓義。「弗過」者，箋云「不復入君之朝也」，王肅云：「歌所以詠志，長以道自誓，不敢過差。」愚謂「不入君朝」固不待言，而「不敢過差」又非此時詩意所屬，「弗過」，謂不與人相過也。

考槃在陸，【注】韓說曰：陸，高平無水。碩人之軸。獨寐寤宿，永矢弗告！【注】魯「軸」作「逐」，云：逐，病也。【疏】傳：「軸，進也。無所告語也。」箋：「軸，病也。不復告君以善道。」○「陸高平無水」者，玉篇阜部引韓詩文。顧震福云：「說文：『陸，高平地。』釋名：『高平曰陸，陸，漉也，水流漉而去也。』易漸卦『鴻漸于陸』，虞注：『高平稱陸。』馬注：『山上高平曰陸。』陸从坴。說文『坴』下云：『土塊坴坴也。』有土塊，故無水。」孔疏訓『軸』爲『進』，大德之人，進於道義也。」釋詁：「逐，病也。」孔疏：「逐與軸，蓋古今字異。」陳喬樅云：「據此，知魯作逐，而訓爲病。」愚案：箋訓寬爲「虛乏」，薖爲「飢意」，此復取爾雅「逐，病」義，與傳迥殊，蓋皆本於魯詩。「弗告」者，傳「無所告語也」，箋「不復告君以善道」，傳義爲優。

考槃三章，章四句。

碩人【注】魯説曰：「傅母者，齊女之傅母也。女爲衛莊公夫人，號曰莊姜。姜交好，（「交」、「姣」同字。）始往，操行衰惰，有冶容之行，淫佚之心。傅母見其婦道不正，諭之曰：「子之家世世尊榮，當爲民法則；子之質聰達，於事當爲人表式；儀貌壯麗，不可不自修整。」衣錦絅裳，飾在輿馬，是不貴德也。」乃作詩曰：「碩人其頎，衣錦絅衣。齊侯之子，衛侯之妻，東宮之妹，邢侯之姨，譚公維私。」砥厲女之心以高節，以爲人君之子弟爲國君之夫人，尤不可有邪僻之行焉。女遂感而自修。君子善傅母之防未然也。【疏】毛序：「閔莊姜也。莊公惑於嬖妾，使驕上僭。莊姜賢而不答，終以無子，國人閔而憂之。」〇「傅母」至「然也」，列女傳齊女傅母篇文，此魯義也。齊韓未聞。案，左隱三年傳：「衛莊公娶於齊東宮得臣之妹，曰莊姜，美而無子，衛人所爲賦碩人也。」此序義所本，但「衛人」云云，謂當日曾爲莊姜賦詩，非謂詠其無子，此自左氏行文之法如是，與「高克奔陳，鄭人爲之賦清人」句例略同，不得執此爲「閔憂無子」之證，毛似誤會左意。易林豫之家人：「夫婦相背，和氣弗處。陰陽俱否，莊姜無子。」用左傳文，無一字及詩義，或據此謂齊與毛同，亦非。詩但言莊姜族戚之貴，容儀之美，車服之備，媵從之盛，其爲初嫁時甚明。何楷云：「詩作於莊姜始至之時，當以列女傳爲正。」

碩人其頎，衣錦褧衣。【注】魯齊「褧」作「絅」，韓作「檾」。【疏】傳：「頎，長貌。錦，文衣也。夫人德盛而尊，嫁則錦衣加褧襜。」箋：「碩，大也，言莊姜儀表長麗俊好頎頎然。褧，禪也。國君夫人翟衣而嫁。今衣錦者，在塗之所服也。尚之以禪衣，爲其文之大著。」〇碩人，謂莊姜。碩，大也。孟子盡心篇：「充實之謂美，充實而有光輝之謂大。」大人猶美人，簡兮詠賢者，稱「碩人」，又稱「美人」，鄭箋以爲卽一人，是其證也。古人碩、美二字爲讚美男女之統詞，故男亦稱「美」，女亦稱「碩」，若泥「長大」、「大德」爲言，則失之矣。小徐本説文：「頎，頭佳也。从頁，斤聲。」鍇曰：「詩曰：『碩人其頎。』」傳：「頎，長貌。」玉篇頁部「頎」下云：「詩云『碩人頎頎』，傳：『頎，長貌。』又頎頎然佳也。」毛許説並引。案，當以「頭佳」爲本義。顧引詩作「頎頎」，三章「碩人敖敖」，箋云：「敖敖，猶頎頎也。」或謂所據本與毛不同。阮校勘記云：「經文一字，傳箋疊字者多。玉篇依箋疊字，非六朝時經作『碩人頎頎』之本。」其説是也。列女傳作「其頎」。蔡邕青衣賦「碩人其頎」，正用此文。邕習魯詩，與列女傳合，是魯作「其頎」與毛同。説文：「錦，襄色織文。」小字本「色」作「邑」。陳留風俗傳：「襄邑縣南有渙水，北有睢水，所謂睢、渙之間出文章也。」説文「褧」下云：「檾也。詩曰：『衣錦褧衣。』示古反。从衣，耿聲。」「魯齊作絅，韓作檾」者，列女傳作「絅」。禮中庸：「詩曰『衣錦尚絅』，惡其文之著也。」斷文引詩，字亦作「絅」，是魯齊文同。説文「檾」下云：「枲屬。从林，熒省。詩曰：『衣錦檾衣。』」蓋韓作「檾」也。玉篇「檾」亦作「苘」，云與「檾」同。廣韻集韻又作「䔛」，並云與「苘」同。類篇：「䔛，麻屬。」本草：「苘實味苦。」唐本注：「一作䔛字，人取皮爲索者也。」圖經云：「北人種以績布及打繩索，苗高四五尺，或六七尺，葉似苧而薄，花黃，實帶殼，如蜀葵，中子黑色。」與説文「檾，枲屬」合。蓋若左傳之紵衣而實較粗。掌葛注：「䔛紵之屬，可緝績者。」明與「紵」爲二物。韓作「檾」，舉衣材之名也。傳「嫁則錦衣加褧襜」，箋：「褧，褌也。國君夫人衣翟而嫁，今衣錦者，在塗之所服也。尚之以褌衣，爲其文之太著。」案，褌衣不重，以檾爲之，仍微見在内之衣，故謂之褧。褧从耿聲，亦兼會意。説文「耿」下云：「杜林説：耿，光也。从火、聖省。」廣雅釋詁：「耿，明也。」士昏禮「姆加景」，注：「景之制蓋如明衣，加之以爲行道禦風塵，令衣鮮明。景亦明也。」是「褧」與「景」同，所以行道禦塵，從「明」取義，故字从「耿」。毛作「褧」，明制衣之義也。説文：「絅，急引也。」廣雅釋詁：「絅，急也。」無「衣」義，魯齊借字。玉藻「禪爲絅」，注：「有衣裳而無裏是絅，卽褧也。」中庸釋文：「絅，本又作顈。」雜記：「如三年之喪，則既顈，其練祥皆行」，注：「顈，草名。無葛之鄉，去麻則用顈。」是「顈」卽「檾」也。王應麟困學紀聞五：「衣錦尚絅，尚書大傳作『尚蘔』，注云：蘔讀爲絅。字書無『蘔』字，又『䔛』之增文以成者。䔛去艸加糸爲『顈』，猶絅去糸加艸爲『苘』，要皆後起借用之字，以裻、䋣二文爲正。」鹽鐵論散不足篇：「古者男女之際尚矣，嫁娶之服，未之以記。及虞夏之後，蓋表布内絲，骨笄象珥，封君夫人加錦尚裻而已。」桓述齊詩，此蓋齊說。「裻」宜作「絅」，後人據毛改之。

齊侯之子，衛侯之妻，東宮之妹，【注】魯說曰：東宮，世子也。韓說曰：女弟曰妹。邢侯之姨，譚公維私。【注】魯說曰：妻之姊妹同出爲姨。女子謂姊妹之夫爲私。魯「譚」亦作「覃」。齊韓「私」亦作「厶」。【疏】傳：「東宮，齊太子也。女子後生曰妹。妻之姊妹曰姨。姊妹之夫曰私。」箋：「陳此者，言莊姜容貌既美，兄弟皆正大。」○齊侯，蓋莊公購。衛莊元年甲申，當魯惠公十二年、齊莊公三十八年也。齊莊六十四年卒，子釐公祿甫立。東宮得臣，當是釐公之兄，未立而先卒。以年世推之，可知姜是齊莊女也。喪服傳注：「凡言子者，可以兼男女。」「東宮，世子也」者，呂覽應審篇高注文，引詩爲證。此魯說，與傳云「齊太子」同。案，齊女傅母傳：「莊姜者，東宮得臣之妹也。」與左傳合。得臣未卽位，終言「東宮」，未成爲君之詞。「女弟曰妹」者，慧琳音義三引韓詩文。釋親：「男子謂女子後生爲妹。」毛傳同。說文：「妹，女弟也。」段玉裁云：「釋名：『妹，昧也。』文从未。白虎通：『妹者，末也。』又似从末。」顧震福云：「說文：『媦，楚人謂女弟曰媦。』玉篇：『媦，楚人呼妹。』纂文：『河南人云：媦，妹也。』廣雅釋親、公羊桓二年傳何注並云：『媦，妹也。』以媦、妹聲近義同考之，仍以从未作妹爲正。」「妻之」至「爲私」，釋親文，魯說也。左僖二十四年傳：「凡蔣邢茅胙祭，周公之胤也。」說文：「邢，周公子所封地，近河内懷。」漢書地理志趙國襄國下云：「故邢國。」案，今順德府邢臺縣南百泉村有襄國故城，此邢始封地，說文據後徙也。漢志，懷、平皋俱屬河内。左襄六年傳「赤狄伐晉，圍懷及邢丘」，杜注：「邢丘，今河内平皋縣。」漢志「平皋」下應劭曰：「邢侯自襄國徙此。當齊桓公時，衛人伐邢，邢遷於夷儀，其地屬晉，號曰邢丘，以其在河之皋，處埶平夷，故曰平皋。」臣瓚曰：「春秋傳狄人伐邢，邢遷於夷儀，不至此也。今襄國西有夷儀城，去襄國百餘里，邢是丘名，非國也。」師古曰：「應說非也。左氏傳曰『晉侯送女于邢丘』，蓋謂此耳。」愚案：平皋故城在今懷慶府温縣東二十里。夷儀，邢地。注春秋者皆未詳所在，說文言「近」，存疑之詞。後漢郡國志平睪下云：「有邢丘，故邢國，周公子所封。」與許、應說合。薛顏異義，未知孰是。詩稱邢侯，則襄國之邢也。白虎通宗族篇：「族或言九者，據有交接之恩也。若『邢侯之姨，覃公維私』也。」釋親：「妻之姊妹同出爲姨。」郭注：「同出，謂俱已嫁。詩曰：『邢侯之姨。』」「妻之女弟爲姨」者。呂覽長攻篇：「蔡侯曰：息夫人，吾妻之姨也。」高注云云，並魯說，而高義尤晰。說文：「妻之女弟同出爲姨。」釋名：「妻之姊妹曰姨。姨，弟也，言與己妻相長弟也。」是姨專屬妻妹言，與高注合。或遂以爲同事一夫，誤也。釋親：「女子謂姊妹之夫爲私。」郭注：「詩曰：『譚公維私。』」孔疏引孫炎曰：「私，無正親之言。」釋名：「姊妹互相謂夫曰私。言於其夫兄弟之中，此人與己姊妹有恩私也。」雜記「吾子之外私某」，是凡有恩私，皆得稱之，故孫以爲「無正親之言」。疏：「謂吾姨者，吾謂之私，邢侯、譚公皆莊姜姊妹之夫，互言之耳。」譚，說文作「鄿」，云：「國也，齊桓公之所滅。」案，齊滅譚，見春秋莊十年經。郡國志濟南東平陵下云：「有譚城。」一統志：「在今濟南府歷城縣東南。」「魯譚亦作覃」者，白虎通號篇：「何以知諸侯得稱公？詩曰：『覃公維私。』覃，子也。」宗族篇引同。（見上。）譚作覃，是魯異文。朱子儀禮經傳通解引郭璞爾雅注，亦作「覃」。據白虎通，「公」是諸侯之通稱。「三家私亦作厶」者。說文繫傳「厶」下云：「詩曰：『譚公維厶。』」「私」作「厶」，蓋亦三家異文。陳喬樅云：「說文厶部下引韓非曰：『倉頡造字，自營爲厶。』八部『公』下云：『八，猶背也。韓非曰：自營爲厶，背厶爲公。』禾部『私』下云：『禾也，北道名禾主人曰私主人。』是私字不兼『公厶』義，今經傳公厶字皆作私，乃古人假借用之。」愚案：此章傅母言姜族戚之貴，列女傳所謂「爲人君之子弟爲國君之夫人，不可有邪僻之行也」。

手如柔荑，【注】魯說曰：手如柔荑者，茅始熟中穰也，既白且滑。【疏】傳：「如荑之新生。」○說文：「荑，草也。」傳

「如荑之新生」，義無專屬，蓋以爲草。孔疏：「荑所以柔，新生故也，若久則不柔，故知新生也。」是手之如荑，從「柔」取義，不從「荑」取義。「手如」至「且滑」，御覽九百九十六引風俗通引詩文。應用魯詩，此魯說也。靜女傳：「荑，茅之始生也。」是茅亦可言荑，以喻手柔，尤爲切至。

膚如凝脂。【疏】傳：「如脂之凝。」○說文「冰」下云：「水堅也。」「凝」下云：「俗冰，從疑。」內則疏：「凝者爲脂，釋者爲膏。」釋器：「冰，脂也。」亦謂冰者爲脂。爾雅魯詩之學，蓋魯「凝」作「冰」。孔疏引孫炎曰：「膏凝曰脂。」「凝」亦當爲「冰」，傳寫妄改耳。

領如蝤蠐，【注】魯「蝤」作「螬」。【疏】傳：「領，頸也。蝤蠐，蝎蟲也。」○說文：「領，項也。」「項，頭後也。」玉篇：「項，頸後也。」廣韻：「頸在前，項在後。」是頭之下、頸之後爲領。蝤蠐者。釋文：「蝤，似修反，徐音曹。𧓈，本又作蠐，又作齊，同音齊。」是陸所據毛本作「𧓈」。說文：「蝤，蝤𧓈也。」「蝎，蝤𧓈也。」「𧓈，𧓈蠤也。」「蠤，𧓈蠤也。」蠐作「𧓈」，與陸作「𧓈」同。釋蟲：「蟦，蠐，螬。」郭注：「在糞土中。」又云：「蝤蠐，蝎。」注：「在木中。今雖通名爲蝎，所在異。」其以蝎、螬爲二物，與許同，惟許書無「蟦」字，「蟦」疑「糞」之音轉字。孔疏引孫炎曰：「蠐螬謂之蟦螬，關東謂之蝤蠐，梁益之間謂之蝎。」方言：「蠀螬謂之蟦，自關而東謂之蝤蟦，或謂之蝽蠋，或謂之蝖蝬；梁益之間謂之蛒，或謂之蝎，或謂之蛒蛒；秦晉之間謂之蠹，或謂之天螻。」蟦、蠐一聲之轉，孫楊以爲一物。本草：「蟦蠐一名蟚齊，一名敎齊，生河內平澤及人家積糞草中，反行者良。」陶隱居云：「大者如足大指，以背行乃駛於脚，從夏入秋化爲蟬。」論衡無形篇『蠐螬化爲復育，復育化而爲蟬』是也。」陳藏器本草拾遺：「蝤蠐，木蠹。一如蠐螬，節長足短，生腐木中，穿木如錐刀，至春羽化爲天牛。一名蝎。」據此，二物迥別，其誤爲一物者。「蝤」、「螬」雙聲，釋文：「蝤，徐音曹。」足證徐據音同以爲一物。「魯蝤作螬」者，乃徑改「蝤蠐」之「蝤」爲「螬」。蔡邕青衣賦「領如螬蠐」，是魯詩以「螬」爲「蝤」之明證。淮南氾論訓高注：「槽，讀『領如蠐螬』之螬。」則「螬」、「蠐」誤倒，猶莊子至樂篇「烏足之根爲蠐螬」，釋文：「司馬本作螬蠐也。」蝤蠐、蠐螬，音轉互混，以爾雅説文爲正。孔疏：「白而長，故以比頸。」齒如瓠犀，【注】魯「犀」作「棲」。【疏】傳：「瓠犀，瓠瓣。」○「魯犀作棲」者，釋草：「瓠棲，瓣。」郭注：「詩云：『齒如瓠棲。』」釋文：「舍人本『觚棲』，云：觚，瓠也。」孔疏引孫炎曰：「棲，瓠中瓣也。」是魯「犀」作「棲」，與毛異。呂覽本生篇高注：「皓齒，詩所謂『齒如瓠犀』者也。」淮南修務訓注同。高用魯詩，字當作「棲」，疑後人據毛改之。説文「瓣」下云：「瓜中實也。」「𠧧」下云：「鳥在巢上，象形。」「棲」下云：「𠧧或從木、妻。」此「棲」本義，引申之，凡物止著其處皆謂之「棲」。賓之初筵傳「舉鵠而棲之於侯」，釋文：「棲，著也。」瓠實著於瓤中，故云「瓠棲」，齒白而齊，似之。犀，西徼外牛名，同音借字。螓首蛾眉。【注】三家「螓」作「頱」，「蛾」作「娥」。【疏】傳：「螓首，顙廣而方。」箋：「螓，謂蜻蜻也。」○「三家螓作頱」者，説文：「頱，好貌。从頁，争聲。詩所謂頱首。」段注：「傳但云『顙廣而方』，不言螓爲何物，箋乃云『螓，蜻蜻』，知毛作頱，鄭作螓，鄭據三家改毛，是三家作『螓首』也。」愚案：釋文「螓首」下云「音秦」，與正義合，陸、孔所見毛詩本並作「螓」。王肅述毛，釋文引其説云：「如蟬而小。」是肅所見毛詩亦作「螓」，則作「頱」者三家文也。釋蟲「蚻，蜻蜻」，郭注：「如蟬而小。」孔疏引舍人曰：「小蟬也，青青者。」某氏曰：「鳴蚻蚻者。」孫炎曰：「方言云，有文者謂之螓。」孔又云：「此蟲額廣而且方。」釋文：「郭徐子盈反，沈又慈性反。方頭有文。」並與傳義合，益證毛作「螓首」無疑。「三家蛾作娥」者，段注：「蛾眉，毛鄭皆無説。王逸注離騷云：『娥眉，好貌。』師古注漢書，始有『形若蠶蛾』之説。離騷及招魂注並云：『娥亦作蛾。』今俗本倒易之。娥作蛾，字之假借，如漢書外戚傳『蛾而大幸』，借『蛾』爲『俄』。宋玉賦『眉聯娟以蛾揚』，揚雄賦『何必颺纍之蛾眉』、『虙妃曾不得施其蛾眉』，皆『娥』之假借字。娥者，美好輕揚之貌。方言：『娥，好也。秦晉之間，好而輕者謂之娥。』大招『娥眉曼只』，枚乘七發『皓齒娥眉』，張衡思玄賦『嫮眼娥眉』，陸士衡詩『美目揚玉津，娥眉象翠翰』，儻從今本作『蛾』，則一句用『蛾』，又用『翠羽』，稍知文義者不肯也。」愚案：「蛾」、

「娥」二義並通。蛾眉者，眉以長爲美，蠶蛾眉角最長，故以爲喻，顏説是也。傳箋因其易曉，故不爲説，且與「螓」對文，知必從蟲作「蛾」。釋文出「蛾眉」字，云「我波反」，孔疏亦云「螓首蛾眉」指其體之所似，謂舉物之一體以象之。是毛詩本作「蛾」，而作「娥」者爲三家文矣。藝文類聚十八引詩曰「螓首娥眉」，正作「娥」。「蛾」、「娥」二文，詩家並采，不專一説，段氏未爲全得也。巧笑倩兮，【疏】傳：「倩，好口輔。」○説文：「倩，人美字也。」引申之爲凡「美好」義，故傳云「倩，好口輔」。楚詞大招「靨輔奇牙，宜笑嘕只」，王注：「嘕，笑貌。輔一作酺。」陳奐謂「嘕」、「倩」一聲之轉。案，淮南修務篇「奇牙出，酺輔搖」，亦言笑也，並與傳「好口輔」義合。論語八佾篇引詩「巧笑倩兮」，馬注：「倩，笑貌。」皇疏：「笑巧而貌倩倩然。」意與傳同。修務篇又云「冶由笑」，高注：「冶由笑，巧笑，詩曰『巧笑倩兮』是也。」高用魯詩，明魯與毛同。釋文：「倩，本亦作蒨，韓詩云蒼白色。」案，據陸所見，毛亦有作「蒨」之本，非韓詩也，韓如作「蒨」，不當以「蒼白色」爲訓。「蒨」是「茜」之俗字。説文「茜」下云：「茅蒐也。」「蒐」下云：「茅蒐茹藘，人血所生，可以染絳。」廣雅：「地血茹藘，蒨也。」禮雜記注：「蒨，染赤色者也。」蒨染赤，何得訓「蒼白色」？且與「巧笑」意不屬，斷爲誤文。美目盼兮。【注】韓説曰：盼，黑色也。魯此下有「素以爲絢兮」句。【疏】傳：「盼，白黑分。」箋：「此章説莊姜容貌之美，所宜親幸。」○説文：「詩曰：『美目盼兮。』从目，分聲。」有闕文。衆經音義八引説文：「盼，目黑白分也。」與傳合。修務篇云「目流眺」，高注：「流眺，睛盼也。詩曰『美目盼兮』是也。」此用魯説。八佾篇引詩「美目盼兮」，馬注：「盼，動目貌。」皇疏：「目美而貌盼盼然也。」並與魯説合。「盼，黑色也」者，釋文引韓詩文。陳喬樅云：「白黑分則瞳之黑色益顯，故韓以『黑色』言之。」「魯有素以爲絢兮句」者，列女傳云：「儀貌壯麗，不可不自修整。」正指此章言。論語子夏引：「巧笑倩兮，美目盼兮，素以爲絢兮。」説文：「素，白緻繒也。」聘禮注：「采成文曰絢。」以列女傳證之，魯詩本有此一句。「手如柔荑」六句，歷述儀貌之壯麗。「素以爲絢」，喻當加修整意，所以傚姜之衰惰，取義深至而毛詩無之，故昔以爲逸詩耳。

碩人敖敖，說于農郊。【注】魯「說」作「稅」。【疏】傳：「敖敖，長貌。農郊，近郊。」箋：「敖敖，猶頎頎也。說，當作襚，禮春秋之『襚』，讀皆宜同。衣服曰襚，今俗語然。此言莊姜始來，更正衣服于衛近郊。」○敖，無「長」義。毛鄭訓「長貌」者，說文「贅」下云：「贅，顤高也。」「顤」下云：「高長頭。」是「敖」即「贅」之省文，故云然。廣雅釋詁亦云：「顤、顥，高也。」釋文：「說，本或作稅，舍也。」箋：「說，當作襚，衣服曰襚。此言莊姜始來，更正衣服於衛近郊。」鄭承上文「在塗之服」言，兩義俱通。「魯說作稅」者，文選上林賦張揖注：「詩曰：『稅于農郊。』邑外謂之郊，郊，田也。」張述魯詩，是魯作「稅」，與釋文「或作」本合。呂覽孟春紀高注：「東郊，農郊也。」高用魯說，以東郊爲農郊，知魯詩「農郊」必訓爲「東郊」矣。古者迎春耕耤，布農命田，皆在東郊，故「東郊」謂之「農郊」。齊在衛東，夫人入竟，稅於此以待郊迎。四牡有驕，朱幩鑣鑣，【注】韓「鑣鑣」作「儦儦」。翟茀以朝。【注】三家「茀」作「蔽」，云：「諸侯夫人始來，乘翟蔽之車以朝見於君，盛之也。【疏】傳：「驕，壯貌。幩，飾也。人君以朱纏鑣扇汗，且以爲飾。鑣鑣，盛貌。翟，翟車也，夫人以翟羽飾車。茀，蔽也。」箋：「此又言莊姜自近郊既正衣服，乘是車馬以入君之朝，皆用嫡夫人之正禮，今而不答。」○說文：「馬高六尺爲驕。」公羊隱元年傳何休解詁：「天子馬曰龍，高七尺以上。諸侯馬高六尺以上。」國君夫人馬高六尺，故云「有驕」，猶言馬皆壯大耳。說文「幩」下云：「馬纏鑣扇汗也。从巾，賁聲。詩曰：『朱幩鑣鑣。』」「鑣」下云：「馬銜也。从金，麃聲。」釋文：「鑣，馬銜外鐵也，一名扇汗，又名排沫。」案，陸誤也。續漢輿服志「乘輿象鑣，赤扇汗。王公列侯朱鑣，絳扇汗。」明「鑣」與「扇汗」爲二物。「朱幩」即「絳扇汗」，公侯所用，制沿自古矣。據許，幩以纏於鑣上，行則飄揚，若爲馬扇汗然，故又名「扇汗」。徐鍇繫傳：「謂以帛纏馬口旁鐵，扇汗使不汗也。」它書無謂鑣名扇汗者。「排沫」者，銜在馬口，沫向外分流，若排去之然。

文選舞賦云「揚鑣飛沫」，急就篇顏注：「鑣者，銜兩旁之鐵，今之排沫是也。」是銜與旁鐵統謂之「鑣」矣。重言「鑣鑣」者，四牡皆有鑣，連翩齊驅，故傳云「盛貌」，此實字虛詁之例，會意爲訓也。廣雅釋訓：「鑣鑣，盛也。」是魯與毛同。「韓鑣鑣作儦儦」者。玉篇人部：「詩云：『朱幩儦儦。』盛貌也。」顧用韓詩，知韓作「儦儦」。說文：「儦，行貌。」廣雅釋詁：「儦，行也。」翟者，夫人以翟羽飾車。「三家茀作蔽」者。案，巾車：「王后之五路：重翟，錫面朱總；厭翟，勒面繢總；安車，彫面鷖總，皆有容蓋。翟車，貝面組總，有握；連車，組輓，有翣羽蓋。」鄭注：「重翟，重翟雉之羽也。厭翟，次其羽使相迫也。重翟、厭翟，謂蔽也。重翟，后從王祭祀所乘。厭翟，后從王賓饗諸侯所乘。安車無蔽，后朝見於王所乘，謂去飾也。詩國風碩人曰『翟蔽以朝』，謂諸侯夫人始來，乘翟蔽之車以朝見於君，盛之也。此翟蔽蓋厭翟也。然則王后始來，乘重翟乎？翟車不重不厭，以翟飾車之側爾，后所乘以出桑。連車不言飾，后居宮中，從容所乘，但漆之而已。」案，鄭引詩「茀」作「蔽」，是三家文。（何彼穠矣正義引同。）「謂諸侯」至「盛之也」，引三家詩說如此。「盛之也」者，言嫁攝盛之禮，其爲重翟、厭翟，詩說無明文。重、厭皆爲翟蔽，故鄭疑「翟蔽」是「厭翟」，唯王后乘重翟也。曰「蓋」、曰「乎」，存疑之詞。賈疏：「彼是衛侯之夫人，當乘厭翟，則上公夫人亦厭翟，以其王姬下嫁於諸侯，車服不繫於其夫，下王后一等，不得乘重翟，則上公與侯伯夫人皆乘厭翟可知。若子男夫人，可以乘翟車。」愚案：諸侯之禮，不得以王朝爲比，后履至尊，制有所極，不須攝盛。后乘重翟，王姬下嫁乘厭翟，此等殺之必然者，車服不繫於其夫，本其自有之貴，正所以尊王也。公侯夫人下王姬一等，則厭翟固其所乘，賈謂上公侯伯夫人皆厭翟是也。嫁攝盛則乘重翟，猶褘衣是王后服，據君子偕老有「象服」，則諸侯夫人得服褘。詩爲宣姜初至時作，亦嫁攝盛之禮，車、服一也。若仍乘厭翟，何謂「盛之」乎？必知夫人嫁乘重翟者，上言「朱幩」，則此是重翟。巾車「重翟朱總」，鄭司農注：「以繒爲之，總著馬勒，直兩耳與兩鑣。」詳其制，與「幩」合，是「朱幩」即「朱總」，惟重翟用之，若厭翟，非朱幩矣。安車，常朝所乘，非嫁時所用，前後章皆言初嫁時事，明非常朝。傳云「夫人聽内事於正寢」，及以「翟」爲「翟車」，皆不如三家義長。或泥傳云「人君以朱纏鑣扇汗」，謂「四牡」二句就君説，「翟茀」句就夫人説，則上下文義尤不屬。茀者，蔽也。巾車賈疏：「凡言翟者，皆謂翟鳥之羽，以爲兩旁之蔽。言重翟者，皆二重爲之；厭翟者，謂相次以厭其本；下有『翟車』者，又不厭其本也。」案，釋器：「輿，革前謂之鞎，後謂之第；竹前謂之禦，後謂之蔽。」「第」與「茀」同，茀、蔽義一，是車後障蔽之名，加用翟羽，取其文采美觀，蓋通兩旁與後並飾之，謂之「翟茀」、「翟蔽」，賈但言兩旁，失蔽之本義。重，二重爲之是也。厭，今俗作壓，比次其羽，令相迫壓，每羽但重其半，次於重翟一等。翟車惟飾兩旁，不重不厭，故直謂之翟車。疏說俱誤。以朝者，謂君親迎而夫人朝見。穀梁傳：「迎者，行見諸，舍見諸。」是夫人初見，有朝見國君之禮也。

大夫夙退，無使君勞。【注】韓説曰：退，罷也。魯説曰：君，謂女君也。

【疏】傳：「大夫未退，君聽朝於路寢，夫人聽内事於正寢，大夫退然後罷。」箋：「莊姜始來時，衛諸大夫朝夕者皆早退。無使君之勞倦者，以君夫人新爲妃耦，宜親親之故也。」○「大夫」者，公羊莊二十四年傳：「禮，夫人至，大夫皆郊迎。」此「大夫」爲衛大夫。姜税於郊，大夫隨君出迎，正與禮合。夙，早也。「退，罷也」者，釋文引韓詩文，謂既見夫人，早退罷也。「君謂女君也」者，列女傳楚莊樊姬篇：「詩曰：『大夫夙退，無使君勞。』其君者，謂女君也。」「無使君勞」，極形夫人之尊貴，魯説如此，較毛義優矣。列女傳：「衣錦絅裳，飾在輿馬，是不貴德也。」「飾在輿馬」，就「四牡」三句言，此魯詩皆指夫人，不兼國君之明證。「衣錦」云云，又通上章，總言其車服。傅母言夫人所貴在德。若但有車服之盛飾，是不以德爲貴，非謂車服不當盛美也。

河水洋洋，北流活活，【注】魯説曰：衛地濱於淇水，在北流河之西。魯「洋洋」亦作「油油」。施罛濊濊，

【注】魯「罛」亦作「罟」，「濊濊」一作「㳚㳚」。韓說云：流貌。齊作「薉薉」。鱣鮪發發，【注】魯「發發」一作「潑潑」，韓作「鱍鱍」，齊作「鮁鮁」。葭菼揭揭，庶姜孼孼，【注】韓「孼」作「巘」，云：長貌。庶士有朅。【注】韓「朅」作「桀」，云：健也。【疏】傳：「洋洋，盛大也。活活，流也。罛，魚罟。濊，施之水中。鱣，鯉也。鮪，鮥也。發發，盛貌。葭，蘆。菼，薍也。揭揭，長也。孼孼，盛飾。庶士，齊大夫送女者。朅，武壯貌。」箋：「庶姜，謂姪娣。此章言齊地廣饒，士女佼好，禮儀之備，而君何爲不答夫人。」○「衛地」至「之西」者，趙岐孟子章句十二：「衛詩竹竿之篇曰：『泉源在左，淇水在右。』碩人之篇曰：『河水洋洋，北流活活。』衛地濱於淇水，在北流河之西。」陳喬樅云：「漢志河內郡共：『北山，淇水所出，東至黎陽入河。』魏郡鄴：『故大河在東北入海。』焦循曰：『鄴東大河故道，由黎陽北行，故衛風曰：「河水洋洋，北流活活。」趙氏當東漢時，鄴河久竭，河徙東行，衛地不在河西，而淇水不濱於河，故兩引詩以明古河與淇之所在也。』胡渭禹貢錐指云：『河至大伾山西北，折而北，逕朝歌之東，故謂之北流，是也。』」愚案：趙用魯詩，據其引詩語，明以北流河屬衛，蓋魯說如此。箋疏據詩末二語，以此爲言齊地之河，失之。衛故都在河西北，齊在衛東。姜初嫁時，傅母從行渡河，覩物產之饒美，國土之富；「庶姜」二句，方及媵從之盛，總以見姜之尊榮，婦道不可不正也。釋詁：「洋，多也。」傳：「洋洋，盛大也。」應劭風俗通義十引詩曰：「河水洋洋。」應用魯詩，與趙同。漢書地理志：「衛詩曰：『河水洋洋。』」班用齊詩，明魯齊同作「洋洋」。「魯亦作油油」者：劉向九歎王注引詩「河水油油」，「洋」、「油」一聲之轉，王引蓋魯異文。廣雅釋訓：「油油，流也。」「活活」者，說文「涽」下云：「水流聲。从水，昏聲。」繫傳云：「案詩曰：『北流涽涽。』」玉篇「活」下云：「詩曰：『北流活活。』」重文「涽」下云：「說文活。」實則說文凡从「舌」之字如「适」、「活」、「栝」、「聒」之類皆本从「昏」，非異文也。史記田齊世家正義：「施，張設也。」說文「罛」下云：「魚罟也。从网，瓜聲。詩曰：『施罛濊濊。』」「罟」下云：「网也。从网，古聲。」「濊」下云：

「礙流也。从水，薉聲。詩曰：『施罟濊濊。』」「𥨍」下云：「空大也。从大，歲聲，讀若詩『施罟濊濊。』」小徐本作「泧泧」。

案，詩有二文，一作「眔」，一作「罟」，說文「眔」下注引詩當作「眔」，不作「罟」，後人據「濊𥨍」注誤改之。「魯眔亦作罟」者，淮南原道訓「因江海以爲之罟」，高注：「罟，魚网也。詩曰：『施罟濊濊。』」說山訓注：「眔，大网也。詩曰『施眔濊濊，鱣鮪潑潑』是也。」呂覽上農篇注：「眔，魚罟也。詩云：『施眔濊濊。』」高用魯詩，明魯作「眔」，又作「罟」，「眔」、「罟」雖分大小，散文則通。或據說山上農作「眔」，欲併原道正文及注「罟」字改之，非也。「濊濊」者，說文：「濊，水多貌。」「魯一作泧泧」者，廣雅釋訓：「泧泧，流也。」與小徐本合，明「泧」是魯異文，讀與「濊」同。說文「眓」下云：「視高貌。从目，戉聲，讀若詩曰『施眔濊濊』。」是其證。許書無「濊」字，「𥨍」注之「濊濊」，乃「濊濊」之誤文也。「濊濊，流貌」者，釋文引韓詩文，蓋言眔下與水俱流。參之高注，魯韓並作「濊」，與毛同，則作「濊濊」者爲齊文矣。說文：「薉，蕪也。」「濊」注「礙流」之訓，自「蕪薉」義引申而出。眔罟多若礙流然，「濊」是形聲兼會意字，蓋齊義如此。廣韻十三末：「濊，水聲。」「濊，同上。」義雖微異，文則互通，故淮南齊俗篇云：「河水欲清，沙石濊之。」又以「濊」爲「濊」也。釋魚「鯉，鱣」，郭注：「鯉，今赤鯉魚。鱣，今江東呼爲黃魚。」釋文「鱣」與「鯉」全異，皆據目驗，言潛有鱣有鮪，鰷鱨鰋鯉，明鱣、鯉二魚。毛傳「鱣，鯉也」，此誤以爾雅爲兼名訓釋，而說文從之。鮪者，釋魚「鮥，鮛鮪」，郭注：「鮪，鱣屬也，大者名王鮪，小者名鮛鮪。」說文：「鮪，鮛也。」「鮛，叔鮪也。」淮南氾論訓注：「鱣，大魚，長丈餘，細鱗，黃首白身，短頭，口在腹下。鮪，大魚，亦長丈餘，仲春二月從西河上，得過龍門便爲龍。」「魯發發一作潑潑」者，呂覽諭大篇高注：「鱣鮪皆大魚，長丈餘。詩曰：『鱣鮪發發。』」季春紀注云：「鮪魚似鯉而小。（時則訓註作「大」，疑此誤。）詩曰：『鱣鮪潑潑。』」據此，「發」、「潑」兩作。唐石經元刻作「潑潑」，後改「發發」，是毛與魯同。傳：「發發，盛貌。」「潑潑」者，魚在水中潑潑然也。「韓作鱍鱍」者，釋文引韓詩文。「齊作鱍鱍」者。說文

「鮁」下云：「鱣鮪鮁鮁。」蓋齊文也。集韻十三末「鱍」下云：「魚游貌。或省作發，亦作鮁。」又「鮁」下云：「或作發，亦從魚。」是「鱍」、「鮁」字同，以「鮁」爲正，從「犮」、從「發」之字古多通用。玉篇「撥」與「拔」同，亦其證。釋文引馬融云：「魚著网，尾發發然。」讀「發」爲「鱍」也。「葭」義具騶虞。說文「𦸗」下云：「萑之初生，一曰薍，一曰鵻。从艸，剡聲。」「菼」下云：「𦸗或从炎。」「薍」下云：「𦸗也。从艸，亂聲。八月薍爲葦也。」「萑」下云：「薍也。从艸，隹聲。」「揭，高舉也。」重言之曰「揭揭」。傳：「揭揭，長也。」秦風：「蒹葭蒼蒼，白露爲霜。」此蒹葭長時有霜之證。說文又云：「蒹，萑之未秀者。」「葭，葦之未秀者。」「蒼，艸色也。」揭揭然高舉，則色蒼蒼然矣。皆以葭菼未秀時言。詩爲莊姜初至時作，與古禮「霜降逆女」合。庶姜，姪娣。「韓孽作𨏯，云長貌」者，釋文引韓詩文，「牛遏反」。案，說文「孽」下云：「庶子也。从子，辥聲。」無「盛飾」義。「𨏯」下云：「載高貌。从車，𤄔省聲。」釋訓「孽孽，戴也」，郭注：「頭戴物。」故傳以爲「盛飾」。但上文「頎頎」、「敖敖」皆以高長美碩人，則此亦以高長美庶姜，非謂盛飾也。頭戴物則高，與「𨏯」之「載高」正同，故字從「𨏯」爲正，引申之爲人高長義。呂覽過理篇「宋王築爲孽臺」，高注：「孽當作𨏯，孽與𨏯音同。詩曰『庶姜𨏯𨏯』，高長貌也。」張衡西京賦：「飛檐𨏯𨏯。」廣雅釋訓：「𨏯𨏯，高也。」高、張皆用魯詩，是魯作「𨏯」與韓同。「孽」一爲「𨏯」，猶說文引書盤庚「蘖」一爲「𤄔」。文選魯靈光殿賦「飛陛揭孽」，正用此詩「揭揭」、「孽孽」之文。李注：「揭孽，高貌。」明漢人讀「孽」爲「𨏯」也。庶士，傳：「齊大夫送女者。」孔疏：「桓三年左傳曰：『凡公女，嫁於敵國。公子，則下卿送之。』齊衛敵國，莊姜齊侯之子，則送者下卿也。大夫，卿之總名。士者，男子之大稱，故齊大夫統稱『庶士』也。」「朅作桀，云健也」者，釋文引韓詩文。陳喬樅云：「『伯兮』『邦之桀兮』，傳：『桀，特立也。』特立卽健義，亦武壯貌。說文：『朅，去也。』毛詩『朅』蓋『偈』之假借。偈、桀音義相近。廣雅釋詁：『偈，健也。』衆經音義六引字林：『偈，健也。』『伯兮朅兮』，傳：『朅，武也。』玉篇人部：『偈，武貌。詩曰：伯兮偈兮。』」

文選高唐賦序注引韓詩云：『偈、桀，健也。』是揭、偈、桀三字義近通假之證。」愚案：「有揭」卽「揭揭」，詩偶變其文。谷風「有洸有潰」，毛傳釋爲「洸洸潰潰」。女曰雞鳴「明星有爛」，鄭箋：「明星尚爛爛然。」皆其例也。

碩人四章，章七句。

氓【注】齊說曰：氓伯以婚，抱布自媒。棄禮急情，卒罹悔憂。【疏】毛序：「刺時也。宣公之時，禮義消亡，淫風大行，男女無別，遂相奔誘。華落色衰，復相棄背，或乃困而自悔，喪其妃耦，故序其事以風焉。美反正，刺淫泆也。」○棄婦自悔恨之詞。後漢崔駰傳載駰祖篆慰志賦所謂「懿氓蚩之悟悔」也。毛以詩爲他人代述，說亦可通。左成八年傳引詩「女也不爽」四句，杜注：「詩衞風，婦人怨丈夫不一其行。」「氓伯」至「悔憂」，易林蒙之困文，夬之兌同，首句作「以緡易絲」，此齊說，魯韓無異義。

氓之蚩蚩，【注】韓說曰：氓，美貌。「蚩」亦作「嗤」，云：志意和悅也。**抱布貿絲。**【注】齊說曰：以緡易絲。

【疏】傳：「氓，民也。蚩蚩者，敦厚之貌。布，幣也。」箋：「幣者，所以貿物也。季春始蠶，孟夏賣絲。」○說文：「氓，民也。」「氓美貌」者，釋文引韓詩文。馬瑞辰云：「氓、藐聲之轉，蓋韓以『氓』爲『藐』之叚借。爾雅：『藐藐，美也。』說文：『顯，美也。』『藐』卽『顯』之叚音。」愚案：美民爲「氓」，猶美士爲「彥」、美女爲「媛」也。據此及易林，韓齊作「氓」，與毛同。易林云「氓伯」者，伯兮箋以伯爲呼其君子之字，詩義當同，疑齊說相傳有此文也。陳喬樅云：「小爾雅廣言：『蚩，戲也。』衆經音義二十三引倉頡篇云：『蚩，笑也。』文選阮籍詠懷詩注、古詩十九首注兩引說文『嗤，笑也』，李善云：『嗤與蚩同。』說文無『嗤』字，『欰』下云：『欰欰，戲笑貌。』蚩當卽欰之或體，蚩蚩爲戲笑貌。此婦人追本男子誘己之時，與己戲笑，己悅之而以爲美也。」「韓蚩亦作嗤」者，慧琳音義十五引韓詩作「蚩」，音義七引作「嗤」，並云：「志意和悅貌也。」顧震福云：「龍龕手鑑：『蚩，和悅也。』廣韻：『⿰虫欠，喜笑。』喜笑即和悅也。釋名：『蚩，癡也。』即毛所云敦厚貌。蚩蚩者，乃笑之癡也。毛韓義異而可以互相發明。」抱，說文作「褒」，云：「褒也。」秦策韋注：「抱，持也。」「以緡易絲」者，易林夬之兌文。（引見上。）「緡」即錢也。史記平準書如注：「詩云『抱布貿絲』，故謂之緡也。」正用易林齊義。漢書武紀「初算緡錢」，李斐注：「緡，絲也，以貫錢也。」食貨志「賈人之緡錢」，注：「緡，謂錢貫也。」釋言「貿，市也」，郭注：「詩云：『抱布貿絲。』」蓋即舊注魯詩文，不詳「布」爲何物。案，載師「凡宅不毛者，有里布」，先鄭注：「里布者，布參印書，廣二寸，長二尺，以爲幣貿易物。詩云『抱布貿絲』，抱此布也。或曰，布，泉也。春秋傳曰：『貿之百兩一布。』又廛人職掌斂市之次布、儳布、質布、罰布、廛布。」後鄭注：「不知言『布參印書』者何？見舊時說也。玄謂宅不毛者，罰以一里二十五家之泉。」賈疏云：「『里布』至『抱此布』，此說非，故先鄭自破之也。云『或曰布泉』以下至『廛布』，此說合義也。」愚案：先鄭前說，後鄭時已不曉其義，或以爲古毛詩說。先鄭又曰「布，泉也」，其注禮亦兼釋詩，明詩有「布泉」義也，所引廛人云云，彼諸布皆是泉，故以爲證。後鄭駁先鄭前說，則其釋詩亦不主「布參印書」之義，而以布爲泉可知。鄭注禮時書三家詩，知三家必訓「布」爲「泉」。此箋依傳訓「布」爲「幣」者，說文：「布，枲織也。」「幣，帛也。」此二字本義。食貨志：「貨寶於金，利於刀，流於泉，布於布，束於帛。」此泉刀與金布帛各爲物也。又引周景王將更鑄大錢，單穆公言「量資幣，權輕重，以救民。民患輕，則爲之作重幣。」「秦兼天下，幣爲二等，黄金以溢爲名，上幣；銅錢，質於周錢，文曰『半兩』，重如其文。」金錢皆爲幣，是錢可稱「布」，又可稱「幣」，傳箋訓布爲幣，正以布爲錢，因世所共曉，不須分析言之。若枲織之布，與幣帛之幣顯然二物，周秦漢以來從無以布當幣者。莊子山木篇郭注，釋布爲「匹帛」，此晉人語，由於誤解毛傳，孔疏乃云布幣謂絲麻布帛之布，未免溷淆矣。以布爲錢，「抱」字訓「褒」、訓「持」，義俱可通。疏云「泉則不宜抱之」，亦非。說文：「絲，蠶所吐也。从二糸。」「糸，細絲也。」鹽鐵論借幣篇：「古者市朝而無刀幣，各以其所有易無，抱布貿絲而已。」此言若遇無刀幣之時，則以物相易，非謂周世無刀幣也，直云以布易絲，亦非訓布爲幣。桓習齊詩，此蓋齊家異義。又易林解之乾云「抱布貿絲」，並明齊毛文同。**匪來貿絲，來卽我謀。送子涉淇，至于頓丘。**【疏】傳：「丘一成爲頓丘。」箋：「匪，非。卽，就也。此民非來買絲，但來就我，欲與我謀爲室家也。子者，男子之通稱。言民誘己，己乃送之涉淇水，至此頓丘，定室家之謀，且爲會期。」○易林萃之歸妹「來卽我謀」，知齊毛文同。傳「丘一成爲頓丘」，釋丘「丘一成爲敦丘」，郭注：「成，猶重也。今江東呼地高堆爲敦。」孔疏引孫炎曰：「形如覆敦，敦器似盂，又如覆敦者。」「敦丘」，郭注：「敦，盂也。」疏引孫炎曰：「丘，一成之形象也。」是「頓丘」卽「敦丘」，毛作「頓」，同音借字，魯詩今文當作「敦」。風俗通義十引詩云「至于頓丘」，應用魯詩，「頓」當作「敦」，後人據毛改之，今「頓」行而「敦」廢矣。漢書地理志云「東郡頓丘」，顏注：「以丘名縣也。丘一成爲頓丘，謂一頓而成也。或曰重也，一重之丘。」顏兼用爾雅及釋名文，所云「以丘名縣」，卽詩「頓丘」矣。水經淇水注略云：淇水自衛郡黎陽，右合宿胥故瀆，瀆受河於頓丘縣遮害亭東、黎山西北，會淇水處立石堰過水，今瀆東北注。蘇代曰：「決宿胥之口，魏無虛頓丘。」卽指是瀆也。淇水又逕雍榆城南，又東北逕帝嚳冢西，世謂之頓丘臺，非也。皇覽曰「帝嚳冢在東郡濮陽頓丘城南臺陰野中」者也。又北，歷廣陽里，逕顓頊冢西，帝王世紀曰「顓頊冢，東郡頓丘城南廣陽里大冢」者也。淇水又北，屈而西轉，逕頓丘北，故闞駰云「頓丘在淇水南」，爾雅曰「山一成謂之頓丘」，釋名謂「一頓而成丘，無高下大小之殺也」，詩所謂「送子涉淇，至于頓丘」者也。魏徙九原西河土軍諸胡，置土軍於丘側，故其名亦曰土軍也。又屈，逕頓丘縣故城西。古文尚書以爲「觀地」矣，蓋太康弟五君之號曰「五觀」者也。竹書紀年：「晉定公三十一年城頓丘。」蓋因丘而爲名，故曰頓丘矣。細繹酈注，淇水於頓丘城南逕帝嚳顓頊二冢，又逕頓丘北，方至頓丘故城西，注中止一言頓丘，餘並廣及縣治，與丘無涉。或謂衞有三頓丘，及黎陽東郡有二頓丘者，皆誤。一統志：「頓丘故城在今大名府清豐縣西南二十五里。」此婦居淇水北，涉淇而南，乃至頓丘。頓丘築城，始自晉定公時，毛序以爲衞宣公時作，自衞宣元年至晉定三十一年，歷二百三十八甲子，作詩時頓丘尚無城也。

匪我愆期，子無良媒。將子無怒，秋以爲期。【注】韓說曰：將，辭也。【疏】傳：「愆，過也。將，願也。」箋：「良，善也。非我欲過子之期，子無善媒來告期時。將，請也。民欲爲近期，故語之曰：請子無怒，秋以與子爲期。」○釋文：「愆，字又作諐。」說文：「愆，過也。从心，衍聲。諐，籒文。」釋言：「愆，過也。」案，此氓欲爲近期，故婦言非我故欲過會合之期，因子尚無善媒耳，將子無怒，秋以爲期可乎？初念尚知待媒，雖有成約，猶欲以禮自處也。婦欲待媒而氓怒。毛訓「將」爲「願」，於文不順，故箋改之。「將辭也」者，文選甘泉賦李注引薛君韓詩章句文。僞家語本命解王肅注：「季秋霜降，嫁娶者始于此。詩曰『將子無怒，秋以爲期』也。」案，箋云「孟夏賣絲」，孔疏：「月令孟夏，云『蠶事既畢，分繭稱絲』，是孟夏有絲賣之也，欲明此婦見誘之時節，故云賣絲之早晚，以男子既欲爲近期，女子請之至秋，明近期不過夏末，則賣絲是孟夏也。」愚案：男約近期，女請至秋，未必拘季秋逆女之節。王肅據淫奔之詩以明禮，斯爲謬矣。張衡定情賦「秋爲期兮」，時已征用此經文。

乘彼垝垣，以望復關。【疏】傳：「垝，毀也。復關，君子所近也。」箋：「前既與民以秋爲期，期至，故登毀垣，鄉其所近而望之，猶有廉恥之心，故因復關以託號民云，此時始秋也。」○說文：「乘，覆也。从入、桀。」案，凡物相覆謂之「乘」。易屯卦鄭注：「馬牝牡曰乘。」是也。人在垣上，若覆之者，故亦曰「乘」。說文：「垝，毀垣也。从土，危聲。詩曰：『乘彼垝垣。』」「垣，牆也。」釋詁：「垝，毀也。」郭注：「詩曰：『乘彼垝垣。』」蓋魯舊注義與毛同。傳「復關，君子所近也。」陳奐據左襄十四年、二十六年傳衛有「近關」，謂衛之關有遠有近，詩之關卽「近關」，傳本左傳爲說。愚案：「復」無近義，且「近關」非以君子所近蒙稱，此毛誤解左氏也。廣雅釋詁：「復，重也。」管子牧民篇注同。復關，猶易言「重門」。近郊之地，設關以譏出入、禦非常，法制嚴密，故有重關，若司關疏所稱「面置三關」者。婦人所期之男子，居在復關，故望之。崔篆賦所謂「揚蛾眉於復關」也。**不見復關，泣涕漣漣。既見復關，載笑載言。**【注】魯「泣」作「波」。魯說曰：漣漣，流貌也。韓說曰：漣漣，淚下貌。【疏】傳：「言其有一心乎君子，故有自悔。」箋：「用心專者怨必深。則笑則言，喜之甚。」○傳箋「漣漣」二字均無訓義。「流貌也」者，劉向楚詞九歎「涕流交集兮泣下漣漣」，王逸注：「漣漣，流貌也。詩曰：『泣涕漣漣。』」王述魯說。「魯泣作波」者，宋本詩攷引「泣」作「波」，丁晏以爲今本後人依毛改之，故詩云涕下如流泉波涕。說新而確。「淚下貌」者，玉篇水部：「詩曰：『泣涕漣漣。』淚下貌。」顧述韓詩，說與魯合。易林坤之井：「三女求夫，伺候山隅。不見復關，泣涕漣洳。」「洳」疑「如」之誤。乾之家人解之家人末同作「長思憂歎」，此齊義。「三女求夫」云云，蓋舊說有之，今不可攷矣。**爾卜爾筮，體無咎言。**【注】齊韓「體」作「履」。韓說云：履，幸也。**以爾車來，以我賄遷。**【疏】傳：「龜曰卜，蓍曰筮。體，兆卦之體。賄，財。遷，徙也。」箋：「爾，女也。復關既見此婦人，告之曰：我卜女筮女，宜爲室家矣。兆卦之繇，無凶咎之辭，言其皆吉，又誘定之。女，女復關也。信其卜筮皆吉，故答之曰：逕以女車來迎我，我以所有財遷徙就女也。」○以二語爲男告女之詞，承上文「載言」實之。「齊體作履」者，禮坊記：「子云：善則稱人，過則稱己，則民不爭；善則稱人，過則稱己，則怨益忘。詩云：『爾卜爾筮，履無咎言。』」鄭注：「爾，女也。履，禮也。言女鄉卜筮然後與我爲禮，則無咎惡之言矣。言惡在己，彼過淺。」說與箋詩異。案，記稱子說，引詩以明「過則稱己」之意，此最古義。昏姻正禮，先以卜筮，左傳所載懿氏卜妻敬仲晉獻公筮嫁穆姬是也。「履」、「禮」古通用，此婦人棄逐之後，追述往事，言己見復關，問知爾已卜矣，爾已筮矣，我仍惟禮是履，匪媒不嫁，則不至有後來咎惡之言，不應卽以爾車來，以我賄遷耳。所謂過則稱己，惡在己，彼過淺也。子不引下二句，見聖人非禮不道，嚴重如此。禮家舊說多用齊詩，蓋齊義如此。「履，幸也」者，釋文引韓詩文。郝懿行云：「爾雅：『履，福也。』幸者，趨吉而免凶，亦福之意。」陳喬樅云：「漢書伍被傳注：『幸，非望之福。』履義訓福，故引申旁通，其義亦得訓幸。」愚案：韓意亦謂問知爾已卜筮，幸無惡咎之言，特我不當以賄遷往耳，合下二句釋之，方得夫子「過則稱己」，引詩以說之意。此婦自恨卒爲情誘，違其待媒訂期之初念，直道其事如此，齊詩所謂「棄禮急情」也。

桑之未落，其葉沃若。于嗟鳩兮，無食桑葚！于嗟女兮，無與士耽！【注】韓「于」作「吁」。【疏】傳：「桑，女功之所起。沃若，猶沃沃然。鳩，鶻鳩也。食桑葚過，則醉而傷其性。耽，樂也。女與士耽，則傷禮義。」箋：「桑之未落，謂其時仲秋也，於是時國之賢者刺此婦人見誘，故于嗟而戒之。鳩以非時食葚，猶女子嫁不以禮，耽非禮之樂。」○此以桑落、未落興己色盛衰。「沃」，說文作「𣹫」，云：「灌溉也。从水，芺聲。」草木得溉灌則肥盛而美。衆經音義引廣雅云：「沃，溼也，美也。」魯語注：「沃，肥美也。」淮南墬形訓注：「沃，盛也。」溉灌，本義；肥盛美，引申義。「沃若」，與「沃沃」、「有沃」同詞，隰桑「其葉有沃」，猶「沃沃」也。毛於隰桑傳云：「沃，柔也。」於隰有萇楚傳云：「沃沃，壯佼也。」故爲歧詞，實卽一義，古人狀物必疊二文以盡形容之妙。「若」、「然」同義，「沃若」卽「沃然」，亦卽「沃沃」矣。此以鳩喻女，又以桑喻士，隨文見義也。傳：「鳩，鶻鳩也。食桑葚過，則醉而傷其性。」說文：「葚，桑實也。」釋文作「椹」。泮水傳作「黮」，字同。疏：「鶻鳩，班鳩也。鳩類非一，知此是鶻鳩者，以鶻鳩冬始去，今秋見之，以爲喻，故知非餘鳩也。」「韓于作吁」者，外傳二引詩曰：「『吁嗟女兮，無與士耽。』皆防邪禁佚，調和心志。」明韓「于」皆作「吁」。荀子非相篇「處女莫不願得以爲士」,楊注:「士,未娶妻之稱。」「耽」説詳下。士之耽兮,猶可説也;女之耽兮,不可説也!【疏】箋:「説,解也。士有百行,可以功過相除。至於婦人無外事,維以貞信爲節。」○「士之耽兮」四句,列女魯宣繆姜傳引,明魯毛文同。説文:「耽,耳大垂也。从耳,冘聲。詩曰:『士之耽兮。』」謂耳垂過大也,此本義,詩訓爲樂之過,又自「過大」義旁推之,言男子過行,猶有解説之詞,婦人從一而終,失節則無可言矣。毛但訓「樂」,義未盡。

桑之落矣,其黃而隕。【注】齊説曰:桑之將落,隕其黃葉。失勢傾側,而無所立。自我徂爾,三歲食貧。淇水湯湯,漸車帷裳。【疏】傳:「隕,惰也。湯湯,水盛貌。帷裳,婦人之車也。」箋:「桑之落矣,謂其時季秋也,復關以此時車來迎己。徂,往也,我自是往之女家。女家乏穀食已三歲貧矣,言此者,明己之悔不以女今貧故也。帷裳,童容也。我乃渡深水,至漸車童容,猶冒此難而往,又明己專心於女。」○説文:「凡草曰零,木曰落。」「隕」下云:「自高下也。」詩言桑落,特繪其落之情狀,謂將落時其葉必先黃而後隕,喻婦人色必先衰而後被棄逐也。「桑之」至「所立」,易林履之噬嗑文,泰之无妄剥之震小過之復同,亦以將落爲言。「無所立」,無自立之所也,喻婦人被逐,自立無所,此齊義。後漢孔融傳擬劉表於桑落,以爲其勢可見,李注引此詩,融亦言表有桑落之勢,似此婦人也。馬瑞辰云:「詩下言『三歲爲婦』,推之『三歲食貧』,應指既嫁之後。食貧,猶居貧。箋訓『食』爲『穀食』,非。」愚案:馬説是。追言徂爾食貧,至於三歲,我無悔意也。釋文:「漸,子廉反。溼也。」孔疏云:「童容,以帷障車之旁如裳,以爲容飾,故或謂之帷裳,或謂之童容,其上有蓋,四傍垂而下,謂之襜。」愚案:車,即復關之車,上文所云「爾車」也。此婦更追溯來迎之時,秋水尚盛,己渡淇徑往,帷裳皆溼,可謂冒險,而我不以此自阻也。以上四句,皆「不爽」之證。女也不爽,士貳其行。士也罔極,二三其德。【疏】傳:「爽,差也。極,中也。」箋:「我心於女,故無差貳,而復關之行有二意。」○「女也不爽」,列女魯季敬姜傳引，明魯毛文同。王引之云：「貳當爲貣之譌，貣音他得反，即『忒』之借字。洪範『衍忒』，史記宋微子世家作『衍貣』。管子正篇『如四時之不貣』，即易之『四時不忒』也。爾雅：『爽，差也。』『爽，忒也。』豫卦、彖傳鄭注：『忒，差也。』是爽與忒同訓爲『差』。爾雅說此詩曰：『晏晏旦旦，悔爽忒也。』正謂恨士之爽忒其行。據爾雅所釋，詩之作『貣』明矣。」陳喬樅云：「據爾雅『悔爽忒』之語，足證魯詩是作『士忒其行』，毛譌作『貳』，三家皆當作『忒』也。」愚案：王、陳說是。詩言我無爽忒，汝之行乃有差忒，所以然者，汝之心失其中，不專一其德而有二三耳，故初至於暴而其後見棄逐也。

三歲爲婦，靡室勞矣。【注】韓說曰：靡，共也。【疏】箋：「靡，無也。無居室之勞，言不以婦事見困苦。有舅姑曰婦。」○「三歲爲婦」，與上文「三歲食貧」相應。毛傳言婦年老見棄。愚案：婦總角與氓相識，即私奔年長，當不過二十內外，加三歲亦未遽老，特因色衰愛移，婦由奔誘而來，不以夫婦之禮相待，與谷風諸詩有別，非年老也。箋釋兩「三歲」爲二義，蓋欲以實年老之說，非是。黃山云：「箋『有舅姑曰婦』，案公羊僖二十五年、宣元年傳皆云：『其稱婦何？有姑之辭也。』穀梁文三年傳云：『曰婦，有姑之辭也。』鄭連『舅』言，必非今文說。推公穀之義，亦他人稱婦，非婦自名。詩爲婦以室勞言，係對夫自述，義於『舅姑』無涉。禮曲禮：『夫人自稱於天子曰老婦。』國策趙太后對大臣，亦自稱『老婦』。又漢以下，婦人未有子者皆自稱『新婦』。史記陳嬰母謂嬰曰：『自我爲汝家婦』，則自稱爲『婦』，乃婦之常。說文：『婦，服也。從女，持帚灑掃也。』釋名：『婦，服也，服家事也。』服家事，即同室服勞，正爲婦之本職。『三歲爲婦』，猶李白長干行『十四爲君婦』之意，不必如鄭說。」「靡，共也」者，易中孚釋文引韓詩、列子說符篇注引外傳文。言三歲之中，食貧同居，共室家勞瘁之事。如箋訓，是復闕之待此婦甚優，非氓家食貧者所能爲，與下文語意不貫，明韓說優矣。夙興夜寐，靡有朝矣。【疏】箋：「無有朝者，常早起夜臥，非一朝然，言己亦不解惰。」○「夙夜」，義具陟岵，說詳彼注，猶朝暮也。興，起。

寐，卧也。漢書昭帝紀始元五年詔，引「夙興夜寐」句，昭帝從韋賢受魯詩，又從蔡義受韓詩，明魯韓與毛文同。「靡有朝」，言不可以朝計也，猶易言非一朝之故。言既遂矣，至于暴矣。兄弟不知，咥其笑矣。靜言思之，躬自悼矣！【疏】傳：「咥咥然笑。悼，傷也。」箋：「言，我也。遂，猶久也。我既久矣，謂三歲之後，見遇浸薄，乃至見酷暴。兄弟在家，不知我之見酷暴，若其知之，則咥咥然笑我。靜，安。躬，身也。我安思君子之遇己無終，則身自哀傷。」○雨無正傳：「遂，安也。」說文：「咥，大笑也。」此婦人云我既安然爲汝婦矣，不料見遇浸薄，乃至酷暴不堪，始則相陵，後乃偪逐，不能不歸。從前奔從復關之時，不告於兄弟，後至夫家，始末情事，兄弟亦茫然不知，今見我歸，但一言之，皆咥然大笑，無相憐者。我靜思之，惟身自傷悼爲匪人所誘耳。

及爾偕老，老使我怨。【疏】箋：「及，與也。我欲與女俱至於老，老乎女反薄我，使我怨也。」○嚴粲云：「詩言總角之宴，則此婦人始笄便爲此氓之婦，三歲不應便老，蓋言始也將與汝偕老，今未老而已見棄，若從爾至老，其被暴戾必有甚者，愈使我怨也。」愚案：「及爾偕老」，即復關從前信誓之詞，此婦追述其前誓，而云今已見棄，尚何所言，徒使我老增哀怨耳。箋泥「老」字，以爲老乃見棄，固非，嚴解亦未當也。淇則有岸，隰則有泮。【疏】傳：「泮，陂也。」箋：「泮讀爲畔，畔，涯也。言淇與隰皆有厓岸以自拱持，今君子放恣心意，曾無所拘制。」○釋文引呂忱云：「陂，阪也，所以爲隰之限域也。」詩即目爲喻，言淇水之盛，尚有岸以爲障；原隰之遠，尚有畔以爲域，今復關之心，略無拘忌，蓋淇、隰之不足喻矣。總角之宴，言笑晏晏。信誓旦旦，不思其反。反是不思，亦已焉哉！【注】魯說曰：晏晏旦旦，悔爽忒也。【疏】傳：「總角，結髮也。晏晏，和柔也。信誓旦旦然。」箋：「我爲童女，未笄結髮宴然之時，女與我言笑晏晏然而和柔，我其以信，相誓旦旦耳。言其懇惻款誠。反，復也。今老而使我怨，曾不念復其前言。已焉哉，謂此不可奈何，死生自決之辭。」○釋文：「宴，如字，本或作丱者，非。」正義同。馬瑞辰云：「作『丱』者是也。丱卽『丫』字之省，爲總角貌，丱與晏古音正合。箋『宴然』亦當爲『丱然』之譌，作宴者，因下『晏晏』而誤也。釋文正義轉以作丱爲非，失之。」愚案：馬說是。總角者，童女直結其髮，聚之爲兩角。自爲童女時卽見此氓，是貿絲非一次，至長成後乃與相期約耳。始則言笑和柔，繼則信誓誠懇，所以誘之備至，今於爽忒後述之如此。釋訓：「晏晏旦旦，悔爽忒也。」釋文：「旦，本或作悬。」說文：「怛，憯也。從心，旦聲。或從心，在旦下。詩曰『信誓悬悬』。」許所引者，魯詩作「悬」之本也。陳喬樅云：「悬悬爲憯之意，故鄭箋又云『言其懇惻款誠』，亦本魯說爲訓也。」胡承珙云：「說文：『憯，痛也。』方言：『怛，痛也。』或疑於此『信誓』義不協，不知傷痛者至誠迫切之意，故可通爲形容誠懇之貌也。」禮表記：「國風曰：『信誓旦旦，言笑晏晏，不思其反。反是不思，亦已焉哉。』」鄭注：「此皆與爲婚禮而不終也。言始合會，言笑和悅，要誓甚信，今不思其本恩之反覆，反覆之不思，亦已焉哉，無如此人何。怨深也。」愚案：據表記引「言笑」五句，知齊毛文同。釋文云：「信誓，本亦作矢誓。」蓋齊家有異文作「矢」。「不思反覆其前言」，鄭釋爲「不思其本恩之反覆」，此齊說異義。

氓六章，章十句。

竹竿【疏】毛序：「衛女思歸也。適異國而不見答，思而能以禮者也。」○愚案：古之小國數十百里，雖云異國，不離淇水流域。前三章衛之淇水，末章則異國之淇水也。三家無異義。

籊籊竹竿，以釣于淇。豈不爾思，遠莫致之！【疏】傳：「興也。籊籊，長而殺也。釣以得魚，如婦人待禮以成爲室家。」箋：「我豈不思與君子爲室家乎？君子疏遠己，己無由致此道。」○說文：「竿，竹梃也。」說文無「籊」字。馬瑞辰云：「釋木『梢，梢擢』，郭注：『謂木無枝柯，梢擢長而殺也。』王氏念孫云：『梢之言削也。』讀如輪人『掣爾而纖』之

『掣』。鄭注：『掣，纖殺小貌也。』擢與籊籊聲近而義同。爾雅又云：『無枝爲檄。』郭注：『檄，擢直上。』亦與籊籊爲長而殺義近。卓文君白頭吟『竹竿何嫋嫋，魚尾何簁簁』，義取此詩。」愚案：淇水衛地，此女身在異國，思昔日釣游之樂而遠莫能致，此賦意。傳言『釣以得魚，如婦人待禮以成爲室家』，此興意也。

泉源在左，淇水在右。女子有行，遠兄弟父母。【疏】傳：「泉源，小水之源。淇水，大水也。」箋：「小水有流入大水之道，猶婦人有嫁於君子之禮。今水相與爲左右而已，亦以喻己不見答。行，道也。女子有道當嫁耳，不以不答而違婦禮。」〇趙岐孟子章句十二引衛詩竹竿之篇曰：「泉源在左，淇水在右。」趙習魯詩，明魯毛文同。胡承珙云：「衛都朝歌，淇自其城北屈而西轉，亦在衛之西北，其下流乃在西南。詩不曰泉水曰泉源，水經淇水注：『泉有二源，一曰馬溝，二曰美溝，皆出朝歌西北。』詩自其源而言之，故曰『在左』。淇水詩不曰源，則是目其下流已至衛之西南，故曰『在右』。一字分別，不苟如此。」俗本「父母」在「兄弟」上。阮校勘記云：「小字本、閩本、明監本皆作『遠兄弟父母』，釋文以『遠兄』二字作音可證。」胡承珙云：「王風葛藟、魯頌閟宮皆『母』與『有』均，小雅沔水『母』與『友』均，與此『母』、『右』爲均同。」藝文類聚二十三引荀爽女誡云：「詩曰：『泉源在左，淇水在右。女子有行，遠父母兄弟。』（此所謂俗本。）明當許嫁配適君子，竭節從理，正身節行，稱爲順婦，以崇螽斯百葉之祉。」爽習齊詩，明齊毛文同。「當許嫁配適君子」，與箋「有行」義合，以此推之，古訓相承如此。

淇水在右，泉源在左。巧笑之瑳，佩玉之儺。【疏】傳：「瑳，巧笑貌。儺，行有節度。」箋：「己雖不見答，猶不惡君子，美其容貌與禮儀也。」〇馬瑞辰云：「瑳，當爲『齹』之假借。說文『齹』字注：『一曰開口見齒之貌，讀若柴。』笑而見齒，故以齹狀之。『齹』借作『瑳』，猶『玼』或作『瑳』也。」說文：「儺，行有節也。詩曰：『佩玉之儺。』」段玉裁云：

「此雙字本義。」愚案：由上文遞推之，見遠其家，遂至夫家，得見其夫體貌之美，禮節之嫺，故詠之。箋言「己雖不見答，猶不惡君子」，愚謂但不見答耳，未至棄絕，何敢言惡。東漢時如梁鴻之於孟光，袁隗之於馬融女，初不見禮，旋歸於好，此事古多有之也。

淇水滺滺，檜楫松舟。駕言出遊，以寫我憂。【注】魯「滺」作「油」。【疏】傳：「滺滺，流貌。檜，柏葉松身。楫，所以櫂舟也。舟楫相配，得水而行。男女相配，得禮而備。出遊思鄉衛之道。」箋：「此傷己今不得夫婦之禮，適異國而不見答，其除此憂，維有歸耳。」○釋文：「浟，本亦作滺，音由。」馬瑞辰云：「滺，古止作『攸』。說文：『攸，水行也。从攴、从人，水省。』戴侗曰：『唐本作水行攸攸也。』說文又曰：『𣲡。秦刻石嶧山，攸字如此。』是攸从『水』者即省『人』，从『人』者即省『水』作『丨』，不應於『攸』字又加水旁，『滺』乃俗字。張參五經文字：『滺，書無此字，見詩風，亦作攸。』是詩古本作『攸攸』之證。」「魯作油油」者，王逸楚詞九歎惜賢篇注：「油油，流貌。詩曰：『河水油油。』」河是淇之誤。廣雅釋訓：「油油，流也。」「油油」即「浟浟」之異文。王習魯詩，明魯作「油油」。傳：「檜，柏葉松身。楫，所以櫂舟也。」吳志張紘傳裴松之注，引吳紀孫皓問紘子尚云：「詩曰『汎彼柏舟』，惟柏中舟乎？」對曰：「詩言『檜楫松舟』，則松亦中舟也。」陳喬樅云：「紘從濮陽闓受韓詩，見吳書，知尚亦習韓詩也。」愚案：據此，韓毛文同。詩言淇水依然，舟楫具備，惟命駕而往出遊，以寫我憂思耳。

竹竿四章，章四句。

芄蘭【疏】毛序：「刺惠公也。驕而無禮，大夫刺之。」箋：「惠公以幼童即位，自謂有才能而驕慢於大臣，但習威儀，不知爲政以禮。」○三家無異義。

芄蘭之支，【注】魯「支」作「枝」。【疏】傳：「興也。芄蘭，草也。君子之德，當柔潤溫良。」箋：「芄蘭柔弱，恆蔓延於地，有所依緣則起。興者，喻幼穉之君，任用大臣，乃能成其政。」○釋草：「雚，芄蘭。」說文作「莞」，云：「芄蘭，莞也。」陸疏云：「一名蘿摩，幽州人謂之雀瓢。」焦循云：「即今田野間所名『麻雀官』者，其結莢形與解結錐相似，故以起興。」胡承珙云：「莢綴於支上，亦可云支也。」「魯支作枝」者，說苑修文篇云：「能治煩決亂者佩觿，能射御者佩韘，能正三軍者搢笏衣，必荷規而成矩，負繩而準下，故君子衣服中而容貌得，接其服而象其德，故望玉貌而行能有所定矣。詩云：『芄蘭之枝，童子佩觿。』說行能者也。」阮元云：「詩『本支百世』，左傳作『枝』。漢書楊雄傳『支葉扶疏』，即『枝葉』，皆以支爲枝。」陳喬樅云：「支、枝今古文之異。唐石經亦作枝。」愚案：說文「芄」下引詩亦作「枝」。童子佩觿。雖則佩觿，能不我知！【疏】傳：「觿，所以解結，成人之佩也。人君治成人之事，雖童子猶佩觿，早成其德。不自謂無知，以驕慢人也。」箋：「此幼穉之君雖佩觿與，其才能實不如我衆臣之所知爲也。惠公自謂有才能而驕慢，所以見刺。」○觿者，說文：「佩角，銳耑可以解結。詩曰：『童子佩觿。』」禮內則「小觿」注：「小觿，解小結也。觿如錐，以象骨爲之。」眂祲注作「鑴」，賈疏云：「鑴是錐類。」內則釋文：「觿，本或作鑴。」則亦有以金爲之者。人君治成人之事，雖童子猶佩觿，早成其德。「能不我知」者，王引之云：「詩凡言『寧不我顧』、『既不我嘉』、『子不我思』，皆謂不顧我、不嘉我、不思我也。此『不我知』亦當謂不知我，下文『不我甲』亦當謂不狎我，非謂不如我所知、不如我所狎也。能，乃語詞之轉，當讀爲『而』。言子今雖則佩觿、佩韘，而實不與我相知、相狎，蓋刺其驕而無禮，疏遠大臣也。古字多借『能』爲『而』，不當如箋說訓爲『才能』。」容兮遂兮，垂帶悸兮。【注】韓「悸」作「萃」，云：垂貌。【疏】傳：「容儀可觀，佩玉遂遂然垂其紳帶，悸悸然有節度。」箋：「容，容刀也。遂，瑞也。言惠公佩容刀與瑞，及垂紳帶三尺，則悸悸然行止有節度，然其德不稱服。」○「容兮遂兮」者。孔疏：

「孝經曰『容止可觀』，大東詩云『鞙鞙佩璲』，璲本所佩之物，因爲其貌，故言佩玉遂遂然。」「悸作萃，云垂貌」者，釋文引韓詩文。陳喬樅云：「傳『垂其紳帶悸悸然有節度』，是亦以悸爲垂貌。悸，蓋『萃』之借字。說文：『萃，草聚貌。』文選藉田賦注引倉頡篇云：『蕊，聚也。』是萃、蕊義通。說文又云：『繠，垂也。从惢，糸聲。』廣雅釋詁：『橤，聚也。』集韻『繠』或从木作『橤』。左哀十三年傳『佩玉橤兮』，謂佩玉垂貌也。說文：『垂，草木花葉垂，象形。』草木花葉皆以聚故而下垂，橤故萃、又並爲垂貌。」

芄蘭之葉，童子佩韘。【疏】傳：「韘，玦也，能射御則佩韘。」箋：「葉，猶支也。韘之言沓，所以彄沓手指。」○程瑤田「芄蘭」疏證云：「葉油綠色，厚而不平，正本圓，末狹。玦形如環而缺，此葉圓端象其環，狹末象其缺。」傳「能射御者佩韘」，與說苑合。說文：「韘，射決也，所以拘弦，以象骨韋系，著右巨指。詩曰：『童子佩韘。』」馬瑞辰云：「士喪禮『設決麗于掔』，鄭注：『決以韋爲之藉。』與說文言『韋系』合。繫傳：『韘，所以助鉤弦，若今皮韘是矣。』說文：『屟，履中薦也。』薦猶藉也。履中藉謂之屟，決內藉謂之韘，其義一也。至箋云『韘之言沓，所以彄沓手指』，據士喪禮注：『決以韋爲之藉，有彄，彄內端爲紐，外端有橫帶，設之以紐擐大擘本，因沓其彄，以橫帶貫紐，結於掔之表也。』是古者決以韋爲藉，又必有彄，以彄沓手指。箋本申傳訓『決』爲『韘』之義。手指，謂右巨指，正義乃以大射『朱極三』釋之，以手指爲食指、將指、無名指，誤矣。彄之言韝也，沓之言韝也。說文：『⿰扌沓，縫指⿰扌沓也。一曰韜也。』玉篇：『⿰扌沓，韋韜也。』『韘，指沓也。』是決也、韘也、沓也，異名而同實，以其用以闓弦謂之決，以其用韋爲藉謂之韘，以其用以韜指謂之彄沓。正義第知決用象骨，而韋系及指沓之制未詳。胡承珙以爲韘即今之扳指，而制微不同，今之扳指如環無端，古之玦則如環而缺，其缺處當聯以韋系，所以著弦。瑞辰謂今之射者著扳指內，必以皮薦之，以免其滑，即古韘用韋系之遺制也。」雖則佩韘，能不我甲！【注】魯説曰：甲，狎也。韓「甲」作「狎」。【疏】傳：「甲，狎也。」箋：「此君雖佩韘與，其才能實不如我衆臣之所狎習。」○「甲，狎也」者，釋言文。是魯毛義同。「甲作狎」者，釋文引韓詩文。徐仙民云：「狎，户甲反。」惠棟云：「匡謬正俗曰：『甲雖訓狎，自有本音，不當便讀爲狎。』其説非也。漢儒訓詁，音義相兼，尚書多方『甲於内亂』，鄭王皆以「甲」爲「狎」，古文以「甲」爲「狎」，遂有「狎」音，非叚借也。經傳中徐氏釋音獨得古人之義，小顏輒斥爲非，何也。」容兮遂兮，垂帶悸兮。

芄蘭二章，章六句。

河廣【疏】毛序：「宋襄公母歸于衞，思而不止，故作是詩也。」箋：「宋桓公夫人，衞文公之妹，生襄公而出。襄公即位，夫人思宋，義不可往，故作詩以自止。」○嚴粲云：「正義因箋説，以爲是詩當衞文公時，非也。衞都朝歌，在河北，宋都睢陽，在河南。自衞適宋，必涉河。自魯閔二年狄人衞之後，戴公始渡河而南，河廣之詩作於衞未遷之前，時宋桓猶在，襄公方爲世子，衞戴文俱未立也。舊説誤矣。」許氏詩深曰：「説苑：宋襄公爲太子，請于桓公，曰：『請使目夷立。』公曰：『何故？』對曰：『臣之舅在衞，愛臣，若終，立則不可往。』左傳：僖八年冬，宋公疾，太子茲父固請曰：『目夷長且仁，君其立之。』公命子魚，辭曰：『能以國讓，仁孰大焉？臣不及也。』夫不言母之愛子而託於舅，固猶不忍傷父之意。然夫人之思子，不止形諸哀吟，故襄公於前請未獲命，至父疾而又固請之。自鄭箋以詞害志，遂謂襄公即位，夫人思宋而義不可往。竊謂桓公在時必無出婦思返之理，若襄公既已即位，不惟衞徙楚丘，無河可渡，而母出與廟絶，尤不宜復萌此想也。使此時思及往宋，是前乎此者未嘗思，今見先君已没，其子即位，思以國母就養而義有不可，遂不勝其拳拳而作此詩，則亦愚婦之鄙情，安見其發於愛子之至性而有循禮度義之志乎？」范家相云：「詩雖以望宋爲言，然於桓公無相思之理。詩億引宋仁宗廢后，郭氏不肯與仁宗私見一事，明夫人之不思桓公，是也。蓋望宋但以思子耳。」愚案：稽之史表，庚午，周襄王元年，宋桓公三十一年，衞文公九年也。文公十年爲宋襄公元年，是衞渡河而南久矣。說苑立節篇：襄公茲父以太子讓目夷，目夷逃之衞，茲父從之三年。以襄公「臣舅愛臣，立則不可以往」之言觀之，是夫人被出之後，母子常得相見矣。襄公卽位，不能往宋見母，故夫人思之，設言「河廣」以起興，此詩庶幾可通耳。

誰謂河廣？一葦杭之！【注】魯「杭」作「斻」。【疏】傳：「杭，渡也。」箋：「誰謂河水廣與？一葦加之則可以渡之。喻狹也。今我之不渡，直自不往耳，非爲其廣。」〇夫人以衞女嫁宋，往返南北，河廣本所習見，因以起興。傳：「杭，渡也。」「魯杭作斻」者，王逸楚詞九章注：「斻，渡也。詩曰：『一葦斻之。』」王習魯詩，知魯作「斻」。說文：「斻，方舟也。」「方，併船也。」始皇臨浙江，水波惡，乃西百二十里從狹中渡，其地因有餘杭縣。杭是斻之誤字。後漢杜篤論都賦「北杭涇流」，李注：「斻，舟渡也。」流俗不解，遂與「杭」字相亂。正義：「一葦，一束也，可以浮之水上而渡，若桴栰然，非一根葦也。」詩言誰謂河廣乎？積葦爲泭則亦可徑渡矣。但言河之易渡，以興宋之易至，非眞欲渡河也。鹽鐵論執務篇孔子曰：「吾於河廣，知德之至也。」又云：「有求如關雎，好德如河廣，何不得不濟之有。」此推衍之義。誰謂宋遠？跂予望之！【注】魯齊「跂」作「企」。【疏】箋：「予，我也。誰謂宋國遠與？我跂足則可以望見之，亦喻近也。今我之不往，直以義不往耳，非爲其遠。」〇「魯齊跂作企」者，王逸楚詞九歎注：「企，立貌。」引詩曰「企予望之」，知魯作「企」。易林觀之明夷「企立望宋」，知齊亦作「企」。說文「企」下云：「舉踵也。」「跂」下云：「足多指也。」魯齊正字，毛同音叚借字。

誰謂河廣？曾不容刀！【疏】箋：「不容刀，亦喻狹小。船曰刀。」〇釋文：「刀如字，字書作舠，說文作䑠，並音刀。」馬瑞辰云：「䑠借作刀，猶說文鯛讀如刀也。」愚案：釋名：「三百斛曰䑠。䑠，貂也。貂，短也。江南所謂短而廣安不傾危者也。」刀、貂古通用。管子「豎刀」，即左傳之「寺人貂」也。說文無「舠」，或唐人所見異本。「舠」本俗字，仍當作「刀」。**誰謂宋遠？曾不崇朝！**【疏】箋：「崇，終也。行不終朝，亦喻近。」○「崇朝」者，蝃蝀傳：「從旦至食時爲終朝。」

河廣二章，章四句。

伯兮【疏】毛序：「刺時也。言君子行役，爲王前驅，過時而不反焉。」箋：「衛宣公之時，蔡人、衛人、陳人從王伐鄭伯也。爲王前驅久，故家人思之。」○案，伯以衛國大夫，入爲王朝之中士，妻從夫在王國，故因行役之久而思之。詳見下文，三家無異義。

伯兮朅兮，邦之桀兮。【注】韓「朅」作「偈」，云：桀，侹也，疾驅貌。亦作「傑」。【疏】傳：「伯，州伯也。朅，武貌。桀，特立也。」箋：「伯，君子字也。桀，英桀，言賢也。」○此蓋衛國之州長中大夫也，見下注。「韓作偈」者，文選宋玉高唐賦注引韓詩文。玉篇人部：「偈，武貌。」引詩曰「伯兮偈兮」。陳喬樅云：「朅字即『偈』之通叚。玉篇所引雖不言何詩，然『偈』字與選注引韓詩文同，其爲韓詩無疑。段玉裁云：據說文：『仡，勇壯也。』引周書『仡仡勇夫』，謂『朅』爲『仡』之叚借，不知從韓詩『偈』字尤爲郅确。」愚案：廣雅云：「偈，健也。」碩人「庶士有朅」，釋文引韓詩作「桀」，云「健也」。明韓詩亦以彼詩之「朅」爲「偈」，而訓爲「健」也，與此「桀侹」之訓合。說文：「侹，長貌。」檜風「匪車偈兮」，傳云「偈偈疾驅」。韓於此詩以「桀侹」之義未足，又增訓曰「疾驅貌」，與匪風義同。是「朅」爲「偈」之借字。「桀作傑」者，玉篇人部云：「桀，英傑。詩曰：『邦之傑兮。』傑，特立也。」衆經音義五引詩同，皆據韓詩之文。**伯也執殳，爲王前驅。**【疏】傳：「殳，長丈二而無刃。」箋：「兵車六等，軫也、戈也、人也、殳也、車戟也、酋矛也，皆以四尺爲差。」○孔疏：「考工記兵車六等之數，『車軫四尺，謂之一等；戈柲六尺有六寸，既建而迆，崇於軫四尺，謂之二等；人長八尺，崇於戈四尺，謂之三等；殳長尋有四尺，崇於人四尺，謂之四等；車戟長崇於殳四尺，謂之五等；酋矛常有四尺，崇於戟四尺，謂之六等』是也。彼注云：『戈、殳、戟、矛，皆插車輢。』此云執之者，在車當插輢，則此執之，(「此」本在「之」下，據文義改正。)據用以言也。」胡承珙：云：「戈戟皆可言執，何以獨云『執殳』？說文：『殳，以杸殊人也。禮，殳以積竹，八觚，長丈二尺，建于兵車，旅賁以先驅。』司戈盾『祭祀授旅賁殳，故士戈盾』，注云：『故士，王族故士也，與旅賁當事則衞王也。』疏云：『旅賁氏掌執戈盾而趨，此執殳，以其與故士同衞王時以爲儀衞，故不執戈盾。』旅賁氏云：『掌執戈盾，夾王車而趨，左八人，右八人。』注云：『夾王車者，其下士也。下士十有六人，中士爲之帥焉。』據此，則執戈盾夾車者爲下士，其執殳前驅者當爲中士，與司戈盾所謂『授旅賁殳』者，蓋以授中士，故說文獨於『殳』下言旅賁以先驅，雖引禮文，而實合於詩義。傳以伯爲州伯，正義以內則『州伯』釋之，鄭彼注云『州長中大夫一人』，而此執殳之旅賁則爲士。曲禮『列國之大夫，入天子之國曰某士』，注云：『三命以下，於天子爲士。』衞之君子爲王前驅者，自是諸侯大夫，於王朝則爲士耳。」文選西京賦李注引韓詩此二句，明韓、毛文同。易林大過之訟：「秉鉞執殳，挑戰先驅。不役元帥，敗破爲憂。」又解之蹇：「四姦爲殘，齊魯道難。前驅執殳，戒守無患。」皆與此詩無涉，不知何指。

自伯之東，首如飛蓬。豈無膏沐，誰適爲容！【疏】傳：「婦人夫不在，無容飾。適，主也。」○之，往也。集傳以衞在鄭西，疑不得云「之東」。孔疏云：「蔡衞陳三國從王伐鄭，兵至京師，乃東行伐鄭。」愚案：必待三國之衆同聚京師，方始東行，展轉勞費，非軍行所宜出。毛奇齡謂伯之妻從其夫仕於王朝者，情事爲合，今從之。「蓬」義具騶虞。史記老子傳正義：「蓬生沙漠中，風吹則根斷，隨風轉移也。」首如飛蓬，言髮亂也。易林節之謙「伯去我東，首髮如蓬。長夜不寐，展轉空牀。內懷惆悵，憂搖肝腸。」姤之遯比之復詞意相同。比之復「伯」作「季」，蓋字譌。明齊毛文同。澤面曰「膏」，濯髮曰「沐」，言非無膏沐之具，夫不在家，無意於容飾也。馬瑞辰云：「衆經音義六引三蒼：『適，悅也。』女爲悅己者容，夫不在，故曰『誰適爲容』，言誰悅爲容也。」

其雨其雨，杲杲出日。願言思伯，甘心首疾。【疏】傳：「杲杲然日復出矣。甘，厭也。」箋：「人言其雨其雨，而杲杲然日復出，猶我言伯且來伯且來，則復不來。願，念也。我念思伯，心不能已，如人心嗜欲所貪，口味不能絕也。我憂思以生首疾。」○左襄二十三年傳「其然」注云：「猶必爾。」此云「其雨」，於義當同。馬瑞辰云：「杲對杳言。說文『杳』下云：『冥也。从日，在木下。』『東』下云：『動也。从木、日。官溥說从日，在木中。』『杲』下云：『明也。从日，在木上。』說文又云：『榑桑神木，日所出也。』日出神木之上，故日出謂之『杲杲』。」王逸楚詞九辨注引詩云「杲杲出日」，明魯毛文同。二子乘舟傳：「願，每也。」此傳云我每有所言，則思於伯。甘，厭也。馬瑞辰云：「甘與苦以相反爲義，故甘草爾雅名爲『大苦』。方言：『苦，快也。』郭注：『苦而爲快者，猶以臭爲香、治爲亂、徂爲存。』以此推之，則『甘心』亦得訓爲『苦心』，猶言憂心、勞心、痛心也。左成十三年傳『諸侯備聞此言，斯是用痛心疾首』，杜注：『疾，猶痛也。』甘心首疾，與『痛心疾首』文正相類，皆爲對舉之詞。詩不言『疾首』而言『首疾』者，倒文以爲均也。厭，爲『猒足』之猒，引申爲猒倦、猒苦。漢書韓信傳注：『苦，厭也。』李廣傳注：『苦，厭苦之也。』竊疑傳訓『甘』爲『厭』者，正讀『甘』爲『苦』，故即以訓苦者釋之，正義有未達耳。箋訓爲『甘嗜』之甘，其義近迂。集傳又謂『寧甘心於首疾』，亦非詩義。」

焉得諼草，言樹之背？願言思伯，使我心痗。【注】魯說曰：萲、諼，忘也。韓「諼」亦作「諠」。韓說曰：諠草，忘憂也。【疏】傳：「諼草，令人忘憂。背，北堂也。痗，病也。」箋：「憂以生疾，恐將危身，欲忘之。」○「萲諼，忘也」

者，釋訓文，魯說也。郭注：「義具伯兮、考槃詩。」是魯作「萲」而訓爲「忘」。孔疏云：「諼訓爲忘，非草名也。」「韓諼亦作諠」者，文選謝惠連西陵遇風詩李注，引韓詩「焉得諠草」。「諠草，忘憂也」者，注又引薛君章句文。馬瑞辰云：「說文『藼』下云：『令人忘憂草也。詩曰：安得藼草。』『蕿』下云：『或从煖。』『萱』下云：『或从宣。』萲、諼皆以釋詩，萲又蕿之省。據詩釋文云：『善忘，亡向反。』又爾雅釋文亦引毛傳『萲草令人善忘』，是毛傳本作『諼草令人善忘』，今正義本作『令人忘憂』者，誤也。阮校勘記云：『傳不言憂，故箋言憂以申之。』今案文選李注『忘憂』之說，實本韓詩。鄭先通韓詩，故以『忘憂』爲說。以此推知，說文『令人忘憂之草』，亦本韓詩也。傳箋皆作設想之詞，不謂實有此草，而任昉述異記曰：『萱草一名紫萱，吳中書生謂之療愁。』張華博物志引神農經『上藥養性』，謂『合歡蠲忿，萱草忘憂。』則以萱草爲卽今之萱花，以萱、諼同音取義，猶『之栗』爲『戰栗』、『棗』爲『早起』、『棘』爲『吉』、『桑』爲『喪』、『桐杖』爲『取同於父』，又因韓詩忘憂之說而引申之也。」陳喬樅云：「文選陸士衡贈從兄車騎詩注，又引韓詩『焉得諼草』二句，文與毛同，諼、諠字通。謝惠連詩云：『積憤成疢痗，無萱將如何。』注引韓詩，又作『萱草』，此順謝詩所作字耳。其引薛君章句字仍作『諠』，云萱與諠通。」馬瑞辰云：「說文：『北，乖也。从二人相背。』是『北』本從『背』會意。漢書高紀『項羽追北』，韋昭注：『北，古背字，背去而走也。』背、北古通用，故傳知背卽北堂。」

伯兮四章，章四句。

有狐【疏】毛序：「刺時也。衞之男女失時，喪其妃耦焉。古者國有凶荒，則殺禮而多昏，會男女之無夫家者，所以育人民也。」箋：「育，生長也。」○案，「會男女之無夫家者」，「夫家」當作「室家」，字誤。韓詩外傳三：「昔者不出户而知天下，不窺牖而見天道，非目能視乎千里之前，非耳能聞乎千里之外，以己之情量之也。己惡飢寒焉，則知天下之欲衣食也。己惡勞苦焉，則知天下之欲安佚也。己惡衰乏焉，則知天下之欲富足也。知此三者，聖王之所以不降席而匡天下。故君子之道，忠恕而已矣。夫處飢渴、苦血氣、困寒暑、動肌膚，此四者民之大害也，害不除，未可教御也。四體不掩則鮮仁人，五藏空虛則無立士。故先王之法，天子親耕，后妃親蠶，先天下憂衣與食也。詩曰：『父母何嘗？心之憂矣。之子無裳。』」愚案：此錯引鴇羽有狐二詩，言時當貧困，故昏禮不舉，男女失時，欲君人者不忘國本，急於養民也。外傳義與毛序合，魯齊無異義。

有狐綏綏，在彼淇梁。【注】齊「綏綏」作「夂夂」。【疏】傳：「興也。綏綏，匹行貌。石絶水曰梁。」○馬瑞辰云：「齊風『雄狐綏綏』、吳越春秋塗山歌『綏綏白狐』者，指一狐言，不得謂綏綏爲匹行貌。」「齊作夂夂」者，王應麟詩攷引齊：「『綏綏』作『夂夂』。」玉篇：「夂，今作綏，行遲貌。」引詩「雄狐夂夂」，此文當同。廣雅：「綏，舒也。」說文「夂」下云：「行遲曳夂夂，象人兩脛有所躧也。」是『夂夂』爲舒遲貌。詩蓋以狐之舒遲自得，與無室家者之失所耳。心之憂矣，之子無裳。【疏】傳：「之子，無室家者。在下曰裳，所以配衣也。」箋：「之子，是子也。時婦人喪其妃耦，寡而憂是子無裳，無爲作裳者，欲與爲室家。」○馬瑞辰云：「序云『男女失時，喪其妃耦』，是詩本兼男女言。左傳言『男有室、女有家』，知傳言『之子，無室家者』，實合下章言之，亦兼男女言。古者上衣而下裳，以喻先陽而後陰。無裳，喻男之無妻也。」愚案：馬說是。箋專說首章，置二三章不言，致後來說詩者有寡婦欲嫁鰥夫之解，得此可息羣疑。韓詩外傳三引末二句，見上。明韓毛文同。

有狐綏綏，在彼淇厲。【注】韓說曰：在彼淇厲，水絶石曰厲。心之憂矣，之子無帶。【疏】傳：「厲，深可厲之者。帶，所以申束衣。」○「在彼」至「曰厲」，玉篇厂部引韓詩文。胡承珙云：「傳明知此厲非『深則厲』之厲，但厲必深水，其旁水淺處亦可名厲，實則此厲當爲瀨之借字。史記南越傳『爲戈船下厲將軍』，漢書作『下瀨』。說文：『瀨，水流沙上也。』楚詞『石瀨兮淺淺』，是瀨爲水流沙石閒，當在由深而淺之處。上章石絶水曰梁，爲水深之所；次章言厲，爲水淺之所；三章言側，則在岸矣，立言次序如此。說文：『砅，履石渡水也。或从厲作濿。』厲、賴同聲，故履石渡水之『砅』與水流沙上之『瀨』義足相成，聲亦同類，又與涉水之『厲』轉相引申，故『深則厲』說文作『砅』。此水旁之厲又以深厲之字爲之，若但訓水旁，與側無別矣。」皮嘉祐曰：「胡說於韓義亦合，瀨是水中有涉石之處，故水絶石亦由水渡石之謂。」馬瑞辰云：「東山詩『親結其縭』，釋言：『縭，帶也。』婦人繫屬於人，無帶是無所繫屬，蓋以喻婦女無夫。」

有狐綏綏，在彼淇側。心之憂矣，之子無服。【疏】傳：「言無室家，若人無衣服。」○馬瑞辰云：「三章無服，統男女言之。」

有狐三章，章四句。

木瓜【注】賈子新書禮篇引由余云：「苞苴時有，筐篚時至，則羣臣附。詩曰：『投我以木瓜，報之以瓊琚。匪報也，永以爲好也。』上少投之，則下以軀償矣。弗敢謂報，願長以爲好。古之蓄其下者，其報施如此。」【疏】毛序：「美齊桓公也。衛國有狄人之敗，出處于漕，齊桓公救而封之，遺之車馬器服焉。衛人思之，欲厚報之而作是詩也。」○案，序美桓公，朱子不以爲然，謂於經文無據。其說見呂記者，但以爲尋常施報之言。至作集傳，乃以爲男女贈答之詞，又不如從序之爲愈矣。賈子本經學大師，與荀卿淵源相接，其言可信，當其時惟有魯詩，若舊序以爲美桓，賈子不能指爲臣下報上之義，是其原本古訓，更無可疑。傳於末章引孔子曰：「吾於木瓜，見苞苴之禮行。」足見尼山當日以爲詩文明白，古禮可徵，卽微物亦將君上之意，悠然有會於聖心，其對哀公問政，以體羣臣則士之報禮重，爲九經之一，卽此意也。韓齊無異義。

投我以木瓜，報之以瓊琚。【疏】傳：「木瓜，楙木也，可食之木。瓊，玉之美者。琚，佩玉名。」○埤雅謂：「實如小瓜，食之津潤，不木者爲木瓜。圓而小如木瓜，食之酢澀而木者爲木桃；大於木桃，似木瓜而無鼻者爲木李。」姚寬遂以木桃爲樝子，木李爲榠樝。胡承珙云：「樝子、榠樝，在本草別録圖經並無木桃、木李之名，後人因詩而被以此名耳。傳以木瓜爲『楙』，用爾雅文，而木桃、木李無訓。爾雅以瓜不木生，故獨釋楙爲『木瓜』，若桃李皆木，自不必復稱爲『木』。詩言木桃、木李，因上章『木』字以成文耳。毛傳無訓，蓋卽以爲桃李。若樝子及榠樝，皆與木瓜同類，不應目爲桃李。任昉述異記云『桃之大者爲木桃』，足知木桃卽桃，烏得爲木瓜之類乎？」馬瑞辰云：「瓊爲玉之美者，因而凡玉石之美者通謂之瓊。釋文引說文：『瓊，赤玉也。』段氏玉裁謂『赤』乃『亦』之譌，說文時有言『亦』者，如李賢所引『診亦視也』、『蠶亦神靈之精也』之類。案，段說是也。說文以玖爲『石之次玉黑色者』，若以瓊爲赤玉，詩不得言『瓊玖』矣。段又云琚乃佩玉之一物，不得言佩玉名，傳當作『佩玉石』，今譌爲『名』。」**匪報也，永以爲好也！**【疏】箋：「匪，非也。我非敢以瓊琚爲報木瓜之惠，欲令齊長以爲玩好，結己國之恩也。」○「永」義具漢廣。好，統君臣言之。孟子：「禹惡旨酒，而好善言。」此君好臣也。又「蓄君者，好君也」，注言「臣說君謂之好君」，此臣好君也。

投我以木桃，報之以瓊瑤。匪報也，永以爲好也！【疏】傳：「瓊瑤，美玉。」○馬瑞辰曰：「玉蓋『石』之譌，上章正義引傳正作『美石』，卽其證。瑤次於玉，當爲美石。大雅公劉詩言『維玉及瑤』，亦瑤異於玉之證。說文：『瑤，玉之美者。』據此詩釋文引說文『瑤，美石』，知說文『玉』亦『石』之譌。然陸引說文云『美石』，以存異義，則所見毛傳已作『美玉』矣。」王逸楚詞離騷注引詩曰『報之以瓊瑤』，又九歌章句引同，明魯毛文同。

投我以木李，報之以瓊玖。匪報也，永以爲好也！【疏】傳：「瓊玖，玉名。」孔子曰：吾於木瓜，見苞苴之禮行。」箋：「以果實相遺者，必苞苴之，尚書曰：厥苞橘柚。」○段玉裁云：「王風傳：『玖，石次玉者。』說文：『玖，石之次玉黑色者。』傳作『玉名』，乃『玉石』之誤。」胡承珙云：「首章正義云：『此言「琚，佩玉名」；下傳云「瓊瑶，美石」；「瓊玖，美玉名」。三者互也。』此『瓊玖玉名』，『名』當作『石』。蓋謂傳訓『瓊玖』爲『玉石』，與『琚』爲『佩玉名』、『瑶』爲『美石』三者不同，故爲互文見義。若作『瓊玖玉名』，則與『琚佩玉名』同，不得云『三者互』矣。正義又云：『琚言「佩玉名」，瑶玖亦「佩玉名」。瑶言「美石」，玖言「玉名」。明此三者皆玉石雜也。』此玖言『玉名』，亦當作『玉石』，今正義二『名』皆『石』字之誤。」

木瓜三章，章四句。

邶鄘衛國下十篇，三十四章，二百三句。

詩三家義集疏卷四

王黍離第四

乙己占引詩推度災曰：「王，天宿箕斗。」此齊說。漢書地理志：「昔周公營雒邑，以爲在于土中，諸侯屏蕃四方，故立京師。至幽王淫褒姒以滅宗周，子平王東居雒邑。雒邑與宗周通封畿，東西長而南北短，短長相覆爲千里。」又曰：「河南郡河南，故郟鄏地。武王遷九鼎，周公致太平，營以爲都，是爲王城，至平王居之。」易林井之升：「營城洛邑，周公所作。世運三十，年歷七百。福佑豐實，堅固不落。」（兑之震「運」作「達」、「七」作「八」、「豐實」作「盤結」。）班、焦皆齊詩家，其說王城如此。魯韓無異義。鄭譜云：「平王以亂故徙居東都王城，於是王室之尊與諸侯無異，其詩不能復雅，故貶之謂之王國之變風。」陸堂詩學云：「春秋魯國之史，於元年春必書『王正月』，猶可目爲尊王。黍離十章，采自王畿，不稱『王』而奚稱？或曰周可稱也，余謂『王』亦以地而言，自平王歷景王，都王城者十二世，敬王避子朝亂乃徙都成周，義不得舍王而稱周，且稱周則與周南混矣。故謂以『風』貶周者非也，謂以『王』尊周者亦非也。」顧氏炎武云：「邶鄘衛王，列國之名，其始於成康之世乎？太師陳詩以觀民風，采於商之故都者，則繫之邶鄘衛；采於東都者，則繫之王；采於列國者，則各繫之其國。驪山之禍，先王之詩率已闕軼，而孔子所録者皆平王以後之詩，此變風之所由名也。詩雖變而太師之本名則不敢變，此十二國之所以存其舊也。先儒謂王之名不當儕於列國，而爲之說曰：列黍離於國風，齊王德於邦君，誤矣。」虞東學詩云：「孟子曰：『王者之迹熄而詩亡，詩亡然後春秋作。』蓋王者之政，莫大於巡狩述職。巡狩則天子采風，述職則諸侯貢俗，太師陳之以攷其得失，而慶讓行焉。所謂『迹』也。夷厲以來，雖經板蕩，而甫田東狩，鳥芾來同，撻伐震於徐方，疆理及乎南海，中興之迹，爛然著明，二雅之篇可考焉。洎乎東遷，而天子不省方，諸侯不入覲，慶讓不行而陳詩之典廢，所謂『迹熄而詩亡』，孔子傷之，不得已而託春秋以彰袞鉞也。」

詩國風

黍離【注】韓說曰：「昔尹吉甫信後妻之讒而殺孝子伯奇，其弟伯封求而不得，作黍離之詩。」【疏】毛序：「閔宗周也。周大夫行役至于宗周，過故宗廟，宮室盡爲禾黍，閔周室之顛覆，彷徨不忍去而作是詩也。」箋：「宗周，鎬京也，謂之西周。周，王城也，謂之東周。」幽王之亂而宗周滅，平王東遷，政遂微弱，下列於諸侯，其詩不能復雅而同於國風焉。」〇「昔尹」至「之詩」，御覽九百九十三羽族部引陳思王植令禽惡鳥論文。七月疏引此論，羅泌路史發揮亦引曹子建惡鳥論。植，韓詩家也。後漢書郅惲傳惲說太子曰：「昔高宗明君，吉甫賢臣，及有纖芥，放逐孝子。」傳稱「惲理韓詩，以授皇太子，侍講殿中」，卽以此詩說太子也。胡承珙云：「尹吉甫在宣王時，尚是西周，不應其詩列於東都。」愚案：吉甫放逐，伯奇出亡，自是西周之事，年歲無考，存歿不知，蓋有傳其亡在王城者。及平王東遷，伯封過之，求兄不得，揣其已歿，憂而作詩，情事分明，此不足以難韓說也。

彼黍離離，彼稷之苗。【注】韓說曰：「黍離，伯封作也，曰：『彼黍離離，彼稷之苗。』」薛君注：「離離，黍貌也。詩人求亡兄不得，憂懣不識於物，視彼黍離離然，憂甚之時，反以爲稷之苗，乃自知憂之甚也。」【疏】傳：「彼，彼宗廟宮室。」箋：「宗廟宮室毀壞而其地盡爲禾黍，我以黍離離時至，稷則尚苗。」〇「黍離」至「甚也」，御覽四百六十九人事部、八百四十二百穀部引韓詩文。馬瑞辰云：「程瑤田九穀考云：『黍，今之黃米。稷，今之高粱。』其說是也。說文：『黍，禾屬而黏者也。』又曰：『穈，穄也。』『穄，穈也。』倉頡篇：『穄，大黍也。』程云黍有黏、不黏二種，對文則黏者爲黍，不黏者爲穈，亦爲穄，散文則通謂之黍。今北方通呼黃米爲黍子、穈子、穄子，是黍卽今黃米之證。黃米最黏，與說文『黍禾屬而黏者』正合。唐蘇恭以稷爲穄，誤矣。說文：『稷，齋也。』『齋，稷也，秫稷之黏者』。是稷亦有黏、不黏二種，對文則黏者秫、不黏者稷，散文則通謂之稷，亦謂之秫。今北方呼高粱爲秫，呼秫之稭爲秫稭，與稷一名秫者正合，是稷卽高粱之證。月令『首種不入』，鄭注：『首種謂稷。』淮南子作『首稼』，高注：『百穀惟稷先種，故曰首稼。』今北方種高粱最早，與稷爲『首稼』正合。郭璞以稷爲小米，誤矣。稷以春種，黍以夏種，而詩言黍離離稷尚苗者，稷種在黍先，秀在黍後故也。黍秀舒散，『離離』者狀其有行列也。自穗至實皆離離然，故稷言苗穗實而黍但言離離耳。釋文云：『離，說文作穲。』今說文脫『穲』字，惟郭忠恕佩觿作『穲穲』。離離又作『穲穲』，廣韻：『穲穲，黍稷行列也。』又作『纚纚』，楚詞離騷『索胡繩之纚纚』，纚纚蓋繩羅列之貌，王逸訓爲『好貌』，失之。又作『蠡蠡』，劉向九歎『覽芷圃之蠡蠡』，王逸注：『蠡蠡，猶歷歷。』並與『離離』聲近而義同。」行邁靡靡，中心搖搖。【注】三家「搖」作「愮」。【疏】傳：「邁，行也。靡靡，猶遲遲也。搖搖，憂無所愬。」箋：「行，道也。道行，猶行道也。」○馬瑞辰云：「說文：『邁，行遠也。』邁亦爲行，對行言則爲遠行。『行邁』連言，猶古詩云『行行重行行』也。」愚案：釋訓：「灌灌、愮愮，憂無告也。」說文「灌」下引爾雅作「愮」字，同。玉篇心部：「愮，憂也。詩曰：『憂心愮愮。』」衆經音義二引詩同。蓋三家作「愮愮」。知我者謂我心憂，不知我者謂我何求。【疏】箋：「知我者知我之情，謂我何求，怪我久留不去。」○求者，謂求亡兄也，生則求其人，死則求其屍。列女魯漆室女傳引「知我者」四句，明魯毛文同。悠悠蒼天，此何人哉？【注】韓「蒼」作「倉」。【疏】傳：「悠悠，遠意。蒼天，以體言之。尊而君之，則稱皇天。元氣廣大，則稱昊天。仁覆閔下，則稱旻天。自上降鑒，則稱上天。據遠視之蒼蒼然，則稱蒼天。」箋：「遠乎蒼天，仰愬欲其察己言也。此亡國之君，何等人哉。疾之甚。」○呼天而訴之：爲此事者，果何人哉？不敢顯斥其母。「蒼作倉」者，外傳八引詩「悠悠倉天」。阮元云：「倉」是「蒼」之本字。禮月令「駕倉龍，服倉玉，衣倉衣」，漢書蕭望之傳「倉頭廬兒」，並以「倉」爲「蒼」。

彼黍離離，彼稷之穗。【疏】傳：「穗，秀也。詩人自黍離離見稷之穗，故歷道其所更見。」○胡承珙云：「說文：『采，禾成秀，人所以收。从爪、禾。穗，俗从禾，惠聲。』凡穀之華皆吐於穗，非華而後穗也，故毛詩說文皆以『采』爲『秀』。月令注『黍散舒秀』，卽謂黍穗。或疑吐華曰秀，與此成穗之秀別，不知穀類惟菽作華，餘皆不華而秀，吐穗卽秀，既秀卽實。出車『黍稷方華』，此『華』卽秀，散文通耳，非於華之外別有秀也。」行邁靡靡，中心如醉。知我者謂我心憂，不知我者謂我何求。悠悠蒼天，此何人哉？【疏】傳：「醉於憂也。」○後漢劉寬傳：「對曰：『任重責大，憂心如醉。』」寬傳李注引謝承書曰：「寬尤明韓詩外傳。」足證此對卽用韓詩。曹植釋愁文「憂心如醉」，植亦用韓詩也。

彼黍離離，彼稷之實。行邁靡靡，中心如噎。知我者謂我心憂，不知我者謂我何求。悠悠蒼天，此何人哉？【疏】傳：「自黍離離見稷之實。噎，憂不能息也。」○新序節士篇：「衞宣公子壽閔其兄伋之且見害，作憂思之詩，黍離之詩是也。其詩曰：『行邁靡靡，中心搖搖。知我者謂我心憂，不知我者謂我何求。悠悠蒼天，此何人哉。』」胡承珙云：「據左傳，衞壽竊旌先往，是死在伋先，安得有閔兄見害之事？且使黍離果爲壽作，當列之衞風，何爲冠於王風之首？其不足據明矣。」又說苑奉使篇：「魏文侯封太子擊於中山，三年使不往來。趙倉唐爲太子奉使於文侯。文侯曰：『子之君何業？』倉唐曰：『業詩文。』侯曰：『於詩何好？』倉唐曰：『好晨風與黍離。』文侯讀黍離，曰『彼黍離離』云云。文侯曰：『子之君怨乎？』倉唐曰：『不敢，時思耳。』」韓詩外傳亦引此，以父子之間其事相類故也。愚案：擊先封中山而後入爲太子，説苑乃云封太子擊於中山。又倉唐述詩而以爲文侯自讀，據外傳所引，餘文尚多，皆從删削，疑它人竄入，不出中壘手也。此詩當以韓説爲正。

黍離三章，章十句。

君子于役【疏】毛序：「刺平王也。君子行役無期度，大夫思其危難以風焉。」○案，據詩文雞棲、日夕、牛羊下來，乃室家相思之情，無僚友託諷之誼，所稱「君子」，妻謂其夫，序説誤也。

君子于役，不知其期，曷至哉？【疏】箋：「曷，何也。君子于往行役，我不知其反期，何時當來至哉？思之甚。」○案，言君子行役，未有定期，此時何能至家哉。箋以爲未有反期，似與下「曷至」相複。二章「不日不月」，即不知行役之期也；「曷其有佸」，即「曷至」也，文以互證而益明。雞棲于塒，【注】魯説曰：鑿垣而棲爲塒。日之夕矣，羊牛下來。【疏】傳：「鑿牆而棲曰塒。」箋：「雞之將棲，日則夕矣，羊牛從下牧地而來，言畜産出入尚有期節，至於行役者乃反不也。」○「鑿垣而棲爲塒」者，釋宫文，魯説也。孔疏引與毛同。李巡曰：「別雞作棲之名。」郭注：「寒鄉鑿牆爲雞所棲曰塒。」蓋舊注魯詩之文。廣韻：「塒，穿垣棲雞。」案，今人家累土四周，亦呼「雞塒」，音從「寺」，不從「時」，字隨讀變也。班彪北征賦：「日晻晻其將暮兮，覩牛羊之下來。寤怨曠之傷情兮，哀詩人之歎時。」班氏世習齊詩，賦云「怨曠傷情」，知齊義以此詩「君子」爲室家之詞。郭引詩氾歷樞云「牛羊來暮」，亦用齊文，是齊作「牛羊」也。君子于役，如之何勿思！【疏】箋：「行役多危難，我誠思之。」君子于役，不日不月，曷其有佸？【注】韓説曰：佸，至也。【疏】傳：「佸，會也。」箋：「行役反無日月，何時而有來會期。」○「不日不月」者，不能以日月計。「佸，至也」者，釋文引韓詩文。陳喬樅云：「韓訓『佸』爲『至』，蓋以爲『括』之通叚。毛於下文『羊牛下括』，訓『括』爲『至』，於小雅車舝『德音來括』，訓『括』

爲『會』。釋文：『括，本亦作佸。』此『括』、『佸』通用之驗。廣雅釋詁：『括、會，至也。』是『會』亦有『至』義。王氏疏證云：『詩「曷其有佸」，韓云「佸，至也」，毛云「會也」，會亦至也。首章言「曷至」，次章言「曷其有佸」，其義一也。佸、括、會古聲義並同。』」雞棲于桀，【注】魯說曰：雞棲於弋爲榤。【疏】傳：「雞棲于杙爲桀。括，至也。」○「雞棲於弋爲榤」者，亦釋宮說也。就地樹橜，桀然特立，故謂之榤，但榤非可棲者，蓋鄉里貧家編竹木爲雞棲之具，四無根據，繫之於橜，以防攘竊，故云「棲于榤」耳。作「桀」爲是，「榤」俗字。日之夕矣，羊牛下括。君子于役，苟無飢渴！【疏】箋：「苟，且也。且得無飢渴，憂其飢渴也。」

君子于役二章，章八句。

君子陽陽【疏】毛序：「閔周也。君子遭亂，相招爲祿仕，全身遠害而已。」箋：「祿仕者，可得祿而已，不求道行。」○三家無異義。

君子陽陽，【注】韓說曰：陽陽，君子之貌也。左執簧，右招我由房。【疏】傳：「陽陽，無所用其心也。簧，笙也。由，用也。國君有房中之樂。」箋：「由，從也。君子祿仕在樂官，左手持笙，右手招我，欲使我從之於房中，俱在樂官也。我者，君子之友自謂也，時在位有官職也。」○「陽陽君子之貌也」者，玉篇阜部引韓詩文。孔疏云：「史記稱『晏子御擁大蓋，策四馬，意氣陽陽甚自得』，則『陽陽』是得志之貌。」今史記列傳作「揚揚」，晏子雜上篇亦作「揚揚」。荀子儒效篇「則揚揚如也」，楊倞注：「得意之貌。」是「陽」即「揚」之叚借。玉藻注：「揚讀爲陽。」此揚、陽聲通之例。韓訓爲君子之貌，雖未明言其得意，而情狀如繪。凡無所用心之人，未有不自得者，是與傳亦相成爲義。馬瑞辰云：「簧，亦樂器之一。世本『女媧作笙，隨作簧』，宋均注：『隨，女媧之臣。笙、簧二器。』說文：『隨作笙，女媧作簧。』（古史考亦曰『女媧作簧』。）

與世本互易，亦以笙、簧爲二器。説文又曰：『箟，簧屬。』其不以簧爲笙中之簧明矣。爾雅『大笙謂之巢』，文選笙賦李注引『巢』作『簧』，疑李所見爾雅本自作『簧』。月令『調竽笙箎簧』，以笙、簧並列。詩『吹笙鼓簧』，與『鼓瑟吹笙』爲一類，皆以簧別爲一器。此詩『左執簧』，車鄰詩『並坐鼓簧』，亦別器也。傳『簧，笙也』，不曰『笙中簧』，蓋知簧爲笙之大者，通言則簧亦笙也。正義以簧爲笙管中之簧，失之。」胡承珙云：「由房者，房中對廟朝言之，人君燕息時所作之樂，非廟朝之樂，故曰房中。」其樂只且！【注】韓「只」作「旨」，云：旨亦樂也。【疏】箋：「君子遭亂道不行，其且樂此而已。」○「旨亦樂也」者，玉篇旨部引韓詩文。韓作「旨」，訓「樂」，蓋以「旨」本訓「美樂」，「旨」猶言樂之至美者，意謂樂甚，故曰「旨亦樂也」。南山有臺篇「樂只君子」，衡方碑作「樂旨君子」，是「只」、「旨」本通叚之字。張衡西京賦「其樂只且」，衡用魯詩，明魯毛文同。

君子陶陶，【注】韓説曰：陶，暢也。君子陶陶，君子之貌。左執翿，右招我由敖。其樂只且！【疏】傳：「陶陶，和樂貌。翿，纛也，翳也。」箋：「陶陶，猶陽陽也。翳，舞者所持，謂羽舞也。君子左手持羽，右手招我，欲使我從之於燕舞之位，亦俱在樂官也。」○「陶暢也」者，文選枚乘七發李注、後漢書杜篤傳李注引薛君韓詩章句文。「君子之貌也」者，玉篇阜部引韓詩文。皮嘉祐云：「傳：『陶陶，和樂貌。』韓云『君子之貌』，則亦訓爲『和樂』可知。玉篇所引亦薛君章句文，當在『陶，暢也』下。」孔疏：「釋言：『翿，纛也。』『纛，翳也。』李巡曰：『翿，舞者所持纛也。』孫炎曰：『纛，舞者所持羽也。』」段玉裁云：「『翳也』之上當有『纛』字，此『燿燿，粦也』、『粦，熒火也』之例。」胡承珙云：「説文羽部：『翳，翳也，所以舞也。从羽，殹聲。詩曰：左執翳。』（此據集韻，今説文引詩作『翿』，乃後人據俗本毛詩改之。）據此，知詩本作『翳』。説文無『翿』字，『翿』乃『儔』之別體。人部：『儔，翳也。从人，壽聲。』蓋『儔』正字或作『翿』，經典遂通用。翿若纛字，六書所無，不但作『翿』爲俗，卽作『翢』亦非，釋言當本作『翳，翢也。翢，翳也。』」黄山云：「釋言：『翢，纛也。』郭注：『今之羽葆幢。』『纛，翳也。』郭注：『舞者所以自蔽翳。』『翢』又誤『翢』，故說者益疑此文多誤。今據阮校勘記，則段說原與爾雅唐石經本、毛詩考文本合。卽胡謂說文無『翢』，詩本作『翳』，亦定論也。惟『翢』既从羽，明卽『翳』之別體，凡經史『翢』字，皆卽說文之『翳』，歷無異說，乃必改『翢』爲『儔』之或作，斥『纛』爲『翢』之誤文，則好奇之失矣。『儔』雖訓『翳』，是人相蔽翳耳，非舞者持以自蔽翳之羽葆幢也。纛，見地官『執纛』，鄭注卽以雜記『執翢』說之，其字从縣，與『翳，毆聲』之『毆』、說文訓『縣物毆擊』合。邢疏並引獨斷『黄屋左纛』以證之，蓋卽『翳』之古文，故同有『翳』義。說文偶遺之，『纛』行而『翳』廢，言『翳』或有不知，言『纛』則無不知，故爾雅互訓以通之，猶『煽，熾也』、『熾，盛也』之例。說文『翳』本訓華，蓋文選上林賦注：『華，葆也。』是『翳』本義亦卽羽葆之物。『翳』訓『翳』而曰『所以舞』，仍用『翳』本義，特引申之亦爲『蔽翳』也。若作『翳，儔也』，『儔，翳也』，既悖雅訓，且失詩義矣。」愚案：黄說是。釋文：「敖，游也。」胡承珙以爲「由敖」不應無傳，蓋是傳文各本皆脫，賴釋文存之。游謂燕游，「由敖」卽謂用燕游之舞相招。箋不更爲「敖」字，作訓但云「欲使我從之於燕舞之位」，豈非以毛既訓游，不煩更釋乎？嚴粲引錢氏云：「敖，游也。」因謂「游處」爲「敖游」，周禮之「囿游」也。此說得之。

「其樂只且」，韓亦當作「旨且」。

君子陽陽二章，章四句。

揚之水【疏】毛序：「刺平王也。不撫其民而遠屯戍于母家，周人怨思焉。」箋：「怨平王恩澤不行於民，而久令屯戍不得歸，思其鄉里之處者。言周人者，時諸侯亦有使人戍焉。平王母家申國，在陳鄭之南，迫近彊楚，王室微弱而數見侵伐，王是以戍之。」胡承珙云：「以畿甸之民而爲諸侯戍守，固西周以前未有之事也。」○三家無異義。

揚之水，不流束薪。【注】魯「揚」作「楊」。【疏】傳：「興也。揚，激揚也。」箋：「激揚之水至湍迅，而不能流移束薪。興者，喻平王政教煩急，而恩澤之令不行于下民。」○「魯揚作楊」者，釋文：「揚之水，或作『楊木』之字，非。」陳喬樅云：「據漢石經魯詩，唐風揚之水字作『楊』，則此楊字亦當從木。楊，地名也，見漢書楊雄傳。」愚案：古書楊、揚通作，說詳漢書地理志，此文作「揚」正字，作「楊」通叚。陳引漢書，非是。淮南本經篇「抑減怒瀨，以揚激波」，波本激而又揚之，則水愈湍怒，雖束縛薪木下之水中，亦皆漂流而去。「不」者，反言之也。彼其之子，不與我戍申。【注】韓說曰：戍，舍也。【疏】傳：「戍，守也。申，姜姓之國，平王之舅。」箋：「之子，是子也。彼其是子，獨處鄉里，不與我來守申，是思之言也。其，或作『記』，或作『己』，讀聲相似。」○陳奐云：「毛詩作『其』，蓋記、己本三家詩。」案，韓詩外傳引詩作『彼已之子』。「其」者，語助。思其鄉里習狎之人，不與我同戍，稍解離思。或以「是子」爲斥平王，悖於理矣。「戍，舍也」者，釋文引韓詩文。左莊三年傳：「凡師一宿爲舍，再宿爲信，過信爲次。」此戍守時久亦爲「舍」者，以其留止於此言之，散文通也。潛夫論：「炎帝苗胄，四岳伯夷，或封於申城。」括地志：「申在鄧州南陽縣北三十里。」一統志：「申在南陽府南陽縣附郭。」申，姜姓，幽王太子宜咎之舅也。王黜申后，太子奔申，王伐申，申召戎伐周，殺幽王。見鄭語韋注。太子立，爲平王，申雖平王母黨，實不共戴天之仇，其後鄭國侵伐而又戍之。懷哉懷哉，曷月予還歸哉？【疏】箋：「懷，安也。思鄉里處者，故曰今亦安不哉、安不哉，何月我得歸還見之哉？思之甚。」

揚之水，不流束楚。彼其之子，不與我戍甫。懷哉懷哉，曷月予還歸哉？【疏】傳：「楚，木也。甫，諸姜也。」○甫卽呂國。詩孝經禮記皆作「甫」，尚書左傳國語皆作「呂」，「甫」、「呂」古同聲。周語：「富辰云：『齊許申甫由大姜。』」左傳楚「子重請取於申呂以爲賞田」，知後爲楚滅。鄭語：「史伯云：『申呂方强，其隩愛太子，亦必可知。』」先彊而後見侵，蓋與申皆偪於楚。故同時遣戍，孔疏云「借甫許以言申，實不戍甫許」，其失甚矣。括地志：「故呂城在鄧州南陽縣西四十里。」一統志：「呂城在南陽府西三十里，今名董呂村。」

揚之水，不流束蒲。彼其之子，不與我戍許。【疏】傳：「蒲，草也。許，諸姜也。」箋：「蒲，蒲柳。」○說文：「鄦，炎帝大嶽之胤，甫侯所封，在潁川，讀若許。」一統志：「今在河南許州。」其地距楚較申甫爲遠，而後亦爲楚滅，蓋同被楚侵也。左昭二十六年傳疏劉炫引汲冢紀年：「平王奔申，申侯魯侯許文公立平王於申。」陳奐據此以爲許有立平王之功，故兼戍之。紀年皇甫謐僞撰之書，不足據信，其撰造故實，卽影射此詩。懷哉懷哉，曷月予還歸哉？

揚之水三章，章六句。

中谷有蓷【疏】毛序：「閔周也。夫婦日以衰薄，凶年饑饉，室家相棄爾。」○三家無異義。

中谷有蓷，暵其乾矣。【注】韓說曰：蓷，益母也。又曰：茺蔚也。三家「暵」作「𤅩」。【疏】傳：「興也。蓷，鵻也。暵，菸貌。陸草生谷中，傷於水。」箋：「興者，喻人居平安之世，猶鵻之生於陸，自然也；遇衰亂凶年，猶鵻之生谷中，得水則病將死。」○中谷，谷中。「蓷，益母也」者，陸璣詩疏引韓詩文。「蓷，茺蔚也」者，釋文引韓詩文。益母，卽茺蔚別名。廣雅釋草云：「益母，茺蔚也。」玉篇：「萑，蓷，茺蔚也。詩曰：『中谷有蓷。』」與釋文引韓說合。陸璣又引劉歆云：「蓷臭穢，卽茺蔚也。」傳云：「蓷，鵻也。」釋草：「萑，蓷。」是蓷名鵻，又名萑，今俗通謂之益母草。傳：「暵，菸貌。陸草生於谷中，傷於水。」說文：「菸，鬱也。」詳詩義，此不當作「菸鬱」意。說文：「暵，乾也，耕暴田曰暵。」亦與此文不合。「三家作𤅩」者，說文：「𤅩，水濡而乾也。从水，𪇰聲。詩曰：『𤅩其乾矣。』」文與毛異，蓋出三家，較作「暵」義合。王氏詩總聞云：「益母草在野甚多，最能任酷烈，日愈烈色愈鮮，則性不宜水可知。」愚案：蓷本惡溼，今生谷中，水頻浸之。首章雖濡旋乾，次章且濡且乾，三章雖乾終溼，則傷於水而將萎死矣。次第如此。有女仳離，嘅其嘆矣。嘅其嘆矣，遇人之艱難矣！【疏】傳：「仳，別也。艱亦難也。」箋：「有女遇凶年而見棄，與其君子別離，嘅然而嘆，傷己見棄，其恩薄。所以嘅然而嘆者，自傷遇君子之窮厄。」○釋文：「嘆，本亦作歎。」說文：「歎，吟也。」廣雅釋詁：「嘆，傷也。」言有女見棄於夫，時當別離，嘅然長歎。所以嘅然長嘆者，遭遇此艱困之時，不欲專咎君子也。箋「自傷遇君子之窮厄」，正指凶年言之。正義申箋云：「艱難，謂無恩情而困苦之。」則意與鄭違矣。

中谷有蓷，嘆其脩矣。有女仳離，條其歗矣，條其歗矣，遇人之不淑矣！【疏】傳：「脩，且乾也。條條然歗也。」箋：「淑，善也。君子於己不善也。」○陳奐云：「說文：『脩，脯也。』『脯，乾肉也。』乾肉謂之脯，亦謂之脩，因之凡乾皆曰脩矣。」椒聊傳：「條，長也。」歗義具江有汜。條然而長嘯也，遇人不淑，歸咎君子，言雖遇饑饉，如其夫相待不薄，未必不可共謀保聚，其如遇人不善何。

中谷有蓷，嘆其溼矣。有女仳離，啜其泣矣。啜其泣矣，【注】韓「啜」作「惙」。何嗟及矣！【疏】傳：「鵻遇水則濕。啜，泣貌。」箋：「鵻之傷於水，始則溼，中而脩，久而乾，有似君子於己之恩，徒用凶年深淺爲薄厚。及，與也。泣者，傷其君子棄己。嗟乎，將復何與爲室家乎？此其有餘厚於君子也。」○啜，猶歠也，無「泣」義。「韓啜作惙」者，韓詩外傳二引此詩，作「惙其泣矣」。衆經音義四引聲類：「惙，短氣貌。」又十九引字林：「惙，憂也。」人心憂則氣短而下泣，明此詩當作「惙」。胡承珙云：「何嗟及矣，經文當作『嗟何及矣』，傳寫者誤倒之。外傳及說苑建本篇、列女魯莊哀姜傳引此文，皆作『何嗟及矣』。然外傳引孔子曰：『不愼其前而悔其後，嗟乎！雖悔無及矣。』是正以『何及』二字相連爲義，而所引詩仍作『何嗟』，亦皆傳寫誤倒。」其說是也。箋訓「及」爲「與」，云將復何與爲室家乎？凡言雖悔無及者，所包甚廣，卽此詩臨去之時，心事萬端，而以爲慮君子無室家，似不必過泥。外傳說苑列女傳皆推演之詞。

中谷有蓷三章，章六句。

兔爰

【疏】毛序：「閔周也。桓王失信，諸侯皆叛，構怨連禍，王師傷敗，君子不樂其生焉。」箋：「不樂其生者，寐不欲覺之謂也。」○三家無異義。

有兔爰爰，雉離于羅。【注】魯說曰：「爰爰，緩也。鳥罟謂之羅。」韓說曰：「爰爰，發蹤之貌也。」【疏】傳：「興也。爰爰，緩意。鳥網爲羅。言爲政有緩有急，用心之不均。」箋：「有緩者，有所聽縱也。有急者，有所躁蹙也。」○「爰爰，緩也」者，釋訓文，謂物情舒緩自如。「鳥罟謂之羅」，釋器文。皆魯說也。釋器又云：「兔罟謂之罝。」是「羅」專以網鳥，非以捕兔，詩意止言縱兔不捕耳。「爰爰，發蹤之貌也」者，華嚴經音義、衆經音義二十三引韓詩傳文。「蹤」爲「縱」之誤。漢書蕭何傳顏注：「發縱，謂解紲而放也。」「聽縱」與「發縱」義同。馬瑞辰云：「狡兔，以喻小人。雉，耿介之鳥，以喻君子。有兔爰爰，以喻小人之放縱。雉離于羅，以喻君子之獲罪。」離義具新臺。

我生之初尚無爲，我生之後逢此百罹。尚寐無吪！【疏】傳：「尚無成人爲也。罹，憂。吪，動也。」箋：「尚，庶幾也。言我幼稚之時，庶幾於無所爲，謂軍役之事也。我長大之後，乃遇此軍役之多憂，今但庶幾於寐，不欲見動。無所樂生之甚。」○釋詁：「罹，憂也。」「吪，動也。」陳喬樅云：「詩釋文：『罹，本作離。吪，本亦作訛。』今考文選盧子諒詩李注引詩：『逢此百離。』毛萇曰：『離，憂也。』一作罹。」又爾雅釋文『訛言』下云：『訛字又作吪，亦作譌。』據說文言部：『譌，譌言也。从言，爲聲。』引詩曰：『民之譌言。』口部：『吪，動也。从口，化聲。』引詩曰：『尚寐無吪。』是訓言之『譌』，譌爲正字；訓動之『吪』，吪爲正字。釋文於『訛言』下異文載譌、訛二字，故『訛動』下不複見。『離』者『罹』之叚借，『訛』者『吪』之叚借。毛氏古文，當作『逢此百離，尚寐無訛』。羅字、訛字，乃從今文所改。爾雅今文之學，所釋皆據魯詩，字當作『羅』與『吪』也。」

有兔爰爰，雉離于罦。【注】魯說曰：「罬謂之罦。罦，覆車也。」【疏】傳：「罦，覆車也。」○「罬謂之罦。罦，覆車也」者，釋器文。孔疏引孫炎曰：「覆車是兩轅網，可以掩兔者也。」郭注：「今之翻車也，有兩轅，中施罥以捕鳥。」說文：「雹，覆車網也。或作罦。」馬瑞辰云：「罦，孫謂以掩兔，郭謂以捕鳥，攷說文：『罨，兔罟也』，字又作罘。『莊子釋文：『罘，本又作罦。』是罦、罘亦可通用。據齊語『田獵畢弋』，韋注：『畢弋，掩雉兔之網也。』是古者掩雉、兔之網可以同用。詩蓋言縱兔取雉，以喻王政之不均也。」御覽八百三十一引韓詩此二句，明韓毛文同。我生之初尚無造，我生之後逢此百憂。尚寐無覺！【疏】傳：「造，爲也。」○釋言作「造，爲也。」關雎傳：「寤，覺也。」覺、寤互訓。

有兔爰爰，雉離于罿。【注】魯說曰：「繴謂之罿，罿，罬也。」韓說曰：張羅車上曰罿也。【疏】傳：「罿，罬也。」○「繴謂之罿，罿，罬也」者，釋器文，是罿、罦一物。御覽八百三十二引韓詩曰：「有兔爰爰，雉離于罿。」明韓毛文同。「張羅車上曰罿也」者，引薛君章句，釋文引同，「張」作「施」。我生之初尚無庸，我生之後逢此百凶。尚寐無聰！【疏】傳：「庸，用也。聰，聞也。」箋：「庸，勞也。百凶者，王構怨連禍之凶。」○釋詁：「庸，勞也。」陳喬樅云：「據爾雅，知魯詁與毛異，鄭箋即用魯義改毛。」黄氏日鈔云：「人寤則憂，寐則不知，故欲無吪、無覺、無聰，付理亂於不知耳。近人以爲欲死者，過也。」

兔爰三章，章七句。

葛藟【注】齊說曰：葛藟蒙棘，華不得實。讒言亂政，使恩壅塞。【疏】毛序：「王族刺平王也。周室道衰，棄其九族焉。」箋：「九族者，據己上高祖、下及玄孫之親。」○「葛藟」至「壅塞」，易林泰之蒙文，師之中孚蠱之明夷節之蹇同。「葛藟蒙棘」，喻王族遭讒。「華不得實」，喻恩施不終。「讒言亂政，使恩壅塞」者，蓋因其時公家窮乏，賙給無資，計臣無可如何，出此下策，此讒言亂政之刺所由來也。左文七年傳：「宋昭公欲去羣公子，樂豫曰：『公族，公室之枝葉也，若去之，則本根無所庇廕矣。葛藟猶能庇其本根，故君子以爲比。』」即謂此詩也。詩言人君不可不推恩公族，其取喻同齊說甚明。魯韓無異義。

緜緜葛藟，在河之滸。【疏】傳：「興也。緜緜，長不絶之貌。水厓曰滸。」箋：「葛也藟也，生於河之厓，得其潤澤以長大而不絶。興者，喻王之同姓得王之恩施以生長其子孫。」○馬瑞辰云：「滸，說文作『汻』，云『水厓也』。『厓，山邊也。』『汻水厓』，對『厓山邊』言之。釋水：『滸，水厓。』釋邱又曰：『岸上滸。』據爾雅：『望厓洒而高岸。』又曰：『重厓岸。』說文：『屵，岸高也。』岸上者，蓋謂其厓上高峭如重厓然，與『漘』言『夷上』，謂其上陵夷者正同。郭注爾雅，以『滸』爲『岸上地』，非。」終遠兄弟，謂他人父。謂他人父，亦莫我顧！【疏】傳：「兄弟之道已相遠矣。」箋：「兄弟，猶言族親也。王寡於恩施，今已遠棄族親矣，是我謂他人爲己父。族人尚親親之辭。謂他人爲己父，無恩於我，亦無顧眷我之意。」○愚案：終猶既也，傳意謂兄弟之道已相遠，是言族親本與兄弟相遠也。箋訓「遠棄」，義與傳異，似與下文意複。傳又言「兄弟之道既已相遠」，而族親於王仰戴爲父母親兄，以受其庇廕之恩也。今雖謂爲父母親兄，亦莫我眷顧，則亦他人之而已矣。

緜緜葛藟，在河之涘。終遠兄弟，謂他人母。謂他人母，亦莫我有！【疏】傳：「涘，厓也。」箋：「王又無母恩。有，識有也。」○說文：「涘，水厓也。」廣雅疏證云：「古者謂相親曰『有』。『亦莫我有』，謂莫相親有也。」左昭二十五年傳「是不有寡君也」，杜注：「有，相親有也。」釋名云：「友，有也，相保有也。」亦即此意。

緜緜葛藟，在河之漘。終遠兄弟，謂他人昆。謂他人昆，亦莫我聞！【疏】傳：「漘，水溓也。昆，兄也。」箋：「不與我相聞命也。」○説文：「漘，厓也。」釋邱：「夷上洒下不漘。」李巡曰：「夷上，平上，洒下，陗下，故名漘。」孫炎曰：「平上陗下，故名曰漘。不，蓋衍字。」（詩正義。）郭注：「厓上平坦而下水深者爲漘。不，發聲也。」馬瑞辰云：「昆，翼之叚音。説文：『周人謂兄曰翼，从弟、眔。』詩惟王風有『昆』字，此正周人謂『兄』爲『翼』之證。聞古通『問』。文王詩『令聞不已』，墨子明鬼篇引作『令問』。聞，讀如『恤問』之問。莫我聞猶莫我顧、莫我有也。」

葛藟三章，章六句。

采葛【疏】毛序：「懼讒也。」箋：「桓王之時，政事不明，臣無大小，使出者則爲讒人所毀，故懼之。」○三家無異義。

彼采葛兮，一日不見，如三月兮！【疏】傳：「興也。葛，所以爲絺綌也，事雖小，一日不見於君，憂懼於讒矣。」箋：「興者，以采葛喻臣以小事使出。」○馬瑞辰云：「傳箋並以采葛、采蕭、采艾爲懼讒者，託所采以自況。今案楚詞九歌『采三秀於山間，石磊磊兮葛蔓蔓』，五臣注：『芝草仙藥，采不可得，但見葛石耳，亦猶賢哲難逢，諂諛者衆也。』劉向九歎『葛藟虆於桂樹兮，鴟鴞集於木蘭』，王逸注：『葛藟，惡草，乃緣桂樹，以言小人進在顯位。』是葛爲惡草，古人以喻讒佞。」愚案：劉向用魯詩説，而以葛爲惡草喻讒佞，是於此詩懼讒喻意可通，魯説之恉。

彼采蕭兮，一日不見，如三秋兮！【疏】傳：「蕭，所以供祭祀。」箋：「彼采蕭者，喻臣以大事使出。」○馬瑞辰云：「楚詞離騷：『何昔日之芳草兮，今直爲此蕭艾也。』張衡思玄賦：『珍蕭艾於重笥兮，謂蕙芷之不香。』蕭、艾並舉，皆爲讒佞進仕者託喻。」愚案：衡亦習魯詩者，可以推見魯説之恉。

彼采艾兮，一日不見，如三歲兮！【疏】傳：「艾，所以療疾。」箋：「彼采艾者，喻臣以急事使出。」○馬瑞辰云：「離騷：『户服艾以盈要兮，謂幽蘭其不可佩。』東方朔七諫：『蓬艾親御於牀笫兮，馬蘭踸踔而日加。』此詩采葛、采蕭、采艾，皆喻人主之信讒，下二句乃懼讒之意。」愚案：以惡草喻讒人，古義疊見，比興之恉，深切著明，説詩者必兼此恉。

采葛三章，章三句。

大車【注】魯説曰：夫人者，息君之夫人也。楚伐息，破之，虜其君，使守門，將妻其夫人而納之於宮。楚王出遊，夫人遂出見息君，謂之曰：「人生要一死而已，何至自苦？妾無須臾而忘君也，終不以身更貳醮，生離於地上，何如死歸於地下乎？」乃作詩曰：「穀則異室，死則同穴。謂予不信，有如皦日。」息君止之，夫人不聽，遂自殺。息君亦自殺，同日俱死。楚王賢其夫人守節有義，乃以諸侯之禮合而葬之。君子謂夫人説於行善，故序之於詩。夫義動君子，利動小人，息君夫人不爲利動矣。詩云：「德音莫違，及爾同死。」此之謂也。頌曰：楚虜息君，納其適妃。夫人持固，彌久不衰。作詩同穴，思故忘親。遂死不顧，列於賢貞。【疏】毛序：「刺周大夫也。禮義陵遲，男女淫奔，故陳古以刺今大夫不能聽男女之訟焉。」○「夫人」至「賢貞」，劉向列女傳貞順篇文。案，左傳載楚納息嬀事，與此相反。魏源辨之云：「史記楚蔡世家敍楚滅息、蔡，無一言及於納嬀，況隱十一年左傳『君子知息之將亡』，正義云：『莊十四年，楚滅息。』莊十四年經書：『秋七月，荆入蔡。』傳謂楚文因息嬀生二子，不言，而伐蔡。既同是一年，卽使息滅於春初，亦僅相去數月，豈能卽生二子？事蹟無一合者。詩曰爾、曰子、曰予，明屬息君楚子夫人三人之稱。班婕妤賦曰：『窈窕姝妙之年，幽閑專貞之性，符皎日之心，甘首疾之病。』其爲夫人詞明矣。蓋申息皆畿甸之國，且楚之北門而東周之屏蔽也。申息亡而楚遂憑陵中夏，故録成申、哀息二詩於王風，明東周不振之由，猶黎許無風而附於衛，見衛爲狄滅也。」

大車檻檻，毳衣如菼。【疏】傳：「大車，大夫之車。檻檻，車行聲也。毳衣，大夫之服。菼，騅也，蘆之初生者也。天子大夫四命，其出封五命，如子男之服，乘其大車檻檻然，服毳冕以決訟。」箋：「菼，薍也。古者天子大夫服毳冕，以巡行邦國而決男女之訟，則是子男入爲大夫者。毳衣之屬，衣繢而裳繡，皆有五色焉，其青者如騅。」○王逸楚詞九歎怨思篇注：「檻檻，車聲也。詩云：『大車檻檻。』」王述魯詩，明魯毛文同。白帖十一作「轞轞」，服虔通俗文云：「車聲曰轞。」張參五經文字：「轞，大車聲。」是言「車聲」當作「轞」，「轞」、「檻」字乃通借耳。魏源云：「大車，楚君所乘。或曰管仲檻車至齊。息爲楚滅，其君與夫人皆被虜，載以檻車，渾言之曰大車耳。說亦可通，但以下文例之，皆屬楚君爲合。」釋言：「菼，騅也。」「菼，薍也。」孔疏引樊光曰：「菼，初生葸，騂色，海濱曰薍。」郭注：「詩曰：『毳衣如菼。』菼草色如騅，在青白之間。」說文『𦵼』下云：「萑之初生，一曰薍，一曰騅。从草，剡聲。」「菼」下云：「或从炎。」「緂」下云：「帛騅色也。从糸，剡聲。詩曰：『毳衣如緂。』」段注：「帛色如𦵼，故謂之騅色。『从糸，剡聲』，當作『从糸，𦵼省』。引詩『毳衣如緂』，當作『剡』，若如今本，則色固緂矣，何云『如緂』乎？」案，段說是。詩異文當作「如𦵼」。傳「天子大夫四命」，及箋「古者天子大夫服毳冕」云云。魏源云：「毳衣，楚君所服。大車毳衣，明爲子男諸侯之服。春官司服職，子男之服，自毳冕以下；卿大夫之服，自玄冕以下。巾車職，大夫但乘墨車，鄭君知其不合。乃爲子男入爲大夫之說，則毳冕朝祭之服，豈有服以聽訟者乎？」

豈不爾思，畏子不敢！【疏】傳：「畏子大夫之政，終不敢。」箋：「此二句者，古之欲淫奔者之辭。我豈不思與女以爲無禮與？畏子大夫來聽訟，將罪我，故不敢也。子者，稱所尊敬之辭。」○爾者，爾息君夫人。言至楚後豈不思君乎？特畏楚子知之，不敢出相見耳。子者，楚國君爵。楚雖僭王，時人稱之仍曰「子」也。

大車哼哼，毳衣如璊。【注】韓作「大車輴輴」，云：「輴輴，盛貌也。」「璊」作「黂」，云：「異色之衣也。」魯、齊作「𣮷」。豈不爾思，畏子不奔！【疏】傳：「哼哼，重遲之貌。璊，赬也。」○「大車輴輴，輴輴，盛貌也」者，玉篇車部引韓詩文。皮嘉祐云：「玉篇：『輴，車盛貌。』野王即用韓義。說文『璊』下云：『玉赬色也。禾之赤苗謂之虋，玉色如之，从玉，㒼聲。』又『𣮷』下云：『以毳爲罽，色如虋，故謂之𣮷。虋，禾之赤苗也，从毛，㒼聲。詩曰：毳衣如𣮷。』」「韓作黂，云異色之衣也」者，列子釋文下引韓詩內傳文。（元作外傳，誤。）陳奐云：「三家詩作『𣮷』，本字；毛作『璊』，借字。」案：據韓作「黂」，則作「𣮷」者爲魯齊文矣。陳喬樅云：「首章『如菼』，菼，草色；次章『如黂』，黂，麻色。𣮷、黂亦一聲之轉，故韓釋黂爲異色之衣也。禾之赤苗者爲𣮷，麻之異色者爲黂。黂字从賁，賁，色不純也，見呂覽壹行篇高注。」奔者，文選舞鶴賦注：「獨赴也。」言奔赴息君而見之。

穀則異室，死則同穴。謂予不信，有如皦日！【疏】傳：「穀，生。皦，白也。生在於室，則外內異，死則神合同爲一也。」箋：「穴，謂冢壙中也。此章言古之大夫聽訟之政，非但不敢淫奔，乃使夫婦之禮有別，今之大夫不能然，反謂我言不信，我言之信如白日也。刺其闇於古禮。」○「穀，生」，釋言文。息君守門，夫人將納於楚宮，此異室也。「同穴」者，約死之誓言。漢書哀紀詔云：「朕聞夫婦一體，詩云：『穀則異室，死則同穴。』祔葬之禮，自周興焉。」陳喬樅云：「哀帝從韋元成韋賞受魯詩，見陸璣草木疏，則詔中引詩云云，據魯詩文也。外戚傳引詩同。白虎通崩薨篇：『合葬者，所以同夫婦之道也。』亦引二語。白虎通用魯詩，明魯毛文同。」予者，夫人自謂。指日爲誓，尚著明也。釋文：「皦，本又作皎。」列女梁寡行傳引詩及文選潘岳寡婦賦注引韓詩，皆作「皎」。陳喬樅云：「說文：『皎，月之白也。』『曉，日之白也。』『皦，玉石之白也。』是皎、皦皆曉之叚借。」今湖北桃花夫人廟祀息夫人，古蹟尚存。唐人留詠，知魯詩之言信而有徵矣。

若如左傳所載，爲得有遺構至今乎？

大車三章，章四句。

丘中有麻【疏】毛序：「思賢也。莊王不明，賢人放逐，國人思之而作是詩也。」箋：「思之者，思其來，己得見之。」〇三家無異義。

丘中有麻，彼留子嗟。【疏】傳：「留，大夫氏；子嗟，字也。丘中墝埆之處，盡有麻麥草木，乃彼子嗟之所治。」箋：「子嗟放逐於朝，去治卑賤之職而有功，所在則治理，所以爲賢。」〇留者。鄭世家：「周衰，鄭徙都于留。」公羊傳：「鄭取鄶，遷鄭而野留。」後爲陳有，漢陳留郡陳留縣，今陳留縣也。公羊傳：「祭仲省留而爲宋所執。」左傳：「楚子辛侵宋留。」漢楚國留縣，今沛縣境也，皆不足當此留。漢志：「河南郡緱氏縣，劉聚，周大夫劉子邑。」水經雒水注：「劉水出半石東山，西北流逕劉聚，三面臨澗，在緱氏西南、周畿內劉子國，故謂之劉澗。」今偃師縣南二十里，故縣村。馬瑞辰云：「劉、留古通。薛尚功鐘鼎款識有『劉公簠』，積古齋鐘鼎款識作『留公簠』。」是其證，今從之。孔疏申毛云：「子嗟在朝有功，今放逐在外，國人覩其業而思之。」愚案：覩業思功，與詩義合，箋說失之。緱氏縣地勢險峻，丘中墝埆爲多而樹蓺勤勞，由於彼子嗟之董督，宜其動人懷思矣。彼留子嗟，將其來施施。【疏】傳：「施施，難進之意。」箋：「施施，舒行，伺閒獨來見己之貌。」〇顏氏家訓書證篇云「將其來施施」，韓詩亦重爲「施施」，河北毛詩皆云「施施」，江南舊本悉單爲「施」。愚案：二義皆通。單言「施」者，學記注：「施，猶教也。」晉語注：「施，施德也。」左僖二十四年傳注：「施功勞也。」簡兮箋：「將，且也。」言此麻麥草木，皆留子嗟之德教功勞，今雖放逐，且將復來以惠施我乎？重爲「施施」者，傳：「難進之貌。」將，語詞。言賢者被黜，恐遂長逝不顧，或且施施然徐行而來乎。

丘中有麥，彼留子國。彼留子國，將其來食。【疏】傳：「子國，子嗟父。子國復來，我乃得食。」箋：「言子國使丘中有麥，著其世賢。言其將來食，庶其親己，己得厚待之。」○孔疏：「子國是子嗟之父，俱是賢人，不應同時見逐，當先思子國，不應先思其子，今首章先言子嗟，二章乃言子國，然則賢人放逐，止謂子嗟耳。但作者既思子嗟，又美其奕世有德，遂言及子國耳。」愚案：詩言子嗟之賢，教民盡力，種植蕃茂，多得可食之物以食我，今雖放逐以去，或且更食我乎？思之甚也。

丘中有李，彼留之子。彼留之子，貽我佩玖。【疏】傳：「玖，石次玉者。言能遺我美寶。」箋：「丘中而有李，又留氏之子所治。留氏之子於思者，則朋友之子庶其敬己而遺己也。」○馬瑞辰云：「詩以子國爲子嗟父，則此言『彼留之子』，宜爲子嗟之子。箋上云『丘中而有李，又留氏之子所治』，『又』字正承子國、子嗟言之。」貽，當從釋文作「詒」。說文：「玖，石之次玉黑色者。从玉，久聲。詩曰：『詒我佩玖。』」

丘中有麻三章，章四句。

詩三家義集疏卷五

鄭緇衣第五

【疏】鄭，國名。漢書地理志：「京兆尹鄭縣，周宣王弟鄭桓公邑。」應劭注：「宣王母弟友所封。」史記索隱引世本云：「鄭桓公居棫林，徙拾。」宋忠注：「棫林與拾皆舊地名，自封桓公，乃名爲鄭。」愚案：秦紀晉悼公追秦軍，渡涇至棫林，今與拾皆無考。一統志：「陝西華州北，故鄭城也。其鄰縣之閿鄉，漢湖縣，古爲胡國。」韓非子「鄭武公戮關其思而滅胡」，即其地。蓋漢武帝嫌胡名，始加「水」旁，此故鄭事也。漢志臣瓚注：「桓公爲周司徒，王室將亂，故謀於史伯，而寄帑與賄於虢會之間。（詳國語。）幽王既敗，二年而滅會，四年而滅虢，居於鄭父之丘，是以爲鄭桓公。」地理志：「河南郡新鄭縣，詩鄭國，鄭桓公之子武公所國。」一統志：「河南新鄭縣西，故鄭城也。」乙巳占引詩推度災曰：「鄭，天宿斗衡。」地理志：「武公與平王東遷，卒定虢會之地，右雒左泲，食溱洧焉。土陿而險，山居谷汲，男女亟聚會，故其俗淫。鄭詩曰：『出其東門，有女如雲。』又曰：『溱與洧，方灌灌兮。士與女，方秉菅兮。』『恂盱且樂，惟士與女，伊其相謔。』此其風也。」皆齊說，魯韓蓋同。

詩國風。

緇衣【疏】毛序：「美武公也。父子並爲周司徒，善於其職，國人宜之，故美其德，以明有國善善之功焉。」箋：「父，謂武公父桓公也。司徒之職掌十二教，善善者治之有功也。鄭國之人皆謂桓公武公居司徒之官，正得其宜。」○禮緇衣云：「好賢如緇衣。」鄭注：「緇衣，詩篇名也。其首章曰：『緇衣之宜兮，敝，予又改爲兮。適子之館兮，還，予授子之粲兮。』言此衣緇衣者，賢者也，宜長爲國君。其衣敝，我願改制授之以新衣。是其好賢，欲其貴之甚也。」鄭注禮時治三家詩，知三家皆以此詩爲美武公，無異說。

緇衣之宜兮，敝，予又改爲兮。【疏】傳：「緇，黑色，卿士聽朝之正服也。改，更也。有德君子，宜世居卿士之位焉。」箋：「緇衣者，居私朝之服也。天子之朝服，皮弁服也。」○齊詩緇衣首章文，與毛同。（引見上。）馬瑞辰云：「周官司服『凡甸冠弁服』，後鄭注：『冠弁，委貌，其服緇布衣，諸侯以爲視朝之服。』引詩緇衣爲證。論語『緇衣羔裘』，邢疏：『謂朝服也。』是緇衣本諸侯視朝之服。鄭志答趙商云：『諸侯入爲卿大夫，與在朝仕者異，各依本國，如其命數。』以此推之，諸侯內臣于王，其居私朝，仍服其諸侯之朝服，故詩以緇衣美武公。傳云『卿士聽朝之正服』，係專指外諸侯入爲卿士者言，非泛指王朝卿士也。私朝，對公朝言。箋云『緇衣，居私朝之服』，又云：『卿士所之之館，在天子之宮，今之諸廬也。』蓋謂館爲九卿治事之公朝，並未言館卽私朝也。館爲公朝，故下文又云『還』，乃還於私朝也。正義合而一之，因謂天子之朝皮弁服，退適諸曹，服緇衣。誤矣。古者諸侯之卿大夫有二朝，魯語公父文伯之母謂季康子曰：『自卿以下，合官職於外朝，合家事於內朝。』韋注：『外朝，君之公朝。內朝，家朝。』是也。天子之卿大夫制亦當有二朝。玉藻『揖私朝煇如也』，注：『私朝，自大夫家之朝。』是卿大夫有私朝之證。至考工記『外有九室，九卿朝焉』，正韋注所云『君之公朝』，不可謂卽治家事之私朝也。玉藻『朝辨色始入，君日出而視之，退適路寢聽政』，謂君退於路寢，以待朝者各就其官府治事，有當告者乃入也。以此推之，知天子之卿大夫在外朝有事尚當入告，似不得先釋朝服而易緇衣也。且玉藻又云：『使人視大夫，大夫退，然後適小寢釋服。』退，謂大夫退於家。釋服，謂釋朝服也。以此推之，知天子於卿大夫未退尚不釋朝服，則卿大夫當天子未釋服以前不得先服緇衣明矣。又案，羔裘與緇衣相配，召南羔裘詩上言『羔羊之皮』，下言『自公退食』，知諸侯之大夫退朝時尚服朝服之緇衣，則知天子之卿士未退時不得釋朝服之皮弁矣。緇衣，指在私朝言；適館，指在公朝言；還，則還於私朝。首言緇衣，蓋指未朝君之前，先與家臣朝於私朝而言；次言『適子之館』，蓋指朝君後退適公朝而言；至望其還而飲食之，所以明好之，深望其退而休息也。正義誤以館爲私朝，因謂適諸曹改服緇衣，失之。」愚案：馬說精審，詩意禮經，一一吻合。說文「緇」下云：「帛黑色。」「宜」下云：「所安也。」官命有德，服以章之，賢則曰宜，否則曰不稱。唯其人也敝，願改爲，欲其久服。予者，探君上之意而詠歌之。合觀下文，解衣推食，皆出君恩，他人親愛，不能如此立言也。

適子之館兮，還，予授子之粲兮。【疏】傳：「適，之。館，舍。粲，餐也。諸侯入爲天子卿士，受采祿。」箋：「卿士所之之館，在天子宮，如今之諸廬也。自館還在采地之都，我則設餐以授之。愛之，欲飲食之。」〇馬瑞辰云：「公羊定四年傳何注：『諸侯入爲天子大夫，更受采地於京師，使大夫爲治其國。』是諸侯入仕王朝，更授采地，說與傳合。公羊襄五年傳何注：『所謂采者，不得有其土地人民，采取其租稅耳。』故傳謂之『采祿』。箋謂『自館還在采地之都』，乃釋詩『還』字，非謂『授粲』即授以采祿也。正義謂授即授以采祿，誤矣。說文：『館，舍也。』『餐，吞也。』授粲猶授食，即論語『君賜食』之類。諸侯仕王朝者，居當與王宮相近，不必定居采邑。箋以爲還在采邑之都，亦誤。」

緇衣之好兮，敝，予又改造兮。適子之館兮，還，予授子之粲兮。【疏】傳：「好，猶宜也。」箋：「造，爲也。」

緇衣之蓆兮，【疏】魯說曰：蓆，大也。韓說曰：蓆，儲也。敝，予又改作兮。適子之館兮，還，予授子之粲兮。【疏】傳：「蓆，大也。」箋：「作，爲也。」〇「蓆，大也」者，釋詁文，魯說也。郭注：「詩曰：『緇衣之蓆兮。』」「蓆，儲也」者，釋文引韓詩文。陳喬樅云：「說文：『蓆，廣多也。』廣多之訓，與『儲』義近。」

緇衣三章，章四句。

將仲子【疏】毛序：「刺莊公也。不勝其母以害其弟。弟叔失道而公弗制，祭仲諫而公弗聽，小不忍以致大亂焉。」箋：「莊公之母，謂武姜，生莊公及弟叔段。段好勇而無禮，公不早爲之所而使驕慢。」〇三家無異義。左桓五年傳「鄭伯使祭足勞王」，杜注：「祭足，卽祭仲之字，蓋名仲，字仲足也。」愚案：詩人感於君國之事，託爲男女之詞，稱曰「仲子」，無直呼其名之理，當是祭封人名，足仲爲其字也。春秋桓十一年，「宋人執鄭祭仲」，公羊傳云：「祭仲者何？鄭相也。何以不名？賢也。」則杜誤顯然矣。後漢郡國志：「陳留長垣縣東北有祭城。」一統志：「今長垣縣東四十里。」

將仲子兮，無踰我里，無折我樹杞！【疏】傳：「將，請也。仲子，祭仲也。踰，越。里，居也，二十五家爲里。杞，木名也。折，言傷害也。」箋：「祭仲驟諫，莊公不能用其言，故言請，固距之。無踰我里，喻言無干我親戚也。無折我樹杞，喻言無傷害我兄弟也。仲初諫曰：君將與之，臣請事之。君若不與，臣請除之。」〇此詩託爲莊公距仲之言，請無踰我里而折我親樹之杞，喻封段於京，猶種杞也。據左傳，封段時仲固諫。箋引公子呂語，殆由誤記。胡承珙云：「詩言杞者七。自四牡以後言杞者六，皆當爲『枸檵』，惟將仲子傳云『杞，木名』。據陸疏云：『杞，柳屬。』蓋卽孟子之『杞柳』，後世謂之欅柳。本草衍義云：『欅，木本最大者，高五六十尺，合二三抱。』此杞木所由別於枸檵也。」馬瑞辰云：「杞，卽社所樹木。周禮，二十五家爲社，各樹其土所宜木，正與傳『里』訓合。蓋以杞本大而難伐，喻段之大而難制與。」豈敢愛之，畏我父母。仲可懷也，父母之言，亦可畏也。【疏】箋：「段將爲害，我豈敢愛之而不誅與？以父母之故，故不爲也。懷私曰懷，言仲子之言可私懷也，我迫於父母有言，不得從也。」〇說文：「懷，思念也。」言豈敢愛而不折，特畏我父母而不爲。仲非不可念思，然父母之言可畏，故不女從耳。當時武公已歿，迫於母命。言「父母」者，統詞耳。

將仲子兮，無踰我牆，無折我樹桑！【疏】傳：「牆，垣也。桑，木之衆也。」〇此「桑」及下「檀」皆以喻段，傳「桑，木之衆也」，蓋以比段之得衆，所謂「厚將得衆」也。孟子「樹牆下以桑」，是古者桑樹依牆。豈敢愛之，畏我諸兄。【疏】傳：「諸兄，公族。」仲可懷也，諸兄之言，亦可畏也。

將仲子兮，無踰我園，無折我樹檀！【疏】傳：「園，所以樹木也。檀，彊韌之木。」○蓋以比段之恃强，所謂「多行不義」也。鶴鳴詩：「樂彼之園，爰有樹檀。」是古者檀樹於園。豈敢愛之，畏人之多言。仲可懷也，人之多言，亦可畏也。

將仲子三章，章八句。

叔于田【疏】毛序：「刺莊公也。叔處于京，繕甲治兵，以出于田，國人說而歸之。」箋：「繕之言善也。甲，鎧也。」○三家無異義。

叔于田，巷無居人。【疏】傳：「叔，大叔段也。田，取禽也。巷，里塗也。」箋：「叔往田，國人注心于叔，似如無人處。」○叔者，段字。武姜溺愛，莊公縱惡，寵異其號，謂之京城大叔。從叔於京者，類皆諛佞之徒，惟導以畋遊飲酒之事，而國人亦同聲貢媚，詩之所爲作也。古者居必同里，里門之內，家門之外，則巷道也。巷與衖同，巷頭門謂之閎。周禮：「二十五家爲里。」故說文：「里門曰閭。二十五家相羣侶也。」亦謂之「巷」。祭義「而弟達乎州巷矣」，注：「巷猶閭也。」其里中有別道亦曰巷，蓋因地勢爲之。衆經音義引三蒼：「衖，里中別道也。」說文：「閻，里中門也。」里中而有門，即別道之門，故廣雅釋室又云：「閻謂之衖也。」（其當道直啟之家，蓋由於賜第。張衡西京賦：「北門甲第，當道直啟。」漢書夏侯嬰傳：「賜北第第一。」）後來轉相倣傚，里制漸廢，巷亦成街。此言叔既往田，巷道爲空，居此之人，闃其如無也。左隱三年傳杜注：「開封府滎陽縣東南二十里，有京縣故城。」漢志：「河南郡京縣。」一統志：「今滎陽縣東南二十一里。」豈無居人，不如叔也，洵美且仁！【疏】箋：「洵，信也，言叔信美好而又仁。」○案，叔之爲人，未必知行仁道，蓋其初至京城，或多小惠，故國人以『仁』稱之，新書修政篇所謂「樂之者見謂仁」也。黄山云：「論語『里仁爲美』，仁止是『敦讓』意。」亦通。

叔于狩，巷無飲酒。【疏】傳：「冬獵曰狩。」箋：「飲酒，謂燕飲也。」○馬瑞辰云：「狩，爲田獵之通稱。于狩，猶于田也。」豈無飲酒，不如叔也，洵美且好！【疏】劉詩益曰：「飲酒者，宜好會。」

叔適野，巷無服馬。豈無服馬，不如叔也，洵美且武！【疏】箋：「適，之也。郊外曰野。服馬，猶乘馬也。武，有武節。」○陳奐曰：「公羊傳注：『禮，諸侯田狩不過郊。』蓋諸侯苑囿當在近郊，叔適野，以都城之外爲野也。」武者，謂有武容。

叔于田三章，章五句。

大叔于田【疏】毛序：「刺莊公也。叔多才而好勇，不義而得衆也。」○孔疏：「叔負才恃衆，必爲亂階，而公不之禁，故刺之。」案，加「大」字，以別於上章。三家無異義。

叔于田，乘乘馬，【疏】傳：「叔之從公田也。」○釋文：「叔于田，本或作『大叔于田』者，誤。」嵩高傳：「乘馬，四馬。」執轡如組，兩驂如舞。【疏】傳：「驂之與服，和諧中節。」箋：「如組者，如織組之爲也。在旁曰驂。」○「執轡如組」，義具碩人。「兩驂如舞」者，小戎箋：「驂，兩騑也。」保氏注：「舞交衢。」疏云：「御車在交道，車旋應於舞節。」蓋謂驂馬安行，如舞者之有行列，從容中節也。新序雜事五、韓詩外傳二引詩二句，歸美善御，明魯韓義同。中論賞罰篇：「言善御之可以爲國。」外傳二：「言堯能使能者爲己用。」又言：「法得則馬和而歡，道得則民安而集。」引二句，皆推衍之詞。叔在藪，【注】韓説曰：禽獸居之曰藪。火烈具舉，【注】魯「烈」作「列」。【疏】傳：「藪，澤，禽之府也。烈，列。具，俱也。」箋：「列人持火俱舉，言衆同心。」○「禽獸居之曰藪」者，釋文引韓詩文，蓋内傳也。釋慧苑華嚴經音義二引韓詩傳同，「禽」上多「澤中可」三字。「魯烈作列」者，張衡東京賦引詩作「列」，衡述魯詩也。陳喬樅云：「毛作烈，訓爲列，古文借字。三家今文本字。澤虞疏文選李注三引詩並作列。」陳奐云：「列，古『迾』字。周禮作『厲』。鄭司農注山虞典祀，並訓『厲』爲『遮列』，即『遮迾』也。詩假作『烈』。孟子『益烈山澤而焚之』，言遮迾山澤而以火焚之也。」襢裼暴虎，【注】魯説曰：襢裼，肉袒也。暴虎，徒搏也。齊韓「襢」作「膻」。獻于公所。【注】齊説曰：鄭伯好勇而國人暴虎。【疏】傳：「襢裼，肉袒也。暴虎，空手以搏之。」箋：「獻于公所，進於君也。」○「襢裼，肉袒也。暴虎，徒搏也」者，釋訓文，魯説也。孔疏引李巡曰：「襢裼，脱衣，見體曰肉袒。」孫炎曰：「袒去裼衣。」舍人曰：「徒搏，無兵空手搏之。」詩釋文：「襢，本又作袒。」「齊韓襢作膻」者，説文：「膻，肉膻也。詩曰：『膻裼暴虎。』」據爾雅作「襢」，則作「膻裼」者齊、韓本也。馬瑞辰云：「袒裼與『膻裼』有別。説文：『但，裼也。』『裼，但也。』又曰：『羸者但也。』『裎者但也。』是去裼衣之袒當作『但』，肉袒之袒當作『膻』。今作襢、袒，皆借字。説文：『袒，衣縫解也。』段注：『即綻之本字。』」公者，莊公。段從公獵，故搏虎而獻之，以示武勇。「鄭伯」至「暴虎」，漢書匡衡傳上疏文。顔注：「言以莊公好勇之故，大叔空手搏虎，取而獻之。」衡習齊詩，此齊説也。將叔無狃，戒其傷女！【注】魯説曰：狃，復也。【疏】傳：「狃，習也。」箋：「狃，復也。請叔無復者，愛也。」○「狃，復也」者，釋言文。孔疏引孫炎曰：「狃忕前事復爲也。」陳喬樅云：「傳『狃，習也』。箋訓狃爲復，蓋據魯訓。」「戒其傷女」者，衆愛而戒之。孔疏謂公恐其更然，似非詩意。

叔于田，乘乘黄，兩服上襄，兩驂雁行。【注】韓詩曰：兩驂雁行。韓説曰：兩驂，左右騑驂。【疏】傳：

「乘黃，四馬皆黃。」箋：「兩服，中央夾轅者。襄，駕也。上駕者，言爲衆馬之最良也。雁行者，言與中服相次序。」○釋言：「襄，駕也。」呂覽愛士篇高注：「四馬車，兩馬在中爲服。詩曰：『兩服上襄。』」王引之云：「上者，前也。上襄，猶言並駕於前，卽下章之『兩服齊首』也。雁行，謂在旁而差後，卽下章之『兩驂如手』也。」胡承珙云：「說文：『駕，馬在軛中也。』呂覽高注：『上猶前也。』下武箋：『下猶後也。』是上爲前，下爲後，古有此稱。上駕者，言兩服在前駕軛，與兩驂在後雁行者文義相對。」陳喬樅云：「襄蓋驤之借，禮正義三、史記司馬相如傳索隱引詩並作『兩服上驤』。」「兩驂」至「騑驂」，文選曹植應詔詩注引薛君文，引經明韓毛文同。兩驂在車左右，承上「兩服」言之，則騑驂與之相並而稍退後，如飛雁之有行列也。叔

在藪，火烈具揚。叔善射忌，又良御忌，抑磬控忌，抑縱送忌。【疏】傳：「揚，揚光也。忌，辭也。騁馬曰磬，止馬曰控。發矢曰縱，從禽曰送。」箋：「良亦善也。忌，讀如『彼已之子』之已。」○胡承珙云：「磬卽磬折之謂。禮凡言『磬折』者，皆謂屈身如磬之折殺。凡騁馬時，人之立於車中者，身必稍曲向前，故謂之磬。」孔疏：「今止馬猶謂之『控』。縱謂放縱，故知發矢。送謂逐後，故知從禽。」

叔于田，乘乘鴇，【疏】傳：「驪白雜毛曰鴇。」○釋文：「鴇音保，依字作鴇。」胡承珙云：「釋畜本作『鴇』。詩疏引爾雅作『鴇』者，後人據詩文改之。唐石經及五經文字爾雅皆作鴇。說文：『鴇，黑馬驪白雜毛。』今說文無此字。陸氏尚及見之，故詩音義亦云依字作鴇。毛特借鴇爲鴇耳。」兩服齊首，兩驂如手。【疏】傳：「馬首齊也。進止如御者之手。」箋：「如人左右手之相佐助也。」○馬瑞辰云：「齊者等也，等者同也，同卽如也。此與下句『兩驂如手』，皆以人身爲喻，言兩服前出，如人之首，兩驂稍次，如人之手，變『如』言『齊』者，錯文以見義也。傳以爲馬首齊，失之。」叔在藪，火烈具阜。叔馬慢忌，叔發罕忌，抑釋掤忌，抑鬯弓忌。【疏】傳：「阜，盛也。慢，遲。罕，希也。掤，所以

覆矢。弢弓，弢弓。」箋：「田事且畢，則其馬行遲，發矢希，射者蓋矢弢弓。言田事畢。」〇胡承珙云：「此詩自是宵田用燎，初獵之時，其火乍舉。正獵之際，其火方揚。末章獵畢將歸，持炬照路，火當更盛，故曰阜也。」慢，釋文作「嫚」。陳奐云：「古『侮嫚』作嫚，『嬾慢』作慢，其義皆不訓『遲』，字當作『趧』。說文：『趧，行遲也。』因之凡遲皆可以謂之趧。『罕希』，釋詁文。說文：『掤，所以覆矢也。』左傳作『冰』，昭十二年傳杜注：『冰，箭筩，其蓋可以取飲。』今釋之以覆其矢也。弢讀爲韔，此假借也。小戎傳：『韔，弓室也。』弓室謂之韔，亦謂之弢，又謂之韇。左傳『右屬櫜韇』，又謂之『韣』。禮記『帶以弓韣』，皆是物也。蓋韔、弢本藏弓之器，因之受藏於韔曰韔，猶受藏於弢曰弢也。」

大叔于田三章，章十句。

清人【注】齊說曰：清人高子，久屯外野。逍遙不歸，思我慈母。又曰：慈母望子，遙思不已。久客外野，我心悲苦。【疏】毛序：「刺文公也。高克好利而不顧其君，文公惡而欲遠之，不能，使高克將兵而禦狄于竟。陳其師旅，翱翔河上，久而不召，衆散而歸，高克奔陳。公子素惡高克進之不以禮，文公退之不以道，危國亡師之本，故作是詩也。」箋：「好利不顧其君，注心於利也。禦狄于竟，時狄侵衞。」〇春秋閔公二年經書「鄭棄其師」，左傳：「鄭人惡高克，使帥師次于河上，久而弗召，師潰而歸。高克奔陳，鄭人爲之賦清人。」即其事也。漢書古今人表，鄭高克與公孫素同列第七等，或以傳「公子」爲「公孫」之譌。焦循云：「公子素卽僖二年帥師入滑之公子士，素、士一聲之轉。」說皆可通。「清人」至「慈母」，易林師之睽文，觀之升遯之鼎同。「慈母」至「悲苦」，豐之頤文，咸之旅同。皆爲高克事作，齊說也。詩蓋從克之軍人所作，據易林「清人高子」，知克亦清邑之人，故率其同邑之衆屯於衞邑彭地。越境屯兵，故云「外野」。（見下。）魯韓無異義。

清人在彭，駟介旁旁。【注】三家「旁」作「騯」。【疏】傳：「清，邑也。彭，衞之河上，鄭之郊也。介，甲也。」箋：

「清者，高克所帥衆之邑也。駟，四馬也。」○水經灒水注：「渠水又東，清池水注之。清池水出清陽亭西南平地，東北流逕清陽亭南，東流卽清人城也，詩所謂『清人在彭』，故杜預春秋釋地：中牟縣西有清陽亭。是也。」彭者，河上地名。左哀二十五年傳：「初，衛人翦夏丁氏，以其帑封彌子。」彌子瑕食采于彭，爲彭封人。蓋衛邑而與鄭連境，故克帥衆在此防狄渡河。駟介，四馬被甲也。廣雅：「旁旁，盛也。」「三家旁旁作騯騯」者，說文：「騯，馬盛也。」引詩「四牡騯騯。」段注謂「駟介」譌爲「四牡」，「盛也」當作「盛貌。」旁旁作騯騯，三家異文。二矛重英，河上乎翺翔。【疏】傳：「重英，矛有英飾也。」箋：「二矛，酋矛、夷矛也，各有畫飾。」○馬瑞辰云：「考工記言車六等之數，有酋矛，無夷矛。說文：『矛，酋矛也。兵車所建，長二丈。』是知兵車所建惟酋矛耳。魯頌『二矛重弓』，箋云：『備折壞直。』是酋矛有二，則此詩二矛亦謂酋矛有二，非兼言夷矛。矛有英飾，裘之飾爲英，矛之飾亦爲英，其義一也。魯頌謂之『朱英』，傳：『朱英，矛飾也。』蓋刻矛柄而以朱畫之。此疏以朱英絲纏，彼疏謂以朱染爲英飾，皆非也。」胡承珙云：「周禮掌節『以英蕩輔之』，杜子春云：『英蕩，畫函。』干寶注亦云：『英，刻畫也。』箋正以『畫飾』申傳『英飾』。」今案，胡說引周禮「英蕩」以證英飾卽畫飾，可補孔疏之略。重者，「緟」之叚借。說文：「緟，增益也。」又曰矛象形。段注：「直者象其柲，左右蓋象其英。」是「重英」宜謂矛有重飾。二章箋云「喬矛矜近，上及室題，所以懸毛羽」，謂矛柄近上，及矛頭受刀處皆懸毛羽以爲飾，亦謂凡矛各有重飾，是知此箋「各有畫飾」之語特釋「英」字，非釋「重英」。孔疏乃謂二矛各自有飾，並建而重累，失之。胡云詩言重英、重喬，則必二矛有長短，所建高下不一，故見爲重，亦誤以重爲二矛之飾相重累矣。載驅傳云：「翺翔，猶彷徉也。」

清人在消，駟介麃麃。二矛重喬，【注】韓「喬」作「鷮」。【疏】傳：「消，河上地也。麃麃，武貌。重喬，累荷也。」箋：「喬矛矜近，上及室題，所以縣毛羽。」○「重喬」者，傳：「累荷也。」釋文：「荷舊音何，謂刻矛頭爲荷葉相重累也。

沈胡可反，謂兩矛之飾相負荷也。」「喬作鷮」者，釋文引韓詩文。馬瑞辰云：「說文雉十四種，其二喬雉。鷮，走鳴長尾雉也。釋木『句如羽喬』，知木之如羽者，得名爲喬，是知喬本爲羽飾之名矣。箋訓『懸毛羽』者，正本韓詩讀『喬』爲『鷮』，以鷮羽爲飾，因名喬耳。」范家相云：「重鷮者，重施雉羽於矛之室題也。」河上乎逍遙。【注】韓「逍遙」作「消搖」，云：「逍遙也。」齊說曰：清人逍遙，未歸空閒。又曰：逍遙不歸，思我慈母。【疏】「逍遙也」者，文選南都賦注引韓詩內傳文，（元作外傳，誤。）知韓詩文作「逍搖」者。說文無「逍遙」字，字林有之，見張參五經文字序。文選上林賦注引司馬彪云：「消搖，逍遙也。」即本韓詩訓義。「清人」至「空閒」，易林无妄之旅文。「逍遙」至「慈母」，引見上。蔡邕青衣賦「河上逍遙」，邕用魯詩，知魯齊文與毛同。

清人在軸，駟介陶陶。【疏】傳：「軸，河上地也。陶陶，驅馳之貌。」○案，君子陽陽傳：「陶陶，和樂貌。」此因在師中，易其文，猶暢樂意也。左旋右抽，中軍作好。【注】三家「抽」作「搯」。【疏】傳：「左旋，講兵。右抽，抽矢以射。居軍中爲容好。」箋：「左，左人，謂御者。右，車右也。中軍，謂將也。高克之爲將，久不得歸，日使其御者習旋車，車右抽刃，自居中央，爲軍之容好而已。兵車之法，將居鼓下，故御者在左。」○「三家抽作搯」者。說文「搯」下云：「拔兵刃以習擊刺也。詩曰：『左旋右搯。』」三家文也。孔疏：「左成二年傳，郤克傷矢，言『未絕鼓音』，是郤克爲將在鼓下也。張侯傷手而血染左輪，是御者在左也。此謂將之所乘車耳，若士卒兵車，則閟宮箋明云兵車之法，左人持弓，右人持矛，中人御車，不在左也。」王夫之云：「御必居中，所以齊六轡而制馬也。使其居左，則攬轡偏而縱送礙，且視不及右驂之外絧而舒斂無度矣。故雖以天子之尊，而在車亦無居中之理。大馭：『掌馭玉路犯軷，王自左馭，馭下祝。』其曰『王自左馭』者，自左而嚮中也。馭犯軷，暫攝馭居中，王位固在左矣。戎僕：『掌馭戎車，犯軷，如玉路之儀。』則天子卽戎且不居中，而況將乎？鞌之戰，齊侯親將，逢丑父爲右。公羊傳曰：『逢丑父者，頃公之車右也，代頃公當左。』此將居左之明證。然則左旋右抽，非以車左、車右言之，蓋言戎車回旋演戰之法，有左旋以先弓矢者，有右旋而先矛者。左旋先弓而迎敵於左，則車右持矛以刺；右旋先矛以要敵，則將抽矢以射，勢以稍遠而便也。」胡承珙云：「左僖三十三年傳：『秦師過周北門，左右免胄而下。』蓋惟御者居中，故左右下。左宣十二年傳：『楚許伯御樂伯，攝叔爲右。樂伯曰：致師者，左射以菆。』皆足爲御在車中之證，故詩疏惟據鞌之戰以爲郤克在鼓下而居中，解張有『左輪朱殷』之言而居左。然將執旗鼓，豈必鼓定在中，解張之左輪朱殷，安知非射傷左手而流血於左耶？且是戰也，韓厥因夢避左右而代御居中，杜注因有自非元帥御皆在中之説，近於因文牽就，非有明證。總之，此詩左、右、中本不可以一車言之，傳云『居軍中爲容好』，則以中軍爲軍中，猶中谷卽谷中之比，並未嘗以中軍爲將，故左右亦必非車左、車右之謂。王氏謂左旋右抽爲戎車回旋演戰之法，申毛甚確，此卽居軍中爲容好也。」馬瑞辰云：「王胡二説甚確，然以『左旋』爲戎車之左旋，猶誤以箋説爲傳説也。攷牧誓『王左杖黄鉞，右秉白旄以麾』，史記齊世家『師尚父左杖黄鉞，右把白旄以誓』，大司馬：『若師有功，則左執律，右秉鉞，以先，愷樂獻于社。』左僖二十三年傳重耳曰：『其左執鞭弭，右屬櫜鞬，以與君周旋。』所謂左右，皆指君及將之左右手，是知詩云左旋右抽，亦謂將之左右手也。旋車曰旋，旌旗之指麾亦曰旋。説文：『旋，周旋，旌旗之指麾也。从㫃、疋。疋，足也。』古者將執旗鼓。公羊宣十二年傳『莊王親自手旌麾軍』，旌卽旗也，則『左旋』者謂將左手執旗指麾以相周旋，教其坐作進退之節，故傳以左旋爲『講兵』，與説苑尊賢篇云『今將軍方吞一國之權，提鼓擁旗，被堅執鋭，回旋十萬之師』，語正相合，非謂御者旋車也。若『右抽』如三家詩作『搯』，言拔兵刃，則所該者廣，不得如傳云『抽矢』已也。左旋右抽，皆卽將在軍中作容好之事耳。」

清人三章，章四句。

羔裘【疏】毛序：「刺朝也。言古之君子以風其朝焉。」箋：「言，猶道也。鄭自莊公而賢者陵遲，朝無忠正之臣，故刺之。」○左昭十六年傳：「鄭六卿餞韓宣子於郊。子產賦鄭之羔裘。宣子曰：『起不堪也。』」此詩言古君子立朝之義，故起辭不堪。三家無異義。

羔裘如濡，洵直且侯。【注】韓詩「洵」作「恂」。韓說曰：侯，美也。【疏】傳：「如濡，潤澤也。洵，均。侯，君也。」箋：「緇衣羔裘，諸侯之朝服也。言古朝廷之臣皆忠直且君也。君者，言正其衣冠，尊其瞻視，儼然人望而畏之。」○如箋說，則古衣此羔裘之君子，卽諸侯入爲王朝之卿士者，意謂如鄭先君之等。「韓洵作恂」者，外傳二引崔杼弑齊莊公，劫諸大夫盟，晏子不從，引此四句，作「恂直且侯」。陳喬樅云：「洵者，恂之叚借。說文：『恂，信心也。』釋詁：『洵，信也。』亦叚『洵』爲『恂』。溱與洧『洵訏且樂』，釋文引韓詩作『恂』，皆用正字。」「侯美也」者，釋文引韓詩文。馬瑞辰云：「左傳『楚公子美矣君哉』，古字訓『君』者多有『美』義。侯爲君，又爲美，猶皇與烝爲君，又爲美。」（釋詁：「烝、皇，君也。」廣雅釋詁：「皇、烝，美也。」）愚案：「洵直且侯」，與下二章相應，司直應此洵直，美士應此侯美，從韓義爲允。彼其之子，【注】魯韓「其」作「己」。【疏】「魯其作己」者，新序義勇篇節士篇、列女梁節姑姊傳楚成鄭瞀傳引「彼其之子」二句，皆作「己」。「韓作己」者。外傳作「彼己之子」。胡承珙云：「左襄二十七年傳引『彼己之子，邦之司直』，正作『己』，知韓詩亦本古文。揚之水箋云：『其或作記，或作己，讀聲相似。』蓋古人於此等以聲爲主，聲同則字不嫌異。推之大叔于田之『忌』，（箋云：『忌，讀如彼己之子之己。』）嵩高之『近』（箋云：『聲如彼記之子之記。』）皆然。然各有師承，不相錯亂。如毛必作『其』，揚之水汾沮洳椒聊候人及此詩是也。韓必作『己』，汾沮洳『彼其之子，美如英』，韓外傳亦引作『己』是也。若文選陸機吳趨行漢高祖功臣頌注兩引毛詩曰『彼己之子，邦之彥兮』，又謝玄暉答呂法曹詩注引毛詩曰『彼己之子，美無度』，此『毛詩』恐皆『韓詩』之誤。」黃山云：「毛固古文，其『或作』本亦多與今文合，如葛覃之『刈』，卷耳之『觥』可證也。此詩『彼己』，蓋亦毛『或作』所有，與韓同文，是以吳趨行功臣頌注引爲毛詩。釋文於揚之水『彼其』下明言其音『記』，詩內皆放此，或作『己』，亦同，故此詩及候人篇『彼其』不再著其異，而左僖二十四年傳引候人亦作『彼己』也。胡謂此詩爲韓本古文，則非。」

舍命不渝。【注】韓「渝」作「偷」。【疏】傳：「渝，變也。」箋：「舍，猶處也。之子，是子也。是子處命不變，謂守死善道，見危授命之等。」○「舍命不渝」者，傳：「渝，變也。」箋：「舍，猶處也。」王肅云：「舍，受也。」胡承珙云：「舍猶釋也。管子小問篇：『語曰：澤命不渝，信也。』史記徐廣注：『古釋字作澤。』周頌『其耕澤澤』，爾雅作『釋釋』，周禮鄭注：『舍卽釋也。』士冠禮注：『古文釋作舍。』是澤命卽舍命也。蓋古有是語，詩引之以美君子之信。戴震詩攷正云：『考工記「水有時以凝，有時以澤。」澤，李軌音釋。澤與舍義並爲釋，言自受命於君，以至復命而後釋，始終如一也。』案，釋文舍音赦，此因箋訓舍爲處，故爲作音。又云『沈書者反』，是沈重意以舍爲『舍釋』之舍矣。然鄭雖訓舍爲處，而云『是子處命不變，謂守死善道，見危授命之等』，是以命爲『軀命』之命。外傳言崔杼劫盟，晏子不從，引此詩以美之。新序義勇篇同。蓋以舍命爲『授命』，與鄭義合。戴震用王肅之訓，以爲受君命，非也。」「渝作偷」者，外傳二作「舍命不偷」。馬瑞辰云：「渝古音如偷，偷卽渝之假借，猶山有樞篇『他人是偷』，箋讀爲『渝』，皆謂雖至死而捨命，亦不變耳。」

羔裘豹飾，孔武有力。【疏】傳：「豹飾，緣以豹皮也。孔，甚也。」○姚氏識名解云：「正義以君裘用純，此詩褎飾異皮，爲臣之服，引唐風作證，謂緣以豹皮爲袪褎也。陸佃言國君體柔而文之以剛，其義上達，引玉藻豹褎、豹飾異文，明飾非褎。傳所謂緣，蓋言領，人君之服也。案，飾義通用，凡緣領、緣褎、緣履皆謂之飾。豹自指褎袪而言，裘惟有緣襃之制，未聞有緣領者。玉藻以豹飾爲君子之服，亦指士大夫言，未嘗專指人君之服也。」胡承珙云：「姚說是。玉藻首云『君衣狐白裘，錦衣以裼之』，下乃言『君子狐青裘豹褎』、『羔裘豹飾』之等，其下又云：『錦衣狐裘，諸侯之服也。』分析甚明，故鄭注以君子爲大夫士。正義以狐青羔裘，君皆用純，大夫士雜以豹褎、豹飾爲異。埤雅引管子（揆度篇）『上（今本作「卿」。）大夫豹飾，列大夫豹幨』，正可證豹飾爲人臣之服，而以爲非古，過矣。」「孔，甚」，釋言文。愚案：箋意首章指諸侯，故云諸侯朝服，二章指上大夫，故云豹飾；三章指列大夫。所云刺朝者，統王朝、諸侯朝言之。

彼其之子，邦之司直。【疏】傳：「司，主也。」○馬瑞辰云：「呂覽自知篇『湯有司直之士』，高注：『司，主也。直，正也。正其過闕也。』漢書東方朔傳『以史魚爲司直』，是古有司直之官。」愚案：上章「洵直」，是君子之直己；此章「司直」，言君子能直人也。新序節士篇及外傳二舉楚石奢、齊顔涿聚、魏解狐三事，引詩「邦之司直」，並推衍之詞，明魯韓毛文同。

羔裘晏兮，三英粲兮。【疏】傳：「晏，鮮盛貌。三英，三德也。」箋：「三德，剛克，柔克，正直也。粲，衆意。」○孔疏：「英，俊秀之名，言有三種之英，故傳以爲三德。」愚案：此章指列大夫，故云「三英」，疏說是也。上二章次句皆指人言，則以「三英」指裘飾者非是。「三德」衆說紛紜，莫衷一是，亦斷從孔疏。彼其之子，邦之彥兮。【注】魯「彥」作「喭」，說曰：「美士爲喭。」【疏】傳：「彥，士之美稱。」○舍人曰：「國有美士，爲人所言道。」郭注：「人所喭咏也。」「美士爲喭」，釋訓文。孔疏引釋文：「喭音彥，今本作彥。」說文彣部：「彥，美士有彣，人所言也。从彣，厂聲。」是作「喭」者魯說也。今本作「彥」，後人從毛改之。外傳二言蘧伯玉之行，外傳九言楚有善相人者，能相人之友，並引「彼己之子」二句，明韓毛文同。（惟「己」異。）

羔裘三章，章四句。

遵大路【疏】毛序：「思君子也。莊公失道，君子去之，國人思望焉。」○三家無異義。

遵大路兮，摻執子之袪兮。【疏】傳：「遵，循。路，道。摻，擥。袪，袂也。」箋：「思望君子於道中，見之則欲擥持其袂而留之。」○馬瑞辰云：「說文：『操，把持也。』『擥，撮持也。』二字義同，摻，疑爲『操』字之譌，故傳訓爲『擥』。據文選宋玉登徒子好色賦曰：『遵大路兮，攬子袪。』則三家詩有作『攬』者。攬卽擥字之俗，故傳以摻爲擥。魏晉間避武帝諱，凡從『喿』之字多改从『參』，八分『喿』字多寫从『桼』，形近易誤。北山詩『或慘慘畏咎』，釋文：『慘本作懆。』抑詩『我心慘慘』，張參五經文字作『懆』。餘如『勞心慘兮』、『憂心慘慘』，並當爲『懆』，是其類也。廣雅釋言：『摻，操也。』蓋其時操多假作摻，故遂以操爲摻耳。此詩正義云，以摻字从手，又與『執』共文，故爲擥也。又引說文：『摻，參聲。斂也。』『操，喿聲。奉也。』二者義皆小異。據廣雅釋詁：『奉，持也』，是正義引說文『操，奉也』之訓亦以與『執』共文作『操』爲近，但未能確定摻爲操字之借耳。說文玉篇皆無『摻』字，蓋因魏晉間摻、操不分，淺者誤刪其一。詩正義引說文『操，奉也』，與二徐本訓爲『把持』詞亦微異。」正義引喪服云：「『袂屬幅，袪尺二寸。』則袂是袪之本，袪是袂之末。」愚案：說文：「袪，衣袂也。」「袖，袂也。」「袂，袖也。」此渾言之。釋名：「袂，掣也。掣，開也。開張之以受臂屈伸也。』「袪，虛也。」「袖，由也，手所由出入也。亦言受也，以受手也。」說文「袪」下又云：「一曰袪褱也。褱者袌也。」「袌」下云：「褱也。」「褱」下云：「俠也。」俠、挾字通。國語韋注：「在掖曰挾。」證以「子生三年，然後免於父母之懷」，是袪正在肘上掖下，切近胸前，可褱袌人物之處，與「袪，虛也」之訓相合。是袪通掖下至袂末言之，袂以屬幅於衣，反屈至肘，盡於袖口言，袖以手所由出入言。毛詩散文通稱，不爲定詁。

無我惡兮，不寁故也。【疏】傳：「寁，速也。」箋：「子無惡我擥持子之袂，我乃以莊公不速於先君之道使我然。」○陳奐云：「『疌，速』，釋詁文。說文：『疌，意之速也。』『疌，疾也。』疌、疌同聲，疾、速同義。速訓疾，又訓召。行露傳速訓召，此傳速亦當訓爲召。不疌故，故，故舊也，謂吾君不召故舊之人也。不疌好，好，愛好也，謂吾君不召而愛好之也。唐羔裘『維子之故』、『維子之好』，故爲『故舊』，好爲『愛好』，其義當同。此所以刺莊公失道，不能用君子，君子去之而不可留也。」

遵大路兮，摻執子之手兮。無我䰯兮，不疌好也。【疏】傳：「䰯，棄也。」箋：「言執手者，思望之甚。䰯，亦惡也。好，猶善也。子無惡我，我乃以莊公不速於善道使我然。」○王引之云：「二章『路』字當作『道』，與手、䰯、好爲韻。凡詩次章全變首章之韻，則第一句先變韻。」齊詩還次章以「道」與「茂」、「牡」、「好」爲韻，正與此詩同。孔疏：「䰯與醜古今字，醜惡可棄之物，故傳以爲棄，言子無得棄遺我。箋準上章，故云䰯亦惡，意小異耳。」釋文：「䰯，本亦作𣤹，又作𣪠，市由反。」說文攴部云：「𣪠，棄也。」引詩作「無我𣪠兮」，與毛義合。

遵大路二章，章四句。

女曰鷄鳴【疏】毛序：「刺不說德也。陳古義以刺今不說德而好色也。」箋：「德，謂士大夫賓客有德者。」○易林豐之艮：「鷄鳴同興，思配无家。執佩持鳧，莫使致之。」漸之鼎同，此无家而思配，用意不同而引經義合，知齊詩說與毛不殊。魯、韓無異義。

女曰鷄鳴，士曰昧旦。【疏】箋：「此夫婦相警覺以夙興，言不留色也。」○馬瑞辰云：「昧旦，猶昧爽。說文：『昧爽，旦明也。』（段「旦」作「且」，非。）「旦，明也。从日，見一。」一，地也，日始出地，猶未大明，故許以旦釋昧爽。昒、昧雙聲通用。漢郊祀志『昒爽』，即三倉解詁云『曶明』也。說文：『昒，尚冥也。』『昧』字注：『一曰闇也。』昧旦爲未大明貌，故爲將旦之稱，列子湯問篇『將旦昧爽之交』，是其證矣。古者鷄鳴而起，昧爽而朝。內則成人皆雞初鳴適父母舅姑之所，未冠笄者昧爽而朝。皆昧旦後於雞鳴之證。『女曰鷄鳴』者，警其起也。『士曰昧旦』，言已爲將明之時，有不止於雞鳴者，與齊詩『雞既鳴矣，朝既盈矣』同義。孔疏謂『雞鳴女起之常節，昧旦士起之常節』，失之。」子興視夜，明星有爛。【疏】傳：「言小星已不見也。」箋：「明星尚爛爛然，早於別色時。」○馬瑞辰云：「釋天：『明星謂之啓明。』此詩『明星』及東門之楊『明星煌煌』，皆謂啓明之星。啓明爲大星，故傳言『小星已不見耳。』」子，謂君子。自此以下，皆女謂士之詞。將翺將翔，弋鳧與雁。【疏】傳：「閒於政事，則翺翔習射。」箋：「弋，繳射也。言無事則往弋射鳧雁，以待賓客爲燕具。」○釋名：「翺，敖也，言敖游也。」「翔，佯也，言仿佯也。」君子夙興則治政事，政事之暇，閒游習射，弋鳧雁爲燕賓之具。蓋古人無時不學，射卽游藝之方，說德樂賓，罔非勸政之助。呂覽功名篇高注：「弋，繳射之也。」引詩「弋鳧與雁」。季春紀注、淮南時則訓注、說山訓注引詩同，明魯毛文同。說文：「繳，以生絲爲繩也。」

弋言加之，與子宜之。宜言飲酒，與子偕老。【疏】傳：「宜，肴也。」箋：「言，我也。子，謂賓客也。所弋之鳧雁，我以爲加豆之實，與君子共肴也。宜乎我燕樂賓客而飲酒，與之俱至老。親愛之言也。」○詩「弋」字、「宜」字，承遞而下，「言」者，語詞，方言「弋」，不得卽言「加豆」。蘇氏詩傳引史記「微弓弱繳，加諸鳧雁之上」，以釋此詩「加」字，是也。傳「宜，肴也」。孔疏：「『宜，肴。』釋言文。李巡曰：宜，飲酒之肴也。」是魯詩舊注之文，較毛傳更爲明確。琴瑟在御，莫不靜好。【注】魯說曰：大夫士曰琴瑟。【疏】傳：「君子無故不徹琴瑟。賓主和樂，無不安好。」○「大夫士曰琴瑟」者。公羊隱五年傳解詁云：「卿大夫御琴瑟，未嘗離於前。」下引魯詩傳，與「天子食，日舉樂，諸侯不釋懸」連文。白虎通禮樂篇引詩傳曰：「大夫士琴瑟御」，與魯傳文合，足證琴瑟乃與賓客燕飲之樂器。禮曲禮篇「君子無故不徹琴瑟」，毛傳即引之以釋詩文，鄭彼注云：「故，謂災患喪病。」則此詩言「莫不靜好」者，即謂此飲酒之賓主，無災患喪病之故，而莫不安好也。邶柏舟傳：「靜，安也。」

知子之來之，雜佩以贈之。知子之順之，雜佩以問之。知子之好之，雜佩以報之。

【注】三家說曰：佩玉有蔥衡，下有雙璜，衡牙蠙珠，以納其閒，琚瑀以雜之。【疏】傳：「雜佩者，珩璜琚瑀衡牙之類。問，遺也。」箋：「贈，送也。我若知子之必來，我則豫儲雜佩，去則以送子也。與異國賓客燕時，雖無此物，猶言之以致其厚意，其若有之，固將行之。士大夫以君命出使，主國之臣，必以燕禮樂之，助君之歡。順，謂與己和順。好，謂與己同好。」○王引之云：「來，讀爲『勞來』之來。釋言：『勞來，勤也。』大東詩『職勞不來』，傳：『來，勤也。』正義：『以不被勞來爲不見勤，故采薇序云『杕杜以勤歸』，即是勞來。』是古者相謂恩勤爲『來』，此言『來之』，下言『順之』、『好之』，義相因也。」「佩玉」至「其閒」，玉府鄭注引詩傳文。賈疏以爲韓詩傳。案，大戴禮保傅篇「蔥」作「雙」，「蠙」作「玭」，「其閒」下有「琚瑀以雜之」五字，盧辯注：「衡，平也。半璧曰璜，衡在中，牙在旁，納于衡璜衡牙之閒。總曰玭珠，而赤者曰琚，白者曰瑀。或曰，瑀美玉，琚石次玉。」所言佩玉之制，與鄭引詩傳同而說較詳，其「琚瑀以雜之」之語，與詩言「雜佩」尤合，是齊說所本也。鄭於詩兼通三家，唐時齊魯詩亡，故賈氏止據所見韓詩傳爲證耳。續漢志注引蔡邕月令章句，與玉府注同，而多「琚瑀以雜之」五字，蔡習魯詩，知魯說不異。是衡、璜、衡牙爲佩玉之大名，其中雜貫以琚瑀，乃爲「雜佩」，與毛傳渾指珩、璜、琚、瑀衡牙之類異。馬瑞辰云：「玉藻『佩玉有衡牙』，鄭注：『衡牙居中央，以前後觸也。』三禮舊圖云：『衡長五寸，博一寸。璜徑二寸，衡牙長三寸。』皆以衡牙爲一玉。盧辯云：『衡在中，牙在旁。』皇侃說衡居中央，牙是外畔兩邊之璜，謂衡牙爲二玉，又誤以璜爲牙，失之。」順者，發言中理，我必順從。好者，情意相保，罔不同好。孔疏：「曲禮『凡以苞苴簞笥問人者』，

哀二十六年左傳『衞侯使以弓問子貢』，皆遺人物謂之問。」

女曰雞鳴三章，章六句。

有女同車【疏】毛序：「刺忽也。鄭人刺忽之不昏于齊。太子忽嘗有功于齊，齊侯請妻之齊女。賢而不取，卒以無大國之助至於見逐，故國人刺之。」箋：「忽，鄭莊公世子，祭仲逐之而立突。」○案，昭公辭昏見逐，備見左傳隱八年，如陳逆婦媯，詩所爲作。三家無異義。

有女同車，顏如舜華。【注】魯「舜」作「蕣」。【疏】傳：「親迎同車也。舜，木槿也。」箋：「鄭人刺忽不取齊女。親迎與之同車，故稱同車之禮。齊女之美。」○錢澄之云：「上四句言忽所娶陳女，徒有顏色之美，服飾之盛。下二句盛言齊女之美且賢，以刺忽之不昏于齊。箋說非。」馬瑞辰云：「有女同車，實陳親迎之禮，謂忽娶陳女也。下言『彼美孟姜』，乃慕齊女德美之詞，故言『彼美』以別之，下章倣此。」愚案：錢馬說是。「同車」者。鵲巢篇一章：「之子于歸，百兩御之。」御，迎也。二章：「之子于歸，百兩將之。」將，送也。太子攝盛親迎陳女，當是諸侯親迎之禮。女從者之車與壻從者之車，其送迎百兩，儀從亦皆相同。陳奐云：「正義引『壻御婦車授綏』，爲與婦同車，直指同一車者說。不知壻御婦車，不過御輪三周，壻即先驅，士婦乘壻家之從車，若大夫以上，婦自乘其母家之車，不同一車也。或據下句言女之顏，謂壻同車同行時所見云然，尤違詩恉。內則云：『女子出門，必擁蔽其面。』儀禮，婦車有裧，不令人見也。」「舜華」者，蕣省借字。「魯作蕣」者。呂覽仲夏紀高注：「木堇樹高五六尺，其葉與安石榴相似，華可用作蒸，雜家謂之朝生，一名蕣。詩曰『顏如蕣華』是也。」淮南時則訓注、趙岐孟子章句十三、說文草部引詩同，明魯用正字。將翺將翔，佩玉瓊琚。【疏】傳：「佩有琚瑀，所以納閒。」○孔疏：「言其玉聲和諧，行步中節。」王逸楚詞章句序引此詩二句，明魯毛文同。彼美孟姜，洵美且都。【疏】傳：「孟姜，齊之長女。都，閑也。」箋：「洵，信也。言孟姜信美好，且閑習婦禮。」○孔疏：「上林賦『妖治閑都』，亦以都爲閑也。」彼美孟姜，指齊女言。齊侯兩次請昏，詩人但泛指之，不必泥視。即鄭女是文姜，亦視其夫家檢制如何耳，賢否豈有定乎。左昭十六年傳：「鄭六卿餞韓起，子旗賦有女同車」，杜注：「取『洵美且都』，愛樂宣子也。」

有女同行，顔如舜英。將翺將翔，佩玉將將。彼美孟姜，德音不忘。【注】魯「將」作「鏘」。

【疏】傳：「行，行道也。英，猶華也。將將鳴玉而後行。」箋：「女始乘車，壻御輪三周，御者代壻。不忘者，後世傳其道德也。」○「魯將作鏘」者。王逸楚詞九歌注：「鏘，佩聲也。詩曰『佩玉鏘鏘。』」白虎通衣裳篇：「婦人佩其緎縷，亦佩玉也。」引詩四句，誤作「將將」，當據楚詞章句改正。列女楚白貞姬傳張湯母傳引詩「彼美孟姜」二句，明魯毛文同。「德音不忘」者。宋呂祖謙讀詩記引長樂劉氏云：「德音，謂齊侯請妻之德音，鄭人懷之不能忘也。」蓋忠於昭公者憫其失大國之援，懼將來之不安其位，而益追想齊侯之德意爲不可忘耳。

有女同車二章，章六句。

山有扶蘇【疏】毛序：「刺忽也。所美非美然。」箋：「言忽所美之人實非美人。」○三家無異義。

山有扶蘇，隰有荷華。【疏】傳：「興也。扶蘇，扶胥，小木也。荷華，扶渠也，其華菡萏。言高下大小各得其宜也。」箋：「興者，扶胥之木生于山，喻忽置不正之人于上位也；荷華生于隰，喻忽置有美德者于下位。此言其用臣顛倒，失其所也。」○段玉裁云：「説文：『枎，枎疏四布也。从木，夫聲。』枎之言扶也，古書多作扶疏，同音叚借也。漢書司馬相如傳『垂條扶疏』，揚雄傳『支葉扶疏』，注：『扶疏，分布也。』劉向傳『梓樹上枝葉，扶疏上出屋』，呂覽『樹肥無使扶疏』，是則扶疏謂大木枝柯四布。疏通作『胥』，亦作『蘇』。鄭風山有扶蘇，毛意山有大木，隰有荷華，是爲高下大小各得其宜。

後人以鄭箋捏合而改之。」胡承珙云：「佩觿引山有扶蘇，與扶持別，是經字本亦作『扶』。埤雅引毛傳：『扶蘇，扶胥木也。』是所見本尚無『小』字。管子地員篇：『五沃之土，宜彼羣木，桐柞扶櫄，及彼白梓。』是扶自爲木名，緩言之曰『扶蘇』，急言之曰『扶』，扶蘇卽扶木耳。」愚案：管子之「扶」，說文「扶」下不録，亦不見於爾雅，深所不解。而此木之由「扶疏四布」受名，其義可推而得之，今亦不能定爲何木，但知是大木耳。卽謂扶蘇是扶木，亦未爲非也。黄山云：「扶與榑通。淮南道應篇『扶桑受謝』，墬形篇作『暘谷榑桑』。說文扶、枎、榑皆『防無切』，同音相叚。『榑』下云：『榑桑神木，日所出也。』扶疏卽榑桑二字之變文，明爲大木。齊表東海，地近暘谷，故管子言木及之。」說亦近是。荷華本陂澤所生，與山生大木，正高下合宜之喻。箋謂以興「用臣顛倒」，誤矣。不見子都，乃見狂且！【注】齊說曰：視暗不明，雲蔽日光。不見子都，鄭人心傷。魯說曰：言所謂好者非好，醜者非醜。【疏】傳：「子都，世之美好者也。狂，狂人也。且，辭也。」箋：「人之好美色，不往覩子都，乃反往覩狂醜之人，以興忽好善不任用賢者，反任用小人。其意同。」○「視暗」至「心傷」，易林蠱之比文。言鄭君視暗不明，在朝非無子都，特不見耳。中論審大臣篇：「時俗之所不譽者，未必爲非也。其所譽者，未必爲是也。詩曰：『山有扶蘇，隰有荷華。不見子都，乃見狂且。』言所謂好者非好，醜者非醜。」是有所見而以爲子都，不知其非見子都，乃見狂且也。則所謂「狂且」者，安知非子都乎？趙岐孟子章句十一云：「子都，古之姣好者也。」亦引此詩二句，明齊魯毛文義並同。子都、狂且，以好醜爲君子、小人之喻，不指好色言。

山有橋松，隰有游龍。不見子充，乃見狡童！【注】魯說曰：游龍，鴻也。齊說曰：思我狡童，不見子充。【疏】傳：「松，木也。龍，紅草也。子充，良人也。狡童，昭公也。」箋：「游龍，猶放縱也。橋松在山上，喻忽無恩澤於大臣也。紅草放縱枝葉於隰中，喻忽聽恣小臣。此又言養臣顛倒，失其所也。人之好忠良之人，不往覩子充，乃反往覩狡童。狡童有貌而無實。」○橋、喬古通作，言高松也。山、隰，亦高下合宜之比。「游龍，鴻也」者，淮南墬形訓高注文，引詩曰：「隰有游龍。」陳喬樅云：「釋草：『紅，蘢古，其大者蘬。』舍人注：『紅名蘢古，其大者名蘬。』龍卽蘢之叚借，故毛傳亦云『龍，紅草也。』陸璣疏云：『一名馬蓼，葉大而赤白色，生水澤中，高丈餘。』廣雅：『鴻，龍頡，馬蓼也。』鴻、紅同音，龍頡，亦卽『龍古』之聲轉。」子充者，子，男子之美稱。孔疏：「充，實也，言其性行充實。」故曰子充。孟子云：「充實之謂美。」子都謂容貌之美，子充謂性行之美也。「狡童」者，傳：「昭公也。」「思我」至「子充」，易林隨之大過文。云「思我狡童」，是齊說亦指昭公，不以爲刺小人。下狡童詩序云「刺忽」，傳謂「昭公有壯狡之志」，則以狡童指昭公，乃古義相承如此。齊說釋詩，蓋言不見善人相輔，惟見狡童孤立於上而已。

山有扶蘇二章，章四句。

蘀兮【疏】毛序：「刺忽也。君弱臣强，不倡而和也。」箋：「不倡而和，君臣各失其禮，不相倡和。」○三家無異義。

蘀兮蘀兮，風其吹女。【疏】傳：「興也。蘀，槁也。人臣待君倡而後和。」箋：「槁，謂木葉也。木葉槁，待風乃落。興者，風喻號令也，喻君有政教，臣乃行之。言此者，刺今不然。」○說文「蘀」下云：「草木凡皮葉落陊地爲蘀。」「㯏」下云：「木葉陊也。讀若薄。」玉篇：「㯏，與蘀同。」叔兮伯兮，倡予和女。【疏】傳：「叔、伯，言君臣長幼也。君倡臣和也。」箋：「叔、伯，羣臣相謂也。羣臣無其君而行，自以强弱相服。女倡矣，我則將和之，言此者，刺其自專也。叔伯，兄弟之稱。」○孔疏：「士冠禮，爲冠者作字云：『伯某甫仲叔季，唯其所當。』則叔伯是長幼之異字，故云叔伯言羣臣長幼也。」陳奐云：「箋謂倡、和俱屬叔伯，指羣臣言，與上下文義不通。」愚案：鄭欲顯刺意，然詩但言君臣倡和，刺在言外也。書大傳言虞廷賡歌之事，言「百工相和，帝乃倡之」，百工非不可相和，而倡必由帝。呂刑：「王曰：『伯兄，仲叔，季弟。』」枚傳：「伯仲叔季，順少長也。舉同姓，包異姓，言不殊也。」此諸侯叔伯義同。左傳，魯隱公謂公子彄爲「叔父」，晉景公謂荀林父爲「伯氏」，亦其例也。曰「倡予」，君自謂；曰「和女」，謂羣臣，詞義森然。列女魯公乘姒傳言「婦人之事，倡而後和」，引此詩四句，明魯毛文同。妻道、臣道一也，唱而後和，亦無異義。

蘀兮蘀兮，風其漂女。叔兮伯兮，倡予要女。【疏】傳：「漂，猶吹也。要，成也。」○案，文選長楊賦注：「漂，搖蕩之也。」釋文：「漂，本亦作飄。」呂覽簡選篇注：「要，成也。」

蘀兮二章，章四句。

狡童【疏】毛序：「刺忽也。不能與賢人圖事，權臣擅命也。」箋：「權臣擅命，祭仲專也。」○三家無異義。

彼狡童兮，不與我言兮。【疏】傳：「昭公有壯狡之志。」箋：「不與我言者，賢者欲與忽圖國之政事，而忽不能受之，故云然。」○錢大昕云：「古本『狡』當爲『佼』，山有扶蘇箋云：『狡童有貌而無實。』孫毓申之，以爲『佼好』之佼，非如後世解爲『狡獪』也。傳云『昭公有壯狡之志』，疏亦云『佼好之幼童』，則佼童止是小年通稱，非甚不美之名。衛武公刺厲王云：『於乎小子。』古人質樸，不以爲嫌。」胡承珙云：「姣、狡、佼三字古通。月令『養壯佼』，呂覽作『壯姣』。詩碩人箋『長麗佼好』，還箋、猗嗟箋『昌，佼好貌』，月出『佼人僚兮』，釋文並云：『佼，本作狡。』荀子非相篇：『古者桀紂，長巨姣美，天下之傑也』。據此，則箕子以狡童目紂者，亦止爲形貌佼好之稱明甚。且此傳云『壯狡之志』，則又非徒形貌。高注呂覽云：『壯狡，多力之士。』是壯狡與『雄武』意略同。昭公志在自奮，而所與圖者非其人，故惟有壯佼之志，而闇於事機，終將及禍，愈使人思其故而憂之，至不能食息焉。然則謂傳以狡童目昭公爲悖理者，皆不達古人文義者也。」維子之故，使我不能餐兮。【疏】傳：「憂懼不遑餐也。」

彼狡童兮，不與我食兮。【疏】傳：「不與賢人共食祿。」維子之故，使我不能息兮。【疏】傳：「憂不能息也。」○說文：「息，喘也。」不能息，謂氣息不利也。昭公少立威望，意似有爲，然祭仲善爲謀而不能用，視其擅權而不能制，知高渠彌之惡而不能去，厲公偪居櫟而不能討，任用非人，忠賢扼腕，蓋知其危亡在即，而末如之何矣。

狡童二章，章四句。

褰裳【疏】毛序：「思見正也。狂童恣行，國人思大國之正己也。」箋：「狂童恣行，謂突與忽爭國，更出更入，而無大國正之。」○胡承珙云：「春秋桓十五年『鄭伯突出奔蔡』，公羊傳：『突何以名？奪正也。』『鄭世子忽復歸于鄭』，公羊傳：『其稱世子何？復正也。』夫突爲奪正，忽爲復正，與序云『思見正』者合。然則所謂狂童，指突而言耳。」

子惠思我，褰裳涉溱。【疏】傳：「惠，愛也。溱，水名也。」箋：「子者，斥大國之正卿。子若愛而思我，我國有突篡國之事，而可征而正之，我則揭衣渡溱水往告難也。」○白虎通衣裳篇：「所以名爲裳何？衣者隱也，裳者鄣也，所以隱形自鄣蔽也。何以知上爲衣、下爲裳？以其先言衣也，詩曰『褰裳涉溱』，所以合爲下也。弟子職言摳衣而降。名爲衣何？上兼下也。」據此，魯毛文同。釋文：「褰，本或作騫。」說文「褰」下云：「絝也。」「攐」下云：「摳衣也。从手，褰聲。」則褰、騫皆「攐」之借字。說文「溱」下云：「水出桂陽臨武，入洭。从水，秦聲。」「潧」下云：「水出鄭國。从水，曾聲。」水經注同。明今經字誤。紀要云：「溱水出密縣境，一名鄶水，東北流至新鄭縣界，與洧水合。溱有水淺處可涉，故子產以乘輿濟人，正義以爲設言示以告難之疾意，非也。」子不我思，豈無他人！狂童之狂也且！【疏】傳：「狂行，童昏所化也。」箋：「言他人者，先鄉齊晉宋衞，後之荆楚，狂童之人日爲狂行，故使我言此也。」○「不我思」，不思我也，與「能不我知」、「既不我嘉」同一句例。「豈無他人」，言尚有他國可求也。其時諸國謀納鄭突，故左傳桓十五年：「公會宋公、衞侯、陳侯于袲，伐鄭。」十六年：「公會宋公衞侯陳侯蔡侯伐鄭。」黨突攻忽。詩甚言狂童之狂，恣行爲亂，冀動大國之聽，速其興仁義之師耳。揚雄逐貧賦引「豈無他人」，呂覽求人篇高注引「子不我思」二句，明魯毛文同。

子惠思我，褰裳涉洧。【疏】傳：「洧，水名也。」○漢書地理志：「潁川郡陽城縣，陽城山，洧水所出，東南至長平入潁。」水經「洧水出河南密縣西南馬領山」，注云：「陽城山，馬領之總目。」紀要：「洧水出河南登封縣北陽城山，逕禹州密縣，又東流至新鄭縣，合溱水爲雙洎河。」子不我思，豈無他士！狂童之狂也且！【疏】傳：「士，事也。」箋：「他士，猶他人也。大國之卿，當天子之上士。」○孔疏引曲禮：「列國之大夫，入天子之國曰某士。」左襄二十六年傳：晉韓宣子聘于周，自稱「晉士起」，是本義當稱士，即託爲「士女」之詞稱士亦合，不必如傳讀「士」爲「事」，故箋易之也。呂覽求人篇：「晉人欲攻鄭，使叔嚮聘焉，視其有人與無人。子產爲之詩曰：『子惠思我，褰裳涉洧。子不我思，豈無他士。』叔嚮歸曰：『鄭有人，子產在，不可攻也。秦荆近，其詩有異心，不可攻也。』」「爲之詩」者，爲之歌詩也。左昭十六年傳：「鄭六卿餞韓宣子。大叔賦褰裳，宣子曰：『起在此，敢勤子至於他人乎？』子大叔拜，宣子曰：『善哉，子之言是，不有是事，其能終乎？』」宣子大國執政，故聞而知儆，善其能賦。子產事當在前。是兩次歌詩皆有益於國。而爲此詩者深憂君國，奔走叫號，無裨時事，以世無霸主故也。

褰裳二章，章五句。

丰【疏】毛序：「刺亂也。昏姻之道缺，陽倡而陰不和，男行而女不隨。」箋：「昏姻之道，謂嫁取之禮。」○三家無異義。

子之丰兮，俟我乎巷兮，【疏】傳：「丰，豐滿也。巷，門外也。」箋：「子，謂親迎者。我，我將嫁者。有親迎我者，而貌丰丰然豐滿，善人也，出門而待我於巷中。」○陳奐云：「豐滿也，『也』當作『貌』。」愚案：釋文：「丰，方言作『妦』。」攷郭璞方言注：「妦，言妦容也。」說文「丰」下云：「草盛丰丰也。从生，上下達也。」玉篇：「妦，容好貌。」是「丰」乃古文借字。雄習魯詩，今文作方言用「妦」字，此詩從魯必作「妦」，時無文以證耳。巷，卽門外之里涂，詳叔于田注。悔予不送兮。【疏】傳：「時有違而不至者。」箋：「悔乎我不送是子而去也。時不送則爲異人之色，後不得耦而思之。」○坊記：「子云：昏禮，壻親迎，見於舅姑。舅姑承子以授壻，恐事之違也。以此坊民，婦猶有不至者。」不送，卽「不至」，壻親迎，婦隨至，有似於送，故不至以爲不送也。戴震云：「時俗衰薄，婚姻而卒有變志，非男女之情，乃其父母之惑也，故託爲女子自怨之詞以刺之。悔不送，以明己之不得自主，而意終欲隨之也。凡後世婚姻變志，皆出於父母，不出於女子，詩言迎者之美，固所願嫁也，必無自主不嫁者。此託爲女子之詞，正以見惑由父母耳。」胡承珙云：「荀子富國篇：『男女之合，夫婦之分，婚姻娉內，送逆無禮。』注：『內讀曰納，納幣也。送，致女。逆，親迎也。』春秋言致女者，卽以女授壻之謂。此女悔其不行，故託言於其家之不致，非自謂其不送男子也。」愚案：胡曲爲「送」字斡旋，說亦可通。

子之昌兮，俟我乎堂兮，悔予不將兮。【疏】傳：「昌，盛壯貌。將，行也。」箋：「堂當爲棖，棖，門梱上木近邊者。將，亦送也。」○胡承珙云：「詩先言『巷』，後言『堂』，孫毓以爲門側之堂，是也。學記『古之教者家有塾』，正義：『周禮，二十五家爲閭，同共一巷，巷首有門，門邊有塾，故云有塾。』釋宮：『衖門謂之閎，門側之堂謂之塾。』二句連文，郭注以閎爲『衖頭門』，以塾爲『夾門堂』，是也。一里之巷，巷外有門，門側有堂，親迎者既出寢廟之門，姑俟乎里中之巷，繼俟乎巷首之堂。次第分明，不必從鄭改『堂』爲『棖』，亦不得同王謂堂在寢也。」

衣錦褧衣，裳錦褧裳。【注】齊魯「褧」作「絅」。【疏】傳：「衣錦褧裳，嫁者之服。」箋：「褧，襌也。蓋以襌縠爲之中衣，裳用錦而上加襌縠焉，爲其文之大著也，庶人之妻嫁服也。士妻紂衣纁袡。」○「齊魯褧作絅」者，禮玉藻鄭注：「詩云：『衣錦絅衣，裳錦絅裳。』然則錦衣復有上衣明矣。」陳喬樅云：「此所引詩作『絅』，與毛異，與劉向引碩人詩作『絅衣』合者，蓋齊魯今文同爲『絅』字也。」愚案：陳説是，詳見碩人詩。叔兮伯兮，駕予與行。【疏】傳：「叔伯，迎己者。」箋：「言此者以前之悔，今則叔也伯也來，迎己者從之，志又易也。」○陳奐云：「謂壻之從者也，迎己者不止一人，故或呼叔，或呼伯。旄丘『叔伯』爲大夫，蘀兮『叔伯』爲羣臣，則此『叔伯』義與之同。」

裳錦褧裳，衣錦褧衣。叔兮伯兮，駕予與歸。【疏】歸，謂于歸其家。上言「與行」，此言「與歸」，願從終親迎之禮。

丰四章，二章章三句，二章章四句。

東門之墠【注】齊説曰：東門之墠，茹藘在阪。禮義不行，與我心反。【疏】毛序：「刺亂也。男女有不待禮而相奔者也。」○案，詩無奔意，蓋以世風淫亂，己獨持正，故序云「刺」耳。「東門」至「心反」，易林賁之鼎文，此齊説。言亂世禮義不行，與我心相違反也。魯韓無異義。

東門之墠，茹藘在阪。【注】韓説曰：墠，猶坦也。【疏】傳：「東門，城東門也。墠，除地町町者。茹藘，茅蒐也。男女之際近而易，則如東門之墠。遠而難，則茹藘在阪。」箋：「城東門之外有墠，墠邊有阪，茅蒐生焉。茅蒐之爲難淺矣，易越而出。此女欲奔男之辭。」○孔疏本「墠」作「壇」，釋文同。封土曰壇，除地曰墠，此「壇」字讀音曰「墠」，今毛詩定本作「墠」，依齊韓詩改也。「墠，猶坦也」者，華嚴經音義上引韓詩傳文。陳喬樅云：「毛傳『除地町町』，言除地使之平坦。論衡語增篇『町町若荆軻之閭』，謂夷其里若平地也。墠，王霸記曰『置之空墠之地』，空墠，猶言『空坦』也。」愚案：説文「墠」下云：「野土也。」「坦」下云：「安也。言其地平安無險阻也。」「阪」下云：「坡者曰阪。」釋草：「茹藘，茅蒐。」孔疏引李巡云：「茅蒐，一名茜，可以染絳。」陸璣疏云：「齊人謂之茜。徐州人謂之牛蔓。」郭璞謂卽今之蒨草，是也。**其室則邇，其人甚遠。**【疏】傳：「邇，近也。得禮則近，不得禮則遠。」箋：「其室則近，謂所欲奔男之家。望其來迎己而不來，則爲遠。」○「邇近」，釋詁文。其室，謂善人居室，卽在東門，非不邇也。其人，謂善人以禮自持，甚覺其遠。淮南説山訓：「行合趨同，千里相從；行不合、趨不同，對門不通。」高注：「詩所謂室邇人遠。」知魯毛説合。晉酒泉太守馬岌求見宋纖不得，銘曰：「丹厓百尺，青壁千尋，室邇人遠，實勞我心。」借此語以表求賢之誠，言其可望而不可卽，與詩女求男之意相同，或遂執以爲此詩別義，非也。

東門之栗，有踐家室。【注】韓「踐」作「靖」，云：「栗，木名。靖，善也。言東門之外，栗樹之下，有善人可與成爲家室也。【疏】傳：「栗，行上栗也。踐，淺也。」箋：「栗而在淺家室之内，言易竊取。栗，人所啗食而甘耆，故女以自喻也。」○釋文：「行，道。」左襄九年傳「晉伐鄭，斬行栗」，傳卽依左立訓。「踐，淺也」者，卽側陋之意，賢士之室，不以貧敝爲嫌。有淺，猶淺淺也，句例與「有洸」、「有揭」同。陳喬樅云：「曲禮：『日而行事，則必踐之。』鄭注：『踐，讀曰善。』正義：『踐，善也。言卜得而行事，必善也。』然則踐義可依韓訓善。」「踐作靖也」者，御覽九百八十四、藝文類聚八十七、白帖九十九、事類賦二十七引韓詩文。（類聚引「靖」或作「静」，御覽引「善」或誤「樂」。）慕善心切，願得爲其室家，足見此女之賢，欲嫁不由淫色。有靖家室，猶今諺云「好好人家」也。**豈不爾思？子不我卽。**【疏】傳：「卽，就也。」箋：「我豈不思望女乎？女不就迎我而俱去耳。」○爾、子，皆指賢人言。我豈不思爲爾室家，但子不來就我，以禮相迎，則我無由得往耳。此女以禮自守。

東門之墠二章，章四句。

風雨【疏】毛序：「思君子也。亂世則思君子不改其度焉。」○三家無異義。

風雨淒淒，雞鳴喈喈。【注】三家「淒」作「湝」。【疏】傳：「興也。風且雨淒淒然，雞猶守時而鳴喈喈然。」箋：「興者，喻君子雖居亂世，不變改其節度。」○孔疏：「淒淒，寒涼之意。」「淒作湝」者，說文：「湝，寒也。詩曰：『風雨湝湝』。」蓋三家異文。玉篇「湝」下亦引詩「風雨湝湝」。廣韻十四：「皆、湝，户皆切。風雨不止。」即釋此詩「風雨湝湝」之文。篇、韻所引蓋出韓詩說，時齊魯皆亡也。既見君子，云胡不夷！【注】魯說云：夷，喜也。【疏】傳：「胡，何。夷，說也。」箋：「思而見之，云何而心不說。」○「夷，喜也」者，王逸楚詞九懷注：「詩云：『既見君子，我心則夷。』夷，喜也。」明魯說訓「夷」爲「喜」，與末章義同。「我心則夷」，乃「云胡不夷」之誤文。左昭十六年傳「鄭六卿餞韓宣子，子游賦風雨」，杜注：「取其『既見君子，胡云不夷』。」

風雨瀟瀟，雞鳴膠膠。【注】三家「膠」作「嘐」。【疏】傳：「瀟瀟，暴疾也。膠膠，猶喈喈也。」○段玉裁云：「說文無『瀟』字，有『潚』字，云：『水清深也。』廣韻屋蕭韻皆有『潚』，無『瀟』字。毛詩『風雨潚潚』，是淒清之意。入聲音『肅』，平聲音『修』，在第三部，轉入第二部，音『宵』，俗誤爲『瀟』。見明時詩經舊本，作『潚潚』爲是。羽獵賦：『飛廉雲師，吸鼻潚率。』西京賦：『飛罕潚箾，流摘掩㩧。』思玄賦『迅猋潚其媵我』，舊注：『潚，疾貌。』與毛傳『瀟瀟，暴疾也』意正相合。」陳奐云：「瀟瀟，猶肅肅也。小星傳：『肅肅，疾也。』暴亦疾也。終風傳：『暴，疾也。』玉篇：『㴋，先篤切。㴋㴋，雨聲。』古夙聲、肅聲相通，㴋㴋即潚潚也。」「膠作嘐」者，廣韻引詩曰：「雞鳴嘐嘐。」玉篇：「嘐，古包切。雞鳴也。」「啁」下引說文云：「啁，嘐也。」是三家作「嘐」，「嘐」正字。毛詩作「膠」，「膠」借字。既見君子，云胡不瘳！【疏】傳：「瘳，愈也。」○陳奐云：「愈，古瘉字。」

風雨如晦，雞鳴不已。【疏】傳：「晦，昏也。」箋：「已，止也。雞不爲如晦而止不鳴。」○陳奐云：「如，猶而也。公羊傳僖十五年：『晦，冥也。』爾雅所謂『霿』也。」愚案：辨命論云：「詩云：『風雨如晦，雞鳴不已。』故善人爲善，焉有息哉。」廣弘明集云：「梁簡文於幽縶中，自序云：『梁正士蘭陵蕭綱立身行己，終始如一，風雨如晦，雞鳴不已。非欺暗室，豈況三光。數至如此，命也如何。』」南史袁粲傳：「粲峻於儀範，廢帝倮之迫使走，粲雅步如常，顧而言曰：『風雨如晦，雞鳴不已。』」呂光遺楊軌書曰：「陵霜不彫者松柏也，臨難不移者君子也。何圖松柏彫於微霜，而雞鳴已於風雨。」文選陸機演連珠云：「貞乎期者，時累不能淫，是以迅風陵雨，不謬晨禽之察。」皆與此詩正意合。既見君子，云胡不喜！

風雨三章，章四句。

子衿【疏】毛序：「刺學校廢也。亂世則學校不修焉。」箋：「鄭國謂學爲校，言可以校正道藝。」○魏武短歌行：「青青子衿，悠悠我心。但爲君故，沈吟至今。」雖未明指學校，並無別解。北魏獻文詔高允曰：「道肆陵遲，學業遂廢。子衿之歎，復見于今。」北史：大寧中，徵虞喜爲博士，詔曰：「喪亂以來，儒軌陵夷。每攬子衿之詩，未嘗不慨然。」宋朱子白鹿洞賦：「廣青衿之疑問，弘菁莪之樂育。」皆用序說。三家無異義。

青青子衿，悠悠我心。【疏】傳：「青衿，青領也，學子之所服。」箋：「學子而俱在學校之中，己留彼去，故隨而思之耳。禮，父母在，衣純以青。」○案，釋文：「衿，本亦作襟。」釋名：「襟，禁也，交於前，所以禁御風寒也。」最與「衿」義合。而說文無「襟」字，「衾」下云：「大被。」與「衿」畧同而義迥殊。「紟」下云：「衣系也。」釋名：「紟亦禁也，禁，使不得解散也。」此爲「衣系」義所專。「裣」下云：「交衽也。」「衽」下云：「衣裣也。」玉藻「衽當旁」，是謂裳際之衽。玉篇：「衽，裳際也，衣裣也。」又爲「裳際」義所奪。裣、紟雖亦通衿，不能竟指爲衿也。釋器：「衣眥謂之襟。」郭注：「交領。」李巡曰：「交眥，衣領之襟。」襟，文出爾雅古書，見釋文「亦作」本，確爲此詩正字，說文遺之耳。領以壅領也，亦言總領衣體，爲端首也。顏氏家訓云：「古有斜領，下連於襟，故謂領爲衿也。」孔疏：「衿是領之別名，故傳云『青衿，青領也』。衿、領二物，色雖一青，而重言『青青』者，古人之復言也。」子，謂學子。「悠悠我心」者，不得見而思之長也。縱我不往，子寧不嗣音！【注】韓魯「嗣」作「詒」。魯說曰：「詒，遺也，詒我德音也。【疏】傳：「嗣，習也。古者教以詩樂，誦之、歌之、絃之、舞之。」箋：「嗣，續也。女曾不傳聲問我以恩。責其忘己。」○「嗣作詒」者，釋文引韓詩文。又釋之云：「詒，寄也，曾不寄問也。」箋用韓說。馬瑞辰云：「詒、遺古通用。虞書『舜讓于德弗嗣』，史記集解引今文尚書作『不怡』，是其證。」「詒，遺也，詒我德音也」者，王逸楚詞九章惜誦篇注文。「遺也」下有「詩曰」二字而無其文。陳喬樅云：「必是引魯詩『子寧不詒音』，而釋之曰：『詒我德音也。』今本或傳寫脫落詩句。」案，陳說甚確，今補正。

青青子佩，悠悠我思。縱我不往，子寧不來！【疏】傳：「佩，佩玉也。士佩瓀珉而青組綬。不來者，言不一來也。」○孔疏：「禮，不佩青玉而云『青青子佩』者，佩玉以組綬帶之，士佩瓀珉而青組綬，故云青青謂組綬也。」玉藻：『士佩瓀珉而縕組綬。』此云『青組綬』者，蓋毛讀禮記作『青』字，其本與鄭異也。學子非士而傳以士言之，以學子得依士禮故也。」馬瑞辰云：「往來，即『禮聞來學，不聞往教』之謂。」

挑兮達兮，【疏】傳：「挑達，往來相見貌。」○孔疏：「城闕雖非居止之處，明其乍往乍來，故知挑達爲往來貌。」胡承珙云：「據此，則正義本傳文無『相見』二字。釋文：『挑達，往來見貌』，『見』字當亦後人所添。挑與佻同。小徐說文本引作『佻兮』。初學記十八引詩亦作『佻』。大東『佻佻公子』，釋文引韓詩，作『嬥嬥，往來貌』。毛彼傳作『佻佻，獨行貌』。

並謂其避人游蕩，獨往獨來，二義相足也。」挑達，又作「叏達」，說文：「叏，滑也。」「達，行不相遇也。」並引詩。滑與「行不相遇」兩義，皆孔疏「獨往獨來」之義。**在城闕兮。**【疏】傳：「乘城而見闕。」箋：「國亂，人廢學業，但好登高見於城闕，以候望爲樂。」○孔疏引釋宮：「觀謂之闕。」云：「闕是人君宮門，非城之所有，且宮門觀闕，不宜乘之候望，此言『在城闕兮』，謂城之上別有高闕，非宮闕也。」馬瑞辰云：「闕者，『𩫖』之叚借。說文：『𩫖，缺也。古者城闕其南方謂之𩫖，從𩫏。』『𩫏，象城𩫏之重，兩亭相對也。』今案，𩫖爲重城，象兩亭相對，兩亭卽內、外城臺也。蓋古諸侯之城三面皆重，設城臺，惟南方之城無臺，其城缺然，故謂之『𩫖』，借作『闕』。公羊定十二年何注：『天子周城，諸侯軒城。軒城者，闕南面以受過也。』與說文『城缺南方』義合。周官小胥：『王宮縣，諸侯軒縣。』春秋傳謂之『曲縣』，軒城，猶軒縣、曲縣也，其形闕然而曲。城闕，卽南城缺處耳。孔疏既謂闕非城之所有，又謂城之上別有高闕，非也。公羊疏疑爲城墉不完，則更誤矣。」**一日不見，如三月兮！**【疏】傳：「言禮樂不可一日而廢。」箋：「君子之學，以文會友，以友輔仁，獨學而無友，則孤陋而寡聞，故思之甚。」○陳奐云：「不見禮樂也。不見禮樂，一日如三月之久，是禮樂不可一日廢，此卽上二章厚望學子來習之意。」

子衿三章，章四句。

揚之水【疏】毛序：「閔無臣也。君子閔忽之無忠臣良士，終以死亡，而作是詩也。」○三家無異義。

揚之水，不流束楚。終鮮兄弟，維予與女。【疏】傳：「揚，激揚也。激揚之水，可謂不能流漂束楚乎？」箋：「激揚之水，喻忽政教亂促。不流束楚，言其政不行於臣下。鮮，寡也。忽兄弟爭國，親戚相疑，後竟寡於兄弟之恩，獨我與女有耳。作此詩者，同姓臣也。」○嚴粲引曹氏曰：「忽突爭國，子儀、子亹更立，至莊十四年，忽等已亡，而原繁謂厲公曰『莊公之子猶有八人』，不得爲鮮。蓋昭公兄弟雖衆，無與同心者，要其終必不相助，雖多猶少也。」無信人之言，人實迋女！【疏】傳：「迋，誑也。」○說文：「誑，欺也。」「迋，往也。春秋傳曰：『子無我迋。』」誑、迋音近，故「迋」又爲「誑」之叚借。

揚之水，不流束薪。終鮮兄弟，維予二人。【疏】傳：「二人同心也。」箋：「二人者，我身與女忽。」無信人之言，人實不信！

揚之水二章，章六句。

出其東門，【注】齊說曰：鄭男女亟聚會，聲色生焉，故其俗淫。鄭詩曰：「出其東門，有女如雲。」又曰：「溱與洧，方灌灌兮，士與女，方秉蕑兮，恂盱且樂。惟士與女，伊其相謔。」此其風也。【疏】毛序：「閔亂也。公子五爭，兵革不息，男女相棄，民人思保其室家焉。」箋：「公子五爭者，謂突再也，忽子亹子儀各一也。」○「男女」至「風也」，漢書地理志文，此齊說。詩乃賢士道所見以刺時，而自明其志也。魯韓當同。

出其東門，有女如雲。【疏】傳：「如雲，衆多也。」箋：「有女，謂諸見棄者也。如雲者，如其從風，東西南北，心無有定。」○鄭城西南門爲溱洧二水所經，故以東門爲游人所集。雖則如雲，匪我思存。【疏】傳：「思不存乎相救急。」箋：「匪，非也。此如雲者，皆非我思所存也。」縞衣綦巾，【疏】傳：「縞衣，白色，男服也。綦巾，蒼艾色，女服也。願室家得相樂也。」箋：「縞衣綦巾，己所爲作者之妻服也。」○說文糸部：「綥，帛蒼艾色也。詩曰：『縞衣綥巾。』未嫁女所服。」或以爲三家詩字。馬瑞辰云：「左傳『楚人惎之』，說文引作『畁』，杜林以『畁』爲『騏』字也。箋以『綦』爲『綦』，文與秦風傳『騏綦』文合，蓋讀騏如綦。」愚案：說文「綥」下重文「綦」云：「綥，或從其。」是「綥」即「綦」字，非三家異解。說文：「巾，佩巾也。」一云首飾。釋名：「二十成人，士冠庶人巾。」傳以衣巾分男女，過泥。說文又以帉巾爲未嫁女所服，無論喪服之時莫爲分別，卽游人所萃，如雲如荼，孰辨其已嫁未嫁？今斷從箋說，以爲作者之妻服，則此詩文從字順矣。韓毛文同。（見下。）聊樂我員。【注】韓詩曰：「縞衣綦巾，聊樂我魂。」韓說曰：魂，神也。【疏】箋：「時亦棄之，迫兵革之難，不能相畜，心不忍絕，故言且留樂我員。此思保其室家，窮困不得有其妻，而以衣巾言之，恩不忍斥之。綦，綦文也。」○釋文：「員，本亦作云。」正義：「員、云古今字，助句辭。」「縞衣」至「神也」者，釋文及文選曹大家東征賦注、鮑照東武吟注、鮑照舞鶴賦注引韓詩文。臧鏞堂云：「此『魂』乃『云』之變體。春秋疏引孝經說云：『魂，云也。』韓但讀作『神魂』之魂耳。」陳喬樅云：「毛韓師傳各異，訓義不必强同。孝經援神契云『情者魂之使』，此自言其妻子得用情之正，故云『聊樂我魂』。下章云『聊可與娛』，娛亦樂也。人悲則神傷，樂則神安，故韓以魂爲神，其說未嘗不是也。」

出其闉闍，【注】韓說曰：城內重門也。有女如荼。【疏】傳：「闉，曲城也。闍，城臺也。荼，英荼也。言皆喪服也。」箋：「闍，讀當如『彼都人士』之都，謂國外曲城之中市里也。」荼，茅秀，物之輕者，飛行無常。○「城內重門也」者，玉篇門部「闉」下文，引詩曰：「出其闉闍。」陳喬樅云：「玉篇所引韓詩說也。」馬瑞辰云：「如荼，與『如雲』皆取衆多義。荼或作𦶜。廣雅：『𦶜䓘，茅穗也。』說文：『䓘，茅秀也。』豳風傳：『荼，萑苕也。』夏小正『七月灌荼。』灌，聚也。荼，萑葦之秀』。是『茅秀』爲荼，『葦秀』亦爲荼。爾雅：『蔈、荂、荼、猋、藨，芀』。又曰：『葦醜芀。』蓋對文則茅秀爲荼，葦秀爲芀，散言則茅葦之秀通可稱荼，皆取色白爲義。灌荼則有叢聚之象，故以喻衆多也。傳以爲『皆喪服』，似非詩恉。」雖則如荼，匪我思且。縞衣茹藘，聊可與娛。【疏】傳：「茹藘，茅蒐之染女服也。娛，樂也。」箋：「匪我思且，猶非我思存也。茅蒐，染巾也。聊可與娛，且可留與我爲樂，心欲留之言也。」○馬瑞辰云：「釋器：『三染謂之纁。』郭注：『纁，絳也。』

廣雅：『纁謂之絳。』是茹藘染絳卽纁也。士昏禮『女次純衣纁袡』，是茹藘所染當卽纁袡。方言：『蔽厀，齊魯之郊謂之袡，魏宋南楚之閒謂之大巾。』纁袡卽婦人蔽厀，箋但言『茅蒐染巾』，不言大巾，說亦未確。」愚案：詩言「茹藘」，不言「巾」者，省文以成句，故鄭言之卽佩巾也。馬以爲婦人蔽厀，殊乖事理。

出其東門二章，章六句。

野有蔓草【疏】毛序：「思遇時也。君之澤不下流，民窮於兵革，男女失時，思不期而會焉。」箋：「不期而會，謂不相與期而自俱會。」○左襄二十七年傳：「鄭伯享趙孟于垂隴，子太叔賦野有蔓草，趙孟曰：『吾子之惠也。』」杜注：「大叔喜於相遇，故趙孟受其惠。」昭十六年傳：「鄭六卿餞宣子於郊，子齹賦野有蔓草，宣子曰：『善哉，吾有望矣。』」杜注：「君子相願，己所望也。」以鄭國之人賦本國之詩，享餞大禮，豈敢賦不正之詩，以取戾於大國執政？有女同車諸詩，宋人以爲淫奔者，賴毛序正之，獨此詩爲序說所累，久蒙不美，然卽賦推詩，其非男女之詞決矣。且序爲衞敬仲輩所塗附，早失真面，詳此詩，「思遇時也」，尚是元文，餘則他人增竄。遇時之思，蓋因兵革不息，民人流離，冀覯名賢以匡其主，如齊侯之得管仲，秦伯之得百里奚耳。說苑尊賢篇：「孔子之郯，遭程子於塗，傾蓋而語終日，有閒，顧子路曰：『取束帛一以贈先生。』子路不對。有閒，又顧曰：『取束帛一以贈先生。』子路屑然對曰：『由聞之也，士不中而見，女無媒而嫁，君子不行也。』孔子曰：『由，詩不云乎：「野有蔓草，零露溥兮。有美一人，清揚婉兮。邂逅相遇，適我願兮。」今程子，天下之賢士也，於是不贈，終身不見。(言終身恐不得再見。)大德不踰閑，小德出入可也』。」(言天下善士以得見爲幸，不可以常禮拘也。)據此，魯韓詩說皆以爲思遇賢人，齊詩蓋同。自漢世爲毛詩者以爲男女之詞，而詩之真失，猶幸左傳說苑韓詩外傳存大義於幾希，尚可推求而得之爾。

野有蔓草，零露漙兮。【疏】傳：「興也。野，四郊之外。蔓，延也。漙，漙然盛多也。」箋：「零，落也。蔓草而有露，謂仲春之時草始生，霜爲露也。周禮：仲春之月，令會男女之無夫家者。」〇馬瑞辰云：「説文：『蔓，葛屬。』『曼，引也。』爾雅：『引、延，長也。』是蔓爲草名，『滋曼』字古止作『曼』。傳訓『延』，猶説文訓『引』也。今經傳通借『蔓』爲『曼』。」釋詁：「蘦，落也。」郭注：「見詩。」陳喬樅云：「毛詩作『零露』，箋：『零，落也。』正義釋箋云：『靈作零字，故爲落也。』據此，毛作『零露』，與衞風『靈雨』同，鄭從今文作『零』，訓爲『落』也。爾雅作『蘦』，蓋本魯詩。喬樅案：説文：『霝，雨零。从雨、㗊，象零形。』『零，餘雨也。从雨，令聲。』雨露曰『霝零』，草木曰『蘦落』，霝作蘦，通用字。説文引詩『霝雨其濛』，今毛詩作『零』。」釋文：「漙，本亦作團。」胡承珙云：「説文無『漙』字，玉篇始有。此『漙兮』，古止作『團』。匡謬正俗所云古本詩有作『水旁專』，後人輒改爲『團』者，卽謂此。藝文類聚卷八十一引，正作『團』。謝靈運永初三年之郡詩『火閔團朝露』，謝朓京路夜發詩『猶霑餘露團』，謝惠連七月七日夜詩『團團滿繁露』，李注並引詩『零露團兮』，此必六朝古本作『團』。顔謂後人改之，非也。」有美一人，清揚婉兮。邂逅相遇，適我願兮。【注】韓詩：「青揚宛兮。」韓説云：青，静也。【疏】傳：「清揚，眉目之間婉然美也。邂逅，不期而會，適其時願。」〇「青陽宛兮」者，詩攷引韓詩外傳二文。(初學記七引作「清揚婉兮」，今本外傳二同，與詩攷不合。)「青静也」者，文選射雉賦注引薛君韓詩章句文。青陽宛，卽「青揚婉」三字之叚借也。猗嗟詩「美目清兮」、「美目揚兮」，清揚猶清明也。「静也」者，言其目之澄然而静也。説文：「婉，順也。」方言：「美目謂之順。」眉目之閒位置天然，視之但覺其婉順而美也。玉篇面部：「𩈉，眉目之閒美貌。」韓詩云：『清揚𩈉兮。』」集韻二十阮引詩同。案，韓詩若作「𩈉」字，不應王氏不見，必出後人增竄，今不取。「邂逅」者，陳奂云：「傳複經句，轉寫者删『相遇適我願兮』六字，彼人誤以傳『不期而會』四字專釋『邂逅』，沿譌至今，直以邂逅爲塗遇之通稱，學者失其義久矣。綢繆傳：『邂逅，解説也。』解説猶説懌，卽是適我願之意。穀梁傳：『遇者，志相得也。』志相得，卽詩所謂『適我願』也。」愚案：陳説是。「解説」乃相悦以解之意，思見其人，求而忽得，則志意開豁，歡然相迎，卽所謂「邂逅」矣。

野有蔓草，零露瀼瀼。有美一人，婉如清揚。邂逅相遇，與子偕臧。【疏】傳：「瀼瀼，盛貌。臧，善也。」○案，藝文類聚四十一引魏文帝善哉行云：「有美一人，婉如青陽。」以上章「青陽宛兮」證之，魏帝亦用韓詩也。「宛」作「婉」，蓋誤文。傳「婉然美也」，「宛如」卽「宛然」也。「偕臧」，謂偕之於善，有互相勖勉意。

野有蔓草二章，章六句。

溱洧【注】韓説曰：溱與洧，説人也。鄭國之俗，三月上巳之日於兩水上，招魂續魄，拂除不祥，故詩人願與所説者俱往觀也。（御覽三十「日」作「辰」，「兩」上有「此」字，「水」下有「之」字，「拂」一作「祓」，「也」作「之」。宋書十五、初學記三十六「魄」下有「秉執蘭草」四字，爾雅翼四「不祥」作「氛穢」。）魯説曰：鄭國淫辟，男女私會於溱洧之上，有詢訏之樂，勺藥之和。齊説，見出其東門序。【疏】毛序：「刺亂也。兵革不息，男女相棄，淫風大行，莫之能救焉。」箋：「救猶止也。亂者，士與女合會溱洧之上。」○「溱與」至「觀也」，御覽八百八十六引韓詩內傳文。後漢書袁紹傳注引「鄭國之俗」至「俱往觀也」，又見續漢志注及藝文類聚四。「鄭國」至「之和」，呂覽本生篇高注文，魯説也。漢書地理志引此詩，見上出其東門序，齊説也。

溱與洧，方渙渙兮。【注】韓「渙」作「洹」，云：盛貌也，謂三月桃花水下之時至盛也。齊作「灌」，魯作「汍」。【疏】傳：「溱洧，鄭兩水名。渙渙，春水盛也。」箋：「仲春之時，冰以釋，水則渙渙然。」○「渙作」至「盛也」者，釋文、袁紹傳注、鄭世家正義、御覽九百八十三引韓詩文。「齊作灌」者，漢書地理志文。顔注：「灌灌，水流盛也。」「魯作汍」者，説文：

潧水出鄭國，詩曰：『溱與洧，方汍汍兮。』」與韓齊毛異，必魯詩也。玉篇溱、潧皆「側銀切」，毛古文，叚用「溱」字耳。釋文說文作「汎汎」，音「父弓反」。段玉裁云：「此音、義俱非，古書叚借，必字異而音同。汎汎，蓋『汍汍』之誤。汍，从水，丸聲，讀與『洹』同，見玉篇。灌灌，亦當讀『汍汍』，皆水盛沄旋之貌。」士與女，方秉蕑兮。【注】韓云：秉，執也。蕑，蘭也。當此盛流之時，衆士與衆女執蘭而祓除邪惡。齊「蕑」作「菅」。【疏】傳：「蕑，蘭也。」箋：「男女相棄，各無匹偶，感春氣並出，託采芬香之草而爲淫泆之行。」○「秉執」至「邪惡」者，御覽三十引韓詩文。蕑蘭也」，說與毛同。陸璣疏云：「其莖葉似藥草，澤蘭廣而長節，節中赤，高四五尺，可著粉中，藏衣著書，辟白魚。」「齊蕑作菅」者，漢書地理志文。衆經音義二「蔹」字書與「蕑」同。蔹，蘭也。中山經郭注：「蔹亦菅字。」荊州記：「都梁，香蘭也。都梁縣名，有小山，下有水清泚，其中生蕑草，名爲都梁。」或借「菅」字。寰宇記：「菅涔山在靜樂縣。菅音姦，土人云山多菅草，故以爲名。」據此，蕑、菅字異音同，故通用。女曰觀乎？士曰既且。且往觀乎？【注】願與所說者俱往觀也。洧之外，洵訏且樂！【注】魯「洵」作「詢」，云：有詢訏之樂。韓「訏」作「盱」，曰：恂盱，樂貌也。【疏】傳：「訏，大也。」箋：「女曰觀乎？欲與士觀於寬閒之處。既，已也。士曰已觀矣，未從之也。洵，信也。女情急，故勸男，使往觀於洧之外，言其土地信寬大又樂也，於是男則往也。」○「願與」至「觀也」，韓傳文，引見上。「洧之外」者，溱入洧同流，溱小洧大，舉洧以該溱也。釋詁：「恂，信也。」「洵作詢，云有詢訏之樂」者，呂覽高注文。（見上。）「洵」本「恂」之借，獨此借「詢」爲「恂」，言其地信廣大可樂也。「洵作」至「貌也」者，釋文引韓詩文，與前羔裘之「洵直且侯」，韓詩作「恂」同。舉目曠野，喜形於色，故曰「恂盱，樂貌也。」漢志亦作「恂盱」。（見上。）維士與女，伊其相謔，贈之以勺藥。【注】韓說曰：勺藥，離草也。言將離別，贈此草也。魯說曰：勺藥之和。【疏】傳：「勺藥，香草。」箋：「伊，因也。士與女往觀，因相戲謔，行夫婦之事。其別，則送女以勺藥，結恩情也。」○「勺藥」至「草也」者，釋文引韓詩文。崔豹古今注：「勺藥一名可離，故將別贈以勺藥，猶相招則贈以文無。文無，一名當歸也。」與韓合，箋義卽本韓詩。「勺藥之和」者，呂覽高注文。（見上。）司馬相如子虛賦：「勺藥之和具，而後御之。」伏儼曰：「勺藥，以蘭桂調食也。」文穎曰：「勺藥，五味之和也。」揚雄蜀都賦：「甘甜之和，勺藥之美。」張衡南都賦：「歸雁鳴鵽，黃稻鱻魚，以爲勺藥。」論衡譴告篇：「猶人勺藥失其和。」陳喬樅云：「王充張衡高誘諸人並用魯詩，皆以勺藥爲『調和』之名，是魯詩不以勺藥爲草名也。又枚乘七發云『勺藥之醬』，張載七命云『和兼勺藥』，韋昭云『勺藥和齊酸鹹美味也』，亦皆本魯詩以勺藥爲調和名。蓋魯說以『贈之以勺藥』，卽承上文『秉蘭』而言，謂蘭爲調和之用，義取於和也。御覽引禮斗威儀曰：『君乘金而王，其政平則蘭常生。』宋均注：『蘭生主給調和也。』文選魯靈光賦注引鄭氏說同。合之伏儼『以蘭調食』之注，是調食古有用蘭者矣。」

溱與洧，瀏其清矣。【注】韓詩「瀏」作「漻」，曰：「清貌也。」【疏】傳：「瀏，深貌。」○「瀏作漻，曰清貌也」者，文選南都賦注引韓詩內傳文。梁處素云：「瀏、漻通。蓋此章傳據此，韓瀏作漻。」陳喬樅云：「莊子天地篇『漻乎其清也』，釋文：『李良由反，清貌。』是讀漻聲爲瀏。文選甘泉賦注引孟康曰：『瀏，清也。』文賦注引字林曰：『漻，清流也。』廣雅釋詁：『漻，清也。』說文：『瀏，清貌。』引此詩。又曰：『漻，清深也。』則漻、瀏音義並同。」士與女，殷其盈矣。女曰觀乎？士曰既且。且往觀乎？洧之外，洵訏且樂！維士與女，伊其將謔，【疏】傳：「殷，衆也。」箋：「將，大也。」○馬瑞辰云：「將謔，猶相謔也。尚書大傳『羲伯之樂舞將陽』，將陽，卽『相羊』之叚借。」贈之以勺藥。

溱洧二章，章十二句。

鄭國二十一篇，五十三章，二百八十三句。

詩三家義集疏卷六

齊雞鳴第六【疏】詩含神霧曰：「齊地處孟春之位，海岱之間，土地汙泥，流之所歸，利之所聚，律中太簇，音中宮角。」漢書地理志：「齊地，虛、危之分埜也。少昊之世，有爽鳩氏，虞夏時有季萴，湯時有逢伯陵，殷末有薄姑氏，皆爲諸侯，國此地。至周成王時，薄姑氏與四國作亂，成王滅之，以封師尚父，是爲太公。詩風齊國是也。」易林頤之漸：「姬奭姜望，爲武守邦。蕃屏燕齊，周室以强，子孫億昌。」禮樂記師乙曰：「温良而能斷者，宜歌齊。」又曰：「齊者，三代之遺聲也，齊人識之，故謂之齊。」此皆齊說之可徵者。魯韓無聞。陳奐云：「左傳管仲曰：『賜我先君履，東至于海，西至于河，南至于穆陵，北至于無棣。』齊語：『通齊國之魚鹽于東萊。』齊有東海，爲有海邦諸夷之國。晏子對齊景公曰『姑尤以西』，姑尤，在今登萊二府之地。地理志：『東有甾川東萊琅邪高密膠東。』此就春秋以後言之矣。至大河故瀆，春秋初未改禹迹。晏子曰『聊攝以東』，杜注：『聊攝，齊西界也。』平原聊城縣東北有攝城，今聊城去大河故瀆幾四百里。齊語：『桓公築五鹿中牟蓋與牡丘，以衞諸夏之地。』故四邑皆在大河左右，築之以禦戎狄，非齊西境有此四邑。蓋穆陵南接魯無棣，北接燕，齊與魯燕爲周三公，其封國皆連壤，故管仲於南北以齊境言之。其東有東夷，西有戎狄，但舉海、河言之，非建國之初，卽至東海、西河也。又齊語：桓公『既反侵地，正封疆，地南至于餡陰，西至于濟，北至於河，東至于紀酅』。案春秋莊三十年杜注：『濟水歷齊、魯界。』此云『西至濟』，則在濟西，所謂大朝諸侯於陽穀，是其西境。云『北至河者』，無棣之上下，皆大河故瀆所經也。然則齊封域在周禮職方幽州之

域，而西南及於兖焉。」詩國風

雞鳴【注】韓説曰：雞鳴，讒人也。齊説曰：雞鳴失時，君騷相憂。【疏】毛序：「思賢妃也。哀公荒淫怠慢，故陳賢妃貞女，夙夜警戒相成之道焉。」○「讒人也」者，御覽九百四十四引韓詩文。「讒」上疑奪「憂」字。一本作「纔人」，字誤。玉海三十八引作「説人也」，亦誤。韓以此詩爲憂讒之作。「雞鳴」至「相憂」，易林夬之屯文。「雞鳴失時」者，蓋齊君内嬖工讒，有如晉獻之驪姬，致其君有失時晏起之事，其相憂之而賦此詩。文選王元長策秀才文云：「歌雞鳴於闕下，稱仁漢牘。」李注引列女傳云：「緹縈歌雞鳴、晨風之詩。」今本列女齊太倉女傳無此事，蓋奪文也。注又引班固歌詩云：「上書詣北闕，闕下歌雞鳴。憂心摧折裂，晨風激揚聲。」緹縈之歌此詩，傷父無罪被讒，冀見憐察。孟堅歌詩，足爲左證。子政列之於傳，知魯家之説此詩與齊韓無異也。

雞既鳴矣，朝既盈矣。【疏】傳：「雞鳴而夫人作，朝盈而君作。」箋：「雞鳴朝盈，夫人也、君也可以起之常禮。」○書大傳：「雞鳴，大師奏雞鳴于階下，夫人鳴佩玉於房中，告去也。然後應門擊柝，告辟也。然後少師奏質明于階下，辟。」應門，謂啓朝門，則朝者入也。此言常朝之節如此，刺今日晏起之失時。匪雞則鳴，蒼蠅之聲。【注】韓詩曰：「匪雞則鳴，蒼蠅之聲。」韓説曰：雞遠鳴，蠅聲相似也。【疏】傳：「蒼蠅之聲，有似遠雞之鳴。」箋：「夫人以蠅聲爲雞鳴，則起早於常禮，敬也。」○「匪雞」至「似也」，御覽九百四十四引韓詩薛君文。「匪雞」二句，明韓毛文同。「雞遠」二句，與傳意大同。蒼，青也。蒼蠅卽青蠅，喻讒人也。言朝者皆知爲雞鳴矣，自君聽之匪雞則鳴也，蒼蠅之聲耳。君聽不聰，躭於逸欲，而讒人近在枕席，如驪姬夜半而泣，可畏孰甚。

東方明矣，朝既昌矣。匪東方則明，月出之光。【疏】傳：「東方明則夫人纚笄而朝，朝已昌盛則君聽朝。見月出之光，以爲東方明。」箋：「東方明，朝既昌，亦夫人也，君也可以朝之常禮。君日出而視朝，夫人以月光爲東方明則朝，亦敬也。」○「匪東」二句，雖明尚疑未明，以致失時。就喻意言，臣下盼朝日之升，不料東方未明。月出皎兮，陰光有耀，陽不能升也。

蟲飛薨薨，甘與子同夢。會且歸矣，無庶予子憎。【疏】傳：「古之夫人配其君子，亦不忘其敬。會，會於朝也。卿大夫朝會於君，朝聽政，夕歸治其家事。無庶予子憎，無見惡於夫人。」箋：「蟲飛薨薨，東方且明之時，我猶樂與子臥而同夢，言親愛之無已。庶，衆也。蟲飛薨薨，所以當起者，卿大夫朝者且罷歸故也。無使衆臣以我故憎惡於子，戒之也。」○此代君謂其夫人之詞。薨薨，衆多也。言天之將明，飛蟲皆出，予猶甘願與子臥而同夢，但會於朝者且將歸治其家事矣，庶無因予之故而使臣下憎惡於子耳。馬瑞辰云：「爾雅：『庶，幸也。』大雅抑詩：『庶無大悔。』『無庶』卽『庶無』之倒文，猶『遐不』作『不遐』，『尚不』作『不尚』也。」臣下惡其夫人，則歸怨其君者，不言可知，所以致儆者深矣。

雞鳴三章，章四句。

還【疏】毛序：「刺荒也。哀公好田獵，從禽獸而無厭，國人化之，遂成風俗。習於田獵謂之賢，閑於馳逐謂之好焉。」箋：「荒，謂政事廢亂。」○馬瑞辰云：「『賢』，卽首章『儇』字，音近之譌，猶下句『閑於馳逐謂之好』，卽釋二章『好』字也。」三家無異義。

子之還兮，遭我乎峱之間兮。【注】齊「還」作「營」，「峱」作「嶩」。韓「還」作「璇」，云：「嫙，好貌。」遭，遇也。【疏】傳：「還，便捷之貌。峱，山名。」箋：「子也、我也，皆士大夫也，俱出田獵而相遭也。」○「還作營」者，漢書地理志：「臨淄名營邱，故齊詩曰：『子之營兮，遭我虖嶩之閒兮。』」顏注：「齊國風營詩之詞也。毛作『還』，齊作『營』。之，往也。嶩，山名也。言往適營邱而相逢於嶩山也。『嶩』字或作『峱』，亦作『嶩』。」陳喬樅云：「毛詩釋文載崔靈恩集注本，『峱』作『嶩』。」水經淄水注：「營邱，山名也，詩所謂『子之營兮』。」道元不及見齊詩，淄水篇引詩作「營」，亦采前儒遺說耳。錢大昕云：「古人讀『營』如『環』。韓非子云：『倉頡之作書也，自環者謂之厶。』說文引作『自營爲厶』是也。釋邱：『水出其左營邱。』郭注謂：『淄水過其南及東。』是營邱本取『回環』之義。士喪禮『布巾環幅』，注：『古文環作還。』左傳『還鄭而南』及『道還公宮』，釋文並云：『還，本作環。』『營』亦與『還』聲近，故名字叚借用之。」「峱作嶩」者，字異而地同。御覽獸部二十一作「猱」，說文：「峱山在齊地。」紀要：「峱山在臨淄縣南十五里。」陳奐云：「齊世家：『周亨哀公，立其弟靜，是爲胡公。胡公徙都薄姑。』是胡公都薄姑，而營邱舊都遂爲田獵之地。依顏說，則詩當作在胡公後矣，與毛序言哀公異。」「韓詩還作嫙，云嫙，好貌」者。馬瑞辰云：「釋文：傳『便捷，本亦作便旋』。說文：『趯，疾也。』傳蓋以『還』爲『趯』之叚借。說文又云：『儇，急也。』義亦與『趯』近。韓以嫙爲『好貌』，據下章茂、昌皆爲『好』，則從韓訓『好』是也。」「遭遇也」者，華嚴經音義二引韓詩傳文。

並驅從兩肩兮，揖我謂我儇兮。【注】韓詩齊風曰：「並驅從兩肩兮。」韓說曰：獸三歲曰肩。魯「肩」作「豜」。韓「儇」作「婘」，云：婘，好貌。【疏】傳：「從，逐也。獸三歲曰肩。儇，利也。」箋：「並，併也。子也我也，併驅而逐禽獸。子則揖耦我謂我儇，譽之也。譽之者，以報前言『還』也。」○「齊風」至「曰肩」，後漢馬融傳注引韓詩文，引經明韓毛文同。「獸三歲曰肩」，與毛訓合。廣雅：「嘼一歲爲豵，二歲爲豝，三歲爲肩，四歲爲特。」大司馬先鄭注：「肩、特互易。」又云：「五歲爲慎。」釋文：「肩，本亦作豜。」說文：「豜，三歲豕，肩相及。詩曰：『並驅從兩豜兮。』」與「亦作」本合。「豜」本大豕之名，小爾雅云：「豕之大者謂之豜。」釋獸：「麢，絕有力豜。」是凡獸之大者亦通稱「豜」也。「魯肩作豣」者，陳喬樅云：「呂覽知化篇高注：『獸三歲曰豣』。當本魯詩故訓。」愚案：玉篇「豣」字同「研」，疑後出字。「揖我」者，敬而譽之。「儇作嬛，云嬛，好貌」者，釋文引韓詩文。廣雅：「嬛，好也。」即本韓爲說。王念孫云：「詩二章言『好』，三章言『臧』，則首章從韓作『嬛』訓『好』義相同。」馬瑞辰云：「玉篇：『嬛，好貌』。或作『嬽』，又通作『卷』。澤陂詩『碩大且卷』，毛傳：『卷，好貌。』釋文：『卷，本又作嬛。』」

子之茂兮，遭我乎峱之道兮。並驅從兩牡兮，揖我謂我好兮。【疏】傳：「茂，美也。」箋：「譽之言好者，以報前言茂也。」○呂氏讀詩記引崔靈恩集注云：「茂昌，俱齊地。」蓋齊詩以營爲地名，則茂昌自應訓爲齊地。「茂」無考。

子之昌兮，遭我乎峱之陽兮。並驅從兩狼兮，揖我謂我臧兮。【疏】傳：「昌，盛也。狼，獸名。臧，善也。」箋：「昌，佼好貌。」○漢琅邪郡有昌縣，今諸城縣東南齊郡有昌國縣；戰國齊昌城，今淄川縣東，未知孰是。釋獸：「狼牡貛，牝狼，其子獥，絶有力迅。」說文：「狼，似犬，銳頭白頰，高前廣後。」孔疏引義疏云：「其鳴能大能小，善爲小兒嗁聲以誘人，去數十步止，其猛捷者人不能制，雖善用兵者不能及也。」

還三章，章四句。

著【疏】毛序：「刺時也。時不親迎也。」箋：「時不親迎，故陳親迎之禮以刺之。」○三家無異義。陳奐云：「古者親迎，天子以下達士皆行之，大明『親迎于渭』，天子親迎也；韓奕『韓侯迎止，于蹶之里』，諸侯親迎也。周自文王及宣王時，其禮不廢。春秋：隱二年九月，『紀履繻來逆女』，譏不親迎。厥後桓八年，『祭公逆王后于紀』。襄十五年，『劉夏逆王后于齊』。天子不親迎。桓三年，『公子翬如齊逆女』。文四年，『逆婦姜于齊』。宣元年，『公子遂如齊逆女』。成十四年，『叔孫僑如如齊逆女』。諸侯不親迎矣。春秋正夫婦之始，天子諸侯皆在所譏。孔疏以著三詩皆刺哀公，則春秋之前，哀公之世，親迎之禮已廢矣。詩人陳古義以刺今時，亦春秋之譏也。」

俟我於著乎而，【疏】傳：「俟，待也。門屏之間曰著。」箋：「我，嫁者自謂也。待我於著，謂從君子而出至於著，君子揖之時也。」○漢書地理志：「詩云：『俟我於著乎而。』此亦其舒緩之體也。」顔注：「著，地名，卽濟南著縣也。」范家相云：「此蓋三家説。」胡承珙云：「顔於上文『子之營兮』明言齊詩作『營』，此則不言，所據必非出於三家。且濟南之著，韋昭音『弛之反』，乃蓍龜之『蓍』字。魏收地形志亦作『蓍』。顔音『竹庶反』，以韋爲失，並謂卽齊風之著，皆非也。」正義：「傳以首章言士親迎，二章言卿大夫親迎，卒章言人君親迎。箋以爲三章共述人臣親迎之禮。」馬瑞辰云：「公羊隱二年傳『譏不親迎也』，何注：『禮所以必親迎者，所以示男先女也。於廟者，告本也。夏后氏逆於庭，殷人逆於堂，周人逆於户。』武億據以釋此詩，其説是也。詩刺時不親迎，因錯陳三代親迎之禮。首章『俟著』，於門户爲近，卽周人『逆於户』。二章『俟庭』，三章『俟堂』，正與夏殷禮合，較傳、箋説爲允。」陳奐云：「春秋繁露質文篇『昏禮逆于庭，逆于堂，逆于户』，與公羊注合，此或齊魯韓詩義，以三代親迎禮分屬三章。」愚案：户、庭、堂之逆，夏殷周有明文，一代之中，不能人自爲禮，惟充耳之制無可推求耳。今從武説。於，當作「于」。著，與「宁」通。「宁」有二釋：宫門屏之間爲宁，乃門内屏外，人君視朝所宁立處，此傳所本。李巡云：「正門内兩塾間曰宁。」卽此詩之「著」。士家於寢門之内設屏，屏門可以宁立，故亦謂之宁。寢門亦曰閨門，説文：「閨，特立之户。」是户卽宁也。説苑修文篇説親迎之禮，言大人戒女，女拜，乃親引其手，授夫於户。此周人所謂逆於户也。故壻俟之於此。**充耳以素乎而，尚之以瓊華乎而。**【疏】傳：「素，象瑱。瓊華，美石，士之服也。」箋：「我視君子則以素爲充耳，謂所以縣瑱者，或名爲紞，織之，人君五色，臣則三色而已。此言素者，目所先見而云。尚猶飾也，飾之以瓊華者，謂懸紞之末，所謂瑱也。人君以玉爲之瓊華，石色似瓊也。」○二章「青紞」之青，三章「黃紞」之黃，馬瑞辰云：「大戴禮：『黈絖塞耳，所以弇聰也。』說文：『纊，絮也。』或从光作『絖』。莊子『黈』作『鞋』，西京賦注：『黈纊，言以黃緜大如丸，縣冠兩邊當耳，不欲妄聞，不急之言也。』古者充耳之制，當耳處用纊，此詩『充耳以黃』，即黈纊，『以素』、『以青』，即素纊、青纊也。纊下更綴玉爲瑱，故詩言瓊華、瓊瑩、瓊英，皆曰『尚之』，即加之也。若如傳以詩素、青、黃爲象玉，則下不得複言瓊華、瓊瑩、瓊英。箋以素、青、黃爲紞，紞乃縣纊之緐，不得謂之『充耳』。段玉裁謂古無以纊塞耳者，大戴之『絖』，乃『紞』字形近之誤。說亦未確。」「瓊華，美石」者，謂石色如瓊玉之光華。

俟我於庭乎而，【注】韓說曰：「俟我於庭乎而」，參分堂塗，一曰庭。【疏】箋：「待我於庭，謂揖我於庭時。」○「俟我」至「曰庭」，玉篇广部引韓詩文。引經明韓、毛文同。「參分堂塗一曰庭」者。皮嘉祐云：「左昭五年傳『大庫之庭』，注：『堂前地名。』周書『大匡朝于公庭』，注：『公堂之庭。』據此，是庭在堂之閒。『參分堂塗』者，度堂前之道而居其中也。黃山云：「釋宮：『堂塗謂之陳。』郭注：『堂下至門徑也。』著在門屏之間，則參分堂塗之一，正在堂、著之間。皮云在堂之閒，未憭。」充耳以青乎而，尚之以瓊瑩乎而。【疏】傳：「青，青玉。瓊瑩，石似玉，卿大夫之服。」箋：「待我於庭，謂揖我於庭時。青，紞之青，石色似瓊似瑩也。」○說文：「瑩，玉色也。从玉，熒省聲。」逸論語曰：如玉之瑩。」瓊瑩、瓊英，猶瓊華也。

俟我於堂乎而，充耳以黃乎而，尚之以瓊英乎而。【疏】傳：「黃，黃玉。瓊英，美石似玉者，人君之服也。」箋：「黃，紞之黃。瓊英，猶瓊華也。」○此雜陳夏殷逆庭、逆堂之禮，以刺今之不然。充耳之制，二代無聞。

著三章，章三句。

東方之日【疏】毛序:「刺衰也。君臣失道,男女淫奔,不能以禮化也。」○三家無異義。

東方之日兮,彼姝者子,在我室兮。【注】韓詩曰:「東方之日兮,彼姝者子,在我室兮。」韓説曰:詩人言所説者顏色盛美,如東方之日。【疏】傳:「興也。日出東方,人君明盛無不照察也。姝者,初昏之貌。」箋:「言東方之日者,愬之乎耳,有姝姝美好之子,來在我室,欲與我爲室家,我無如之何也。日在東方,其明未融。興者,喻君不明。」○「東方」至「之日」,文選顏延年秋胡詩注、宋玉神女賦注、曹植美女篇注、陸機日出東南隅行注引韓詩薛君章句文,引經明韓毛文同。神女賦注(「日」下無「兮」字,脱文。)「盛美」作「美盛」,「如」作「若」;美女篇注「美」作「顏色盛也,言美如東方之日出也。」神女賦云:「其始出也,耀乎若白日,初出照屋梁。」即本此詩意。説文:「姝,美也。」子,女子。我,壻自謂。在室,謂女入門後。**在我室兮,履我卽兮。**【疏】傳:「履,禮也。」箋:「卽,就也。在我室者,以禮來,我則就之與之去也。言今者之子不以禮來也。」○履、禮古通用。昏姻之道,非禮不行,詩意陳古刺今,重在上以禮化。或卽以此詩爲淫奔,不作「禮」解,謬矣。東門之墠詩「子不我卽」,傳:「卽,就也。」此言所以在我室者,因我以禮往,而後彼來卽我,非如後世苟且之行也。

東方之月兮,彼姝者子,在我闥兮。【注】韓説曰:門屏之間曰闥。【疏】傳:「月盛於東方,君明於上,若日也。臣察於下,若月也。闥,門内也。」箋:「月以興臣,月在東方,亦言不明。」○月生於西而云「東方之月」者,取其明盛也。馬瑞辰云:「古者喻人顏色之美,多取譬於日月。詩『月出皎兮』,傳:『婦人有美白晳也。』神女賦云:『其少進也,皎若明月舒其光。』皆其義。」「門屏之間曰闥」者,釋文引韓詩文。士家二門,大門内爲寢門,小牆當門中特立一門,所謂寢門也,亦曰闥門,門内設屏,門屏之間謂之宁,亦謂之著,卽闥也。以次序言,當先言闥而後言室。韓順詩釋義,而云然者,意總謂門閾以内，仍不欲没閾之名耳。胡承珙云：「後漢書宦者傳注引爾雅曰：『小閨謂之閾。』所據蓋古本。切言之則閾爲小門，渾言之則門以内皆爲閾，故毛傳但云『閾，門内也』。」在我閾兮，履我發兮。【疏】傳：「發，行也。」箋：「以禮來，則我行而與之去。」○言禮自我而行也，時雖失道，我自守禮，望世之意切矣。

東方之日二章，章五句。

東方未明【疏】毛序：「刺無節也。朝廷興居無節，號令不時，挈壺氏不能掌其職焉。」箋：「號令，猶召呼也。挈壺氏，掌漏刻者。」○陳奂云：「周禮挈壺氏，下士六人，於諸侯未聞。」三家無異義。

東方未明，顛倒衣裳。顛之倒之，自公召之。【疏】傳：「上曰衣，下曰裳。」箋：「挈壺氏失漏刻之節，東方未明而以爲明，故羣臣促遽，顛倒衣裳。羣臣之朝，別色始入。自，從也。羣臣顛倒衣裳而朝，人又從君所來而召之。漏刻失節，君又早興。」○禮玉藻：「朝，辨色始入，君日出而視之。」若急事特召，偶或不同，此因其號令不時，故刺之。人臣承召入朝，雖當急遽時，亦必整肅衣裳，無任其上下顛倒之理，詩特極意形容之語耳。説苑奉使篇：「魏文侯遣張倉唐賜太子衣一襲，敕以雞鳴時至。太子發篋視衣，盡顛倒。太子曰：『詩云：「東方未明，顛倒衣裳。顛之倒之，自公召之。」』遂西至謁，文侯大喜。」荀子大略篇：「諸侯召其臣，臣不俟駕，顛倒衣裳而走，禮也。詩曰：『顛之倒之，自公召之。』」趙岐孟子章句：「君以其官召之，豈得不顛倒？詩云：『顛之倒之，自公召之。』」據説苑諸書，明魯毛文同。易林同人之中孚：「衣裳顛倒，爲王來呼。」雖有別解，亦爲齊詩文義相同之證。

東方未晞，顛倒裳衣。倒之顛之，自公令之。【疏】傳：「晞，明之始升。令，告也。」○馬瑞辰云：「晞者昕之叚借。説文：『昕，旦明，（段玉裁云：「『旦』當作『且』。」）日將出也，讀若希。』『昕』與『晞』一聲之轉，故通用。廣雅：

『昕，明也。』傳知晞卽昕，故以爲『明之始升』，孔疏引『晞乾』爲證，失之。」

折柳樊圃，狂夫瞿瞿。【疏】傳：「柳，柔脆之木。樊，藩也。圃，菜園也。折柳以爲樊園，無益於禁矣。瞿瞿，無守之貌。古者有挈壺氏，以水火分日夜，以告時於朝。」箋：「柳木之不可以爲藩，猶是狂夫不任挈壺氏之事。」○「樊」當爲「棥」。說文「樊」下云：「鷙不行也。」「棥」下云：「藩也。」傳：「柳，柔脃之木。圃，菜園也。」段玉裁云：「楊之細莖小葉者曰柳。」狂夫，中心無守之人。「瞿瞿」者，「䀠䀠」之借字。說文「䀠」下云：「左右視也。」「瞿」下云：「鷹隼之視也。」「瞿」行而「䀠」廢，故以「瞿」爲「䀠」。言折柔脃之木以藩其圃，雖中心無守之狂夫，亦爲之瞿瞿然驚顧，慮藩之不固，以柳之非其材也。今以不能司夜之人而令居挈壺氏之官，以致不能舉其職，其失時必矣。不能辰夜，不夙則莫。【疏】傳：「辰，時。夙，早。莫，晚也。」箋：「此言不在其事者，恒失節數也。」○爾雅：「不辰，不時也。」莊子齊物論「見卵而求時夜」，釋文引崔注云：「時夜，司夜。」此詩義亦當爲司夜，「司」之爲言「伺」也。論語「孔子時其亡也」，亦謂「伺其亡也」。采繁傳：「夙，早也。」抑傳：「莫，晚也。」司夜之官，不能舉職，以致君之視朝不早則晚。蓋齊侯興居無節，有未明之時，卽有晏起之時。舉動任情，非必辰夜之咎。詩人不欲顯君之過，故諉諸具官之不能，冀君之聞而能改耳。陳喬樅云：「北堂書鈔二十一引詩含神霧曰『起居無常』，疑亦說東方未明之文。」此齊家說。

東方未明三章，章四句。

南山【疏】毛序：「刺襄公也。鳥獸之行，淫乎其妹。大夫遇是惡，作詩而去之。」箋：「襄公之妹，魯桓公夫人文姜也。襄公素與淫通。及嫁，公謫之。公與夫人如齊，夫人愬之襄公，襄公使公子彭生乘公而搤殺之。夫人久留於齊，莊公卽位後乃來，猶復會齊侯于禚、于祝丘，又如齊師。齊大夫見襄公行惡如是，作詩以刺之，又非魯桓公不能禁制夫人而去之。」〇三家無異義。

南山崔崔，雄狐綏綏。【注】韓「綏綏」作「夊夊」，云：行遲貌。齊說曰：「雄狐綏綏，登山崔嵬。」【疏】傳：「興也。南山，齊南山也。崔崔，高大也。國君尊嚴，如南山崔崔然。雄狐相隨，綏綏然無別，失陰陽之匹。」箋：「雄狐行求匹耦於南山之上，形貌綏綏然。興者，喻襄公居人君之尊而爲淫泆之行，其威儀可恥惡如狐。」〇陳奐云：「南山，卽孟子之牛山。晏子諫上篇：楚巫『至於牛山而不敢登，曰：五帝之位，在於國南，請齊而後登之。』又：『景公遊於牛山，北臨其國城。』皆其義證。」「綏綏作夊夊，云行遲貌」者。玉篇云：「夊，行遲貌。思佳切。」引詩「雄狐夊夊」。廣韻六脂同。玉篇所載「夊」字「行遲」之義，它處不見，蓋據韓說。「雄狐」至「崔嵬」者，易林咸之賁文，損之无妄同，齊說喻以邪孽在高位也。

魯道有蕩，齊子由歸。既曰歸止，曷又懷止？【疏】傳：「蕩，平易也。齊子，文姜也。懷，思也。」箋：「婦人謂嫁曰歸，言文姜既以禮從此道嫁于魯侯也。懷，來也，言文姜既曰嫁于魯侯矣，何復來爲乎？非其來也。」〇有蕩，猶「蕩蕩」也，卽「有洸」猶「洸洸」、「有潰」猶「潰潰」之例。齊子，如碩人傳「齊侯之子」，謂文姜歸嫁也。水經汶水注：「汶水又南，逕鉅平縣故城東而西南流，城東有魯道，詩所謂『魯道有蕩，齊子由歸』也。今汶上夾水有文姜臺。」汶爲齊魯界，蓋鉅平縣城東爲初入魯境之道，以此受名，在今泰安府泰安縣西南。傳：「懷，思也。」箋：「懷，來也。」箋訓更深切。

葛屨五兩，冠緌雙止。【疏】傳：「葛屨，服之賤者。冠緌，服之尊者。」箋：「葛屨五兩，喻文姜與姪娣及傅母同處。冠緌，喻襄公也。五人爲奇，而襄公往從而雙之。冠屨不宜同處，猶襄公文姜不宜爲夫婦之道。」〇兩者，「緉」之省借。說文：「緉，履兩枚也。」說苑修文篇：「親迎之禮，諸侯以屨二兩加琮，曰某國寡小，君使寡人奉不珍之琮、不珍之屨，禮夫人貞女。夫人受琮，取一兩屨以履女。大夫庶人以屨二兩，加束脩二。」此詩「葛屨五兩」，徐璈謂卽「加琮之屨」，是也。傳言「五兩」，疑說苑「二兩」爲「五兩」之譌，若二兩，則諸侯與大夫、庶人無異矣。禮，純帛無過五兩，故屨以五兩爲最多。禮內則注：「緌者，纓之飾也。」正義：「結纓頷下以固冠，結之餘者，散而下垂，謂之緌。」古者冠系皆以二組，系於冠卷，結頷下，謂之纓。纓用二組，則緌亦雙垂也。此卽婚姻禮物，取義兩雙不容雜厠者，顯以示人，自含深意。箋取喻繁瑣，轉令詩恉迂曲難通。

魯道有蕩，齊子庸止。既曰庸止，曷又從止？【疏】傳：「庸，用也。」箋：「此言文姜既用此道嫁於魯侯，襄公何復送而從之，爲淫泆之行。」○行，卽用也，孟子所謂「介然用之而成路也」。從者，言又從魯侯而如齊。

蓺麻如之何？衡從其畝。【注】齊「衡從」作「横從」。韓「衡從」作「横由」，曰：東西耕曰横，南北耕曰由。【疏】傳：「蓺，樹也。衡獵之，從獵之，種之然後得麻。」箋：「樹麻者必先耕治其田，然後樹之，以言人君取妻，必先議於父母。」○獵者，踐治其田，往來捷獵，非謂田獵也。「齊衡從作横從」者，禮坊記引詩「横從其畝」四句，「衡」作「横」，鄭注云：「蓺猶樹也。横從，横從游行，治其田也。」（依釋文如此，注疏本作「横行治其田」，係脫誤。）賈思勰齊民要術云：「凡種麻，耕不厭熟，縱横七徧以上，則麻葉盛也。」（諸書引作「則麻無葉也」，大誤，凡樹蓺，未有不欲其葉盛者。）「衡從作横由，曰東西耕曰横，南北耕曰由」者，釋文引韓詩文。衆經音義三引韓詩傳曰：「南北曰從，東西曰横。」卷六引同。卷二十四又引韓詩說曰：「南北曰從，東西曰廣。」蓋傳韓詩者不一家，故本亦各異。「衡」古文「横」，衆經音義二釋「從廣」，引小爾雅曰：「從，長。廣，横也。」卷三引周禮「九州之地域，廣輪之數」，鄭君曰：「輪，從也。廣，横也。」則「從廣」卽「從横」，「廣輪」猶「横從」也。馬瑞辰云：「古由、從義同。說文：『繇，隨從也。』由或繇字，故通用。」

取妻如之何？必告父母。【注】韓詩作「娶妻如之何」，說曰：娶，取婦也。【疏】傳：「必告父母廟。」箋：「取妻之禮，議於生者，卜於死者，此之謂告。」

〇「娶，取婦也」者，衆經音義二十四云：「娶，七句切。取也。」引詩「娶妻如之何」，傳曰：「娶，取婦也。」段玉裁云：「玄應所據詩與陸異，蓋是韓詩。」趙岐孟子章句九：「詩齊國風南山之篇，言娶妻之禮，必告父母。」呂覽當務篇高注：「詩云：『娶妻如之何？必告父母。』」白虎通嫁娶篇：「男不自專娶，女不自專嫁，必由父母，須媒妁何？遠恥防淫佚也。詩曰：『娶妻如之何？必告父母。』又曰：『娶妻如之何？匪媒不得。』」是魯詩「取」亦作「娶」。齊詩作「取」，同毛。（見下。）鄭注云：「取妻之道，必告父母，如樹麻當先易治其田。」既曰告止，曷又鞫止？【疏】傳：「鞫，窮也。」箋：「鞫，盈也。魯侯女既告父母而取，何復盈從，令至于齊乎？又非魯桓。」〇陳奐云：「言夫道窮也。」

析薪如之何？匪斧不克。取妻如之何？匪媒不得。既曰得止，曷又極止？【注】齊「析薪」作「伐柯」。【疏】傳：「克，能也。極，至也。」箋：「此言析薪必待斧乃能也，取妻必待媒乃得也。女既以媒得之矣，何不禁制，而恣極其邪意，令至齊乎？又非魯桓。」〇「齊析薪作伐柯」者，禮坊記引子云：「男女無媒不交，無幣不相見，恐男女之無別也。」引詩云「伐柯如之何」四句，自「析薪」外，餘文齊毛皆同。鄭注：「伐柯，伐木以爲柯也。言取妻之法必有媒，如伐柯之必須斧也。」又儀禮士昏禮鄭注：「詩云：『取妻如之何？匪媒不得。』昏必由媒交接，設介紹，皆所以養廉恥。」易林小過之益：「執斧破薪，使媒求婦。和合二姓，親御飲酒。」既濟之中孚同，皆齊說。極猶鞫也，昏姻之事不可道說，至於此極也。

南山四章，章六句。

甫田【疏】毛序：「大夫刺襄公也。無禮義而求大功，不脩德而求諸侯，志大心勞，所以求者非其道也。」〇三家無異義。

無田甫田，維莠驕驕。【注】魯「驕」作「喬」。【疏】傳：「興也。甫，大也。大田過度而無人功，終不能獲。」箋：「興者，喻人君欲立功致治，必勤身修德，積小以成高大。」○釋文「無田」之田，音「佃」。造字之始，「田」異讀耳。畋、佃皆後起。「甫，大」，釋詁文。大田多稼，人所樂也，然必度其力能治此田，否則終於無穫。「無田」者，戒之甚。說文：「莠，禾粟下揚生莠也。莠能亂苗，不去莠則苗不殖。驕驕者，揚生挺起之狀。「魯作喬」者，揚雄法言修身篇：「田甫田者莠喬喬，思遠人者心忉忉。」據此，知魯作「喬」。諸經「喬」、「驕」多通作。釋詁：「喬，高也。」鹽鐵論地廣篇：「夫治國之道，由中及外，自近者始。近者親附，然後來遠。百姓內足，然後恤外。今中國弊落不憂，務在邊境，意者地廣而不耕，多種而不耨，費力而無功，詩云『無田甫田，維莠驕驕』，其斯之謂與？」桓寬用齊詩，論治道與序意合，所言「地廣而不耕，多種而不耨，費力而無功」三語，尤與「無田」二句義相發明，知其爲此詩齊說也。無思遠人，勞心忉忉。【疏】傳：「忉忉，憂勞也。」箋：「言無德而求諸侯，徒勞其心忉忉耳。」○思遠人，序所謂「不修德而求諸侯」也。陳奐云：「襄公於魯桓十五年即位，會艾定許，始有主盟之志，於後殺鄭子亹，納衞惠公，遷紀圍郕，見於春秋經傳者，皆其求諸侯之事。」然不務修德，諸侯不懷，志大心勞，終歸無益。釋訓：「忉忉，愛也。」愛所不當愛，則憂將至矣。說苑復恩篇：「晉文公求舟之僑不得，終身誦甫田之詩。」此魯詩說，就「思遠勞心」之義而推演之。

無田甫田，維莠桀桀。無思遠人，勞心怛怛。【疏】傳：「桀桀，猶驕驕也。怛怛，猶忉忉也。」○桀桀，田中特立之貌。匪風傳：「怛，傷也。」重之曰「怛怛」。易林蒙之損：「忉忉怛怛，如將不活。」

婉兮孌兮，總角丱兮。未幾見兮，突而弁兮。【注】三家「孌」作「嫋」。【疏】傳：「婉孌，少好貌。總角，聚兩髦也。丱，幼穉也。弁，冠也。」箋：「人君內善其身，外修其德，居無幾何，可以立功。猶是婉孌之童子，少自脩飾，丱然而稚，見之無幾何，突耳加冠爲成人也。」○「三家孌作嫿」者，說文：「婉，順也。詩：『婉兮嫿兮。』孌，籀文嫿。」毛作「孌」，用籀文也。馬瑞辰云：「說文別有『孌』字，云『慕也』。蓋小篆以爲『孌慕』字，故與籀文之『嫿順』字不嫌複見，猶小篆以『𠭖』爲『取』，古文則以『𠭖』爲『得』，或因於『嫿』下删『孌』字，失之。五經文字云：『𠦒，工瓦切。羊角也，象形。俗呼古患反，作丱，無中丨。』又：『丱，古患反。見詩風。』是張所見毛詩作『丱』。唐石經定本俱作『丱』，與張參說合。周禮丱人疏，亦曰經所云『丱』是『總角』之『丱』，知今毛詩作『丱』者，俗也。此『丱兮』象兩角之貌，傳訓『幼穉』，不若訓總角貌爲善。」方言：「凡卒相見謂之突。」廣雅：「突，猝也。」猝、卒通用。突而，與「突如」同。箋作「突爾」，正義作「突若」，猶「突然」也。方見總角，突然加冠，言襄公以童穉無知之人，忽有求諸侯之大志也。

甫田三章，章四句。

盧令【疏】毛序：「刺荒也。襄公好田獵畢弋，而不脩民事，百姓苦之，故陳古以風焉。」箋：「畢，噣也。弋，繳射也。」○陳奐云：「齊語及管子小匡篇，並云襄公田獵畢弋，不聽國政。魯莊八年，齊襄之十二年也。左傳稱田貝丘而作，爲襄公因荒亡身之實據，皆與序合。」三家無異義。

盧令令，其人美且仁。【注】三家「令」作「鏻」，一作「獜」，又作「泠」。【疏】傳：「盧，田犬。令令，纓環聲。言人君能有美德，盡其仁愛，百姓欣而奉之，愛而樂之，順時游田，與百姓共其樂、同其獲，故百姓聞而說之，其聲令令然。」○孔疏引戰國策：「韓國盧，天下之駿犬也。」詩「盧」是齊國田犬之名，蓋韓國沿而稱之。「三家作獜，亦作鏻」者，說文犬部：「獜，健也。詩曰：『盧獜獜。』」玉篇金部：「鏻，健也。」犬部：「獜，聲也。亦作鏻。」俱引詩。陳喬樅云：「鏻與鈴同，玉篇『鏻，健也』、『獜，聲也』之注當係互誤。玉篇於詩采三家，必於『鏻』下注云：『鏻，聲也。』引詩『盧鏻鏻』，亦作『獜，健也』。

於『獜』下注云：「健也。」引詩『盧獜獜』，亦作『鏻，聲也』。今本轉寫者譌脫，非顧氏之舊矣。」其孰齊孰魯未詳。「一作泠」者。呂氏讀詩記引董逌曰：「韓詩作『盧泠泠』。」王應麟詩攷同。泠，又「令」之借字也。其人，謂古賢君有德，而又能行仁政。

盧重環，其人美且鬈。【疏】傳：「重環，子母環也。鬈，好貌。」箋：「鬈當讀爲權，權，勇壯也。」○孔疏：「重環，謂環相重；子母環，謂大環貫一小環也。」說文：「鬈，髮好貌。詩曰：『其人美且鬈。』」言其人既有美德，又有美容也。箋「鬈當讀爲權，權，勇壯也」，陳奐以爲三家義。

盧重鋂，其人美且偲。【疏】傳：「鋂，一環貫二也。偲，才也。」箋：「才，多才也。」○孔疏：「重鋂與重環別，一環貫二，謂一大環貫二小環也。」說文：「偲，彊也。」「才」、「彊」義近。

盧令三章，章二句。

敝笱【疏】毛序：「刺文姜也。齊人惡魯桓公微弱，不能防閑文姜，使至淫亂，爲二國患焉。」○三家無異義。

敝笱在梁，其魚魴鰥。【注】三家「鰥」作「鯤」。齊說曰：敝笱在梁，魴逸不禁。【疏】傳：「興也。鰥，大魚。」箋：「鰥，魚子也。魴也，鰥也，魚之易制者，然而敝敗之笱不能制。興者，喻魯桓微弱，不能防閑文姜，終其初時之婉順。」○魴（依王引之說補。）鰥，大魚。邶谷風傳：「笱，所以捕魚也。」笱而敝則無用，與魯桓之微弱。鰥者，王引之云卽爾雅之「鯇」一作「鯤」。潘岳西征賦「弛青鯤於鉅網」，此大魚也。箋：「鰥，魚子。」釋魚：「鯤，魚子。」李巡曰：「凡魚之子，總名鯤也。」是鯤有二義。孔疏：「鰥、鯤字異，蓋古字通用，或鄭本作『鯤』也。」『三家鰥作鯤』者，陳喬樅云：「魯語『夏禁鯤鮞』，亦以『鯤』爲『魚子』。鄭箋之義卽用魯詩改毛。御覽九百四十引作「魴鯤」，蓋三家今文同。」「敝笱」至「不禁」，易林遯之大過文，齊說也。據此，專以魴比文姜，故云「魴逸不禁」，而以鯤之衆比從者也。**齊子歸止，其從如雲。**【疏】傳：「如雲，言盛也。」箋：「其從，姪娣之屬。言文姜初嫁于魯桓之時，其從者之心意如雲然，雲之行順風耳。後知魯桓微弱，文姜遂淫恣，從者亦隨之爲惡。」○陳奐云：「桓三年春秋書『齊侯送姜氏于讙』，齊侯，僖公也。桓以弒兄篡國，求昏于齊，文姜又爲僖公寵女，親送之讙，嫁從之盛，驕伉難制。魯爲齊弱，由來者漸。至桓十八年，文姜如齊，與襄公通，桓卽斃於彭生之手。序云『不能防閑使至淫亂』，則詩作於十八年之後，而追刺其嫁時之盛，以爲淫亂之由，實始於微弱。」陳啓源云：「笱之敝也，不敝於彭生乘公之日，而敝於子翬逆女之年，詩人推見禍本，故不於如齊刺之，而於歸魯刺之。」愚案：笱敝魴逸，明指當前歸從如雲，推本既往，原有兩意。張衡西京賦「其從如雲」，知魯毛文同。

敝笱在梁，其魚魴鱮。齊子歸止，其從如雨。【疏】傳：「魴鱮，大魚。如雨，言多也。」箋：「鱮似魴而弱鱗，如雨，言無常。天下之則下，天不下則止，以言姪娣之善惡，亦文姜所使止。」○孔疏引義疏云：「鱮似魴厚而頭大，魚之不美者，故里語曰：『網魚得鱮，不如啗茹。』其頭尤大而肥者，徐州人謂之鰱，或謂之鱅。」愚案：魚之最佳者爲魴，杜甫詩所云「魴魚肥美知第一」也，故以興文姜。鱮不美，以興其從。

敝笱在梁，其魚唯唯。齊子歸止，其從如水。【注】韓「唯」作「遺」，說曰：遺遺，言不能制也。【疏】傳：「唯唯，出入不制水，喻衆也。」箋：「唯唯，行相隨順之貌。水之性可停可行，亦言姪娣之善惡在文姜也。」○「遺遺言不能制也」者，釋文引韓詩文，義與毛同，亦與齊詩「魴逸不禁」之意合。玉篇：「𩼝𩼝，魚行相隨。」廣韻五旨：「𩼝，魚盛貌。」皆本此詩。韓詩「遺遺」卽「𩼝𩼝」之省，「唯唯」又「𩼝𩼝」之假借也。魚行相隨而去，卽不能禁制之意。

敝笱三章，章四句。

載驅【注】齊說曰：襄嫁季女，至于蕩道。齊子旦夕，留連久處。【疏】毛序：「齊人刺襄公也。無禮義故，盛其車服，疾驅於通道大都，與文姜淫，播其惡於萬民焉。」箋：「故，猶端也。」○「襄嫁」至「久處」，易林屯之大過文，蹇之比困之訟中孚之離同，齊說也。春秋經莊二十二年：「冬，如齊納幣。」二十四年：「夏，公如齊逆女。秋，公至自齊。八月丁丑，夫人姜氏入。」公羊傳：「其言入何？難也；其書日何？難也；其難奈何？夫人不僂，不可使入，與公有所約，然後入。」何注：「僂，疾也。齊人語約，約遠媵妾也。夫人稽留，不肯疾順，公不可使疾入。公至，與公約定，八月丁丑乃入，故爲難詞也。」左傳杜注：「姜氏，哀姜也。公羊傳以爲姜氏要公，不與公俱入，蓋以孟任故，丁丑入而明日乃朝廟。」又注：「姜氏，齊襄公女。」愚案：周惠王七年辛亥，魯莊之二十四年，齊桓公十六年也。齊襄立十二年而死，又十六年而女嫁，蓋是即位後所生，二十內外而嫁，其爲襄季女無疑云。襄嫁季女者，繫女於襄，猶言齊嫁季女耳。「留連久處」，與何杜兩注「夫人稽留，不與公俱入」情事合，與詩文「發夕」、「豈弟」、「翱翔」、「遊敖」合。毛序以爲刺襄公，非也。魯韓當與齊同。

載驅薄薄，簟茀朱鞹。【疏】傳：「薄薄，疾驅聲也。簟，方文席也。車之蔽曰茀。諸侯之路車，有朱革之質而羽飾。」箋：「此車襄公乃乘焉，而來與文姜會。」○案，諸侯之路車，舊說以爲齊侯之車，不知乃魯侯也。莊公二十四年夏，公如齊逆女，行親迎之禮，乘己之車而往。及秋，公先歸魯，八月，夫人乃入。何注云「公至，與公約定」，是公已逆之後，歸魯之前。蕩道之中，彼此傳言，申約諄諄，以遠媵妾爲言，約定公行，夫人尚稽留後入，情事如此。薄之言迫也，重言「薄薄」，謂驅馳之聲甚疾急也。詩人言此薄薄疾驅而往者，簟茀而朱鞹，乃魯侯之車也。孔疏：「簟字从竹，用竹爲席，故是方文。」茀，詳碩人詩。說文：「鞹，去毛皮也。」與「鞟」同，以朱染之。傳云「羽飾」，卽「翟羽」也。**魯道有蕩，齊子發夕。**【注】韓說曰：發，旦也。【疏】傳：「發夕，自夕發至旦。」箋：「襄公既無禮義，乃疾驅其乘車以入魯境。魯之道路平易，文姜發夕由之往會焉，曾無慙恥之色。」○「魯道有蕩」，義具南山詩。齊說以爲「蕩道」亦謂卽平易之魯道，非險阻難行也。齊子，謂哀姜。發夕，傳云「自夕發至旦」，胡承珙以爲衍「發」字。愚案：無論「發」之有無，傳意以爲終夕在道，則是齊子促迫，非留連矣。「發旦也」者，釋文引韓詩文。小宛詩「明發」，薛君王逸皆訓「發」爲「旦」，亦本韓義。「齊子旦夕」，猶言朝見暮見，卽久處之義。

四驪濟濟，垂轡濔濔。魯道有蕩，齊子豈弟。【疏】傳：「四驪，言物色盛也。濟濟，美貌。垂轡，轡之垂者。濔濔，衆也。言文姜於是樂易然。」箋：「此又刺襄公乘是四驪而來，徒爲淫亂之行。此『豈弟』猶言『發夕』也。豈，讀當爲『闓』。弟，古文尚書以『弟』爲『圛』。圛，明也。○說文：「驪，馬深黑色。」後漢李忠傳注：「馬色黑而青曰驪。」蓼蕭詩「鋚革沖沖」，傳：「鋚革，轡首垂也。沖沖，垂飾貌。」與此『垂轡』義合。陳奐云：「玉篇：『䩌，乃米切。轡垂貌。』蓋出三家詩。」則「濔」卽「䩌」之借。「齊子豈弟」者，釋言：「愷悌，發也。」孔疏引舍人曰：「闓，明。發，行也。」郭注：「詩云：『齊子愷悌。』」陳喬樅云：「據箋釋『豈弟』及孔疏云釋言『愷悌發也』，舍人李巡郭璞皆云『闓，明。發，行。』郭璞又引此詩云『齊子愷悌』，是釋言文本不作『愷悌』，故注皆以『闓明』訓之。今爾雅本作『愷悌，發也』，注：『發，發行也。詩曰：齊子愷悌。』此乃後人所改，非景純舊本。又徑奪『闓明』之訓，僅存『發行』之義，遂與沖遠所引迥殊。且注之引詩，乃證明釋言之文，更不宜用『愷悌』字，疑魯詩文當爲『齊子闓圛』，故鄭據以改毛，又引古文尚書『弟』爲『圛』者，以證毛詩『豈弟』卽魯詩之『闓圛』。釋言文當爲『闓圛，發也』，故注引魯詩以證之。」愚案：陳說是。此爾雅所釋「豈弟」，專爲齊風「齊子豈弟」而作，郭璞引詩，卽用舊注魯詩文毫無疑義。至舍人李巡概訓「闓明」爲「發行」二字者，爲此詩魯義相承，謂齊子留連久處之後，至開明乃發行耳，否則齊子開明，文義不完也。

汶水湯湯，行人彭彭。魯道有蕩，齊子翺翔。【疏】傳：「湯湯，大貌。彭彭，多貌。翺翔，猶彷徉也。」箋：「汶水之上蓋有都焉，襄公與文姜時所會。」○漢志泰安郡萊蕪縣原山下云：「禹貢汶水出西南，入泲。」說文同，書、詩、春秋所載，皆卽此水。其出琅邪郡朱虛下之汶水，經傳不言。禹貢汶水自萊蕪、（今淄川縣。）嬴、（淄川。）博、（今泰安縣。）鉅平、（泰安。）魯國汶陽、（今甯陽縣。）泰山虵丘、（今肥城縣。）剛、（寧陽。）東平國章、（今東平州。）泰山桃鄉、（今汶上縣。）東平國無鹽、（東平州。）分四汶，二汶由東郡須昌（東平。）入泲，二汶由東郡壽良（東平。）入泲，今大清河也。詩言汶水盛大，行人極多，魯道蕩平，齊子獨回翔不進也。

汶水滔滔，行人儦儦。魯道有蕩，齊子遊敖。【疏】傳：「滔滔，流貌。儦儦，衆貌。」○齊子以于歸之女，反在魯道任意敖遊，不思入國，乖恒情而失大禮也。

載驅四章，章四句。

猗嗟【疏】毛序：「刺魯莊公也。齊人傷魯莊公有威儀技藝，然而不能以禮防閑其母，失子之道。人以爲齊侯之子焉。」○三家無異義。

猗嗟昌兮，頎而長兮。【疏】傳：「猗嗟，嘆辭。昌，盛也。頎，長貌。」箋：「昌，佼好貌。」○馬瑞辰云：「猗者，美之之辭。嗟，語詞。」說文：「昌，美言也。从日、从曰。」「昌」之本義爲美言，引申爲凡美盛之稱。「頎而長兮」者，孔疏：「若，猶然也。」引史記「頎然而長」爲證。又云：「今定本云『頎而長兮』，『而』與『若』義竝通。」是孔疏原作「頎若長兮」，與下文「抑若揚兮」句法相類，今從定本作「而」，非孔本之舊。抑若揚兮，【注】韓作「卬若陽兮」，曰：「眉上曰陽。」【疏】傳：「抑，美色。揚，廣揚。」○案，「抑」、「懿」古通。抑詩外傳作「懿」。國語韋注：「懿，讀曰抑。」是也。「抑若」，與上句孔疏舊本「頎若」一例。廣揚，謂廣闊揚起，顙額之際也。「抑作卬，揚作陽，曰眉上曰陽」者，玉篇阜部引韓詩文。皮嘉祐云：「毛釋此篇數『揚』字義各異，既曰『廣揚』，又曰『揚眉』，又以眉目釋『清揚』，其說游移無定，令讀者莫知所從，不如韓訓『眉上』之確。陽者，陽明之處也，今俗呼額角之側亦謂太陽，正同此義，然則自眉以及額角皆得爲陽也。」黃山云：「素問：『頭者，諸陽之會。』故頭可謂陽。士相見禮『左頭奉之』，注：『頭，陽也。』亦此義。眉以下爲面，以上則爲頭，『卬若』猶『卬卬』，喻頭容之直。詩同文異解，如采蘩之『公』，谷風之『有』，此例甚多。君子偕老三『揚』兩說，卽此詩之證。惟無同韻異說者，則此『揚』自以從韓作『陽』爲確。『揚且之皙』，毛訓『眉上廣』，卽係借『揚』爲『陽』，此亦當同。目揚、清揚，皆言眉下，皮欲通之，非韓義。」美目揚兮，【疏】傳：「好目揚眉。」○禮記「揚其目而視之」，瞻視清明，其美自見。傳以「揚眉」連言，非其義也。陳奐云：「玉篇：『眻，美目。』疑出三家詩。」巧趨蹌兮，射則臧兮。【疏】傳：「蹌，巧趨貌。」箋：「臧，善也。」○說文：「蹌，動也。」於舉足見疾行之巧，揚目巧趨，正其射時之儀狀。春秋莊公四年：「冬，及齊人狩于禚。」（左傳以爲微者，公、穀以爲齊侯。）故齊人賦之。

猗嗟名兮，美目清兮。【注】魯說曰：「猗嗟名兮」，目上爲名。韓「名」作「顯」。【疏】傳：「目上爲名，目下爲清。」○「猗嗟名兮，目上爲名」者，釋訓文。孔疏引孫炎曰：「目上平博。」郭注：「眉眼之間。」「名作顯」者，玉篇頁部：「詩云：『猗嗟顯兮。』顯，眉目間也。」玉篇所引係據韓詩，集韻引同。文選西京賦薛綜注：「眳，眉睫之間。增目作眳。」禮檀弓：「子夏喪其子而喪其明。」冀州郭君碑云：「卜商號咷，喪子失名。」蓋以「名」爲「明」之借字。儀既成兮，【疏】箋：「成，猶備也。」○胡承珙云：「射人：『以射法治射儀。』淮南俶真訓：『善射者有儀表之度。』泰族訓：『射者數發不中，人教之以儀，則喜矣。』莊公善射，惟其射儀既備，所以終日不出正也。不當泛作『威儀』釋之。」終日射侯，不出正兮。【疏】

傳：「二尺曰正。」箋：「正，所以射於侯中者。天子五正，諸侯三正，大夫二正，士一正，外皆居其侯中，參分之一焉。」○射人：「王以六耦，射三侯五正；諸侯以四耦，射二侯三正；孤卿大夫以三耦，射一侯二正；士以三耦，射豻侯二正。若王大射，則以貍步張三侯。」鄭司農注：「三侯，虎、熊、豹也。正，所射也。詩曰：『終日射侯，不出正兮。』」司裘：「王大射，則共虎侯、熊侯、豹侯，設其鵠；諸侯則共熊侯、豹侯；卿大夫則共麋侯，皆設其鵠。」鄭司農注：「鵠，鵠毛也。方十尺曰侯，四尺曰鵠，二尺曰正，四寸曰質。」案，司農以射人之「三侯」，謂卽司裘虎熊豹設鵠之侯，凡侯皆有鵠也。考工記：「梓人爲侯，廣與崇方，參分其廣，而鵠居一焉。張皮侯而棲鵠，則春以功；張五采之侯，則遠國屬。」皮侯，虎熊豹三皮之侯也。五采之侯，五正之侯也。大射張皮侯棲鵠，不設正；禮射采侯棲鵠，設正，故司農以爲一侯之身設四尺之鵠，二尺之正，四寸之質，是正鵠皆在一侯也。賓之初筵正義引馬融注周禮及王肅引小爾雅，並與司農同。後鄭據司裘言「鵠」、射人言「正」，遂以皮侯謂有鵠而無正，五采之侯謂有正而無鵠，其射人注云：「畫五正之侯，中朱，次白，次蒼，次黃，玄居外。三正損玄黃。二正去白蒼，而畫以朱綠。其外之廣，皆居侯中，參分之一，中二尺。」梓人注云：「正之方外如鵠，內二尺。五采者，內朱，白次之，蒼次之，黃次之，黑次之。其侯之飾又以五采，畫雲氣焉。」後鄭謂正外如鵠，正內二尺，則正方不止二尺，與毛傳「二尺曰正」之說不同。今細覈之，司弓矢「射椹質」，注：「質，正也。樹椹以爲射正。」弓人「利射革與質」，注：「質，木椹也。」正方二尺，二尺之邊當有木榦，其中設布，畫以五采、三采、二采不等。車攻傳云：「裘纏質以爲槸。」槸，門橜也，在門中央。田車之輪六尺有三寸，軹崇三尺一寸有半，其任正之與槸相去一尺一寸有半，其廣亦然。門槸高二尺，又有裘以纏之，其高僅二尺餘，田車之輪乃可過也。若謂正大如鵠，侯中丈八尺者，鵠方六尺；侯中丈四尺者，鵠方四尺六寸，大半寸；侯中一丈者，鵠方三尺三寸，少半寸，則高於田車之軹，礙於任正，豈能通行。據彼傳云以質爲槸，正爲二尺，是其古制，儒家皆不能詳言之矣。又賈逵注周禮云：「四尺曰正，正五重，鵠居其內，而方二尺以爲鵠。」賈謂正、鵠俱在一侯，與鄭司農同，而云「四尺曰正」，正大於鵠，與古說乖戾。射人注：「今儒家云四尺曰正，二尺曰鵠，此說失之。」是也。鄭賈並治毛詩而其說不同若此。以上皆陳奐說。 展我甥兮。【疏】傳：「外孫曰甥。」箋：「展，誠也。姊妹之子曰甥。容貌技藝如此，誠我齊之甥。言誠者，拒時人言齊侯之子。」○孔疏：「傳言『外孫曰甥』者，王肅云據外祖以言也。」案，序云「人以爲齊侯之子」，詩人特述齊人公言，以爲據信，所以釋時俗刺譏之疑。

猗嗟孌兮，清揚婉兮。【疏】傳：「孌，壯好貌。婉，好眉目也。」○案，泉水候人傳：「孌，好貌。」莊公身爲國君，年已踰冠，威儀既美，技藝又精，故傳於「好」上加「壯」字以足其義。「清揚婉兮」，與野有蔓草同，皆壯其容儀之美，非必以「清揚」總承上文也。

舞則選兮，【注】韓「選」作「纂」，言其舞則應雅樂也。射則貫兮，【疏】傳：「選，齊。貫，中也。」箋：「選者，謂於倫等最上。貫，習也。」○「韓選作纂」者，文選日出東南隅行注、傅毅舞賦注引韓詩曰：「舞則纂兮。」「言其舞則應雅樂也」者，引薛君章句文。（舞賦注無「則」字。）陳喬樅云：「選之與纂，以聲近通叚。柏舟詩『不可選也』，後漢朱穆傳注引絶交論作『纂』字，亦以聲近通叚。『選』之或爲『纂』，猶『僎』之或爲『簨』，『譔』之或爲『篹』也。」馬瑞辰云：「詩三章俱言射事，則舞亦射時之舞。論語馬注『射有五善』，五曰『興武』，武與舞同。又大射儀『王射，令奏騶虞，詔諸侯以弓矢舞，樂師燕射，帥射夫以弓矢舞』，皆射時有舞之證。皇侃論語疏釋『興武』云：『射容與舞趣興，相會進退同也。』則此詩『舞則選兮』即『興舞』耳。」薛君言「其舞應雅樂」，即記所云「其節比於樂」也。 四矢反兮，以禦亂兮。【注】韓「反」作「變」，云：變易也。【疏】傳：「四矢，乘矢。」箋：「反，復也。禮，射三而止。每射四矢，皆得其故處，此之謂復。射必四矢者，象其能禦四方之亂也。」○案，如箋所云，是保氏五射所謂「參連」者也。賈疏釋「參連」云：「前放一矢，後三矢連續而去。」列子仲尼篇云：「善射者能令後鏃中前括，發發相及，矢矢相屬。」謂四矢皆能復其故處也。「韓訓變爲易」者，言每射四矢，皆易其處，此保氏五射所謂「井儀」者，賈疏釋「井儀」云「四矢貫侯，如井之容儀」是也。淮南子云：「越人學遠射，參矢而發，適在五步之內，不易儀。世已變矣，而守其故，譬猶越人之射也。」然則井儀之法，每射四矢，各易其儀，不守其故處，與參連之四矢皆復其故處者正相反，要皆五射之事也。禦，大射注及鄉射疏引詩作「御」。御，止也。言莊公善射，可以止亂。

猗嗟三章，章六句。

齊國十一篇，二十四章，百四十三句。

詩三家義集疏卷七

魏葛屨第七

【疏】乙巳占引詩推度災曰：「魏，天宿牽牛。」御覽二十六時序部引詩含神霧曰：「魏地處季冬之位，土地平夷。」漢書地理志：「河東郡河北，詩魏國。」又曰：「魏國，亦姬姓也，在晉之南河曲，故其詩曰『彼汾一曲』，『寘諸河之側。』」陳奐云：「魏在商爲芮國地，與虞争田，質成於文王。至武王克商，封姬姓之國，改號曰魏。春秋魯閔公二年，周惠王之十七年也，晉獻公滅魏。今山西解州芮城縣是其地。」詩國風

葛屨【疏】毛序：「刺褊也。魏地陿隘，其民機巧趨利，其君儉嗇褊急，而無德以將之。」箋：「儉嗇而無德，是其所以見侵削。」○三家無異義。

糾糾葛屨，可以履霜。【疏】傳：「糾糾，猶繚繚也。夏葛屨，冬皮屨，葛屨非所以履霜。」箋：「葛屨賤，皮屨貴。魏俗至冬猶謂葛屨可以履霜，利其賤也。」○説文「丩」下云：「相糾繚也。」「繚」下云：「纏也。」「糾」下云：「繩三合也。」重言之曰「糾糾」。士冠禮：「屨夏用葛。冬皮屨可也。」今以葛屨履霜，則是儉不中禮，故刺其褊。南山詩「葛屨五兩」，據説苑修文篇，葛屨親迎禮所用。

摻摻女手，可以縫裳。【注】韓詩曰：「纖纖女手，可以縫裳。」韓説曰：纖纖，女手之貌。一作「攕攕」。【疏】傳：「摻摻，猶纖纖也。婦人三月廟見，然後執婦功。」箋：「言女手者，未三月未成爲婦。裳，男子之下服，賤又未可使縫。魏俗使未三月婦縫裳者，利其事也。」○「纖纖」至「之貌」者，文選古詩注引韓詩文。古詩「纖纖擢素手」，本韓詩語。纖義訓細，言肌理細膩。碩人詩「手如柔荑」，卽纖纖之貌也。易林困之中孚：「絲苧布帛，人所衣

服。摻摻女手，紡績善織。南國饒足，取之有息。」易林齊説，取義雖別，然文作「摻摻」，明齊與毛合。「一作攕攕」者。説文：「攕，好手皃。」引詩「攕攕女手」，文雖不同，義與韓合。陳喬樅云：「呂記引董氏云石經作『攕』，則説文所引據魯詩之文也。摻、纖皆『攕』之叚借，摻、纖同音，故得通用。爾雅『纖帛縿』，釋文：『縿，本或作纖。』是其證。」女者，未成婦之稱，不當令執婦功。説文：「上曰衣，下曰裳。」衣有尚之者，故爲裳，今以女手縫之，是褊之至，無禮者也。要之襋之，好人服之。【疏】傳：「要，褸也。襋，領也。好人，好女手之人。」箋：「服，整也。褸也，領也，在上，好人尚可使整治之，謂屬著之。」○説文：「襋，衣領也。」與「要」皆屬衣言。箋云「在上」，是也。孔疏以爲「裳要」，非。説文：「服，用也。」縫裳賤者之事，而使未成婦之好人爲之，彼要之襋之，非皆好人服用之乎？乃卽令縫裳，失宜甚矣。

好人提提，【注】魯「提」作「媞」。【疏】傳：「提提，安諦也。」○「魯提作媞」者，釋訓：「媞媞，安也。」郭注：「好人安詳之容。」東方朔七諫「西施媞媞而不得見兮」，王逸注：「媞媞，好貌也。詩曰：『好人媞媞。』」是魯詩作「媞媞」而訓爲「安」也。傳訓「提提」爲「安諦」，亦以「提」爲「媞」之借字。禮檀弓「吉事欲其折折爾」，鄭注：「折折，安舒貌。詩曰：『好人提提。』」山井鼎考文云：「折折，古本作提提。」鄭注禮時未見毛傳，而訓「提提」爲「安舒」，與傳義合，知齊、毛文同。陳喬樅云：「白帖十二及説文繫傳引詩作『禔禔』，此韓詩之異文。漢書敍傳『姼姼公主，乃女烏孫』。孟康曰：『姼音題。姼姼，惕惕，愛也。』師古曰：『孟説非也。姼姼，好貌。魏詩葛屨之篇「好人提提」，音義同耳。』今案，釋訓：『忯忯、惕惕，愛也。』郭注：『詩：心焉惕惕』，韓詩以爲悅人，故言愛也。『忯忯』未詳。釋文引李巡曰：『忯忯，和適之愛也。』攷説文：『忯，愛也。』『姼，美女也，或从氏作㛅。』姼、㛅字同，㛅、忯音同，得相叚借。惟美女，故悅而愛之。師古以孟説爲非，過矣。氏、是古多通用，覲禮『太史是右』，注云：『古文是爲氏。』曲禮『是』，職方注云：『是或爲氏』。故字之从是、从氏者如提媞、㛅低皆得通叚。『安舒』之訓，卽所謂『好貌』，疑齊詩之説讀『提』如『媞』，班氏敍傳語，亦本齊詩故傳也。」**宛然左辟，**【注】三家作「宛如左僻」。**佩其象揥。**【疏】傳：「宛，辟貌。婦至門，夫揖而入，不敢當尊，宛然而左辟。象揥，所以爲飾。」箋：「婦新至，愼於威儀如是，使之非禮。」〇「宛如左僻」者。説文：「僻，辟也。」引此詩，蓋出三家。「宛如」卽「宛然」也，「僻」卽「辟」也。馬瑞辰云：「辟，讀如『便辟』之辟，詩板『無爲夸毗』，正義：『夸毗者，便辟其足，前卻爲恭。』論語『師也辟』，亦謂便辟，好習容儀也。『便』與『旋』疊韻而同義，故左傳以便爲旋，便辟與旋辟、般辟義同。釋言：『般，旋也。』説文：『般，辟也，象舟之旋。』投壺：『主人般旋曰辟。賓般旋曰辟。』大射儀『賓辟』注：『辟，逡遁不敢當盛。』並與此詩『左辟』同義。般辟爲容，則易偏於一邊，故曰左辟。」象揥，義具君子偕老。佩，猶飾也。象揥本夫人所佩，詩蓋以刺其君。**維是褊心，是以爲刺。**【注】魯「維」作「惟」。【疏】箋：「魏俗所以然者，是君心褊急，無德教使之耳，我是以刺之。」〇説文「急」下云：「褊也。」「褊」下云：「衣小也。」廣韻：「褊，衣急。」賈誼書：「反裕爲褊。」褊小、褊陋，皆自衣旁推之。「魯維作惟」者，石經魯詩殘碑、列女魯秋潔婦傳引此詩二句，「維」並作「惟」，與韓同。全詩有「維」字者皆然。

葛屨二章，一章六句，一章五句。

汾沮洳【疏】毛序：「刺儉也。其君儉以能勤，刺不得禮也。」〇韓詩外傳二：「君子有主善之心，而無勝人之色，德足以君天下而無驕肆之容，行足以及後世而不以一言非人之不善。故曰：君子盛德而卑，虚己以受人，旁行不流，應物而不窮。雖在下位，民願戴之。雖欲無尊，得乎哉？詩曰：『彼己之子，美如英，美如英，殊異乎公行。』」又曰：「君子易和而難狎也，易懼而不可劫也，畏患而不避義死，好利而不爲所非，交親而不比，言辯而不亂，盪盪乎其易不可失也，嗛乎其廉不可劌也，溫乎其仁厚之寬大也，超乎其有以殊於世也。詩曰：『美如玉，美如玉，殊異乎公族。』」魏源云：「據外傳之言，蓋歎沮澤之間有賢者隱居在下，采蔬自給，然其才德實出乎在位公行、公路之上，故曰雖在下位而自尊，超乎其有以殊於世，蓋春秋時晉官皆貴游子弟，無材世禄，賢者不得用，用者不必賢也。毛詩因次葛屨之下，並以爲刺儉，乃以所美爲刺，所刺爲美。試思『采莫』、『采藚』，豈公卿之行？『如玉』、『如英』，非褊嗇之度。既極道其美，又何言不似貴人氣象乎？」愚案：魏説是也。外傳雖多推衍之詞，然皆依文順指，從無與本詩相反者。汾沮洳果爲刺詩，韓在當時不容不知，何必取而曲暢其説，此智者所不爲，豈經師而昧此理邪？魯齊當同韓義。

彼汾沮洳，言采其莫。【疏】傳：「汾，水也。沮洳，其漸洳者。莫，菜也。」箋：「言，我也。於彼汾水漸洳之中，我采其莫以爲菜，是儉以能勤。」○漢書地理志「太原郡汾陽縣」下云：「北山，汾水所出，西南至汾陰入河。」汾陽，今山西忻州静樂縣。汾陰，今蒲州府榮河縣。朱右曾云：「蒲坂爲魏地，北接汾陰。譜言魏境，北涉汾水。正義言其境踰汾。攷水經注，汾水西逕耿鄉城北，古耿城在河津縣東南十二里，自河津縣西南至榮河縣九十里。河津爲耿地，則魏境不得踰汾矣。班固引詩但稱汾曲之句。所謂一曲者，汾水入河之處，稍折而西南，自南望之爲汾曲也。」陳奂云：「汾，晉水也。魏北汾西河，汾逕西南以入河，則汾曲即河曲矣。魏都蒲坂，已爲魏之北境。蒲州至榮河縣百二十里，汾水尚在縣北。水經：『河水南出龍門口，汾水從東來注之。』自龍門至華陰，皆汾水入河所會流，詩舉晉水爲言，其實魏無汾也。」沮洳，即漸洳，沮、漸雙聲字。廣雅釋詁：「漸洳，溼也。」猶言汾旁之溼地矣。孔疏引陸璣疏云：「莫，莖大如箸，赤節，節一葉，似柳葉厚而長，有毛刺。今人繅以取繭緒，其味酢而滑，始生可以爲羹，又可生食。五方通謂之酸迷，冀州人謂之乾絳，河汾之間謂之莫。」馬瑞辰云：「本草『羊蹄』，陶隱居注：『又一種極相似而味酸，呼爲酸摸。』即『酸迷』之聲轉，省言之曰『莫』。『莫』又轉『蕪』，釋草『須，蕵蕪』，郭注：『似羊蹄，葉細味酢，可食。』『蕵蕪』即『酸摸』音轉，正此詩莫菜也。或疑爾雅不載莫菜，誤矣。」彼其之子，美無度；美無度，殊異乎公路。【疏】傳：「路，車也。」箋：「之子，是子也。是子之德，美無有度，言不可尺寸，是子之德美信無度矣。雖然，其采莫之事，則非公路之禮也。公路主君之輅車，庶子爲之，晉趙盾爲輅車之族是也。」〇之子，指采菜之賢者。言其下位沈淪，食貧自給，才德内藴，容儀有輝。今在上之人富貴滿溢，不以君國爲心，彼美無度之賢者，其所爲殊不似我公路之大夫也。傳訓「路」爲「路車」，乃賓祀所用之車。箋誤以輅車之公行掍之，孔疏遂亦云「公路」與「公行」一也。以其主君路車謂之公路，主君之行列謂之公行，正是一官也。馬瑞辰云：「巾車掌王車之五路，車僕掌戎車之倅，分路車、戎車爲二，此詩亦分『公路』、『公行』爲二。公路掌路車，主居守；公行掌戎車，主從行，不必爲一官。左宣二年傳服虔注：『輅車，戎車之倅。』杜預注：『公行之官也。』箋以『輅車』釋『公路』，不若服杜爲確。左傳宦卿之適以爲公族，又宦其餘子亦爲餘子，其庶子爲公行。有餘子而無公路，此詩有公路而無餘子，公行以庶子爲之，公路較公行爲尊，當即以餘子爲之。餘子主公路而不以公路名，猶公行兼主庶子而不以庶子名。凡一官兼數事者，隨舉一事以名之耳。正義謂餘子不掌公車，不得謂之公路，非也。」

彼汾一方，言采其桑。彼其之子，美如英；美如英，殊異乎公行。【疏】傳：「萬人爲英。公行，從公之行也。」箋：「采桑，親蠶事也。從公之行者，主君兵車之行列。」〇馬瑞辰云：「美無度，度，讀如『尺度』之度，與『美如玉』皆以器物爲喻，不得謂英獨指人言。英，當讀如『瓊英』之英。如英，猶云『如玉』，變文以協韻耳。」韓詩「美如英」四句引見上，明韓毛文同，惟韓「其」皆作「己」，詳見鄭羔裘傳。

彼汾一曲，言采其藚。彼其之子，美如玉；美如玉，殊異乎公族。【疏】傳：「藚，水舄也。公族，公屬。」箋：「公族，主君同姓昭穆也。」〇孔疏：「釋草：『藚，牛脣。』郭注引毛詩傳云：『水蕮也。如續斷，寸寸有節，拔之可復。』陸璣疏云：『今澤蕮也，其葉如車前草大，味亦相似。』」郭於「藚牛脣」不云即「澤蕮」，而於「蕍蕮」下注云：「今澤蕮。」蓋以陸疏爲非。然神農本經云：「澤瀉，一名水舃。」說文：「藚，水舃。」亦用傳文。蘇頌云：「澤瀉，春生苗，多在淺水中，葉似牛舌。」爾雅「牛脣」之名，以形似耳。爾雅一物數名者，多不得因，既有「蕍蕮」，遂疑藚非「澤瀉」也。漢志引詩「彼汾一曲」，明齊毛文同。韓詩「美如玉」三句，引見上，明韓毛文同。

汾沮洳三章，章六句。

園有桃

【疏】毛序：「刺時也。大夫憂其君，國小而迫，而儉以嗇，不能用其民，而無德教，日以侵削，故作是詩也。」

○三家無異義。

園有桃，其實之殽。【疏】傳：「興也。園有桃，其實之食。國有民，得其力。」箋：「魏君薄公稅，省國用，不取於民，食園桃而已，不施德教，民無以戰，其侵削之由由是也。」○釋文：「殽，本作肴。」說文：「肴，啖也。」又賓之初筵箋：「凡非穀而食之曰殽。」亦通。呂覽重己篇高注：「樹果曰園。詩曰：『園有樹桃。』」或疑三家詩多「樹」字。陳喬樅云：「樹字衍文也。據石經魯詩殘碑下章『園有棘』，無『樹』字，是其明證。初學記園圃部引毛詩，亦作『園有樹桃』，知『樹』字皆衍。」案，園有桃則食其實，以與國有民則得其力，至君不能用其民，則國與無民等矣。心之憂矣，我歌且謠。【注】韓說曰：有章曲曰歌，無章曲曰謠。【疏】傳：「曲合樂曰歌，徒歌曰謠。」箋：「我心憂君之行如此，故歌謠以寫我憂矣。」○言有章曲則可以合樂也。「有章」至「曰謠」，初學記十五引韓詩章句文。玉篇言部同義，與毛傳合。列女魯寡陶嬰傳引詩二句，明魯毛文同。釋樂：「徒歌謂之謠。」孔疏引孫炎曰：「聲消搖也。」郭注引詩「我歌且謠」以實之，知用舊注魯詩文。陳喬樅云：「謠，古字作『䚻』。說文：『䚻，徒歌。从言，肉聲。』『䚻』又通作『繇』。廣韻：『繇，喜也。詩曰：我歌且繇。』作

『繇』者齊詩異文。漢書李尋傳『人民繇俗』，繇俗卽謠俗，尋用齊詩，此其證也。」不我知者，謂我士也驕。彼人是哉，子曰何其？心之憂矣，其誰知之？其誰知之，蓋亦勿思。【疏】傳：「子曰何其，夫人謂我欲何爲乎？」箋：「士，事也。不知我所爲歌謠之意者，反謂我於君事驕逸故。彼人，謂君也。曰，於也。不知我所爲憂者，既非責我，又曰君儉而嗇，所行是其道哉，子於此憂之何乎？如是則衆臣無知我憂所爲也。無知我憂所爲者，則宜無復思念之以自止也。衆不信我，或時謂我謗君，使我得罪也。」○「不我知者」，唐石經本、小字本同，岳本作「不知我者」，阮校已正其誤，今集傳本亦誤也。胡承珙云：「古者卿大夫皆可稱士。儀禮喪服『公士大夫之衆臣爲其君』，注云：『士，卿士也。』是公士猶言公卿。書秦誓疏云：『士者，男子之大號，故羣臣通稱之。』」言不知我心懷憂者，聞我居位而歌謠，反謂我爲驕慢。今彼人之謀國果是哉，子之謂我驕者，意何居乎？我徒憂而無人知，既無人知，何不勿思。强自解說之詞也。蓋，與「盍」同。禮檀弓『子盍言子之志於公乎？』與『盍嘗問焉』，鄭注皆訓「何不」。釋言：「曷，盍也。」郭注：「盍，何不。」邢疏引論語『盍各言爾志』，皆其義。王引之曰：「凡言『盍亦』者，以『亦』爲語助。左僖二十四年傳『盍亦求之』，盍求之也。吳語『王其盍亦鑑於人』，盍鑑於人也。孟子『盍亦反其本矣』，盍反其本也。」韓詩外傳九引詩曰：「心之憂矣，其誰知之？」明韓毛文同。其言天下有道則諸侯畏之，天下無道則庶人易之，及范蠡行遊，天地同憂云云，則因「心之憂矣」推衍之。

園有棘，其實之食。心之憂矣，聊以行國。不我知者，謂我士也罔極。彼人是哉，子曰何其？心之憂矣，其誰知之？其誰知之，蓋亦勿思。【疏】傳：「棘，棗也。極，中也。」箋：「聊，且略之辭也。聊出行於國中，觀民事以寫憂。見我聊出行於國中，謂我於君事無中正。」○說文：「棘，小棗叢生者。」方言：「凡草木刺人，江湘之間謂之棘。」蓋古人專以棘爲棗，本赤心而外有刺，其刺人之草木爲棘，又旁推後起之義也。聊，願也。行國，去國。罔極，失其中正之心。石經魯詩殘碑「園有棘，其實之（闕）。」明魯毛文同。

園有桃二章，章十二句。

陟岵【疏】毛序：「孝子之行役，思念父母也。國迫而數侵削，役乎大國，父母兄弟離散，而作是詩也。」箋：「役乎大國者，爲大國所徵發。」○三家無異義。

陟彼岵兮，瞻望父兮。【注】魯說曰：山多草木岵，山無草木峐。韓說曰：有木無草曰岵，有草無木曰屺。【疏】傳：「山無草木曰岵。」箋：「孝子行役，思其父之戒，乃登彼岵山以遥瞻，望其父所在之處。」○「山多」至「木峐」，釋山文，郭注云：「見詩。」此魯說，與毛異。爾雅釋文引三蒼字林聲類，並云「峐猶屺字。」陳喬樅云：「郭云見詩，疑魯詩『屺』字作『岵』，郭據爾雅舊注而言也。說文：『岵，山有草木也。从山，古聲。詩曰：陟彼岵兮。』『屺，山無草木也。从山，己聲。詩曰：陟彼屺兮。』釋名：『山有草木曰岵。岵，怙也，人所怙取以爲事用也。』『山無草木曰屺』，玉篇山部引韓詩文，別爲一義，未詳所出。

父曰嗟，予子行役，夙夜無已。上慎旃哉，猶來無止！【注】魯『父』下有『兮』字，『無已』作『毋已』，『上』作『尚』。【疏】傳：「旃之，猶可也。父尚義。」箋：「予，我。夙，早。夜，莫也。無已，無解倦。上者，謂在軍事作部列時。」○此稱父戒己之意。「魯父下有兮字」者。宋洪适隸釋載石經魯詩殘碑，於第二『父』字下注云：「闕一字。」與毛異。陳喬樅云：「石經『父』下所闕，亦必『兮』字，疊上文『父兮』而言也。毛詩『父曰嗟予子』五字句，魯詩『父兮曰嗟予子』六字句，下『行役夙夜無已』，亦六字句也。下章母、兄下有『兮』字當同。」「無」作「毋」者。毋已，禁戒之詞，勉其毋懈倦也。下「毋寐」當同。「上作尚」者。毛詩作「上」，古文魯詩作「尚」。今文儀禮鄉射禮「上渥焉」，注：「今文上作尚。」覲禮「尚左」，注：「古文尚作上。」是其證。下二章「上」並當作「尚」。尚，庶幾也。傳「旃之猶可也」，言庶幾慎之哉，可以歸來，無致爲敵所止也。馬瑞辰云：「左隱七年傳『公之爲公子也，與鄭人戰於狐壤止焉』，桓七年傳『驂絓而止』，止，皆退敗不能前進之稱。」

陟彼屺兮，瞻望母兮。【疏】傳：「山有草木曰屺。」箋：「此又思母之戒，而登屺山而望之也。」〇列女魯臧孫母傳引「陟彼屺兮」二句，明魯毛文同。愚案：據爾雅，魯當作「峐」，此引作「屺」，後人順毛改之，或別本如此。易林泰之否：「陟岵望母，役事不已。王政靡盬，不得相保。」此齊詩合上章詩文用之，非有異也。母曰嗟，予季行役，夙夜無寐。上慎旃哉，猶來無棄！【注】魯「猶」作「猷」。【疏】傳：「季，少子也。無寐，無耆寐也。母尚恩也。」〇陳奐云：「夙，早也。天未明而早起，故無執寐，言行役不能偃息在牀也。『早夜』連文成義。此言行役太早，欲寐不得寐。箋謂早無寐、夜無寐，誤矣。」「魯猶作猷」者，釋言：「猷，可也。」郭注：「猷來無棄。」是魯詩上下章「猶」皆作「猷」。馬瑞辰云：「『無棄』，與『無死』同義。說文：『𣨙，棄也。俗語謂死曰大𣨙。』大𣨙，猶云『大棄』也。」

陟彼岡兮，瞻望兄兮。兄曰嗟，予弟行役，夙夜必偕。上慎旃哉，猶來無死！【疏】傳：「偕，俱也。兄尚親也。」〇必偕，與秦無衣之「與子偕行」、「與子偕作」同義。

陟岵三章，章六句。

十畝之閒【疏】毛序：「刺時也。言其國削小，民無所居焉。」〇魏源云：「自續序造爲『國削小民無所居』之說，而箋疏水經注各傅會之。箋云一夫止授十畝，疏謂田亦樹桑，地陿民稠。水經注：『故魏國城南西二面，並去大河可二十餘里，北去首山可十餘里，處河山之間，土地迫隘，故魏風著十畝之詩。』不知俗之儉嗇，由磽瘠多山；地之褊小，由强鄰侵偪，且魏風『適彼樂郊』，民方離散，並無畏寇內入之事。苟有如季札所稱，以德輔此，則明主者踰山越河，大啟疆宇，又孰得而限之乎？」愚案：魏說是也，今從馬說。見下。

十畝之間兮，桑者閑閑兮，行與子還兮。【疏】傳：「閑閑，男女無別往來之貌。或行來者，或來還者。」箋：「古者一夫百畝，今十畝之間，往來者閑閑然，削小之甚。」○馬瑞辰云：「井田之法，一夫百畝，魏雖削小，未必僅止十畝。古者田野不得樹桑，此詩『十畝』，蓋指公田也。孟子云：『五畝之宅，樹牆下以桑。』穀梁傳：『公田爲居。』公羊宣十五年何注：『還廬舍種桑荻雜菜，民各受公田十畝，又廬舍各二畝半，環廬舍種桑麻雜菜。』凡爲田十二畝半，詩言『十畝』者，舉成數耳。」桑者，謂采桑者。閑閑，據釋文乃「亦作」本，原作「閒閒」，猶言「寬閒」也。文選宋玉登徒子好色賦注引毛詩，亦作「閒閒」，知出後人妄改。閑閑，詩人言他國田疇之樂，而羡其得所，相約偕行。王引之云：「漢書楊雄傳顏注：『行，且也。』文選李注：『行，猶且也。』此詩『行與子還』、『行與子逝』，猶言還且與子歸、且與子往也。」子，謂同去之人。說文：「還，復也。」廣雅釋詁：「還，歸也。」親見樂國，故言復歸。

十畝之外兮，桑者泄泄兮，【注】三家「泄」作「詍」，一作「呭」。**行與子逝兮。**【疏】傳：「泄泄，多人之貌。」箋：「逝，逮也。」○「三家泄作詍，一作呭」者，說文「詍」下云：「多言也。」引詩。又「呭」下同。詍、呭皆三家文。今毛詩大雅作「無然泄泄」。多言由於多人，故此又釋爲多人貌。說文：「逝，往也。」

十畝之間二章，章三句。

伐檀【注】魯說曰：伐檀者，魏國之女所作也，傷賢者隱避，素餐在位，閔傷怨曠，失其嘉會。夫聖王之制，能治人者食於人，治於人者食於田。今賢者隱退伐木，小人在位食祿，懸珍奇、積百穀，并包有土，澤不加百姓。傷痛上之不知，王道之不施，仰天長歎，援琴而鼓之。又曰：其詩刺賢者不遇明主也。齊說曰：功德不施於天下而勤勞於百姓，百姓貧陋因窮而家私累萬金，此君子所恥而伐檀所刺也。【疏】毛序：「刺貪也。在位貪鄙，無功而受祿，君子不得進仕爾。」○「伐檀」至「鼓之」，御覽五百七十八引蔡邕琴操文，此作詩之緣起。「其詩」至「主也」，司馬相如上林賦云：「刺伐檀。」史記索隱、文選李注引張揖注文。邕和熹鄧后謚議云：「何有伐檀，茅茹不拔。」亦用此文。邕揖皆魯詩家也。「功德」至「刺也」，鹽鐵論國疾篇文。桓寬齊詩家也。漢書王吉傳吉疏云：「今使俗吏得任子弟，率多驕驁，不通古今，至於積功治人，亡益於民，此伐檀所爲作也。」吉習韓詩，「任子」非前古所有，而刺在位尸祿同。諸說皆刺在位尸祿，賢不進用，與毛不異。

坎坎伐檀兮，【注】魯「坎」作「欿」，齊作「竷」，韓說曰：斫木聲。【疏】傳：「坎坎，伐檀聲。」○「坎作欿」者，魯詩石經殘碑文。玉篇云：「坎，或作竷。」重文「埳」，亦借「欿」。詳見下。所謂賢者退隱伐木也。說文引「坎坎鼓我」，作「竷竷」，此詩亦當作「竷竷伐檀」，疑齊家異文。玉篇土部：「詩云：『坎坎伐檀。』斫木聲也。」與毛義同文異，蓋韓訓。寘之河之干兮。【注】齊「之」作「諸」。【疏】傳：「寘，置也。干，厓也。」○「齊之作諸」者，禮中庸鄭注：「示，讀如『寘諸河干』之寘，寘，置也。」陳喬樅云：「齊詩三章並作『諸』。漢書地理志引第二章『寘諸河之側』可證也。班據齊詩，鄭記注引與班同，是其用齊詩之明證。」愚案：伐木寘河閒，以喻有材無用。河水清且漣猗。【注】魯「漣」作「瀾」，「猗」作「兮」。【疏】傳：「風行水成文曰漣。伐檀以俟世用，若俟河水清且漣。」箋：「是謂君子之人不得進仕也。」○「魯漣作瀾」者，釋水：「河水清且瀾猗，大波爲瀾，小波爲淪，直波爲徑。」孔疏引李巡曰：「分別水大小曲直之名。」郭注：「瀾，言渙瀾也。」「猗作兮」者，隸釋載石經魯詩殘碑，「猗」作「兮」，猗、兮古通用。書秦誓「斷斷猗」，大學引作「兮」。爾雅「荷」字，後人順毛所改。從「闌」、從「連」之字，古本通作，詳見陳澤陂。不稼不穡，胡取禾三百廛兮？不狩不獵，胡瞻爾庭有縣貆兮？【注】魯「穡」作「嗇」。韓說曰：廛，篿也。【疏】傳：「種之曰稼，斂之曰穡。一夫之居曰廛。貆，獸名。」箋：「是謂在位貪鄙，無功而受祿也。冬獵曰狩，宵田曰獵。胡，何也。貉子曰貆。」○「魯穡作嗇」者，石經殘碑作

「嗇」。馮登府云：「穡，古省作嗇，本作嗇。禮郊特牲『主先嗇而祭司嗇也』，鄭注：『嗇同穡。』湯誓『舍我穡事』，史記作『嗇』。般庚『服田力嗇』，漢成帝詔作『嗇』。無逸『知稼穡之艱難』，漢石經作『嗇』。漢陳球碑『稼三繁阜』，張壽碑『稼嗇滋殖』，古皆省『穡』爲『嗇』。」「三百廛」者，馬瑞辰云：「易訟九二『其邑人三百户』，鄭注：『下大夫采地方一成，其税嗇百家，故三百户。』雜記『大夫之喪，其升正柩也，執引者三百人』，鄭注：『諸侯之大夫邑有三百户之制。』疏引訟卦注爲證，云：『一成所以三百家者，一成九百夫，宫室塗巷山澤，三分去一，餘有六百夫。畝又有不易，一易再易，通率一家而受二夫之地，是定税三百家也。』又論語『奪伯氏駢邑三百』，孔注：『伯氏食邑三百家。』鄭注：『三百家，齊下大夫之制。』此詩『三百廛』，正義引遂人『夫一廛，田百畝』，即爲三百家，亦指下大夫采地之制言之。二章『三百億』、三章『三百囷』，變文以協韻。吴語『寡人其達王於甬句東，夫婦三百』，亦是三百家。有夫有婦然後爲家，毛傳只言『一夫』者，言夫以該婦也。」「廛，箄也」者，玉篇广部引韓詩文。皮嘉祐云：「説文：『箄，圜竹器也。』玉篇：『楚人謂折竹卜曰箄。』離騷王逸注：『楚人名結草折竹曰箄。』别一義也。案，廛爲民居，民居多是結草折竹成之，箄亦結草折竹，故『廛』可通『箄』。」箋「冬獵曰狩，宵田曰獵」，析言也，渾言狩、獵不别。爾，謂素餐之人。釋獸：「貈子貆。」箋：「貉子曰貆。」釋文：「依字作貈。」是也。易林乾之震：「懸貆素餐，居非其安。失輿剥廬，休坐徒居。」頤之益同。又謙之坎：「懸貆素餐，食非其任。失望遠民，實勞我心。」皆斥在位貪鄙而引此詩。

彼君子兮，不素餐兮！

【注】韓説曰：素者質也，人但有質朴而無治民之材，名曰素餐。魯説曰：素者空也，空虚無德，餐人之禄，故曰素餐。【疏】傳：「素，空也。」箋：「彼君子者，斥伐檀之人。仕有功，乃肯受禄。」○「素者質」至「素餐」，文選潘岳關中詩注、傅咸贈何劭王濟詩注、曹植七啟注、求自試表注引薛君韓詩章句文。外傳二商容固辭三公，晉文侯使李離爲大理，過聽殺人，自請死，兩引詩文，皆推衍之詞。「素者空」至「素餐」，論衡

量知篇文。楚詞九辨王注：「謂居位食祿，無有功德，名曰素餐。」孟子章句十三：「無功而食祿，謂之素餐。」說苑修文篇：「天地四方者，男女之所有事也，必先意其所有事，然後敢食穀也。詩曰『不素餐兮』，此之謂也。」潛夫論三式篇：「封疆立國，不爲諸侯。張官置吏，不爲大夫。必有功於民，乃得保位。故有考績黜陟，九錫三削之義。詩云：『彼君子兮，不素餐兮。』由此觀之，未有以無功而得祿者也。」三國志曹植上疏曰：「夫論德而授官者，成功之君也；量能而受爵者，畢命之臣也。故君無虛授，臣無虛受，虛授謂之謬舉，虛受謂之尸位，詩之『素餐』所由作也。」魏志注引魚豢曰：「爲上者不虛授，處下者不虛受，然後外無伐檀之歎，內無尸素之刺。」（陳喬樅云：「華歆傳注引世語曰：隗禧字子牙，京兆人，魚豢嘗從問詩。禧說齊魯韓毛四家義，不復執文，有如諷誦。今觀豢說伐檀詩云云，與曹植語合，是豢亦習韓詩也。」）王充王逸趙岐劉向王符皆魯詩家也，曹植魚豢皆韓詩家也。

坎坎伐輻兮，寘之河之側兮。【注】齊「之」作「諸」。河水清且直猗。【疏】傳：「輻，檀輻也。側，猶厓也。直，直波也。」○蒙上章伐檀以爲輻也。考工記輪人「三十輻共一轂」，鄭注：「今世輻以檀。」「齊之作諸」者，漢書地理志：「詩曰：『寘諸河之側。』」詳上。釋水：「直波爲徑。」釋名：「水直波曰涇。涇，徑也，言如道徑也。」不稼不穡，胡取禾三百億兮？不狩不獵，胡瞻爾庭有縣特兮？【疏】傳：「萬萬曰億。獸三歲曰特。」箋：「十萬曰億。三百億，禾秉之數。」○楚茨傳：「露積曰庾。」禾三百億者，露積之數也。方言：「物無耦曰特。」呂覽務本篇高注引詩云：「『不稼不穡，胡取禾三百億兮？不狩不獵，胡瞻爾庭有縣特兮？』故曰非盜則無所取。」彼君子兮，不素食兮！【疏】春秋繁露仁義法篇：「詩曰：『坎坎伐輻，彼君子兮，不素食（舊誤「餐」，改正。）兮。』先其事，後其食，謂治身也。」明齊毛文同。石經魯詩殘碑有此二句，明魯毛文同。

坎坎伐輪兮，寘之河之漘兮。河水清且淪猗。【注】魯「坎」作「欿」。魯說曰：欿欿，聲也。韓說曰：順流而風曰淪。淪，文貌。【疏】傳：「檀可以爲輪。漘，厓也。小風水成文，轉如輪也。」〇「坎作欿」者，石經魯詩殘碑作「欿」。「欿」與首章同，據此，知二章無異字。「欿欿聲也」者，廣雅釋訓文，知此詩魯說也。陳喬樅云：「聲，謂伐檀之聲。廣雅兼采三家，此魯訓也。說文：『坎，陷也。』玉篇『坎』同『埳』，作『欿』者叚借字。易釋文：『坎，本作埳。劉本作欿。』」說文：「漘，水厓也。詩曰：『寘河之漘。』」「順流而風曰淪。淪，文貌也」者，釋文引韓詩文。文選雪賦李注引薛君韓詩章句，作「從流而風曰淪」，「從流」即「順流」也。釋水：「小波爲淪。」順流而有微風，故其波小也。釋名：「淪，倫也，水文相次有倫理也。」說與韓、雅相成。傳：「小風水成文，轉如輪也。」案，言水轉如輪，則非小風矣。不稼不穡，胡取禾三百囷兮？不狩不獵，胡瞻爾庭有縣鶉兮？【疏】傳：「圓者爲囷。鶉，鳥也。」〇說文「囷」下云：「廩之圜者。从禾，在囗中。圜謂之囷，方謂之京。」「笣」下云：「篅也。」「篅」下云：「判竹圜以盛穀也。」三百囷，謂三百笣也，今俗作「囤」。「鶉」字當作「雗」，詳具鶉之奔奔。彼君子兮，不素飧兮！【注】韓說曰：不素飧兮，無功而食祿，謂之素飧。人但有質朴，無治民之材，居位食祿，多得君之加賜，名曰素飧。素者質也，飧者君之加賜，小人蒙君加賜溫飽，故言飧之也。魯齊「飧」作「湌」。【疏】傳：「熟食曰飧。」箋：「飧，讀如魚飧之飧。」〇「不素」至「之也」，玉篇食部引韓詩文。「魯飧作湌」者，列女齊田稷母傳引詩：「彼君子兮，不素飧兮。無功而食祿，不爲也。」此魯說也。「齊飧作湌」者，鹽鐵論散不足篇：「古者君子夙夜孳孳思其德，小人晨昏孜孜思其力，故君子不素飧，小人不空食。」此亦申「不素湌」之義，齊說也。說文「飧」下云：「餔也。从夕、食。」「餔」下云：「申時食也。」「湌」下云：「餐，或从水。」桂馥謂「餐」當爲「飧」之誤，「湌」本「飧」之或字，是也。玉篇：「飧，水和飯也。」集韻：「水沃飯曰飧。」釋名：「飧，散也，投水於中解散也。」禮玉藻疏謂用飲澆飯於器中也。蓋夕食澆水，取其易於下咽，今人尚爾，卽魚飧亦是置魚飯中，似水澆飯，故受「飧」名也。

伐檀三章，章九句。

碩鼠【注】魯說曰：履畝稅而碩鼠作。齊說曰：周之末塗，德惠塞而耆欲衆，君奢侈而上求多，民困於下，怠於公事，是以有履畝之稅，碩鼠之詩是也。【疏】毛序：「刺重斂也。國人刺其君重斂蠶食於民，不修其政，貪而畏人，若大鼠也。」○「履畝」至「鼠作」，潛夫論班祿篇文，魯說也。「周之」至「是也」，鹽鐵論取下篇文，齊說也。毛序以爲「刺重斂」，不若二家義尤明確，韓詩當同。

碩鼠碩鼠，【注】齊說曰：碩鼠四足，飛不上屋。【疏】箋：「碩，大也。大鼠大鼠者，斥其君也。」○「碩鼠」至「上屋」，易林萃之乾文，困之需同。釋獸：「鼠屬有鼫鼠。」舍人樊光同引此詩，以碩鼠爲被五技之鼠也。說文：「鼫鼠五技，能飛不能上屋，能游不能渡谷，能緣不能窮木，能走不能先人，能穴不能覆身。」此之謂五技。今據易林語，是齊詩說亦以碩鼠爲五技之鼠，與魯詩同義。陳喬樅云：「藝文類聚九十五引樊光云：『詩碩鼠，卽爾雅鼫鼠也。』是『碩』與『鼫』古字通。易釋文云：『晉如鼫鼠，子夏傳作碩鼠。』李鼎祚周易集解引九家易注：『鼫鼠喻貪，謂四也。體離故欲升，體坎欲降，游不度瀆，不出坎也；飛不上屋，不至上也；緣不及木，不出離也；穴不掩身，五坤薄也；走不先人，外震在下也。五技皆劣，四爻當之，故云晉如鼫鼠也。』『鼫鼠喻貪』之義，足與此詩相證明。」無食我黍！【注】魯「無」作「毋」。【疏】箋：「女無復食我黍，疾其稅斂之多也。」○「魯無作毋」者，石經殘碑如此。陳喬樅云：「呂覽舉難篇引仍作『無』，後人依毛改之也。」推之二三章，作「毋」當同。三歲貫女，莫我肯顧。【注】魯「貫」作「宦」。【疏】傳：「貫，事也。」箋：「我事女三歲矣，曾無教令恩德來顧眷我。疾其不修政也。古者三年大比，民或於是徙。」○「魯貫作宦」者，石經殘碑如此。說文：「宦，仕也。」越語「與范蠡入宦於吳」，注：「宦，爲臣隸也。」推之二、三章，作「宦」當同。韓「女」當作「汝」，以下文「女」字例推之。

逝將去女，適彼樂土。樂土樂土，爰得我所。【注】韓「女」作「汝」。「適彼樂土」重句，不作「樂土樂土」。【疏】箋：「逝，往也。往矣將去女，與之訣別之辭。樂土，有德之國。爰，曰也。」○白虎通諫諍篇引「逝將去女」二句，明魯與毛同。「韓女作汝。適彼樂土重句」者，外傳二接輿辭楚相、伊尹去桀就湯二事，兩引「逝將去女」四句，「女」作「汝」，「適彼樂土」重一句，與毛異。盧文弨云：「外傳一仍作『樂土樂土』，與毛同，非。後『適彼樂土』亦重上句，蓋重上句者是古本，後人以毛詩改之。」

碩鼠碩鼠，無食我麥！三歲貫女，莫我肯德。逝將去女，適彼樂國。樂國樂國，爰得我直。【注】韓「女」作「汝」，「適彼樂國」重句。【疏】傳：「直，得其直道。」箋：「莫我肯德，不肯施德於我。直，猶正也。」○「韓女作汝。適彼樂國重句」者，外傳二田饒適燕，引詩四句，「女」作「汝」，「適彼樂國」重一句，與毛異，推之三章當同。

碩鼠碩鼠，無食我苗！三歲貫女，莫我肯勞。【疏】傳：「苗，嘉穀也。」箋：「不肯勞來我。」逝將去女，適彼樂郊。樂郊樂郊，誰之永號。【疏】傳：「號，呼也。」箋：「郭外曰郊。之，往也。永，歌也。樂郊之地，誰獨當往而歌號者。言皆喜說無憂苦。」○案，石經魯詩殘碑「樂郊」下仍接「樂郊」，知魯毛文同，與韓重句者異。呂覽舉難篇「寧戚干齊桓公，歌碩鼠」，高注全引詩首章、三章，與毛同，是也。（「毋」仍作「無」，「宦」仍作「貫」，後人妄改。「勞」誤作「逃」。）説苑雜事五田饒去魯之燕，節士篇介之推去晉入山，引詩與韓同，大誤。

碩鼠三章，章八句。

魏國七篇，十八章，百二十八句。

詩三家義集疏卷八

唐蟋蟀第八【疏】乙巳占引詩推度災曰：「唐，天宿奎婁。」御覽二十六引詩含神霧曰：「唐地處孟冬之位，得常山太岳之風。音中羽。其地磽确而收，故其民儉而好畜，（寰宇記作「善而畜積」。）外急而內仁，（五字從寰宇記河東道四引增。）此唐堯之所處。」漢書地理志：「太原郡晉陽，故詩唐國，周成王滅唐，封弟叔虞。」又曰：「河東土地平易，有鹽鐵之饒，本唐堯所居，詩風唐魏之國也。其民有先王遺教，君子深思，小人儉陋，故唐詩蟋蟀山樞葛生篇皆思奢儉之中，念死生之慮。」詩國風

蟋蟀【注】齊說曰：君子節奢刺儉，儉則固。孔子曰：大儉極下，此蟋蟀所爲作也。魯說曰：獨儉嗇以齷齪，忘蟋蟀之謂何。【疏】毛序：「刺晉僖公也。儉不中禮，故作是詩以閔之，欲其及時以禮自虞樂也。此晉也而謂之唐，本其風俗，憂深思遠，儉而用禮，乃有堯之遺風焉。」箋：「憂深思遠，謂『宛其死矣』、『百歲之後』之類也。」○「君子」至「作也」，鹽鐵論通有篇文，齊說也。「獨儉」至「謂何」，張衡西京賦文，魯說也。薛綜注：「儉嗇，節愛也。蟋蟀，唐詩，刺儉也。言獨爲節愛，不念唐詩所刺耶？」

蟋蟀在堂，歲聿其莫。【注】齊說曰：蟋蟀在堂，流火西也。韓詩曰：「蟋蟀在堂，歲聿其莫。」韓說曰：聿，辭也。莫，晚也。言君之年歲已晚也。【疏】傳：「蟋蟀，蛬也，九月在堂。聿，遂也。」○孔疏引李巡曰：「蛬，一名蟋蟀。蟋蟀，蜻蛚也。」郭注：「今趨織也。」陸璣疏云：「蟋蟀似蝗而小，正黑，有光澤如漆，有角翅，一名蛬，一名蜻蛚，楚人謂之王

孫，幽州人謂之趨織。」案，趨織卽促織。以蟋蟀爲促織，誤自北人，文俗靡然，不可復正，其實促織乃絡緯也，鳴聲如織，故云「促織鳴，嬾婦驚」，若蟋蟀之鳴，略無似織處，嬾婦何驚之有。孔疏又云：「禮運：『醴醆在户，粢醍在堂。』對文言之則堂與户别，散則近户之地亦名堂，故禮言升堂者，皆謂從階至户也。此言在堂，謂在室户之外，與户相近，九月可知。言『歲聿其莫』，過此月後歲遂將莫。采薇云『歲亦暮止』，下章云『歲亦陽止』，十月爲陽明，暮止亦十月也。」「蟋蟀」至「西也」，説郛引詩氾曆樞文。七月流火，流火既西，故蟋蟀在堂也。「蟋蟀」至「其莫」，文選張景陽詠史詩注引韓詩文，明韓、毛文同。「聿辭也」者，文選江賦注引薛君章句文。莫晚，至晚也。張景陽詠史詩注、沈休文鍾山詩注、學省愁卧詩注、陸士衡長歌行注、江文通雜體詩注、任昉王文憲集序注、袁宏三國名臣序贊注引薛君章句文，以「歲聿其莫」爲君之年歲已晚，義與毛異。魏源云：「蟋蟀山樞之詩並刺國君，諷以大康馳驅之節，則季札所美，必此數篇，而非晉昭曲沃之事明矣。毛詩以爲刺僖公昭公，不過因史記謂唐叔至靖侯五世無年可紀，而年表起靖僖以來，故唐風卽始於僖侯。史作釐侯。觀韓詩章句，以『歲聿其莫』喻君年歲已晚，而僖侯止十八年，非必卽韓詩所指也。」今我不樂，日月其除。無已大康，職思其居。【疏】傳：「除，去。已，甚。康，樂。職，主也。」箋：「我，我僖公也。蛬在堂，歲時之候，是時農功畢，君可以自樂矣。今不自樂，日月且過去，不復暇爲之，謂十二月當復命農計耦耕事。又云君雖當自樂，亦無甚大樂，欲其用禮爲節也。又當主思於所居之事，謂國中政令。」

好樂無荒，良士瞿瞿。【注】魯説曰：「瞿瞿、休休，儉也。」【疏】傳：「荒，大也。瞿瞿然顧禮義也。」箋：「荒，廢亂也。良，善也。君之好樂，不當至於廢亂政事，當如善士瞿瞿然顧禮義也。」○「瞿瞿」至「儉也」，釋訓文，魯説也。孔疏引李巡曰：「皆良士顧禮節之儉也。」説文：「䀠，左右視也。讀若拘，又若良士瞿瞿。」是許讀「瞿瞿」卽「䀠䀠」也。以「瞿瞿」爲儉者心存乎儉，左右顧視，惟恐其行事之有一未合於禮節，是以爲良士之儉也。

蟋蟀在堂，歲聿其逝。今我不樂，日月其邁。【疏】傳：「邁，行也。」○石經魯詩殘碑有此四句，缺「邁」字，明魯毛文同。漢地理志引蟋蟀之篇，有「今我不樂」二句，明齊毛文同。無已大康，職思其外。好樂無荒，良士蹶蹶。【注】魯說曰：「蹶蹶，敏也。」【疏】傳：「外，禮樂之外。蹶蹶，動而敏於事。」箋：「外，謂國外至四境。」○釋詁：「蹶，動也。」曲禮「足毋蹶」，鄭注：「行遽貌。」故「蹶蹶」訓爲「敏」也。「蹶蹶，敏也」者，釋訓文，魯說也。

蟋蟀在堂，役車其休。今我不樂，日月其慆。【注】韓詩曰：「今我不樂，日月其陶。」陶，除也。【疏】傳：「，慆，過也。」箋：「庶人乘役車，役車休，農功畢，無事也。」○「今我」至「除也」，玉篇阜部引韓詩文，引經明韓毛文同。皮嘉祐云：「慆、陶音義並通。菀柳詩『上帝甚蹈』，韓詩作『上帝甚慆』，玉篇引作『上帝甚陶』，卽其證。」廣雅釋詁：「陶，除也。」卽用韓義。毛訓「慆」爲「過」，韓訓「陶」爲「除」，除、過義亦通。無已大康，職思其憂。【疏】傳：「憂，可憂也。」箋：「憂者，謂鄰國侵伐之憂。」○三國志曹植疏：「任益隆者負益重，位益高者責益深，書稱『無曠庶官』，詩言『職思其憂』，此其義也。」曹習韓詩，韓義以負重責深爲憂，更爲切至。列女密康公母傳引詩「無已大康，職思其憂」，明魯毛文同。好樂無荒，良士休休。【疏】傳：「休休，樂道之心。」○魯說以「休休」爲『顧禮節之儉』者，外雖樸謹，中自寬裕也。列女楚子發母傳：「詩云：『好樂無荒，良士休休。』言不失和也。」不失和，亦卽寬裕意。

蟋蟀三章，章八句。

山有樞【疏】毛序：「刺晉昭公也。不能修道以正其國，有財不能用，有鍾鼓不能以自樂，有朝廷不能洒埽，政荒民散，將以危亡，四鄰謀取其國家而不知，國人作詩以刺之也。」○史記晉世家：「當周公召公共和之時，成侯曾孫僖侯甚嗇愛物，儉不中禮，國人閔之，唐之變風始作。」以此推之，三家與毛異義，下引張賦薛注，是魯說明作僖公。

山有樞，隰有榆。【注】魯「樞」作「蓲」。【疏】傳：「興也。樞，荎也。國君有財貨而不能用，如山隰不能自用其財。」○「魯樞作蓲」者，石經殘碑作「蓲」。釋木「蓲荎」，郭璞曰：「今之刺榆。詩曰：『山有蓲。』」陳喬樅云：「郭引詩語，今本爾雅注文脫此，據御覽引補。」愚案：據詩釋文，毛詩雖亦「樞」、「蓲」兩作，然證以石經魯詩作「蓲」，則所引舊注魯詩文也。邢疏：「樞，針刺如柘，其葉如榆，瀹爲茹美，滑如白榆。」陳藏器本草拾遺云：「江東有刺榆，無大榆。是樞即刺榆，榆即大榆。白榆謂之枌，樞、枌皆榆之種類耳。」子有衣裳，弗曳弗婁。子有車馬，弗馳弗驅。【注】魯韓「婁」作「摟」。【疏】傳：「婁，亦曳也。」○孔疏：「走馬謂之馳，策馬謂之驅。馳驅俱乘車之事，則曳、婁俱著衣之事。」「魯婁作摟」者，釋詁：「摟，聚也。」此據魯詩。說文：「摟，曳聚也。」正釋此詩「摟」字。陳喬樅云：「左僖二十四年傳鄭子臧好聚鷸冠，『聚』字與此同義。」「韓婁作摟」者，玉篇手部：「詩曰：『弗曳弗摟。』摟亦曳也。」陳喬樅云：「此所引詩是據韓家之文。玉篇又云：『本亦作婁。』今韓詩外傳宓子賤巫馬期治單父，引『子有衣裳』四句，作『婁』，係推衍之詞，卽顧氏所云『亦作』本，蓋後人依毛詩改之耳。」宛其死矣，他人是愉！【注】魯齊「愉」作「媮」。【疏】傳：「宛，死貌。愉，樂也。」箋：「愉讀曰偷，偷，取也。」○「魯愉作媮」者，張衡西京賦「鑒戒唐詩，他人是媮」，薛綜注：「唐詩，刺晉僖公不能及時以自娛樂。」「齊愉作媮」者，漢地理志：「山樞之篇曰：『宛其死矣，他人是媮。』」是據齊詩故文，明齊魯文同。陳喬樅云：「文選韋孟諷諫詩『我王以媮』，注：『媮與偷同。』集韻：『偷，或从女。』『偷，或从心。』則媮、愉、偷古皆通用。」又云：「說文：『媮，巧黠也。』『愉，薄也。』段注：『謂當作薄樂也。』案，論語『私覿愉愉如也』，『愉愉』者，和氣之薄發於色也，引申之爲凡淺薄之稱，故佻又訓偷。媮爲巧黠，故引申之爲偷盜也。說文無『偷』字，當卽作媮。」愚案：鄭羔裘「舍命不渝」，韓「渝」作「偷」，亦其證。馬瑞辰云：「釋文：『宛，本亦作苑。』案，『宛』即『苑』之叚借，淮南本經訓『百節莫苑』，高注：『苑，病也。』俶真訓『形苑而神壯』，高注：『苑，枯病也。』『苑』又通『葾』。廣雅：『蔫、菸、婑，葾也。』玉篇：『萎，葾也。』並與傳訓爲『死貌』義相近。」

山有栲，隰有杻。【疏】傳：「栲，山樗。杻，檍也。」○毛說栲、杻與釋木同。郭注：「栲似樗，色小白，生山中，因名云。亦類漆樹。杻似棣，細葉，葉新生可飼牛，材中車輞，關西呼杻子，一名土橿。」胡承珙云：「檍，說文作『楮』，梓屬，大者可爲棺槨，小者可爲弓材。與考工記『取榦之道七，柘爲上，檍次之』合。」子有廷內，弗洒弗埽。子有鍾鼓，弗鼓弗考。宛其死矣，他人是保！【疏】傳：「洒，灑也。考，擊也。保，安也。」箋：「保，居也。」○馬瑞辰云：「洒，謂以水濕地而埽之，故轉爲灑。案說文：『灑，汛也。』『洒，滌也。古文以爲灑埽字。』是洒、灑二字本異義，古文以聲近，故叚洒爲灑。」弗鼓，當爲弗鼓，說文：「鼓，擊鼓也。讀若庴。」考者，「攷」之叚借。說文：「攷，敂也。」「敂，擊也。」愚案：「廷」與「庭」通，庭內，猶言「堂室」也。漢書鼂錯傳「今人家有一堂二內」，「內」之爲言「室」也。

山有漆，隰有栗。子有酒食，何不日鼓瑟？且以喜樂，且以永日。宛其死矣，他人入室！【注】魯「何」作「胡」。【疏】傳：「君子無故，琴瑟不離於側。永，引也。」○「魯何作胡」者，石經殘碑「酒食」至「喜樂」，餘缺，「何」作「胡」。陳喬樅云：「何、胡古通用字。詩『胡能有定』，傳云：『胡，何也。』又『胡臭亶時』、『時思畏忌』，箋並云『胡』之言『何』也。書太甲疏云：『胡之與何，方言之異耳。』」

山有樞三章，章八句。

揚之水【注】齊說曰：揚水潛鑿，使石絜白。衣素表朱，戲遊皋沃。得君所願，心志娛樂。【疏】毛序：「刺晉昭公也。昭公分國以封沃，沃盛強，昭公微弱，國將叛而歸沃焉。」箋：「封沃者，封叔父桓叔于沃也。沃，曲沃，晉之邑也。」○

「揚水」至「娛樂」，易林否之師文，豫之小過震之屯同。「揚水潛鑿，使石絜白」者，石在水中，漂疾之水濯磨此石，有如鑿然，使石絜白。鑿之不已，故曰「鑿鑿」。「衣素表朱」者，即「素衣朱襮」。王念孫云：「襮之爲言『表』也。呂覽忠廉篇『臣請爲襮』，高注：『襮，表也。』新序節士篇作『臣請爲表』。班固幽通賦『張修襮而內逼』，曹注與高同。易林訓襮爲表，與毛義合，蓋本三家詩。」陳喬樅云：「易林用齊詩，則訓『襮』爲『表』，卽本齊詩故傳也。」「戲遊皋沃」者，王念孫云：「卽詩『從子于沃』、『從子於鵠』也。鵠與皋古同聲，若定四年春秋之『皋鼬』，公羊作『浩油』；爾雅『皋皋琄琄』，樊光本『皋皋』作『浩浩』，是其證。」馬瑞辰云：「皋之通鵠，猶周禮『皋舞』當爲『告舞』。皋者澤也。（見鶴鳴毛傳。）皋沃，豫之大過又作『皋澤』，是知『沃』亦『澤』也。澤也、皋也、沃也，析言則異，散言則通。左襄二十五年傳『鳩藪澤，牧隰皋，井衍沃』，此析言也。鶴鳴傳訓『皋』爲『澤』，易林『皋沃』一作『皋澤』。曲沃，本取沃澤之義，故詩別稱『皋沃』以協韻。三家詩從本字作『皋』，毛叚借作『鵠』，傳云『鵠，曲沃邑』者，正謂鵠卽曲沃，非謂曲沃之旁別有邑名鵠也。水經注：『涑水又西南，逕左邑縣故城南，故曲沃也。晉武公自晉陽徙此，秦改爲左邑縣，詩所謂從子於鵠者也。』以鵠與曲沃爲一，正與傳合。正義謂曲沃旁更有別名鵠，失傳恉矣。」「得君所願，心志娛樂」者，國人所願皆在得君，故娛樂也。齊詩「襮」作「宵」（見下），此仍作「襮」者，魯、齊詩皆有作「襮」之本，又有作「綃」、作「宵」之本也。

揚之水，白石鑿鑿。【注】魯「揚」作「楊」。【疏】傳：「興也。鑿鑿然鮮明貌。」箋：「激揚之水，波流湍疾，洗去垢濁，使白石鑿鑿然。興者，喻桓叔盛彊，除民所惡，民得以有禮義也。」○「魯揚作楊」者，隸釋載石經魯詩殘碑作「楊」。陳喬樅云：「御覽八百十五、八百十六引詩亦作『楊之水』，蓋三家今文皆爲『楊』，惟毛詩古文作『揚』。」愚案：詩字當爲「揚」，叚借作「楊」，說詳王揚之水。陳奐云：「白石喻桓叔，白石之鑿鑿，由於水之激揚，桓叔之盛强，實由於昭公之不能修道正國。解者以揚水喻桓叔，非也。」素衣朱襮，【注】魯作「襮」，亦作「綃」。齊作「襮」，亦作「宵」。【疏】傳：「襮，領也。諸侯繡黼丹朱中衣。」箋：「繡當爲綃。綃黼丹朱中衣，以綃黼爲領，丹朱爲純也。國人欲進此服，去從桓叔。」○孔疏郊特牲云：「繡黼丹朱中衣，大夫之僭禮也。大夫服兹爲僭禮，知諸侯當服之。中衣者，朝衣祭服之裏衣也。」「魯作襮，亦作綃」者，士昏禮注：「詩云：『素衣朱襮。』爾雅云：『黼領謂之襮。』周禮曰：『白與黑謂之黼。』刺黼以爲領，若今偃領矣。」郊特牲注：「詩云：『素衣朱襮。』襮，黼領也。」鄭注禮用魯義，與毛同，此魯作「襮」也。郊特牲「繡黼」注：「繡，讀爲綃，綃，繒名也。詩曰：『素衣朱綃。』」士昏禮「宵衣」注：「宵，讀爲詩『素衣朱綃』之綃。魯詩以綃爲綺屬。」此魯亦作「綃」也。正義：「箋從魯義讀『繡』爲『綃』，以『黼』與『繡』共作中衣之領。考工記云：『白與黑謂之黼，五色備謂之繡。』若五色聚居，則白黑共爲繡文，不得別爲黼稱，繡黼不得同處，知非繡字，故破『繡』爲『綃』。綃是繒綺別名，於此綃上刺爲黼文，故謂之『綃黼』也。綃上刺黼，以爲衣領，然後名之爲『襮』，故爾雅『黼領謂之襮』，襮爲領之別名。」此鄭說也。又云：「下章傳曰『繡黼』，是以『繡』爲義，未必如鄭爲『綃』。傳意繡得爲黼者，繢是畫，繡是刺之，雖五色備具乃成爲繡，初刺一色，即是作繡之法，故繡爲刺名。傳言『繡黼』者，謂於綃之上繡刺以爲黼，非訓『繡』爲『黼』也。孫炎注爾雅云：『繡刺黼文以襮領』，是取毛『繡黼』爲義，其意不與箋同，不破『繡』字，義以通也。」「齊作襮，亦作宵」者，據易林文，此齊作「襮」也。特牲饋食禮鄭注：「詩有『素衣朱宵』。」此齊亦作「宵」也。陳喬樅云：「儀禮『宵衣』，鄭以爲此衣染之以黑，其繒本名爲宵，詩有『玄宵衣』。正義：『此字據形聲爲綃，從糸，肖聲。但詩及禮記皆作宵字，故鄭引詩及禮記爲證。』士昏禮注破『宵』爲『綃』，是據魯詩『素衣朱綃』之文。齊叚『宵』爲『綃』，毛又叚『繡』爲『綃』也。」從子于沃。既見君子，云何不樂！【疏】傳：「沃，曲沃也。」箋：「君子，謂桓叔。」○子，謂同謀之人。于，往也。案左傳：「惠之二十四年，晉始亂，封桓叔於曲沃。三十年，晉潘父弒昭侯而納桓叔，不克。」此國人欲從桓叔之事也。曲沃，今山西絳州聞喜縣東左邑城。

揚之水，白石皓皓。素衣朱繡，從子于鵠。【注】齊「鵠」作「皐」。【疏】傳：「皓皓，潔白也。繡，黼也。鵠，曲沃邑也。」〇「齊鵠作皐」者，義見上。既見君子，云何其憂！【注】魯「何」作「胡」。【疏】傳：「言無憂也。」〇「魯何作胡」者，石經殘碑如此，足證上下章及全經「何」皆作「胡」。

揚之水，白石粼粼。【疏】傳：「粼粼，清澈也。」我聞有命，不敢以告人！【注】魯作「國有大命，不可以告人。妨其躬身。」【疏】傳：「聞曲沃有善政命，不敢以告人。」箋：「不敢以告人而去者，畏昭公謂己動民心。」〇「國有」至「躬身」，荀子臣道篇引詩文。段玉裁云：「此所云卽是詩之異文，前二章六句，此章四句，殊太短，恐漢初相傳有脫誤也。」愚案：荀子傳詩於浮丘伯，爲魯詩之祖，蓋魯詩如此。大命，謂昭公有征討曲沃之命。不可告人，懼以漏師獲咎也。

揚之水三章，二章章六句，一章四句。

椒聊【疏】毛序：「刺晉昭公也。君子見沃之盛强，能修其政，知其蕃衍盛大，子孫將有晉國焉。」〇三家無異義。

椒聊之實，蕃衍盈升。【疏】傳：「興也。椒聊，椒也。」箋：「椒之性芬香而少實，今一捄之實，蕃衍滿升，非其常也。興者，喻桓叔晉君之支別耳，今其子孫衆多，將日以盛也。」〇阮元云：「『也』上脫『捄』字。」箋『捄』字卽承傳言之。」是也。釋木：「椒、椴，醜菉。」又云：「朻者聊。」孔疏引李巡曰：「椴，茱萸也。椒、茱萸皆有房，故曰菉。菉，實也。」郭注：「椒之房裹名爲菉也。」菉、捄通用字，朻、聊亦以聲近通借。釋文以爲語助，非也。應劭漢官儀：「皇后稱椒房，取其蕃實之義也。詩曰：『椒聊之實，蕃衍盈升。』」應用魯詩，明魯毛文同。文選何晏景福殿賦、曹子建求通親親表李注，並引詩曰：「蔓延盈升，美其繁興也。」蕃衍、蔓延，聲同字變，蓋出三家。「美其繁興」四字，疑亦詩傳中語。彼其之子，碩大無朋。【疏】傳：「朋，比也。」箋：「之子，是子也，謂桓叔也。碩，謂壯佼貌。佼，好也。大，謂德美廣博也。無朋，平均不朋黨。」○案，詩以「椒聊」二句興此二句，止是美其繁衍盛大，庶意相比附碩大無朋，依傳義惟言碩大無比，似未指其貌與德也。椒聊且，遠條且！【疏】傳：「條，長也。」箋：「椒之氣日益遠長，似桓叔之德彌廣博。」○案，廣雅釋言：「條，枝也。」汝墳傳：「枝曰條。」詩人言此椒聊之香氣日盛，惜其尚在遠枝耳。祝其遂有晉國也。楚詞九歎「懷椒聊之蔎蔎兮」，王逸注：「椒聊，香草也。詩曰：『椒聊且。』」明魯毛文同。陳奐云：「逸以椒爲香草，說文『椒』亦入草部，蓋草、木散文得通也。」

椒聊之實，蕃衍盈匊。彼其之子，碩大且篤。【疏】傳：「兩手曰匊。篤，厚也。言聲之遠聞也。」○案，言其盛大，且根柢厚也。說苑立節篇論士欲立義行道，引詩『彼其之子，碩大且篤』而推衍之，明魯毛文同。椒聊且，遠條且！箋：「言聲之遠聞也。」

椒聊二章，章六句。

綢繆【疏】毛序：「刺晉亂也。國亂則婚姻不得其時焉。」箋：「不得其時，謂不及仲春之月。」○三家無異義。

綢繆束薪，三星在天。【疏】傳：「興也。綢繆，猶纏綿也。三星，參也。在天，謂始見東方也。男女待禮而成，若薪芻待人事而後束也。三星在天，可以嫁娶矣。」箋：「三星，謂心星也。心有尊卑，夫婦父子之象，又爲二月之合宿，故嫁娶者以爲候焉。昏而火星不見，嫁娶之時也。今我束薪於野，乃見其在天，則三月之末、四月之中，見於東方矣，故云不得其時。」○案史記，參，三星直者爲衡石。參、辰三月不相比，夏小正「八月辰則伏」，辰伏則參見，始嫁娶之候也。鄭以參見嫁娶爲得時，非，詩正義故易之：「孝經援神契『心三星，中獨明』，是心亦三星也。左昭十七年傳『火出，於夏爲三月，於商爲四月，於周爲五月。』小星箋：『心在東方，三月時。』則心星始見在三月矣。此箋云『三月之末、四月之中』者，正以三月至於六月，則有四月。此詩惟有三章，而卒章言『在户』，謂正中直户，必是六月昏。逆而差之，則二章當五月，首章當四月。四月火見已久，不得謂之始見，以詩人總舉天象，不必章舉一月。鄭差次之，使四月共當三章，而每章連舉兩月也。」馬瑞辰云：「今夕，即失時之夕。孔疏謂『今夕何夕』即此三星在天之夕，非傳恉。」如馬説，首句與次句虚搆一在天之參星，而不言爲何事，語不成義，古人亦無此文法。故知箋之易傳，非得已也。今夕何夕？見此良人。【疏】傳：「良人，美室也。」箋：「今夕何夕者，言此夕何月之夕乎？而女以見良人。言非其時。」○孔疏：「下云『見此粲者』，粲是三女，故知良人爲美室。」胡承珙云：「漢興，因秦稱號，適稱皇后，妾稱夫人、美人、良人，見漢書外戚傳。良人，當即因詩而有此稱，可見毛公以前經師已有訓此『良人』爲美室者矣。」子兮子兮，如此良人何！【疏】傳：「子兮者，嗟茲也。」箋：「子兮子兮者，斥取者。子取後陰陽交會之月，當如此良人何。」○王引之云：「嗟茲，即嗟嗞。説文：『嗞，嗟也。』廣韻：『嗞嗟，憂聲也。』秦策：『嗟嗞乎！司空馬。』管子小稱篇：『嗟茲乎！聖人之言長乎哉。』説苑貴德篇：『嗟茲乎！我窮必矣。』楊雄青州牧箴『嗟茲天王！附命下士。』皆歎詞也。或作『嗟子』。楚策：『嗟乎子乎，楚國亡之日至矣！』儀禮經傳通解續引尚書大傳：『諸侯在廟中者，愀然若復見文武之身，然後曰：嗟子乎，此蓋吾先君文武之風也夫！』是『嗟子』與『嗟嗞』同。經言『子兮』，猶曰『嗟嗞乎』、『嗟嗞乎』也。故傳以『子兮』爲『嗟茲』。鄭謂『子兮子兮』斥娶者，殆失其義。」

綢繆束芻，三星在隅。【疏】傳：「隅，東南隅也。」箋：「心星在隅，謂四月之末、五月之中。」今夕何夕？見此邂逅。【注】韓「逅」作「覯」，曰：「邂覯，不固之貌。」【疏】傳：「邂逅，解説之貌。」○釋文：「邂，本亦作解。覯，本又作逅。邂覯，解説也。」似陸所見毛詩本作「邂覯」，與今本不合。「逅作覯，曰邂覯，不固之貌」者，釋文引韓詩文。胡承珙云：「邂逅，會合之意。淮南俶真訓『孰肯解構人間之事』，高注：『解構，猶會合也。凡君臣朋友男女之會合，皆可言之。（魏志崔季珪傳注：「大丈夫爲有邂逅耳。」亦是「遇合」之意。）傳云『解説之貌』，卽因會合而心解意説耳。韓云『不固之貌』，則由不期而遇，卒然會合，故云『不固』。後漢閻后紀安帝幸章陵，崩於葉，后與兄弟謀曰：『今晏駕道次，濟陰王在內，邂逅公卿立之，還爲大害。』此『邂逅』亦謂倉卒遘會，與韓詩『不固』義近。總之『解覯』大旨是狀與己會合者之神情。」（卽鄭風所謂「有美一人，清揚婉兮。邂逅相遇，適我願兮」者也。）子兮子兮，如此邂逅何！

綢繆束楚，【疏】王逸楚詞九歌注：「綢繆，束也。詩曰：『綢繆束楚。』」明魯與毛同。三星在戶。今夕何夕？見此粲者。【疏】傳：「參星，正月中直戶也。三女爲粲，大夫一妻二妾。」箋：「心星在戶，謂五月之末、六月之中。」○孔疏：「此時貴者亦婚姻失時。」子兮子兮，如此粲者何！

綢繆三章，章六句。

杕杜【疏】毛序：「刺時也。君不能親其宗族，骨肉離散，獨居而無兄弟，將爲沃所并爾。」○三家無異義。

有杕之杜，其葉湑湑。【疏】傳：「興也。杕，特貌。杜，赤棠也。湑湑，枝葉不相比也。」○「杜赤棠」，釋木文，詳甘棠詩。馬瑞辰云：「湑湑、菁菁，皆言葉盛。杜雖孤特，猶有葉以爲蔭芘。以杜之特喻君，以葉之茂喻宗族，與今之獨行無親，爲杕杜不若也。」愚案：裳裳者華「其葉湑兮」，是「湑湑」與下「菁菁」同爲茂盛貌，傳釋「菁菁」爲「葉盛」，以「湑湑」爲「枝葉不相比次」，未免歧異。鄭又釋「菁菁」爲「希少之貌」，以曲附傳義，愈非詩指，不如馬説妥順。馬又云：「之，猶者也。『有杕之杜』，猶云『有杕者杜』，與『有頍者弁』、『有菀者柳』、『有卷者阿』句法正同。小雅『有棧之車』與『有芃者狐』相對成文，『之』猶『者』也。之、諸一聲之轉。士昏禮注：『諸，之也。』左僖九年傳『以是藐諸孤』，卽『藐者孤』也。釋魚：

『龜前弇諸，句果後弇諸，句獵。』猶上云『俯者靈，仰者謝』也。是『諸』亦『者』也。諸、之古同訓，『諸』訓『者』，則『之』亦得訓『者』矣。」淮南說林訓高注：「杕，讀詩『有杕之杜』之杕。」高用魯詩，明魯毛文同。獨行踽踽。【注】魯韓說曰：踽踽，行也。豈無他人？不如我同父。【疏】傳：「踽踽，無所親也。」箋：「他人，謂異姓也。言昭公遠其宗族，獨行於國中踽踽然，此豈無異姓之臣乎？顧恩不如同姓親親也。」○說文：「踽踽，疏行貌。詩曰：『獨行踽踽。』」疏行，猶「獨行」也。「踽踽，行也」者，廣雅釋詁文。張揖用魯、韓詩，所引魯韓說也。陳奐云：「父爲考，父之考爲王父，王父之考爲曾祖王父，曾祖王父之考爲高祖王父，是祖、曾、高皆『父』也。今以旁殺言之：曰昆弟，我之同於父者也；曰從父昆弟，我之同父於祖者也；曰從祖昆弟，我之同父於曾祖者也；曰族昆弟，我之同父於高祖者也，皆可謂之我同父。言他人不如我同父之親也。」嗟行之人，胡不比焉？人無兄弟，胡不佽焉？【疏】傳：「佽，助也。」箋：「君所與行之人，謂異姓卿大夫也。比，輔也。此人女何不輔君爲政令。又云異姓卿大夫，女見君無兄弟之親親者，何不相推佽而助之。」○孔疏：「佽，古字。欲使相推以次弟助之耳，非訓佽爲助也。」愚案：桓叔既封而叛，宗族相繼崩離，昭公以宗族爲皆不可恃，異姓卿大夫必從而和之，勸其疏棄宗族，然昭公但當修其政令以圖自强，無怨及宗族之理，故望君所與行之人以道輔其君，仍篤親親之誼，庶不爲踽踽睘睘之人耳。

有杕之杜，其葉菁菁。獨行睘睘。豈無他人？不如我同姓。【疏】傳：「菁菁，葉盛也。睘睘，無所依也。同姓，同祖也。」箋：「菁菁，希少之貌。」○釋文：「睘，本亦作煢，又作焭。」馬瑞辰云：「走部：『赹，獨行也。從走，勻聲，讀若煢。』又目部：『睘，目驚視也。從目，袁聲。』今省作『睘』。則睘、煢皆『赹』之叚借。『煢』又作『儝』，方言：『儝，獨也。』郭注：『古煢字是也。』焭卽煢之或體，說文：『煢，回疾也。從凡，從營省聲。』段注：『回轉之疾

【注】魯「睘」作「煢」。

也。引申爲煢獨，取裴回無所依之意。』」「魯作煢」者。王逸楚詞九思注：「詩云：『獨行煢煢。』」劉向楚詞九歎：「獨煢煢而南行。」張衡思玄賦：「何孤行之煢煢兮。」三人習魯詩，皆作「煢煢」，是其證。程瑶田宗法小記云：「孫以祖之字爲姓，故同祖昆弟謂之『同姓』。是故自曾祖與族曾祖等而下之，旁及族昆弟，皆與我同姓於高祖者也，其宗子，所謂繼高祖之宗也。自祖父與從祖祖父等而下之，旁及於從祖昆弟，皆與我同姓於曾祖者也，其宗子，所謂繼曾祖之宗也。自父與世父叔父等而下之，旁及於從父昆弟，皆與我同姓於祖父者也，其宗子所謂繼祖之宗也。」案，此即「同姓」爲「同祖」之義。嗟行之人，胡不比焉？人無兄弟，胡不佽焉？

杕杜二章，章九句。

羔裘【疏】毛序：「刺時也。晉人刺其在位不恤其民也。」箋：「恤，憂也。」〇三家無異義。

羔裘豹袪，自我人居居。【注】魯説曰：「居居、究究，惡也。又曰：居居，不狎習之惡。【疏】傳：「袪，袂也。本末不同，在位與民異心自用也。居居，懷惡不相親比之貌。」箋：「羔裘豹袪，在位卿大夫之服也。其役使我之民人，其意居居然有悖惡之心，不恤我之困苦。」〇王逸楚詞哀時命注：「袪，袖也。詩云：『羔裘豹袪。』」易林蹇之家人亦引此句，明魯齊毛文同。「居居、究究，惡也」者，釋訓文。「居居，不狎習之惡也」者，孔疏引李巡注文，此魯説，言雖遇故舊之人，妄自尊大，略無親愛，與毛傳「不親比」義同。胡承珙云：「説文處居字作『凥』，蹲踞字作『居』。曹憲廣雅音義云：『今居字乃箕居字，故居又與倨通。』説文『倨』訓『不遜』，倨傲無禮，故爲惡也。漢書郅都傳『丞相條侯至貴居』，亦以『居』爲『倨』。言自我在位之人皆如此。」豈無他人？維子之故。【疏】箋：「此民，卿大夫采邑之民也，故云豈無他人可歸往者乎，我不去者，乃念子故舊之人。」

羔裘豹褎，自我人究究。【注】魯説曰：「究究，窮極人之惡。」【疏】傳：「褎，猶袪也。究究，猶居居也。」○「究究，窮極人之惡也」者，孔疏引孫炎注文，亦魯詩舊説也。與人不合，疾之已甚。極，與孟子「極之於其所往」義同。劉向九懷「涕究究兮」，王逸注：「究究，不止貌也。」又自「窮極」義推之。豈無他人？維子之好。【疏】箋：「我不去而歸往他人者，乃念子而愛好之也。民之厚如此，亦唐之遺風。」

羔裘二章，章四句。

鴇羽【疏】毛序：「刺時也。昭公之後，大亂五世，君子下從征役，不得養其父母而作是詩也。」箋：「大亂五世者，昭公孝侯鄂侯哀侯小子侯。」○三家無異義。

肅肅鴇羽，集于苞栩。【疏】傳：「興也。肅肅，鴇羽聲也。集，止。苞，稹。栩，杼也。鴇之性不樹止。」箋：「興者，喻君子當居安平之處，今下從征役，其爲危苦，如鴇之樹止然。稹者，根相迫迮梱致也。」○陸疏云：「鴇連蹄，性不樹止。」釋文：「鴇似雁而大，無後趾。」馬瑞辰云：「鴇蓋雁之類，雁亦不樹止也。曾目驗之，無後趾信然。即陸所云連蹄也。」「苞，稹」，釋言文。孫炎曰：「栩叢生曰苞。」釋木：「栩，杼。」嘉祐本草引孫炎曰：「栩一名杼。」郭注：「柞樹。」蓋舊注魯詩之文。陸疏云：「徐州人謂櫟爲杼，或謂之栩；其子爲皁，或言皁斗；其殼爲汁，可以染皁，今京洛及河内多言杼汁。」説文「栩」下云：「柔也。其實皁，一曰樣。從木，羽聲。」「柔」下云：「栩也。從木，予聲，讀若杼。」「樣」下云：「栩實也。從木，羕聲。」即今之「橡」字。王事靡盬，不能蓺稷黍。父母何怙？【注】齊説曰：「王事靡盬，秋無所收。」【疏】傳：「盬，不攻緻也。怙，恃也。」箋：「蓺，樹也。我迫於王事無不攻緻，故盡力焉，既則罷倦不能播種五穀，今我父母將何怙乎？」○「王事」者，左傳隱五年：「王命虢公伐曲沃。」桓八年：「王命虢仲立晉侯。」桓九年：「虢仲芮伯荀侯賈伯伐曲沃。」皆王事也。四牡「王事靡盬」，傳：「盬，不堅固也。」不堅固，即「不攻緻」意，盡力王事，致曠田功，恐無以養父母。「王事」至「所收」，易林訟之復文，此齊義也，與毛詩合。鹽鐵論執務篇引「王事靡盬」三句，明齊毛文並同。言吏不奉法以存撫人，愁苦而怨思，又因兵役而推言之。悠悠蒼天，曷其有所！【疏】箋：「曷，何也。何時我得其所哉。」○馬瑞辰云：「『三蒼』：『所，處也。』廣雅：『處，止也。』所爲處，即爲止，『曷其有所』，猶言『曷其有止』，與下二章『曷其有極』、『曷其有常』同義。」韓詩外傳二子路與巫馬期見富人處師氏，失言而慚，負薪先歸，以告孔子。孔子援琴而彈詩之首章，曰：「予道不行邪？使女願者。」此推衍之義。韓詩「蒼」作「倉」，詳王黍離，外傳作「蒼」，誤。

肅肅鴇翼，集于苞棘。王事靡盬，不能蓺黍稷。父母何食？悠悠蒼天，曷其有極！【疏】箋：「極，已也。」

肅肅鴇行，【疏】傳：「行，翮也。」○馬瑞辰云：「行之訓翮，經傳無徵。鴇行，猶鴈行也。」說文：「𠤕，相次也。從匕、十。鴇從此。」蓋鴇之飛，比次有行列，故字從「𠤕」會意，訓「行列」爲是。集于苞桑。王事靡盬，不能蓺稻粱。父母何嘗？【疏】韓詩外傳三引詩「父母何嘗」，明韓毛文同。悠悠蒼天，曷其有常！

鴇羽三章，章七句。

無衣【疏】毛序：「美晉武公也。武公始并晉國，其大夫爲之請命乎天子之使而作是詩也。」箋：「天子之使，是時使來者。」○陳奐云：「禮，爲人臣者無外交，雖容或有周使適晉，晉大夫不得與天子之使交通，且命出自天子，又不得私相干請。『使』必『吏』之誤，天子之吏，謂三公也。列國大夫入天子之國稱士，士不得上通天子，故屬於天子之吏。若成二年左傳：『晉侯使鞏朔獻齊捷於周。王使委於三吏，禮之如侯伯克敵使大夫告慶之禮。』杜注：『委，屬也。三吏，三公也。』此其義證矣。武公并晉，以寶器賂僖王，必有大夫至周，其大夫亦但能屬乎天子之吏，爲君請命。僖王得賂，遂以武公爲晉侯，是請命在周不在晉，由轉寫者『吏』誤作『使』，遂多謬說。此詩即其大夫所作，故爲美而不爲刺。」愚案：陳說是。三家無異義。

豈曰無衣七兮！【疏】傳：「侯伯之禮七命，冕服七章。」箋：「我豈無是七章之衣乎，晉舊有之，非新命之服。」○孔疏：「典命：『侯伯七命，其國家宮室車旗衣服禮儀皆以七爲節。』大行人：『諸侯之禮，冕服七章。』」**不如子之衣，安且吉兮。**【疏】傳：「諸侯不命於天子，則不成爲君。」箋：「武公初并晉國，心未自安，故以得命服爲安。」○案，如陳說，「使」作「吏」，則「子」即指天子之吏言。典命「王之三公八命」，大行人「冕服八章」，此言「不如子之衣」者，非敢較量章數，但謂子之衣由王所賜，今未得王新命，有衣與無衣同，故謂不如其安且吉兮。

豈曰無衣六兮！不如子之衣，安且燠兮。【疏】傳：「天子之卿六命，車旗衣服以六爲節。燠，暖也。」箋：「變七言六者，謙也，不敢必當。侯伯得受六命之服，列於天子之卿，猶愈乎不。」○陳奐云：「天子之卿，即侯伯也。天子之卿六命，出封侯伯加一等，則七命。晉爲侯伯之國，實七命，其在王朝，則亦就六命之數。詩人以七、六分章，實一意。」愚案：陳說是也。侯伯就封之後，亦入王朝爲卿士，如衛武公鄭莊公父子皆是，故可言七，亦可言六，非謙也。燠，當從釋文作「奧」。釋言：「奧，暖也。」

無衣二章，章三句。

有杕之杜【疏】毛序：「刺晉武公也。武公寡特，兼其宗族，而不求賢以自輔焉。」○三家無異義。

有杕之杜，生於道左。【疏】傳：「興也。道左之陽，人所宜休息也。」箋：「道左，道東也。日之熱，恆在日中之後，道東之杜，人所宜休息也。今人不休息者，以其特生陰寡也。興者，喻武公初兼其宗族，不求賢者與之在位，君子不歸，似乎特生之杜然。」彼君子兮，噬肯適我？【注】魯「噬」作「遾」，說曰：遾，逮也。韓作「逝」，說曰：逝，及也。【疏】傳：「噬，逮也。」箋：「肯，可。適，之也。彼君子之人至於此國，皆可求之我君所，君子之人，義之與比。其不來者，君不求之。」○「魯噬作遾。遾，逮也」者，釋言：「遏、遾，逮也。東齊曰遏，北燕曰遾，皆相及逮。」陳喬樅云：「毛作『噬』，此作『遾』，蓋據魯詩文。郝懿行云：方言：『蝎噬，逮也。』蝎噬、遏遾，並字之叚音。遏通作曷，遾通作逝。」「韓作逝。逝，及也」者，釋文引韓詩文。陳喬樅云：「毛於邶詩『逝不古處』云：『逝，逮。』次章『逝不相好』云：『不及我以相好。』是訓逝爲逮，訓逮爲及，義皆展轉相通。此詩『噬』卽『逝』之借字。」中心好之，曷飲食之？【疏】箋：「曷，何也。言中心誠好之，何但飲食之，當盡禮極歡以待之。」○胡承珙云：「爾雅：『曷，盍也。』郭注：『盍，何不。』蘇氏詩傳云：『苟誠好之，何不試飲食之，庶其肯從我乎？』是已以『曷』爲『盍』矣。蓋緩言之曰『曷不』，如『曷不肅雝』是也；急言之則曰『盍』，亦曰『曷』，聲近義通，故爾雅曰『曷，盍也』。」愚案：箋意好賢在能用，不專在飲食，故以「曷」爲「何」，然武公蓋並好賢之虛文亦所弗講不舉，而又不能養。詩人以特生之杜爲與，則釋「曷」爲「盍」尤與詩意相合。

有杕之杜，生於道周。【注】韓詩云：周，右也。【疏】傳：「周，曲也。」○「周右也」者，詩攷引釋文載韓詩文。呂記引釋文云：「周，韓詩作右，與今本釋文同。蓋誤。『道周』與上章『道左』對文，故韓訓周爲右，非周直作右也。」馬瑞辰云：「右、周古音同部，『周』卽『右』之借字。右通作周，猶詩『既伯既禱』，『禱』通作『禂』也。(「壽」從「𠃬」聲，「𠃬」從「又」聲，「右」從「又」，又亦聲，皆與「周」通用。)毛訓『周』爲『曲』。據蒹葭詩『道阻且右』，箋：『右者，言其迂迴。』卽屈曲也，則傳訓『曲』亦與『右』義相近。」彼君子兮，噬肯來遊？中心好之，曷飲食之？

有杕之杜二章，章六句。

葛生【疏】毛序：「刺晉獻公也。好攻戰，則國人多喪矣。」箋：「喪，棄亡也。夫從征役，棄亡不反，則其妻居家而怨思。」○孔疏：「其妻獨處於室，故陳妻怨之詞以刺君也。」三家無異義。

葛生蒙楚，蘞蔓于野。【疏】傳：「興也。葛生延而蒙楚，蘞生蔓於野，喻婦人外成於他家。」○陸疏：「蘞似栝樓，葉盛而細，子正黑如燕薁，不可食。」馬瑞辰云：「爾雅『萰，菟荄』，郭注：『未詳。』説文：『薟，白薟也。或作蘞。』本草：『白蘞，一名菟核。』『菟核』與『菟荄』同，是『蘞』即爾雅之『萰』。」予美亡此，誰與獨處。【疏】箋：「予，我。亡，無也。言我所美之人無於此，謂其君子也。吾誰與居乎？獨處家耳。從軍未還，未知死生，其今無於此。」○馬瑞辰云：「少儀『有亡而無疾』，鄭注：『亡，去也。』史記晉世家『明因亦亡去』，『亡』即『去』也。公羊傳『季子使而亡焉』，説苑至公篇作『季子時使行不在』，是『亡』即『不在』。『亡此』猶云『去此』，又如俗云『不在此』耳。」胡承珙云：「與，當音餘。誰與，自問也，與檀弓『誰與哭者』語同。」黄山云：「『誰與』讀如皇矣『此維與宅』之『與』，即『予』也。皇矣『因予懷明德』，予訓爲『我』，特變文以別之。此詩上有『予美亡此』，正同一例。夫因攻戰棄亡不返，則與婦以獨處、獨息、獨旦者皆君也。不欲斥言君，第曰『誰與』，而怨君、刺君自見矣。蓋與白華『之子之遠，俾我獨兮』辭意略同。」愚案：黄説較合。

葛生蒙棘，蘞蔓于域。予美亡此，誰與獨息。【疏】傳：「域，營域也。息，止也。」○馬瑞辰云：「葛蘞延於松柏，則得其所，猶婦人隨夫榮貴。今詩言蒙楚、蒙棘，蔓野、蔓域，蓋以喻婦人失所，隨夫卑賤，至於予美亡此，則求貧賤相依而不可得矣。」

角枕粲兮，錦衾爛兮。【疏】傳：「齊則角枕錦衾。禮，夫不在，斂枕篋衾席，韣而藏之。」箋：「夫雖不在，不失其祭也。攝主，主婦猶自齊而行事。」○陳奐云：「夫從征役，既缺時祭，婦人斂藏枕衾，乃特假夫在，齊物以起興。」予美亡此，誰與獨旦。【疏】箋：「旦，明也。我君子無於此，吾誰與齊乎？獨自潔明。」○陳奐云：「旦，讀如『昧旦』之旦。祭，昧旦而興，質明而行事。夫不在，故自傷其獨旦也。」

夏之日，冬之夜。百歲之後，歸于其居。【疏】傳：「言長也。」箋：「思者於晝夜之長時尤甚，故極之以盡情。居，墳墓也。言此者，婦人專一，義之至，情之盡。」○漢書地理志：「葛生之篇曰：『百歲之後，歸于其居。』」班引齊詩，明齊毛文同。後漢蔡邕傳：「邕作釋誨云：『百歲之久，歸于其居。』」邕用魯詩，「後」、「久」音近，疑魯異文。

冬之夜，夏之日。百歲之後，歸于其室。【疏】傳：「室，猶居也。」箋：「室，猶冢壙。」

葛生五章，章四句。

采苓【疏】毛序：「刺晉獻公也。獻公好聽讒焉。」○三家無異義。

采苓采苓，首陽之巔。【疏】傳：「興也。苓，大苦也。首陽，山名也。采苓，細事也。首陽，幽辟也。細事，喻小行也。幽辟，喻無徵也。」箋：「采苓采苓者，言采苓之人衆多非一也。皆云采此苓於首陽山之上，首陽山之上信有苓矣，然而今之采者未必於此山，然而人必信之。興者，喻事有似而非。」○馬瑞辰云：「詩言『隰有苓』，是苓宜隰不宜山之證。埤雅言『葑生於圃』，何氏楷言『苦生於田』，是三者皆非首陽山所宜有，而詩言采於首陽者，蓋設爲不可信之言，以證讒言之不可聽，即下所謂『人之僞言』也。」首陽者，舊說在河東蒲阪，或謂首陽即雷首，在今山西蒲州府北臨海。金鶚求古録云：「曾子制言篇：『夷齊居河濟之間。』莊子讓王篇：『夷齊北至于首陽之山，遂餓而死。』言北至於首陽，則首陽當在蒲阪之北，雷首陽枕大河，不得言北也。況論語言『首陽之下』，是首陽二字名山，非言『首山之陽』也。蒲阪雷首山，一名首山，不名首陽，則謂首陽在蒲阪者非也。唐國即晉國，晉始封在晉陽，即夏禹都，至穆侯遷于翼，在今平陽。獻公居絳，亦屬平陽，詩所詠首陽，即夷齊所隱之首陽也。平陽爲堯所都，又黃帝所葬，二子所願居，其地近河濟，又在蒲阪之北，與曾子、莊子所言皆合，但非在河濟之間。意二子先居河濟，後乃隱於首陽。史記云：『武王東伐紂，夷齊叩馬而諫。』蓋在孟津之地，孟津正當河濟間，是夷齊去周，尚未隱首陽而居於河濟之間也。又云：『武王已平殷亂，天下宗周，夷齊恥之，隱於首陽山，采薇而食，遂餓死。』是武王克商之後，乃隱於首陽山也，故曾子言『居河濟之間』而不言隱首陽。莊子言『北至首陽』，明自河濟間而北去也。首陽之在平陽，可無疑矣。」愚案：夷、齊餓死之首陽，諸書皆言在洛陽東北，偃師縣西北二十五里，其相距數十里之鞏縣，當濟水入河，然與晉都無涉。詩人所詠，即目興懷，自以平陽爲合，無妨平陽自有首陽，不必果爲夷齊所隱也。巔，俗「顚」字。人之爲言，苟亦無信！舍旃舍旃，苟亦無然！【注】韓詩曰：「苟，且也。」【疏】傳：「苟，誠也。」箋：「苟，且也。爲言，謂爲人爲善言以稱薦之，欲使見進用也。旃之言焉也，舍之焉，舍之焉，謂謗訕人欲使見貶退也。此二者且無信受之，且無答然。」○段玉裁云：「傳以『苟』爲『果』之雙聲。」「苟，且也」者，衆經音義二引韓詩文。馬瑞辰云：「說文：『苟，艸也。』訓誠、訓且、訓假，皆雙聲假借。苟、假雙聲，苟、姑亦雙聲。訓且者，以苟爲姑之叚借。此詩苟字，當從韓訓『且』，謂姑置之，勿信、勿與、勿從也。」陳奐云：「王肅諸本作『爲言』，定本作『僞言』，與釋文『或作』本同。沔水正月『民之訛言』，箋：『訛，僞也。』說文作『譌言』，無『訛』字，古爲、僞、譌三字同。毛詩本作『爲』，讀作『僞』也。譌言即譏言，所謂小行無徵之言也。苟亦無信，誠無信也。亦，爲語助。無然，無是也。皇矣『無然』，傳釋爲『無是』。無是者，無一是者也。」人之爲言，胡得焉！【疏】箋：「人以此言來，不信受之，不答然之，從後察之，或時見罪，何所得。」○孔疏：「君但能如此不受僞言，則人之僞言者，復何所得焉。」

采苦采苦，首陽之下。【疏】傳：「苦，苦菜也。」〇孔疏：「荼也。陸璣云：『苦菜生山田及澤中，得霜甜脆而美，所謂堇荼如飴。』內則云『濡豚包苦』，用苦菜是也。」人之爲言，苟亦無與！舍旃舍旃，苟亦無然！人之爲言，胡得焉！傳：「無與，勿用也。」

采葑采葑，首陽之東。【疏】傳：「葑，菜名也。」〇詳邶谷風。人之爲言，苟亦無從！舍旃舍旃，苟亦無然！人之爲言，胡得焉！

采苓三章，章八句。

唐國十二篇，三十三章，二百三句。

詩三家義集疏卷九

秦車鄰第九【疏】乙巳占引詩推度災曰：「秦，天宿白虎，氣主玄武。」藝文類聚三、御覽二十四引詩含神霧曰：「秦地處仲（北堂書鈔引詩緯作「季」。）秋之位，男懦弱，女高瞭，白色秀身。律中南宮，（四字從書鈔增。）音中商，（書鈔引詩緯作「徵」。）其言舌舉而仰，聲清以揚。」注：「瞭，明也。落消切。」漢書地理志：「秦地，東井、輿鬼之分壄也。於禹貢時跨雍涼二州，詩風兼秦豳兩國。天水隴西及安定北地上郡西河，皆迫近戎狄，修習戰備，高上氣力，以射獵爲先。故秦詩曰：『王于興師，修我甲兵，與子偕行。』及車轔四驖小戎之篇，皆言車馬田狩之事。」以上皆齊說。案，非子始封地，漢志云隴西秦亭秦谷，今甘肅秦州清水縣。

詩國風

車鄰【疏】毛序：「美秦仲也。秦仲始大，（句。）有車馬禮樂侍御之好焉。」○左傳服虔注：「秦仲始有車馬禮樂之好，侍御之臣，戎車四牡田狩之事。其孫襄公列爲侯伯，故有『蒹葭蒼蒼』之歌，終南之詩，追録先人車鄰駟驖小戎之歌，與諸夏同風，故曰夏聲。」陳喬樅云：「服虔以駟驖、小戎爲秦仲之詩，與毛序不同，是據魯詩爲說。」易林大畜之離：「延陵適魯，觀樂太史。車轔白顛，知秦興起。卒兼其國。（「其」疑作「六」。）一統爲主。」坎之剥旅之泰同，是齊詩說。漢書地理志顏注：「車轔，美秦仲大有車馬。其詩曰：『有車轔轔，有馬白顛。』」陳喬樅云：「師古引車轔及四驖小戎諸詩，皆襲舊注齊詩之說，故字多與毛不同。毛詩『車鄰鄰』，蓋『轔』之借字，齊詩今文用『轔』字。」愚案：服習韓詩，見小雅都人士疏。據釋文：「鄰，本又作轔。」及文選藉田曲水詩序注所引，是毛亦有作「轔」之本，非獨三家，不能執爲同異之證也。

有車鄰鄰，有馬白顛。【注】魯齊「鄰」作「轔」。魯說曰：轔轔，車聲也。【疏】傳：「鄰鄰，衆車聲也。白顛，的顙也。」○「轔轔車聲也」者，王逸楚詞九歌大司命注，又引詩云「有車轔轔」，此魯說也，明魯作「轔轔」。又九辯注：「軒車先導，聲轔轔也。」亦用魯文。「齊鄰作轔」者，漢書地理志作「轔」。（引見前。）釋畜：「的顙，白顛。」孔疏引舍人曰：「的，白也。顙，額也。額有白毛，今之戴星馬也。」據此，知魯義與毛同。易說卦傳：「震爲的顙。」說文：「的，明也。」引易作「的顙」。未見君子，寺人之令。【注】韓「令」作「伶」，云：使伶。【疏】傳：「寺人，內小臣也。」箋：「欲見國君者，必先令寺人使傳告之，時秦仲又始有此臣。」○君子，謂秦仲。周禮序官，內小臣、閽人、寺人、內豎，皆奄官。是內小臣爲奄官之長，與寺人別。寺、侍古字通。釋文：「寺，本亦作侍。」序云侍御之臣，左襄二十九年傳服虔注：「秦仲始有侍御之臣。」是寺人即侍臣，蓋近侍之通稱，不必泥歷代寺人爲說。「令作伶，云使伶」者，釋文引韓詩文。考案經典，凡命令、教令、號令、法令等用「令」字者，皆尊重之詞。至使令，亦閒用之，蓋出自假借，當以「伶」爲正，故韓以「伶」易「令」也。說文「使」下云：「伶也。从人，吏聲。」「伶」下云：「弄也。从人，令聲。」此其本義可以推見。漢書金日磾傳：「其子爲武帝弄兒。」司馬遷傳：「固主上所戲弄，倡優畜之。」言其給事主上左右，卑賤不足道之人也。廣雅釋言：「令，伶也。」玉篇：「伶，使也。」與說文訓解其源皆自韓詩發之。古樂官稱伶，樂人稱優，不稱伶，唐後遂爲樂人專稱，「使伶」之義，無有能言之者矣。

阪有漆，隰有栗。【疏】傳：「興也。陂者曰阪，下濕曰隰。」箋：「興者，喻秦仲之君臣所有各得其宜。」○傳「阪隰」義用釋地文。漆、栗，詳定之方中注。既見君子，並坐鼓瑟。【注】魯說曰：並，併也。【疏】傳：「又見其禮樂焉。」箋：「既見，既見秦仲也。並坐鼓瑟，君臣以閒暇燕飲相安樂也。」○列女齊孤逐女傳引詩云：「既見君子，並坐鼓瑟。」明魯毛文同。「並，併也」者，釋言文，郭注：「詩云：『並坐鼓瑟。』」蓋本舊注魯詩之文而郭據之，此魯說也。並之言併，併之言皆，君臣皆坐，故曰併，與曲禮「並坐不横肱」之「並」義别。陳奂云：「燕禮：『公以賓及卿大夫，皆坐乃安。』此『並坐』之説也。『並坐』與『鼓瑟』不連讀。燕禮鼓瑟在堂，上有『上坐』之文，或據以解詩『並坐』爲樂工並坐，然鼓簧在堂下，詩亦言『並坐』，將作何解乎？」愚案：明郭注爲魯説，「並」字乃有確解。今者不樂，逝者其耋！【疏】傳：「耋，老也，八十曰耋。」箋：「今者不於此君之朝自樂謂仕焉，而去仕他國。其徒自使老，言將後寵禄也。」○樂，樂禮樂也。言今者不樂，往者其老矣。釋言：「耋，老也。」春秋注義引舍人注：「年六十稱也。」孔疏引孫炎注：「耋，鐵也，老人面如生鐵色。」郭注：「八十曰耋。」陳喬樅云：「釋名：『八十曰耋。耋，鐵也，皮黑如鐵。』與孫注同。桓寬鹽鐵論、王肅易注，並以八十曰耋，服虔左傳注、馬融易注以七十爲耋，舍人注及何休公羊注以六十爲耋，説各不同。」馬瑞辰謂：「公羊宣十二年徐彦疏云：『七十曰老，曲禮文也。』案，今曲禮『七十曰耋』，與此異也，是徐所見曲禮有作『七十曰耋』者矣。又曲禮『八十、九十曰耋』，釋文云：『本或作八十曰耋，九十曰耄。』是陸所見曲禮有作『八十曰耋』者矣。蓋由諸儒所據曲禮本不同，故其説各異。至『六十曰耋』，未詳所出。古『六』字从『入』，『八』形近易譌，周官校人注，『六』皆疑爲『八』之誤，是其證也。疑舍人何休皆以『八十爲耋』，傳寫者譌爲『六十』耳。」

阪有桑，隰有楊。既見君子，並坐鼓簧。今者不樂，逝者其亡！【疏】傳：「簧，笙也。亡，喪棄也。」○陳奂云：「燕禮：『小臣坐，授瑟乃降。工歌鹿鳴四牡皇皇者華。』此升歌三終也。『笙入，立于縣中，奏南陔白華華黍。』此笙入三終也。上章『鼓瑟』是升歌，此章『鼓簧』是笙入。」易林咸之震「並坐鼓簧」，明齊毛文同。

車鄰三章，一章四句，二章章六句。

駟驖【疏】毛序：「美襄公也。始命有田狩之事，園囿之樂焉。」箋：「始命，命爲諸侯也，秦始附庸也。」○三家無異義。

駟驖孔阜，六轡在手。【注】三家「駟」作「四」，「鐵」亦作「䥫」。韓説曰：阜，肥也。【疏】傳：「驖，驪。阜，大也。」箋：「四馬六轡，六轡在手，言馬之良也。」○「三家駟作四，鐵亦作䥫」者。漢志引詩作「四䥫」，是齊作「四䥫」。「䥫」乃「𢧜」之誤字。班固東都賦「覽駟鐵」，班用齊詩，當作「四䥫」，此作「駟鐵」者，後人順毛改之也。説文「驖」下云：「馬赤黑色。詩曰：『四驖孔阜。』」蓋魯、韓如此。「阜，肥也」者，玉篇阜部引韓詩文。陳奐云：「駟當作四，四馬曰駟，若下一字爲馬名，則上一字作『四』，不作『駟』。四驖孔阜，猶云四牡孔阜耳。凡碩人小戎四牡采薇杕杜六月車攻吉日節南山北山車舝桑柔嵩高烝民韓奕，皆曰『四牡』，此詩曰『四驖』，載驅六月曰『四驪』、『四牡』，裳裳者華曰『四駱』，采芑曰『四騏』，車攻曰『四黃』，大明曰『四騵』，皆謂四馬也。」説文漢志引詩作「四」，可證「駟」字之誤。庾人「以阜馬」，鄭注：「阜，盛壯也。」此韓詩訓「阜」爲「肥」。肥、壯、大一類之辭，其義無異。公之媚子，從公于狩。【疏】傳：「能以道媚於上下者。冬獵曰狩。」箋：「媚於上下，謂使君臣和合也。此人從公往狩，言襄公親賢也。」○陳奐云：「卷阿七章『維君子使，媚於天子』，言媚於上者。八章『維君子命，媚於庶人』，言媚於下者。箋言使君臣和合，非。」列女馮昭儀傳引詩曰：「公之媚子，從公于狩。」以證昭儀當熊事，明魯毛文同。陳喬樅云：「疑魯詩之義以『媚子』爲嬪妾之稱，故劉向引之。」

奉時辰牡，辰牡孔碩。【疏】傳：「時，是。辰，時也。冬獻狼，夏獻麋，春秋獻鹿豕羣獸。」箋：「奉是時牡者，謂虞人也。時牡甚肥大，言禽獸得其所。」○孔疏：『冬獻狼』以下，皆獸人文。獸人獻時節之獸以供膳，故虞人驅時節之獸以待射。」諸家讀「辰」爲「慎」，或讀爲「麎」，皆不如傳義之審。公曰左之，舍拔則獲。【疏】傳：「拔，矢末也。」箋：「左之者，從禽之左射之也。拔，括也。舍拔則獲，言公善射。」○胡承珙云：「公羊何注解第一殺、第二三殺，皆自左膘射之達於右，雖以死之遲速爲言。但考儀禮特牲少牢，凡牲升鼎者，皆用右。胖載俎者，亦皆右體。鄉飲鄉射用右體，與祭同。是射必中左，自以尚右之故。至驅禽待射，孔疏云『公命御者從禽之左逐之』，此誤會箋語。箋云『從禽之左射之』者，謂當禽之左射之，若逐禽而出其左，轉不便於射矣。（車攻正義亦云「凡射獸皆逐後，從左厢而射之」，亦誤。）但獸之來，不定在車左，設出於車右，而旋車向左則相背，故公曰『左之』者，蓋獸自遠奔突而來，公命御者旋當其左，以便於射耳。」

遊於北園，四馬既閑。【疏】傳：「閑，習也。」箋：「公所以田則克獲者，乃遊于北園之時，時則已習其四種之馬。」○陳奐云：「書無逸『于觀于逸，于遊于田』，渾言之『遊』亦『田』也。古者田在園囿中，北園，當即所田之地。首章言『狩』，此章言『北園』，與車攻篇上言『狩』、言『苗』而下言『於敖』文義正同。四馬，即四驖也。箋以序田狩、園囿分屬二事，遂謂公遊北園爲田獲以前，並讀『閑』爲邦國六閑，四馬爲『四種之馬』，非。」**輶車鸞鑣，載獫歇驕。**【注】魯齊「歇」作「猲」，「驕」作「獢」。【疏】傳：「輶，輕也。獫歇驕，田犬也。長喙曰獫，短喙曰歇驕。」箋：「輕車，驅逆之車也。置鸞於鑣，異於乘車也。載，始也。始田犬者，謂達其搏噬，始成之也。此皆遊於北園時所爲也。」○「輶輕」，釋言文。「鸞」當作「鑾」。「鑣」義詳衛碩人。鸞和所在，經無正文。玉藻經解注引韓詩內傳曰：「鸞在衡，和在軾。」禮保傅篇、呂覽高注、東京賦薛注與韓同。漢書輿服志劉注載白虎通引魯訓曰：「和，設軾者也。鸞，設衡者也。」亦同韓義。蓼蕭傳：「在軾曰和，在鑣曰鸞。」庭燎傳：「將將，鸞鑣聲。」異義載禮戴、詩毛二說，謹案云：「經無明文。」且殷周或異，故鄭亦不駁。商頌烈祖箋云：「鸞在鑣。」以無明文，且殷周或異，故爲兩解。」說文「人君乘車，四馬鑣八，鑾鈴象鸞鳥之聲，和則敬也。」鸞、鑣連文，不必鸞定在鑣。古書兩解，今仍並存之。「魯作猲獢」者，釋畜：「狗屬，長喙獫，短喙猲獢。」孔疏引李巡注：「分別犬喙長短之名。」郭注：「詩曰：『載獫猲獢。』」張衡西京賦「屬車之䡵，載獫猲獢」，郭注：「張賦所據魯詩之文。」知魯作「猲獢」。薛綜賦注：「䡵，副也。」以輶車爲屬車之副，載是載於車，與箋訓始異義。陳奐以爲「從公媚子之所乘車」，則是人犬並載，非也。「齊作猲獢」者，漢志集注引詩：「輶車鸞鑣，載獫猲獢。」陳喬樅云：「釋文：『歇，本又作猲。驕，本又作獢。』作『猲獢』者，三家今文也。爾雅陸本作『獥』，釋文云『獥』，字林作『猲』，説文引爾雅作『猲』。今本爾雅『獥』仍爲『猲』，從説文也。」

駟驖三章，章四句。

小戎【疏】毛序：「美襄公也。備其兵甲以討西戎，西戎方彊而征伐不休，國人則矜其車甲，婦人能閔其君子焉。」箋：「矜，夸大也。國人夸大其車甲之盛，有樂之意也。婦人閔其君子恩義之至也。作者叙内外之志，所以美君政教之功。」○三家無異義。馬瑞辰云：「史記秦本紀：『武公十年，伐邽冀戎，初縣之。』襄公時猶爲戎地，故水經渭水注以『邽戎板屋』即詩『西戎』。史記：『襄公十二年伐戎，而至岐卒。』匈奴傳亦云。案，襄公伐戎至岐，始列爲諸侯。竹書紀年：『平王五年，秦襄公帥師伐戎，卒於師。』是史記所言『襄公十二年伐戎至岐卒』也。紀年：『幽王四年，秦人伐西戎。』幽王四年正襄公元年，此詩蓋因襄公伐西戎作。」愚案：幽王十一年庚午因戎亂被弑，當襄公七年。其襄公元年甲子，乃幽王五年，當四年時，襄公尚未即位，其時秦戎即有戰鬬，無與王事。竹書僞造，不足信也。襄公十二年乙亥，當平王五年，此有史記明文可據，以前戰事，書缺有間，不能確指其年矣。

小戎俴收，五楘梁輈。【疏】傳：「小戎，兵車也。俴，淺；收，軫也。五，五束也。楘，歷録也。梁輈，輈上句衡也。一輈五束，束有歷録。」箋：「此羣臣之兵車，故曰小戎。」○孔疏：「兵車大小應同而謂之『小戎』者，六月云：『元戎十乘，以先啓行。』元，大也。先啓行之車謂之『大戎』，從後行者謂之『小戎』。」馬瑞辰云：「齊語『五十人爲小戎』，韋注：『小戎，兵車也，此有司之所乘。』與箋以小戎爲『羣臣之兵車』合。小戎爲羣臣所乘，蓋對元戎爲將帥所乘言之，天子不必無小戎，諸侯不必無元戎也。或謂天子曰元戎，諸侯曰小戎，非也。首章言小戎，二、三章卽言『四牡』，言『俴駟』，是小戎駕四之證。王肅以小戎爲『駕兩馬』，非也。五十人爲小戎，自是齊制。惠氏棟疑周制以七十二人爲大戎，五十人爲小戎，亦非也。」釋言：「俴，淺也。」郭注：「詩曰：『小戎俴收。』」張衡東京賦「乃御小戎」，據郭注，明魯毛文同，張賦亦用此經文也。漢志集注引詩曰：「小戎俴收，五楘梁輈。」明齊毛文同。陳奐云：「考工記言軫最詳，不及後軫。車廣六尺六寸，輿深四尺四寸，其四面束輿之木謂之軫，詩謂之『收』。收，聚也，聚衆材而收束之也。升車皆從車後，故軫圍雖四面材，兩旁爲輢，前爲軓，其三面上有揜輿之版，納於輿下者，不可得而見，輿後一面無揜輿之版，所可見者惟軫而已。（詳阮氏車制攷。）鄭許云：『軫，車後橫木。』皆指可見之軫而言，後軫無掩版，故謂之『俴收』也。」孔疏：「五楘是轅上之飾，故以五爲『五束』，言以皮革五處束之。」說文「楘」下云：「車歷録束交也。」韻會引誤，「交」作「文」。孔疏：「因以爲文章歷録然，歷録蓋文章之貌。」非也。王夫之云：「傳言『束有歷録』，則歷録自爲一物，古未聞以『歷録』狀文章者。『束交』者，束之互相交，如畫卦交爻作『乂』也。廣雅：『繀車謂之厤鹿。』厤鹿卽歷録也。許慎説『著絲於莩車』爲『繀』。莩車者，紡車也。紡車相維之繩，上下轉相縈，是『歷録』者紡車交縈之名，借以言車之楘也。輈之束有五，蓋輈體不可枘鑿，恐致脆折，故皆用束，其束之或金或革，未詳其制。於束之上，更以絲交縈，如紡車之左右交縈，務爲纏固，此之謂『歷録』，何文章之有乎？」胡承珙云：「王説是也。説文『轢』下云：『曲轅轢縛，讀若論語「鑽燧改火」之「鑽」字。或作轢。』此卽所謂『五楘』，鄭司農云『駟車之轅，率尺所一縛』是也。（馬瑞辰云：「考工記國馬之輈，深四尺有七寸，尺所一縛，宜爲五縛。正合詩『五楘』之制。」）

然則梁輈以革縛之，又纏束以爲固，謂之『歷録』，故毛云『束有歷録』，(「録」當本作「录」。說文：「录，刻木录录也。」小徐繫傳：「录录猶歷歷也。」)許云『車歷録束交也』。說文『鞏』下云：『軸束也。』『帑』下云：『車衡上衣。』與『輈束』謂之『楘』義一耳。」

游環脅驅，陰靷鋈續，【疏】傳：「游環，靷環也。游在背上，所以禦出也。脅驅，慎駕具，所以止入也。陰，揜軌也。靷，所以引也。鋈，白金也。續，續靷也。」箋：「游環在背上無常處，貫驂之外轡，以禁其出。脅驅者，著服馬之外脅，以止驂之入。揜軌在軾前垂輈上。鋈續，白金飾續靷之環。」○釋文：「靳，環。居覲反。本又作『靷』。沈云舊本皆作『靳』。靳者，言無常處，游在驂馬背上。(「驂」當作「服」，釋名云：「在服馬背上。」)以驂馬外轡貫之，以止驂之出。左傳『如驂之靳』，居釁反，無取於靷也。」胡承珙云：『說文：「靳，當膺也。』巾車鄭注：『纓，謂當胷。』當胷即當膺也。既夕注：『纓，今馬鞅。』說文：『鞅，頸靼也。』靳、纓、鞅一物，蓋鞅韁服馬之頸，所以負軛而上繫於衡，其下則當服馬之胷，故謂之頸靼，又謂之當膺。其上有環，可以貫驂馬之外轡以禁其出。驂馬之首齊服馬之胷，胷上有靳，故左定九年傳王猛曰：『吾從子，如驂之靳。』其環又謂之『游環』者，以其游動於服馬胷背之間，而能制驂馬之外出故也。正義云：『游環者，以環貫靷，游在背上。』然游環所以貫轡，非以貫靷也。轡以御馬，靷以引車，非可混爲一事。」「脅驅，慎駕具」者。駕具所該甚廣，說文：「鞁，車駕具也。」「鞊，車鞁具也。」「⿰革亘，車鞁具也。」「⿰革奄，車具也。」「⿰革叕，車具也。」字皆從「革」，蓋以皮爲之。孔疏云：「脅驅者，以一條皮上繫於衡，後繫於軫，當服馬之脅，愛慎乘駕之具也。」「陰靷鋈續」者。胡承珙云：「軓在輿下，陰在軾前，陰高於軓，是名揜軓。箋云『揜軓在軾前垂輈上』，所言止一面。孔疏謂『以板木橫側車前，所以陰映此軓』，則似車左右亦有陰板，恐非。至陰靷者，謂陰下之靷，正義謂靷『繫於陰板之上』，亦非也。蓋靷從輿下而出於軓前，以繫於衡，其革不能如此之長，必須爲環以接續之，故曰鋈續，其後則繫於車軸，故說文以『靷』爲『引軸』。廣雅：『陰靷，伏兔也。』此語雖誤，然伏兔本在軸上，正以靷繫於軸，故張揖致有此誤。若靷繫於陰板之上，陰板非挽輿得力之處，何以引車？詩以『陰靷』連言，殆以其自下而出於揜軌之前，故曰『陰靷』耳。」王夫之云：「廣雅：『白銅謂之鋈。』鋈乃白銅之名，無沃灌之義，以鋈飾續環，蓋即今之嵌銅事件。作者必鑿鐵作竅，而以練成銅片嵌入之，若以銅液傾沃，則生熟不相沾洽，其上之漫出者，施以錯鑢，必動搖而不固矣。釋名云：『鋈，沃也。治白金以沃灌靷環也。』集傳改『治』爲『銷』，尤誤。世豈有已成之鐵，可用他金沃灌而得相黏合者哉？」胡承珙云：「傳意鋈爲白金，續者即以白金爲續靷之環。鋈以觼軜者，以白金爲繫軜之觼。鋈錞者，以白金爲矛下之錞。孔疏泥於爾雅白金無鋈名，遂誤以爲沃灌後乃以爲嵌銅鋈銀之說。古人質樸，未必作此工巧，但靷環等似非白金之柔者所宜，則孔疏云『金銀銅鐵總名爲金，此或是白銅白鐵，未必皆白銀』，是也。」文茵暢轂，駕我騏馵。【注】韓詩「文茵暢轂」。韓說曰：文茵，虎蔯。【疏】傳：「文茵，虎皮也。暢轂，長轂也。騏，騏文也。左足白曰馵。」箋：「此上六句者，國人所矜。」○「文茵虎蔯」，玉篇艸部「茵」下引韓文，引經明韓毛文同。說文：「騏，馬青驪文如博棊也。」釋畜：「馬後右足白驤，左足白馵。」黃山云：「傳『騏，騏文也』，下『騏』阮校据孔疏謂當改『綦』。案，說文：『綨，帛蒼艾色。綦，綨或从其。』『騏，馬青驪文如博棊也。』『驪，馬深黑色。』孔疏謂『色之青黑者名爲綦，馬名騏，知其色作綦文』，此說蓋誤釋馬者文與色各別。說文『騏馬青驪』，言馬色也；『文如博棊』，言馬文也。博棊非有色可言，乃言驪馬青花文圜如棊子耳。然則傳之『騏文』，乃『棋』之譌。孔所見本之『綦文』，亦正『棊』之譌。說文曰『文如博棊』，此『棊』不能改『綦』，必不譌也。今孔疏捏色與文而一之，固已不可從矣。綦爲蒼艾色，鄭風『綦巾』，傳說本同，箋亦曰『綦文』。孔疏於此更援鄭君顧命注，易爲青黑色者。艾之色，荀子正論篇注曰『蒼白』，後漢馮魴傳注曰『綟綠』，孔知蒼白既異驪馬之深黑，世又斷無綠色之馬，故以鄭訓青黑爲便意，謂可與說文騏馬青驪之色合矣。其如博棊之文，仍歸無著。且馬色以白掩黑爲青，非如布帛青謂之蒼，黑謂之黝。傳果以綦色説騏，必不自忘綦巾蒼白之訓，孔乃以鄭君禮注説毛傳，似尤不可從。」言念君子，温其如玉。【疏】箋：「言，我也。念君子之性温然如玉，玉有五德。」〇孔疏引聘義「君子比德如玉」爲證。馬瑞辰云：「聘義言玉之德有十，與箋言『五德』不同。管子水地言玉有九德，荀子言玉有七德，説苑又云玉有六美，皆非箋義所本，惟説文云：『玉石之美有五德：潤澤以温，仁之方也；䚡理自外，可以知中，義之方也；其聲舒揚，專以遠聞，智之方也；不橈而折，勇之方也；銳廉而不技，絜之方也。』與箋云五德合。」愚案：禮聘義引詩云：「言念君子，温其如玉。」荀子法行篇亦引二句，明齊魯與毛同。韓詩外傳二亦引「温其如玉」，明韓、毛文同。在其板屋，亂我心曲。【注】齊説曰：民以板爲室屋。【疏】傳：「西戎板屋。」箋：「心曲，心之委曲也，憂則心亂也。此上四句者，婦人所用閔其君子。」〇「民以板爲室屋」者，漢書地理志云：「天水隴西，山多林木，民以板爲室屋。故秦詩曰『在其板屋』。」明齊毛文同。顔注：「言襄公出征，則婦人居板屋之中而念其君子。」水經渭水注：「秦武公十年伐邽。漢武帝改爲天水郡。其鄉居悉以板蓋屋，詩所謂『西戎板屋』也。」孔疏：「謂『西戎板屋』，念想君子，伐得而居之。」尋文究理，正義較顔注爲長。其字指西戎。馬瑞辰云：「説文：『曲，象器受物之形。』心之受事如曲之受物，故稱心曲，猶水涯之受水處亦曰水曲也。」韓詩外傳二引詩：「在其板屋，亂我心曲。」明韓毛文同。

四牡孔阜，六轡在手。騏駵是中，騧驪是驂。【疏】傳：「黄馬黑喙曰騧。」箋：「赤身黑鬣曰駵。中，中服也。驂，兩騑也。」〇馬瑞辰云：「秦紀言襄公用駵駒祀上帝，是秦以駵爲上。説文：『騮，赤馬黑髦尾也。』騮省作駵。」龍盾之合，鋈以觼軜。【疏】傳：「龍盾，畫龍其盾也。合，合而載之。軜，驂內轡也。」箋：「鋈以觼軜，軜之觼以白金爲飾也，軜繫於軾前。」〇馬瑞辰云：「龍、尨、蒙三字，古聲近通用。牧人『凡外祭毁事用尨可也』，注：『故書尨作龍。』杜子春曰：『龙當爲龍。』考工記玉人『上公用龍』，鄭司農云：『龍當作龙。』詩旄邱『狐裘蒙戎』，左傳作『尨茸』，是其證也。此詩『龍盾』，蓋即下章之『蒙伐』，箋以爲『厖伐』也。作『龍』者叚借字耳。」「鋈以觼軜」者，孔疏：「四馬八轡，而經傳皆言『六轡』，明有二轡當繫之。馬之有轡者，所以制馬之左右，令之隨逐人意。驂馬欲入則偪於脅驅，不須牽挽，故知納者，納驂內轡，繫於軾前，其繫之處以白金爲觼也。」説文：「觼，環之有舌者。或作鐍。」徐鍇云：「言環形象玦，通作觖，觖亦缺也。」

言念君子，温其在邑。方何爲期？胡然我念之。【疏】傳：「在敵邑也。」箋：「方今以何時爲還期乎？何以然了不來，言望之也。」○馬瑞辰云：「方之言將也。方何爲期，猶云『將何爲期』也。方、將音近而義同。箋釋爲『方今』，失之。」

俴駟孔羣，厹矛鋈錞，蒙伐有苑。【注】韓詩曰：駟馬不著甲曰俴駟。「伐」作「瞂」，「宛」作「苑」。【疏】傳：「俴駟，四介馬也。孔，甚也。厹，三隅矛也。錞，鐏也。蒙，討羽也。伐，中干也。苑，文貌。」箋：「俴，淺也，謂以薄金爲介之札。介，甲也。甚羣者，言和調也。蒙，厖也。討，雜也，畫雜羽之文於伐，故曰厖伐。」○「駟馬」至「俴駟」，釋文引韓詩文。胡承珙云：「韓説與管子參患篇『甲不堅密與俴者同實，將徒人與俴者同實』二『俴』字相近，然清人明言『駟介』，左成二年傳鞍之戰，『齊侯不介馬而馳』，本非兵家之常，此詩方言兵車之備，豈反以不介爲詞，韓義似不如毛。」馬瑞辰云：「韓説是也。管子參患篇注：『俴，謂無甲單衣者。』又云：『俴，單也。人雖衆，無兵甲，與單人同也。』今案，人無甲謂之俴，馬無甲亦謂之俴。左成二年傳『不介馬而馳之』，正詩『俴駟』之謂。竊疑毛傳本作『俴駟，不介馬也』。後人譌爲『四介馬也』，箋遂以俴淺釋之耳。」陳喬樅云：「馬申韓義，是矣。然以毛傳『四介馬』爲『不介馬』之譌，則説近牽强。此詩『俴收』，傳訓俴爲淺，故箋於『俴駟』即用俴淺爲義，謂以薄金爲甲之札。古之戰馬皆著甲，以金爲札，金厚則重，故云俴，謂以薄爲善也。韓則訓俴爲單，謂馬不著甲，以示其驍勇，猶詩美大叔于田，言其『袒裼暴虎』也。」馬瑞辰云：「厹，通作仇。釋名：『仇，矛頭有三叉，言其可以討仇敵之矛也。』厹、酋聲相近，考工記『酋矛常有四尺』，蓋卽詩之『厹矛』，厹借作『酋』，猶遒借作『勼』與『逑』也。曲禮鄭注：『銳底曰鐏，取其鐏地。平底曰鐓，取其鐓地。』是鐏、鐓異物。而說文云：『鐓，矛戟柲下，銅鐏也。』『鐏，柲下銅也。』蓋鐏與鐓對文則異，散則通，故毛傳亦云『錞，鐏也』。孔疏謂取類相明，非訓爲鐏，失之。」「伐作瞂宛作苑」者。玉篇盾部：「瞂，盾也。」引詩曰：「蒙瞂有苑。」是據韓詩之文。釋文：「伐，本又作瞂。」說文：「瞂，盾也。」是「伐」乃「瞂」之叚借。商頌長發「武王載旆」，說文引詩作「載拔」。小雅六月「白旆央央」，釋文：「本作白茷。」此詩「蒙伐」，韓作「瞂」，皆古今字異也。胡承珙云：「蒙伐之『蒙』，與『𤊽』同訓『覆』。說文：『𤊽，從火，𦔻聲。』『𦔻，𣪊也。從羽，𣪊聲』。『𣪊，從攴，蜀聲。』周書以爲討。』此數字，聲皆相近。然則傳訓『蒙討』，猶訓『蒙』爲『𤊽』，『討羽』猶言『𤊽羽』也。蒙亦有『雜』義，易雜卦：『蒙雜而著。』儀禮鄉射記：『旌各以其物，無物則以白羽，與朱羽糅。』注：『此翿旌也，糅者雜也。』據此，知翿爲雜羽之名，討與翿聲相近，故箋申『討』爲『雜』，釋『討羽』爲『雜羽』也。」黃山云：「析羽謂之旌，凡羽葆之屬，皆析分鳥羽以爲飾。討羽蓋由上揜下，順羽之序而治之，著於干以辟雨，必不析也。趙岐孟子注：『討者，上討下也。』討、伐義近，故傳取爲訓。說文：『討，治也。』『誅，討也。』治茅覆屋謂之誅茅，義蓋相昉。箋訓『蒙』爲『厖』、『討』爲『雜』，亦本無『畫』義，忽以畫羽爲說，自未确。」

虎韔鏤膺，交韔二弓，竹閉緄縢。

【注】齊「閉」作「柲」，魯作「鞑」。【疏】傳：「虎，虎皮也。韔，弓室也。膺，馬帶也。交韔，交二弓於韔中也。閉，紲。緄，繩。縢，約也。」箋：「鏤膺，有刻金飾也。」○韔，廣雅作「韔」，云：「弓藏也。」釋文：「本亦作鬯。」虎韔，謂以虎皮包之而藏於弓室。嚴粲云：「鏤膺，鏤飾弓室之膺。弓以後爲背，則以前爲膺，故弓室之前亦爲膺。詩上言虎韔，下言交韔二弓，不應中及馬帶，傳說非也。韔爲藏弓之

室，因名弓之藏亦爲韔。交韔，謂交互安置之。竹閉，以竹爲閉也。」「齊閉作柲」者，士喪禮鄭注：「弓檠曰柲。縢，緣也。詩云：『竹柲緄縢。』」又既夕記注：「柲，弓檠，弛則縛於弓裏，備損傷，以竹爲之。詩云：『竹柲緄縢。』」鄭注儀禮多用齊詩，兩引此詩皆作「柲」字，蓋據齊詩文。「魯作䩛」者，考工記弓人「譬如終紲」，「引如終紲」，注：「紲，弓䩛也。弓有䩛者，爲發弦時備頻傷。詩云：『竹䩛緄縢。』」鄭注周禮引詩作「䩛」，蓋從魯詩也。陳奐云：「說文：『檠，榜也。』『榜，所以輔弓弩也。』『紲，繫也。』案，繫檠曰紲，因之呼檠曰紲，傳讀詩之『閉』爲既夕記『有柲』之柲，而即以考工記『終紲』之紲釋之，實一物也。詩既言交弓於韔中，又用竹檠約之以繩，所以虞其翩反也。角弓傳：『不善紲檠巧用，則翩然而反。』是其義矣。傳文『緄繩，縢約』，疑互譌。宋策『束組三百緄』，此緄有『約』義。少儀『甲不組縢』，周書『有金縢』，此縢有『繩』義。閟宮『綠縢』，傳亦訓縢爲『繩』。緄縢，謂約之必以繩也。然賈公彥疏已作『緄繩，縢約』矣。」**言念君子，載寢載興，厭厭良人，秩秩德音。**【注】韓「載」作「再」。魯「厭」作「愔」。【疏】傳：「厭厭，安靜也。秩秩，有知也。」箋：「此既閔其君子寢起之勞，又思其性與德。」○「韓載作再」者，曹植應詔詩：「騑驂倦路，再寢再興。」陳喬樅云：「文選李注『騑驂』句，引韓詩曰：『兩驂雁行。』於『再寢』句引毛詩曰：『言念君子，再寢再興。』考毛詩『載寢載興』，不作『再』字，子建用韓詩，故文與毛異，李引毛亦作『再』，乃順子建本詩之文耳。」「魯厭作愔」者，列女於陵子妻傳引詩曰：「愔愔良人，秩秩德音。」毛作「厭」，借字；正字當作「懕」。說文：「懕，安也。」段玉裁以爲「愔」是「懕」之或體。三倉：「愔愔，性和也。」毛作「厭」者，魯韓詩皆作「愔」。湛露「厭厭夜飲」，韓詩作「愔愔」，是其明證矣。

小戎三章，章十句。

蒹葭【疏】毛序：「刺襄公也。未能用周禮，將無以固其國焉。」箋：「秦處周之舊土，其人被周之德教日久矣，今襄公新爲諸侯，未習周之禮法，故國人未服焉。」○魏源云：「襄公初有岐西之地，以戎俗變周民也。豳部皆公劉太王遺民，久習禮教，一旦爲秦所有，不以周道變戎俗，反以戎俗變周民，如蒼蒼之葭，遇霜而黄。肅殺之政行，忠厚之風盡，蓋謂非此無以自强於戎狄。不知自强之道在於求賢，其時故都遺老隱居藪澤，文武之道，未墜在人，特時君尚詐力，則賢人不至，故求治逆而難；尚德懷則賢人來輔，故求治順而易，溯洄不如溯游也。襄公急霸西戎，不遑禮教，流至春秋，諸侯終以夷狄擯秦，故詩人興霜露焉。」愚案：魏説於事理詩義皆合，三家義或然。

蒹葭蒼蒼，白露爲霜。【疏】傳：「興也。蒹，薕。葭，蘆也。蒼蒼，盛也。白露凝戾爲霜，然後歲事成，國家待禮然後興。」箋：「蒹葭在衆草之中，蒼蒼然彊盛，至白露凝戾爲霜，則成而黄。興者，喻衆民之不從襄公政令者，得周禮以教之則服。」○「蒹薕葭蘆」，釋草文。郭注：「蒹似萑而細，高數尺，蘆葦也。」陸疏云：「蒹，水草也。堅實，牛食之令牛肥彊。青徐州人謂之薕。」御覽十二事類賦天部引詩含神霧曰：「陽氣終，白露凝爲霜。」宋均曰：「白露，行露也。陽終陰用事，故白露凝爲霜也。」此齊義。愚案：魏源云：「毛傳謂露凝爲霜然後歲事成，國家待禮然後興，然則下章『白露未晞』、『白露未已』，又何以取興乎？故知詩以霜興肅殺，非興禮教。」正與宋説合。蔡邕釋誨「蒹葭蒼而白露凝」，明用魯詩文。

所謂伊人，在水一方。【疏】傳：「伊，維也。一方難至矣。」箋：「伊，當作緊，緊猶是也。所謂是知周禮之賢人，乃在大水之一邊，假喻以言遠。」○説郛引詩汜曆樞曰：「蒹葭秋水，其思涼，猶秦西氣之變乎？」蓋齊説如此。陳奂云：「伊、維一聲之轉，『伊其』即『維其』，『伊何』即『維何』，『伊人』即『維人』。維，是也，猶言是人也。」

遡洄從之，道阻且長。【注】韓詩曰：阻，憂也。又曰：道阻，阻且險也。【疏】傳：「逆流而上曰遡洄，逆禮則莫能以至也。」箋：「此言不以敬順往求之，則不能得見。」○「阻，憂也。又曰道阻，阻且險也」者，玉篇阜部引韓詩文。皮嘉祐云：「釋文、説文俱云：『阻，險也。』

釋名釋邱：『水出其後曰阻邱，背水以爲險也。』是阻本有『險』義。韓又訓阻爲『憂』者。書舜典『黎民阻飢』，釋文引王注：『阻，難也。』釋詁及詩傳皆云：『阻，難也。』道難則心有憂危之意，故韓以憂、險並釋之。」遡游從之，宛在水中央。【注】魯說曰：「逆流而上曰溯洄，順流而下曰溯游。」【疏】傳：「順流而涉曰遡游，順禮求濟，道來迎之。」箋：「宛，坐見貌。以敬順求之則近耳，易得見也。」○「逆流」二句，釋水文，魯說也。孔疏引孫炎曰：「逆渡者，逆流也。順渡者，順流也。」陳奐云：「而下，亦當作『上』。以逆順分洄游，渡水皆是鄉上也。傳就濟渡言，故云『順流而涉』，其實逆流而上，亦是涉也，不作『下』字。」愚案：陳說是。說文：「溯，逆流而上曰溯洄。溯，向也，水欲下，逆而之上也。從水，㡿聲。或從辵、朔。」溯，正字。遡，或體。泝，又「溯」之俗字。

蒹葭淒淒，白露未晞。所謂伊人，在水之湄。遡洄從之，道阻且躋。遡游從之，宛在水中坻。【疏】傳：「淒淒，猶蒼蒼也。晞，乾也。湄，水隒也。躋，升也。坻，小渚也。」箋：「未晞，未爲霜。升者，言其難至如升阪。」○陳奐云：「宋本作『淒淒』，故傳讀爲『萋萋』，與上章『蒼蒼』同訓爲盛。若水作『萋萋』，訓茂盛，已見於葛覃傳，不當云『猶蒼蒼』矣。」胡承珙云：「說文釋名『湄』義皆同爾雅，傳獨云『水隒』者。說文：『隒，崖也。』『崖，高邊也。』下文『道阻且躋』，躋爲『升』義，故此以『水隒』見其高意。」甫田箋：「坻，水中之高地也。」

蒹葭采采，白露未已。所謂伊人，在水之涘。遡洄從之，道阻且右。遡游從之，宛在水中沚。【注】韓「沚」作「洔」，說曰：「大渚曰洔。」【疏】傳：「采采，猶淒淒也。未已，猶未止也。涘，厓也。右，出其右也。小渚曰沚。」箋：「右者，言其迂迴也。」○蜉蝣傳：「采采，衆多也。」馬瑞辰云：「周人尚左，故以右爲迂回。」「韓沚作洔，說曰大渚曰洔」者，文選潘岳河陽縣詩李注引韓詩曰：「宛在水中洔。」薛君曰：「大渚曰洔。」洔同沚，「大」是「小」之誤。說文亦云：「小渚曰沚。」爾雅釋文：「沚，本或作涛。」穆天子傳「飲於板涛之中」，郭注：「涛，小渚也。」皆無異義。

蒹葭三章，章八句。

終南【疏】

毛序：「戒襄公也。能取周地，始爲諸侯，受顯服，大夫美之，故作是詩以戒勸之。」○案，周地，岐以西之地。鄭語云：「平王之末，秦取周土。」蓋已至秦文公末年矣。三家無異義。

終南何有？有條有梅。【疏】傳：「興也。終南，周之名山中南也。條，槄。梅，枏也。宜以戒不宜也。」箋：「問何有者，意以爲名山高大，宜有茂木也。興者，喻人君有盛德，乃宜有顯服，猶山之木有大小也。此之謂戒勸。」○陳奐云：「漢書地理志：『右扶風，武功，大一山，古文以爲終南。垂山，古文以爲敦物，皆在縣東。』案禹貢，終南惇物，皆在雍州渭南，惇物爲武功縣南山，而終南爲漢京兆長安縣之南山，今陝西西安府南五十里終南山也。豐在長安西，鎬在長安東，則終南爲周豐鎬之南山，以大一當終南，未是也。漢書匈奴傳：『秦襄公伐戎至郊，始列爲諸侯。』據此，知襄公僅有岐西，尚無岐東，至豐鎬之南山，必非秦履也。」胡承珙云：「岐之東西皆有終南，不必定至岐東之地。朱子謂襄公雖未能遽有周地，然既有天子之命矣。穀梁子曰：『王者無外命之則成矣。』史記載平王曰：『戎無道，奪我岐豐之地，秦能攻逐戎，卽有其地。』故秦襄公冢中鼎銘曰：『天王遷洛，岐豐錫公。』（見通鑑前編。）其言正與詩序相應，此大夫美其君能取周地，始爲諸侯，首舉周之名山，舍終南將何所舉，不必泥於襄地之未至終南。且箋云：『至止者，受命服於天子而來。』是則襄公救周之後，受服西歸，道經終南，大夫因以起興，未爲不可也。」釋木：「槄，山榎。」孔疏引孫炎注引詩「有條有梅」，云：「條，槄也。」郭注：「今之山楸。」攸聲、舀聲古同部通用，柚條爲南方之木，非終南所有，故不得以條爲柚也。釋木：「梅，枏。」說文「梅」下云：「枏也。」「某」下云：「酸果也。」蓋酸果之梅，以「某」爲正字，作「梅」者借字耳。說文「梅」字注又云：

「可食，或作楳。」段注以爲淺人改竄，是也。君子至止，錦衣狐裘。【疏】傳：「錦衣，采色也。狐裘，朝廷之服。」箋：「至止者，受命服於天子而來也。諸侯狐裘錦衣以裼之。」○馬瑞辰云：「古者裼衣與裘色相稱，此詩狐裘，以玉藻證之，知爲『白裘』，則錦衣亦當從玉藻鄭注訓爲『素錦』。玉藻『君衣狐白裘，錦衣以裼之』，鄭注：『君衣狐白毛之裘，則以素錦爲衣覆之，使可裼也。』又曰：『凡裼衣，象裘色也。』疏云：『凡裼衣象裘色者，狐白裘用錦衣爲裼，狐青裘用元衣爲裼，羔裘用緇衣爲裼。』是皆與裘色相稱之證。又案玉藻『君子狐青裘，豹褎，玄綃衣以裼之。麛裘，青豻褎，絞衣以裼之。羔裘，豹褎，緇衣以裼之。狐裘，黃衣以裼之。』玄既爲綃衣，則下言『絞衣』、『緇衣』、『黃衣』，皆承上用綃可知。是知諸侯惟狐裘用錦，以別於天子用綃。說文：『綃，生絲也。』『錦，襄邑織文也。』綃與錦異其質，不異其色。玉藻云：『童子之節也，緇布衣，錦緣，錦紳并紐，錦束髮，皆朱錦也。』案，有『朱錦』，則有『素錦』矣。鄭云『以素錦爲衣覆之』，正與狐白裘色相稱。毛傳以錦衣爲『采色』，正義作『采衣』，失之。」顏如渥丹，其君也哉！【注】韓「丹」作「沰」，曰：「沰，赭也。」亦作「赭」。【疏】箋：「渥，厚漬也。顏色如厚漬之丹，言赤而澤也。其君也哉，儀貌尊嚴也。」○「丹作沰。曰沰，赭也」者，釋文引韓詩文。「亦作赭」者。韓詩外傳二引詩：「顏如渥赭，其君也哉。」亦作「赭」，俱與毛異。黃山云：「說文：『丹，巴越赤石。』『赭，赤土色。』並赤，故義可通，簡兮鄭箋即以『傅丹』訓『赭』可證也。封氏聞見記：『赭，或謂之柘木染。』本草：『柘木染黃赤色，謂之柘黃，天子服。』柘黃即赭黃也。柘讀如『蔗』，與『赭』爲同音字。沰與柘皆『石』聲，亦可通『赭』，是沰又即赭也。」

終南何有？有紀有堂。【注】三家「紀」作「杞」，「堂」作「棠」。【疏】傳：「紀，基也。堂，畢道平如堂也。」箋：「畢也堂也，亦高大之山所宜有也。畢，終南山之道名，邊如堂之牆然。」○孔疏：「案集注本作『屺』，定本作『紀』，以下文有堂，故以爲『基』，謂山基也。釋丘云：『畢，堂牆。』李巡曰：『堂，牆名。崖似堂牆曰畢。』郭注：『今終南山道名畢，其邊若堂之牆。」以終南之山見有此堂，知是畢道之側，其崖如堂也。「三家紀作杞，堂作棠」者，白帖五引詩，作「有杞有棠」，蓋本三家詩文。馬瑞辰云：「紀，當讀爲『杞梓』之杞。堂，當讀爲『甘棠』之棠。紀、堂皆叚借字。左氏春秋桓二年『杞侯來朝』，公、穀並作『紀侯』。三年，『公會杞侯于郕』，公羊作『紀侯』。『吴夫槩奔楚爲棠谿氏』，定五年左傳作『堂谿』，此皆杞、紀、棠、堂古得通借之證。」王引之説略同，謂白帖所引蓋韓詩。唐時齊、魯皆亡，惟韓詩尚存也。」

君子至止，黻衣繡裳。【注】魯詩曰：「君子至止，黻衣繡裳。」魯説曰：「黻衣繡裳，君子之所服也。愛其德，故美其服也。」韓詩曰：「君子至止，紼衣繡裳。」異色繼袖曰紼。【疏】傳：「黑與青謂之黻，五色備謂之繡。」○傳義本考工記文，以「黻」與「繡」對言。釋言：「黻、黼，彰也。」又曰：「袞，黻也。」論語「而致美乎黻冕」，「黻冕」猶言「袞冕」。此詩「黻衣繡裳」，猶九罭詩「袞衣繡裳」，乃通言章服耳。君子德足稱服，故美之也。引「君子至止」二句，明魯毛文同。「黻衣」至「服也」，中論藝紀篇文。「君子」至「曰紼」，玉篇絲部引韓詩文。「袖」當爲「繡」字之誤。青黑二文曰「黻」，是異色也，加以五色備曰「繡」，是繼繡也。「黻」通「紱」，「紱」亦通「紼」。莊子逍遥游釋文：「紱，或作紼。」堯廟碑「印紼相承」，「紱」作「紼」，是三字以音近相通。韓作「紼」者，亦叚「紼」爲「紱」耳。九章「黼」、「黻」皆統於「繡」，考工「繡」與「黼」、「黻」對言，不能合而爲一也。

佩玉將將，壽考不亡！【注】魯「將」作「鏘」，魯齊「亡」作「忘」。【疏】「魯將作鏘，亡作忘」者，中論藝紀篇引詩：「佩玉鏘鏘，壽考不忘。」徐幹用魯詩也。「齊亡作忘」者，漢書禮樂志安世房中歌作「壽考不忘」，班用齊詩也。毛作「將」及「亡」，皆古文省借字。

終南二章，章六句。

黄鳥【疏】毛序：「哀三良也。國人刺穆公以人從死，而作是詩也。」箋：「三良，三善臣也。謂奄息仲行鍼虎也。從死，自殺以從死。」○史記秦本紀：「秦繆公卒，葬雍，從死者百七十七人，秦之良臣子輿氏三人奄息仲行鍼虎，亦在從死之中，秦人哀之，爲作黃鳥之詩。」史記敍傳：「穆公思義，悼豪之旅。以人爲殉，詩歌黃鳥。」應劭漢書注：「秦繆公與羣臣飲酣，公曰：『生共此樂，死共此哀！』於是奄息仲行鍼虎許諾。及公薨，皆從死，黃鳥所爲作也。」以上魯說。漢書匡衡傳疏云：「秦穆貴信，士多從死。」易林困之大壯：「子輿失勢，黃鳥哀作。」又革之小畜：「子車鍼虎，善人危殆。黃鳥悲鳴，傷國元輔。」以上齊說。曹植三良詩：「功名不可爲，忠義我所安。秦穆先下世，三臣皆自殘。生時等榮樂，既沒同憂患。誰言捐軀易，殺身誠獨難。黃鳥爲悲鳴，哀哉傷肺肝。」以上韓說。三家皆謂秦穆要人從死，穆公既死，三臣自殺以從也。西國書記非洲諸國以人從死，動至無數，英法禁之，然後衰息，蓋夷俗如此。

交交黃鳥，止于棘。【疏】傳：「興也。交交，小貌。黃鳥以時往來得其所，人以壽命終，亦得其所。」箋：「黃鳥止于棘，以求安己也，此棘若不安則移。興者，喻臣之事君亦然，今穆公使臣從死，刺其不得黃鳥止于棘之本意。」○馬瑞辰云：「文選嵇叔夜贈秀才入軍詩：『咬咬黃鳥，顧儔弄音。』李注引詩『交交黃鳥』，又引古歌：『黃鳥鳴相追，咬咬弄好音。』玉篇、廣韻並曰『咬，鳥聲』。作『交交』者，省借字耳。」又云：「詩以黃鳥之止棘、止桑、止楚，爲不得其所，興三良之從死，爲不得其死也。棘、楚皆小木，桑亦非黃鳥所宜止，小雅黃鳥詩『無集于桑』，是其證也。詩刺三良從死，而以止棘、止桑、止楚爲喻者，『棘』之言『急』，（素冠傳：「棘，急也。」）『桑』之言『喪』也，『楚』之言『痛楚』也。（六書故：楚亦名荊，捶人卽痛，因名痛楚。）古人用物，多取名於音近，如『松』之言『容』，『柏』之言『迫』，『栗』言『戰栗』，（公羊文二年何注。）『桐』之言『痛』，『竹』之言『蹙』，（白虎通：「竹者，蹙也。桐者，痛也。」）『蓍』之言『耆』，（白虎通：「蓍之爲言耆也。久長意也。」）皆此類也。」愚案：馬說精當。蔡邕陳太邱碑文：「交交黃鳥，爰止于棘。命不可贖，哀何有極。」邕習魯詩，明魯毛文同。誰從穆公？子車奄息。維此奄息，百夫之特。臨其穴，惴惴其慄！彼蒼者天，殲我良人！如可贖兮，人百其身。【注】魯「慄」作「栗」，「兮」作「也」。【疏】傳：「子車，氏；奄息，名。乃特百夫之德。惴惴，懼也。殲，盡。良，善也。」箋：「言『誰』，從穆公者傷之。特，百夫之中最雄俊也。穴，謂冢壙中也。秦人哀傷此奄息之死，臨視其壙，皆爲之悼慄，言彼蒼者天，愬之如此。奄息之死，可以他人贖之者，人皆百其身，謂一身百死猶爲之，惜善人之甚。」○馬瑞辰云：「柏舟『實維我特』，傳：『特，匹也。』此亦訓特爲『匹』，匹之言『敵』也、『當』也，猶云乃當百夫之德耳。人百其身，謂願以百人之身代之，言『人百其身』者，倒文也。箋謂『一身百死』，似非經義。」愚案：左傳作「子車氏」，史記作「子輿氏」，「車」、「輿」字異義同，故易林作「子車」，又作「子輿」也。「魯慄作栗」者。趙岐孟子公孫丑章句：「惴，懼也。詩云：『惴惴其栗。』」淮南說山訓注：「惴，讀詩『惴惴其栗』之惴。」是魯詩「慄」作「栗」，不與毛同。今孟子注閣本、監本、毛本俱作「慄」，此後人順毛所改。曹植卞太后誄：「痛莫酷斯，彼蒼者天。」引「彼蒼」句，明韓毛文同。「魯兮作也」者，蔡邕陳留太守胡公碑作「如可贖也」。隸續平輿令薛君碑：「如可贖也，人百其身。」與邕引魯詩合，明魯作「也」，與毛異。

交交黃鳥，止于桑。誰從穆公？子車仲行。維此仲行，百夫之防。【疏】傳：「防，比也。」箋：「仲行，字也。防，猶當也，言此一人當百夫。」○陳奐云：「子車三子，不當兩稱名、一稱字，蓋若鄭祭仲足，祭氏、仲字、足名矣。」臨其穴，惴惴其慄。彼蒼者天，殲我良人！如可贖兮，人百其身。

交交黃鳥，止于楚。誰從穆公？子車鍼虎。維此鍼虎，百夫之禦。臨其穴，惴惴其慄。彼蒼者天，殲我良人！如可贖兮，人百其身。【疏】傳：「禦，當也。」

黃鳥三章，章十二句。

晨風

【疏】毛序：「刺康公也。忘穆公之業，始棄其賢臣焉。」○三家無異義。

鴥彼晨風，鬱彼北林。【注】韓「鴥」作「鴪」。齊「鬱」作「温」。魯説曰：晨風，鸇。「晨」亦作「鷐」。「鬱」作「宛」。【疏】傳：「鴥，疾飛貌。晨風，鸇也。鬱，積也。北林，林名也。先君招賢人，賢人往之，駛疾如晨風之飛入北林。」箋：「先君，謂穆公。」○「韓鴥作鴪」者，外傳八趙蒼唐對魏文侯引此詩六句，作「鴪彼晨風」。宋綿初云：「鴪，字書作聿，疾飛貌。木華海賦『鴪如驚鳧之失侶』，與『鴥』字異而音義同。」「齊鬱作温」者，易林小畜之革：「晨風之翰，大舉就温。」又豫之革：「晨風文翰，隨時就温。雄雌相和，不憂危殆。」陳喬樅云：「温與蕴通，當爲『鬱』之叚借。雲漢詩『温隆蟲蟲』，正義：『定本作蕴。』釋文：『韓詩作鬱。』可證也。齊詩異文蓋作『温彼北林』，魏曹丕詩『願爲晨風鳥，雙飛翔北林』，即用此詩語意，與易林『雄雌相合』之説合，其義皆本之齊詩。」愚案：舉、就，如論語「色斯舉矣」之舉，疾飛故云「大舉」；就者集也，就、集一聲之轉。就温，猶晉語云「集菀」耳。「晨風鸇」者，釋鳥文，魯説也，與毛同。郭注：「鸇，鷂屬。」郝懿行云：「詩獨『鴥彼飛隼』與『鴥彼晨風』言鴥，可知鸇即隼矣。」「魯晨亦作鷐，鬱作宛」者，説文：「鸇，鷐風也。」「鷐，鷐風也。从鳥，晨聲。」「鴪，鸇飛貌。从鳥，穴聲。詩曰：『鴪彼鷐風。』」「鴪」與「鴥」字同，但有左右轉易之别。齊韓毛皆作「晨」，則作「鷐」者魯詩「亦作」本也。周官函人，鄭注引詩「宛彼北林」，「宛」與「菀」同，亦「鬱」之借字。史記倉公傳「寒濕氣宛」，即「氣鬱」也。韓毛作「鬱」，齊作「温」，則作「宛」者亦魯詩也。陸疏：「鸇似鷂，青黄色，燕頷句喙，向風摇翅，乃因風飛急，疾擊鳩鴿燕雀食之。」

未見君子，憂心欽欽。【疏】傳：「思望之，心中欽欽然。」箋：「言穆公始未見賢者之時，思望而憂之。」

如何如何！忘我實多。【疏】傳：「今則忘之矣。」箋：「此以穆公之意責康公，如何如何乎！忘我之事實多。」○案，外傳趙倉唐對文侯言中山君擊好晨風，誦「忘我實多」以感文侯，文侯大悦。是以「忘我」爲君忘其臣，箋説非也。

張衡思玄賦引「忘我實多」，衡用魯詩，明魯毛文同。

山有苞櫟，隰有六駮。【注】魯「苞」作「枹」。【疏】傳：「櫟，木也。駮如馬，倨牙，食虎豹。」箋：「山之櫟，隰之駮，皆其所宜有也，以言賢者亦國家所宜有之。」○陸疏云：「駮馬，梓榆也。其樹皮青白駮犖，遥視似駮馬，故謂之駮馬。下章云『山有苞棣，隰有樹檖』，皆山隰之木相配，不宜云獸。駮與駁，古通用。」崔豹古今注：「六駮，山中有木，葉似豫章，皮多癬駁，名六駁木。」即此。「魯苞作枹」者，釋木：「樸，枹者。」郭注：「樸屬叢生者爲枹。詩所謂棫樸、枹櫟。」案，毛作「苞櫟」，則作「枹櫟」者魯詩也。未見君子，憂心靡樂。如何如何！忘我實多。

山有苞棣，隰有樹檖。【疏】傳：「棣，唐棣也。檖，赤羅也。」○馬瑞辰云：「爾雅：『唐棣，栘。』『常棣，棣。』據小雅常棣傳，一本作『常棣，栘也』，合以此傳『棣，唐棣也』，知傳與今本爾雅互易，蓋作『常棣，栘。』『唐棣，棣。』疑毛所見爾雅原作『唐棣，棣。』『常棣，栘。』說文：『栘，常棣也。』『棣，白棣也。』爾雅疏引陸疏云：『常棣，許慎云白棣樹也，如李而小，子如櫻桃，正白。又有赤棣，亦似白棣，子正赤，亦如郁李而小。』今案，常棣既爲白棣，則唐棣爲赤可知，郭注乃以唐棣爲今白栘，似白楊，誤矣。」又云：「正義引陸疏云『檖，一名山梨，今人謂之楊檖，實如梨，但小耳。一名廣梨，一名鼠梨』。是檖卽山梨之小者，而爾雅說文以爲『羅』。傳言『赤羅』者，羅、棃一聲之轉，赤羅猶言紅棃耳。方言：『樹，植立也。』樹檖蓋植立者，故對苞爲叢生言之。」未見君子，憂心如醉。如何如何！忘我實多。

晨風三章，章六句。

無衣【疏】毛序：「刺用兵也。秦人刺其君好攻戰，亟用兵，而不與民同欲焉。」○案，毛謂詩之篇第以世爲次，此在穆公後，宜爲刺康公詩。其實世次之說，出毛武斷，而審度此詩詞氣，又非刺詩，斷從齊說。見下。

豈曰無衣！與子同袍。【疏】傳：「興也。袍，襺也。上與百姓同欲，則百姓樂致其死。」箋：「此責康公之言也。君豈嘗曰女無衣，我與女同袍乎？言不與民同欲。」〇子者，秦民相謂之詞。「豈曰無衣」，與唐風「豈曰無衣六兮」句法一例，言豈曰我無衣乎？但以我與子友朋親愛之情，子有袍，願與同著之。釋名：「袍，大夫著，下至跗者也。袍，苞也。苞，内衣也。」吳越春秋二引無衣之詩曰：「豈曰無衣，與子同袍。」長君用韓詩，明韓毛文同。王于興師，脩我戈矛，與子同仇。【注】韓「仇」作「讎」。【疏】傳：「戈長六尺六寸，矛長二丈。天下有道，則禮樂征伐自天子出。仇，匹也。」箋：「于，於也。怨耦曰仇。君不與我同欲，而於王興師，則云脩我戈矛，與子同仇往伐之。刺其好攻戰。」〇于，往也。秦自襄公以來受平王之命以伐戎，所興之師，皆爲王往也，故曰「王于興師」。孔疏：「考工記廬人：『戈長六尺六寸。』記又云：『酋矛常有四尺。』注：『八尺曰尋，倍尋曰常。』常有四尺，是矛長二丈也。」「韓仇作讎」者，吳越春秋二引詩曰：「王于興師，與子同讎。」西戎弑幽王，是於周室諸侯爲不共戴天之讎，秦民敵王所愾，故曰「同讎」也。

豈曰無衣！與子同澤。【注】齊「澤」作「襗」。【疏】傳：「澤，潤澤也。」箋：「澤，褻衣，近污垢。」〇釋文：「澤，如字。說文作『襗』，云：『袴也。』」孔疏：「箋以上袍下裳，則此亦衣名。故易傳爲『襗』，襗是袍類，故論語注云：『褻衣，袍襗也。』」陳喬樅云：「班固北征頌『寒不施襗』，班世習齊詩，此頌正用齊『襗』字。鄭易『澤』爲『襗』，亦據齊文也。廣雅釋器：『襗，長襦也。』釋名：『襦，耎也，言温煖也。』襗是褻服，故以『近污垢』言之。說文訓『襗』爲『袴』，別爲一說。陸孔並引以證鄭，未合。」王于興師，脩我矛戟，與子偕作。【疏】傳：「作，起也。」箋：「戟，車戟常也。」〇孔疏：「考工記廬人：『常長丈六。』」

豈曰無衣！與子同裳。王于興師，脩我甲兵，與子偕行。【注】齊「偕」作「皆」。【疏】傳：「行，往也。」○「齊偕作皆」者，漢書趙充國辛慶忌傳贊：「山西天水安定北地處勢迫近羌胡，民俗修習戰備，高尚勇力鞍馬騎射，故秦詩曰：『王于興師，脩我甲兵，與子皆行。』其風聲氣俗自古而然。今之歌謠慷慨，風流猶存耳。」偕、皆古通作。陳喬樅云：「據班說，知齊詩不以『無衣』爲刺。皆，地理志引作『偕』，蓋後人順毛改之。」

無衣三章，章五句。

渭陽【疏】毛序：「康公念母也。康公之母，晉獻公之女也。文公遭麗姬之難，未反而秦姬卒，穆公納文公。康公時爲太子，贈送文公于渭之陽，念母之不見也，我見舅氏，如母存焉。及其即位，思而作是詩也。」○列女秦穆姬傳：「秦穆姬者，晉獻公之女，賢而有義。穆姬死，穆姬之弟重耳入秦，秦送之晉，是爲晉文公。太子罃思母之恩而送其舅氏也，作詩曰：『我送舅氏，至於渭陽。何以贈之？路車乘黃。』君子曰：慈母生孝子。」後漢書馬援傳注引韓詩曰：「秦康公送舅氏晉文公於渭之陽，念母之不見也，曰『我見舅氏，如母存焉。』」是魯傳韓序並與毛合，齊詩亦必同也，惟毛以爲康公即位後方作詩。案，贈送文公，乃康公爲太子時事，似不必即位後方作詩，魯韓不言，不從可也。

我送舅氏，曰至渭陽。【注】魯「曰至」作「至於」。【疏】傳：「母之昆弟曰舅。」箋：「渭，水名也。秦是時都雍，至渭陽者，蓋東行送舅氏於咸陽之地。」○「魯曰至作至於」者，列女秦穆姬傳引詩文。（見上。）咸陽在今陝西西安府長安縣，雍在今鳳翔府鳳翔縣西北，詩言至渭陽，未及渭水。孔疏云「雍在渭南，晉在秦東，行必渡渭」者，非也。水北曰陽。

何以贈之？路車乘黃。【疏】傳：「贈，送也。乘黃，四馬也。」○陳奐云：「時穆公尚在。坊記：『父母在，饋獻不及車馬。』此贈車馬何也？逸周書太子晉篇：『師曠請歸，王子贈之乘車四馬。』孔注：『禮，爲人子三賜不及車馬，此賜則白王然後行可知也。』然則康公亦白穆公而行與？」

我送舅氏，悠悠我思。何以贈之？瓊瑰玉佩。傳：「瓊瑰，石而次玉。」○「悠悠我思」，魯傳韓毛序「念父母不見」之意，皆從此生出，因念舅氏而念母，思慕至深，言不盡意。馬瑞辰云：「瓊瑰，蓋『璿瑰』之譌。說文：『瓊，赤玉也。』（段注謂「赤」當作「亦」。）『璿，美玉也。』二義不同。篆文『瓊』作『瓗』，『璿』作『𤪌』，形近易譌。說文『璿』字注引春秋傳『璿弁玉纓』，今左傳譌作『瓊弁』。證一。古『璿』或作『琁』，『璿』譌爲『瓊』，今本說文因誤以『琁』篆廁『瓊』下。據文選陶徵士誄『璿玉致美』字注引說文云：『琁亦璿字。』是知說文『琁』字本廁『璿』下，今誤廁『瓊』下。證二。『琁』又通『璇』，大荒西經『西王母之山有璇瑰瑤碧』，郭注：『璇瑰，亦玉名。』而文選江賦洛神賦李注，玉篇廣韻引山海經並作『瓊瑰』。大荒北經亦言『璿瑰瑤碧』，是知『璇瑰』皆『璿瑰』之異文，非『瓊瑰』也。證三。穆天子傳『枝斯璿瑰』，郭注：『璿瑰，玉名。』引左傳『贈我以璿瑰』，卽成十七年左傳『聲伯夢或與己瓊瑰』也，是知左傳『瓊瑰』亦『璿瑰』之譌。證四。經傳『瓊弁』、『瓊瑰』字皆當爲『璿』，故知此詩『瓊瑰』亦『璿瑰』之譌。字林：『瑰，石珠也。』穆天子傳『春山之珤有璿珠』，璿珠亦璿瑰之屬，璿爲美玉，不嫌與『玉佩』並言，猶書『璿璣玉衡』、左傳『璿弁玉纓』，不嫌璿、玉對舉也。傳云『石而次玉』者，蓋以對玉佩言宜爲美石耳。據莊子外篇『積石爲樹，名曰瓊枝』，是瓊爲玉、石通稱。毛作傳時，或已譌『璿』爲『瓊』，故以爲石而次玉，若璿爲美玉，古未有以爲石者也。」

渭陽二章，章四句。

權輿【疏】毛序：「刺康公也。忘先君之舊臣與賢者，有始而無終也。」○三家無異義。

於我乎夏屋渠渠，【注】魯說曰：「夏，大屋也。」引詩又曰：「渠渠，盛也，亦作蘧蘧。」韓詩曰：「殷商屋而夏門也。」傳曰：「周夏屋而商門。」**今也每食無餘。**【疏】傳：「夏，大也。」箋：「屋，具也。渠渠，猶勤勤也。言君始於我厚，設禮食大具以食我，其意勤勤然，今遇我薄，其食我纔足耳。」○「夏大屋也」者，王逸楚詞招魂章句文，引詩此句。九章注：「夏，大殿也。」引詩同。淮南本經訓高注：「夏屋，大屋也。」王高皆習魯詩，知魯訓與毛同。「渠渠，盛也」者，廣雅釋詁文。張説皆本魯詩。「亦作蘧蘧」者，王延壽魯靈光殿賦云：「揭蘧蘧而騰湊。」李注引崔駰七依曰：「夏屋蘧蘧，高也，音渠。」案，「渠」、「蘧」字通，左氏春秋定十五年「齊侯次于渠蒢」，公羊作「蘧蒢」。西京賦「蘧藕」，薛綜注以「蘧」爲「芙渠」，是其明證。延壽逸子，當習魯詩，蓋魯詩有異文，亦作「蘧蘧」也。「殷商」至「門也」，通典五十五引韓詩文。下引傳曰云云。盧文弨云：「通典於『殷商屋』句引韓詩，則所引傳曰『周夏屋而商門』亦韓詩傳也。」陳喬樅云：「御覽百八十一居處部引崔凱曰：『禮，人君宮室之制，爲殷屋四夏也，卿大夫爲夏屋，隔半，以北爲正室，中半以南爲堂。』殷商古並通用，殷屋卽商屋也。是商屋、夏屋爲殷周宮室之異制，後人因以爲人君及卿大夫尊卑之等差。竊思殷屋之名，取義於中。中，正也。商從冏，章省聲，章亦正也。釋山曰：『上正章。』是其義已。考工記：『殷人重屋，堂修七尋，堂崇三尺，四阿重屋。』注云：『重屋，王宮正室，若大寢也。』御覽引桓譚新論曰：『商人謂路寢爲重屋。』商於虞夏稍文，加以重檐四阿，故取名四阿，若今四柱屋重屋複笮也。然則殷屋卽重屋，四夏卽四阿。夏者，厦字之叚借，以其正中爲室，四面有霤，重承壁材也。惟夏屋以近北爲正室，中半以南爲堂，其制與商屋殊。商門之制，亦爲重屋，古人宮室中爲大門，左右爲塾，塾皆有堂室。考工記『門堂三之二』，室三之一是也。門堂當南北之正中，其室亦當左右塾前後正中之處，故曰商門。周人夏屋，皆爲重簷，亦四面有霤，損益殷制而廣大之，規模益備，故曰夏屋，夏之爲言大也。後人定宮室之制，人君宮殿始有重屋四阿，卿大夫以下但爲南北簷，皆以近北爲正室，中半以南爲堂，如周人夏屋之制，故亦稱夏屋耳。夏門者，大門也。大門之爲夏門，猶高門之爲皐門、正門之爲應門也。漢有夏門，蓋沿古人之稱。李尤夏門銘曰：『夏門值孟位，月在亥。』其稱名之意，亦取義於大也。」于嗟乎，不承權輿！【注】魯「乎」作「胡」。【疏】傳：「承，繼也。權輿，始也。」○「魯乎作胡」者，釋詁：「權輿，始也。」郭注：「詩曰：『胡不承權輿。』」案，毛讀「于嗟乎」句，「不承權輿」句，此引詩「乎」作「胡」，以「胡不承權輿」爲句，蓋本舊注所引魯詩，故文異而句讀亦異也。馬瑞辰曰：「乎通作胡，猶論語『不使大臣怨乎不以』，三國志杜恕傳引作『怨何不以』也。『不』承『權輿』，上多一『胡』字，詞義更婉。」又云：「權輿，即『虇蕍』之叚借。釋草：『葭華，蒹薕，菼薍，其萌虇蕍。芛葟，華榮。』郭注讀『其萌虇』爲句，而以『蕍芛』連讀。據說文『虇』下云：『灌渝讀若萌』，則以『灌渝』二字連讀。『虇』即『萌』也，『灌渝』即『虇蕍』也，亦即『權輿』。虇蕍本蒹葭始生之稱，因而凡草之始生通曰權輿，大戴禮『孟春百草權輿』是也；因而人之始事亦曰『權輿』，此詩『胡不承權輿』是也。又逸周書周月解云『是謂日月權輿』，則日月之始通名『權輿』，皆以『權輿』二字連文。或謂造衡始權，造車始輿，未免望文生義矣。又案說文『芛』下云：『草之皇榮也。』讀亦與郭異，均當以許讀爲正。」黃山云：「儀禮燕食皆因堂階行禮，無餘，謂屋無餘地，故曰『不承權輿』。箋訓『屋』爲『具』，反泥。」

於我乎每食四簋，【疏】傳：「四簋，黍稷稻粱。」○馬瑞辰云：「古者簋盛黍稷，簠盛稻粱，傳知『四簋』爲黍稷稻粱者。玉藻『朔月四簋』，亦謂黍稷稻粱，故知詩『四簋』非專言黍稷耳。玉藻云『少牢五俎四簋』，是四簋爲公食大夫之禮；易言『二簋可用享』者，蓋士禮也。『簋』與『簠』對文異，散文通。詩云『每食四簋』，又曰『陳饋八簋』，蓋皆言『簋』以該『簠』。孔疏謂是平常燕食，器物不具，故稻粱在簋，失其義矣。」今也每食不飽。于嗟乎！不承權輿。

權輿二章，章五句。

秦國十篇，二十七章，百八十一句。

詩三家義集疏卷十

陳宛丘第十

【疏】乙巳占引詩推度災曰：「陳，天宿大角。」御覽十八引詩含神霧曰：「陳地處季春之位，土地平夷，無有山谷，律中姑洗，音中宮徵。」文選秋胡詩李注引詩緯曰：「陳，王者所起也。」笙賦引樂動聲儀曰：「樂者，移風易俗。所謂『聲俗』者，若□楚聲高、齊聲下也。所謂『事俗』者，若齊俗奢，陳俗利巫也。」漢書地理志：「陳本太昊之虛，周武王封舜後嬀滿於陳，是爲胡公，妻以元女大姬。婦人尊貴，好祭祀，用史巫，故其俗巫鬼。陳詩曰：『坎其擊鼓，宛丘之下。無冬無夏，值其鷺羽。』又曰：『東門之枌，宛丘之栩。子仲之子，婆娑其下。』此其風也。」漢書匡衡傳疏曰：「陳夫人好巫而民淫祀。」漢書人表「太姬武王女」，張晏曰：「太姬巫怪，好祭鬼神。陳人化之，國多淫祀。」以上皆齊說。漢志又云：「淮陽國陳，故國。」今河南陳州府治附郭淮寧縣，陳故都也。

詩國風

宛丘【疏】毛序：「刺幽公也。淫荒昏亂，游蕩無度焉。」○齊詩義微異。（見下）魯韓未聞。

子之湯兮，宛丘之上兮。【注】魯「湯」作「蕩」。魯說曰：宛中宛丘。又曰：丘上有丘爲宛丘。又曰：陳有宛丘。【疏】傳：「子，大夫也。湯，蕩也。四方高、中央下曰宛丘。」箋：「子者，斥幽公也。游蕩無所不爲。」○「魯湯作蕩」者，楚詞離騷王注：「蕩猶蕩，蕩，無思慮貌也。詩曰：『子之蕩兮。』」陳喬樅云：「三家今文每以訓詁代正經，如芄蘭詩『能不我甲』，毛傳：『甲，狎也。』釋文引韓詩作『能不我狎』。大明詩『俔天之妹』，毛傳：『俔，磬也。』正義引韓詩作『磬天之妹』。是其顯證。」「宛中」至「宛丘」，釋丘文，魯說也。孔疏引李巡孫炎，皆云「四方高、中央下曰宛」。魯詩舊注與毛義同。郭注：「宛丘，謂中央隆峻，狀如負一丘。」別出一解，非也。爾雅釋文：「宛，郭音蘊。」韓詩外傳：「陳之富人觴於韞丘之上。」蘊、韞音同，蓋卽此宛丘。水經渠水注：「宛丘在陳城南道東。王隱云漸欲平，今不知所在矣。」洵有情兮，而無望兮。【疏】傳：「洵，信也。」箋：「此君信有淫荒之情，其威儀無可觀望而則傚。」

坎其擊鼓，宛丘之下。無冬無夏，值其鷺羽。【疏】傳：「坎坎，擊鼓聲。值，持也。鷺鳥之羽，可以爲翳。」箋：「翳，舞者所持以指麾。」○匡衡傳注引張晏曰：「胡公夫人，武王之女大姬，無子，好祭祀鬼神，鼓舞而祀，故其詩曰：『坎其擊鼓，宛丘之下。無冬無夏，值其鷺羽。』」晏生漢魏之際，齊詩具存，晏注用齊詩，明齊毛文同。晏推本胡公夫人，仍以爲嗣君好祭祀，其序「刺公淫荒昏亂」，傳斥「大夫」，箋斥「幽公游蕩無所不爲」之語，皆未之及，知齊詩無此說也。地理志注：「鷺鳥之羽以爲翿，立之而舞，以事神也。無冬無夏，言其恒也。」陳喬樅云：「序言幽公游蕩無度，不云鼓舞以事神也。師古以值翿爲事神之舞，必舊注所據齊詩之說，而師古襲用其義耳。」孔疏引陸璣云：「鷺，水鳥也，好而潔白，故謂之白鳥。齊、魯之間謂之舂鉏，遼東樂浪吳揚人皆謂之白鷺。青腳，高尺七八寸，尾如鷹尾，喙長三寸，頭上有毛十數枚，長尺餘，毿毿然與衆毛異好，欲取魚時則弭之。」說文舊作「值，措也」。段注：「措者，置也。非其義。依韻會所據，正作『持』。韻會雖譌爲『待』，然轉刻之失耳。」愚案：毛訓「值」爲「持」，係手執之。依說文「措置」義，係供張之，皆就舞者言，惟顏師古說「值」爲「立」，則自詩人目中見此羽翿冬夏建設，於「刺嗣君」之恉爲合。

坎其擊缶，宛丘之道。【注】魯說曰：缶者，瓦器，所以盛漿，鼓之以節歌。【疏】傳：「盎，謂之缶。」○「缶者」至「節歌」，應劭風俗通義文，此魯說，引此詩二句，與毛文同。無冬無夏，值其鷺翿。【疏】傳：「翿，翳也。」○說文「𦐖」下云：「樂舞，以羽䎱自翳其首，以祀星辰也。」「翿」之爲「翳」，蓋卽此義。黃山云：「說文羽部無『䎱』，『𦐖』下注乃有之，卽『翳』之省文，而『翿』之本字，（翳、「殹」聲。殹、䎱並「𠷎」聲，與儔、壽聲異，隸寫掍之。）與周禮地官之『纛』同爲一字。釋言：『翿，纛也。』『纛，翳也。』郭注：『舞者所以自蔽翳。』正與『翌』下『以羽䎱自翳其首』合。君子陽陽『左執翿』，傳：『翿，纛也，翳也。』」胡承珙據說文『翳』引詩『左執翿』，『儔』亦訓『翳』，謂『纛』俗字，『翿』卽『儔』之或作，傳與釋言皆誤，當作『翳，翿也，翳也』，值其鷺翿，卽『值其鷺儔』，故傳直訓『翳』也，則『鷺翿』之翿，不成爲可執之羽物矣，亦誤。餘詳王風。

宛丘三章，章四句。

東門之枌

【疏】毛序：「疾亂也。幽公淫荒，風化之所行，男女棄其舊業，亟會於道路，歌舞於市井爾。」○三家無異義。

東門之枌，宛丘之栩。【疏】傳：「枌，白榆也。栩，杼也。國之交會，男女之所聚。」○釋木：「榆，白枌。」郭注：「枌榆，先生葉，卻著莢，其皮色白。」漢有枌榆社，枌榆卽白榆。「栩杼」，釋木文，詳唐風鴇羽篇。宛丘蓋地近東門，陳國之城門也。

子仲之子，婆娑其下。【注】魯說曰：婆娑，舞也。【疏】傳：「子仲，陳大夫氏。婆娑，舞也。」箋：「之子，男子也。」○子仲爲大夫氏，猶秦大夫子車氏也。「婆娑，舞也」者，釋訓文，魯說也，與毛同。孔疏引李巡曰：「婆娑，盤辟舞也。」孫炎曰：「舞者之容婆娑然。」王逸楚詞九懷注引詩「婆娑其下」，明魯毛文同。黃山云：「詩『婆娑其下』，與『市也婆娑』卽是一人，下章言『不績其麻』，則『子仲之子』亦猶『齊侯之子』、『蹶父之子』，明是女子子。箋因毛序云『男女棄其舊業』，遂以『之子』爲男子，非也。漢書地理志載：『大姬，婦人尊貴，好祭祀，用史巫。』匡衡疏：『陳夫人好巫。』張晏言：『大姬巫怪。』楚語：『男曰覡，女曰巫。』說文：『覡，能齋肅事神明也。』『巫，祝也，女能事無形，以舞降神者也。』是于嗟而祝，婆娑而舞，皆唯女巫降神爲然，男子齋肅而已。巫怪之事，以大姬尊貴而好之，故國中尊貴女子亦化之。此詩既無男棄舊業之辭，三家亦無兼刺男子之説，不容以『齋肅』兩字傅會成之也。」

穀旦于差，南方之原。【注】韓「差」作「嗟」。【疏】傳：「穀，善也。原，大夫氏。」箋：「旦，明。于，日。差，擇也。朝日善明，日相擇矣。以南方原氏之女可以爲上處。」〇「穀旦」，猶言良辰也。孔疏以爲「朝日善明，無陰雲風雨」是也。「于差」者，歌呼以事神之事也。「差作嗟」者，釋文引韓詩文。釋文又云：「王肅本『差』音『嗟』。」馬瑞辰云：「嗟，説文作『⿱差言』，云『⿱差言嗞也』。又云：『于，於也，象气之舒于。』又『訏』字注：『一曰訏⿱差言。』『嗟』又通作『𨃬』。爾雅：『嗟，咨𨃬也。』玉篇：『𨃬，憂歎也。』古『吁』與『訏』多省作『于』，『嗟』與『⿱差言』多省作『差』。易『大耋之嗟』，荀本作『差』是也。此詩『于差』即『吁嗟』，與雲漢詩『先祖于摧』，箋讀爲『吁嗟』正同。周官『女巫旱暵則舞雩』，月令『大雩帝』，鄭注：『雩，吁嗟求雨之祭也。』又鄭志答林碩難曰：『董仲舒曰：雩，求雨之術，呼嗟之歌。』呼嗟，猶『吁嗟』也。古者巫之事神，必吁嗟以請。」春秋莊二十七年「季友如陳葬原仲」，是陳有大夫姓原氏。「上處」者，舞位之前頭，簡兮篇「在前上處」是也。**不績其麻，市也婆娑。**【疏】箋：「績麻者，婦人之事也。疾其今不爲。」〇呂覽愛類篇高注引詩二句，明魯毛文同。潛夫論浮侈篇：「詩刺『不績其麻，市也婆娑。』又婦人不修中饋，休其蠶績，而起學巫祝，鼓舞事神，熒惑百姓。」此魯詩説，與齊同。潛夫論「市」作「女」，字之誤。後漢王符傳作「市」。陳喬樅云：「説文：『娑，舞也。从女，沙聲。詩曰：市也媻娑。』段注：『詩音義：「婆，步波反。」引説文作「媻」。爾雅音義但云：「娑，素何反。」不爲「婆」字作音，蓋陸所見爾雅作「娑娑」。魯頌傳曰：「犧尊有娑飾也。」鄭志張逸曰：「犧讀爲沙。沙，鳳皇也。不解鳳皇何以爲沙？」答曰：「刻畫鳳皇之象於尊，其形娑娑然。」案，今經傳「娑娑」字皆改作「婆娑」，詩、爾雅即以「媻娑」連文，恐尚非古也。』喬樅案：張衡思玄賦『修初服之娑娑兮』，漢人文筆尚多用『娑娑』字。」

穀旦于逝，越以鬷邁。【注】韓「鬷」作「𢕌」。【疏】傳：「逝，往。鬷，數。邁，行也。」箋：「越，於。鬷，總也。朝旦善明，曰往矣，謂之所會處也。於是以總行，欲男女合行。」○馬瑞辰云：「于逝，猶『吁嗟』也。逝，噬古通用。（杕杜詩「噬肯適我」，韓作「逝」。）『噬』音近『舒』。（史記「陳筮」，即戰國策之「田茶」。）釋名：『嗚，舒也。』說文『嗚』字注：『孔子曰：嗚盱呼也。』『于逝』猶『盱呼』，亦巫歌呼以事神耳。」陳奐云：「越，讀同粵，爾雅：『粵，于也。』采蘩、采蘋、擊鼓云『于以』，此云『越以』，皆合二字爲發語之詞。」「鬷」訓「數」，有「急聚」之義。「鬷邁」，猶言頻往會合耳。「韓鬷作𢕌」者，玉篇彳部：「𢕌，數也。詩曰：『越以𢕌邁。』」此韓詩也，與毛字異義同。視爾如荍，【注】魯說曰：荍，芘芣。貽我握椒。【疏】傳「荍，芘芣也。椒，芬香也。」箋：「男女交會而相說，曰我視女之顏色美如芘芣之華然，女乃遺我一握之椒，交博好也。此本淫亂之所由。」○「荍，芘芣」者，釋草文，魯說也，與毛同。孔疏引舍人曰：「荍，一名蚍衃。」謝氏曰：「小草，多華少葉，葉又翹起。」陸疏云：「芘芣一名荊葵，似蕪菁，華紫綠色，可食，微苦。」馬瑞辰云：「椒，亦巫用以事神者。離騷：『巫咸將夕降兮，懷椒糈而要之。』王逸注：『椒，香物，所以降神。』是也。詩言『遺我』者，蓋事神畢，因相贈貽耳。」

東門之枌三章，章四句。

衡門【疏】毛序：「誘僖公也。愿而無立志，故作是詩以誘掖其君也。」箋：「誘，進也。掖，扶持也。」○列女老萊子妻傳，老萊子御楚王之聘，引此詩「衡門之下」四句以明志，「樂飢」作「療飢」。古文苑蔡邕述行賦曰：「甘衡門以寧神兮，詠都人以思歸。」此魯說。又焦君贊：「衡門之下，栖遲偃息。泌之洋洋，樂以忘飢。」又郭有道碑：「棲遲泌丘。」又汝南周巨勝碑：「洋洋泌丘，于以逍遙。」韓詩外傳二：「子夏讀書已畢。夫子問曰：『爾亦可言於書矣。』子夏對曰：『書之於事，昭昭乎若日月之光明，燎燎乎如星夜之錯行，上有堯舜之道。三王之義，弟子所受於夫子者，志之於心不敢忘。雖居蓬户之中，彈琴以詠先生之風，有人亦樂之，無人亦樂之，亦可發憤忘食矣。詩曰：『衡門之下，可以棲遲。泌之洋洋，可以療飢。』夫子造然變容曰：『嘻！吾子可以言詩已矣。』」此韓説也。漢書韋玄成傳：「宜優養元成，勿枉其志，使得自安衡門之下。」漢處士嚴發殘碑：「君有曾閔之行，西遲衡門。」山陽太守祝睦後碑：「色斯舉矣，殁身衡門。」武梁碑：「安衡門之陋，樂朝聞之義。」皆言賢者樂道忘飢，無誘進人君之意。卽爲君者感此詩以求賢，要是旁文，並非正義也。

衡門之下，可以棲遲。【疏】傳：「衡門，横木爲門，言淺陋也。棲遲，游息也。」箋：「賢者不以衡門之淺陋，則不游息於其下，以喻人君不可以國小，則不興治致政化。」○孔疏：「考工記玉人注：『衡，古文横，叚借字也。』門之深者有阿塾堂宇，此惟横木爲之，言其淺也。釋詁：『棲遲，息也。』舍人曰：『棲遲，行步之息也。』」藝文類聚引劉楨毛詩義問曰：「横一木而上無屋，謂之衡門。」馬瑞辰云：「棲、遲，疊韻字。説文：『屖，屖遲也。』玉篇：『犀，今作栖。』説文：『遲，籀文作遟。』是『屖遲』卽『棲遲』也。説文以『棲』爲『西』之或體，故嚴發碑作『西遲衡門』。焦君贊作『栖遟偃息』。説文：『遲，或从𡰣。』『𡰣』卽古『夷』字，故婁壽碑作『徲侇衡門』，孔彪碑亦曰『餘暇徲侇』。『遲』又作『迡』，李翊碑『棲迡不就』，『棲迡』亦『棲遲』也。隸釋繁陽令楊君碑『徲伲樂志』，『遲』又作『伲』。」愚案：班固叙傳：「栖遲於一丘，則天下不易其樂。」班用齊詩，是齊亦作「栖遲」。此賢人栖遲泌丘之上，居室不蔽風雨，横木爲門，若漢申屠蟠之因樹爲屋，簞食瓢飲，不改其樂，自道如此。易林咸之需：「八年多悔，耕石不富。衡門屢空，使士失意。」與此詩無涉。

泌之洋洋，可以樂飢。【注】魯韓「樂」作「療」。【疏】傳：「泌，泉水也。洋洋，廣大也。樂飢，可以樂道忘飢。」箋：「飢者，不足於食也。泌水之流洋洋然，飢者見之，可飲以瘵飢，以喻人君愨愿，任用賢臣，則政教成，亦猶是也。」○説文：「泌，俠流也。」文選魏都賦李注引作「水駃流也。」邶風「毖彼泉水」，傳：「泉水始出，毖然流也。」韓詩作「祕」，或作䏢、柲、泌。（注見泉水篇。）當以「泌」爲正，蓋泉水直流之貌，義當從「水」作「泌」。廣雅：「丘上有木爲秘丘。」「木」是「水」之誤。「秘」是「泌」之誤。（「丘上有木」乃其常，不當別作丘名，此必「水」譌作「木」，後人妄改「秘丘」耳。）蔡邕郭林宗碑「棲遲泌丘」，周巨勝碑「洋洋泌丘」，（俱引見上。）其云「洋洋泌丘」，自是釋「洋洋」爲水出泌丘之上，否則一丘之土，不得云「洋洋」也。張、蔡皆用魯詩，知「泌丘」出魯說。「魯韓樂作療」者，列女傳韓詩外傳引作「可以療飢」。（見上引。）說文「㾋」下云：「治也。或作療。」此詩魯韓作「療」，用或體。釋文言鄭本作「㾋」，用正文。毛本作「樂」，用省借也。

豈其食魚，必河之魴！豈其取妻，必齊之姜！【疏】箋：「此言何必河之魴然後可食，取其美口而已；何必大國之女然後可妻，亦取貞順而已，以喻君任臣何必聖人，亦取忠孝而已。齊，姜姓。」

豈其食魚，必河之鯉！豈其取妻，必宋之子！【疏】箋：「宋，子姓。」○易林復之咸云：「齊姜宋子，婚姻孔喜。」革之訟云：「臨河求鯉，燕婉笑弭。」雖取義各別，亦爲齊毛文同之證。

衡門三章，章四句。

東門之池【疏】毛序：「刺時也。疾其君之淫昏，而思賢女以配君子也。」○三家無異義。

東門之池，可以漚麻。【疏】傳：「興也。池，城池也。漚，柔也。」箋：「於池中柔麻，使可緝績作衣服。興者，喻賢女能柔順君子、成其德教。」○胡承珙云：「水經潁水注：『陳之東門內有池，池水東西七十步，南北八十許步，水至清潔而不耗竭，不生魚草，水中有故臺處，詩所謂「東門之池」也。』元和志：『陳州東門池，在州城東門內道南，詩陳風「東門之池，可以漚麻」，卽此也。』此後代遷徙，已非故迹。若云城池，當在城外也。」馬瑞辰云：「說文：『漬，漚也。』『漚，久漬也。」考工記鄭注：『漚，漸也。』此傳訓『柔』，當讀同生民詩『或簸或蹂』之『蹂』。箋：『蹂之言潤也。簸之又潤濕之。』廣雅『潤』、『漸』、『漚』並訓爲『漬』，是知『柔』亦『漬』也。箋云『於池中柔麻』，以『柔麻』卽『漚麻』。孔疏乃云『漚柔，謂漸漬使之柔韌』，非其指矣。」彼美叔姬，可與晤歌。【疏】傳：「晤，遇也。」箋：「晤，猶對也。言叔姬賢女，君子宜與對歌，相切化也。」○釋文：「叔音淑。」是陸所據本作「叔」，今各本作「淑」。陳奐云：「全詩『淑』字，箋並訓『淑』爲『善』，唯此本無注，則經本作『叔』，宜據以訂正。今從之。叔字，姬姓。『彼美叔姬』，猶言『彼美孟姜』耳。」馬瑞辰云：「說文『寤』下云：『寐覺而有言曰寤。』『晤』與『寤』通。列女傳引詩『可與寤言』，是其證也。『寤』借作『晤』，猶邶風『寤辟有摽』，說文引詩亦引作『晤』耳。說文：『寤，覺也。』此詩『晤歌』、『晤語』、『晤言』，卽考槃詩『寤歌』、『寤言』，彼係獨處，此言與人，若如此詩傳、箋訓『遇』、訓『對』，則考槃上言『獨寐』，下不得言『寤歌』、『寤言』矣。」

東門之池，可以漚紵。彼美叔姬，可與晤語。【疏】孔疏：「陸云：『紵亦麻也。科生數十莖，宿根在地中，至春自生，不歲種也。荆揚之間一歲三收，今官園種之，歲再刈，刈便生，剥之以鐵若竹，挾之表，厚皮自脫，但得其裏韌如筋者，謂之徽紵。南越紵布，皆用此麻。』」楚詞九懷：「假寐兮愍斯，誰可與兮寤語。」以上引馬說推之，「寤語」卽「晤語」也，此用「可與寤語」，必三家文。

東門之池，可以漚菅。彼美叔姬，可與晤言。【疏】傳：「言，道也。」○孔疏：「釋草：『白華，野菅。』郭注：『茅屬。』白華箋云：『人刈白華於野，已漚之名之爲菅。』然則『菅』者已漚之名，未漚則但名爲『茅』也。陸疏云：『菅似茅而滑澤，無毛，根下五寸中有白粉者，柔韌宜爲索，漚乃尤善矣。』」韓詩外傳九載楚莊王使聘北郭先生，先生謀諸婦而去之，引詩「彼美叔姬，可與晤言」。列女魯黔婁妻傳，亦引詩「彼美叔姬，（誤作「孟姜」。）可與寤言」，明韓魯文與毛同。

東門之池三章，章四句。

東門之楊【疏】毛序：「刺時也。昏姻失時，男女多違，親迎女猶有不至者也。」○三家無異義。

東門之楊，其葉牂牂。【注】齊「牂」作「將」。【疏】傳：「興也。牂牂然盛貌，言男女失時，不逮秋冬。」箋：「楊葉牂牂，三月中也。興者，喻時晚也，失中春之月。」○「齊牂作將」者，易林革之大有：「南山之楊，其葉將將。」旅之兌同。禮內則「取豚若將」，注：「將當爲牂。」此牂、將通借之證。釋詁：「將，大也。」「牂」借字，「將」正字。昏以爲期，明星煌煌。【疏】傳：「期而不至也。」箋：「親迎之禮，以昏時。女留他色，不肯時行，乃至大星煌煌然。」○孔疏：「序言親迎而女猶有不至者，則是終竟不至，非夜深乃至也。」易林大畜之小畜：「配合相迎，利之四鄉。昏以爲期，明星煌煌。」益之謙同。據易林引詩二句，明齊毛文同。

東門之楊，其葉肺肺。昏以爲期，明星晢晢。【疏】傳：「肺肺，猶牂牂也。晢晢，猶煌煌也。」○馬瑞辰云：「說文：『米，草木盛米米然。讀若輩。』此詩『其葉肺肺』，大雅『萑葦淠淠』，小雅『萑葦淠淠』，廣雅『芾芾，茂也』，『淠淠，茂也』，並當爲『米米』之叚借。」又云：「明星，謂啓明星，非泛言大星也。小雅『東有啓明，西有長庚』，傳云：『且出謂明星爲啓明，日既入謂明星爲長庚。庚，續也。』史記天官書：『太白出東方，庳近日曰明星，高遠日曰大囂。』是啓明一名『明星』之證。明星煌煌，謂天且明而不至也。」廣雅：「晣晣，明也。」晢、晣同字。

東門之楊二章，章四句。

墓門【疏】毛序：「刺陳佗也。陳佗無良師傅，以至於不義，惡加於萬民焉。」箋：「不義者，謂弑君而自立。」○列女傳陳辯女傳：「辯女者，陳國採桑之女也。晉大夫解居甫使於宋，道過陳，遇採桑之女，止而戲之曰：『女爲我歌，我將舍女。』

採桑女乃爲之歌曰：『墓門有棘，斧以斯之。夫也不良，國人知之。知而不已，誰昔然矣。』大夫又曰：『爲我歌其二。』女曰：『墓門有楳，（當作「棘」，辨見下。）有鴞萃止。夫也不良。歌以訊止。訊予不顧，顛倒思予。』大夫曰：『其楳則有，其鴞安在？』女曰：『陳，小國也，攝乎大國之間，因之以飢饉，加之以師旅，其人且亡，而況鴞乎！』大夫乃服而釋之。君子謂辯女貞正而有詞，柔順而有守，詩曰：『既見君子，樂且有儀。』此之謂也。」楚詞天問「何繁鳥萃棘，而負子肆情」，王逸注：「晉大夫解居父聘吳，過陳之墓門，見婦人負其子，欲與之淫泆，肆其情欲。婦人則引詩刺之曰：『墓門有棘，有鴞萃止。』故曰繁鳥萃棘也，言墓門有棘，雖無人，棘上猶有鴞，女獨不媿也。」此皆魯說，雖有使宋、使吳，採桑、負子之殊，記載小歧，情事相合。齊、韓未聞。

墓門有棘，斧以斯之。【疏】傳：「興也。墓門，墓道之門。斯，析也。幽間希行，用生此棘薪，維斧可以開析之。」箋：「興者，喻陳佗由不覩賢師良傅之訓道，至陷於誅絶之罪。」○墓門，蓋陳國野曠之地，故有棘生之。左襄二十五年傳：鄭師入陳，陳侯扶其大子偃師奔墓，賈獲與其妻扶其母奔墓。當卽其地。傳以爲「幽閒希行」，情事宜然。或謂是陳之城門，則城門非可行淫泆之所也。棘，刺晉大夫。「斧以斯之」，有「斷決」之義，列女傳所謂「貞正有守」也。**夫也不良，國人知之。**【疏】傳：「夫，傅相也。」箋：「良，善也。陳佗之師傅不善，羣臣皆知之。言其罪惡著也。」○孔疏：「郊特牲云：『夫也者，以知帥人者也。』注：『夫之言丈夫也。』」此亦當同。言汝以奉使之人，肆情於所過之國，行此不善之事，則國之人皆知之矣。**知而不已，誰昔然矣。**【注】魯說曰：誰昔，昔也。【疏】傳：「昔，久也。」箋：「已，猶去也。誰昔，昔也。國人皆知其有罪惡而不誅退，終致禍難，自古昔之時常然。」○「誰昔昔也」者，釋訓文，魯說也。郭注：「誰，發語詞。」釋詁云：「疇，誰也。」故「誰昔」猶言「疇昔」是也。疇、誰一聲之轉。已，止也。國人知之而汝不知止，則是發乎情不能止乎禮義，自昔習爲不善之人皆然，鮮不後悔，前車可鑒也。

墓門有梅，有鴞萃止。【注】魯「梅」作「棘」。【疏】傳：「梅，枏也。鴞，惡聲之鳥也。萃，集也。」箋：「梅之樹善惡自有，徒以鴞集其上而鳴，人則惡之，性因惡矣，以喻陳佗之性本未必惡，師傅惡而陳佗從之而惡。」○「魯梅作棘」者，楚詞「繁鳥萃棘」，王注引「墓門有棘，有鴞萃止」，是魯不作「梅」，毛字誤也。列女傳作「棘」，亦後人順毛改之。馬瑞辰云：「棘、梅二本，美惡大小不類，非詩取興之指。梅古作某，玉篇：『古文某作槑。』槑、棘形似，棘蓋譌作槑，因之毛詩作『梅』，又作『楳』耳。」又云：「正義：『鴞，惡聲之鳥，一名鵩。與梟異。梟，一名鴟。（元本脫「梟異」二字，依校勘記補。）瞻卬云「爲梟爲鴟」是也。俗說以爲鴞即「土梟」，非也。』案，鴞非即鴟梟，正義已辨之，至以鴞爲服，其說見史記及巴蜀異物志、荆州記，但考漢書賈誼傳，云『服似鴞』，則不以鴞即爲服。周官哲蔟氏『掌覆夭鳥之巢』，注：『夭鳥，惡鳴之鳥，若鴞、鵩。』賈疏：『鴞之與鵩，二鳥俱是夜爲惡鳴者也。』是亦分鴞、服爲二，鴞蓋似服而非即服也。天問『繁鳥萃棘』，王注引詩爲證。廣雅作『鷩』，云：『鷩鳥，鴞也。』則鴞即『繁』而非『服』矣。繁，通作蕃，北山經：『涿光之山，其鳥多蕃。』郭注：『或曰即鴞。』是也。鴞之言呼號也，繁之言繁嚚也，蓋皆狀其惡聲，因以命名。至其形，說者不一，有謂似鳩者。正義引陸疏：『鴞大如班鳩，綠色。』西山經：『白於之山，其鳥多鴞。』郭注：『鴞似鳩而青色。』司馬彪莊子『鴞炙』注『小鳩可炙』是也。有謂似雞者。索隱引鄧展云：『似鵲而大。』又引『荆州巫縣有鳥如雌雞，其名爲鴞』是也。西山經：『黃山有鳥，其狀如鴞，名曰鸚鵡。』以鸚鵡爲似鴞，則與鴞似雌雞說亦相類。蓋鴞之類大小不同，要其爲惡聲則同也。」

夫也不良，歌以訊之。訊予不顧，顛倒思予。【注】魯韓「訊」亦作「誶」，「之」作「止」。【疏】傳：「訊，告也。」箋：「歌，謂作此詩也。既作又使工歌之，是謂之告。予，我也。歌以告之，汝不顧念我言，至於破滅顛倒之急，乃思我之言。言其晚也。」○釋文：「訊，又作誶。音信。徐息悴反。告也。韓詩：『訊，諫也。』」諫，是「諫」之誤。校勘記云：「說文：『諫，數諫也。从言、从束。七賜反。』『諫，促也』。从言、从『約束』之『束』，音速。毛居正以爲从『束』，非是。小字本所附作『諫』，誤多一畫。」愚案：列女傳、離騷王注作『訊』，而玉篇言部引韓詩曰「歌以誶之」。誶，諫也。廣韻六至云：「誶，告也。」引詩「歌以誶止。」洪興祖楚詞補注亦作「歌以誶止」。王氏廣雅疏證云：「訊字古讀若『誶』，故經傳二字通用，或以訊爲誶之譌，非也。」胡承珙後箋辨之尤悉。「魯韓之作止」者，列女傳作「歌以訊止」，是據魯詩。廣韻楚詞補注同作「誶止」，當是韓詩文。此章以二「止」字相應爲語詞，猶上章以二「之」字相應爲語詞也。毛作「之」字，誤。「訊予」，猶言「予訊」。我告汝而猶不顧，及顛倒而思予。言亦無及矣，宜解大夫服而釋之也。

墓門二章，章六句。

防有鵲巢

防有鵲巢【疏】毛序：「憂讒賊也。宣公多信讒，君子憂懼焉。」○三家義未聞。

防有鵲巢，邛有旨苕。【疏】傳：「興也。防，邑也。邛，丘也。苕，草也。」箋：「防之有鵲巢，邛之有美苕，處勢自然。興者，喻宣公信多言之人，故致此讒人。」○馬瑞辰云：「『防』與『邛』對言，猶下章『中唐』與『邛』對言。邛爲丘名，則防宜讀如『隄防』之防，不得爲邑名。鵲巢宜於林木，今言『防有』，非其所應有也。不應有而以爲有，所以爲讒言也。詩之取興與采苓同義。至說文『邛』，地名，在濟陰。後漢郡國志引博物記云：『邛地在陳國陳縣北，防亭在焉。』此後人因詩傅會，不足取證。」又云：「釋草：『苕，陵苕。』詩苕之華正義引陸疏云：『苕，一名鼠尾，生下溼水中，七八月中華，紫似今紫草。華可染皁，煮以沐髮卽黑。』是苕生於下溼，今言『邛有』者，亦喻讒言之不可信。又古葦、芀多假作『苕』，豳風傳：『荼葦，苕也。』若以苕爲芀之叚借，尤非邛所應有。二章『邛有旨鷊』，亦當爲下溼所生之草，但經傳無可考耳。」誰侜予美？心焉忉忉。【注】韓「美」作「娓」，音「尾」，云：「美也。」【疏】傳：「侜，張誑也。」箋：「誰，誰讒人也。女衆讒人，誰侜張誑欺我所美之人乎？使我心忉忉然。所美，謂宣公也。」○釋文：「侜，說文云：『有廱蔽也。』忉，憂也。」孔疏：「臣之事君，欲君美好，故謂君爲所美之人。」「美作」至「美也」，釋文引韓詩文。馬瑞辰云：「說文：『美，甘也。』『媄，女美也。』是美好之字正作『媄』，今經典通用『美』。周官作『媺』，蓋古文『媺』從『微』省，微、尾古通用，故『媄』又借作『娓』，猶微生一作尾生也。」陳喬樅云：「娓，順也。」「順」亦與「美」義近。

中唐有甓，邛有旨鷊。【注】韓「鷊」作「虉」，魯齊作「鷏」。【疏】傳：「中，中庭也。唐，堂塗也。甓，瓴甋也。鷊，綬草也。」○馬瑞辰云：「爾雅：『廟中路謂之唐，堂塗謂之陳。』據逸周書作雒解『堤唐山廧』，孔晁注：『唐，中庭道也。』文選注引如淳曰：『唐，庭也。』是唐爲廟中路，又爲中庭道名，與堂塗名『陳』者異。傳既以中爲中庭，又以唐爲堂塗，是誤合唐、陳爲一也。考工記匠人『堂涂十有二分』，鄭注：『謂階前，若今令甓裓也。分其督旁之修，以一分爲峻也。』賈疏云：『名中央爲督，假令兩旁上下尺二寸，則取一寸於中，中央爲峻。』邵晉涵云：『蓋甃以瓴甋，中央稍高起也。』今案釋文，『裓』音『階』。『裓』與『陔』通，說文：『陔，階次也。』鄭注言階前而引『令甓裓』爲證，是知『裓』即『陔』，謂陔前之道也。古惟內朝有堂，有堂斯有階，有階斯有甓。其外朝、治朝皆平地爲廷，無堂斯無階，無階斯無甓。詩言『中唐有甓』，正設爲似有實無之詞，以見讒言之不可信也。令適，卽『甓』之合聲，爾雅：『瓴甋謂之甓。』鄭注：『甗甎也。今江東呼瓴甓。』說文：『甓，令甓也。』又曰：『墼，令適也。』甓、適、墼三字同韻，故通用。廣雅：『瓴甋、甓，甗甎也。』通俗文：『狹長者謂之甗甎。』據吳語韋昭注：『員曰囷，方曰鹿。』則『甗甎』蓋甎之長方者耳。甓，又通作壁。尚書大傳周傳牧誓篇云：『不愛人者，及其骨餘。』鄭注：『骨餘，里落之壁。』『骨』爲『胥』之譌。說苑作『餘胥』。趙坦云：『或引尚書大傳作儲胥。』長安志圖漢瓦有曰『儲胥未央』，古人謂瓦爲『儲胥』。鄭注以爲『壁』者，壁卽甓也，甓爲磚，亦得爲瓦稱。」「韓鷊作虉，魯齊作鷏」者，玉篇艸部：「虉，小草，有雜色，似綬。詩曰：『卭有旨虉。』」與毛異，明韓詩作「虉」。説文「鷏」下云：「綬艸也。」引詩「卭有旨鷏」。蓋魯齊作「鷏」正字，「鷊」、「虉」皆叚借字也。 誰侜予美？心焉惕惕。【注】魯説曰：惕惕，愛也。韓説：以爲説人也。【疏】傳：「惕惕，猶忉忉也。」○衆經音義十三：「惕惕，疾也，懼也。」引詩「心焉惕惕」。此用毛説也。楚詞九章：「悼來者之悐悐。」説文惕、悐同字。「惕惕，愛也」者，釋訓文，此魯説。「以爲説人也」者，郭注引韓詩文。陳喬樅云：「郭不見魯詩，故引韓説『説人』之説以證明雅訓。」愚案：「愛」、「説」同義。説宣公之可與爲善，惟恐爲讒人所壅蔽，陷於不明。是「説人」卽「愛君」，魯韓非有異義。

防有鵲巢二章，章四句。

月出【疏】毛序：「刺好色也。在位不好德，而説美色焉。」○三家無異義。

月出皎兮，【疏】傳：「興也。皎，月光也。」箋：「興者，喻婦人有美色之白皙。」○説文：「皎，月之白也。从白，交聲。詩曰：『月出皎兮。』」文選宋玉神女賦：「其少進也，皎若明月舒其光。」卽用詩義。謝莊月賦注引詩「月出皦兮」。王大車篇「有如皦日」，韓詩作「皎日」，是二文通借。 佼人僚兮。舒窈糾兮，【疏】傳：「僚，好貌。舒，遲也。窈糾，舒之姿也。」○釋文：「佼，又作姣。古卯反。方言：『自關而東，河濟之間凡好謂之姣。』僚，本亦作嫽，同音了。」案，唐石經「佼」作「姣」。史記司馬相如傳索隱、衆經音義九皆引詩「姣人嫽兮」。胡承珙云：「荀子非相篇『古者桀紂長巨姣美』，字作『姣』；成相篇『君子由之佼以好』，又作『佼』，是二字本多通借。說文：『僚，好也。从人，尞聲。』此本義。『嫽，女字也。』與『僚』異義。方言：『好，青徐海岱之閒曰釗，或謂之嫽。』蓋假『嫽』爲『僚』耳。」馬瑞辰云：「窈糾，猶窈窕，皆疊韻，與下『懮受』、『夭紹』同爲形容美好之詞，非舒遲之義。舒者，噬之叚音，噬通作逝，又作舍，杕杜詩『噬肯適我』，韓詩作『逝』，此噬、逝通用之證。春秋陳乞弒其君荼，公羊作『舍』，史記作『筮』，此荼、筮、舍通用之證。玉藻『荼前詘後直』，注：『讀如舒遲之舒。』史記年表『荆荼是懲』，即詩『荆舒』，則又舒、荼同音之證。『舒』爲發聲字，猶『逝』爲語詞也。舒窈糾兮，言窈糾也。舒懮受兮，言懮受也。舒夭紹兮，言夭紹也。猶之日月詩『逝不古處』，言不古處也。碩鼠詩『逝將去女』，言將去女也。杕杜詩『噬肯適我』，言肯適我也。桑柔詩『逝不以濯』，言不以濯也。『逝』皆發聲，不爲義也。以舒、舍同音推之，因知孟子『舍皆取諸其宮中而用之』，舍亦發聲，言許子何不爲陶冶，皆取諸其宮中而用之也。（舊注「舍」爲「止」，或謂作「陶冶之處」，並失其義。）舍猶舒也。說文又曰：『余，語之舒也。』余从入、舍省聲，亦舍、舒同類之證。傳訓舒爲『舒遲』，因以窈糾、懮受、夭紹爲舒之姿，蓋失之矣。」胡承珙云：「史記司馬相如傳『青虬蚴蟉於東箱』，正義：『蚴蟉，行動之貌也。』又『驂赤螭青虬之蚴蟉蜿蜒』，蚴蟉、蚴蟉皆與『窈糾』同，即洛神賦所謂『矯若游龍』者也。」勞心悄兮。【疏】傳：「悄，憂也。」箋：「思而不見則憂。」○馬瑞辰云：「淮南精神篇高注：『勞，憂也。』凡詩言勞心，皆憂心。『勞心悄兮』，猶言『憂心悄悄』也。」愚案：說文：「悄，憂也。」

月出皓兮，佼人懰兮。舒懮受兮，勞心慅兮。【疏】說文：「皓，日出貌。」釋詁：「皓，光也。」此言「皓兮」，借日以形月之光盛。釋文：「懰，好貌。」玉篇作「嬼」，云：「姣嬼也。」「懮受，舒遲之貌。」皆用詩義。廣韻集韻類篇並引詩「舒懮受兮」，「懮受」者，狀其心體之寬安也。巷伯詩「勞人草草」，爾雅作「慅慅」，單言之曰「慅」，是慅亦憂也。

月出照兮，佼人燎兮。舒夭紹兮，勞心慘兮。【疏】燎者，言其光明，與上「照」同意。胡承珙云：「文選西京賦：『要紹修態，麗服颺菁。』注：『要紹，謂嬋娟作姿容也。』南都賦：『致飾程蠱，要紹便娟。』『要紹』皆與『夭紹』同。」

馬瑞辰云：「陳第顧炎武戴震並云『慘』當作『懆』。吴棫云八分『喿』多寫作『參』，因此致誤。又或謂魏、晉間避曹氏諱，故『喿』多作『參』，孔廣森謂宵、豪爲侵、覃之陰聲，故『慘』轉爲『懆』。孔說是也。檀弓鄭注：『縿，讀如綃。』說文：『訬，讀若毚。』皆宵、豪及侵、覃音轉之證。說文：『懆，愁不安也。』爾雅廣雅並曰：『慘，憂也。』廣雅又曰：『慘，懆也。』是字之从『喿』、从『參』者，聲近而義亦同。釋詩者當曰『慘』讀若『懆』，轉其音不必易其字也。釋文於北山詩『或慘慘劬勞』，云『字亦作懆』；於白華詩『念子懆懆』，云『亦作慘慘』。至此詩及正月詩『憂心慘慘』、抑詩『我心慘慘』，釋文不曰『本作懆』，則古本皆作『慘』字，初無異本可知。張參五經文字云：『懆，千到反。見詩。』不著何篇，蓋仍指白華詩『念子懆懆』耳。或謂此詩『慘』字張參作『懆』，非。」

月出三章，章四句。

株林【疏】毛序：「刺靈公也。淫乎夏姬，驅馳而往，朝夕不休息焉。」箋：「夏姬，陳大夫妻，夏徵舒之母，鄭女也。徵舒字子南，夫字御叔。」○易林睽之萃：「繼體守藩，縱欲廢賢。君臣淫佚，夏氏失身。」又巽之蠱「平國不均，夏氏作亂。烏號竊發，靈公殞命。」臨之晉同。此齊說。綜此事始末，依左傳爲言。廢賢，謂殺洩冶。魯韓蓋無異義。

胡爲乎株林，從夏南兮。【疏】傳：「株林，夏氏邑也。夏南，夏徵舒也。」箋：「陳人責靈公：君何爲之株林，從夏氏子南之母爲淫泆之行。」○株者，其地不詳。後漢郡國志：「陳有株邑，蓋朱襄之地。」路史「朱襄氏都于朱」，注：「朱或作株。」是株爲邑名，故下章單稱「株」也。元和志：「宋州柘城縣，本陳之株邑，詩株林是也。」故柘城在寧陵縣南七十里，在陳之東北。至寰宇記夏亭城，在陳州西華縣西南三十里，城北五里有株林，卽夏氏邑，一名華亭。後人攷西華縣在陳州西八十里，夏亭在縣西南三十里。記又以柘城縣爲陳之株野，下邑縣云或以爲陳之株林。寰宇記後出之書，前無所承。陳州顯證，疑出附會。柘城諸地，林野分歧，尤乖考實。林者，說文：「邑外曰郊，郊外曰野，野外曰林。」魯頌傳同此。詩林野顯然分列。傳以株林爲邑名，非也。夏南者，夏氏，南字，徵舒名。左昭二十三年疏引世本云：「宣公生子夏，子夏生御叔，御叔生徵舒。」是夏氏陳公族也。胡，何也。詩設爲問答之詞，言何所爲而遊觀株林乎？曰從夏南遊耳。詩但云夏南，未言夏南母，語自含蓄，且留得下文一轉，此正風人立言之善，而箋乃釋「從夏南」爲「從夏氏子南之母」，亦非也。唐石經因箋遂作「從夏南姬」，大謬。正義本兩「南」下有「兮」字，定本無「兮」字，各本從定本删兩「兮」字，非是，今依陳奐本增。

匪適株林，從夏南兮。【疏】箋：「匪，非也。言我非之株林，從夏氏子南之母爲淫泆之行，自之他耳。觝拒之詞。」○案，如箋說，則首章三句，非四句，與次章語意亦不相承接。後來釋此詩者，皆覺未安。今案，言適株林，則株林必有遊覽之樂；從夏南，則夏南當爲就見之臣。而株林無可觀，夏南非有見也。故國人又言曰：我知君非適株林，亦非從夏南也。諷刺意在言外。

駕我乘馬，說于株野。乘我乘駒，朝食于株。【疏】傳：「大夫乘駒。」箋：「我，國人。我，君也。君親乘（胡承珙云：「此乘字當依經作駕。」）君乘馬，乘君乘駒，變易車乘，以至株林。或說舍焉，或朝食焉。又責之也。馬六尺以下曰駒。」○臧鏞堂云：「釋文：『乘驕，音駒。沈云或作「駒」字，是後人改之。皇皇者華篇内同。』據此，知此詩及皇皇者華並作『驕』，其作『駒』者，後人所改。陸氏於此詩從沈作『驕』。於皇皇者華『維駒』作『駒』，『本亦作驕』。以『驕』爲亦作。正義並作『駒』，誤也。說文：『馬六尺爲驕。』引詩『我馬維驕』，則沈說確矣。鄭箋與說文合，尤可爲本作『驕』之證。（公羊隱元年傳注：「天子馬曰龍，高七尺以上。諸侯曰馬，高六尺以上。卿大夫士曰駒，高五尺以上。」與說文及毛傳畧同，當出古傳記。「駒」必「驕」之譌，徐疏引詩「皎皎白駒」，則唐詩本已誤矣。）又說文云：『馬二歲曰駒。』則知二詩作『駒』非也。

鄭云『馬六尺以下曰驕』，即南有喬木之『五尺以上曰駒』也。然則喬木亦當作驕矣。」胡承珙云：「株乃夏氏邑，在株野之外。『駕我乘馬』者，謂靈公本以諸侯車騎出至株野，託言他適，乃舍之而乘大夫所乘之驕以至于株林，永夕永朝，淫蕩忘返。國語云『南冠已如夏氏』，是靈公當日實有易服微行之事，故箋云變易乘車也。」愚案：靈公初往夏氏，必託言遊株林，自株林至株野，乃稅其駕，然後微服入株邑，朝食於夏氏，此詩乃實賦其事也。

株林二章，章四句。

澤陂【疏】毛序：「刺時也。言靈公君臣淫於其國，男女相說，憂思感傷焉。」箋：「君臣淫於國，謂與孔寧儀行父也。感傷，謂涕泗滂沱。」○三家無異義。

彼澤之陂，有蒲與荷。【注】魯「荷」作「茄」。【疏】傳：「興也。陂，澤障也。荷，芙蕖也。」箋：「蒲，柔滑之物。芙蕖之莖曰荷，生而佼大。興者，蒲以喻所說男之性，荷以喻所說女之容體也。正以陂中二物興者，喻淫風由同姓生。」○孔疏：「澤障，謂澤畔障水之岸，以陂內有此二物，故舉陂畔言之。」「魯荷作茄」者，孔引爾雅樊光注文。陳喬樅云：「應劭風俗通義云：『詩云：「彼澤之陂，有蒲與荷。」傳曰：「水草交厝，名之爲澤。澤者，言其潤澤萬物，以阜民用也。」』應習魯詩，故引魯詩傳單稱『傳』，猶白虎通義用魯說，辟雍篇引『水圓如璧』云云，單稱『詩訓』；姓名篇引『文王十子』云云，單稱『詩傳』也。觀風俗通義此條下文引韓詩內傳，明著『韓詩』字，則上文引詩及傳之確爲魯詩無疑矣。魯『荷』作『茄』，與毛異，此『荷』字疑後人據毛改之。釋草：『荷，芙蕖。其莖茄。』樊光注：『詩曰：有蒲與茄。』淮南說山訓高注：『荷，水草夫渠，其莖曰茄。』與釋草合，蓋魯詩之訓如此。此詩鄭箋云『芙蕖之莖曰荷』，正義如爾雅，則『芙蕖之莖曰茄』。此言『荷』者，意欲取莖爲喻，亦以荷爲大名，故言荷耳。樊光注引詩作『蒲與茄』，然則詩本有作『茄』字者。喬樅案，鄭從三家詩文，自當作『茄』，不宜仍用『荷』字，『荷』當爲『茄』之誤。正義殊失鄭指。又陸孔俱見韓詩，而俱不言字異，則韓與毛同。」

有美一人，傷如之何！【注】魯韓「傷」作「陽」。韓「如」作「若」。【疏】傳：「傷無禮也。」箋：「傷，思也。我思此美人，當如之何而得見之。」○孔疏：「毛於『傷如之何』下傳曰『傷無禮』，是君子傷此有美一人之無禮也。」箋易傳，以爲思美人不得見之而憂傷。陳奐云：「有美一人，謂有禮者也。言有美一人，見陳君臣淫説無禮之甚，而爲之感傷也。」三説並通。「魯傷作陽」者，釋詁：「陽，予也。」郭注：「魯詩云：『陽如之何。』今巴濮之人自呼爲阿陽。」馬瑞辰云：「易説卦：『兑，爲妾爲羊。』鄭本『羊』作『陽』，注：『此陽讀爲養。無家女行賃炊爨，今時有之，賤於妾也。』是爲『陽』讀同『廝養』之『養』，自稱『陽』者，謙詞也。」愚案：魯詩釋「陽」爲「予」，與毛義合。言此有美一人，我奈之何也。防有鵲巢篇稱其君曰「予美」，此詩言我所美之一人，其意同也。雖聽讒無禮，而我猶美之，親君之誼也。「韓傷作陽如作若」者。玉篇阜部引韓詩曰：「有美一人，陽若之何？陽，傷也。」訓「陽」爲「傷」，與箋及傳疏義合。思賢人不得見，無禮之甚，皆可傷之事也。寤寐無爲，涕泗滂沱。【疏】傳：「自目曰涕，自鼻曰泗。」箋：「寤，覺也。」○案，寤寐，猶言不寐，詳關雎篇。君德淫昏，大亂將作，平居憂念，耿耿不寐，事權不屬，更無可爲，惟有涕泗滂沱而已。馬瑞辰云：「泗、洟古音同部，『涕泗』即『涕洟』也。易鄭注：『自目曰涕，自鼻曰洟。』説文：『洟，鼻液也。』『泗』即『洟』之借字。」胡承珙云：「爾雅：『呬，息也。』説文：『東夷謂息爲呬。』又曰：『息，喘也。从心、从自，自亦聲。』又：『自，鼻也。』據此，『泗』爲鼻液，與『呬』爲鼻息，音同義近。『滂沱』者，易離卦『出涕沱若』是也。」

彼澤之陂，有蒲與蕳。【注】魯「蕳」作「蓮」。【疏】傳：「蕳，蘭也。」箋：「蕳當作蓮。蓮，芙蕖實也。蓮以喻女之言信。」○釋文：「蕳，鄭改作蓮。」釋草：「荷，芙蕖，其實蓮。」邢疏：「詩陳風云：『有蒲與蓮。』」陳喬樅云：「御覽九百七十五引詩『有蒲與蓮』，與邢疏同。溱洧篇『方秉蕑兮』，釋文引韓詩曰：『蕑，蓮也。』焦氏循據御覽引韓詩，以『秉蕑』爲『執蘭』，與毛不異，謂釋文所引當是『有蒲與蕑』之注。陸元朗誤載於鄭風，然則韓詩於此章亦止訓『蕑』爲『蓮』，（「蕑」訓爲「蓮」者，蕑卽蘭也。蘭从「闌」聲，蓮从「連」聲，「闌」、「連」古同聲通用。伐檀詩「河水清且漣猗」，爾雅作「瀾」。說文：「瀾，或从連作漣。」是其明證。「蕑」本訓「蘭」，又以聲近叚借爲「蓮」字，「蘭」、「蓮」皆澤中之香草也。）字不作『蓮』也。鄭箋『茄』字既據魯詩改毛，則『蓮』字亦據魯詩可知矣。邢引詩語，蓋據爾雅舊注之文。御覽所採，亦魯詩之佚句散見於百家者也。」有美一人，碩大且卷。【疏】傳：「卷，好貌。」○釋文：「卷，本又作婘。」馬瑞辰云：「卷，卽『婘』之省借。婘，說文作『嬽』，云：『嬽，好也。』說文又云：『𥁕，讀若書卷之卷。』故知『嬽』卽『婘』字。廣雅：『婘，好也。』玉篇：『婘，好貌。』」陳奐云：「齊風釋文云：『韓詩婘，好貌。』好，謂有好德也。」愚案：以齊風推之，韓詩此章「卷」字，必用正字作「婘」。依傳義，乃謂君德自來美好。依箋義，則謂思賢人之美好也。寤寐無爲，中心悁悁。【疏】傳：「悁悁，猶悒悒也。」○悁悁，蓋悲哀不舒之意。陳喬樅云：「文選李注引毛詩曰：『勞心悁悁。』『中』字疑『勞』之誤。」愚案：楚詞九歎：「勞心悁悁，涕滂沱兮。」張衡思玄賦：「悲離居之勞心兮，情悁悁而思歸。」衡用魯詩，疑魯作「勞心」，毛自作「中心」，而李注以毛爲誤字也。

彼澤之陂，有蒲菡萏。【疏】傳：「菡萏，荷華也。」箋：「華以喻女之顏色。」○釋草：「荷，芙蕖，其華菡萏。」說文：「菡藺，夫容。華未發爲菡藺，已發爲夫容。」萏乃藺之省。有美一人，碩大且儼。【注】韓「儼」作「嬐」，說曰：嬐，重頤也。【疏】傳：「儼，矜莊貌。」○「儼作嬐，說曰嬐，重頤也」，御覽三百六十八引韓詩薛君文。說文「嬐」下引詩同。廣雅釋詁：「嬐，美也。」正釋韓詩「嬐」字。案：「儼」訓矜莊，非狀婦人之美。重頤，豐下，斯爲男子之貌。（今俗云「雙頰巳」，或以淮南「靨輔在頰」當之，非是。高注明釋「靨輔」爲「頰上窒」。宋蘇軾詩所謂「雙頰生微渦」也。）寤寐無爲，輾轉伏枕。【注】魯韓「輾」作「展」。【疏】「魯韓輾作展」者，文選卷二十九張茂先雜詩李注引韓詩二句文。淮南說山訓高注引詩曰：「輾轉伏枕，寤寐咏嘆。」蓋引此詩「寤寐無爲，展轉伏枕」，而後人轉寫顛倒錯誤也。

澤陂三章，章六句。

陳國十篇，二十六章，百二十四句。

詩三家義集疏卷十一

檜羔裘第十一

【疏】乙巳占引詩推度災曰：「檜，天宿招搖。」漢書地理志：「濟洛河潁之間，子男之國，虢會爲大，恃勢與險，崇侈貪冒。」以上齊說。陳喬樅云：「說文：『鄶，祝融之後，妘姓，所封潧、洧之間，鄭滅之。从邑，會聲。』又云：『會，合也。』方言注：『會，兩水合處也。』水經注：『潧水出鄶城西北雞絡塢下。洧水東南逕城南。』鄶地居溱、洧之間，二水合流，故以『會』名國，作『檜』者叚借字耳。」陳奐云：「大戴禮帝繫篇：陸終弟四子曰萊言，是爲云鄶人。云鄶人者，鄭氏也。水經注引世本作『求言』。案，云，古妘字。妘鄶人，檜國之上祖。鄶人者鄭氏，鄶鄭同地故也。其實鄶鄭同地而不同城。鄭譜正義云：左僖三十三年傳，稱『文夫人葬公子瑕于鄶城之下』，服注：『鄶城，故鄶國之墟。』杜注：『鄶國，在滎陽密縣東北。』新鄭在滎陽宛陵縣西南，是別有鄶城也。今河南開封府密縣東北有鄶城，是其地。朱右曾云：左傳言『先君桓公與商人皆出自周，庸次比耦，以艾殺此地，斬之蓬蒿藜藋，而共處之』。此與外傳所云寄孥虢鄶之事正合。商人與桓公之孥俱出自周，故推本桓公言之，非桓公時已滅虢鄶也。桓公寄孥，則武公當桓公之世已居鄶矣。寄孥在幽王九年，越二年而幽王滅。公羊傳云『先鄭伯有通於鄶夫人者』，外傳言『鄶由叔妘』，此鄭伯，正指武公，通乎鄶夫人，蓋在此二年中。幽王既滅，武公乃與晉文侯共立平王，卒滅虢、鄶。世家言『桓公之時，虢、鄶獻十邑』，十邑者，通虢鄶言之爲十邑，非虢鄶之國有是十邑也。」愚案：水經洧水篇稱竹書紀年：「晉文侯二年，王子多父伐鄶，克之，乃居鄭父之丘，是曰桓公。」然攷文侯二年爲周幽王三年，時桓公未爲司徒，未謀於史伯，豈遽已滅鄶而居之？紀年之不可信，此又其一端也。

羔裘【疏】毛序：「大夫以道去其君也。國小而迫，君不用道，好絜其衣服，逍遥遊燕，而不能自强於政治，故作是詩也。」箋：「以道去其君者，三諫不從，待放於郊，得玦乃去。」○王符潛夫論志姓氏篇：「會在河伊之間，其君驕貪嗇儉，滅爵損禄，羣臣卑讓，上下不缺。詩人憂之，故作羔裘，閔其痛悼也。」符用魯詩，此魯説也。齊韓無異義。

羔裘逍遥，狐裘以朝。【疏】傳：「羔裘以遊燕，狐裘以適朝。」箋：「諸侯之朝，服緇衣羔裘，大蜡而息，民則有黄衣狐裘。今以朝服燕，祭服朝，是其好絜衣服也。先言燕，後言朝，見君之志不能自强於政治。」○馬瑞辰云：「論語『狐貉之厚以居』，是燕居亦得服狐裘。如傳説，正見二者之相反，與箋意異。」愚案：楚詞九章王注：「逍遥，遊戲也。詩曰：『狐裘逍遥。』」（「羔」作「狐」，字誤。）可證魯毛文同。豈不爾思？勞心忉忉！【疏】傳：「國無政令，使我心勞。」箋：「『爾』，女也。三諫不從，待放而去，思君如是，心忉忉然。」

羔裘翱翔，狐裘在堂。【疏】傳：「堂，公堂也。」箋：「翱翔，猶逍遥也。」○陳奂云：「經言『朝』，傳云『適朝』。視朝，在路門外治朝之宁。聽朝，則在路門内燕朝之堂。碩人傳云『君聽朝於路寢』是也。首章『適朝』，二章『在堂』，其實一也。天子諸侯皆二朝，解者誤以爲皆三朝，今試明之：周禮宰夫『掌治朝』，小司寇、朝士『掌外朝』，其言朝位同，此『外朝』即『治朝』也。司士：『正朝儀之位。太僕前，王入内朝，皆退。』大僕：『王眡燕朝，則正位。』此『内朝』即『燕朝』也。槁人云『掌共外内朝宂食者之食』，然則天子朝唯有外、内二而已，諸侯與天子同禮。文王世子：『其朝於公，内朝，則東面北上，臣有貴者以齒；其在外朝，則以官，司士爲之。』公族朝於内，朝内親也，雖有貴者以齒，明父子也；外朝以官，體異姓也。魯語：『天子及諸侯，合民事於外朝，合神事於内朝。』文王世子之『外朝』，司士所掌，與周官司士正朝儀位爲治朝者同。魯語之『外朝』合民事，與周官宰夫掌諸臣萬民復逆爲治朝者同。又宣六年公羊傳：『靈公爲無道，使諸大夫皆內朝。趙盾已朝而出，與諸大夫立於朝。』何注：『從內朝出立於外朝。』蓋外朝有諸大夫位焉。從內朝出立外朝，卽從『燕朝』而出俟『治朝』也。然則諸侯朝亦惟外、內二而已。鄭司農朝士注云：『王有五門：外曰皋門，二曰雉門，三曰庫門，四曰應門，五曰路門。路門一曰畢門，外朝在路門外，內朝在路門內。』奂案：仲師說門朝之制，確不可易。緜傳：『王之郭門曰皋門，王之正門曰應門。』天子五門：其一曰皋門，爲郭門，亦爲外城門；二曰雉門，爲內城門。皋、雉二門，出入不禁，其無朝可知。庫、應、路三門皆宮門，庫門爲大門，應門爲中門，路門爲內門。庫門以內，亦出入不禁，其無朝又可知。應門，宮之正門，在庫路之中，故亦爲中門。朝君入應門，則應門以內始有朝。朝有外有內，以在路門之外內而名之也。天子外朝在應門內、路門外，內朝在路門內。諸侯庫、雉、路三門亦皆宮門，庫門爲大門，雉門爲中門，路門爲內門。諸侯外朝在雉門內、路門外，其內朝亦在路門內。仲師言天子二朝，而諸侯之二朝可據理推也。後鄭宰夫注云：『治朝在路門之外。』文王世子注云：『外朝，路寢門之外庭。』亦既以治、外爲一朝矣。乃小司寇注：『外朝，朝在雉門之外。』朝士注：『外朝在庫門之外，皋門之內。』蓋易先鄭五門皋、雉、庫、應、路爲皋、庫、雉、應、路，故一說外朝在雉門外，一說外朝在庫門外，鄭氏本無定解。朝士注又云：『周天子諸侯皆有三朝，外朝一、內朝二。內朝之在路門內者，或謂之燕朝。』然『內朝』卽『燕朝』，古無二『內朝』之名。玉藻『朝服以日視朝於內朝』，疑『內』乃『外』之誤，或因下文『聽政路寢』言之，要不得據一端以該羣經，謂此內朝卽治朝，而遂以爲有二內朝之說也。書大傳：『諸侯之宮三門、三朝，其外曰皋門，次曰應門，又次曰路門。其皋門內曰外朝，應門內曰內朝，路門內曰路寢之朝。』大傳言諸侯門制，與禮記不合而與緜箋同，言三朝與先鄭不合而與朝士注、玉藻注同，此鄭氏所據與？大傳，張生歐陽生多所增益。門制詳緜篇。」又云：「堂在路門內。燕朝，路寢庭也。堂，路寢堂也。公堂者，以公所聽政之堂而名之也。逸周書大匡篇『朝于大庭』，孔晁注：『大庭，公堂之庭。』與此傳『公堂』同。凡朝，君臣咸立於庭。說文：『廷，朝中也。』今通作『庭』，皆有門而不屋。路門左右塾，謂之門側之堂，不當中門。其當中門者，自庫門以至路門，惟路寢乃有堂耳。曾子問：『諸侯旅見天子，雨霑服失容則廢。』此路門外外朝無堂可證也。春官樂師『車亦如之』，注：『王如有車出之事，登車於大寢西階之前，反降於阼階之前。』大僕注：『大寢，路寢也。』登車於路寢階前，此路門內內朝無堂可證也。玉藻：『朝，辨色始入，君日出而視之，退適路寢聽政。使人視大夫，大夫退，然後適小寢。』釋服注：『小寢，燕寢也。』考工記：『外有九室，九卿朝焉。』注：『外，路門之表也。九室，如今朝堂諸曹治事處。』攷諸侯外朝，亦有官府治事處，大夫治事，當在外朝之室，君聽政，則在內朝之堂，視大夫朝罷而後從路寢反燕寢也。論語鄉黨，記孔子『入公門，過位，攝齊升堂。出，降一等，沒階，復其位。』曲禮『下卿位』，注：『卿位，卿之朝位也。』孔疏云：『卿位，路門之外，門東北面位。』引鄭注鄉黨：『過位，謂入門右北面君揖之位』。案，此位卽外朝之位，爲大夫治事之處。堂爲君聽政之處，諸臣復逆，必由外朝入內朝升堂，君與圖事而臣復退，俟於外朝之位也。升堂在過位之後，此惟路寢有堂，又可證也。」豈不爾思？我心憂傷！

羔裘如膏，日出有曜。豈不爾思？中心是悼！【疏】傳：「日出照曜，然後見其如膏。悼，動也。」箋：「悼，猶哀傷也。」○周禮：大祝九𢷤，『四曰振動』，杜子春云：「動，讀爲『哀慟』之慟。」

羔裘三章，章四句。

素冠【疏】毛序：「刺不能三年也。」箋：「喪禮，子爲父，父卒爲母，皆三年。時人恩薄禮廢，不能行也。」○三家無異義。或引魏書李彪傳：「周室凌遲，喪禮稍亡，是以要絰卽戎，素冠作刺。」並舉列女杞梁妻傳引詩「我心傷悲，聊與子同歸」二句，以爲魯詩異義。不知「要絰」、「素冠」二事並引，文不相屬，非可以此濫入戎事。又列女傳引詩「與子同歸」，以妻殉夫死，斷章取義。此篇專刺短喪，大恉明白，執禮匡時，所繫綦重，尤不當傅會曲說，淆亂正經也。

庶見素冠兮，棘人欒欒兮，【注】魯「欒」作「臠」，說曰：棘，羸瘠也。詩曰：「棘人臠臠兮。」【疏】傳：「庶，幸也。素冠，練冠也。棘，急也。欒欒，瘠貌。」箋：「喪禮，既祥祭而縞冠素紕。時人皆解緩，無三年之恩於其父母，而廢其喪禮，故覬幸一見素冠。急於哀感之人，形貌欒欒然臞瘠也。」○「庶幸」，釋言文。素冠，三年之喪，初喪冠，小祥練冠，大祥縞冠，中月而禫綅冠，踰月吉祭乃玄冠，復平常。傳「練冠」，就小祥說；箋「縞冠」，就大祥說，要皆謂三年素冠。「欒作」至「臠兮」，淮南任地篇高注文，（今本「人」下有「之」字，無「兮」字，轉寫錯誤。）與毛訓異，魯說也。「臠臠」者。說文「臠」下云：「臞也。詩曰：『棘人臠臠。』」所引亦魯詩，作「臠」正字，毛作「欒」借字也。釋詁：「癵，病也。」舍人注：「癵，心憂憊之病也。」心憂而憊，故病羸瘠，亦魯說。說文有「臠」無「癵」，「癵」俗字。勞心慱慱兮。【疏】傳：「慱慱，憂勞也。」箋：「勞心者，憂不得見。」○釋訓：「慱慱，憂也。」勞心即憂心，與月出篇同。說文無「慱」字，文選思玄賦李注引作「摶摶」。

庶見素衣兮，【疏】傳：「素冠，故素衣也。」箋：「除成喪者，其祭也朝服縞冠。朝服，緇衣素裳。然則此言素衣者，謂素裳也。」○陳奐云：「左昭三十一年傳：『季孫練冠麻衣。』檀弓：『主人深衣練冠，待于廟。』雜記：『筮史練冠長衣。』是練冠所配之衣，或麻衣、或深衣、或長衣，麻衣即深衣。喪服記：『公子爲其母，練冠，麻衣縓緣。』注云：『此麻衣者，如小功布深衣，爲不制衰裳，變也。縓，淺絳也，一染謂之縓。練冠而麻衣，縓緣三年，練之受飾也。』引檀弓曰：『練，練衣黃裏縓緣。』閒傳：『期而小祥，練冠縓緣。又期而大祥，素縞麻衣。』注云：『喪服小記曰：「除成喪者，其祭也，朝服縞冠。」此素縞者，玉藻所云「縞冠素紕，既祥之冠」。麻衣十五升布，亦深衣也。謂之麻者，純用布，無采飾也。』然則小祥、大祥皆用麻衣，大祥之麻衣配縞冠，小祥之麻衣配練冠。傳意以此章『素衣』與上章『素冠』同時之服，素冠爲練冠，則素衣卽檀弓之『練衣』，練衣卽麻衣，衣冠皆爲三年練之衣服也。箋就既祥祭而言，素衣謂朝服緇衣素裳，但朝服麻衣色緇，三年麻衣色白。素者白也，不得以『緇』爲『素』明矣。又朝服無裳，鄭以『素衣』爲『素裳』，亦非是。」我心傷悲兮，聊與子同歸兮。【疏】傳：「願見有禮之人，與之同歸。」箋：「聊，猶且也。且與子同歸，欲之其家，觀其居處。」○案，孔疏因箋釋「同歸」爲「同歸其家」，遂以傳爲「欲與共歸已家」解，似過泥。陳奐云「同歸於禮」，是已。孟子云「既盟之後，言歸於好」，亦句例也。列女杞梁妻傳哭夫殉死，引詩云：「我心傷悲，聊與子同歸。」此之謂也。」斷章取義，非詩恉。無二「兮」字，乃省文，古書多此例，如「棘人欒欒兮」，說文引亦無「兮」字。

庶見素韠兮，我心蘊結兮，聊與子如一兮。【疏】傳：「子夏三年之喪畢，見於夫子，援琴而弦，衎衎而樂作，而曰：『先王制禮，不敢不及。』夫子曰：『君子也！』閔子騫三年之喪畢，見於夫子，援琴而弦，切切而哀作，而曰：『先王制禮，不敢過也。』夫子曰：『君子也！』子路曰：『敢問何謂也？』夫子曰：『子夏哀已盡，能引而致之於禮，故曰君子也。閔子騫哀未盡，能自割以禮，故曰君子也。夫三年之喪，賢者之所輕，不肖者之所勉。』」箋：「祥祭朝服素韠者，韠從裳色。聊與子如一，且欲與之居處，觀其行也。」○孔疏：「喪服始終無韠。禮，大祥祭，朝服素韠。毛意亦以卒章思大祥之人也。」陳奐云：「韠象裳色，天子山火龍，諸侯火龍，卿大夫山，此畫繪之韠，以配袞鷩毳希之裳也。玄冕之服，天子朱韠，配朱裳；諸侯卿大夫赤韠，配赤裳；士爵弁韎韐，配纁裳也。玄端不與裳相應，故士玄端爵韠，裳則有玄黃襍之異。朝服如深衣，有韠而無裳。」蘊，校勘記：「唐石經初刻『薀』，後改。說文：『薀，積也。从艸，温聲。』孔疏釋文作『蘊』，卽『薀』

之俗字。」「聊與子如一」者，願與有禮之人用心如一。箋以爲「欲與之居處」，亦非。

素冠三章，章三句。

隰有萇楚【疏】毛序：「疾恣也。國人疾其君之淫恣，而思無情慾者也。」箋：「恣，謂狡狹淫戲，不以禮也。」○三家無異義。

隰有萇楚，【注】魯說曰：「萇楚，銚弋。」猗儺其枝。【疏】傳：「興也。萇楚，銚弋也。猗儺，柔順也。」箋：「銚弋之性，始生正直，及其長大，則其枝猗儺而柔順，不妄尋蔓草木。興者，喻人少而端愨，其長大無情慾。」○「萇楚，銚弋」者，釋草文，魯說也。郭注：「今羊桃。」陸疏：「葉長而狹，華紫赤色，枝莖弱，過一尺，引蔓於草上。」猗儺，枝柔之狀，詳見次章。夭之沃沃，樂子之無知。【注】魯說曰：「知，匹也。」【疏】傳：「夭，少也。沃沃，壯佼也。」箋：「知，匹也。疾君之恣，故於人年少沃沃之時，樂其無妃匹之意。」○桃夭篇「夭」亦作「枖」，傳：「桃有華之盛者，夭夭其少壯也。」說文：「枖，木少盛貌。」此夭亦謂少而壯盛，以下云「沃沃」，故訓「沃沃」爲「壯佼」，單訓「夭」爲「少」也。沃沃，與氓篇「沃若」義同，謂佼好而有光華也。衆經音義十引蒼頡篇云：「樂，喜也。」「知，匹也」者，釋詁文。郭注引詩本爾雅魯詩說，箋說與同。馬瑞辰云：「墨子經上篇：『知，接也。』莊子庚桑楚篇注：『知者，接也。』荀子正名篇云：『知有所合謂之智。』凡相接、相合皆訓『匹』。廣雅：『接，合也。』知訓接、訓合，即得訓匹。又古者謂相交接爲『相知』，楚詞『樂莫樂兮新相知』，言新相交也。『交』與『合』義亦相近，芄蘭詩『能不我知』，知，正當訓『合』。『不我知』爲『不我合』，猶『不我甲』爲『不我狎』也。曲禮：『男女非有行媒，不相知名。』釋文作『不相知』，以『名』爲衍字。今案，『不相知』即『不相匹』也，皆『知』可訓『匹』之證。」陳啟源云：「爾雅『知匹』之詁，殆專爲此詩立訓，故箋用之。」愚案：鄭用三家，例不明出何詩，魯詩與爾雅同，顯詩在雅前，故雅訓多本魯義，以此及「陽，予也」等文推之可知。

隰有萇楚，猗儺其華。夭之沃沃，樂子之無家。【注】魯「猗儺」作「旖旎」。詩曰：「旖旎其華。」【疏】箋：「無家，謂無夫婦室家之道。」○「旖旎」至「其華」，楚詞九辯王注文。劉向九歎惜賢篇：「結桂樹之旖旎兮。」章句引詩文同。王引之云：「萇楚之枝柔弱蔓生，傳箋並以『猗儺』爲『柔順』，但華、實不得云柔順，而亦云『猗儺』，則猗儺乃美盛之貌矣。小雅：『隰桑有阿，其葉有難。』傳曰：『阿然美貌，難然盛貌。』『阿難』與『猗儺』同字，又作『旖旎』。」王訓「盛貌」，與傳異，蓋本三家。胡承珙云：「猗儺，固可以『美盛』言，而亦有『柔順』之義。高唐賦：『東西施翼，猗狔豐沛。』此固近於美盛，若上林賦之『紛溶萷蔘，猗狔從風。』（張揖曰：「旖旎，猶阿那也。」考工記先鄭注兩引皆作「倚移從風」。說文：「移，禾相倚移也。」此「倚移」亦與「柔順」義近。）南都賦：『阿那蓊茸，風靡雲披。』漢人詞賦多本詩騷，此皆狀草木之柔靡，不得以猗儺爲專指美盛。又司馬相如大人賦：『又旖旎以招搖。』（張揖曰：「旖旎，下垂貌。」）揚雄甘泉賦：『夫何旟旐郅偈之旖旎也。』王褒洞簫賦：『形旖旎以順吹兮，又奏歡娛；莫不憚漫衍凱，阿那腲腇者已。』（注云：「阿那腲腇，遲貌。」）舒此則並非草木，更不得泥於美盛之訓。蓋隰桑之阿難爲『美盛』，萇楚之猗儺爲『柔順』，言各有當也。至華實皆附於枝，枝既柔順，則華實亦必從風而靡，雖概稱猗儺不妨。」

隰有萇楚，猗儺其實。夭之沃沃，樂子之無室。

隰有萇楚三章，章四句。

匪風【疏】毛序：「思周道也。國小政亂，憂及禍難，而思周道焉。」○三家無異義。

匪風發兮，匪車偈兮。顧瞻周道，中心怛兮。【注】齊韓「偈」作「揭」。韓「怛」作「𢟵」。【疏】傳：「發發飄風，非有道之風。偈偈疾驅，非有道之車。怛，傷也。下國之亂，周道滅也。」箋：「周道，周之政令也。迴首曰顧。」○「齊偈作揭」者，易林渙之乾：「焱風忽起，車馳揭揭。棄古追思，失其和節。憂心惙惙。」睽之大過需之小過同。颷、猋、焱、颷、飄五字通作「焱」，當爲「猋」之誤字。楚詞雲中君注：「猋，去疾貌。」釋文李注：「扶搖暴風，從下升上，故曰猋。」猋、上也。焱風忽起，故曰「發發」。揭揭，謂疾驅。二事皆失其和節，故因時之不古而追思之。「韓偈作揭，怛作⿱⿰旦刂心」者，漢書王吉傳，吉治韓詩，上昌邑王疏曰：「古者師行三十里，吉行五十里。詩云：『匪風發兮，匪車揭兮。顧瞻周道，中心⿱⿰旦刂心兮。』說曰：是非古之風也，發發者；是非古之車也，揭揭者。蓋傷之也。」所引詩說，卽韓詩內傳之說也。陳喬樅云：「偈，當爲『朅』之借字。白帖十一引此詩，正作『匪車朅兮』。說文：『朅，去也。』『去』與『疾驅』義近，故韓於伯兮詩傳訓『偈』爲『疾驅貌』。又漢書注云：『揭，高擧也。』『⿱⿰旦刂心，古怛字。』說文無『⿱⿰旦刂心』字，『怛』下云：『憯也。』重文『𢘿』下云：『怛，或从心，在旦下。』『憯』亦傷也，與毛傳訓『傷』合。」馬瑞辰云：「方言：『怛，痛也。』廣雅同。玉篇：『怛，傷也。』『⿱⿰旦刂心，驚也。』並『丁割切』。是『⿱⿰旦刂心』乃『怛』之同音借字。」愚案：韓詩外傳二云：「國無道則飄風厲疾，暴雨折木，陰陽錯氛，夏寒冬溫，春熱秋榮，日月無光，星辰錯行，民多疾病，國多不祥，羣生不壽，而五穀不登。當成周之時，陰陽調，寒暑平，羣生遂，萬物寧，故曰其風治，其樂連，其驅馬也舒，其民依依，其行遲遲，其意好好。詩曰：『匪風發兮，匪車揭兮。顧瞻周道，中心怛兮。』」外傳引詩仍作「怛」，不作「⿱⿰旦刂心」，知韓詩「亦作」本與毛不異，其因無道思成周之時，釋詩「顧瞻」句與毛同義，齊韓古說如此，後人釋「匪」爲「彼」、「道」爲「路」者，皆未可從。

匪風飄兮，匪車嘌兮。顧瞻周道，中心弔兮。【疏】傳：「迴風爲飄。嘌嘌，無節度也。弔，傷也。」○王逸楚詞九歌注：「飄，風貌。詩曰：『匪風飄兮。』」明魯毛文同。離騷注：「飄風，無常之風。」說文：「嘌，疾也。从口，票聲。詩曰：『匪車嘌兮。』」

誰能亨魚？溉之釜鬵。【疏】傳：「溉，滌也。鬵，釜屬。亨魚煩則碎，治民煩則散，知亨魚則知治民矣。」箋：「誰能者，言人偶能割亨者。」○釋文：「溉，本又作摡。」說文：「溉，滌也。」引詩「摡之釜鬵」，即毛「又作」本。王逸楚詞九歎注：「鬵，釜也。詩曰：『溉之釜鬵。』」說苑善說篇亦引二句，明魯毛文同。儀禮特牲饋食禮鄭注：「亨，煮也。詩曰：『誰能亨魚？溉之釜鬵。』」明齊毛文同。釋器：「䰝謂之鬵。鬵，鉹也。」說文：「䰝，鬵屬。鬵，大釜也。」韻會引說文作「土釜」。又說文「𩰲」下云：「秦名土鬴曰𩰲，讀若過，即今所謂鍋矣。」孔疏引孫炎爾雅注，以「䰝」爲「甑」字，誤。疏又云：「人偶者，謂以人意尊偶之也。論語注：『人偶，同位人偶之詞。』禮注云：『人偶相與爲禮儀。』皆同也。亨魚小伎，誰或不能，而云『誰能』者，人偶此能割亨者，尊貴之，若言人皆未能，故云『誰能』也。」馬瑞辰云：「漢時以相敬相親皆爲『人偶』，大射儀『揖以耦』，注：『言以者，耦之事成於此，意相人偶也。』聘禮『每曲揖』，注：『每門輒揖者，以相人偶爲敬。』公食大夫禮『賓入三揖』，注：『相人偶。』此相敬謂之『人偶』也。中庸『仁者人也』，鄭注：『人也，讀如相人偶之人，以人意相存偶之言。』賈子匈奴篇『胡嬰兒得近侍側，胡貴人更進得佐酒前，上時人偶之』。此相親謂之『人偶』也。說文：『仁，親也。从人、二會意。』『人二』即『相偶』也。說文又云：『偶，桐人也。』『桐人』即『相人』形近之譌。」校勘記云：「『尊偶』、『存偶』，與中庸正義之『相親偶』、表記正義之『相愛偶』、碩人正義之『荅偶』皆一也。」誰將西歸？懷之好音。【注】魯「誰」作「孰」。【疏】傳：「周道在乎西。懷，歸也。」箋：「誰將者，亦言人偶能輔周道治民者也。檜在周之東，故言西歸。有能西仕於周者，我則懷之以好音，謂周之舊政令。」○孔疏：「於時檜在滎陽，周都豐鎬，周在於西，故言西也。西歸者，欲令人之輔周治民也。若能仕周，則當自知政令，詩人欲歸之以好音者，愛其人，欲贈之耳，非謂彼不知也。」「魯誰作孰」者，說苑善說篇言楚子晳因衛蘧伯玉之力以重於楚，引詩二句，「誰」作「孰」，義同文異。桑柔篇「誰能執熱」，墨子尚賢篇引作「孰能執熱」，蓋古書「誰」、「孰」通用，魯詩此篇自作「孰」也。

匪風三章，章四句。

檜國四篇，十二章，四十五句。

詩三家義集疏卷十二

曹蜉蝣第十二

【疏】乙巳占引詩推度災曰：「曹，天宿弧張。」藝文類聚三、御覽二十一引詩含神霧曰：「曹地處季夏之位，土地勁急，音中徵，其聲清以急。」（詩經類攷引「夏」誤「冬」，「勁急」作「勁險」。經義攷引「以急」作「以激」。）漢書地理志：「濟陰定陶，詩風曹國也。周武王弟叔振鐸所封。昔堯所游成陽，舜漁靁澤，湯止于亳，故其民猶有先王遺風，重厚多君子，好稼穡，惡衣食，以致畜臧。」以上皆齊說。風俗通山澤篇引韓詩内傳云：「舜漁雷澤，雷澤在濟陰成陽縣。」此似考證曹國地理之文，蓋韓詩序也。水經濟水注：「濟水逕定陶縣故城南。縣，故三鬷國也。湯追桀伐三鬷即此。」是周之曹，夏之三鬷也。今山東曹州府定陶縣縣東有三鬷亭。

詩國風

蜉蝣【疏】毛序：「刺奢也。昭公國小而迫，無法以自守，好奢而任小人，將無所依焉。」○漢書人表：「曹昭公班，釐公子，作詩。」此齊說。魯韓當同。

蜉蝣之羽，【注】魯說曰：「蜉蝣，渠略。」衣裳楚楚。【注】三家「楚」作「𪓐」。【疏】傳：「興也。蜉蝣，渠略也，朝生夕死，猶有羽翼以自修飾。楚楚，鮮明貌。」箋：「興者，喻昭公之朝，其羣臣皆小人也。徒整飾其衣裳，不知國之將迫脅，君臣死亡無日，如渠略然。」○「蜉蝣渠略」者，釋蟲文，魯說也。說文：「蟟，巨蟟，一曰浮游。」夏小正「浮游有殷」，明蜉蝣施虫乃後起字，不僅釋文所云「渠略」作「蟝蛒」爲俗也。淮南說林篇：「浮游不飲不食，三日而終。」又詮言篇：「浮游不過三日。」則朝生莫死，甚言之耳。馬瑞辰云：「爾雅郭注言：『蜉蝣，似蛣蜣。』方言郭注又云：『蜉蝣似天牛而小，有黑角。』

説文：『蝌，渠蝌，一曰天社。』廣雅：『天社，蜣蜋也。』『天牛』蓋『天社』之别名，云『似天牛而小』，則浮游蓋小於蛣蜣。今以目驗蛣蜣大僅六七分知。孔疏引陸疏云：『大如指，長三四寸。』『寸』當爲『分』字之譌。」「衣裳楚楚」，指羣臣言。首句言蜉蝣之羽，次句若以衣裳爲比，嫌於重複，至麻衣更不得以蜉蝣當之。郭注云「黄黑色」，不能謂之「如雪」也。「三家楚作𪓐」者，説文「𪓐」下云：「會五采鮮色也。詩曰：『衣裳𪓐𪓐。』」段注：「𪓐，正字；楚，借字。」心之憂矣，於我歸處。

【疏】箋：「歸，依歸。君當於何依歸乎？言有危亡之難，將無所就往。」○説文「処」下云：「止也，得几而止。從几、從夂。」「處」下云：「処或从虍聲。」歸處，猶依止也。言在朝之臣，其心不知憂國，不思國亡而身無所託也。我不敢自謂憂國，此心之憂在於我依止之地，不勝其顧慮耳，彼羣臣獨何心乎？

蜉蝣之翼，采采衣服。心之憂矣，於我歸息。【注】韓詩曰：「采采衣服。」韓説曰：采采，盛貌也。

【疏】傳：「采采，衆多也。息，止也。」○「采采」至「貌也」，文選鸚鵡賦李注引韓詩薛君注文，引經明韓毛文同。「盛貌」與「衆多」意同，言其羣臣競侈衣服，故韓曰「盛貌」，毛曰「衆多」也。

蜉蝣掘閲，麻衣如雪。【注】三家「掘」作「堀」。【疏】傳：「掘閲，容閲也。如雪，言鮮絜。」箋：「掘閲，掘地解閲，謂其始生時也。以解閲喻君臣朝夕變易衣服也。麻衣，深衣，諸侯之朝朝服，朝夕則深衣也。」○案，「閲」、「穴」字同。宋玉風賦「空穴來風」，莊子云「空閲來風」，是「閲」即「穴」也。郭注：「蜉蝣藂生糞土中。」陸疏：「夏日陰雨時地中出。」傳云「掘閲，容閲」者，言其物容身於閲，故掘閲而出也。箋云「掘地解閲」者，讀「閲」爲「脱」，其掘地出時，解脱而生，故以喻變衣服也。「三家掘作堀」者。説文「堀」下云：「突也。詩曰：『蜉蝣堀閲。』」此三家詩有作「堀」者，故許引文異。堀閲，亦是讀「閲」爲「脱」，言自土堀中解脱而出也。陳奂云：「麻衣，朝服也。凡布幅廣二尺二寸，八十縷爲升，朝服用十五升，緦則去朝服之半，二者精麤不同，用麻則一，故朝服與緦服皆得謂之麻衣。緦麻其色白，朝麻其色染緇，鄭風『緇衣』卽『麻衣』矣。禮記問傳：『又期而大祥，素縞麻衣。』喪服小記：『除成喪者，其祭也，朝服縞冠。』『素縞』卽『縞冠』，則『麻衣』卽『朝服』，此一證。逸周書大匡篇：『及期日，質明，王麻衣以朝日。』視朝之服，天子皮弁，諸侯朝服，王服朝服爲降等，則『麻衣』爲『朝服』，此又一證。論語子罕篇：『子曰：麻冕，禮也。』麻，亦『麻衣』也，古冕、弁得通，稱『麻冕』，麻衣而冕，與祭服『玄冕』，玄衣而冕同。祭服用絲，朝服用麻。朝服如深衣，衣裳不殊。諸侯朔視朝，用皮弁服，亦謂之朝服，皆以麻爲之。凡衣皆連下裳言，朝服無裳而有素韠，素韠白韋爲之，故以雪比白。」較孔疏義晰。首、次章言羣臣，三章兼君臣言之，其憂心更爲切至。儀禮喪服傳鄭注：「詩：『麻衣如雪。』」明齊毛文同。心之憂矣，於我歸說。【疏】箋：「說，猶舍息也。」○釋文：「說音稅，協韻如字。」禮表記：「國風曰：『心之憂矣，於我歸說。』」明齊毛文同。鄭注：「欲歸其所說忠信之人也。」用齊義如字，讀與箋異。

蜉蝣三章，章四句。

候人【疏】毛序：「刺近小人也。共公遠君子而好近小人焉。」○三家無異義。

彼候人兮，何戈與祋。【注】齊「何」作「荷」，「祋」作「綴」。【疏】傳：「候人，道路送迎賓客者。何，揭。祋，殳也。言賢者之官不過候人。」箋：「是謂遠君子也。」○序官：「候人，上士六人，下士十二人。」左宣十二年傳：「隨季對楚使曰：『豈敢辱候人。』」是侯國亦有候人也。「何揭」者，孔疏：「戈祋須人擔揭，故以『荷』爲『揭』也。盧人：『戈六尺有六寸，殳長尋有四寸。』戈、殳俱是短兵，相類故也。且『祋』字从『殳』，故知『祋』爲『殳』也。」「齊何作荷，祋作綴」者，禮樂記「行列綴兆」，鄭注：「綴，表也，所以表行列。詩云：『荷戈與綴。』」何、荷經典通用。禮釋文：「本又作何。」說文：「祋，荷殳也。

从殳，示聲。或説城郭市里，高縣羊皮，有不當入而欲入者，暫下以驚牛馬曰祋，故从示、殳。」高縣羊皮，即「綴表」之義，故「祋」亦爲「綴」，文與毛異。禮正義謂鄭所見齊、魯、韓詩本不同也。韓詩唐時尚存，陸氏釋文於毛詩「祋」下不言韓詩異字，則作「綴」者非韓詩也。樂記注是據齊詩之文。崔集注本亦作「綴」，言賢者官卑。彼其之子，三百赤芾。

【注】韓「其」作「已」，「芾」作「紱」。【疏】傳：「彼，彼曹朝也。芾，韠也。一命緼芾黝珩，再命赤芾黝珩，三命赤芾葱珩。大夫以上，赤芾乘軒。」箋：「之子，是子也。佩赤芾者三百人。」〇説文「市」下云：「韠也。」「市」即古「芾」字，篆文作「韍」。「一命」至「葱珩」，禮玉藻文。玉藻作「韍」。緼芾，赤黄之間色，所謂「韎」也。黝珩，玉藻作「幽珩」。周禮：「公侯伯之卿三命，其大夫再命，其士一命。」曹伯爵，一命爲士，再命爲大夫，三命爲卿，故士服緼芾。卿與大夫服赤芾，又得乘軒也。左僖二十八年傳：晉文公「入曹，數之以其不用僖負羈，而乘軒者三百人也，且曰獻狀。」杜注：「言其無德，居位者多，故責其功狀。」此正共公時事，與此「三百」文同，引傳以證詩也。「韓其作已，芾作紱」者，後漢東平憲王傳李注：「赤紱，大夫之服。詩曹風曰：『彼已之子，三百赤紱。』刺其無德居位者多也。」所引蓋據韓詩。

維鵜在梁，魯説曰：鵜，鴮鸅。不濡其翼。彼其之子，不稱其服。【疏】傳：「鵜，洿澤鳥也。梁，水中之梁。鵜在梁，可謂不濡其翼乎？」箋：「鵜在梁當濡其翼，而不濡者，非其常也，以喻小人在朝，亦非其常。不稱者，言德薄而服尊。」〇「鵜鴮鸅」者，釋鳥文，魯説也。郭注：「今之鵜鶘也。好羣飛，沈水食魚，故名洿澤，俗呼之爲淘河。」陸疏：「鵜，水鳥，形如鴞而極大，喙長尺餘，直而廣，口中正赤，頷下胡大如數升囊，若小澤中有魚，便羣共抒水，滿其胡而棄之，令水竭盡，魚在陸地，乃共食之，故曰淘河。」説文「鵜」一作「鶇」。鵜乃貪惡之鳥，故以喻小人。鵜鳥在梁上，以不濡翼爲能，小人在高位，以尊服爲美。然鵜決非不濡翼之鳥，之子亦非稱其服之人也。禮表記引詩：「維鵜在梁，不濡其翼。

彼記之子，不稱其服。」鄭注：「鵜胡，污澤也。污澤善居水泥之中，在魚梁以不濡污其翼爲才，如君子以稱其服爲有德。」愚案：鄭注禮在箋詩前，此蓋據齊詩爲説，但語意似未完。齊詩作「彼記」。又後漢明帝紀永平二年詔：「詩刺彼己。」（陳喬樅云：「據永平三年詔，有『應門失守，關雎刺世』之語，知明帝所習亦韓詩。」）文選曹植求自試表：「將挂風人彼己之譏。」漢帝、曹王皆用韓詩，故皆作「己」也。左僖二十四年傳鄭子臧以鷸冠見殺，君子歎其「服之不衷」，亦引此詩作「彼己」。

維鵜在梁，不濡其味。彼其之子，不遂其媾。【注】韓「味」作「噣」。【疏】傳：「味，喙也。媾，厚也。」箋：「遂，猶久也。不久其厚，言終將薄於君也。」○「韓味作噣」者，玉篇口部：「噣，喙也。詩曰：『不濡其噣。』」又曰：「噣，亦作味。」今毛作「味」，則「噣」乃韓之異文。言鵜之爲物當在污澤，今在梁上，則不能得魚，所處雖高，終爲濡其味之鳥矣。彼其之子宜居卑賤，今在高位，可謂厚矣，然無德以居之，終不能久遂其媾厚也。胡承珙云：「媾、厚疊韻爲訓，衆經音義二十二引白虎通義云：『媾，厚也。重婚曰媾也。』故孔疏以『重昏媾者情必深厚』釋之。『遂猶久』者，比方爲訓，遂訓『成』，亦訓『申』，皆有『久』意，故曰『猶久』。國語：『晉公子如楚，成王以周禮饗之，九獻，庭實旅百。既饗，令尹子玉請殺晉公子，王不許。又請止狐偃，王曰：「不可。曹詩曰：『彼其之子，不遂其媾。』郵之也。夫郵而效之，郵又甚焉。效郵，非義也。」』（韋注：「媾，厚於其寵也。郵，過也。」）詳楚子引詩之意，蓋謂九獻庭實是厚也，而又殺之，是不終其厚。曹詩所云『不遂其媾』者，其過同矣，故其下云楚子厚幣以送公子於秦，是則所謂終其厚矣。」

薈兮蔚兮，南山朝隮。【注】韓説曰：薈，草盛貌。魯「薈」作「嬒」。【疏】傳：「薈、蔚，雲興貌。南山，曹南山也。隮，升雲也。」箋：「薈蔚之小雲，朝升於南山，不能爲大雨，以喻小人雖見任於君，終不能成其德教。」○案，「薈兮蔚兮」

者，言山雲如草莽也。易林履之恒：「滃滃薈蔚，膚寸來會。津液下降，流潦滂沛。」坤之恒略同，明齊詩亦釋「薈蔚」爲「雲興」，言其必有大雨也。鄭以薈蔚爲「小雲」，如易林言，則焦以爲「大雲」，既經所不言，故兩説並通，但津液不降，則流潦無期耳。「薈草盛貌」者，玉篇艸部引詩文，此韓説也。説文：「薈，艸多貌。」亦引此詩，卽本韓義。文選西都賦注引蒼頡篇云：「蔚，草木盛貌也。」此「薈蔚」本義，詩借以狀雲興之盛。「魯薈作嬒」者，説文「嬒」下云：「女黑色也。從女，會聲。詩曰：『嬒兮蔚兮。』」齊韓毛作「薈」，此作「嬒」者乃魯詩。文選魯靈光殿賦「蓊翠紫蔚」，李注：「蔚，文貌。雲興欲雨，黑紫不定，任舉一色以狀之，故或爲嬒，或爲蔚也。」「南山」者，一統志：「曹南山在曹州濟陰縣東二十里，詩『南山朝隮』是也。」御覽地部七引十道志云：「曹南山有汜水出焉。」隮，當爲「躋」，説文無「隮」字。荀爽易需卦注：「雲上升極，則降而爲雨，故詩曰：『朝躋于西，崇朝其雨。』」爽習齊詩者也。鄭用齊義箋毛，又因此詩是言小人，故有「不能爲大雨」之喻。陳奐謂：「南山，喻在尊位者。雲有盛多之義，南山之朝，升雲薈蔚然，謂居尊位者之盛多。」承上「三百赤芾」爲言，於義亦通。**婉兮孌兮，季女斯飢。**【疏】傳：「婉，少貌。孌，好貌。季，人之少子也。女，民之弱者。」箋：「天無大雨則歲不熟，而幼弱者飢，猶國之無政令，則下民困病矣。」○孔疏：「以季女爲少女幼子，故以『婉』爲『少貌』，『孌』爲『好貌』。采蘋云『有齊季女』，謂大夫之妻。車舝『季女逝兮』，欲取以配王，皆不得有男在其間，故以季女爲少女。此言『斯飢』，當謂幼者並飢，非獨少女而已，故以季女爲人之少子、女子。皆本經爲訓，故不同也。伯仲叔季，則季處其少。女比於男，則男强女弱，不堪久飢，故詩言少女耳。」陳奐云：「案正義本傳文，當作『季人之少子女子』七字，定本云『季人之少子女民之弱者』，見定本以『季女』爲少弱之稱，義無分別，則傳亦不必分釋其義。且經言女，不言民也，古毛傳當從正義本，今正義本從定本而誤。」愚案：傳析「季女」爲二，誠所不安，箋泛言「幼弱者飢」，「下民困病」，亦與經「季女」未合。詳味詩義，季女，卽候人之女也。蓋詩人稔知此賢者沈抑下僚，身丁困阨，家有幼女，不免恒飢，故深歎之。而其時羣枉盈庭，國家昏亂，篇中皆刺其君之近小人，致君子未由自伸。作詩本意，止於首尾一見，不著迹象，斯爲立言之妙。

候人四章，章四句。

鳲鳩【疏】毛序：「刺不壹也。在位無君子，用心之不壹也。」〇三家無異義。陳喬樅云：「魯詩説尸鳩之義，詞無譏刺，與毛異解。」愚謂刺詩不在顯言，關雎鹿鳴皆其例也。

鳲鳩在桑，其子七兮。【注】齊説曰：鳲鳩七子，均而不殆。韓説曰：七子均養者，鳲鳩之仁也。淑人君子，其儀一兮。其儀一兮，心如結兮。【疏】傳：「興也。鳲鳩，秸鞠也。鳲鳩之養其子，朝從上下，莫從下上，平均如一，言執義一則用心固。」箋：「興者，喻人君之德當均一於下也，以刺今在位之人不如鳲鳩淑善。儀，義也。善人君子，其執義當如一也。」〇釋文：「鳲，本亦作尸。」愚案：方言以「鳲鳩」爲「戴勝」，高誘、郭璞又並以爲吾楚俗所謂「布穀」，説詳鵲巢篇。「鳲鳩」至「不殆」，易林夬之家人文。殆者，危而不安也。七子雖多，用心均平，則有安而無殆。「七子」至「仁也」，魏志曹植傳上疏文，植用韓詩，言慈鳥之養子，以均見仁也，故在上位之善人君子，亦當執其公義齊一，盡心養民，有如物之結而不解。漢書鮑宣傳上書曰：「陛下上爲皇天子，下爲黎庶父母，爲天牧養元元，視之當如一，合鳲鳩之詩。」正用風人平均養長之義。荀子勸學篇「行衢道者不至，事兩君者不容。目不兩視而明，耳不兩聽而聰。螣蛇無足而蜚，梧鼠五技而窮。詩曰：『尸鳩在桑，其子七兮。淑人君子，其儀一兮。其儀一兮，心如結兮。』故君子結於一也。」又成相篇：「治復一，修之吉，君子執之心如結。」此魯詩之説也。列女魏芒慈母傳：「慈母有三子，前妻之子有五人。五子親附慈母，雍雍若一。慈母以禮義之漸率導八子，咸爲魏大夫卿士，各成於禮義。君子謂慈母一心，詩云：『尸鳩在桑，其子七兮。淑人君子，其儀一兮。其儀一兮，心如結兮。』言心之均一也。尸鳩以一心養七子，君子以一儀養萬物，一心可以事百君，百心不可以事一君。（案，此二語魯詩傳文，見下引。）此之謂也。」說苑反質篇：「『尸鳩在桑，其子七兮。淑人君子，其儀一兮。』傳曰：『尸鳩之所以養七子者，一心也。君子所以理萬物者，一儀也。』」所稱傳，卽魯詩傳。潛夫論交際篇亦引「淑人君子」四句。以上魯家說。淮南詮言訓：「買多端則貧，工多技則窮，心不一也。有百技而無一道，雖得之弗能守，故詩曰：『淑人君子，其儀一也，其儀一也，心如結也。』君子其結於一乎？」引「兮」作「也」，蓋別一本，與荀子大旨略同，亦用魯義。大戴禮勸學篇：「詩云：『鳲鳩在桑，其子七兮。淑人君子，其儀一兮。其儀一兮，心如結兮。』君子其結於一也。」又緇衣篇引「淑人君子」二句，「兮」作「也」，與淮南同，可爲諸家有別本作「也」之證。易林乾之蒙：「鵠鵴鳲鳩，專一無尤。君子是則，長受嘉福。」又隨之小過：「慈烏鳲鳩，執一無尤。寢門內治，君子悅喜。」以上齊說。韓詩外傳二云：「凡治氣養心之術，莫徑由禮，莫優得師，莫愼一好。好一則博，博則精，精則神，神則化，是以君子務結心乎一也。詩曰：『淑人君子，其儀一兮。其儀一兮，心如結兮。』」此韓家說。皆言君子當用心堅固不變，則事可成，不僅養民爲然。

鳲鳩在桑，其子在梅。【疏】傳：「飛在梅也。」○孔疏：「首章言生子之數，此『在梅』，及下『在棘』、『在榛』，言其所在之樹。見鳲鳩均一，養之得長大而處他木也。」淮南時則訓高注：「戴鵀，戴勝鳥也。詩曰『鳲鳩在桑，其子在梅』是也。」（今本「鳩」誤爲「鳴」。）據此，魯說以尸鳩爲「戴鵀」，餘已見前。馬瑞辰云：「梅，當爲『梅杏』之梅，以下『在棘』、『在榛』例之，知皆小樹，不得爲梅枏也。」淑人君子，其帶伊絲。其帶伊絲，其弁伊騏。【疏】傳：「騏，騏文也。弁，皮弁也。」箋：「其帶伊絲，謂大帶也。大帶用素絲，有雜色飾焉。騏當作璂，以玉爲之。言此帶弁者，刺不稱其服。」○孔疏：「玉藻說大帶之制云：天子素帶，朱裏終辟；諸侯素帶，終辟；大夫素帶，辟垂；士練帶，率下辟。是大夫以上大帶用素，故知『其帶伊絲』謂大帶用素絲，故言絲也。玉藻又云：『雜帶，君朱綠，大夫玄華，士緇辟。』是其有雜色飾焉。」玉藻注：「辟，讀如『裨冕』之裨，裨，謂以繒采飾其側。」皮弁配素帶，天子諸侯大夫同，通冕弁服皆用之，士用緇帶。傳「騏文」，釋文：「本作綦。」陳奐云：「小戎傳『騏，綦文』，謂白馬而有蒼色文。此傳『騏，綦文』，謂白鹿皮而有蒼色組以飾弁也。顧命『四人騏弁』，鄭注：『青黑曰騏。』正謂青黑爲弁飾之色。」騏，乃「綦」之借字。弁師云：「王之皮弁，會五采玉璂。」注：「會，縫中也。璂，讀爲薄借綦之綦。綦，結也。皮弁之縫中，每貫結五采十二以爲飾，謂之綦。」引此詩云：「其弁伊綦。」是詩本作「綦」。毛以青黑文言，故借「騏」爲「綦」。鄭以會玉言，故破「綦」爲「璂」也。黄山云：「古大帶卽鞶帶，亦卽紳帶，本以革爲之而拖以紳，故能佩物。鄭說內則『男鞶革，女鞶絲』，獨以鞶爲囊，致與『施鞶袠』之袠囊複，而於周易左傳白虎通說文之言『鞶帶』皆不合。然鄭注玉藻『素帶』，亦但云合素爲之，不云素絲，以其不能通於大夫素韠也。茲乃謂『伊絲』爲大帶用絲，則何解於『伊騏』之弁仍爲皮弁乎？蓋絲爲未成布帛之名，僅可用以飾帶，如玉藻『帶辟』之屬，猶騏文亦係言皮弁之飾也。小戎『我馬維騏』，傳云：『騏，騏文也。』證以說文『騏，馬文如博棋』，知爲『棋文』之誤，以小戎本言馬也，此傳『騏文』則借馬文以喻弁飾，又卽淇奧所謂『會弁如星』，有似博棋之文，而釋文之『綦文』則仍『棊文』之誤耳。鄭箋讀『騏』爲『璂』，說異而義實相成，必仍本於三家。孔疏以『綦色青黑』說小戎之『騏文』，正援顧命『騏弁』鄭注。此詩明爲騏弁而鄭箋乃不作『綦』，遂亦不敢改字，仍以馬文釋之，陳猶沿孔前疏之失；又遷其說，於『綦結』殆不可從。」愚按：黄說亦通。孔疏：「皮弁，是諸侯視朝之常服，又朝天子亦服之。作者美其德能養民，舉其常服，知是皮弁。」陳奐云：「諸侯視朝玄冠，朔視朝皮弁，在朝君臣同服，則朔視朝大夫亦服皮弁。序云『在位君子』，統君臣言也。」

鳲鳩在桑，其子在棘。淑人君子，其儀不忒。其儀不忒，正是四國。【疏】傳：「忒，疑也。正，長也。」箋：「執義不疑，則可爲四國之長，言任爲侯伯。」○釋詁：「貳，疑也。」王引之云：「貳乃貣之誤，古忒、貣通用也。」禮緇衣篇：「子曰：『爲上可望而知也，爲下可述而志也，則君不疑於其臣，而臣不惑於其君矣。尹吉曰：「惟尹躬及湯，咸有壹德。」詩云：「淑人君子，其儀不忒。」』」鄭注：「君臣皆有壹德不貳，則無疑惑也。」以「不忒」爲「不疑」，與傳箋義合。大學引詩云：「『其儀不忒，正是四國。』其爲父子兄弟足法，而后民法之也。」又經解引詩云「淑人君子」四句，皆齊家說。荀子君子篇：「尚賢，使能，等貴賤，分親疏，序長幼五者，（依楊倞注補二字。）此先王之道也。故仁者，仁此者也；義者，分此者也；節者，死生此者也；忠者，惇愼此者也。兼此而能之，備矣，備而不矜，一自善也，謂之聖。」末引詩曰：「淑人君子，其儀不忒。其儀不忒，正是四國。此之謂也。」又富國篇：「人皆亂，我獨治；人皆危，我獨安；人皆失喪之，我按起而治之。故仁人之用國，非特將持其有而已也，又將兼人。」下引詩亦同。又議兵篇：「堯伐驩兜，舜伐有苗，禹伐共工，湯伐有夏，文王伐崇，武王伐紂，此四帝、兩王皆以仁義之兵行於天下也。故近者親其善，遠方慕其德，兵不血刃，遠邇來服，德盛如此，施及四極。詩曰：『淑人君子，其儀不忒。』此之謂也。」何休公羊昭十八年傳解詁引詩云：「『其儀不忒，正是四國。』四國，天下象也。」風俗通義四引詩云：「淑人君子，其儀不忒。其儀不忒，正是四國。傳曰：一心可以事百君，百心不可以事一君。」應習魯詩，所引傳卽魯傳，又列女衞姑定姜傳引詩「其儀不忒」二句，楚昭定姜傳引詩「淑人君子」二句，皆魯家說。除緇衣外餘多推演之詞。

鳲鳩在桑，其子在榛。淑人君子，正是國人。正是國人，胡不萬年！【疏】箋：「正，長也。能長人則人欲其壽考。」○馬瑞辰云：「說文：『榛，木也，一曰菆也。』衆經音義引說文：『榛，叢木也。』字林：『木，叢生也。』集韻：『叢，或作菆。』是『菆』卽『叢』字之或體。此詩上言『在棘』，則『在榛』宜訓叢木，不得讀爲『亲栗』之亲。」韓詩外傳二：「玉不作，不成器。人不學，不成行。家有千金之玉，不知治，猶之貧也。良工宰之，則富及子孫。君子學之，則爲國用。故動則安百姓，議則延民命。詩曰：『淑人君子，正是國人。正是國人，胡不萬年。』」又外傳九：「夫鳳凰之初起也，翶翔十步，藩籬之雀，喔咿而笑之。及其升於高，一詘一信，展而雲間，藩籬之雀超然自知不及遠矣。士褐衣緼著未嘗完也，糲藿之食未嘗飽也，世俗之士卽以爲羞耳。及其出則安百姓，議則延民命，世俗之士超然自知不及遠矣。詩曰：『正是國人，胡不萬年。』」此韓家說，亦推演之詞。

鳲鳩四章，章六句。

下泉【注】齊說曰：下泉苞稂，十年無王。荀伯遇時，憂念周京。【疏】毛序：「思治也。曹人疾共公侵刻下民，不得其所，憂而思明王賢伯也。」○「下泉」至「周京」，易林蠱之歸妹文，賁之姤同，此齊說。何楷世本古義，以爲曹人美晉荀躒納敬王於成周而作此詩。左昭三十二年傳：「天王使告於晉：『天降禍於周，俾我兄弟並有亂心，以爲伯父憂。我一二親昵甥舅不遑啟處，于今十年，勤戍五年，余一人無日忘之。』」自春秋昭二十二年王子朝作亂，至三十二年城成周爲十年，與易林「十年無王」合。荀伯，卽荀躒也。美荀躒而詩列曹風者。昭二十五年，晉人爲黃父之會，謀王室，具戍人。二十七年，會扈，令戍周。三十二年，城成周。曹人蓋皆與焉，故曹人歌其事。愚案：何氏闡明齊說，深於詩義有裨，今從之。自文公定霸之後，曹之事晉甚恭，議戍必皆從役，而成周之城則曹人明書於經，故曹人在周者爲此詩。呂祖謙讀詩記曰：「匪風下泉，思周道之詩，獨作於檜曹何也？政出天子，則强不陵弱，各得其所；政出諸侯，則徵發之煩、供億之困、侵伐之暴，惟小國偏受其害，所以睠懷宗周爲獨切也。」愚案：呂記於此詩齊義尤爲切合。魯韓未聞。

冽彼下泉，浸彼苞稂。【疏】傳：「興也。冽，寒也。下泉，泉下流也。苞，本也。稂，童梁，非溉草，得水而病也。」箋：「興者，喻共公之施政教，徒困病其民。稂，當作涼。涼草，蕭蓍之屬。」〇案，「洌」當作「冽」，說文「冽」下云：「寒貌。故字從冰。」「洌」下云：「水清也。」引易「井洌寒泉食」，而不引詩，蓋以詩皆作「冽」，無作「洌」者，今本作「洌」非也。爾雅：「沃泉縣出。縣出，下出也。」李巡曰：「水泉從上溜下出。」孔疏：「下泉，謂泉下流，是爾雅之『沃泉』也。」何楷云：「昭二十三年，天王居於狄泉，卽此詩下泉。」愚案：杜注：「狄泉，洛陽城內大倉西南池水也，時在城外。」城成周乃繞之城內，亦曰翟泉。水經注：「穀水東流，入洛陽縣之南池，卽古翟泉也，在廣莫門道東，建春門路後，爲東宮池。」洛陽伽藍記：「太倉南有翟泉，周回三里，水猶澄清，洞底明淨，泉西有華林園，以泉在園東，因名蒼龍海。」「稂童粱」，釋草文，郭注：「莠類也。」陸璣疏：「禾秀爲穗而不成，崱嶷然謂之童粱，今人謂之宿田翁，或謂之守田也。」（孔疏引此，「守」亦誤「宿」。）說文「稂」，「蓈」之重文。「蓈」下云：「禾粟之采，（卽「穗」本文。）生而不成者謂之董蓈。」「采」下云：「禾成秀也。」知陸疏實根據於此。「蓈」、「粱」雙聲，「董蓈」卽「童粱」也。箋讀「稂」爲「涼」，云：「涼草，蕭蓍之屬。」孔疏：「釋草不見草名『涼』者，未知鄭何所據。」然鄭改毛，或亦本三家遺說也。黃山云：「段玉裁沿大田釋文誤字，謂說文『蓈』下之『采』、陸疏『禾秀』之『秀』，皆『莠』字，稂卽莠之未成者，非也。孟子『惡莠恐其亂苗也』，是在穀之始生曰苗時已名莠，不應爲穗時尚名稂。況魯語『馬餼不過稂莠』，韋注：『稂，童稂也。莠，似稷而無實。』既本無實，則不爲穗明矣。稂从禾，本禾屬，正文从艸，又卽與莠同爲艸屬。說文：『莠，禾粟下生。』固宜與禾粟不成者爲類，故爾雅郭注云『莠類』，非謂卽莠。此自禾粟失水變生者，故得水反病，若莠得水則更驕驕桀桀，未聞病水也。箋讀『稂』爲『涼』，李黼平疑爲『皇』，馬瑞辰疑爲『莨』，陳喬樅疑爲『蔏』，皆根據雅訓取合鄭箋音義。然陸疏『守田』卽稂，陳啟源胡承珙據釋文『稂』又音良，莨亦卽稂，蔏蔞又似未可單名蔏。且雅注皇生廢田，蔏蔞生下田，子虛賦『卑溼則生藏莨』，生田者不屬蕭蓍，非鄭改毛之指；生卑下者亦不當病水，尤非經惛。近世皆呼編席之草爲涼草，其席曰涼草席，草質粗勁，非釋草之『鼠莞』，其長過禾黍而無臺，亦非釋草之『苻蘺』。子虛賦『其高燥則生葴菥苞荔』，顏注：『苞，藨也，即今所用作席者。』曲禮『苞屨』，訓爲藨蒯之非，與今涼草合。藨蒯名苞，則爲有苞之草可知。孟康謂菥生涼州，而賦四者連舉，或皆涼州之草，故有涼草之名耳。此雖未必即箋之涼草，在鄭當有所本，故特破字爲訓，若果爾雅所有，則言稂當作涼足矣，不待更申之曰『涼草，蕭蓍之屬』也。」

愾我寤嘆，念彼周京。【注】魯「愾」作「慨」，魯說曰：「慨，歎貌也。」韓作「嘅」，韓說曰：「嘅，滿也。」【疏】傳：「愾，嘆息之意。寤，覺也。」念周京者，思其先王之明者。」○說文：「愾，大息也。从心，氣聲。詩曰：『愾我寤嘆。』」「魯愾作慨」者，王逸楚詞九嘆注：「慨，慨歎貌也。詩曰：『慨我寤歎。』」逸習魯詩，用魯說也。文選李注二十三、二十六兩引毛詩作「慨」，是毛亦有別本作「慨」。韓作「嘅」者，玉篇口部：「詩曰：『嘅我寤嘆。』」是韓詩作「嘅」。廣雅：「嘅，滿也。」即韓說也。周京，乃周室所居之京師也。云「念彼」者，馬瑞辰云：「春秋昭二十二年，王子猛入于王城，公羊傳：『王城者何？西周也。』二十六年冬十月，天子入于成周，公羊傳：『成周者何？東周也。』孔氏廣森以爲稱成周不稱京師者，敬王新居東周，非故京師矣。此詩云『念彼』，蓋王新遷成周，追念故京師王室之詞。自是以後諸侯不復勤王，故列國風，詩亦終於此。」

洌彼下泉，浸彼苞蕭。愾我寤嘆，念彼京周。【疏】傳：「蕭，蒿也。」○爾雅：「蕭，萩。」邢疏引陸璣義疏云：「今人所謂萩蒿也。或云牛尾蒿。」

洌彼下泉，浸彼苞蓍。愾我寤嘆，念彼京師。【疏】傳：「蓍，草也。」○說文：「蓍，蒿屬。」公羊桓九年傳：「京師者何？天子之居也。京者何？大也。師者何？衆也。天子之居，必以大衆言之。」是說天子之都名爲京師也。

芃芃黍苗，陰雨膏之。四國有王，郇伯勞之。【疏】傳：「芃芃，美貌。郇伯，郇侯也。諸侯有事，二伯述職。」箋：「有王，謂朝聘於天子也。郇侯，文王之子，爲州伯，有治諸侯之功。」○孔疏：「僖二十四年左傳：『畢原酆郇，文之昭也。』知郇伯是文王之子，爲州伯。有治諸侯之功，謂爲牧下二伯，治其當州諸侯。易傳者，以經傳考之，武王成王之時，東西大伯唯有周公召公太公畢公爲之，無郇侯者，知爲牧下二伯也。」愚案：易林云「荀伯遇時，憂念周京」者，左傳：昭二十二年十月，荀躒與籍談帥師納王于王城。二十六年七月，知躒與趙鞅帥師納王。荀氏在晉爲名卿，納王之事，身著勤勞，詩美其遇王室危亂之時，能以周京爲憂念，故言：黍之苗芃芃然盛者，以陰雨能膏澤之；今四國尚知有王事者，以郇伯能勞來之也。左桓九年傳：「荀侯伐曲沃。」漢志臣瓚注：「汲郡古文：晉武公滅荀，以賜大夫原氏黯，今河東有荀城，古荀國。」水經注：「汾水又西，逕荀城，古荀國也。」又云：「涑水又西，逕郇城。詩云『郇伯勞之』，蓋其故國也。」是郇侯卽荀侯，封國在冀州之境。若爲州伯，止治其當州諸侯，未必遠及兖州之曹，曹人何由思之？然則傳、箋二說皆在疑似之間，（竹書：「昭王六年，錫郇伯命。」正紀年乘間作僞處。）不若齊義之信而有徵也。經云「郇伯」而齊作「荀伯」者，或齊詩本作「荀」，或易林讀「郇」作「荀」，皆不可知，要之「郇」、「荀」一也。說文「郇」下云：「周武王子所封國，在晉地。从邑，旬聲。」新附「荀」下云：「草也。从艸，旬聲。」左傳「晉荀息」，潛夫論氏姓篇作「郇息」，此詩「郇伯」，周書王會篇作「荀伯」，與易林同。荀蓋本以國爲氏，荀躒，（說見前。）詩稱荀伯者，晉荀氏舊以「伯」稱。左成十六年傳「荀伯不復從」，謂荀林父也。後諸荀別爲知中行二氏，昭五年傳「中行伯、魏舒帥之」，謂荀吳與魏舒也。十五年傳「以文伯宴」，三十一年傳「季孫從知伯如乾侯」，皆卽謂荀躒也。曹詩稱「伯」而仍繫以「荀」，如春秋之仍書曰荀吳荀躒。詩亡然後春秋作，其例宜同。攷昭三十二年，敬王之十年，已在曹聲公之五年，距共公且六世矣。

下泉四章，章四句。

曹國四篇，十五章，六十八句。

詩三家義集疏卷十三

豳七月第十三

【疏】漢書地理志：「右扶風栒邑，有豳鄉，詩豳國，公劉所都。」史記劉敬傳：「周之先自后稷，堯封之邰，積德累善，十有餘世。公劉避桀居豳。」又匈奴傳：「夏道衰而公劉失其稷官，變於西戎，邑於豳。」班世治齊詩，史公用魯詩，知齊魯詩説同也。戴震云：「鄭譜：『豳者，后稷之曾孫曰公劉者，自邰而出，所徙戎狄之地名。』據宋天聖本國語及史記，載祭公謀父諫穆王，皆曰『昔我先王世后稷』，（今本國語奪「王」字。）謂先王世爲后稷之官，非謂棄也。（韋注國語：「父子相繼曰世。」正以「世后稷」連讀。）史記周本紀：『后稷之興，在陶唐虞夏之際，皆有令德。后稷卒，子不窋立。』云『皆有令德』者，以不窋以前繼棄爲后稷者不一人，故以皆有令德統之也。不曰『棄卒』而曰『后稷卒』，謂最後爲后稷之官者卒也。鄭誤以不窋爲棄之子，故以公劉爲棄之曾孫耳。（曾孫，亦元孫以下之通稱，知鄭言「后稷之曾孫」，以后稷爲棄者。據鄭云，公劉以夏后太康時失其官。案，后稷棄當夏禹時，至太康甫七十餘年，中隔不窋及鞠二代，故知箋言后稷必謂棄耳。）國語言不窋失官，竄於戎狄之間，今慶陽府安化縣有不窋城，城東三里有不窋冢。毛氏奇齡謂，公劉遷豳，應自不窋城遷，不應自邰遷也。」馬瑞辰云：「毛説非也。據匈奴傳云云推之，不窋失官以後，至子鞠時，必嘗復其稷官，復居於邰。至公劉又遭夏桀之亂，復失其官，乃自邰遷豳耳。（竹書紀年「少康三年復田稷」，此後人附會，惟誤以不窋爲棄子，失官在太康時，遂妄云少康時復官。）以公劉詩『涉渭爲亂』考之，水經注：『渭水又東，逕斄縣故城南，舊邰城也。』是邰在渭旁，非自邰遷，無由涉渭取材也。又公劉詩傳曰：『公劉居於郃，而遭夏人亂，迫逐公劉，公劉乃避中國之難，遂平西戎而遷其民邑於豳焉。』案，郃，今武功縣。豳，今邠州。豳在郃北百餘里，不窋城又在豳北二百餘里，使公劉自不窋城遷，是自外而遷於內，非所以避中國之難也。戴氏謂郃之封自公劉始復，與史記言公劉失官、毛傳言公劉避難皆不合。郃之復，蓋在公劉以前耳。自后稷棄至公劉，中有十餘世，則知公劉失官不在太康時矣。史記匈奴傳：『公劉失其稷官。其後三百有餘歲，戎狄攻太王亶父。』案亶父當殷武乙時，去夏桀正三百餘歲，是公劉與桀同時之證。國語韋注謂不窋失官在太康時，亦非。太康至桀二百六十餘年，公劉爲不窋孫，不能相距如此其遠。戴氏據史記言『孔甲淫亂，夏后德衰，諸侯畔之』，謂不窋失官當在孔甲時，蓋近之矣。」詩國風

七月【疏】毛序：「陳王業也。周公遭變，故陳后稷先公風化之所由，致王業之艱難也。」箋：「周公遭變者，管蔡流言，辟居東都。」○後漢王符傳潛夫論浮侈篇曰：「明王之養民也，愛之勞之，教之誨之，愼微妨萌，以斷其邪。七月之詩，大小教之，終而復始。由此觀之，民固不可恣也。」李注：「七月詩，豳風也。大謂耕桑之法，小謂索絢之類，自春及冬，終而復始也。」符習魯詩，其論魯義也。漢地理志曰：「昔后稷封斄，公劉處豳，太王徙郊，文王作酆，武王治鎬，其民有先王遺風，好稼穡，務本業，故豳詩言農桑衣食之本甚備。」

七月流火，九月授衣。【注】齊說曰：「爲寒益至也。」【疏】傳：「火，大火也。流，下也。九月霜始降，婦功成，可以授冬衣矣。」箋：「大火者，寒暑之候也。火星中而寒暑退，故將言寒，先著火所在。」○東方心星，亦曰大火。流火，火下也。火向西下，暑退將寒之候也。陳奐云：「四月篇『六月徂暑』，傳云：『六月火星中，暑盛而往矣。』本月令及昭三年左傳文爲說。攷堯典：『日永星火，以正仲夏。』夏小正：『五月初昏，大火中。』與詩月令左傳皆不合。蓋火在唐虞夏以五月

昏中，六月西流；周以六月昏中，七月西流，其候逐歲漸差。詩雖作於周初，然公劉在夏末，或已七月西流。春秋：「哀十二年冬十二月，螽。」左傳：「火伏而後蟄者畢，今火猶西流，司曆過也。」杜注：「火伏在今十月，猶西流，言未盡没，知是九月，曆官失一閏。」案，火伏在九月，春秋之季火伏在十月，九月猶西流，其候又差矣，此卽後世歲差之法。「授衣」者，馬瑞辰云：「周官典婦功：『掌婦式之法，以授嬪婦，及內人女功之事齎。』典絲：『頒絲於外內功，皆以物授之。』典枲：『以待時頒功而授齎。』凡言『授』者，皆授使爲之也。此詩『授衣』，亦授冬衣使爲之，蓋九月婦功成，絲麻之事已畢，始可爲衣，非謂九月冬衣已成，授衣之人也。」「爲寒益至也」者，禮月令鄭注文，引此詩二句，齊說也。又漢書律曆志引詩首句，明齊、毛文同。易雜卦傳：「益，盛之始也。」

一之日觱發，二之日栗烈。無衣無褐，何以卒歲？【注】韓「觱」作「畢」。韓說曰：「一之日畢發」，夏之十一月也。「二之日栗烈」，夏之十二月也。齊魯「觱發」作「滭泼」。【疏】傳：「一之日，十之餘也。一之日，周正月也。觱發，風寒也。二之日，殷正月也。栗烈，寒氣也。」箋：「褐，毛布也。卒，終也。此二正之月，人之貴者無衣，賤者無褐，將何以終歲乎？是故八月則當績也。」○孔疏：「一之日者，數從一起而終于十，更有餘月，還以一二紀之。」俞樾云：「一之日、二之日、三之日、四之日，以周正紀數也。四月、五月、六月、七月、八月、九月、十月，以夏正紀數也。公劉徙豳，當有夏中葉，（此因舊誤。）則其俗必循用夏正。周公作詩，陳后稷先公風化之所由，故卽本豳人之俗以立言，篇名七月，其曰『七月流火，九月授衣』，皆夏正也。至夏正之十一月，在周爲正月，周公在周言周，故變其文曰『一之日』，以周正紀數，而又不與豳俗之用夏正者混而無別，正古人立言之善也。既曰『一之日』、『二之日』，則夏正之正月、二月不得謂之一月、二月，故從周正數之曰『三之日』、『四之日』。自是爲蠶月，蠶月者，夏之三月，以周正數之則五之日也。不言『五之日』者，以篇中有『五月』也；不言『三月』者，以篇中有『三之日』也。」皮嘉祐云：「此詩言『月』者，皆夏正。言一、二、三、四之日者，皆周正，改其名不改其實。逸周書周月篇云：『亦越我周，致伐于商，改正異械，以垂三統。至於敬授民時，巡守祭享，猶自夏焉。』是爲此篇之確證。」愚案：「觱」即「觱」之俗字，說文「觱」下云：「羌人所吹角屠觱，（桂馥云當作「篳篥」。）以驚馬也。从角，𤇾聲。𤇾，古文『誖』字。」毛用借字也。「一之」至「月也」，玉燭寶典仲冬、季冬引韓詩章句文。韓作「畢發」，亦借字。「齊魯作滭冹」者，說文「冹」下云：「一之日滭冹。」（「一」上脫「詩曰」二字。）「滭」下云：「滭冹，風寒也。」从發、从犮之字多通用，碩人篇「鱣鮪發發」，釋文作「鱍鱍」，說文作「鮁鮁」是也。寒盛曰「滭冹」，泉盛曰「畢沸」。（「滭」省作「畢」，與韓詩同。）火盛曰「熚炥」，同聲變字，皆自盛皃形容之。韓作「畢發」，則作「滭冹」者齊魯文也。據釋文引說文，「栗烈」作「颲颲」。案，說文並未引詩，仌部有凓、冽二字，當是正文。孟子滕文公篇趙注：「褐以毳織之，若今馬衣也。或曰，褐，枲衣也。一曰粗布衣也。」此「褐」當從「粗布衣」之訓。蔡邕九惟文用「無衣無褐」句，明魯毛文同。

三之日于耜，四之日舉趾。同我婦子，饁彼南畝，田畯至喜。【注】韓詩曰：「三之日于耜，四之日舉趾。」韓說曰：「三月之時，可豫取耒耜修繕之，至於四月，始可以舉足而耕也。」齊「趾」作「止」。【疏】傳：「三之日，夏正月也。豳土晚寒。于耜，始修耒耜也。四之日，周四月也，民無不舉足而耕矣。饁，饋也。田畯，田大夫也。」箋：「同，猶俱也。喜讀爲饎，饎，酒食也。耕者之婦子俱以饟來，至於南畝之中，其見田大夫，又爲設酒食焉。言勸其事，又愛其吏也。此章陳人以衣食爲急，餘章廣而成之。」○「三之」至「耕也」者，御覽八百二十二、八百二十三引韓詩文，引經明韓毛文同。「于」訓「修」，與傳同。讀「于」爲「爲」也，與夏小正「農緯厥耒」同意。「齊趾作止」者，漢書食貨志：「春，令民畢出在壄，詩曰：『四之日舉止。同我婦子，饁彼南畝。』」是齊詩作「止」。「趾」、「止」今古文之異。禮月令「孟春命田舍東郊」，鄭注：「田，謂田畯，主農之官也。」呂覽高注，以「田」爲「農大夫」，高用魯詩，推知魯詩「田畯」之訓與傳同。釋訓：「饎，酒食也。」釋文引舍人本作「喜」，釋云：「古作饎。」據此，知魯詩本亦作「喜」而讀爲「饎」，故箋從魯義改毛也。

七月流火，九月授衣。【疏】箋：「將言女功之始，故又本於此。」春日載陽，有鳴倉庚。女執懿筐，遵彼微行，爰求柔桑。【疏】傳：「倉庚，離黃也。懿筐，深筐也。微行，牆下徑也。五畝之宅，樹之以桑。」箋：「載之言則也。陽，温也。温而倉庚又鳴，可蠶之候也。柔桑，穉桑也，蠶始生，宜穉桑。」○馬瑞辰云：「爾雅：『春爲青陽。』故詩言『春日載陽。』博物志：『蠶，陽物，喜燥惡濕。』詩言日之陽温，正可以生蠶時也，養蠶在三月，生蠶在二月。夏小正『二月有鳴倉庚』，與此詩『有鳴倉庚』合；『二月采蘩』，亦與此詩『采蘩祁祁』合；又『二月綏多士女』，與此詩『殆及公子同歸』，箋訓『歸』爲『嫁』合，則詩兩言『春日』，皆指二月無疑。正義以『春日』指蠶月，謂倉庚蠶月始鳴，誤矣。」張衡東京賦「春日載陽」，薛綜注：「陽，暖也。」陳喬樅云：「薛訓『陽』爲『暖』，當據魯故，鄭箋訓『温』，即本魯詩爲解。」易林同人之大過亦引「春日載陽」，明齊、毛文同。倉庚，詳葛覃篇。說文云：「鳴則蠶生。」小爾雅及楚詞王逸注並云：「懿，深也。」懿筐蓋深而難滿。采薇傳：「柔，始生也。」求柔桑以飼初出之蠶。春日遲遲，采蘩祁祁。女心傷悲，殆及公子同歸。【注】魯說曰：遲遲，徐也。【疏】傳：「遲遲，舒緩也。蘩，白蒿也，所以生蠶。祁祁，衆多也。傷悲，感事苦也。春女悲，秋士悲，感其物化也。殆，始。及，與也。豳公子躬率其民，同時出、同時歸也。」箋：「春女感陽氣而思男，秋士感陰氣而思女，是其物化，所以悲也。悲則始有與公子同歸之志，欲嫁焉，女感事苦而生此志，是謂豳風。」○「遲遲徐也」者，釋訓文，蓋專爲此詩立訓，此魯義與毛異。春日既舒，則采蘩者亦遲久而積多，故皆釋爲「徐」也。何楷古義引徐光啟云：「蠶之未出者，鬻蘩沃之則易出，故傳云『所以生蠶』。」春女多悲，有觸斯感，此天機之自然，又仲春昏期，皆有失時之懼。荀子彊國篇楊注：「殆，庶幾也。」諸侯之女亦稱「公子」，見公羊莊元年傳。公子嫁不愆期，故冀幸庶幾與女公子同時得嫁也。傳言豳公之子身率其民同出同歸，男女不謀，情事未合，不若箋義爲長也。

七月流火，八月萑葦。【疏】傳：「薍爲萑，葭爲葦，豫畜萑葦，可以爲曲也。」箋：「將言女功，自始至成，故亦又本於此。」〇孔疏：「二草，初生者爲菼，長大爲薍，成則名爲萑；初生爲葭，長大爲蘆，成則名爲葦。月令『具曲植筥筐』，注云：『曲，薄也。植，槌也。』薄用萑葦爲之。」案，「苗」渻作「曲」，豫蓄之以供來春養蠶。蠶月條桑，取彼斧斨，以伐遠揚，猗彼女桑。【注】韓「條」作「挑」。魯說曰：「女桑，桋桑。」【疏】傳：「斨，方銎也。遠，枝遠也。揚，條揚也。角而束之曰猗。女桑，荑桑也。」箋：「條桑，枝落采其葉也。女桑，少枝長條，不枝落者，束而采之。」〇「韓條作挑」者，玉篇手部：「挑，撥也。詩曰：『蠶月挑桑』」，枝落之采其葉。」陳喬樅云：「此韓詩異文也。『條桑』無傳，鄭云『枝落之采其葉』，即用韓義申毛。」釋文引說文云：「銎，斧空也。」「空」即「孔」字。破斧傳：「隋銎曰斧，方銎曰斨。」條，小枝也。遠揚，長枝去人遠揚起者，則取隋銎之斧、方銎之斨以伐之。「女桑，桋桑」者，釋木文，魯說也。釋文「桋」或作「夷」，渻字。傳作「荑」，借字。蓋草之初生者曰荑，木之初生者曰桋，毛釋女桑爲「荑桑」，知魯必用正字作「桋」，故釋木取魯說也。節南山傳：「猗，長也。」說文：「掎，偏引也。」諸家蓋讀「猗」爲「掎」，惟呂氏讀詩記引董逌曰：「齊詩：『掎彼女桑。』」出僞撰，今不取。傳「角而束之」，「角」即「捔」字。廣雅釋言：「捔，掎也。」疑亦此詩韓魯家說，故張揖取入雅訓。七月鳴鵙，八月載績。載玄載黃，我朱孔陽，爲公子裳。【疏】傳：「鵙，伯勞也。載績，絲事畢而麻事起矣。玄，黑而有赤也。朱，深纁也。陽，明也。祭服，玄衣纁裳。」箋：「伯勞鳴，將寒之候也。五月則鳴，豳地晚寒，鳥物之候從其氣焉。凡染者，春暴練，夏纁玄，秋染夏。爲公子裳，厚於其所貴者說也。」〇「鳴鵙」，夏小正作「伯鷯」，方言謂爲「鶪旦」。爾雅郭注云：「似鶷鶡而大。」初學記引通俗文云：「白頭鳥謂之鶷鶡。」禽經注謂「形似鴝鵒」。鴝鵒喙黃，伯勞喙黑。御覽九百二十三引曹植惡鳥論曰：「詩云『七月鳴鵙』。七月，夏五月，鵙則伯勞也。伯勞以五月鳴，應陰氣之動。陽爲仁養，陰爲殘賊，伯勞蓋賊害鳥也，其聲鵙鵙，故以其音名云。」曹用韓詩，引七月句，明韓毛文同以七月當夏五月，誤也。釋鳥：「鵙，伯勞也。」孔疏引樊光注：「春秋傳：『少皞氏以鳥鳴官。伯趙氏，司至。』伯趙，鵙也，以夏至來，冬至去。」蔡邕月令章句云：「鵙，伯勞。伯勞伯趙，應時而鳴，爲陰候也。」趙岐孟子章句：「鴃，博勞也。詩云：『七月鳴鴃。』應陰氣而殺物者也。」「鵙」作「鴃」，蓋魯詩「亦作」本。呂覽仲夏紀注：「鵙，伯勞也。是月陰作於下，陽發於上，伯勞夏至後應陰而殺蛇，磔之於棘而鳴其上。」文選張衡思玄賦「鶗鴂鳴而不芳」，李注引服虔曰：「鶗鴂一名鵙。伯勞順陰而生，賊害之鳥也。」是魯家皆云伯勞以五月鳴，而詩文作「七月」，與韓同，故箋以爲豳地晚寒，候從其氣。孔疏以爲：「『載纘武功』，校一月，此校兩月；月令『季秋草木黃落』，此云『十月隕蘀』；月令『季秋令民，寒氣總至，其皆入室』，此云『曰爲改歲，入此室處』；月令『季秋天子嘗稻』，此云『十月穫稻』；月令『仲秋天子嘗麻』，此云『九月叔苴』；月令『季冬命取冰』，此云『三之日納于凌陰』。皆晚寒所致。」胡承珙云：「諸書云『五月鵙鳴』者，記其始鳴，詩則但言其鳴爲降寒之候，以起下文『載績』，故以七月、八月連言之，不必定指始鳴，蓋伯勞以夏至鳴，冬至去，五月以後皆其鳴時，其去化爲鼠。說文：『鼢，地行鼠，伯勞所化。』是也。」馬瑞辰云：「詩以鵙鳴誌將寒之候，或據其盛鳴之時言之。」二說最爲當理。「績」者，緝麻之名。孔疏：「玄黑而有赤，謂色有赤黑雜者。考工記鍾氏說染法云：『三入爲纁，五入爲緅，七入爲緇。』鄭注：『緅，今禮記作爵，言如爵頭色也。凡玄色者，在緅緇之間，其六入者與。』謂三入赤，三入黑也。士冠禮注：『凡染絳，一入謂之縓，再入謂之赬，三入謂之纁，朱則四入矣。』故云：『朱，深纁也。』易下繫云：『黃帝堯舜垂衣裳，蓋取諸乾坤。』注云：『乾爲天，坤爲地，天色玄，地色黃，故玄以爲衣、黃以爲裳。』土託位於南方，南方故云用纁，是祭服用玄衣、纁裳之義。染色多矣，而特舉玄黃，故傳解其意由祭服尊故也。」染夏者，染五色謂之夏，其色以夏翟爲飾，夏翟毛羽五色皆備成章，染者擬以爲深淺之度，是以放而取名。陳奐云：「玄衣纁裳，就士而言，以見豳人亦自作服。經言『我朱孔陽，爲公子裳。』又以見豳公子朱裳，亦是祭服也。」

四月秀葽，【注】魯說曰：此味苦，苦葽也。韓說曰：葽草如出穗。五月鳴蜩。八月其穫，十月隕蘀。【疏】傳：「不榮而實曰秀葽。葽，草也。蜩，螗也。穫，禾可穫也。隕，墜。蘀，落也。」箋：「夏小正『四月，王負秀。』葽其是乎？秀葽也，鳴蜩也，穫禾也，隕蘀也，四者皆物成而將寒之候。物成，自秀葽始。」○「魯說此味苦，苦葽也」者，說文：「葽，草也。從艸，要聲。詩曰：『四月秀葽。』」劉向說云云。此乃引劉釋魯詩之文也。段注：「苦葽，當是漢人有此語，漢時目驗，今則不識。其味苦，應夏令也。」陳啓源云：「宋曹粹中詩說，據爾雅『葽繞，棘蒬』，郭注：『今遠志也。』又參以劉向『苦葽』之說，以爲卽今藥中小草。案，『苦葽』之訓甚古，今藥中小草味極苦濇，醫家以甘草煮之方可用，又有『葽繞』之稱，曹說信爲有本。」愚案：廣雅：「蕀苑，遠志也。」與郭注合。葽一名『葽繞』者，語音長短之異，短言之曰「葽」，長言之爲「葽繞」也。「葽草如出穗」者，玉燭寶典孟夏引韓詩章句文。皮嘉祐云：「戴氏震謂葽者幽莠也。戰國策云：『幽，莠之幼也，似禾。』夏小正：『四月秀幽。』幽、葽一聲之轉。穆天子傳：『珠澤之藪，爰有萑葦，茅蒲，茅萯，蒹葽。』郭注：「葽，莠屬。』引詩四月『秀葽』，則莠屬本有『葽』名。御覽引韋曜毛詩答問云：『甫田維莠，今之狗尾也。』說文繫傳引字書：『葽，狗尾草也。』程氏瑤田云：『禾一本一穗，莠一本或數莖，多至五六穗，穗多芒，類狗尾，俗呼狗尾草。』據此，是莠多穗，其穗之出亦如禾，故韓家謂葽草如出穗，雖未明指爲莠，而以莠之穗觀之，則訓葽爲莠甚明。」愚案：皮說亦通，惟莠似稷而無實，見韋昭國語注，陳啓源嘗目驗而信之，程瑤田雖不信韋說，然亦極辨葽之非莠。狗尾草所在皆有，人盡識之，是誠有實矣。程繪爲圖以之當莠，則莫不知其誤。韓詩謂「葽如出穗」，自仍指苦葽之形，非真出穗。小徐以狗尾草當之，亦誤也。

釋蟲：「蜩，蜋蜩，螗蜩。」舍人注：「皆蟬也。方語不同，三輔以西爲蜩，梁宋以東謂蜩爲蝘，楚地謂之蟪蛄。」孔疏引孫炎曰：「蜋，五色具。蜩，宮中小青蟬也。」方言：「蟬，楚謂之蜩。陳鄭之間謂之蜋蜩，宋衞之間謂之螗蜩。」與爾雅合。「唐蜩」即「螗蜩」，音同字變也。夏小正之「良」即「蜋蜩」，今俗謂之「伏良」者是也。如蟬而微小，鳴聲甚大而亮，不易捕捉，因譌爲「伏亮」。說文：「凡草木皮葉落陊地爲蘀。」引詩「十月隕蘀」。一之日于貉，取彼狐狸，爲公子裘。【疏】傳：「于貉，謂取狐狸皮也。狐貉之厚以居。孟冬，天子始裘。」箋：「于貉，往搏貉以自爲裘也。狐狸以共尊者，言此者，時寒宜助女功。」○說文：「貉，北方豸種。从豸，各聲。」「貈，似狐，善睡獸。从豸，舟聲。論語曰：『狐貈之厚以居。』」今字通假作「貉」。「貈」與「裘」韻，作「貉」則詩失韻矣。說文：「貍，伏獸，似貙。」埤雅：「貍似貙而小，文采斑然，脊間有黑理一道。」二之日其同，載纘武功，言私其豵，獻豜于公。【疏】傳：「纘，繼。功，事也。豕一歲曰豵，三歲曰豜。大獸公之，小獸私之。」箋：「其同者，君臣及民因習兵俱出田也。不用仲冬，亦豳地晚寒也。豕生三曰豵。」○馬瑞辰云：「同之言會合也，（廣雅：「集、合，同也。」）謂冬田大合衆也。周官惟田與追胥竭作，故曰『其同』。爾雅：『蒐，聚也。』冬田之言『同』，猶春田之言『蒐』也。下章『我稼既同』，傳亦訓『聚』。」「豕一歲曰豵」，騶虞傳同。箋以一歲不中殺，故易傳「豜」與「肩」同。鄭司農注大司馬職，引豳詩作「肩」，鄭傳毛詩，是豳風亦有作「肩」之本。韓詩章句「三歲曰肩」，知此亦當作「肩」也。孔疏：「大獸公之，小獸私之。大司馬職文彼云『小禽私之』，禽、獸得通，因經言獸也。」易林晉之歸妹「獻豜及豵，以樂成功」，用詩「言私其豵」二句，明齊毛文同。

五月斯螽動股，六月莎雞振羽，七月在野，八月在宇，九月在户，十月蟋蟀入我牀下。【注】韓說曰：宇，屋霤也。【疏】傳：「斯螽，蚣蝑也。莎雞羽成而振訊之。」（釋文：「訊，本又作迅，同。」）箋：「自七月在野，至十月入我牀下，皆謂蟋蟀也。言此三物之如此，著將寒有漸，非卒來也。」○「斯螽」者，即「螽斯」，詳具周南。動股，以兩股相切作聲。莎雞者。釋蟲：「螒，天雞。」樊光注：「謂小蟲黑身赤頭，一名莎雞。」李巡注：「一名酸雞。」（毛詩正義孫炎注同樊說，見文選注十二。莎、酸雙聲字。）名醫別録云：「樗雞生沙內川谷樗樹上。」陶注云：「形似寒螿而小。」蘇頌圖經云：「莎雞生樗木上，六月便出，飛而振羽，索索作聲，人或畜之樊中，但頭方腹大，翅羽外青內紅而身不黑，頭亦不赤，此殊不類，蓋別一種而同名也。今在樗木上者，人呼『紅娘子』，頭翅皆赤，乃如郭說，然不名『樗雞』，疑即是此，蓋古今之稱不同耳。以生樗樹上名樗雞，又有生莎草間者，故名莎雞也。」愚案：此釋莎雞最確，若崔豹古今注、羅願爾雅翼混莎雞、絡緯、蟋蟀爲一物，誤甚。易林既濟之臨「莎雞振羽」，明齊毛文同。「宇，屋霤也」者，釋文引韓詩文。陳喬樅云：「說文：『宇，屋邊也。』又曰：『櫋，屋邊聯也。』『梠，楣也。』『楣，秦名屋邊聯也，齊謂之檐，楚謂之梠。』又曰：『霤，屋水流也。』士喪禮鄭注：『宇，梠也。』釋名：『梠或謂之櫋。』『霤，流也，水從屋上流下也。』霤，亦爲『溜』，左傳：『三進，及溜。』霤及屋梠之溜水處。然則宇也、霤也、梠也、檐也，異名而同實。」蟋蟀，詳具唐風，昔人以爲即促織，不知促織者絡緯也，絡緯鳴如絡絲，吾楚俗呼「紡紗婆」，聞其聲似促人織也。攷淮南時則訓高注：「蟋蟀，蜻蛚，促織也。詩曰：『七月在野。』」蓋自漢世已誤，今特正之。漢書食貨志引詩曰「十月蟋蟀入我牀下」，明齊毛文同。楚詞九辯「哀蟋蟀之宵征」，王逸注：「謂七月在野，八月在宇，九月在户，十月蟋蟀入我牀下。是其宵征也。」據此，明魯毛文同。穹窒熏鼠，塞向墐户。【注】韓云：向，北向窗也。【疏】傳：「穹，窮。窒，塞也。向，北出牖也。墐，塗也。庶人蓽户。」箋：「爲此四者以備寒。」○胡承珙云：「穹窒，謂窮極室中之穴隙而塞之，以禦寒氣，所謂『風雨攸除』也。其穴有鼠者更熏而去之，所謂『鳥鼠攸去』也。」「北向窗也」者，釋文引韓詩文，與傳義合。說文亦云：「向，北出牖也。從宀、從口。詩曰：『塞向墐户。』」從口者，象中有户牖之形。(「亩」下從「回」,象屋形中有户牖,是「口」爲象形也。)陳喬樅云:「士虞禮『啟牖鄉』,注:『鄉、牖一名。』明堂位『達鄉』,注:『鄉,牖屬。』『鄉』卽『向』之叚借。説文:『牖,穿壁以木爲交窗也。』『窗』古文作『囱』,説文『囱』下云:『在牆曰牖,有屋曰囱。』重文『窗』,或從『穴』,俗又加『心』作『窻』耳。」孔疏:「儒行注:『蓽户,以荆竹織門。』以其荆竹通風,故泥之。」呂覽季秋紀高注引詩此二句,明魯毛文同。

嗟我婦子,曰爲改歲,入此室處。【注】齊「曰」作「聿」。【疏】箋:「曰爲改歲者,歲終而一之日觱發,二之日栗烈,當避寒氣而入所穹窒墐户之室而居之,至此而女功止。」○「曰爲改歲」者,言歲之將改,乃先時教戒之詞,非謂改歲然後入室也。「齊曰作聿」者,食貨志:「春令民畢出於壄,冬則畢入於邑,詩曰:(「十日」二句引見前。)『嗟我婦子,聿爲改歲』。入此室處所,以順陰陽、備寇賊、習禮文也。」是齊詩作「聿」,與毛異。陳喬樅云:「聿、曰皆詞,古多通用。毛詩角弓『見晛曰消』,魯、韓作『聿』。抑『曰喪厥國』,韓詩作『聿』。大明『曰嬪于京』,爾雅注作『聿』,是三家文多以『聿』爲『曰』也。」

六月食鬱及薁,【注】魯韓「薁」作「藿」。七月亨葵及菽,八月剥棗,十月穫稻。爲此春酒,以介眉壽。【注】魯説曰:古者穫稻而漬米麴,至春而爲酒。【疏】傳:「鬱,棣屬。薁,蘡薁也。剥,擊也。春酒,凍醪也。眉壽,豪眉也。」箋:「介,助也。既以鬱下及棗助男功,又穫稻而釀酒以助其養老之具,是謂豳雅。」○孔疏:「鬱,棣屬者,是唐棣之類屬也。劉楨毛詩義問云:『其樹高五六尺,實大如李,正赤食之甜。』本草云:『鬱,一名雀李,一名車下李,一名棣,生高山川谷或平田中,五月時實。』一名棣,則與棣相類,故云『棣屬』。」疏又云:「蘡薁者,亦是鬱類而小別。晉宫閣銘云:『華林園中,有車下李三百一十四株,薁李一株。』『車下李』卽鬱。『薁李』卽薁,二者相類而同時熟。」愚案:史記司馬相如傳「隱夫鬱棣」,漢書作「隱夫薁棣」,是「鬱」及「薁」同類微別,又同時熟,故相連言之。而史漢作「鬱」者,又可作「薁」也,毛傳以「薁」爲「蘡薁」，陸疏承之以爲「車鞅藤實」，遂紛紜莫定矣。參證胡承珙説，蓋卽唐棣、常棣二種，詳具何彼襛矣篇。「魯韓薁作蒮」者，釋草：「蒮，山韭。」邢昺疏：「韭生山中者名蒮。韓詩云：『六月食鬱及蒮。』」説文：「蒮，草也。從艸，隺聲。詩曰：『食鬱及蒮。』」所引蓋魯詩文。許於「薁」下但云「嬰蒮也」，而不引經，獨於「蒮」下引之，是三家今文必皆作「蒮」，與毛異也。宋掌禹錫等本草、嘉祐蘇頌本草圖經皆引韓詩「食鬱及蒮」，訓以爾雅『蒮，山韭』。胡承珙以説文「蒮」下引詩不及「山韭」爲疑。陳喬樅云：「邢疏多襲舊注，以詩之『蒮』卽『山韭』，自是舍人、樊光等舊義。爾雅説多據魯詩，疑魯詩亦作『食蒮』，與韓詩同，胡説未免過泥。」惟「山韭」一物尚待詳攷。「亨葵及菽」者，陳奐云：「士虞記：『鉶芼，夏用葵。豆實葵菹。』亨葵以供鉶羹之滑，鄭注『云夏秋用生葵』是也。小宛傳：『菽，藿也。』藿爲菽之少者。七月菽時尚少，蓋亨其少者耳。」「剝」者，「扑」之雙聲借字。棗須擊取，杜甫詩「堂前撲棗任西鄰」是也。「古者」至「爲酒」，禮月令鄭注文，齊説也，引詩「十月」三句，明齊、毛文同。馬瑞辰云：「漢制以正月旦作酒，八月成，名酎酒。周制蓋以冬釀，經春始成，因名春酒。」愚案：鄭注云「至春而爲酒」，但先漬米麴爾，馬説非也。初學記二十七、御覽八百二十九引蔡邕明堂月令章句云：「十月穫稻，人君嘗其先熟，故在季秋九月熟者謂之半夏稻。」呂覽孟夏紀高注：「酎，春醖也。詩云：『爲此春酒，以介眉壽。』」明魯毛文同。蔡高皆魯家，所用魯義也。介，大也。酒所以養老也。七月食瓜，八月斷壺，九月叔苴，采荼薪樗，食我農夫。

【疏】傳：「壺，瓠也。叔，拾也。苴，麻子也。樗，惡木也。」箋：「瓜瓠之畜、麻實之糝、乾荼之菜、惡木之薪，亦所以助男養農夫之具。」○左莊八年傳：「瓜時而往，曰及瓜而代。」服注：「瓜時，七月。」壺，瓠也。楚南人謂之「瓠瓜」，古食瓠葉，亦斷瓠爲菹。説文：「叔，拾也。汝南名收芌爲叔。」苴，麻實，可食。荼，月令之「苦菜」也。樗卽臭椿，但可爲薪，皆以給食農夫也。

九月築場圃，十月納禾稼，黍稷重穋，禾麻菽麥。【注】三家「重穋」作「種稑」。【疏】傳：「春夏爲圃，秋冬爲場。後熟曰重，先熟曰穋。」箋：「場、圃同地，自物生之時，耕治之以種菜茹，至物盡成熟，築堅以爲場。納，內也，治於場而內之囷倉也。」○禾稼，統詞。「重」者，種之渻借。「三家重穋作種稑」。說文「種」下云：「先種後熟也。從禾，重聲。」「稑」下云：「疾孰也。從禾，坴聲。詩曰：『黍稷種稑。』」「穋」下云：「稑或从翏。」毛作「重穋」，則作「種稑」者三家文也。其「種埶」之字自作「穜」，從禾，童聲。「穜」、「種」二字久爲後人所亂。周官內宰職云：「上春，詔王后帥六宮之人，生穜稑之種，而獻之於王先。」鄭注：「先種後熟謂之穜，後種先熟謂之稑。」舍人職云：「以歲時縣穜稑之種，以共王后之春獻種。」司稼職云：「掌巡邦野之稼，而辨穜稑之種，周知其名，與其所宜地以爲法，而縣于邑閭。」程瑶田云：「北方農人皆知辨穜之稙稺者，分別藏之，以待時雨而播其種之所宜。（說文：「稙，早種也。」「稺，幼禾也。」）雨應時則播稙者，雨後時則播稺者。稙者早種，稺者遲種也。稺之成也卑小，稙之成也高大。至穜稑之名無知之者，然其義未嘗不寓於分別稙稺及因時播種之中。余居武邑，其俗播種時嘗聞其略：稷稙者，清明前下種，其穫以秋分。稺者無正時，大率立夏後、夏至前皆其下種時也，其穫在立秋、白露之間。粱與稷相繼下種，稷先粱後，其稙者以清明爲正時，遲之或至穀雨，穫亦以秋分，或稍後於稷焉。稺者播穫與稷略同。又有一種，俗呼『二耬子』，耬，盛穀播種之器，形如斗，底中有孔，爲三股迆立，於前股空其中，上通於底孔，股端有鐵銳，其末如斗，兩旁施轅，設軛牛駕之行，行則股端鐵畫地，鐵上皆有小孔向後，一人在後扶其斗而搖之，穀種從底孔入三孔，復自小孔中漏出，恰入畫中，所謂耩也。耩，北方播種之名也。耩必以耬，故呼稙者爲『頭耬』，稍遲旬日種者爲『二耬』，二耬非稺也，因別其名曰『二耬』。余曰此穜之稑者也，蓋稙、稺容有同時穫者，二耬之穫必在稙者之先，此後種先熟者也，殆一物而有穜、稑之別與？」馬瑞辰云：「禾有爲諸穀通稱者，聘禮及周官掌客皆言

『禾若干車』，通謂粟之有藁者，及此詩『十月納禾稼』是也。有專指一穀言者，呂氏春秋云：『禾黍稻麻菽麥，六者之實。』又曰：『今茲美禾，來茲美麥。』淮南子：『雒水宜禾。』又曰：『中央宜禾。』及此詩『禾麻菽麥』是也。據說文：『禾，嘉穀也。』『粟，嘉穀實也。』『米，粟實也。』『粱，米名也。』四者相承而言，是粱者粟之米也，粟者禾之實也，此詩以『禾』與『麻菽麥』並言者，禾卽粱也。戴侗六書故云：『北方多陸土，其穀多粱粟，故粱粟專以禾稱。』孔疏謂『更言禾字，以總諸禾』，非也。又案，粱爲今之小米，稷乃今之高粱，秦漢以來多誤以稷爲小米，辨詳程九穀考。」**嗟我農夫，我稼既同，上入執宮功。**【疏】傳：「入爲上，出爲下。」箋：「既同，言已聚也。可以上入都邑之宅，治宮中之事矣。於是時男之野功畢。」○案，宮、室元可通訓，入此室處，究不得爲上也。箋云都邑之事，農夫之室非都邑也。宋儒范氏董氏以爲官府之役，是亦事所當有，於經義、傳箋皆合，下文「于茅」、「索綯」，乃又計及野廬之事，所謂公事畢然後敢治私事。今從之。**晝爾于茅，宵爾索綯。亟其乘屋，其始播百穀。**【注】魯說曰：言教民晝取茅草，夜索以爲綯。綯，絞也。及爾閒暇，亟而乘蓋爾野外之屋，春事起爾將始播百穀矣。韓說曰：穀類非一，故言百也。【疏】傳：「宵，夜。綯，絞也。乘，升也。」箋：「爾，女也。女當晝日往取茅歸，夜作絞索以待時用。亟，急。乘，治也。十月定星將中，急當治野廬之屋。其始播百穀，謂祈來年百穀于公社。」○「言教」至「穀矣」。趙岐孟子引詩「晝爾于茅」四句章句文。王引之云：「索者，糾繩之名。綯卽繩也，『索綯』猶言糾繩，與『于茅』文正相對。趙云『索以爲綯也』，箋云『夜作絞索』，則是以索爲『繩索』之索。爾雅訓『綯』爲『絞』，而郭注云『糾絞繩索』，則是以絞爲『糾絞』之絞，胥失之矣。」「穀類」至「百也」，文選東都賦李注引韓詩章句文。陳奐曰：「始，歲始也。周十一月歲始，故於十月中豫籌之。」韓詩外傳八：「子貢曰：『賜欲休於耕田。』孔子曰：『詩云：「晝爾于茅，宵爾索綯。亟其乘屋，其始播百穀。」爲之若此，其不易也，若之何其休也。』」鹽鐵論散不足篇：「古者庶人春夏耕耘，秋冬收藏，昏晨力行，夜以繼日，詩云：『晝爾于茅，宵爾索綯。亟其乘屋，其始播百穀。』」以上韓齊詩說，明與毛文皆同。

二之日鑿冰沖沖，三之日納于凌陰，四之日其蚤，獻羔祭韭。【注】韓說曰：「冰者，窮谷陰氣所聚，不洩則結，而爲伏陰。」齊魯「蚤」作「早」。魯說曰：開冰室取冰，治鑑以祭廟，春薦韭卵。【疏】傳：「冰盛水腹，則命取冰於山林。沖沖，鑿冰之意。凌陰，冰室也。」箋：「古者日在北陸而藏冰，西陸朝覿而出之。祭司寒而藏之，獻羔而啓之。其出之也，朝之祿位，賓食喪祭，於是乎用之。月令：『仲春，天子乃獻羔，開冰，先薦寢廟。』周禮凌人之職：『夏，頒冰掌事。秋，刷。』上章備寒，故此章備暑，后稷先公，禮教備也。」○二之日，日體在北方之虛宿，是建丑之日也。「冰者」至「伏陰」，初學記引韓詩說文。陳喬樅云：「冰者，寒氣所聚。鑿冰，亦所以散固陰沍寒，深山窮谷之氣，故能調四氣之和，使冬無愆陽，夏無伏陰，人不夭札，否則凝聚不洩，結而爲伏陰矣。故先王重祭寒之禮，著斬冰之令，非獨藏以備暑已也。韓說於義尤精。」禮王制鄭注、吕覽季冬紀下仲春紀高注並引「二之日鑿冰沖沖，三之日納于凌陰」，是魯齊毛三家作「凌」。說文：「滕，仌出也。」（「出」是「室」之譌。）引詩曰「納于滕陰」，知韓詩作「滕」也。「齊魯蚤作早」者，禮王制鄭注引：「四之日其早，獻羔祭韭。」吕覽仲春紀高注同。說文：「早，晨也。从日，在甲上。」「早」正字，「蚤」借字。「獻羔祭韭」者，言出冰之事。「開冰」至「韭卵」，亦吕覽高注文。左昭四年傳云：「獻羔而啟之。」月令：「仲春，天子乃鮮羔開冰，先薦寢廟。」注：「『鮮』，當爲『獻』。」陳奐云：「左傳、月令皆不及『祭韭』者，文略也。周禮禮記左傳取冰、藏冰，皆在十二月，詩十二月取冰，正月藏冰，二月開冰。正義引鄭志荅孫皓云：『豳土晚寒，故可夏正月納冰。夏二月仲春，太簇用事，陽氣出地始温，故禮應開冰，先薦寢廟。』又引服注左傳『西陸朝覿而出之』，謂二月，日在婁四度，春分之中奎，始辰見東方，蟄蟲出矣，故以是時出之，給賓客喪祭之用。鄭意本爾雅『西陸爲昂』，故依周禮『孟夏頒冰』爲說。」

九月肅霜，十月滌場。朋酒斯饗，曰殺羔羊，躋彼公堂，稱彼兕觥，萬壽無疆！

【注】齊「萬壽」作「受福」。

【疏】傳：「肅，縮也。霜降而收縮萬物。滌場，功畢入也。兩樽曰朋。饗者，鄉人以狗，大夫加以羔羊。公堂，學校也。觥，所以誓衆也。疆，竟也。」箋：「十月民事男女俱畢，無飢寒之憂，國君閒於政事而饗羣臣。於饗而正齒位，故因時而誓焉。飲酒既樂，欲大壽無竟，是謂豳頌。」○霜降之後，萬物收斂，天地之氣爲之清肅也。在場者皆已入倉，洗滌淨矣。馬瑞辰云：「士冠禮士昏禮醴尊，皆側尊無玄酒，注：『側，猶特也。』其鄉射、大射、燕、鄉飲酒、特牲饋食、少牢饋食諸禮，設尊並兩壺者有玄酒，此詩『朋酒兩樽』，蓋兼玄酒言之。」又云：「案鄉飲酒，有鄉大夫無加用羔羊之禮，此當從箋，謂大飲之禮。日殺羔羊，與上『日爲改歲』，韓詩作『聿爲』，皆語詞也。孔疏以爲見大夫而發此言，故稱『日』，失之。」愚謂「斯饗」統詞，黨正職云：「國索鬼神而祭祀，以禮屬民，而飲酒於序，以正齒位。」注云：「正齒位者，爲民三時務農，將闕於禮，至此農隙而教之，尊長養老，見孝弟之道。」大飲則國君饗臣下，而皆必於學饗之，據經文「用羊」，知此「公堂」謂大學也。古之民且耕且學，八歲入小學，十五則升其俊異者入於大學，豳公國君，知序學之上，亦設國學也。「齊萬壽作受福」者。月令「孟冬大飲烝」，鄭注云：「十月農功畢，天子諸侯與其羣臣飲酒於大學，以正齒位，謂之大飲。詩云：『十月滌場，朋酒斯饗。日殺羔羊，躋彼公堂，稱彼兕觵，受福無疆。』是頌大飲之詩。」「觵」同毛「亦作」本，「受福」與毛異文，用齊詩也。「稱彼兕觥」者，「稱」乃「偁」之借字。爾雅：「偁，舉也。」孔疏「舉彼兕觥之爵」，正訓「稱」如「偁」。説文：「稱，揚也。」「揚」亦「舉」也。稱彼兕觥，猶禮言「揚觶」。説文「觵」下云：「兕牛角可以飲者，其狀觵觵，故謂之觵。」「觥」下云：「俗觵，從光。」孔疏：「兕觥，罰爵，此無過可罰而云『稱彼』，故知舉之以誓戒衆人，使羣臣知長幼之序，令不犯禮也。」箋訓「萬壽」爲「大壽」者。廣雅：「萬，大也。」

簡兮篇「方將萬舞」，韓詩：「萬舞，大舞也。」是「萬」自訓「大」，孔疏云「使得萬年之壽」，非也。又古器物銘「用蘄萬年」、「用蘄眉壽」、「萬年無疆」之類，皆自祝之詞，知所謂「萬壽無疆」者，亦頌禱常語，不爲異耳。鄭注禮時習齊詩，知大飲獻頌，不謂「受福無疆」，鄭於卑輕，爲非祝君之詞。後箋毛詩，亦不以「萬壽無疆」特加崇重，仍釋之爲「大壽無竟」，古人立言有體，不尚虛浮也。其以大飲易毛傳，惟求於義有當而已。至所謂豳雅豳頌者，周禮春官籥章：「中春，晝擊土鼓，龡豳詩，以逆暑。中秋夜迎寒，亦如之。凡國祈年于田祖，則龡豳雅，擊土鼓，以樂田畯。國祭蜡，則龡豳頌，擊土鼓，以息老物。」鄭注以七月之詩當之，箋詩卽用其說，而後人非之。胡承珙云：「詩疏謂周禮注以七月首章『流火』、『觱發』之類爲豳風，『于耜』、『舉趾』之類爲豳雅，其後章穫稻釀酒、躋堂稱兕之事爲豳頌，與詩箋小異。詩箋則謂『殆及公子同歸』以上爲豳風，『以介眉壽』以上爲豳雅，『萬壽無疆』以上爲豳頌。信如所言，則割裂穿鑿，誠爲無理。今反復禮注、詩箋，知所謂三分七月者，皆疏家之誤，而鄭未嘗有是也。鄭於周禮具有師承，必非無本。籥章首言『掌土鼓豳籥』，可見此一官專掌以籥龡。豳別無他詩，亦別無他器。（鄭注籥章，引明堂位曰：『土鼓蕢桴葦籥，伊耆氏之樂。』秋官伊耆氏注云：『伊耆，古王者號，始爲蜡以息老物。』蓋八蜡皆爲農事，此龡豳亦多爲農事，故爲伊耆氏之樂耳。）其所謂豳詩豳雅豳頌，舍七月一詩，更將誰屬？鄭注『龡豳詩云：『豳風七月也。龡之者，以籥爲之聲。七月言寒暑之事，迎氣歌其類也。此風也而言詩，詩總名也。』又曰：『豳雅，亦七月也。七月又有于耜舉趾、饁彼南畝之事，是亦歌其類。謂之雅者，以其言男女之正。』又云：『豳頌，亦七月也。七月又有穫稻作酒、躋彼公堂、稱彼兕觥、萬壽無疆之事，是亦歌其類也。謂之頌，以其言歲終人功之成。』細繹注意，蓋籥章於每祭皆龡七月全詩而其取義各異。取迎寒暑，則曰豳詩。取言耕作，則曰豳雅。故注云『謂之』者，言因此義而謂之雅，因彼義而謂之頌耳。又曰『歌其類』者，卽左傳『歌詩必類』之義。鄭撮舉詩詞，正指類以曉人，則凡篇中言鑿冰、肅霜類乎寒暑之氣者，皆謂之風；言婦子入室類乎男女之正者，皆謂之雅；其餘所不言者，以類推之而已，至箋詩於『殆及公子同歸』以下繫云『是謂豳風』，『以介眉壽』以下繫云『是謂豳雅』，『萬壽無疆』以下繫云『是謂豳頌』，『是謂』者，猶禮注云『謂之雅』、『謂之頌』也。蓋以七月全篇備風雅頌之義。籥章龡之以一時而供三用，如二南爲房中之樂而用之鄉人而爲鄉樂，用之邦國則爲燕樂，皆比類以取義，並非截然分首二章爲風，六章以上爲雅，八章以上爲頌也。孔疏不善讀箋、注，妄爲分別，致後人以三分七月之說歸咎鄭君。夫籥章所掌豳籥，明是總括之詞，在當日如何采詩入樂以成節奏，後人已不能知，又安能判某章爲風、某章爲雅、某章爲頌邪？惟明乎鄭氏『歌其類』之義，則知籥章止言龡豳，必不當求諸七月之外。籥章言豳詩者，正謂豳風，以其詩固風體也。其曰豳雅豳頌者，則又以詩入樂，各歌其類，合乎雅頌故也，此可見詩與樂各有取義，亦非於一時之中隨事而變其音節。且風詩義兼雅頌，猶雅詩亦兼風與頌，（大雅崧高云：「其風肆好」，又云「吉甫作頌」。大戴禮投壺篇：「凡雅二十六篇，其八篇可歌，歌鹿鳴貍首鵲巢采蘩采蘋伐檀白駒騶虞。」此惟鹿鳴白駒在小雅，貍首已亡，餘皆國風而謂之雅。又漢杜夔傳云：「舊雅四曲，一鹿鳴，二騶虞，三伐檀，四文王。」而伐檀騶虞皆風詩也。）則不可謂別有豳雅、豳頌而亡之矣。」

七月八章，章十一句。

鴟鴞【注】魯說曰：「武王崩，周公當國，管蔡武庚等率淮夷而反，周公乃奉成王命興師東伐，遂誅管叔，殺武庚，放蔡叔，寧淮夷東土，二年而畢定。周公歸報成王，乃爲詩貽王，命之曰鴟鴞。」齊說曰：「鴟鴞破斧，沖人危殆。賴旦忠德，轉禍爲福，傾危復立。」又曰：「鶻鳩鴟鴞，治成遇災。綏德安家，周公勤勞。」【疏】毛序：「周公救亂也。成王未知周公之志，公乃爲詩以遺王，名之曰鴟鴞焉。」箋：「未知周公之志者，未知其欲攝政之意。」○「武王」至「鴟鴞」，史記魯世家文，明爲詩貽王在誅管蔡之後。「鴟鴞」至「復立」，易林坤之遯文，否之蠱隨之井革之歸妹同。（坤之遯、隨之井作「邦人」，案，作「沖人」義長。）「鴟鴞」至「勤勞」，大畜之蹇文。（噬嗑之漸略同。）史記用魯説，易林用齊説，是魯齊詩無異義，韓詩當同。黄山云：「周公大義滅親，又專行黜陟，非常之舉，朝廷所疑，故事定獻詩，藉明己意。以鴟鴞小鳥自比，引咎於己之謀王室者，本有未善，致貽朝廷憂，而心實無他也。武王崩，周公即已攝政，責無旁貸，若如箋説，獻詩始欲攝政，不獨三家所無，亦非毛指矣。」

鴟鴞鴟鴞，既取我子，無毁我室！【注】魯説曰：鴟鴞，鸋鴂。韓説曰：夫爲人父者，必懷慈仁之養，以畜養其子也。又曰：鴟鴞鴟鴞，既取我子，無毁我室！鴟鴞，鸋鴂，鳥名也。鴟鴞，所以愛養其子者，適以病之。愛養其子者，謂堅固其窠巢。病之者，謂不知托於大樹茂枝，反敷之葦蔄，風至蔄折巢覆，有子則死，有卵則破，是其病也。【疏】傳：「興也。鴟鴞，鸋鴂也。無能毁我室者，攻堅之故也。寧亡二子，不可以毁我周室。」箋：「重言鴟鴞者，將述其意之所欲言，丁寧之也。室，猶巢也。鴟鴞言已取我子者，幸無毁我巢，我巢積日累功，作之甚苦，故愛惜之也。時周公竟武王之喪，欲攝政成周，道致太平之功，管叔蔡叔等流言，云公將不利於孺子。成王不知其意，而多罪其屬黨。興者，喻此諸臣乃世臣之子孫，其父祖以勤勞，有此官位土地，今若誅殺之，無絶其位、奪其土地。王意欲誚公，此之由然。」○「鴟鴞，鸋鴂」者，釋鳥文，魯説也。孔疏引舍人曰：「鴟鴞，一名鸋鴂。」郭注「鴟類」，誤。「夫爲」至「子也」，文選洞簫賦李注文，與下語蓋連類之文。「鴟鴞」至「病也」，文選陳琳檄吴將校部曲李注引韓詩文。引經明韓毛文同。陳檄：「鸋鴂巢于葦苕，苕折子破，下愚之惑也。」注云：「苕與蔄同。」引荀子云：「南方鳥名蒙鳩，爲巢編之以髮，繫之葦苕，苕折卵破，巢非不牢，所繫之弱也。」是李以鴟鴞爲即蒙鳩。陳喬樅云：「方言：『桑飛謂之工爵，自關而東謂之鸋鴂，自關而西謂之桑飛，或謂之懱爵。』荀子楊注亦云：『蒙鳩，鷦鷯也。蒙當爲篾。』引方言『桑飛或謂之篾雀』爲證。蔑、蒙一聲之轉，懱、蔑字異，音義竝同。」藝文類聚九十二引詩義疏云：「鴟鴞，似黃雀而小，喙刺如錐，取茅爲窠，以麻紩之，懸著樹枝。幽州謂之鸋鴂，或曰巧婦，或曰女匠，關西謂之篾雀。詩曰『肇允彼桃蟲』，今鷦鷯是也。」是鴟鴞與桃蟲爲一鳥矣。又引說苑曰：「鷦鷯巢於葦之苕，大風至，苕折卵破者，其所託者使然也。」風俗通義四：「由鴟鴞之愛其子，適所以害之者。」是魯家說鴟鴞與韓同。愚案：以上魯韓遺說，皆謂流言反間已得行於沖人，懼將傾覆王室，故閔之而力征衞國，比於小鳥之堅固其巢也。在周公行周之政，用周之人，豈有私屬黨哉？箋說於它書無徵，不敢據信。

恩斯勤斯，鬻子之閔斯！【注】魯「恩」作「殷」。【疏】傳：「恩，愛。鬻，稚。閔，病也。稚子，成王也。」箋：「鴟鴞之意，殷勤於此稚子，當哀閔之。此取鴟鴞子者，言稚子也，以喻諸臣之先臣亦殷勤於此，成王亦宜哀閔之。」○「魯恩作殷」者，蔡邕胡公夫人哀讚云「殷斯勤斯」，蔡用魯詩，是魯作「殷」。箋云「殷勤於此稚子」，亦本魯詩。孔疏：「恩之言殷也。」馬瑞辰云：「釋言：『鞠，稚也。』『鞠』一作『毓』。毓即『育』字。說文引書『教育子』，亦即書之『孺子』也。二叔流言，言公將不利於孺子，故公自言恩勤於王室者，惟稚子是閔恤也。」

迨天之未陰雨，徹彼桑土，綢繆牖戶。今女下民，或敢侮予！【注】韓「土」作「杜」。魯說曰：迨，及也。徹，取也。桑土，桑根也。言此鴟鴞小鳥，尚知及天之未陰雨而取桑根之皮以纏綿牖戶，人君能治國家，誰敢侮之？刺邠君曾不如此鳥。【疏】傳：「迨，及。徹，剝也。桑土，桑根也。」箋：「綢繆，猶纏綿也。此鴟鴞自說作巢至苦如是，以喻諸臣之先臣亦及文武未定天下，積日累功，以固定此官位與土地。我至苦矣，今女我巢下之民，寧有敢侮慢欲毀之者乎？意欲恚怒之，以喻諸臣之先臣固定此官位土地，亦不欲見其絕奪。」○「土作杜」者，釋文引韓詩文。「土」、「杜」通用字。緜篇「自土」，齊詩作「自杜」。方言：「東齊謂根曰杜。」是「桑杜」即「桑根」。「迨及」至「此鳥」，趙岐孟子章句文。趙習魯詩也。箋釋「綢繆」爲「纏綿」，與趙合，蓋亦用魯訓。陳喬樅云：「趙以鴟鴞爲刺邠君，以小弁爲伯奇作。攷論衡，亦以小弁爲伯奇詩，論衡言關雎用魯說，則小弁亦魯說。趙說小弁用魯詩，則說鴟鴞亦魯詩也。周公詩貽成王而以爲刺邠君也，不敢斥言王，故託邠君以爲諷，猶唐人詩之託言漢家也。」愚案：據此，當日公詩貽王，疑有託名邠君之事，故趙用爲故實，否則此詩諷王，古今共曉，無趙獨不知之理。有備無患，民孰敢侮，詩猶言或以疑之者，見公周慎之深心也。時公雖誅武庚、寧淮夷，而殷餘未靖，奄國猶存，公憂懼未嘗稍釋，惟望王益加儆戒，勿予下民以可乘之隙，庶免再召外侮耳。

予手拮据，【注】韓說云：口足爲事曰拮据。予所捋荼，予所蓄租，【注】韓說云：租，積也。予口卒瘏，

【疏】傳：「拮据，撠挶也。荼，萑苕也。租，爲。瘏，病也。手病口病，故能免乎大鳥之難。」箋：「此言作之至苦，故能攻堅，人不得取其子。」○說文「据」下云：「戟挶也。」「挶」下云：「戟持也。」「戟」即「撠」之省。「据」、「戟」雙聲，「挶」、「据」疊韻，此皆從聲見義，極狀其勢。「口足爲事曰拮据」者，釋文引韓詩文。說文「据」下云：「手口並有所作也」。即本韓爲說。韓意「予」指鳥自名，故易「手」爲「足」以明之。芣苢傳：「捋，取也。」「荼」者，傳以爲「萑苕」。出其東門箋以爲「茅秀」。釋草之「蕫莕荼猋藨芀葦醜芀萑」之荼也，廣雅之「蒤茅穗茅」之荼也，其物相類，皆得「荼」名。「蓄租」者，與「捋荼」義正相承。「租」讀如「蒩」。說文：「藉，祭藉也。」「蒩，茅藉也。」引禮曰：「封諸侯土蒩以白茅。」又通作「苴」。說文：「苴，履中草。」謂以草藉履。鳥之爲巢，必以萑苕茅秀爲藉，與藉履之以「苴」者正同，故以爲苴而蓄之，謂予所捋之荼、予所蓄之租也。傳：「租，爲也。」「爲」乃「薦」形近之譌，「薦」猶「藉」也，(「薦」、「荐」通。說文：「荐，薦席也。」) 釋文本亦誤「薦」作「爲」。

「租，積也」者，釋文引韓詩文。「租」、「積」雙聲字，積累所以爲蔫藉，義亦相近。「租」之訓「積」，猶「荐」之訓「聚」也。（韋昭云：「荐，聚也。」）「卒瘏」者，馬瑞辰云：「與『拮据』相對成文。『卒』當讀爲『顇』，爾雅：『顇，病也。』字通作『悴』。劉向九歎『躬劬勞而瘏悴』，『卒瘏』猶『瘏悴』也。卒、瘏皆爲病，猶拮、据並爲勞也。傳又云『手病口病，故能免乎大鳥之難』，乃通釋『予手拮据，予口卒瘏』二句。孔疏謂傳以『手病口病』解詩『卒瘏』爲『盡病』，誤矣。」曰予未有室家。【疏】傳：「謂我未有室家。」箋：「我作之至苦如是者，曰我未有室家之故。」〇言予所以手口俱病者，以前此未有室家之故，以喻兵戈不息，未及營洛定鼎之事也。

予羽譙譙，予尾翛翛，【疏】傳：「譙譙，殺也。翛翛，敝也。」箋：「手口既病，羽尾又殺敝，言己勞苦甚。」〇譙譙，釋文：「字或作燋，同。」案，「譙」當爲「燋」。說文：「燋，所以然持火也。」此本義。淮南氾論注：「燋，悴也。」此引伸義。「燋燋」正形容苦悴之狀。衆經音義六引三蒼，「燋悴」作「顦顇」，是「燋」與「顦」通。玉篇引楚詞，又作「顏色醮顇」。說文：「醮，面焦枯小也。」又云：「𤒎，火所傷也。焦或省。」「焦」本火傷之名，而燋、醮、顦等字因之。古文作「譙譙」者，借字也。唐石經、宋集韻、光堯石經，「翛」皆作「脩」。說文：「脩，脯也。」釋名：「脯又曰脩。脩，縮也，乾燥而縮也。」詩言尾之能縮相同，故曰「脩脩」。校勘記云：「此經相傳有作『翛』、作『脩』二本。」愚謂說文無「翛」，爾雅亦不爲「翛」作訓。莊子「翛然」本作「倏然」，則此詩作「翛」之本，當卽與「脩」形近而譌。予室翹翹，風雨所漂搖，予維音嘵嘵。【注】三家「搖」作「颻」，「音」下有「之」字。嘵，懼也。【疏】傳：「翹翹，危也。嘵嘵，懼也。」箋：「巢之翹翹而危，以其所託枝條弱也，以喻今我子孫不肖，故使我家道危也。風雨，喻成王也。音嘵嘵然，恐懼告愬之意。」〇廣雅釋詁：「翹，舉也。」文選雜詩注：「翹，懸也。」葦苕輕舉，巢懸苕上，擬其狀曰「翹翹」，代爲危懼，故釋其義云「危」也。張衡東京賦「常翹翹以危懼」，衡用魯詩，知魯訓與毛同。釋訓：「翹翹，危也。」即本詩訓。說文：「漂，浮，搖動也。」文選長楊賦「漂崑崙」，注：「漂，搖蕩之也。」是「漂」、「搖」二字意義相因，故蘀兮詩云「風其漂女」也。「三家搖作颻」者，尚書大傳鄭注引詩「風雨所漂颻」，出三家文。釋天：「扶搖謂之猋。」釋文引字林作「飄」。「飄」、「颻」同字。「音下有之字。嘵，懼也」者，說文云：「从口，堯聲。詩曰：『唯予音之嘵嘵。』」玉篇口部、廣韻三蕭引詩「予維音之嘵嘵」，並有「之」字，出三家文。「予唯」作「唯予」，說文之誤，玉篇廣韻即本說文，當依二書乙正。「維」作「唯」，陳喬樅以爲魯詩。釋訓：「嘵嘵，懼也。」亦引詩魯毛同文之證。

鴟鴞四章，章五句。

東山【注】齊說曰：東山拯亂，處婦思夫。勞我君子，役無休止。又曰：東山辭家，處婦思夫。伊威盈室，長股嬴戶，歎我君子，役日未已。【疏】毛序：「周公東征也。周公東征，三年而歸。勞歸士，大夫美之，故作是詩也。一章言其完也，二章言其思也，三章言其室家之望女也，四章樂男女之得及時也。君子之於人，序其情而閔其勞，所以說之，說以使民，民忘其死，其唯東山乎？」○「東山」至「休止」，易林屯之升文。「東山」至「未已」，家人之頤文。皆齊說，魯韓無異義。案，尚書大傳：「周公攝政，一年救亂，二年克殷，三年踐奄。」大誥云「肆朕誕以爾東征」，一年救亂事也。史記魯世家：「管蔡武庚等果率淮夷而反，周公乃奉成王命，興師東伐，作大誥。遂誅管叔，殺武庚，放蔡叔，放殷餘民，寧淮夷東土，二年而畢定。」即釋書「居東二年，罪人斯得」二句也。逸周書作雒解：「二年，又作師旅，臨衞攻殷。殷大震潰，王子祿父北奔，（史記云「殺武庚」，此云「祿父北奔」，蓋追奔而殺之，所記異。）管叔經而卒，乃囚蔡叔于郭淩。凡所征熊盈族十有七國。」此二年克殷事也。墨子耕柱篇：「周公旦非關叔，辭三公，東處于商蓋。」「管」、「關」字通，「非」即「罪」之省借。商蓋即商奄，（「奄」通作「弇」。爾雅：「弇，蓋也。」故「奄」亦作「蓋」。）「東處」即「居東」也。金縢「秋大熟」以下，乃亳姑逸文。東漢諸儒併金縢亳姑爲一談，遂有成王感雷雨而迎周公返國之説，不知經雖闕佚，史公從安國問，故參酌古文（班志云史記引金縢，多古文説。）著爲世家者，不可誣也。謂史記不可信，豈伏生親見先秦完書，所述大傳亦不可信乎？既雷雨啟金縢，史記大傳皆爲遷葬周公之事，則知無因雷雨迎周公之事，既周公非因雷雨迎歸，則知周公居東之非爲避居矣。東山詩「于今三年」，即踐奄而歸也。胡承珙云：「大傳：『奄君蒲姑謂禄父曰：「武王既死矣，今王尚幼矣，周公見疑矣，此百世之時也，請舉事。」然後禄父及三監叛也。』左昭九年傳：『蒲姑商奄，吾東土也。』又定四年傳：『因商奄之民。』説文：『𨛘，周公所誅𨛘國，在魯。』皇覽：『奄里在魯。』括地志：『兗州曲阜縣奄里，即奄國之地。』後漢郡國志以魯爲古奄國，是魯即奄也。趙岐孟子注云：『奄，東方國。』據此，可知孟子登東山而小魯，即詩之東山。弘明集引宗炳明佛論云：『孟子登蒙山而小魯。』閻氏四書釋地云：『或曰費縣西北蒙山，居魯四境之東，一名東山。』然則東征踐奄，已入魯境，東山當是師行所至之地，故曰『我徂東山』。詩爲周公勞歸士作，毛云大夫美之，殆非。以序代歸士述室家想望之情，大夫不能如此立言也。」

我徂東山，慆慆不歸。我來自東，零雨其濛。【注】三家「慆」作「滔」，亦作「悠」。魯「零」作「霝」，齊韓作「霝」。魯「濛」作「蒙」。【疏】傳：「慆慆，言久也。濛，雨貌。」箋：「此四句者，序歸士之情也。我往之東山，既久勞矣，歸又道遇雨濛濛然，是尤苦也。」〇「東山」者，魯之東山，其先爲奄之東山。孟子書「孔子登東山而小魯」，閻若璩四書釋地云：「費縣西北蒙山，在魯四境之東，一曰東山。」是東山即蒙山，亦即此詩之「東山」也。「慆作滔」者，御覽三十二引詩作「滔滔不歸」。説文「慆」下云：「説也。」「滔」下云：「水漫漫大貌。」詩江漢箋：「順流而下滔滔然，水久流不返，以喻人之久出不歸。」作「慆」借字，「滔」正字。楚詞七諫「年滔滔而日遠兮」，義亦爲久也。「亦作悠」者，魏武帝詩：「悲彼東山詩，悠悠使我哀。」魏文帝詩：「豈如東山詩，悠悠多憂傷。」是三家「滔」作「悠」之證。「滔」、「悠」古同聲通用。論語「滔滔者天下皆是也」，史記孔子世家及鄭本論語亦作「悠悠」，「悠悠」亦久也。「魯零作蘦，齊韓作霝」者。說文：「霝，雨零也。從雨，㗊，象零形。詩曰：『霝雨其濛。』」釋詁：「蘦，落也。」郭注：「蘦，見詩。」據此，「蘦」借字，「霝」正字。陳喬樅云：「許所偁詩，蓋毛氏也。今毛作『零雨』，非舊文。」愚案：說文引詩，三家爲多，偁引古文，特崇時尚，陳說非也。爾雅「蘦」是魯文，說文之「霝」，蓋齊、韓所載矣。「魯濛作蒙」者。王逸楚詞七諫注：「蒙蒙，盛貌。詩曰：『零雨其蒙。』」此魯借「蒙」爲「濛」。爾雅釋天引詩同，蓋據舊注之文，「蘦」作「零」，亦魯「又作」本。

我東曰歸，我心西悲。制彼裳衣，勿士行枚。【疏】傳：「公族有辟，公親素服，不舉樂，爲之變，如其倫之喪。士，事。枚，微也。」箋：「我在東山，常曰歸也，我心則念西而悲。勿，猶無也。女制彼裳衣而來，謂兵服也。亦初無行陳銜枚之事，言前定也。春秋傳曰：善用兵者不陳。」○馬瑞辰云：「制彼裳衣者，制古『製』字，制其歸塗所服之衣也。『勿士行枚』者，喜今之不事戰陣，謂橫銜於口用枚也。箋正以行陳銜枚釋經『行枚』。胡承珙云：傳『枚，微也』，蓋訓『枚』爲『徽』，微、徽古字通用。周官銜枚氏鄭注：『銜枚，止言語囂讙也。』釋詁：『徽，止也。』枚以止言，故亦可訓『徽』。孔疏訓『微』爲『微細』，非。」黃山云：「說文：『微，隱行也。』『隱行』亦即『微行』。毛讀『士』爲『事』，謂『勿事行微』，猶言『勿事微行』，蓋古文家皆以周公居東爲微行，辟地至此，乃不然幸之也。鄭訓『枚』爲『銜枚』，而讀『行』爲『行陳』，亦必據三家改毛，以三家謂居東即東征，振旅而歸，故以勿銜枚爲幸也。」

蜎蜎者蠋，烝在桑野。【注】三家「蠋」作「蜀」。敦彼獨宿，亦在車下。【疏】傳：「蜎蜎，蠋貌。蠋，桑蟲也。烝，寘也。」箋：「蠋蜎蜎然特行，久處桑野，有似勞苦者。古者聲寘、填、塵同也。敦敦然獨宿於車下，此誠有勞苦之心。」○釋蟲：「蚅烏，蠋。」孔疏引樊光曰：「詩云：『蜎蜎者蠋。』」郭注：「大蟲如指，似蠶。」「三家蠋作蜀」者，爾雅釋文引説文虫部：「蜀，桑中蠶也。（今本作「葵中蠶也。」「葵」蓋「桑」之誤字。）詩曰：『蜎蜎者蜀。』」三家當用正字。段注：「今毛詩及爾雅左旁又加『虫』，非也。此桑中虫而言似蠶者，淮南子：『蠶與蜀相類，而愛憎異也。』」釋言：「烝，塵也。」孔疏引孫炎曰：「烝，物久之塵。」陳喬樅云：「傳訓『烝』爲『寘』，箋云『古聲寘、填、塵同』，此鄭依魯訓以通毛義也。」

我徂東山，慆慆不歸。我來自東，零雨其濛。果臝之實，亦施于宇。伊威在室，蠨蛸在户。町畽鹿場，熠燿宵行。

【注】韓説曰：宵行熠燿，以爲鬼火，或謂之燐。【疏】傳：「果臝，括樓也。伊威，委黍也。蠨蛸，長踦也。町畽，鹿迹也。熠燿，燐也。燐，熒火也。」箋：「此五物者，家無人則然，令人感思。」○釋草：「果臝之實括樓。」今藥中括樓仁也。孔疏引孫炎曰：「齊人謂之天瓜。」今以其根切作片，曰「天花粉」，亦即「天瓜」之譌也。説文：「苦蔞，果蓏也。」「蓏」變爲「臝」，猶「苦蔞」變爲「括樓」耳。葛覃傳：「施，移也。」宇，霤也。詳七月。釋蟲：「伊威，委黍。」又曰：「蟠，鼠負也。」説文：「蛜威，委黍。委黍，鼠婦也。」又曰：「蟠，鼠婦也。」兩鼠婦相混，後人併爲一物。孔疏引陸疏云：「伊威，在壁根下、甕底土中，生似白魚者是也。」馬瑞辰云：「目驗之色，與白魚相似，長僅一二分，（郝懿行云：「長半寸許。」）形扁似鼈，多足，凡溼處皆有之。圖經本草所謂『濕生蟲』也。至本草之『地鼈』，名醫別録云一名『土鼈』。蘇恭注：『狀似鼠婦，大者寸餘。』此與鼠婦相似而大小不同。」（郝云色黑。）又名「蟅蟲」，蓋即爾雅説文之「蟠」，非「伊威」也。伊威，本草一作「蛜蝛」。別録一名「蜲蟍」，除「伊」字外皆後起之字。宋蘇軾詩「卧聞風幔落蛜蝛」，此蟲未聞緣高善飛，疑誤。釋蟲：「蠨蛸，長踦。」郭注：「小鼅鼄長腳者，俗呼爲喜子。」説文：「蠨蛸，長股者。」陸疏云：「此蟲來著人衣，當有親客

至，有喜。荆州河内人謂之『喜母』，幽州人謂之『親客』，亦如蜘蛛，爲羅網居之。」郝懿行云：「此蟲作網，但有縱理而無横文，如絡絲之狀。陶注本草蜘蛛赤斑名『絡新婦』，疑此是也，但所見皆黄色，無赤斑者，其腹幹甚瘦小。」埤雅引小爾雅云：「鹿之所息謂之場。」與後漢郡國志廣陵郡劉注「麋暖」同。町畽，鹿迹所在也。楚詞九思「鹿蹊兮躖躖」，其義正同，謂鹿所步處也。說文「町」下云：「田踐處曰町。」「畽」下云：「禽獸所踐處也。詩曰：『町畽鹿場。』」「畽」作「疃」，與釋文「亦作」本合。「熠燿」至「之燐」，陳思王螢火論引韓詩章句文。熠燿宵行，明韓、毛文同。傳「熒火」舊作「螢火」。孔疏引曹植此語，其下又云：「未爲得也，天陰沈數雨，在於秋日螢火夜飛之時也，故云『宵行』。然腐草木得溼而光，亦有明驗，衆說並爲螢火，近得實矣。然則毛以螢火爲燐，非也。」段玉裁云：「熒火，當謂鬼火之熒熒然者也。淺人誤以釋蟲之『熒火即炤』當之，又改其字從『虫』，其誤蓋始於陳思王也。」愚案：崔豹古今注：「螢火一名燐。」廣雅：「景天、螢火，燐也。」蓋鬼火有光熒熒然謂之燐，螢火有光熒熒然亦可謂之燐，二者不嫌同名，陳思誤疑耳。不可畏也，伊可懷也。【疏】箋：「伊當作繄，繄猶是也。懷，思也。室中久無人，故有此五物，是不足可畏，乃可爲憂思。」〇上箋及此皆言「五物」，實四物也，謂果蠃、伊威、蠨蛸、熠燿也。又宇、室、户皆言家中，鹿場則在野外，非室中，「熠燿宵行」亦非室，久無人之故也。

我徂東山，慆慆不歸。我來自東，零雨其濛。鸛鳴于垤，婦歎于室。【注】韓詩曰：「鸛鳴于垤，婦歎于室。」韓說曰：鸛，水鳥，巢居知風，穴居知雨。天將雨而蟻出壅土，鸛鳥見之長鳴而喜。洒埽穹窒，我征聿至。【疏】傳：「垤，蟻冢也。將陰雨則穴處先知之矣。鸛好水，長鳴而喜也。」箋：「鸛，水鳥也，將陰雨則鳴。行者於陰雨尤苦，婦念之則歎於室也。穹，窮。窒，塞。洒，灑。埽，拚也。穹窒鼠穴也。而我君子行役，述其日月，今且至矣。

言婦望也。」○陸疏：「鸛，鸛雀也，似鴻而大，長頸，赤喙，白身，赤尾翅。樹上作巢，大如車輪，卵如三升杯。泥其巢，一傍爲池，含水滿之，取魚置池中，稍稍以食其雛。」說文「雚」下云：「小爵也。（「小」是「水」之誤。）從雈，吅聲。詩曰：『雚鳴于垤。』」與釋文「又作」本合。「鸛鳴」至「而喜」，文選張茂先情詩李注引韓詩薛君章句文。「鸛鳴」二句，明韓毛文同。孔疏：「將欲陰雨，水泉上潤，穴處者先知之，故螘避溼而上冢。鸛是好水之鳥，知天將雨，故長鳴而喜也。」婦念征夫行役之苦，則歎于室。」易林大過之損「處子歎室」用此經文，明齊毛文同。洒埽室中，又窮塞室中之孔穴，以待我征夫之至。有敦瓜苦，烝在栗薪。【注】韓「栗」作「蔘」，云：「衆薪也。」【疏】傳：「敦，猶專專也。烝，衆也。言我心苦，事又苦也。」箋：「此又言婦人思其君子之居處，專專如瓜之繫綴焉。瓜之辨有苦者，以喻其心苦也。烝，塵。栗，析也。言君子又久見使析薪，於事尤苦也。古者聲栗、裂同也。」○「栗作蔘云衆薪也」者，釋文引韓詩文，王應麟詩攷引作「聚薪也」，其義亦同。言思我君子專專然如瓜之苦，塵久在衆薪之中。以瓜自喻，薪喻衆人。玉篇艸部「蔘」與「蓼」同。蓼，辛苦之菜也。若讀如本字，則謂以苦瓜而久在衆蓼薪之中，於義亦通。箋讀「栗」爲「析」，是爲已析之薪，乃云「見使析薪」，似未爲得公勞歸士，代其室家序想望君子之情。軍士職事尊卑各異，不必人人見使析薪，自以上下二句皆是喻意爲合。「烝」訓「久」，與下「三年」意貫，較傳義長。自我不見，于今三年。

我徂東山，慆慆不歸。我來自東，零雨其濛。倉庚于飛，熠燿其羽。【疏】箋：「首四句」云：「凡先著此四句者，皆爲序歸士之情。倉庚仲春而鳴，嫁取之候也。熠燿其羽，羽鮮明也。歸士始行之時，新合昏禮。今還，故極序其情以樂之。」○案，東山一篇，所記時物皆非春日，故以爲推言始昏之時物。孔疏申毛，以爲興嫁子衣服鮮明，毛無此意也。之子于歸，皇駁其馬。【注】魯「皇」作「騜」。【疏】傳：「黃白曰皇，駵白曰駁。」箋：「之子于歸，謂始嫁時也。皇駁其馬，車服盛也。」〇「魯皇作騜」者。釋畜：「騂白駁。黃白騜。」舍人曰：「騂赤色名曰駁，黃白色名曰騜。」孔疏引孫炎曰：「詩云：『騜駁其馬。』」郭注引詩同，卽用舊注之文。毛用借字作「皇」，則作「騜」者魯詩也。

親結其縭，九十其儀。

【注】韓説曰：縭，帶也。【疏】傳：「縭，婦人之褘也，母戒女施衿結帨。九十其儀，言多儀也。」箋：「女嫁，父母既戒之，庶母又申之。九十其儀，喻丁寧之多。」〇「縭帶也」者，文選思玄賦注引韓詩薛君章句文。馬瑞辰云：「説文：『褘，蔽厀也。』是褘爲蔽縭之名。爾雅：『衣蔽前謂之襜。』（郭注：「今之蔽厀。」）下卽繼以『婦人之褘謂之縭』，二語相承，蓋謂男子之蔽厀名『襜』，婦人之蔽厀名『縭』也。釋名：『韠，蔽也，所以蔽厀前也。婦人蔽厀亦如之。』是婦人有蔽厀之證。方言：『蔽厀，齊魯之郊謂之袡。』『袡』卽爾雅之『襜』。（爾雅釋文：「襜，本或作袡。方言作袡。」此「袡」卽「襜」之證。）蓋『襜』與『縭』對文則異，散文則通。雜記：『繭衣裳，與税衣，纁袡爲一稱。』鄭注：『袡，婦人蔽厀。』是知士昏禮『女次純衣纁袡』，亦卽蔽袡，（鄭注訓「袡」爲「衣緣」，誤。）此昏禮女服蔽厀之證也。上古蔽前，蔽厀象之，示不忘古，其制於衣帶前以韋爲一幅巾。説文：『巿，从巾，象連帶之形。巿或作韍。』（方言：「蔽厀或謂之袚。」）又作『帗』。説文：『帗，一幅巾也。』據方言，蔽厀有『大巾』之名，釋名亦有『巨巾』之稱，蓋對佩巾爲巾之小者言也。佩巾名帨，蔽厀稱大巾、巨巾，故得同名爲帨。詩『無感我帨兮』，當指『縭』言之，以其爲嫁時夫所親結也。此詩『結縭』，謂其結蔽厀之帶，故韓説云『縭，帶也』，帶所以繫，故爾雅又曰：『縭，緌也。』緌亦繫也。士昏禮『施衿結帨』，衿、紟古通用。説文：『紟，衣系也。』漢書楊雄傳注引應劭曰：『衿，音衿系之衿。衿，帶也。』衣帶謂之衿，帨帶亦謂之衿，是知『施衿』卽施帶以結其帨也。爾雅郭注，以『縭』爲今之『香纓』。士昏禮鄭注以帨爲『佩巾』，孔疏以施衿爲内則之『衿纓』，皆失之。」陳喬樅云：「士昏禮『施衿結帨』，後漢馬融傳云『施衿結縭』，張華女史箴云『施衿結離』，（注：「離與縭古字通。」）則縭之爲帨審矣。褘之爲物，所以蔽前，以其

象巾之形，故謂之帨；以其象帶之綏，故謂之縭耳。爾雅釋文：『縭，本或作褵。』玉篇衣部云：『褵，衣帶也。』」愚案：釋器：「婦人之禕謂之縭。縭，綏也。」孫炎注：「禕，帨巾也。」郭璞誤爲「香纓」，得馬陳二說以暢雅訓，韓、毛注義並通矣。孔疏：「數從一而至於十，則數之小成。舉九與十，言其多威儀也。」韓詩外傳二云：「嫁女之家，三夜不息燭，思相離也。取婦之家，三日不舉樂，思嗣親也。故昏禮不賀，人之序也。三月而廟見，稱來婦也。厥明見舅姑，降於西階，婦降自阼階，授之室也。憂思三日，三月不殺，孝子之情也。故禮者，因人情爲文。詩曰：『親結其縭，九十其儀。』言多儀也。」其新孔嘉，其舊如之何？【疏】傳：「言久長之道也。」箋：「嘉，善也。其新來時甚善，至今則久矣，不知其如何也。又極序其情樂而戲之。」○愚案：前此新昏既甚嘉矣，其久長之道又如之何？欲其同保家室，以樂太平。易序卦傳：「夫婦之道，不可以不久也，故受之以恆。」序云：「四章樂男女之得及時也。」謂及男女壯盛，天下漸定之時。

東山四章，章十二句。

破斧【疏】毛序：「美周公也。周大夫以惡四國焉。」箋：「惡四國者，惡其流言毁周公也。」○周公東征後，遂兼行黜陟之典，非僅如毛說管蔡商奄也，從三家爲正。（見下）

既破我斧，又缺我斨。【疏】傳：「隋銎曰斧。斧斨，民之用也。禮義，國家之用也。」箋：「四國流言既破毁我周公，又損傷我成王，以此二者爲大罪。」○釋文：「隋，徒禾反。又湯果反。孔形狹而長也。」說文：「斨，方銎斧也。詩曰：『又缺我斨。』」斧言『破』，斨言『缺』，互詞以喻四國破壞禮義，亂我周邦。箋以斧、斨分指周公成王。胡承珙云：「喻周公者不變，何以喻成王者屢變與？箋不如傳明矣。」周公東征，四國是皇。【注】魯說曰：皇，正也。又曰：言東征黜陟，周公黜陟而天下皆正也。齊說曰：東行述職，征討不服。【疏】傳：「四國，管蔡商奄也。」箋：「周公既反攝政，東征伐此四國，誅其君罪，正其民人而已。」○「皇正也」者，釋言文。郭注引詩「四國是皇」，釋「皇」爲「正」，明用魯義。『言東』至「正也」，白虎通巡狩篇文。謂三歲一閏，天道小備，五歲再閏，天道大備。故五年一巡狩，三年二伯述職，黜陟一年，物有始終，歲有所成，方伯行國，時有所生，諸侯行邑。傳曰周公入爲三公，出爲二伯，中分天下，出黜陟。詩曰：「周公東征，四國是皇。」言周公東征云云。何休公羊傳解詁：「此道黜陟之時也。」引詩「周公」二句，與白虎通合，明魯毛文同。法言先知篇：「昔在周公，征於東方，四國是正。」以上皆魯說。「東行」至「不服」，易林井之小畜文。公羊僖四年傳：「古者周公東征則西國怨，西征則東國怨。」公羊齊學，此說必齊詩義。後漢書班固奏記東平王蒼曰：「古者周公一舉則三方怨，曰『奚爲而後己』。」李注引孫卿子曰：「周公東征而西國怨，曰：『何獨不來也。』南征而北國怨，曰：『何獨後我也。』」以上皆齊說。愚案：言天下皆正，則非獨管蔡商奄，詩稱「四國」，猶鳲鳩篇「正是四國」之比，非有實指東行述職。齊魯說同。二舉三怨，卽道黜陟，足見此詩並無別解，韓可知矣。孟子言「滅國者五十」，逸周書作雒解：「周公立相天子，三叔及殷東徐奄，及熊盈以畧。凡所征熊盈族十有七國，俘維九邑。俘殷獻民，遷于九畢。」是「四國」不專指管蔡商奄之明證。哀我

人斯，亦孔之將。【注】魯說曰：孔，甚也。【疏】傳：「將，大也。」箋：「此言周公之哀我民人，其德亦甚大也。」○馬瑞辰云：「哀，憐也，愛也。呂覽『人主何可以不務哀士』，高注：『哀，愛也。』中庸『仁者人也』，鄭注：『人也，讀如「相人偶」之人，以人意相存問之言。』表記『仁者人也』，注云：『人也，謂施以人恩也。』古者相親愛謂之『相人偶』。方言：『凡言相憐哀，九疑、湘潭之間謂之人兮。』『人斯』猶『人兮』也。哀我人斯，謂憐我而人偶之也，故詩言『亦孔之將』，與下章『嘉休』同義。廣雅：『將，美也。』傳訓『將』爲『大』，古『大』與『美』亦同義。」「孔甚也」者，王逸楚詞九章注文，引詩「亦孔之將」，明魯毛文同。

既破我斧，又缺我錡。【注】韓説曰：「錡，木屬。」【疏】傳：「鑿屬曰錡。」○陳奐云：「説文：『鑿，穿木也。』『錡，鉏鋤也。』穿木之器，其耑鉏御然，『鉏御』猶『齟齬』也。」「錡，木屬」者，釋文引韓詩文。胡承珙云：「器之以木爲者多矣，不得遂名『木屬』，疑『木』爲『茉』之誤。説文：『茉，兩刃臿也。』方言：『臿，宋魏之間謂之鏵。』茉、鏵古今字。説文又云：『枲，茉臿也。从木、入，象形，眀聲。』『茉，从木、廾象形，宋魏曰茉也。或从金、亏作釫』。魯商瞿字子木，亦當爲『茉』之誤，或省借作木耳。」陳喬樅云：「詩召南傳：『釜有足曰錡。』郭璞方言注：『錡，三腳釜也。』釜之有足者名錡，鏵之有齒者亦名錡，然則錡之爲物蓋如臿而有三齒，與茉之有兩刃者相似，故韓詩以爲『茉屬』，而説文以『鉏鋤』爲訓也。今世所用鋤，猶有三齒、五齒者，蓋卽是物。或以爲今之鋸，非是。」周公東征，四國是吪。【注】魯「吪」作「訛」。【疏】傳：「吪，化也。」○「魯吪爲訛」者，釋言：「訛，化也。」郭注引詩「四國是訛」，明雅用魯詩。節南山箋：「訛，化也。」哀我人斯，亦孔之嘉。【疏】箋：「嘉，善也。」○大明傳：「嘉，美也。」

既破我斧，又缺我銶。【注】韓説曰：銶，鑿屬也。【疏】傳：「木屬曰銶。」○説文無「銶」字，「梂」下云：「一曰鑿首也。」段注：「許所據詩或字从木，無『梂鑿首』之訓，卽用韓詩説。鑿首，謂鑿柄也。」馬瑞辰云：「廣雅：『梂，柎也』。柎與弣同，弣亦柄也。管子書：『一車必有一斤，一鋸，一釭，一鑽，一鑿，一銶，一軻。』以銶、鑿並言，猶欘爲鉏柄，而鹽鐵論『鉏耰棘欘』，亦以欘、鉏並言也。釋文引一解云：『卽今之獨頭斧。』未詳何據。」陳喬樅云：「説文訓『梂』爲『鑿首』，蓋指鑿柄之耑而言。曲禮：『進戈者前其鐏，後其刃，進矛戟者前其鐓。』注云：『後刃，敬也。三兵鐏鐓雖在下，猶爲首也。銳底曰鐏，取其鐏地。平底曰鐓，取其鐓地也。』説文：『鐓，柲下銅鐏也。』『鐏，柲下銅也。』段注：『鐏地者，可入地。鐓地者，著地而已。』然則梂爲鑿首，以金爲之，故字亦從金也。至毛傳以爲『木屬』者，胡承珙云銶亦臿類，蓋起土之物。釋名：『臿，插也。掘地取土也。』大雅『捄之陾陾』，箋云：『捄，捊也。』說文：『捊，引取土也。』捄與銶皆從『求』得聲，所以取土者謂之『銶』，因而取土亦謂之『捄』。周官鄉師注引司馬法云：『輂一斧，一斤，一鑿，一梩，一鋤。』賈疏：『梩或解爲臿，或解爲鍬。』臿、鍬不殊，司馬法之『一梩』，或即管子之『一銶』，皆鍬臿之類與。」**周公東征，四國是遒。**【疏】傳：「遒，固也。」箋：「遒，斂也。」〇孔疏：「遒訓爲聚，亦堅固之意。」陳奐云：「廣雅：『揫，固也。』古遒揫聲通，若長發『百祿是遒』，三家詩作『揫』之例。」揫，亦斂聚意也。**哀我人斯，亦孔之休。**【疏】傳：「休，美也。」

破斧三章，章六句。

伐柯【疏】毛序：「美周公也。周大夫刺朝廷之不知也。」箋：「成王既得雷雨大風之變，欲迎周公，而朝廷羣臣猶惑於管蔡之言，不知周公之聖德，疑於王迎之禮，是以刺之。」〇案，王欲迎周公，則朝廷無異說矣，而箋云羣臣有疑惑者，是今古文說所無，三家說不可見，今以蘇氏說明之。(見下)

伐柯如何？匪斧不克。取妻如何？匪媒不得。【疏】傳：「柯，斧柄也。禮義者，亦治國之柄。媒，所以用禮也。治國不能用禮，則不安。」箋：「克，能也。伐柯之道，唯斧乃能之，此以類求其類也，以喻成王欲迎周公，當使賢者先往。媒者，能通二姓之言，定人室家之道，以喻王欲迎周公，當先使曉王與周公之意者又先往。」〇案，周公能以禮義爲國，今成王欲治天下，當迎周公歸也。宋蘇軾詩傳曰：「伐柯而不用斧，取妻而不用媒，豈可得哉？今成王欲治國，棄周公而不召，亦不可得也。」最合經意，今從之。

伐柯伐柯，其則不遠。【疏】傳：「以其所願乎上交乎下，以其所願乎下事乎上，不遠求也。」箋：「則，法也。伐柯者必用柯，其大小長短近取法於柯，所謂不遠求也。王欲迎周公，使還其道，亦不遠人心，足以知之。」〇周公用禮義之道，故東土得以速定，其法不遠，所謂前事者後事之師也，故得公歸朝而天下治矣。蔡邕太尉楊公碑「閑於伐柯」，又薦邊讓書「成伐柯不遠之則」，皆用魯經文。王符潛夫論明忠篇引「伐柯」二句，明魯毛文同。禮中庸引詩云：「『伐柯伐柯，其則不遠。』執柯以伐柯，睨而視之，猶以爲遠，故君子以人治人，改而止。」此齊説。韓詩外傳二云：「原天命，治心術，理好惡，適情性，而治道畢矣。四者不求於外，不假於人，反諸己而存矣。詩曰：『伐柯伐柯，其則不遠』。」此韓説，明齊韓亦同，皆就治道申成詩義。

我覯之子，籩豆有踐。【疏】傳：「踐，行列貌。」箋：「覯，見也。之子，是子也，斥周公也。王欲迎周公，當以饗燕之饌行，至則歡樂以説之。」〇「我覯之子」，與下篇句例同而義則各別，下篇言見公，已拜上公之服，未得公歸之命，此章言公之不可不歸，預想見王之見公，必行饗燕之禮也。玉篇引詩「籩豆有踐」，云：「踐，行也。」行讀如「杭」，與傳「行列」義合。

伐柯二章，章四句。

九罭【疏】毛序：「美周公也。周大夫刺朝廷之不知也。」〇三家無異義。

九罭之魚，鱒魴。【注】魯説曰：緵罟謂之九罭。九罭，魚罔也。韓詩曰：「九罭之魚，鱒魴。」九罭，取鰕芘也。

【疏】傳：「興也。九罭，緵罟，小魚之網也。鱒魴，大魚也。」箋：「設九罭之罟乃後得鱒魴之魚，言取物各有器也。興者，喻王欲迎周公之來，當有其禮。」〇「緵罟」至「罔也」。釋器文，魯説也。孔疏引孫炎曰：「九罭，謂魚之所入有九囊也。」緵、數一聲之轉，即孟子所謂「數罟」，趙岐注：「數罟，密網也。」釋魚「鮅鱒魴」，樊光曰：「詩云：『九罭之魚，鱒魴。』」説文：「鱒，赤目魚。」今目驗，赤眼魚與鯆魚相似，故毛以鱒與魴同爲大魚也。張衡西京賦「布九罭，摷鯤鮞」，鯤鮞小魚，明以鱒魴爲大魚，衡用魯詩，知魯義與毛同。「九罭」至「芘也」，御覽八百三十四引韓詩文，明韓毛文同。「取鰕芘也」者，言以鰕之微細，亦不脱漏，極形其網密。玉篇艸部：「芘，蓄也。」與「魚網」義不合。「芘」當爲「比」，言細相比也。説文「笸」下云：「取蟣比也。」「取蟣比」與「取鰕比」意合。漢書匈奴傳「比疏一」，史記索隱引蒼頡篇：「靡者爲比，麄者爲梳。」比卽俗之枇也，故以狀取魚密網。孔疏：「鱒魴是大魚，處九罭之小網，非其宜，以興周公是聖人，處東方之小邑，亦非其宜。」

我覯之子，衮衣繡裳。【注】韓「衮」作「綩」，云：「綩衣，纁衣也。」【疏】傳：「所以見周公也。衮衣，卷龍也。」箋：「王迎周公，當以上公之服往見之。」○覯，見也。之子，斥周公，時公拜王命，已得服上公之服。馬瑞辰云：「爾雅：『衮，黻也。』蓋釋此詩『衮衣繡裳』，猶終南詩『黼衣繡裳』也。訓衮爲黼，乃通言，言黼黻文章之事，故爾雅又曰：『黼黻，彰也。』黼衣猶云章服，非訓衮爲十二章之黼也。古者龍畫於衣，黼繡於裳，郭注爾雅，謂衮有黻衣，失之。又案，傳：『衮衣，卷龍也。』曲禮『衮衣』字皆叚借作『卷』，蓋衮从公聲，與卷同音，故傳借作『卷』，荀子又借作『裷』，今説文作从『公』聲，形近傳寫之誤。」淮南説林訓高注：「詩曰：『衮衣繡裳』。」明魯毛文同。「衮作綩，云綩衣，纁衣也」者，玉篇系部引韓詩文。皮嘉祐云：「陳奐曰：士冠禮『爵弁服纁裳純衣』，純讀爲黗。説文：『黗，黑也。』純衣猶玄衣也。類篇：『綩，冠絭也，一曰纁色衣』。士纁裳，非天子諸侯之服，且古有纁裳，無纁衣。士昏禮『女次純衣纁袡』，是女子之衣，非男子之衣。禮曰不襲婦服，則男子不服纁袡可知。且『纁袡』鄭注謂以纁緣其衣，亦不得爲纁衣之證。韓詩所謂纁衣，疑亦卽純衣，熏與屯聲近得通。禹貢『杶幹栝柏』，釋文：『杶，本作櫄。』此熏、屯通用之證。韓詩作『綩衣』者。周禮染人注：『故書，纁作黦』。綩與黦皆从『宛』聲。韓詩之『綩』，當卽周禮故書之『黦』，黦與纁同，故韓以『綩衣』爲『纁衣』，實卽禮服之純衣也。」

鴻飛遵渚。【疏】傳：「鴻不宜循渚也。」箋：「鴻，大鳥也，不宜與鳧鷖之屬飛而循渚，以喻周公今與凡人處東都之邑，失其所也。」○段玉裁云：「説文『鴻』下云：『鴻鵠也。』鴻鵠卽黃鵠。黃鵠一舉，知山川之紆曲，再舉知天地之圓方，

（見楚詞借誓。）最爲大鳥。箋止云『鴻大鳥』，不言何鳥，學者多云雁之大者。夫鴻雁遵渚、遵陸乃其常耳，何以傳云『鴻不宜循渚』、『陸非鴻所宜止』？則鴻非大雁也，正謂一舉千里之大鳥，常集高山茂林之上，不當循小洲之渚、高平之陸也。經傳『鴻』字有謂『大雁』者，曲禮『前有車騎則載飛鴻』、易『鴻漸于磐』是也；有謂『黃鵠』者，此詩是也。單呼鵠，絫呼黃鵠、鴻鵠，黃言其色。（「鴻」之言「⿸厂隹」，言其大也。）小雅傳云『大曰鴻，小曰雁』，此因下言雁，決上言大雁，字當作『⿸厂隹』，假『鴻』爲之，而今人遂失鴻本義。」公歸無所，於女信處。【疏】傳：「周公未得禮也。再宿曰信。」箋：「信，誠也。時東都之人欲周公留不去，故曉之云：公西歸而無所居，則可就女誠處，是東都也。（豳譜孔疏：「於時實未爲都而云都，據後營洛言之耳。」）今公當歸復其位，不得留也。」○胡承珙云：「鴻不宜遵渚，謂公不宜居東也。不宜居則公應歸矣，而未有所也，故猶於東信處耳。『公歸』二字，略逗。無所，猶孟子云『無處』。於女，猶言『於東』，不必定與東人相爾汝也。」黃山云：「傳言『未得禮』，特振旅之禮命尚未逮耳，非箋所謂迎周公當有其禮。」

鴻飛遵陸。【注】韓說曰：高平無水曰陸。【疏】傳：「陸非鴻所宜止。」○「高平無水曰陸」者，玉篇阜部引韓詩文。釋名：「高平曰陸。陸，漉也，水流漉而去也。」流漉而去則無水，與韓合。公歸不復，於女信宿。【疏】傳：「宿，猶處也。」○胡承珙云：「孔疏引王肅訓『復』爲『反』，蓋用小雅『言歸斯復』。傳云：『復，反也。』但訓『反』則『公歸』二字亦須讀斷，謂公本應歸而不得所以反之道，乃與上『無所』一例，否則既曰歸，又曰不反，不可通矣。」易林損之蹇：「鴻飛在陸，公出不復，伯氏客宿。」漸之否、剥之升、中孚之同人同。師之震「伯氏」上多「仲氏任只」一句，皆不可曉。

是以有袞衣兮，無以我公歸兮，【疏】傳：「無與公歸之道也。」箋：「是，是東都也。東都之人欲周公之留爲君，故云是以有袞衣，謂成王所齎來袞衣，願其封周公於此，以袞衣命留之，無以公西歸。」○胡承珙云：「周公以道事君，使無所以迎之道而徒以其服，是以有此袞衣而終無與公歸之道，能無使我心悲乎？」愚案：周公既受上公之服，則王禮已加，召公歸，則振旅而歸耳。使必待王迎然後歸，不迎則不歸，以此爲與公歸之道，豈所以爲周公乎？胡説非是。「無以」，讀作「無與」，「以」、「與」古字通用，言「袞衣」不言「繡裳」者，省文以成句也。**無使我心悲兮！**【疏】箋：「周公西歸而東都之人心悲，思恩德之愛至深也。」○時鴟鴞已貽之後，舉國皆知周公忠誠，而王未命歸，東人獨於公極其依戀，故詩人代爲周公悲而望王之悔悟，無使我心傷悲也。

九罭四章，章三句。

狼跋

狼跋【疏】毛序：「美周公也。周公攝政，遠則四國流言，近則王不知，周大夫美其不失其聖也。」箋：「不失其聖者，聞流言不惑，王不知不怨，終立其志，成周之王功致大平，復成王之位，又爲之大師，終始無愆，聖德著焉。」○三家無異義。

狼跋其胡，載疐其尾。【注】齊「疐」作「⿰足疐」，韓作「躓」。【疏】傳：「興也。跋，躐。疐，跲也。老狼有胡，進則躐其胡，退則跲其尾。進退有難，然而不失其猛。」箋：「興者，喻周公進則躐其胡，猶始欲攝政，四國流言，辟之而居東都也；退則跲其尾，謂後復成王之位而老，成王又留之。其如是，聖德無玷缺。」○説文「跋」下云：「蹎，跋也。」「蹎」下云：「步行獵跋也。」説文無「躐」字。集韻引作「躐」，玉篇：「蹎，躐跋也。」説文：「疐，礙不行也。从叀，引而止之也。」釋言：「跋，躐也。」「疐，跲也。」李巡曰：「跋，前行曰躐，跲卻頓曰疐也。」郭引此詩雅訓釋詩，可以推知魯毛二家並無異義、異字。「齊疐作⿰足疐」者，鹽鐵論鍼石篇：「狼跋其胡，載⿰足疐其尾。君子之路，行止之道，固狹耳。」桓寬用齊詩，據此，齊作「⿰足疐」。「韓作躓」者，説文「躓」下云：「跲也。詩曰：『載躓其尾。』」魯作「疐」，齊作「⿰足疐」，則作「躓」者韓詩文也。易林震之恒：「老狼白獵，長尾大胡，前顛後躓，无有利得，岐人悦喜。」「岐人」卽豳人也。詩列豳風，漢世説詩者每假豳以立言，如鴟鴞之詩以貽成王而以爲刺邠君，此詩「公孫碩膚」，解「公孫」爲豳公之孫也。豳風因周公陳七月之篇，周史搬立此名，鴟鴞東山緣公作而附著之，凡美周公者亦入焉。公在東土，周大夫美之，與豳岐何涉而稱成王爲豳公之孫？有以知其必不然矣。睽之需蹇之剥末句作「進退遇祟」，語句費解，疑有誤字。公孫碩膚，赤舃几几。【注】三家「几几」作「掔掔」，亦作「己己」。【疏】傳：「公孫，成王也，豳公之孫也。碩，大。膚，美也。赤舃，人君之盛屨也。几几，絇貌。」箋：「公，周公也。孫，讀當如『公孫于齊』之孫，孫之言孫遁也。周公攝政七年致太平，復成王之位，孫遁辟此，成公之大美。欲老，成王又留之以爲大師，履赤舃几几然。」○上箋云：「興者，喻周公始欲攝政，四國流言，辟之而居東都也。」（都説見前。）胡承珙云：「此詩當指周公攝政，四國流言時事。蓋其時疑謗忽起，王室傾危，二叔不咸，沖人未悟，周公欲進不能，欲退不得，正跋前疐後之狀。」愚案：胡説是也。周公惟攝政故致流言，必不如箋作鴟鴞詩時始欲攝政也。當流言之起，成王疑公，蓋有二公所不能匡救者。公此時既已攝政，進而負扆，無以解於孺子；退而弗治，無以告我先王。請命東行，內則遠嫌，外仍扞難，實處危疑恐懼之地。及四國果叛，連兵二年，罪人斯得，然後心迹大顯。衮衣既錫，旋亦召歸。豳人於公之歸，追紀德音，故以是詩美之耳。赤舃以金爲飾，謂之金舃。車攻箋：「金舃，黃朱色也。」韓奕以赤舃賜韓侯，此詩以赤舃美周公，是赤舃爲諸侯盛飾矣。「几几，絇貌」者，士冠禮注：「絇之言拘，以爲行戒，狀如刀衣鼻，在屨頭。」漢書王莽傳：「莽再拜，受衮冕句履。」孟康注：「今齊祀履句頭飾也，出履三寸。」廣雅：「几几，盛也。」詩蓋以狀盛服之貌。「一作掔掔」者。説文：「掔，固也。讀若詩『赤舃掔掔』。」蓋取金絇著屨掔固之貌。「亦作己己」者。己部又云：「讀若詩『赤舃己己』。」几、己同聲。陳奂云：「己，象萬物辟藏詘形，絇在屨頭，如刀衣鼻，自有詘形，故曰己己。」皆三家文也。

狼疐其尾，載跋其胡。公孫碩膚，德音不瑕。【疏】傳：「瑕，過也。」箋：「不瑕，言不可疵瑕也。」

狼跋二章，章四句。

豳國七篇，二十七章，二百三句。